LOS TONTOS MUEREN

MARIO PUZO

LOS TONTOS MUEREN

Círculo de Lectores

Título del original inglés, Fools die
Traducción, J. M. Alvarez Flórez y A. Pérez
Cubierta, Depares & Ortiz

Círculo de Lectores, S.A.
Valencia, 344 Barcelona
3 4 5 6 7 8 9 9 7 0 3

Depósito legal B. 42329-1978
Compuesto en Times 10
Impreso y encuadernado por
Printer, industria gráfica sa
Sant Vicenç dels Horts 1978
Printed in Spain
ISBN 84-226-1045-0

Edición no abreviada
Licencia editorial para Círculo de Lectores
por cortesía de Ediciones Grijalbo

A Erica

LIBRO PRIMERO

1

—Escúchame. Te diré la verdad sobre la vida de un hombre. Te diré la verdad sobre su amor por las mujeres. Que nunca las odia. Crees ya que voy por mal camino. Ten fe en mí. Soy un maestro de la magia, en serio.

»¿Crees que un hombre puede amar de veras a una mujer y traicionarla constantemente? No me refiero a la traición material, sino a traicionarla con el pensamiento, en la misma "poesía de su alma". En fin, no es fácil, pero los hombres lo hacen sin cesar.

»¿Quieres saber cómo pueden amarte las mujeres, prodigarte deliberadamente ese amor para envenenar tu cuerpo y tu mente con el solo objeto de destruirte? ¿Y cómo, por su amor apasionado, deciden no amarte más? ¿Y cómo, al mismo tiempo, te deslumbran con un éxtasis de idiota? ¿Imposible? Esa es la parte fácil.

»Pero no te vayas. Esto no es una historia de amor.

»Te haré sentir la dolorosa belleza de un niño, la lujuria animal del varón adolescente, la anhelante melancolía suicida de la mujer joven, y luego (ésta es la parte difícil), te mostraré cómo hace girar el tiempo al hombre y a la mujer en círculo completo, cómo los cambia en cuerpo y alma.

»Y luego está, por supuesto, el VERDADERO AMOR. ¡No te vayas! Existe o yo lo haré existir. No en vano soy un maestro de magia. ¿Vale lo que cuesta? ¿Y qué decir de la fidelidad sexual? ¿Funciona? ¿Es amor? ¿Es incluso algo humano, esa pasión perversa de estar con sólo una persona? Y, si no resulta, ¿obtienes aún así un beneficio adicional por intentarlo? ¿Puede funcionar en ambos sentidos? Claro que no, eso es evidente. Y sin embargo...

»La vida es cosa de risa, y nada hay más gracioso que el amor viajando a través del tiempo. Pero un verdadero maestro de la magia es capaz de hacer que su público ría y llore al mismo tiempo. La muerte es otra historia. Jamás haré un chiste sobre la muerte. Queda más allá de mi poder.

»Siempre ando alerta con la muerte. No me engaña. La localizo de inmediato. Le gusta colarse disfrazada; es una ridícula verruga que de pronto se pone a crecer; el grano negro y peludo que envía sus raíces hasta el hueso mismo; o se oculta tras un lindo y leve rubor febril. Luego, de pronto, aparece la sonriente calavera para coger por sorpresa a su víctima. Pero no a mí. Nunca. Yo estoy esperándola. Tomo mis precauciones.

»Frente a la muerte, el amor es un asunto infantil y aburrido, aunque los hombres crean más en el amor que en la muerte. Las mujeres son otra historia. Tienen un secreto poderoso. No se toman en serio el amor. Nunca lo han hecho.

»Pero te lo repito, no te vayas. Lo repito, ésta no es una historia de amor. Olvida el amor. Te mostraré todas las dimensiones del poder. Primero la vida de un pobre y esforzado escritor. Un escritor sensible. De talento. Quizás, incluso, una especie de genio. Te mostraré cómo zurran al artista por gracia de su arte. Y porque se lo merece de sobra. Luego lo mostraré como astuto delincuente, disfrutando de la vida. Ay, qué alegría siente el verdadero artista cuando por fin se convierte en un estafador. Sale entonces a la luz su auténtico carácter. Se acabaron las bromas sobre su honor. El tipo ese es un delincuente. Un maleante. Un enemigo de la sociedad claro y abierto en vez de oculto tras el coño de puta del arte. Qué alivio. Qué placer. Qué gozo taimado. Luego, contaré cómo se convierte de nuevo en un hombre honrado. Ser un delincuente entraña una tensión tremenda.

»Pero te ayuda a aceptar a la sociedad y a perdonar a tu prójimo. Después de haber probado, ningún individuo desea ser delincuente a menos que de veras necesite el dinero.

»Luego seguiremos con uno de los éxitos literarios más asombrosos de la historia. Las vidas íntimas de los gigantes de nuestra cultura. En especial la de un cabrón chiflado. El mundo distinguido. Así pues, tenemos el mundo del pobre y esforzado genio, el mundo de la delincuencia y el mundo literario distinguido. Todo esto aderezado con abundante sexo y algunas ideas complicadas que no te machacarán el cráneo y que quizás encuentres incluso interesantes. Y por último, un final espectacular en Hollywood con nuestro héroe amasando todos sus premios: dinero, fama, mujeres hermosas. Y... no te vayas, no te vayas... veremos cómo todo ello se convierte en cenizas.

»¿No es suficiente? ¿Has oído todo esto antes? Bien, recuerda entonces que soy un maestro de la magia. Puedo dar vida auténtica a todas esas personas. Puedo contarte lo que realmente piensan y sienten. Llorarás por ellas, por todas ellas, te lo prometo. O quizá sólo rías. De cualquier modo, nos divertiremos muchísimo. Y aprenderemos algo de la vida. Cosa que, en realidad, de nada sirve.

»Ah, ya sé lo que estás pensando. Este astuto cabrón intenta conseguir que pasemos la página. Pero espera, lo que quiero contar no es más que un cuento. ¿Qué daño puede hacer? Aunque yo me lo tomase en serio, tú no te lo tomes. Diviértete un poco y nada más.

»Sólo quiero contarte una historia, no pretendo más. No deseo éxito ni fama ni dinero. Lo cual es normal; la mayoría de los hombres y la mayoría de las mujeres en realidad no lo pretenden. Más aún, yo no deseo amor. Cuando era joven, algunas mujeres me dijeron que me amaban por mis largas pestañas. Lo acepté. Más tarde fue por mi ingenio. Luego por mi poder y mi dinero. Después por mi talento. Después, mi inteligencia... profunda. Vale, puedo aceptarlo todo. La única mujer que me asusta es la que me ama sólo por mí mismo. No tengo planes para ella. Tengo venenos y dagas y tumbas oscuras en cuevas para esconder su cabeza. No tiene derecho a la vida. Sobre todo si es fiel sexualmente, nunca miente y me pone siempre por delante de todo y de todos.

»Se hablará mucho del amor en este libro, pero no es un libro de amor. Es un libro de guerra. La vieja guerra entre hombres que son verdaderos amigos. La gran "nueva" guerra entre hombres y mujeres. Es, sin duda alguna, una historia vieja, pero está ahora en el candelero. Las combatientes del movimiento de liberación femenina creen que tiene algo nuevo, pero es sólo que sus ejércitos salen de la guerrilla. Las dulces mujeres siempre han tendido emboscadas a los hombres: en sus cunas, en la cocina, en el dormitorio. En las tumbas de sus hijos, el mejor sitio para desoír una petición de clemencia.

»En fin, crees que estoy resentido contra las mujeres. Nunca las odié, te lo aseguro. Y al final resultarán mejores que los hombres, ya verás. Lo cierto es, sin embargo, que sólo las mujeres han sido capaces de hacerme desgraciado, y lo han hecho desde la cuna. Pero eso pueden decirlo la mayoría de los hombres. Y es algo que no tiene solución.

»¡Qué objetivo he expuesto! Lo sé... lo sé muy bien... sé perfectamente lo fascinante que parece. Pero cuidado. Soy un astuto narrador, no soy simplemente uno de vuestros sensibles y vulnerables artistas. He tomado mis precauciones. Aún me he reservado unas cuantas sorpresas. Pero basta. Déjame trabajar. Déjame que empiece y que termine.

LIBRO SEGUNDO

2

Jordan Hawley, en el día de más suerte de toda su vida, traicionó a sus tres mejores amigos. Pero ignorante aún de ello, vagaba por el sector de dados del inmenso casino del Hotel Xanadú, preguntándose en qué juego probaría fortuna ahora. A primera hora de la tarde, ya ganaba diez mil dólares. Pero estaba bastante cansado de ver aquel dado rojo resplandeciente deslizarse por el fieltro verde.

Salió de allí y, hundiendo los pies en la alfombra púrpura, se dirigió a la silbante rueda de una mesa de ruleta con sus atractivos rojos y negros, y sus amenazantes cero y doble cero verdes. Hizo algunas apuestas temerarias, perdió y pasó al sector donde se jugaba al veintiuno.

Las mesitas en herradura del veintiuno se alineaban en hileras dobles. Caminó entre ellas como un cautivo por un campamento indio. Relampagueaban azules, a ambos lados, los dorsos de las cartas. Recorrió despacio la hilera y llegó a las inmensas puertas de cristal que conducían a las calles de la ciudad de Las Vegas. Desde allí podía ver abajo el Strip en el que lujosos hoteles se alzaban como centinelas.

Bajo el deslumbrante sol de Nevada, resplandecían, una docena de Xanadús con letreros de neón de un millón de vatios. Los hoteles parecían fundirse abajo en una temblorosa niebla dorada, un espejismo inalcanzable. Jordan Hawley estaba atrapado por sus ganancias en el casino de aire acondicionado. Sería una locura salir adonde sólo otros casinos le esperaban, con sus extraños y desconocidos azares. Allí era un ganador, y pronto vería a sus amigos. Allí estaba protegido del amarillo y ardiente desierto.

Jordan Hawley se apartó de la puerta de cristal y se sentó en la mesa de veintiuno más próxima. Repiquetearon en sus manos negras fichas de cien dólares, pequeños soles cenicientos. Observó cómo se repartían las cartas de un «zapato» recién preparado, la oblonga caja de madera en que se guardaban.

Jordan apostó fuerte en cada uno de los dos pequeños círculos, jugando a dos manos. Tuvo buena suerte. Jugó hasta que se agotó el «zapato». El tallador recogió las cartas. Jordan siguió su camino. Tenía los bolsillos llenos de fichas. Pero esto no era ningún problema porque llevaba una chaqueta deportiva Sy Devore de diseño especial Las Vegas Ganador. Tenía una franja carmesí sobre tela azul celeste y bolsillos especiales con cremallera de cabida excesivamente optimista. La chaqueta tenía por dentro, además, cavidades especiales tan profundas que ningún carterista podía llegar hasta ellas. Las ganancias de Jordan estaban seguras, y había sitio de sobra para más. Nadie había llenado nunca los bolsillos de una chaqueta Las Vegas Ganador.

En el casino, iluminado por inmensos candelabros, había una niebla azulina, neón reflejado por el enmoquetado púrpura intenso. Jordan salió de aquella luz hacia la zona en penumbra del bar con su techo bajo y su pequeña plataforma para artistas. Sentado junto a una mesita, estaba ante el casino como un espectador ante un escenario iluminado.

Hipnotizado, contemplaba a los jugadores de la tarde desplazándose en intrincadas y coreográficas figuras de mesa en mesa. Como un arco iris resplandeciendo en un cielo azul claro, brillaba una ruleta con sus números rojos y negros, a juego con la disposición de la mesa. Cartas de dorso blanquiazul se deslizaban en las mesas de fieltro verde. Cuadrados y rojos dados de puntos blancos corrían como brillantes peces voladores sobre las ballenescas mesas. A lo lejos, al fondo de las hileras de mesas de veintiuno, los talladores que no estaban de servicio se lavaban las manos alzándolas mucho en el aire para mostrar que no ocultaban fichas.

El escenario del casino empezó a llenarse de más actores: fueron entrando de la piscina al aire libre adoradores del sol, otros de pistas de tenis, campos de golf, siestas y amor pagado o gratis en las mil habitaciones de Xanadú. Jordan localizó otra chaqueta Las Vegas Ganador que se aproximaba cruzando el recinto del casino. Era Merlyn. Merlyn el Niño. Merlyn vaciló al pasar ante la ruleta, su debilidad. Aunque jugaba raras veces porque sabía que el implacable cinco y medio por ciento cortaba como una espada de agudo filo. Jordan saludó desde la oscuridad con un brazo de franja púrpura, y Merlyn recuperó de nuevo el paso como si cruzase entre las llamas, salió del iluminado escenario del salón del casino y se sentó. Los bolsos de cremallera de Merlyn no abultaban, ni llevaba tampoco ninguna ficha en las manos.

Se quedaron allí sentados los dos sin hablar, a gusto juntos. Merlyn parecía un fornido atleta con su chaqueta azul y púrpura. Era más joven que Jordan, diez años por lo menos, y tenía el pelo negro. Parecía también más feliz, más animoso frente a la inminente batalla contra el destino, la noche de juego.

Luego, por el sector de bacarrá del fondo del salón, vieron cruzar la elegante y regia baranda gris y avanzar hacia ellos a Cully Cross y a Diane. Cully vestía también una chaqueta Las Vegas Ganador. Diane llevaba un vestido blanco de verano muy escotado y fresco para su jornada de trabajo, la parte superior de sus pechos era de un blanco empolvado y opalino. Merlyn les hizo señas y cruzaron entre las mesas del casino sin vacilar. Cuando se sentaron, Jordan pidió bebida. Sabía lo que querían.

Cully advirtió los abultados bolsillos de Jordan.

—Vaya —dijo—, tuviste suerte sin nosotros...

Jordan sonrió.

—Un poco.

Todos le miraron con curiosidad cuando pagó las bebidas y dio de propina a la camarera un ficha roja de cinco dólares. No le pasaron inadvertidas a Jordan aquellas miradas. No sabía por qué le miraban de aquel modo extraño. Llevaba tres semanas en Las Vegas y en aquellas semanas había sufrido tremendos cambios. Había perdido ocho kilos. Tenía el pelo pajizo más largo, más claro. Su cara aún resultaba agradable pero tenía un tono macilento; la piel había adquirido un tinte grisáceo. Parecía agotado. Pero no tenía la menor conciencia de ello porque se sentía bien. Inocentemente se preguntaba sobre aquellas tres personas, sus amigos de tres semanas, que eran ahora los mejores amigos que tenía en el mundo.

Quien más le agradaba era el Niño. Merlyn. Merlyn se ufanaba de ser un jugador impasible. Procuraba no mostrar jamás emoción, perdiese o ganase, y solía lograrlo. Salvo que una racha de pérdidas excepcionalmente mala le diese aquel aire de sorprendido desconcierto que tanto le divertía a Jordan.

Merlyn el Niño nunca hablaba mucho. Se limitaba a observar a todo el mundo. Jordan sabía que Merlyn el Niño estaba pendiente de todo lo que hacía él, que intentaba entenderle. Lo que también divertía a Jordan. Tenía engañado al Niño. El Niño buscaba cosas complicadas y nunca aceptaba que él, Jordan, fuese exactamente lo que ofrecía al mundo. Pero a Jordan le gustaba estar con él y con los otros. Aliviaban su soledad. Y como Merlyn parecía más animoso, más apasionado en el juego, Cully le había puesto el Niño.

Por otra parte, Cully era el más joven, sólo tenía veintinueve años pero, curiosamente, parecía el jefe del grupo. Se habían conocido hacía tres semanas, allí en Las Vegas, en aquel casino, y sólo una cosa tenían en común: ser jugadores degenerados. Su orgía de tres semanas de duración se consideraba algo extraordinario porque el porcentaje del casino debería haberles dejado tirados en las arenas del desierto de Nevada en sólo unos días.

Jordan sabía que los demás, Cully «Cuenta Atrás» Cross y Diane, sentían también curiosidad respecto a él, pero no le importaba. Ninguno de ellos despertaba en él, por otra parte, gran curiosidad. El Niño parecía joven y demasiado inteligente para ser un jugador degenerado, pero Jordan no intentaba nunca desentrañar por qué. En realidad no le interesaba lo más mínimo.

Cully no tenía nada de asombroso ni extraño, o así parecía. Era el clásico jugador degenerado con habilidades. Era capaz de hacer un cuenteo hacia atrás de las cartas de un «zapato» de cuatro barajas de veintiuno. Era un especialista en todos los porcentajes del juego. El Niño no. Jordan era un jugador frío y abstraído mientras que el Niño era un jugador apasionado y Cully un profesional. Pero Jordan estaba ahora entre los de su clase. Un jugador degenerado. Es decir, un hombre que jugaba simplemente por jugar y que debe perder. Lo mismo que un héroe que va a la guerra debe morir. Un jugador es un perdedor, y un héroe es un cadáver, pensaba Jordan.

Estaban todos a punto de agotar sus fondos. Tendrían que irse pronto, salvo quizás Cully. Cully era en parte un gancho y en parte un espía. Intentaba siempre trabajarse a alguien para conseguir ventajas en los casinos. A veces, conseguía que un tallador de veintiuno fuese a medias con él contra la caja, un juego peligroso.

La chica, Diane, era en realidad una marginada. Trabajaba como señuelo de la casa y hacía un descanso de su mesa de bacarrá. Con ellos, porque ellos eran los tres únicos hombres de Las Vegas que se preocupaban por ella.

Hacía de señuelo o gancho, jugaba con dinero del casino, perdía y ganaba dinero del casino. No estaba sometida al destino sino al salario semanal fijo que el casino le pagaba. Su presencia era necesaria en la mesa de bacarrá sólo en horas de poco público, porque los jugadores se apartan de una mesa vacía. Diane era el papel atrapamoscas para las moscas. Vestía, en consecuencia, provocativamente. Tenía un largo pelo negro azabache que utilizaba como látigo, una boca plena y sensual y un cuerpo de largas piernas casi perfecto. El busto era pequeño, pero no desentonaba con lo demás. Y el jefe del sector de bacarrá daba su número de teléfono a los jugadores importantes. A veces el jefe o un ayudante le susurraban que a uno de los jugadores le gustaría verla en su habitación. Podía negarse, pero tenía que utilizar con mucho cuidado ese poder. El jefe le daba un vale especial de cincuenta o cien dólares que ella podía hacer efectivo en la caja del casino. Le resultaba insoportable hacerlo. Así que solía pagarle cinco dólares a una de las otras chicas que hacían de señuelo de la casa para que se lo hiciera efectivo. En cuanto Cully se enteró de esto, se hizo amigo de ella. Le gustaban las mujeres blandas, podía manipularlas.

Jordan, con una seña a la camarera, pidió otra ronda. Se sentía relajado. Ser tan afortunado y a hora tan temprana del día le hacía sentirse virtuoso. Como si algún extraño Dios le hubiese amado, le hubiese hallado bueno y le recompensase por los sacrificios que había ofrecido tantas veces al mundo que había dejado atrás. Y notaba además un sentimiento de camaradería hacia Cully y Merlyn.

Desayunaban juntos con frecuencia. Y siempre tomaban algo al final de la tarde, antes de empezar su gran jornada de juego que destruiría la noche. A veces tomaban algo a medianoche para celebrar una victoria, y lo pagaba el afortunado, que debía comprar además billetes de lotería para todos. Las tres últimas semanas se habían hecho amigos, aunque no tuviesen absolutamente nada en común y su amistad muriese con su ansia de juego. Pero de momento, aferrados aún a ella, sentían todos un extraño afecto mutuo. Un día de ganancias, Merlyn el Niño les había llevado a la sastrería del hotel y les había comprado las chaquetas Las Vegas Ganador azul y carmesí. Aquel día habían ganado los tres y desde entonces llevaban siempre, supersticiosamente, aquellas chaquetas.

Jordan había conocido a Diane la noche en que sufrió ésta la humillación más profunda, la misma noche en que conoció a Merlyn. Al día siguiente de conocerla, la había invitado a café en uno de sus descansos, y habían hablado pero él no había prestado atención a lo que decía ella. Diane percibió su falta de interés y se enfadó. No hubo, en consecuencia, ninguna continuación. Lo lamentó aquella noche solo en su habitación profusamente decorada, solo e incapaz de dormir. Tan incapaz de dormir como todas las noches.

El conjunto de jazz saldría en seguida, el salón del bar estaba llenándose. Jordan advirtió cómo le miraban al dar una ficha roja de cinco dólares a la camarera. Le consideraban generoso. Pero era simplemente que no quería molestarse calculando cuál debía ser la propina. Le divertía comprobar cómo habían cambiado sus valores. Había sido siempre meticuloso y justo pero jamás disparatadamente generoso. En otros tiempos, su sector del mundo era algo reglamentado y medido. Todo tenía su compensación. Pero, al final, no había resultado. Le desconcertaba ahora el absurdo de haber basado en otros tiempos su vida en tal razonamiento.

El conjunto de jazz se abría paso en la penumbra camino del escenario. Pronto tocarían demasiado fuerte para que se pudiese hablar, y ésa era siempre la señal para los tres hombres de que tenían que empezar a jugar en serio.

—Esta es mi noche de suerte —dijo Cully—. Tengo trece pases en el brazo derecho.

Jordan sonrió. Siempre reaccionaba al entusiasmo de Cully. Jordan sólo le conocía por el nombre de Cully Cuenta Atrás, nombre que se había ganado en las mesas de veintiuno. A Jordan le agradaba Cully porque nunca paraba de hablar y su conversación raras veces exigía respuestas. Lo que le hacía necesario para el grupo, porque Jordan y Merlyn el Niño no hablaban gran cosa. Diane, la chica del bacarrá, sonreía mucho pero apenas hablaba tampoco.

La oscura, limpia y delicada cara de Cully brillaba confiada.

—Voy a tener el dado una hora —dijo—. Sacaré cien números sin ningún siete. Venid conmigo.

El conjunto de jazz lanzó sus floreos de apertura como para respaldar a Cully.

A Cully le encantaban los dados, aunque fuese sobre todo hábil para el veintiuno, juego en el que era capaz de hacer el cuenteo de todo el «zapato». A Jordan le encantaba el bacarrá porque no había en él ni habilidad ni cálculo alguno. A Merlyn le encantaba la ruleta porque para él era el juego más místico y más mágico. Pero Cully había proclamado su infalibilidad aquella noche en los dados y tendrían que jugar todos con él, compartir su suerte. Eran sus amigos, no podían darle mala suerte. Se levantaron camino del sector de los dados para apostar con Cully, y Cully iba flexionando su musculoso brazo izquierdo que mágicamente ocultaba trece pases.

Diane habló entonces por primera vez:

—Jordy tuvo una racha de suerte en el bacarrá. Quizás debiéramos apostar con él.

—No me pareces con suerte hoy —dijo Merlyn a Jordan.

Iba contra las reglas el que ella mencionase la suerte de

Jordan a compañeros de juego. Podían pedirle un préstamo o él podía tener la sensación de que eso le daba mala suerte. Pero por entonces Diane conocía ya a Jordan lo bastante para percibir que a él no le preocupaba ninguna de las supersticiones habituales que inquietaban a los jugadores.

Cully Cuenta Atrás movió la cabeza.

—Tengo el presentimiento.

Agitó el brazo derecho, moviendo un dado imaginario.

Atronó la música; no podían ya oírse. Esto les expulsó de su santuario de oscuridad hacia el resplandeciente escenario que era el salón del casino. Había ahora muchos jugadores, pero podían moverse con fluidez por el salón. Diane, terminado su descanso, volvió a la mesa de bacarrá a apostar el dinero de la casa, a llenar espacio. Pero sin pasión. Como señuelo de la casa, ganando y perdiendo dinero de la casa, era aburridamente inmortal. Y así, caminaba mucho más lentamente que los demás.

Cully presidía la comitiva. Eran los Tres Mosqueteros con sus chaquetas deportivas Las Vegas Ganador azul y púrpura. Se sentía animoso y confiado. Merlyn le seguía casi tan animoso como él, su sangre de jugador hirviendo. Jordan caminaba más despacio, sus inmensas ganancias le hacían parecer más pesado que los otros dos. Cully intentaba localizar una mesa interesante. Uno de los indicios por los que se guiaba era si a la casa le quedaban pocas fichas. Por fin les condujo a una baranda abierta y los tres hicieron cola para que Cully cogiese el dado primero del recogedor. Hicieron pequeñas apuestas hasta que Cully tuvo por fin los cubos rojos en sus amorosas y rosadas manos.

El Niño puso veinte dólares. Jordan, doscientos. Cully Cuenta Atrás, cincuenta. Lanzó un seis. Todos respaldaron sus apuestas y compraron todos los números. Cully cogió los dados, apasionadamente seguro, y los arrojó con fuerza contra el extremo de la mesa. Contemplaron incrédulos el resultado. Era la peor de las catástrofes. Siete fuera. Barridos. Sin siquiera coger otro número. El Niño había perdido ciento cincuenta. Cully mil trescientos cincuenta. Jordan había tirado por el desagüe mil cuatrocientos dólares.

Cully murmuró algo y se alejó de allí. Muy afectado, tenía ahora que jugar al veintiuno cuidadosamente.

Tenía que contar todas las cartas del «zapato» para conseguir sacar algo. A veces resultaba, pero era muy trabajoso. A veces, era capaz de recordar todas las cartas perfectamente, calcular lo que quedaba en el «zapato», conseguir una ventaja de un diez por ciento sobre el tallador y apostar un buen puñado de fichas. E incluso entonces, a veces, pese a la ventaja del diez por ciento, tenía mala suerte y perdía. Y entonces, tenía que ponerse a contar otro «zapato». Así pues, tras la traición de su fantástico brazo derecho, Cully tenía que obtener dinero. La noche que se abría ante él era trabajosa y pesada. Tenía que jugar con mucha astucia y, aun así, tener suerte.

Merlyn el Niño también se alejó, con poco dinero también, pero sin técnicas ni habilidades que respaldasen su juego. El tenía que tener suerte.

Jordan, solo, vagó por el casino. Le encantaba la sensación de estar solo entre la multitud y el ronroneo del juego. Estar solo sin estar solo. Hacerse amigo de extraños por una hora y no volver a verles nunca. Repiqueteo de dados.

Vagó entre las mesas de veintiuno, las mesas en forma de herradura dispuestas en rectas hileras. Atento al tic. Cully les había enseñado a Merlyn y a él este truco. Era imposible localizar a simple vista a un tallador tramposo de mano rápida. Pero si estabas muy atento, podías oír el leve tic del roce cuando deslizaba la segunda carta debajo de la primera de su baraja. Porque la carta de arriba era la que el tallador necesitaba para que su mano fuese buena.

Estaba formándose una larga cola para el espectáculo de la cena, aunque sólo eran las siete. En realidad, en el casino no había animación. No había grandes apostadores. Ni grandes ganadores. Jordan agitó las fichas negras repiqueteantes de su mano, deliberadamente. Luego se aproximó a una mesa de dados casi vacía y cogió el dado rojo y resplandeciente.

Jordan corrió la cremallera del bolsillo exterior de su chaqueta deportiva Las Vegas Ganador y echó un montón de fichas negras de cien dólares en el compartimento de su mesa. Apostó inmediatamente doscientos, respaldó su número y luego compró todos los números por quinientos dólares cada uno. Retuvo el dado casi una hora. Después de los primeros quince minutos, la electricidad de su racha de suerte recorrió el casino y la mesa se abarrotó. Forzó sus apuestas hasta el límite de quinientos dólares y los mágicos números siguieron saliendo de su mano. Borró de su mente el siete fatal. Prohibió que apareciese. El compartimento de su mesa se llenó a rebosar de fichas negras. Los abultados bolsillos de la chaqueta no podían contener más fichas. Por fin, su cabeza no pudo soportar la concentración, no podía borrar ya el siete fatal y el dado pasó de sus manos al siguiente jugador. Los jugadores de la mesa le vitorearon. El jefe de sector le dio recipientes metálicos para llevar sus fichas a la caja del casino.

—¿Os unisteis a mi ola? —preguntó.

Cully movió la cabeza.

—Entré en los últimos diez minutos —dijo—. Gané algo.

Merlyn se echó a reír:

—Yo no creía en tu suerte. No intervine.

Merlyn y Cully acompañaron a Jordan a la caja para ayudarle en el cambio. Jordan se quedó asombrado al ver cómo las cajas metálicas daban un total de algo más de cincuenta mil dólares. Y todavía tenía los bolsillos llenos de fichas.

Merlyn y Cully estaban sobrecogidos. Cully dijo muy en serio:

—Jordy, ahora es el momento de que te largues de esta ciudad. Si te quedas aquí, te lo sacarán otra vez.

Jordan se echó a reír.

—La noche es joven todavía.

Le divertía que sus dos amigos lo considerasen tan gran ganador. Pero la tensión se reflejaba en él. Se sentía cansadísimo.

—Voy a subir a mi habitación a echar una cabezada —dijo—. Luego os veré y os invitaré a una gran cena. Hacia medianoche. ¿De acuerdo?

El cajero había terminado de contar y le dijo a Jordan:

—¿Prefiere usted en metálico o en cheque, señor? ¿O prefiere que se lo guardemos aquí en la caja?

—Pide un cheque —dijo Merlyn.

Cully frunció el ceño con pensativa codicia, pero luego advirtió que los bolsillos interiores secretos de Jordan aún rebosaban fichas, y sonrió.

—Un cheque es más seguro —dijo.

Esperaron los tres, Cully y Merlyn flanqueando a Jordan, que miraba más allá de ellos, a las áreas resplandecientes del salón del casino. Por fin reapareció el cajero con el cheque amarillo de bordes en sierra. Se lo entregó a Jordan.

Los tres se volvieron al mismo tiempo en una inconsciente pirueta. Sus chaquetas relampaguearon púrpura y azul bajo los tableros iluminados de lotería que había sobre ellos. Luego Merlyn y Cully cogieron a Jordan por los hombros y le empujaron por uno de los pasillos hacia su habitación.

Una habitación chillona, cara y ostentosa. Lujosas cortinas doradas, una inmensa cama de plateado cobertor. Exactamente a tono con el juego. Jordan se dio un baño caliente y luego intentó leer. Era incapaz de dormir. A través de las ventanas, las luces de neón del Vegas Strip enviaban relampagueos color arco iris, coloreando las paredes de la habitación. Cerró del todo las cortinas, pero en su cerebro aún oía el rumor desmayado que se difundía por todo el inmenso casino como oleaje de una playa distante. Luego apagó las luces de la habitación y se metió en la cama. Era una buena trampa, pero su cerebro se negaba a dejarse engañar. No podía dormir.

Luego Jordan sintió el miedo familiar y la terrible angustia. Si se durmiese, moriría. Deseaba desesperadamente dormir, y sin embargo no podía. Estaba demasiado asustado, demasiado aterrado. Pero nunca podía entender por qué estaba tan terriblemente asustado.

Sintió la tentación de probar de nuevo con los somníferos, los había utilizado a principios de mes y había dormido, pero con insoportables pesadillas. Pesadillas que le dejaban deprimido al día siguiente. Prefería pasar sin sueño. Como ahora.

Jordan encendió la luz, saltó de la cama y se vistió. Vació todos los bolsillos y la cartera. Abrió las cremalleras de todos los bolsillos exteriores e interiores de su chaqueta deportiva Las Vegas Ganador y los vació por completo, vertiendo todas las fichas rojas y verdes y negras sobre el cobertor de seda. Los billetes de cien dólares formaban una inmensa pila, las fichas negras y rojas formaban curiosas espirales y ajedrezadas figuras. Para pasar el rato, empezó a contar el dinero y a separar las fichas. Tardó casi una hora.

Tenía más de cinco mil dólares en efectivo. Ocho mil en fichas negras de cien dólares y otros seis mil en fichas verdes de veinticinco, más casi mil en rojas de cinco. Estaba asombrado. Sacó el gran cheque de bordes en sierra del hotel Xanadú de la cartera y examinó la escritura en negro y rojo y los números en verde. Cincuenta mil dólares. Lo examinó atentamente. Había tres firmas distintas en el cheque. Se fijó en especial en una de ellas por lo grande y clara que era: Alfred Gronevelt.

Y aún seguía desconcertado. Recordaba haber cambiado algunas fichas por dinero en metálico a lo largo del día, pero no se había dado cuenta de que habían sido más de cinco mil dólares. Se dio la vuelta en la cama y todas las fichas cuidadosamente apiladas se desmoronaron en confuso montón.

Y ahora se sentía satisfecho. Estaba contento de tener dinero suficiente para quedarse en Las Vegas, de no tener que seguir a Los Angeles a iniciar su nuevo trabajo. A iniciar su nueva carrera, su nueva vida, quizás una nueva familia.

Contó de nuevo el dinero y añadió el cheque. Eran setenta y un mil dólares. Podía jugar eternamente.

Apagó la luz de la mesa de noche para estar tumbado allí en la oscuridad rodeado de su dinero, sintiéndolo rozar su cuerpo.

Quiso dormir para combatir el terror que siempre caía sobre él en aquella habitación a oscuras. Pudo oír los latidos de su corazón cada vez más apresurados, pero por fin hubo de encender de nuevo la luz y levantarse.

Arriba, dominando la ciudad, en su apartamento con terraza, el propietario del hotel, Alfred Gronevelt, descolgó el teléfono. Llamó a la sección de dados y preguntó cuánto había ganado Jordan. Le dijeron que Jordan había liquidado los beneficios de la mesa de aquella noche. Luego volvió a llamar a la telefonista y le dijo que localizase a Xanadú Cinco. Esperó. La llamada tardaría unos cuantos minutos en cubrir todas las áreas de hotel y en penetrar en las mentes de los jugadores. Gronevelt miró perezosamente por la ventana y pudo ver la larga y gruesa pitón rojiverde de neón que culebreaba por Las Vegas Strip abajo. Y, más allá, el círculo de las oscuras montañas del desierto, que cercaban, junto con él, a miles de jugadores que intentaban ganar a la casa, que sudaban por aquellos millones de dólares que tan burlonamente descansaban en las cajas de cambio. Aquellos jugadores habían dejado sus huesos año tras año en aquel chillón Strip de neón.

Luego oyó la voz de Cully al teléfono. Cully era Xanadú Cinco. Gronevelt era Xanadú Uno.

—Cully, tu camarada nos ha atizado una buena —dijo Gronevelt—. ¿Estás seguro de que es legal?

Cully hablaba en voz baja.

—Sí, señor Gronevelt. Es amigo mío y es un tipo cabal. Lo perderá todo otra vez antes de irse.

—Dale lo que quiera —dijo Gronevelt—. No le dejes que se vaya por el Strip, a dar nuestro dinero a otros. Consíguele una buena tía.

—No se preocupe —dijo Cully.

Pero Gronevelt captó algo extraño en su voz. Por un instante, dudó de Cully. Cully era su espía, comprobaba el funcionamiento del casino e informaba de los talladores de veintiuno que se asociaban con él para engañar a la casa. Gronevelt tenía grandes planes para Cully cuando aquella operación terminase. Pero ahora dudaba.

—¿Qué me dices del otro tipo de tu grupo, el Niño? —dijo Gronevelt—. ¿Cuál es su enfoque? Lleva ya tres semanas aquí.

—Ese es calderilla —dijo Cully—. Pero es un buen chico. No se preocupe, señor Gronevelt. Sé muy bien lo que me hago.

—De acuerdo —dijo Gronevelt.

Cuando colgó el teléfono, sonreía. Cully no sabía que los jefes de sector se habían quejado de que se permitiese a Cully seguir en el casino porque era un artista en el cuenteo. Que el director del hotel se había quejado de que se permitiese a Merlyn y a Jordan retener habitaciones tan desesperadamente necesarias para nuevos jugadores con dinero fresco que llegaban todos los fines de semana. Lo que nadie sabía era que a Gronevelt le intrigaba la amistad de los tres hombres, el cómo acabase sería la auténtica prueba de Cully.

Jordan luchaba en su habitación contra el impulso de volver a bajar al casino. Se sentó en uno de los mullidos sillones y encendió un cigarrillo. Todo iba perfectamente ahora. Tenía amigos, había tenido suerte, era libre. Sólo estaba cansado. Necesitaba un largo descanso en algún sitio lejos de allí.

Pensó en Cully y Diane y Merlyn. Eran ahora sus tres mejores amigos. Sonrió al pensarlo.

Sabían muchísimas cosas sobre él, se habían pasado horas juntos en el bar del casino, hablando, descansando entre juego y juego. Jordan nunca se mostraba reticente. Contestaba a cualquier pregunta, aunque él nunca hiciera ninguna. El Niño formulaba siempre sus preguntas con tanta seriedad, con un interés tan patente, que Jordan jamás se ofendía.

Sólo por hacer algo, sacó la maleta del armario para hacer el equipaje. Lo primero con que tropezó su mirada fue un pequeño revólver que había comprado hacía tiempo. Nunca les había hablado a sus amigos del arma. Su esposa le había abandonado y se había llevado a los niños. Le había dejado por otro hombre, y la primera reacción de Jordan había sido matar al otro hombre. Una reacción tan ajena a su verdadero carácter que aún seguía sorprendiéndose cuando pensaba en ello. No había hecho nada, por supuesto. El problema era librarse del revólver. Lo mejor era desmontarlo y tirarlo pieza a pieza. No quería ser responsable de que nadie resultase herido por él. Pero de momento lo dejó a un lado y echó unas prendas de ropa en la maleta. Luego se sentó otra vez.

No estaba tan seguro de querer dejar Las Vegas. La cueva brillantemente iluminada de su casino. Allí estaba cómodo. Estaba seguro. Su despreocupación por si ganaba o perdía era su capa mágica contra el destino. Y sobre todo, su cueva del casino expulsaba y mantenía a raya a todos los demás dolores y trampas de la vida.

Sonrió de nuevo, pensando en la preocupación de Cully por sus ganancias. ¿Qué iba a hacer, después de todo, con el dinero? Lo mejor sería enviárselo a su mujer. Era una buena mujer, una buena madre. Una mujer de calidad y de carácter. El hecho de que le hubiese abandonado después de veinte años para casarse con su amante, no alteraba estos hechos, no podía alterarlos. Pues en aquel momento, después de haber pasado los meses, Jordan veía claramente la justicia de la decisión que ella había tomado. Tenía derecho a ser feliz. A vivir su vida del modo más pleno. Con él había estado asfixiando su vida. No es que hubiese sido un mal marido. Sólo un marido inadecuado. Había sido un buen padre. Había cumplido con su deber en todos los sentidos. Su única falta era que después de veinte años ya no hacía feliz a su esposa.

Sus amigos conocían la historia. Las tres semanas que habían pasado juntos en Las Vegas parecían años. Podía hablar con ellos como jamás había hablado con nadie. Todo había salido entre copa y copa en el bar, después de cenas de medianoche en la cafetería.

Sabía que le consideraban hombre de mucha sangre fría. Cuando Merlyn le preguntó si podía visitar a sus hijos, Jordan se encogió de hombros. Merlyn le preguntó si volvería a ver a su mujer y a sus hijos, y Jordan procuró contestar honradamente:

—No lo creo —dijo—. Están magníficamente.

Entonces, Merlyn el Niño le replicó de inmediato:

—¿Y tú? ¿Estás tú magníficamente?

Y entonces Jordan se echó a reír, al ver cómo le acosaba Merlyn el Niño. Sin dejar de reír, dijo:

—Sí, estoy magníficamente.

Y entonces, sólo por una vez, compensó al Niño por ser tan chismoso. Le miró directamente a los ojos y dijo con frialdad:

—No hay nada más que ver. Sólo hay lo que ves. No hay ninguna complicación. La gente no es tan importante para otra gente. Cuando te hagas más viejo, verás como es así.

Merlyn le miró a su vez y luego bajó los ojos y dijo con suavidad:

—Es sólo que no eres capaz de dormir de noche, ¿no?

—Así es —dijo Jordan.

—Nadie duerme en esta ciudad —dijo Cully con impaciencia—. Lo que tienes que hacer es tomar un par de píldoras para dormir.

—Me dan pesadillas —dijo Jordan.

—No, hombre, no —dijo Cully—. Me refiero a ésas.

Señaló a tres busconas que estaban sentadas en una mesa bebiendo. Jordan se echó a reír. Era la primera vez que oía la jerga de Las Vegas. Ahora entendía por qué a veces Cully dejaba de jugar proclamando que iba a tomar un par de pastillas para dormir.

Y qué momento más adecuado para pastillas de dormir ambulantes que aquella noche... Pero Jordan había probado ya aquello la primera semana en Las Vegas. No tenía problemas, pero tampoco conseguía aliviar la tensión. Una noche, una buscona que era amiga de Cully, le había convencido de que hiciese «parejas» llevándose con ella a su amiga. Sólo eran cincuenta más y prometían hacerle servicios especiales porque era un chico simpático. Y él dijo que de acuerdo. Había sido bastante alegre y confortante el asunto, tantos pechos rodeándole. Un confort infantil. Una de las chicas reclinó por fin la cabeza de Jordan sobre sus pechos y la otra le montó. Y en el momento final de tensión, cuando por fin él sintió, rindiendo al fin su carne, advirtió que la chica que le montaba lanzaba una tímida sonrisa a la chica sobre cuyos pechos apoyaba la cabeza. Comprendió que ahora que estaba ya fuera del camino, liquidado, ellas podrían pasar a lo que realmente querían. Contempló a la chica que le había montado colocarse debajo de la otra con una pasión mucho más convincente que la que había mostrado con él. No se enfadó. Ya que él había acabado tan pronto, que ellas sacasen algo en limpio. En cierto modo, le parecía natural que fuese así. Luego les dio cien dólares extra. Ellas creyeron que había sido por lo bien que lo habían hecho, pero en realidad era por aquella tímida sonrisa secreta... por aquella traición reconfortante, dulcemente confirmadora. Y sin embargo, la chica que estaba debajo en la exaltación final de su orgasmo traidor había extendido la mano ciegamente hacia la de Jordan para estrechársela, y esto le había conmovido hasta ponerle al borde de las lágrimas.

Todos los somníferos ambulantes se habían dedicado a perseguirle. Eran la crema del país, aquellas chicas. Te daban afecto, te estrechaban la mano, iban a una cena y a un espectáculo, jugaban un poco de tu dinero, jamás te engañaban o te desplumaban. Te hacían creer que se preocupaban sinceramente por ti y jodían como los ángeles. Sorbiéndote el seso. Todo por un solitario billete de cien dólares. Eran un buen negocio. Ay, Dios mío, un negocio excelente. Pero él nunca podía dejarse engañar ni siquiera por el pequeño momento comprado. Le lavaron de arriba abajo antes de dejarle: un hombre enfermo, muy enfermo, en una cama de hospital. En fin, siempre eran mucho mejores que los somníferos normales, no te producían ningún tipo de pesadilla. Pero tampoco te hacían dormir. En realidad, Jordan llevaba ya tres semanas sin dormir.

Se apoyó cansinamente contra el cabezal de la cama. No recordaba cuándo había dejado la silla. Debería apagar las luces e intentar dormir. Pero volvería el terror. No un miedo mental sino un pánico físico que su cuerpo no era capaz de combatir aunque su mente aguantase y se preguntase qué pasaba. No había elección posible. Tenía que bajar otra vez al casino. Metió el cheque de cincuenta mil en la maleta. Se jugaría sólo los billetes y las fichas.

Jordan lo recogió todo de la cama y se llenó los bolsillos. Salió de la habitación y siguió adelante hacia el casino. Ahora ocupaban las mesas los verdaderos jugadores. A aquellas horas primeras de la madrugada, ya habían hecho sus tratos mercantiles, habían terminado sus cenas en las habitaciones especiales, habían llevado a sus esposas a los espectáculos y las habían luego metido en la cama o las habían dejado con fichas de dólar en la ruleta. Fuera de circulación. O se habían retirado agotadas, o habían asistido a una inevitable función cívica. Todos libres ya para combatir con el destino. Con el dinero en la mano, se alineaban en primera fila en las mesas de dados. Los jefes de sector esperaban con marcadores en blanco a que acabasen las fichas para que firmasen por otro billete o dos o tres de los grandes. Durante las próximas horas, muchos hombres firmarían y perderían fortunas. Sin saber nunca por qué. Jordan apartó la vista hacia el extremo final del casino.

Un recinto cerrado por una elegante baranda gris regio albergaba la larga mesa oval de bacarrá, separándola de la zona central del salón. Un guardia armado de los servicios de seguridad estaba apostado a la entrada porque en aquella mesa se jugaba básicamente con dinero en efectivo y no con fichas. A los dos extremos de la mesa de fieltro verde había dos sillas muy altas. Allí se sentaban los dos supervisores, vigilando a los croupiers y observando los pagos; su concentración de halcones quedaba sólo levemente disfrazada por el traje de etiqueta que llevaban todos los empleados del casino que estaban dentro del recinto del bacarrá. Los supervisores vigilaban todos los movimientos de los tres croupiers y del jefe de sector que dirigía. Jordan empezó a caminar hacia ellos hasta que pudo ver las figuras definidas de los croupiers con sus trajes de etiqueta.

Cuatro santos de corbata negra cantaban hosannas a los ganadores y cantos fúnebres a los perdedores. Hombres apuestos, de movimientos rápidos, de continente atractivo, daban lustre al juego que dirigían. Pero antes de que Jordan pudiese cruzar la entrada gris regio, Cully y Merlyn se plantaron ante él.

—Sólo les faltan quince minutos —dijo suavemente Cully—. No juegues.

La sección de bacarrá se cerraba a las tres.

Y entonces uno de los santos de corbata negra llamó a Jordan.

—Vamos a dar el último «zapato», señor Jordan. El «zapato» de la banca —le dijo riendo.

Jordan contempló las cartas amontonadas y esparcidas por la mesa, con sus dorsos azules, y contempló luego cómo las juntaban antes de barajar, mostrando sus pálidas y blancas caras internas.

—¿Qué os parece si jugáis los dos conmigo? —dijo Jordan—. Yo pondré el dinero y apostaremos al límite los tres.

Lo cual significaba que con el límite de dos mil dólares, Jordan apostaría seis mil en cada mano.

—¿Estás loco? —dijo Cully—. Puedes perderlo todo.

—Vosotros sentaos ahí —dijo Jordan—. Os daré el diez por ciento de lo que ganéis.

—No —dijo Cully, y se separó de él, yendo a apoyarse en la baranda del bacarrá.

—Merlyn, ¿ocuparás una silla por mí? —preguntó Jordan.

Merlyn el Niño le sonrió, y luego dijo quedamente:

—Sí, ocuparé esa silla.

—Te llevarás el diez por ciento —dijo Jordan.

—Sí, de acuerdo —dijo Merlyn.

Los dos cruzaron la baranda y se sentaron. Diane tenía el «zapato» recién iniciado, y Jordan se sentó en la silla junto a ella para poder coger el siguiente. Diane inclinó la cabeza hacia él.

—No juegues más, Jordy —le dijo.

Jordan no apostó en la mano de Diane y ella fue repartiendo las cartas azules que sacaba del «zapato».

Diane perdió, perdió sus veinte dólares del casino y perdió la banca y pasó el «zapato» a Jordan.

Jordan se dedicó a vaciar todos los bolsillos exteriores de su chaqueta deportiva Las Vegas Ganador. Fichas, negras y verdes, billetes de cien dólares. Colocó un fajo de billetes frente a la silla seis de Merlyn. Luego cogió el «zapato» y colocó veinte fichas negras en la banca.

—Tú también —le dijo a Merlyn.

Merlyn contó veinte billetes de cien dólares del fajo que tenía ante sí y los colocó en el compartimento de la banca.

El croupier alzó una mano para detener a Jordan. Miró a su alrededor al resto de la mesa para comprobar si todos habían hecho ya su apuesta. Su palma cayó sobre una mano tentadora, y canturreó dirigiéndose a Jordan:

—Una carta para el jugador.

Jordan repartió las cartas. Una para el croupier, otra para él. Luego otra para el croupier y otra para él. El croupier echó un vistazo a la mesa y luego echó sus dos cartas hacia el hombre que apostaba la cantidad más alta a jugador. El hombre miró cautamente sus cartas y luego sonrió y las echó sobre la mesa boca arriba. Tenía un nueve natural invencible. Jordan echó las cartas boca arriba sin siquiera mirarlas. Tenía dos figuras. Cero. Liquidado. Pasó el «zapato» a Merlyn. Merlyn pasó el «zapato» al jugador siguiente. Por un instante, Jordan intentó parar el «zapato», pero algo en la expresión de Merlyn le detuvo. Ninguno de los dos dijo nada.

La caja marrón dorado fue dando la vuelta lentamente a la mesa. Sin novedad digna de nota. Ganó banca. Luego jugador. No hubo ganancias consecutivas de ninguno de ellos. Jordan apostó a la banca siempre, presionando, y llevaba perdidos ya los diez mil dólares de su propio fajo; Merlyn aún se negaba a apostar. Por fin Jordan se hizo otra vez con el «zapato».

Hizo su apuesta, el límite de dos mil dólares. Estiró la mano hasta el dinero de Merlyn y separó unos cuantos billetes colocándolos en la ranura de la banca. Advirtió de pronto que Diane ya no estaba a su lado. Y tuvo la sensación de que había llegado el momento. Sintió una tremenda oleada de energía, la sensación de que podía hacer que salieran del «zapato» las cartas que desease.

Tranquilamente y sin emoción, Jordan consiguió veinticuatro pases directos. En el octavo pase la baranda que rodeaba la mesa de bacarrá estaba atestada y todos los jugadores de la mesa apostaban banca, uniéndose a su suerte. Al décimo pase, el croupier de la ranura del dinero se agachó y sacó las fichas especiales de quinientos dólares. Eran de un hermoso blanco crema con bandas doradas.

Cully estaba apoyado en la baranda observando, con Diane a su lado. Jordan les saludó con un gesto. Por primera vez estaba emocionado. Desde el otro extremo de la mesa, un jugador sudamericano gritó «maestro» cuando Jordan logró su treceavo pase. Y luego, al seguir insistiendo Jordan, se hizo un extraño silencio en la mesa.

Daba cartas del «zapato» sin esfuerzo, sus manos parecían fluir. Ni una sola vez tropezó una carta ni se le escapó al salir de su lugar oculto en la caja de madera. Ni nunca mostró accidentalmente el rostro blanco y pálido de una de ellas. Cogía sus propias cartas con el mismo movimiento rítmico cada vez, sin mirar, dejando que el croupier jefe voceara los números y los resultados. Cuando el croupier decía «una carta para el jugador», Jordan la daba tranquilamente sin el menor énfasis en que fuese buena o mala. Cuando el croupier decía «una carta para la banca», Jordan la daba asimismo suave y rápidamente, sin emoción. Por fin, en el veinticincoavo pase, ganó jugador, mano que jugaba el croupier porque todos los demás apostaban a banca.

Jordan le pasó el zapato a Merlyn, que lo rechazó y se lo pasó al jugador siguiente. También Merlyn tenía pilas de fichas doradas de quinientos dólares frente a sí. Como habían ganado con la banca, tenían que pagar la comisión del cinco por ciento a la caja. El croupier contabilizó las comisiones en sus números de silla. Un total de cinco mil dólares. Lo cual significaba que Jordan había ganado unos cien mil dólares en aquella racha de suerte. Y todos los demás jugadores de la mesa habían salido de apuros.

Los dos supervisores estaban hablando por teléfono desde sus sillas con el director del casino y el propietario del hotel, comunicándoles las malas noticias. Una noche desafortunada en la mesa de bacarrá era uno de los pocos peligros graves para el porcentaje de beneficios del casino. No es que significase gran cosa a la larga, pero siempre había que estar atento a los desastres naturales. El propio Gronevelt bajó de su apartamento y entró tranquilamente en el recinto del bacarrá, quedándose en el rincón con el jefe de sector, observando. Jordan le vio con el rabillo del ojo y supo quién era, Merlyn se lo había señalado un día.

El «zapato» recorrió la mesa y siguió siendo un tímido «zapato» de banquero. Jordan ganó un poco de dinero. Luego volvió a tener en su poder el «zapato».

Esta vez sin esfuerzo, tranquilamente, las manos como en un ballet, logró el sueño de todo jugador de bacarrá. Acabó el zapato con «pases». No quedaron más cartas. Jordan tenía ante sí pilas y pilas de fichas blanco y oro.

Jordan lanzó cuatro de las fichas blanco y oro al croupier jefe.

—Para ustedes, caballeros —dijo.

El jefe de sector de bacarrá dijo:

—Señor Jordan, ¿por qué no sigue usted ahí sentado y deja que convirtamos todo esto en un cheque?

Jordan se metió en la chaqueta el inmenso montón de billetes de cien dólares, luego las fichas negras de cien dólares, dejando sobre la mesa inmensos montones de fichas doradas y blancas de quinientos dólares.

—Cuéntelos usted mismo —dijo al jefe de sector.

Se levantó para estirar las piernas y luego dijo tranquilamente:

—¿Puede usted jugar otro «zapato»?

El jefe de sector vaciló y se volvió al director del casino, que estaba con Gronevelt.

El director del casino movió la cabeza en un gesto negativo. Había catalogado a Jordan como un jugador degenerado. Jordan se quedaría sin duda en Las Vegas hasta que perdiese. Pero aquella noche era su noche de suerte. ¿Por qué empeñarse en acosarle en su noche de suerte? Mañana, las cartas saldrían de otro modo. No podía tener siempre suerte, y luego su fin sería rápido. El director del casino había visto todo aquello antes. La casa disponía de infinitas noches, todas ellas con la comisión, el porcentaje.

—Se cierra la mesa —dijo el director del casino.

Jordan bajó la cabeza. Se volvió para mirar a Merlyn y dijo:

—Tú llevas el diez por ciento de las ganancias de tu silla.

Pero, ante su sorpresa, vio una expresión casi de lástima en los ojos de Merlyn y le oyó decir:

—No.

Los croupiers encargados del dinero contaban las fichas doradas de Jordan y las apilaban para que los supervisores, el jefe de sector y el director del casino pudiesen también controlar las cuentas. Por fin terminaron. El jefe de sector alzó la vista y dijo con respeto:

—Ha ganado usted doscientos noventa mil dólares, señor Jordan. ¿Lo quiere todo en un cheque?

Jordan asintió. Los bolsillos interiores de su chaqueta aún estaban atestados de más fichas, de dinero en billetes. No quería cambiar todo aquello.

Los otros jugadores habían dejado la mesa y el sector al decir el director del casino que no habría otro «zapato». El jefe de sector aún murmuraba. Cully había cruzado la baranda y estaba junto a Jordan, igual que Merlyn, los tres con el aire de miembros de alguna banda callejera con sus chaquetas deportivas Las Vegas Ganador.

Jordan se sentía ahora realmente cansado, demasiado cansado para el esfuerzo físico que exigían los dados y la ruleta. Y el veintiuno era un juego demasiado lento con su límite de quinientos dólares.

—Tú no juegas más —dijo Cully—. Dios mío, nunca vi nada igual. Ahora ya sólo puedes ir hacia abajo. No volverás a tener tanta suerte.

Jordan asintió con un gesto.

El guardia de seguridad llevó a la caja las bandejas de fichas de Jordan y los recibos firmados del jefe de sector. Diane se unió al grupo y le dio un beso a Jordan. Todos ellos estaban excitadísimos. Jordan se sentía feliz en aquel momento. Era sin duda un héroe. Y sin matar ni herir a nadie. Tan fácilmente. Sólo por apostar una inmensa cantidad de dinero al azar de las cartas. Y ganar.

Tuvieron que esperar a que llegara el cheque de la caja. Merlyn le dijo burlonamente:

—Bueno, eres rico. Ya puedes hacer lo que quieras.

—Tiene que irse de Las Vegas —dijo Cully.

Diane apretaba la mano de Jordan. Pero Jordan miraba fijamente a Gronevelt, que seguía allí con el director del casino y los dos supervisores, que se habían bajado de sus sillas. Los cuatro cuchicheaban. De pronto, Jordan dijo:

—Xanadú Número Uno, ¿es capaz de jugarse un zapato?

Gronevelt se apartó de los otros y su rostro apareció bruscamente bajo la plena claridad de la luz. Jordan pudo ver que era más viejo de lo que él había creído. Quizás rondase los setenta. Aunque estaba colorado y sano. Tenía el pelo gris acero, tupido y limpiamente peinado. Su cara tenía un bronceado rojizo. Era corpulento, pero la edad aún no había desmadejado su cuerpo. Jordan se dio cuenta de que no le había sorprendido gran cosa que se dirigiese a él por su nombre de código telefónico.

Gronevelt le sonrió. No estaba enfadado. Pero algo en él reaccionaba ante el desafío, devolviéndole su juventud, la época en que había sido un jugador degenerado. Ahora había hecho de su mundo algo seguro, tenía su vida bajo control. Disponía de muchos placeres, tenía muchos deberes, le acechaban algunos peligros, pero muy pocas veces tenía a su alcance una emoción pura. Resultaría placentero saborear una de nuevo, y además quería ver hasta dónde era capaz de llegar Jordan, qué podía ponerle nervioso.

—Tiene usted un cheque de doscientos noventa de los grandes que acaban de traerle de caja, ¿no? —dijo suavemente Gronevelt.

Jordan asintió.

—Los pondremos a un «zapato» —dijo Gronevelt—. Jugaremos una mano. Doble o nada. Tiene usted que apostar a jugador, no a la banca.

Todos los presentes en el sector de bacarrá se quedaron atónitos. Los croupiers miraron asombrados a Gronevelt. No sólo estaba arriesgando una inmensa suma de dinero, en contra de todas las leyes de los casinos, sino que además estaba arriesgando su licencia si la comisión de juego del estado se enteraba de aquella apuesta. Gronevelt les sonrió.

—Barajen esas cartas —dijo—, preparen el «zapato».

En aquel momento, entraba en el recinto del bacarrá el jefe de sector y le entregaba a Jordan el oblongo trozo de papel amarillo de bordes en sierra que era el cheque. Jordan lo miró sólo un momento y luego lo colocó en la ranura del jugador y dijo sonriendo a Gronevelt:

—Lista la apuesta.

Jordan vio que Merlyn retrocedía y se apoyaba en la baranda gris regio. Merlyn le estudiaba de nuevo atentamente. Diane dio unos cuantos pasos a un lado, desconcertada. Jordan se sintió complacido de su asombro. Lo único que no le gustaba era apostar contra su propia suerte. Le resultaba odiosa la idea de sacar las cartas del zapato y apostar contra su propia mano.

Se volvió a Cully:

—Cully, da las cartas por mí —dijo.

Pero Cully se escurrió, horrorizado. Luego miró al croupier, que había sacado las cartas de la caja que había debajo de la mesa y estaba preparándolas para barajar. Cully pareció estremecerse antes de volverse para mirar a Jordan.

—Jordy, es una tontería —dijo Cully suavemente como si no quisiera que le oyera nadie.

Lanzó una rápida mirada a Gronevelt, que estaba mirándole a su vez.

—Oye —continuó—, Jordy, la banca tiene un margen de un dos y medio por ciento siempre sobre el jugador. En todas las manos. Por eso el que apuesta banca ha de pagar la comisión del cinco por ciento. Pero ahora tiene la casa la banca. En una apuesta como ésta la comisión no significa nada. Es mejor tener el margen del dos y medio, según como resulte la mano. ¿Lo entiendes, Jordy?

Cully mantenía la voz en un tono liso. Como si estuviese razonando con un niño.

Pero Jordan se echó a reír.

—Lo sé perfectamente —dijo.

Estuvo a punto de decir que contaba con ello, pero en realidad no era cierto.

—Bueno, Cully, por qué no das por mí. No quiero ir contra mi suerte —añadió.

El croupier barajó la inmensa baraja por partes, y luego las juntó todas. Pasó el mazo blanco y amarillo de plástico a Jordan para que cortara. Jordan miró a Cully. Cully retrocedió sin decir más. Jordan cortó. Todos avanzaron entonces hacia el borde de la mesa. Jugadores que estaban fuera del recinto de bacarrá, al ver que estaba jugándose un nuevo «zapato», intentaron entrar, pero el guardia de seguridad lo impidió.

Y de pronto se hizo un silencio completo. Se amontonaron allí alrededor al otro lado de la baranda. El croupier alzó la primera carta que sacó del zapato. Era un siete. Sacó siete cartas del «zapato», enterrándolas en la ranura. Luego empujó el zapato hacia Jordan. Jordan se acomodó en su silla. De pronto habló Gronevelt:

—Sólo una mano —dijo.

El croupier alzó el brazo y dijo cuidadosamente:

—Está usted apostando a jugador, señor Jordan, ¿comprende? La mano que yo levante será la suya. La que levante usted como banquero será la mano contra la que usted apuesta.

Jordan sonrió.

—Comprendo —dijo.

El croupier vaciló, pero luego dijo:

—Si usted prefiere, puedo darle el zapato.

—No —dijo Jordan—. Está bien.

Estaba realmente emocionado. No sólo por el dinero sino por la energía que fluía de él hasta cubrir a la gente y al casino.

El croupier dijo, alzando la palma:

—Una carta para mí, una carta para usted. Luego una carta para mí y una carta para usted, por favor.

Hizo una dramática pausa, alzó su mano más próxima a Jordan y dijo:

—Una carta para el jugador.

Jordan fue dando rápidamente y sin esfuerzo las cartas de dorso azulado del ranurado zapato. Sus manos, de nuevo extraordinariamente ágiles, no titubeaban. Recorrían la distancia exacta cruzando el verde fieltro hasta las manos del croupier que aguardaban, y éste las volvió boca arriba rápidamente y se quedó asombrado ante el invencible nueve. Jordan no podía perder. Cully, que estaba detrás de él, exclamó:

—Nueve natural.

Por primera vez Jordan miró sus dos cartas antes de mostrarlas. Estaba en realidad jugando la mano de Gronevelt, y, en consecuencia, esperaba cartas malas. Sonrió, era su vez, y volvió sus cartas de la banca.

—Nueve natural —dijo.

Y así era. Un empate. Jordan se echó a reír.

—Tengo demasiada suerte —dijo.

Alzó los ojos luego y miró a Gronevelt.

—¿Repetimos? —preguntó.

Gronevelt movió la cabeza:

—No —dijo.

Luego, se dirigió al croupier y al jefe de sector y a los supervisores:

—Cierren la mesa.

Gronevelt salió del recinto. Había disfrutado de la apuesta, pero sabía lo suficiente para no llevar las cosas a límites peligrosos. Una emoción por vez. Al día siguiente tendría que arreglar el asunto de aquella apuesta heterodoxa con la comisión de juego del estado. Y tendría que hablar largo y tendido con Cully. Quizás estuviese equivocado respecto a él.

Cully, Merlyn y Diane rodearon a Jordan como guardaespaldas, sacándole del sector del bacarrá. Cully recogió el cheque amarillo de la mesa de fieltro verde y lo metió en el bolsillo izquierdo del pecho de Jordan y luego cerró la cremallera para que estuviese seguro. Jordan reía a carcajadas, contentísimo. Miró su reloj. Eran las cuatro. La noche casi había terminado.

—Tomemos café y desayunemos —dijo. Les condujo a todos hasta la cafetería y se sentaron en uno de los reservados de tapizado amarillo.

—Bueno —dijo Cully cuando se sentaron—, ha conseguido cerca de cuatrocientos de los grandes. Hay que sacarle de aquí.

—Jordy, tienes que irte de Las Vegas. Eres rico. Puedes hacer lo que quieras.

Jordan se dio cuenta de que Merlyn le observaba atentamente. Maldita sea, aquello ya estaba resultando irritante.

Diane tocó a Jordan en el brazo y le dijo:

—No juegues más. Por favor.

Había un brillo especial en los ojos de Diane. Y de pronto Jordan comprendió que todos actuaban como si él hubiese escapado de una especie de exilio o le hubiesen amnistiado. Se dio cuenta de que se sentían felices por él, y para compensarlo dijo:

—Ahora permitidme que haga una cosa, amigos, y va también por ti, Diane. Os daré veinte de los grandes a cada uno.

Se quedaron un tanto asombrados. Luego Merlyn dijo:

—Aceptaré el dinero cuando cojas ese avión para irte de Las Vegas.

—Ese es el trato —dijo Diane—, tienes que coger el avión, tienes que salir de aquí. ¿Verdad Cully?

Cully no se sentía tan entusiasmado. ¿Qué tenía de malo coger los veinte grandes ya, y luego meterle en el avión? El juego había terminado. Ya no podían darle mala suerte. Pero Cully se sentía culpable y no podía hablar con sinceridad. Y sabía que aquél probablemente fuera el último gesto romántico de su vida. Mostrar verdadera amistad, como aquellos dos tontos del culo, Merlyn y Diane. ¿Es que no se daban cuenta de que Jordan estaba loco? ¿No veían que podía escapárseles de las manos y perder toda aquella fortuna?

—Bueno —dijo Cully—, tenemos que apartarle de las mesas. Tenemos que vigilarle y controlarle hasta que salga ese avión mañana para Los Angeles.

Jordan negó con un gesto.

—No iré a Los Angeles. Tiene que ser más lejos. Cualquier lugar del mundo —les sonrió—. Nunca he salido de Estados Unidos.

—Necesitamos un mapa —dijo Diane—. Llamaré al jefe de botones. El puede conseguirnos un mapa del mundo. Los jefes de botones son capaces de conseguir cualquier cosa.

Descolgó el teléfono que había en la repisa del reservado e hizo la llamada. En una ocasión, el jefe de botones le había conseguido un aborto en diez minutos.

La mesa se llenó de bandejas de comida: huevos, tocino, pastelillos y filetitos de desayuno. Cully había pedido un desayuno principesco.

Mientras comían, Merlyn dijo:

—¿Vas a mandar los cheques a los chicos?

Lo dijo sin mirar a Jordan, que le estudió atentamente y luego se encogió de hombros. Ni siquiera había pensado en ello. Sin saber muy bien el motivo, le irritó el que Merlyn le hiciese aquella pregunta, pero la irritación sólo le duró un momento.

—¿Por qué había de dar ese dinero a sus hijos? —dijo Cully—. Ya los ha cuidado perfectamente. Eres capaz de decirle ahora que debe mandarle los cheques a su mujer.

Y se echó a reír, como si esto quedase fuera del reino de lo posible, con lo que Jordan se irritó de nuevo un poco. Les había dado una imagen errónea de su mujer. Era mejor de lo que ellos creían.

Diane encendió un cigarrillo. No tomaba más que café, y sonreía con una sonrisa muy leve y reflexiva. Durante sólo un instante, su mano rozó la manga de Jordan en una especie de acto de complicidad o de entendimiento, como si él también fuese una mujer y ella estuviera aliándose con él. En ese momento, llegó el jefe de botones con un atlas. Jordan hurgó en un bolsillo y le dio un billete de cien dólares. El jefe de botones se fue casi corriendo antes de que Cully, irritado, pudiese decir nada. Diane empezó a desplegar el mapa.

Merlyn el Niño aún seguía pendiente de Jordan:

—¿Qué sensación produce esto? —preguntó.

—Una sensación magnífica —dijo Jordan. Sonrió, divertido por el entusiasmo de sus amigos.

—Como te acerques a una mesa de dados, nos arrojaremos sobre ti. En serio —dio una palmada en la mesa—. Se acabó.

Diane había desplegado el mapa sobre la mesa, cubriendo los revueltos platos de alimentos a medio comer. Se inclinaron sobre él, todos salvo Jordan. Merlyn encontró una ciudad en Africa. Jordan dijo tranquilamente que no quería ir a África.

Merlyn se retrepó en la silla, dejando de mirar el mapa. Miraba a Jordan. Cully les sorprendió a todos diciendo:

—Conozco una ciudad aquí en Portugal, Mercedas.

Se sorprendieron porque, por alguna razón, nunca habían imaginado que hubiese podido vivir en un sitio que no fuese Las Vegas. Y de pronto resultaba que conocía una ciudad de Portugal.

—Sí, Mercedas —dijo Cully—. Una ciudad muy bonita, y un clima excelente. La playa es magnífica. Y hay un pequeño casino con un límite máximo de cincuenta dólares. Sólo lo abren seis horas por noche. Puedes jugar a lo grande sin el menor peligro. ¿Qué te parece esto, Jordan? ¿Te sirve Mercedas?

—Vale —dijo Jordan.

Diane empezó a planear el itinerario.

—De Los Angeles por el Polo Norte a Londres. Luego un vuelo a Lisboa. Luego supongo que puedes ir en coche a Mercedas.

—No —dijo Cully—. Hay aviones hasta otra ciudad grande que queda cerca. No recuerdo cómo se llama.

Y debes salir de Londres rápidamente. Los clubs de juego de allí son criminales.

—Tengo que dormir algo —dijo Jordan.

Cully le miró.

—Dios mío, sí, estás hecho una mierda. Sube a tu habitación y duerme. Nosotros nos encargaremos de todo. Ya te despertaremos antes de que salga el avión. Y no se te ocurra volver a bajar al casino. El Niño y yo estaremos vigilando.

—Jordan —dijo Diane—, tendrás que darme algo de dinero para los billetes.

Jordan sacó del bolsillo un inmenso fajo de billetes de cien y los echó sobre la mesa. Diane contó cuidadosamente treinta.

—No puede costar más de tres mil dólares en primera clase, ¿verdad? —preguntó.

Cully movió la cabeza.

—Dos mil como máximo —dijo—. Resérvale plazas de hotel también.

Luego cogió el resto de los billetes de la mesa y volvió a meterlos en el bolsillo de Jordan.

Jordan se levantó y dijo, en un último intento:

—¿Queréis que os dé eso ahora?

—No —dijo rápidamente Merlyn—. Traería mala suerte, no lo aceptaremos hasta que cojas el avión.

Jordan vio la expresión de lástima y afecto en la cara de Merlyn. Luego Merlyn dijo:

—Duerme algo. Cuando te llamemos ya te ayudaremos a hacer el equipaje.

—Vale —dijo Jordan. Dejó la cafetería y bajó el pasillo que llevaba a su habitación. Se dio cuenta de que Cully y Merlyn le habían seguido hasta donde empezaba el pasillo para asegurarse de que no se paraba a jugar. Recordaba vagamente que Diane le había besado para despedirse y que incluso Cully le había apretado el hombro con afecto. Quién iba a pensar que un tipo como Cully había estado en Portugal.

Cuando entró en su habitación, cerró con llave la puerta y echó la cadena por dentro. Ahora estaba absolutamente seguro. Se sentó en el borde de la cama. Y de pronto sintió una tremenda cólera. Le dolía la cabeza y el cuerpo le temblaba de modo incontrolable.

¿Cómo se atrevían a sentir afecto por él? ¿Cómo se atrevían a mostrar compasión? No tenían ninguna razón... ninguna. El jamás se había quejado. Jamás había buscado su afecto. Nunca había alentado en ellos ningún amor hacia él. No lo deseaba. Le repugnaba.

Se dejó caer sobre la almohada, tan cansado que no se sentía capaz de desvestirse. La chaqueta, repleta de fichas y dinero, resultaba demasiado incómoda y se libró de ella dejándola caer en el suelo alfombrado. Cerró los ojos y pensó que se quedaría dormido instantáneamente. Pero, por el contrario, aquel terror misterioso electrizó su cuerpo, forzándole a incorporarse. No podía controlar los violentos temblores de sus piernas y brazos.

La oscuridad de la habitación empezó a poblarse de los pequeños espectros de la aurora. Jordan pensó que podría llamar a su mujer y explicarle la fortuna que había ganado. Pero sabía que no podía. Tampoco podía contárselo a sus hijos. Ni a ninguno de sus viejos amigos. En los últimos fragmentos grises de aquella noche no había una persona en el mundo a quien quisiese deslumbrar con su buena suerte. No había una persona en el mundo con quien pudiese compartir su alegría por haber ganado aquella gran fortuna.

Se levantó de la cama para hacer el equipaje. Era rico y debía ir a Mercedas. Empezó a llorar; una tristeza y una cólera abrumadoras lo ahogaban todo. Vio el revólver allí en la maleta y luego su mente quedó envuelta en una confusa nebulosa. Escenas de las últimas dieciséis horas de juego se revolvían en su cerebro, los dados relampagueaban números ganadores, las mesas de veintiuno con sus manos ganadoras, la mesa de bacarrá sembrada de los blancos y pálidos rostros de las muertas cartas boca arriba. Ensombreciendo aquellas cartas, un croupier, de corbata negra y deslumbrante camisa blanca, alzaba una mano, diciendo:

—Una carta para el jugador.

En un suave y rápido movimiento, Jordan agarró el revólver. Y luego, con la misma seguridad y rapidez con que había dado sus fabulosas veinticuatro manos ganadoras al bacarrá, apoyó el cañón en el suave perfil de su cuello y apretó el gatillo. En aquel segundo eterno, se sintió dulcemente aliviado del terror. Su último pensamiento consciente fue que jamás iría a Mercedas.

3

Merlyn el Niño cruzó las puertas de cristal y salió del casino. Le encantaba sobremanera contemplar la salida del sol mientras todavía era un frío disco amarillo, sentir cómo soplaba suavemente el aire fresco del desierto desde las montañas que bordeaban la ciudad del desierto. Era el único momento del día en que siempre salía del casino de aire acondicionado. Habían estado planeando en muchas ocasiones una excursión a aquellas montañas. Diane había aparecido incluso un día con la comida preparada. Pero Cully y Jordan se negaron en todo momento a dejar el casino.

Merlyn encendió un cigarrillo. Lo saboreó con largas y lentas chupadas, aunque pocas veces fumaba. El sol empezaba ya a brillar con tono algo más rojo, una redonda parrilla conectada a una infinita galaxia de neón. Merlyn dio la vuelta para volver al casino, y cuando cruzaba las puertas de cristal, localizó a Cully con su chaqueta deportiva Las Vegas Ganador que cruzaba apresuradamente el sector de dados, evidentemente buscándole. Se encontraron frente al recinto del bacarrá. Cully se apoyó en una de las sillas altas. Su rostro oscuro y flaco estaba crispado de odio, miedo y desconcierto.

—Ese hijo de puta de Jordan —dijo Cully—. Nos birló veinte grandes.

Luego se echó a reír.

—Se voló la cabeza —añadió—. Ganó a la casa cuatrocientos grandes y el muy cabrón se levantó la tapa de los sesos.

A Merlyn no pareció siquiera sorprenderle la noticia. Se apoyó pesadamente en la baranda del bacarrá, el cigarrillo se deslizó de su mano.

—Demonios —dijo—. Nunca pareció un hombre de suerte.

—Es mejor que esperemos aquí y cojamos a Diane cuando vuelva del aeropuerto —dijo Cully—. Podemos repartirnos lo que nos devuelvan del billete.

Merlyn le miró, no con asombro sino con curiosidad. ¿Era tan insensible Cully? No lo creía. Vio la sonrisa repugnante en la cara de Cully, una cara que intentaba ser dura pero que estaba llena de un desmayo próximo al miedo. Merlyn se sentó junto a la cerrada mesa de bacarrá. Se sentía algo mareado por la falta de sueño y el agotamiento. Sentía rabia, como Cully, pero por una razón distinta. El había estudiado cuidadosamente a Jordan, había observado todos sus movimientos. Le había llevado astutamente a explicar su historia, la historia de su vida. Se había dado cuenta de que Jordan no quería abandonar Las Vegas, de que le pasaba algo. Jordan nunca les había hablado del revólver. Y Jordan había reaccionado siempre perfectamente cuando se daba cuenta de que Merlyn le observaba. Merlyn comprendía ahora que Jordan le había engañado. Le había engañado siempre. Les había engañado a todos. Lo que desconcertaba a Merlyn era que él había entendido perfectamente a Jordan durante todo el tiempo que se habían relacionado en Las Vegas. Había reunido todas las piezas pero, sencillamente por falta de imaginación, no había logrado ver el cuadro completo, pues, ahora que Jordan estaba muerto, Merlyn sabía que el final no podía haber sido otro. Jordan tenía que haber muerto en Las Vegas, esto era algo decidido desde el mismo principio.

El único que no se sorprendió fue Gronevelt. Allí arriba en su apartamento, noche tras noche a lo largo de los años, nunca calibraba el mal agazapado en el corazón del hombre. Planeaba contra él. Mucho más abajo, la caja de su casino encerraba un millón de dólares en metálico que el mundo entero intentaba robar, y él permanecía despierto noche tras noche, lanzando conjuros para desbaratar aquellos planes. Y habiendo llegado así a conocer todo el aburrido mal, algunas horas de la noche ponderaba otros misterios y tenía más miedo de la bondad del alma humana. Ese era el mayor peligro para su mundo, e incluso para él mismo.

Cuando la policía de seguridad informó del disparo, Gronevelt telefoneó inmediatamente a la oficina del sheriff y dejó que las autoridades forzasen la entrada de la habitación. Pero en presencia de sus propios hombres. Para que se hiciese un inventario honesto. Había dos cheques del casino que totalizaban trescientos cincuenta mil dólares y había cerca de cien mil en billetes y fichas embutidos en los bolsillos de aquella ridícula chaqueta de lino que llevaba Jordan. Sus bolsillos con cremallera contenían las fichas que no había echado sobre la cama.

Gronevelt miró por las ventanas de su ático, hacia el rojizo sol del desierto que subía sobre las arenosas montañas. Suspiró. Jordan no perdería sus ganancias. El casino se quedaría sin aquel dinero. En fin, ése era el único medio que tenía un jugador degenerado de conservar sus ganancias. El único medio.

Pero ahora Gronevelt tenía que ponerse a trabajar. Los periódicos tendrían que hablar del suicidio. La imagen sería espantosa, un individuo que había ganado cuatrocientos grandes se volaba los sesos. Gronevelt no quería rumores de asesinato porque si no el casino no recuperaría sus pérdidas. Había que dar los pasos necesarios. Hizo las llamadas correspondientes a sus oficinas del este. Un antiguo senador de Estados Unidos, un hombre de irreprochable integridad, recibió la misión de comunicar la triste nueva a la reciente viuda. Y de decirle que su marido había dejado una fortuna en ganancias de juego que podría recoger como herencia cuando recogiese el cadáver. Todo el mundo sería discreto, nadie engañaría, se haría justicia. Por último, el incidente sería sólo una historia que los jugadores se contarían unos a otros en noches de mala suerte, en las cafeterías del Strip de Las Vegas. Pero para Gronevelt no era esto lo interesante.

Hacía mucho tiempo que había dejado de intentar entender a los jugadores.

Fue un funeral sencillo y le enterraron en un cementerio protestante rodeado por la dorada arena del desierto. La viuda de Jordan llegó en avión y se cuidó de todo. Gronevelt y su equipo le informaron también de lo que había ganado Jordan. Se lo pagaron todo meticulosamente. Le entregaron los cheques y todo el dinero en metálico que tenía el cadáver. El suicidio se silenció, con la cooperación de las autoridades y de la prensa. Sería fatal para la imagen de Las Vegas, un individuo que había ganado cuatrocientos grandes hallado muerto. La viuda de Jordan firmó un recibo de los cheques y del dinero. Gronevelt le pidió discreción, pero no tenía que preocuparse en este aspecto. Si aquella guapa chica enterraba a su marido en Las Vegas, no le llevaba a casa, y no dejaba que sus hijos fuesen al funeral, no había duda de que ocultaba cartas en la manga.

Gronevelt, el ex senador y los abogados escoltaron a la viuda hasta la limousine que le esperaba fuera del hotel. (Cortesía de Xanadú, como todo lo demás.) El Niño, que había estado esperándola, se plantó delante de ellos.

—Me llamo Merlyn —dijo a la guapa mujer.— Su marido y yo éramos amigos. Lo siento mucho.

La viuda se dio cuenta de que la observaba atentamente, estudiándola. Se dio cuenta en seguida de que no tenía ningún motivo oculto, de que era sincero. Pero le pareció, en cierto modo, excesivamente interesado. Le había visto durante el funeral con una chica joven que tenía la cara hinchada de tanto llorar. Se preguntó por qué no la había abordado entonces. Probablemente porque la chica había sido la amiga de Jordan.

—Me alegro de que tuviese un amigo aquí —dijo quedamente.

Le resultaba divertido que el joven la mirase tanto. Sabía que tenía una cualidad especial que atraía a los hombres, y que no era tanto su belleza como la inteligencia añadida a aquella belleza: suficientes hombres le habían dicho que constituía una combinación sumamente rara. Ella había sido infiel a su marido muchas veces antes de dar con el hombre con quien había decidido vivir. Se preguntaba si aquel joven, Merlyn, sabía algo de Jordan y de ella, y se preguntaba también qué habría pasado aquella última noche. Pero no le preocupaba. No se sentía culpable. Sabía, mejor de lo que pudiese saberlo nadie, que la muerte de Jordan había sido un acto voluntario y elegido. Un acto de malevolencia de un hombre amable.

Se sentía un poco halagada por la intensidad, la evidente fascinación con que la miraba el joven. No podía saber que él no veía sólo la piel delicada, los huesos perfectos debajo, la boca roja y delicadamente sensual, sino que veía también y vería siempre el rostro de ella como la máscara del ángel de la muerte.

4

Cuando le dije a la viuda de Jordan que me llamaba Merlyn, ella me dirigió una mirada fría y amistosa, sin culpa ni pesar. Vi que era una mujer con completo dominio de su vida, no por zorrería ni presunción, sino por inteligencia. Comprendí por qué Jordan nunca había dicho una palabra dura contra ella. Era una mujer muy especial, de las que tienen mucho éxito con los hombres. Pero no quise conocerla. Estaba demasiado de parte de Jordan. Aunque siempre percibí su frialdad, su rechazo de todos nosotros bajo la cortesía y la aparente amistad.

La primera vez que vi a Jordan me di cuenta de que había en él un desequilibrio. Era mi segundo día en Las Vegas y me había ido muy bien en el veintiuno, así que fui a probar suerte a la mesa de bacarrá. El bacarrá es estrictamente un juego de suerte con una puesta mínima de veinte dólares. Estás completamente en manos del destino, y me ha molestado siempre esa sensación. Siempre he creído que podría controlar mi destino si me esforzaba lo bastante.

Me senté a la larga mesa oval de bacarrá, y me fijé en Jordan, que estaba al otro extremo. Era un tipo muy apuesto, de unos cuarenta años, puede incluso que cuarenta y cinco. Y tenía aquel pelo blanco y tupido, pero no blanco por la edad. Era un blanco con el que había nacido, de algún gene albino. Sólo estábamos él, otro jugador y yo, y tres señuelos de la casa para ocupar espacio. Uno de los señuelos era Diane, que estaba sentada dos sillas más allá de Jordan, vestida para anunciar que estaba en acción, pero yo me fijé sobre todo en Jordan.

Me pareció aquel día un jugador admirable. No mostraba el menor entusiasmo cuando ganaba, ni la menor decepción cuando perdía. Cuando manejó el «zapato» lo hizo hábilmente, con aquellas manos elegantes y blanquísimas. Pero mientras le miraba hacer montoncitos con los billetes de cien dólares, comprendí de pronto que en realidad le daba igual ganar que perder.

El tercer jugador de la mesa era un «vapor», un mal jugador destinado a perder. Bajo y delgado, disimulaba la calvicie esparciendo su pelo negro azabache cuidadosamente sobre la calva. Su cuerpo parecía encerrar enorme energía. Todos sus movimientos estaban cargados de violencia. Su forma de echar el dinero al hacer la puesta, cómo tomaba una mano ganadora, cómo contaba los billetes que tenía ante sí y los arrebuñaba furioso en un montón para indicar que estaba perdiendo. Cuando manejaba el «zapato», daba cartas desmañadamente, de modo que muchas veces una carta quedaba al descubierto o pasaba más allá de la mano extendida del croupier. Pero el croupier que atendía la mesa era impasible. Su cortesía jamás se alteraba. Una carta de jugador surcó el aire, girando hacia un lado. El individuo de aspecto mezquino intentó añadir otra ficha negra de cien dólares a su puesta.

—Lo siento, señor A., no puede hacer eso —dijo el croupier.

La crispación colérica de la boca del señor A. se hizo aún más violenta.

—¿Por qué coño no puedo hacerlo? Sólo di una carta. ¿Quién dice que no puedo?

El croupier alzó la vista hacia el supervisor de su derecha, el del lado de Jordan. El supervisor hizo una leve seña y el croupier dijo cortésmente:

—Puede usted hacer su apuesta, señor A.

La primera carta del jugador era, claro está, un cuatro,

una mala carta. Pero el señor A. perdió de todos modos y el «zapato» pasó a Diane.

El señor A. apostó de nuevo por el jugador contra la banca de Diane. Miré hacia el fondo de la mesa, donde estaba Jordan. Tenía la blanca cabeza inclinada y no prestaba la menor atención al señor A. Pero yo sí. El señor A. puso cinco billetes de cien dólares al jugador. Diane dio cartas maquinalmente. El señor A. cogió las cartas del jugador. Las miró y las arrojó violentamente. Dos figuras. Nada. Diane tenía dos cartas que totalizaban cinco.

—Una carta para el jugador —dijo el croupier.

Diane le dio al señor A. otra carta. Otra figura. Nada.

—Gana la banca —dijo el croupier.

Jordan había apostado a la banca. Yo había estado a punto de apostar al jugador, pero el señor A. me hizo cambiar de idea, así que aposté a la banca. Entonces vi al señor A. poner mil dólares al jugador. Jordan y yo dejamos nuestro dinero con la banca.

Diane ganó la segunda mano con un nueve natural frente a un siete del señor A. Este dirigió a Diane una mirada malévola como si intentase asustarla para que no ganara. La conducta de la chica era impecable.

Diane procuraba con todo cuidado mantenerse neutral. Procuraba permanecer al margen, actuar con la precisión mecánica de un funcionario. Pero a pesar de todo esto, cuando el señor A. apostó mil dólares al jugador y Diane sacó un nueve natural ganador, el señor A. dio un puñetazo en la mesa y dijo: «Mierda de tía», y la miró con odio. El croupier que dirigía el juego siguió inmutable, sin que cambiase un solo músculo de su cara. El supervisor se inclinó hacia adelante como Jehová sacando la cabeza de los cielos. Había ya cierta tensión en la mesa.

Yo observaba a Diane. Tenía como una crispación en la cara. Jordan amontonaba su dinero como si no advirtiese lo que estaba pasando. El señor A. se levantó y se dirigió al jefe de sector que estaba en la mesa destinada a los marcadores. Cuchicheó algo. El jefe de sector asintió. Todos los de la mesa se habían levantado a estirar las piernas mientras preparaban un nuevo «zapato». Vi que el señor A. cruzaba la baranda gris regio hacia los pasillos que llevaban a las habitaciones del hotel. Vi que el jefe de sector se acercaba a Diane y hablaba con ella, y luego también ella dejó el recinto del bacarrá. No era difícil imaginarse lo que pasaba. Diane se iría un ratito con el señor A. para cambiar su suerte. Los croupiers tardaron unos cinco minutos en preparar el nuevo «zapato». Fui a hacer unas cuantas apuestas a la ruleta. Cuando volví, ya corría el «zapato». Jordan aún seguía en el mismo asiento y había dos señuelos varones en la mesa.

El «zapato» dio vuelta a la mesa tres veces sin que sucediese nada de particular antes de que volviera Diane. Tenía un aspecto horrible, la cara fláccida, era como si todo su rostro se desmoronase, pese al hecho de que se había maquillado hacía poco. Se sentó entre mi asiento y el de uno de los croupiers que manejaban el dinero. Este advirtió que pasaba algo. Inclinó la cabeza y le oí susurrar:

—¿Estás bien, Diane?

Fue la primera vez que oí su nombre.

Asintió. Le pasé el «zapato». Pero le temblaban las manos al sacar las cartas. Mantenía la cabeza baja para ocultar las lágrimas que brillaban en sus ojos. Toda su cara estaba «avergonzada», no puedo encontrar otra palabra que lo exprese mejor. Lo que le había hecho el señor A. en su habitación, fuese lo que fuese, había sido sin duda castigo suficiente por haberle ganado. El croupier del dinero hizo un leve movimiento hacia el jefe de sector, y éste se acercó y dio una palmada a Diane en el brazo. Esta dejó el asiento y ocupó su lugar un señuelo varón. Diane se sentó en una de las sillas de la baranda, con otra compañera.

El «zapato» aún seguía pasando de banca a jugador y de jugador a banca. Yo procuraba cambiar mis apuestas en el momento justo, adaptándome al ritmo de los cambios. El señor A. volvió a la mesa, al mismo asiento en que había dejado su dinero, los cigarrillos y el encendedor.

Parecía un hombre nuevo. Se había duchado, se había vuelto a peinar. Se había afeitado incluso. No parecía ya tan repugnante. Vestía una camisa y pantalones limpios y se había esfumado parte de su furiosa energía. No estaba ni mucho menos relajado, pero al menos no ocupaba una gran superficie como uno de esos ciclones giratorios de los libros de historietas.

Al sentarse, localizó a Diane junto a la baranda y le brillaron los ojos. Le dirigió una sonrisilla maliciosa y admonitoria. Diane volvió la cabeza.

Pero fuese lo que fuese lo que había hecho, por muy terrible que fuese, no sólo había cambiado su humor sino su suerte. Apostó al jugador y ganó constantemente. Entretanto, buena gente como Jordan y como yo perecíamos. Eso me fastidiaba, o quizás me fastidiase la pena que me daba Diane, así que destrocé deliberadamente el día de suerte del señor A.

En fin, hay tipos con los que da gusto jugar en la mesa de un casino y tipos que son como un grano en el culo. En la mesa de bacarrá el peor grano en el culo es el tipo, banquero o jugador, que cuando coge sus dos primeras cartas se toma todo un minuto para descubrirlas, mientras el resto de la mesa espera impaciente la determinación de su destino.

Esto es lo que empecé a hacerle al señor A. El estaba en la silla dos y yo en la cinco. Nos encontrábamos pues en la misma mitad de la mesa y podíamos mirarnos a los ojos. Pero yo le llevaba la cabeza al señor A. y era más corpulento. Aparentaba unos veintiún años. Nadie podía sospechar que tenía treinta y tres, hijos y una mujer allá en Nueva York, de donde había escapado. En consecuencia, aparentemente, era poca cosa para un tipo como el señor A. Podría ser, sin duda, físicamente más fuerte, pero él era un verdadero «malo» con evidente reputación en Las Vegas. Yo sólo era un chico drogadicto que estaba convirtiéndose en jugador degenerado.

Como Jordan, casi siempre apuesto a la banca en el bacarrá. Pero cuando el señor A. cogió el «zapato», me puse contra él y aposté al jugador. Cuando cogí las dos cartas del jugador, las descubrí con exquisito cuidado antes de mostrarlas. El señor A. se retorcía en su asiento. Ganaba, pero no pudo contenerse, y a la mano siguiente dijo:

—Vamos, pelma, deprisa.

Dejé las cartas boca abajo en la mesa y le miré calmosamente. Por alguna razón, mis ojos se cruzaron con los de Jordan que estaba al fondo de la mesa. Apostaba a la banca con el señor A. pero sonreía. Descubrí mis cartas lentamente.

—Señor M. —dijo el croupier—, está usted retrasando el juego. La mesa no puede ganar dinero.

Luego me dirigió una luminosa sonrisa, toda cordialidad.

—No van a cambiar por muy despacio que las descubra —añadió.

—Sí claro, no hay duda —dije, y eché las cartas boca arriba con la expresión decepcionada del perdedor. El señor A. sonrió de nuevo, anhelante. Luego, cuando vio las cartas, se quedó atónito. Yo tenía un imbatible nueve natural.

—Joder —dijo el señor A.

—¿Descubrí mis cartas lo bastante aprisa? —dije cortésmente.

El me lanzó una mirada asesina y revolvió su dinero. Aún no había entendido. Miré hacia el otro extremo de la mesa y Jordan sonreía. Una sonrisa de franca simpatía, aunque también él había perdido al apostar con el señor A. Estuve acosando así al señor A. durante la hora siguiente.

Pude darme cuenta de que el señor A. tenía mano en el casino. Los supervisores le habían dejado pasar un par de trucos sucios. Los croupiers le trataban con cuidadosa cortesía. Estaba haciendo apuestas de quinientos y mil dólares. Yo apostaba casi siempre billetes de veinte. En consecuencia, si había algún problema, sería a mí a quien la casa haría responsable.

Pero yo actuaba con sumo cuidado. El tipo me había llamado pelma y yo no me había enfurecido por eso. Cuando el croupier me dijo que descubriese las cartas más deprisa, yo lo había hecho muy cordialmente. El hecho de que el señor A. estuviese ahora «echando vapor» era culpa suya. Sería una pérdida de prestigio tremenda para el casino tomar partido por él. No podían dejar que el señor A. hiciese algo ofensivo porque sería tan humillante para ellos como para mí. Como pacífico jugador yo era, en cierto modo, su huésped, con derecho a la protección de la casa.

Entonces vi que el supervisor que yo tenía enfrente se agachaba hacia un lado de la silla para coger el teléfono. Hizo dos llamadas. Mientras le observaba, dejé de apostar cuando el señor A. cogió el «zapato». Estuve un rato sin jugar, descansando. Las sillas de bacarrá eran mullidas y muy cómodas. Podías estarte en ellas doce horas y muchos lo hacían. La tensión se alivió en la mesa cuando yo no quise apostar en el «zapato» del señor A. Pensaron que era prudencia o miedo. Siguió corriendo el «zapato». Me di cuenta de que entraban en el recinto del bacarrá dos tipos muy grandes de traje y corbata. Se acercaron al jefe de sector, que evidentemente les dijo que había desaparecido la tensión, y se tranquilizaron porque pude oírles reír y contar chistes.

La siguiente vez que el señor A. cogió el «zapato» hice una apuesta de veinte dólares al jugador. Entonces, ante mi sorpresa, el croupier que recibió las dos cartas del jugador, no las echó hacia mí sino hacia el otro extremo de la mesa, junto a Jordan. Esa fue la primera vez que vi a Cully.

Cully, aunque tenía aquella cara flaca y cetrina de indio, resultaba afable por su nariz insólitamente gruesa. Sonrió desde el fondo de la mesa mirándonos al señor A. y a mí. Me di cuenta entonces de que había apostado cuarenta dólares al jugador. Su apuesta superaba mis veinte, así que le correspondía a él coger las cartas. Les dio la vuelta de inmediato. Malas cartas. Ganó el señor A., que se fijó en Cully por primera vez y sonrió cordialmente.

—Hombre, Cully, ¿qué haces tú jugando al bacarrá, siendo como eres un artista en la cuenta atrás?

—Estoy descansando un poco los pies —dijo Cully sonriendo.

—Apuesta conmigo, pijotero —dijo el señor A.—. Este «zapato» será para la banca.

Cully se limitó a reír. Pero me di cuenta de que estaba observándome. Puse mi apuesta de veinte en jugador. Cully puso inmediatamente cuarenta dólares en jugador para asegurarse de que le corresponderían las cartas. Las descubrió de nuevo de inmediato y de nuevo el señor A. le ganó.

—Vaya, Cully, me traes buena suerte —dijo el señor A.— Sigue apostando contra mí.

El croupier del dinero pagó las puestas de banca y luego dijo respetuosamente:

—Señor A., ha superado usted el límite.

El señor A. se lo pensó un momento.

—Es igual, seguiré —dijo.

Yo sabía que debía tener mucho cuidado. Mi rostro se mantenía impasible. El croupier que dirigía la mesa alzó la mano para detener el reparto de cartas hasta que se hubiesen hecho todas las apuestas. Me miró inquisitivamente. Ni me moví siquiera. El croupier miró al otro extremo de la mesa. Jordan hizo una apuesta a banca, con el señor A. Cully apostó cien dólares a jugador, sin dejar un instante de mirarme.

El croupier bajó la mano pero, antes de que el señor A. pudiese recoger la carta del «zapato», eché el fajo de billetes delante de mí en jugador. Cesó a mi espalda el ronroneo de las voces del jefe de sector y de sus dos amigos. El supervisor bajó frente a mí su cabeza desde los ciclos.

—Juega el dinero —dije. Lo que significaba que el croupier sólo podía contarlo después de decidida la apuesta. Las cartas del jugador debían venir a mí.

El señor A. se las pasó al croupier. El croupier echó las cartas boca abajo por el verde fieltro. Les di una rápida ojeada y las tiré. Sólo el señor A. pudo ver una leve expresión decepcionada en mi rostro como si tuviese malas cartas. Pero lo que yo había visto era un nueve natural. El croupier contó mi dinero. Yo había apostado mil doscientos dólares y había ganado.

El señor A. se reclinó en su asiento y encendió un cigarrillo. Estaba realmente «echando vapor». Yo sentía su odio. Le sonreí.

—Lo siento —dije.

Exactamente como un buen muchacho. Me miró furioso.

Al otro extremo de la mesa, Cully se levantó con naturalidad y se acercó, sentándose a mi lado. Se sentó en una de las sillas que había entre el señor A. y yo de modo que le correspondiese coger el zapato. Dio una palmada a la caja y dijo:

—Vamos, Cheech, apuesta conmigo. Tengo un presentimiento. Creo que hay siete pases en mi brazo derecho.

Así que el señor A. era Cheech. Un nombre poco tranquilizante. Pero era evidente que a Cheech le caía bien Cully, e igual de evidente que Cully convertía en una ciencia lo de caer bien. En fin, se volvió hacia mí en cuanto Cheech apostó a la banca.

—Vamos, muchacho —dijo—. A ver si entre todos arruinamos a este jodido casino. Apuesta conmigo.

—¿Crees de veras que estás de suerte? —pregunté sólo un poco sorprendido.

—Voy a agotar el «zapato» —dijo Cully—. No puedo garantizártelo, pero creo que lo conseguiré.

—De acuerdo —dije.

Aposté veinte a la banca. Ibamos todos juntos. Yo, Cheech, Cully, Jordan desde el otro extremo de la mesa.

Uno de los señuelos tuvo que coger la mano del jugador y descubrió en seguida un seis *frío*. Cully sacó dos figuras y luego otra figura, lo cual significaba nada, cero, la peor jugada del bacarrá. Cheech había perdido mil dólares. Cully cien. Jordan había perdido quinientos. Yo sólo veinte. Fui el único que le hizo reproches a Cully. Sacudí la cabeza pesarosamente.

—Vaya —dije—, ahí se van mis veinte dólares.

Cully sonrió y me pasó el «zapato». Mirando por encima de él, pude ver la cara de Cheech oscurecida de cólera. Un niño pijotero que perdía veinte dólares se atrevía a protestar. Pude leer su pensamiento como una baraja boca arriba sobre el tapete verde.

Aposté veinte a mi banca. Esperé a dar las cartas. El croupier era el apuesto joven que le había preguntado a Diane si se encontraba bien. Llevaba un anillo de diamantes en la mano que mantenía alzada para que yo no diese cartas hasta que se hiciesen las apuestas. Vi que Jordan hacía la suya. A la banca, como siempre. Jugaba conmigo.

Cully apostó veinte a la banca. Se volvió a Cheech y le dijo:

—Venga, apuesta con nosotros. El chico parece estar de suerte.

—Ese pijotero —dijo Cheech.

Me di cuenta de que todos los croupiers me miraban. Los supervisores, erguidos y muy quietos, seguían plantados en sus sillas altas. Yo parecía grande y fuerte; se sintieron un poco decepcionados conmigo.

Cheech puso trescientos dólares al jugador. Di cartas y gané. Seguí consiguiendo pases y Cheech siguió aumentando sus apuestas contra mí. Pidió un marcador. Bueno, no quedaba ya mucho del «zapato», pero lo acabé con perfectos modales de jugador, sin demorarme con las cartas y sin exclamaciones jubilosas. Me sentía orgulloso de mí mismo. Los croupiers vaciaron la caja y reunieron las cartas para un nuevo «zapato». Pagaron todos sus comisiones. Jordan se levantó para estirar las piernas. Lo mismo hizo Cheech; y Cully. Metí mis ganancias en el bolsillo. El jefe de sector trajo el marcador para que Cheech firmara. Todo iba bien. Era el momento perfecto.

—¿Así que soy un pijotero, eh, Cheech? —dije, y me eché a reír. Luego empecé a rodear la mesa para salir del sector de bacarrá procurando pasar cerca de él. No podría evitar lanzarme un gancho lo mismo que un croupier tramposo no podría evitar echar mano a una ficha de cien dólares extraviada.

Le tenía enganchado. O así lo creía. Pero Cully y los dos tipos corpulentos se habían situado milagrosamente entre nosotros. Uno de ellos agarró el puño de Cheech en su inmensa mano como si fuese una pelotita. Cully me dio un empujón con el hombro, haciéndome perder el equilibrio. Cheech se puso a gritarle al tipo que le había sujetado el puño.

—Oye, hijo de puta, ¿sabes quién soy?, ¿sabes quién soy, eh?

Para mi sorpresa, el tipo soltó la mano de Cheech y retrocedió. Había cumplido su objetivo. Era una fuerza preventiva, no punitiva. Entretanto, nadie me vigilaba a mí. Estaban intimidados por la venenosa furia de Cheech, todos salvo el croupier joven del anillo de diamantes. Este dijo muy tranquilo:

—Señor A., está usted pasándose.

Con una increíble y restallante furia, Cheech lanzó el puño y golpeó al joven croupier en plena cara, en la nariz. El croupier retrocedió. Brotó la sangre y descendió sobre el blanco peto escarolado de la camisa y desapareció en el negro azulado del smoking. Pasé de prisa ante Cully y los dos vigilantes y le aticé a Cheech un puñetazo en la sien que le lanzó al suelo. Pero se levantó inmediatamente. Me quedé asombrado. La cosa iba a ser muy seria. Aquel tipo parecía cargado de veneno nuclear.

Y entonces el supervisor bajó de su alta silla, y pude verle claramente a la brillante luz de la lámpara de la mesa de bacarrá. Tenía la cara arrugada y de una palidez de pergamino, como si su sangre fuese de un blanco congelado por incontables años de aire acondicionado. Alzó una mano fantasmal y dijo quedamente:

—Alto.

Todo el mundo se inmovilizó. El supervisor señaló con un dedo largo y huesudo y dijo:

—Cheech, no te muevas. Te has metido en un lío muy grave. Créeme —su tono era tranquilo, protocolario casi.

Cully me llevó hasta la puerta, y yo, la verdad, tenía bastantes ganas de irme, pero me desconcertaron mucho ciertas reacciones. Había algo de gran poder mortífero en la cara del joven croupier aun con sangre chorreando por la nariz. No estaba asustado, ni confuso, ni lo bastante debilitado por el golpe para no responder al ataque. Pero ni siquiera había alzado una mano. Ni tampoco los otros croupiers, sus camaradas, habían acudido en su ayuda. Miraban a Cheech con una especie de sobrecogido horror que no era miedo sino lástima.

Cully me conducía por el casino entre el rumor de oleaje de centenares de jugadores murmurando sus conjuros y oraciones de vudú sobre los dados, el veintiuno, la giratoria rueda de la ruleta. Por fin llegamos a la relativa tranquilidad de la inmensa cafetería.

Me encantaba la cafetería, con sus sillas y sus mesas verdes y amarillas. Las camareras eran jóvenes y guapas y llevaban uniformes dorados de faldas muy cortas. Las paredes eran todas de cristal; podías contemplar un exterior de costoso césped, la piscina azul cielo, las inmensas palmeras que exigían cuidados especiales. Cully me llevó a uno de los grandes reservados, que tenía una mesa para seis personas equipada con teléfono. Ocupamos el reservado como por derecho natural.

Cuando estábamos tomando café, pasó al lado Jordan. Cully se levantó inmediatamente y le agarró del brazo.

—Eh, amigo —dijo—, tómate un café con tus compañeros del bacarrá.

Jordan hizo un gesto de rechazo, pero entonces me vio sentado en el reservado. Me dirigió una extraña sonrisa, al parecer le caía simpático por alguna razón, y cambió de idea. Entró en el reservado.

Y así nos conocimos. Jordan, Cully y yo. Aquel día, en Las Vegas, cuando le vi por primera vez, Jordan no tenía mal aspecto, pese a su pelo blanco. Se rodeaba de un aire casi impenetrable de reserva que me intimidó, pero que Cully ni siquiera advirtió. Cully era uno de esos tipos que agarrarían al Papa por un brazo para llevarle a tomar un café con él.

Yo aún seguía jugando el papel de muchacho inocente.

—¿Por qué se enfadó tanto Cheech? —dije—. Demonios, yo creí que todos estábamos pasándolo bien.

Jordan alzó la cabeza y, por primera vez, pareció prestar atención a lo que pasaba. Seguía sonriéndome, como a un niño que intentase parecer más listo de lo que correspondía a su edad. Pero a Cully no le hizo tanta gracia.

—Oye, muchacho —dijo—. El supervisor iba a caer sobre ti de un momento a otro. ¿Por qué demonios crees tú que está sentado allí? ¿Para rascarse la nariz? ¿Para ver pasar a las chicas?

—Sí, bueno —dije—. Pero nadie puede decir que fue culpa mía. Cheech se pasó. Yo me porté como un caballero. Eso no puedes negarlo. Ni el hotel ni el casino pueden tener queja de mí.

Cully sonrió cordial.

—Sí, lo hiciste muy bien. Fuiste muy listo. Cheech no se dio cuenta y cayó en la trampa. Pero hay algo que no te imaginas. Cheech es un hombre peligroso, así que ahora mi tarea es sacarte de aquí y ponerte en un avión. ¿Y qué nombre es ése de Merlyn?

No le contesté. Alcé mi camisa deportiva y le enseñé el pecho desnudo y el vientre. Tenía una larga y feísima cicatriz púrpura. Sonreí a Cully y le dije:

—¿Sabes lo que es esto?

Ahora estaba atento, tenso. Tenía un rostro realmente aguileño.

Lo solté lentamente.

—Estuve en la guerra —dije—. Me alcanzó una ráfaga de ametralladora y tuvieron que coserme como a un pollo. ¿Crees que me importáis algo tú y Cheech?

Cully no pareció impresionarse. Pero Jordan seguía sonriendo. No todo lo que yo decía era verdad. Había estado en la guerra, había luchado, pero no me habían herido. Lo que le enseñaba a Cully era la cicatriz de mi operación de vesícula. Habían ensayado un nuevo sistema que dejaba aquella cicatriz impresionante.

Cully suspiró y dijo:

—Chaval, quizás seas más duro de lo que pareces, pero aún no lo eres bastante para enfrentarte a Cheech.

Recordé la rapidez con que se había levantado Cheech del suelo después de mi puñetazo y empecé a preocuparme. Pensé incluso por un momento en dejar que Cully me pusiese en un avión. Pero moví la cabeza rechazándolo.

—Mira, intento ayudarte —dijo Cully—. Después de lo que pasó, Cheech te buscará. Y no eres de la talla de Cheech, créeme.

—¿Por qué no? —preguntó Jordan.

Cully contestó rápidamente:

—Porque este chaval es humano y Cheech no.

Es curioso cómo empieza la amistad. En aquel momento, no sabíamos que acabaríamos siendo amigos íntimos en Las Vegas. De hecho, estábamos todos un poco hartos unos de otros.

—Te llevaré en coche al aeropuerto —dijo Cully.

—Eres muy amable —dije yo—. Me caes bien. Somos camaradas de bacarrá. Pero la próxima vez que me digas que vas a llevarme al aeropuerto, despertarás en el hospital.

Cully se echó a reír alegremente.

—Vamos —dijo—. Le pegaste a Cheech un golpe directo y se levantó inmediatamente. No eres un tipo duro. Admítelo.

Ante esto, tuve que reírme porque era cierto. Aquél no era mi verdadero carácter. Y Cully continuó:

—Me enseñaste dónde te alcanzaron las balas, y eso no te convierte en un tipo duro, sino en la víctima de un tipo duro. Si me mostrases a alguien que tuviese cicatrices de balas disparadas por ti, me impresionaría. Y si Cheech no se hubiese levantado inmediatamente después que le pegaste, estaría también impresionado. Vamos, estoy haciéndote un favor. Dejémonos de bromas.

En fin, él tenía toda la razón. Pero daba igual. Yo no tenía ninguna gana de volver a casa con mi mujer y mis tres hijos y el fracaso de mi vida. Las Vegas se ajustaba a mis deseos. Y el casino también. Y también el juego. Podías estar solo sin estar aislado. Y siempre pasaba algo, exactamente como en aquel momento. Yo no era duro, pero lo que Cully ignoraba era que no había casi nada que pudiese asustarme porque en aquel período concreto de mi vida todo me importaba un pito.

Así que le dije a Cully:

—Sí, tienes razón. Pero aún debo seguir aquí un par de días.

Entonces Cully me miró de arriba abajo. Y luego se encogió de hombros. Cogió la nota, la firmó y se levantó de la mesa.

—Ya nos veremos —dijo. Y me dejó solo con Jordan.

Los dos nos sentíamos incómodos. Ninguno quería estar con el otro. Yo advertía que los dos utilizábamos Las Vegas con un fin similar, para ocultarnos del mundo real. Pero no queríamos ser groseros, y, aunque yo en general no tenía ninguna dificultad para librarme de la gente, había algo en Jordan que instintivamente me agradaba, y eso pasaba tan pocas veces que no quería herir sus sentimientos dejándole solo sin más. Entonces él dijo:

—¿Cómo se deletrea tu nombre?

Se lo deletreé. M-e-r-l-y-n. Me di cuenta de que perdía interés por mí y le sonreí.

—Esa es una de las formas arcaicas —dije.

Entendió inmediatamente y esbozó su dulce sonrisa.

—¿Tus padres creían que te convertirías en un mago? —preguntó—. ¿Era eso lo que intentabas ser en la mesa de bacarrá?

—No —dije—. Merlyn es mi segundo nombre. Lo cambié. No quería ser el Rey Arturo, ni Lancelot.

—Merlín también tuvo sus problemas —dijo Jordan.

—Sí —dije—, pero nunca murió.

Y así fue como nos hicimos amigos Jordan y yo, o iniciamos nuestra amistad con una especie de confianza sentimental de escolares.

A la mañana siguiente de la pelea con Cheech, escribí mi breve carta diaria a mi mujer, diciéndole que volvería a casa dentro de unos días. Luego di una vuelta por el casino y vi a Jordan en la mesa de dados. Estaba demacrado. Le toqué en el brazo y se volvió y me dirigió aquella dulce sonrisa que me conmovía siempre. Quizás porque yo era el único al que sonreía tan espontáneamente.

—Vamos a desayunar —le dije.

Quería hacerle descansar algo. Evidentemente, se había pasado la noche jugando. Sin decir palabra, recogió sus fichas y me acompañó a la cafetería. Yo aún llevaba mi carta en la mano. La miró y le dije:

—Es que escribo a mi mujer todos los días.

Jordan asintió y pidió el desayuno. Pidió servicio completo, estilo Las Vegas. Melón, huevos y tocino, tostadas y café. Pero comió poco, unos bocados, y luego tomó el café. Yo tomé un filete poco hecho, cosa que me encantaba por las mañanas, pero que nunca tomaba salvo en Las Vegas. Mientras estábamos comiendo, llegó Cully, la mano derecha llena de fichas rojas de cinco dólares.

—Ya he solucionado mis gastos del día —dijo, muy satisfecho—. Hice el cuenteo de un «zapato» y conseguí mi porcentaje de cien.

Se sentó con nosotros y pidió melón y café.

—Merlyn, hay buenas noticias para ti —dijo—. No tendrás que irte. Cheech cometió anoche un grave error.

Pues bien, por alguna razón, esto me fastidió. Aún seguía con aquello. Era como mi mujer, que nunca deja de decirme que tengo que adaptarme. Yo no tengo por qué hacer *nada*. Pero le dejé hablar. Jordan, como siempre, no decía palabra. Se limitó a observarme un rato. Tuve la sensación de que era capaz de leer mis pensamientos.

Cully tenía una forma apresurada y nerviosa de comer y de hablar. Desbordaba energía, lo mismo que Cheech. Sólo que su energía parecía cargada de benevolencia, de un deseo de que el mundo funcionase con más suavidad.

¿Recuerdas el croupier al que Cheech le arreó en la nariz y le hizo sangrar? Le jodió la camisa. Bueno, pues ese muchacho es el sobrino favorito del jefe de policía de Las Vegas.

Por entonces yo no tenía el menor sentido de los valores. Cheech era un auténtico tipo duro, un asesino, un gran jugador, quizás uno de los matones que ayudaban a controlar Las Vegas. ¿Qué significaba entonces el sobrino del jefe de policía? ¿Qué demonios importaba el que le hubiese hecho sangrar por las narices? Se lo dije. A Cully le encantó esta oportunidad de adoctrinarme:

—Has de tener en cuenta —dijo Cully— que el jefe de policía de Las Vegas es lo que eran los antiguos reyes. Es un tipo grande y gordo de sombrero Stetson y uno cuarenta y cinco a la cadera. Su familia lleva en Nevada desde el principio. La gente le elige todos los años. Su palabra es ley. Le pagan todos los hoteles de esta ciudad. Todos los casinos suplican el honor de que su sobrino trabaje para ellos y le pagan el máximo que se paga a un croupier de bacarrá. Gana tanto como un supervisor. Por otra parte, debes tener en cuenta que el jefe de policía considera la Constitución de los Estados Unidos y los derechos civiles una aberración de los maricas del este. Por ejemplo, todo visitante que tenga antecedentes tiene que pasar por la policía tan pronto como llega a la ciudad. Y es mejor que lo haga, puedes creerme. A nuestro amigo tampoco le gustan los hippies. ¿Te has fijado que no hay chicos de pelo largo en esta ciudad? Tampoco le vuelven loco los negros, ni los vagabundos ni los mendigos. Las Vegas quizá sea la única ciudad de los Estados Unidos donde no hay mendigos. Le gustan las chicas, son buenas para el negocio de los casinos, pero no le gustan los chulos. No le importa que un tallador viva de las ganancias de su amiga y cosas así. Pero si hay un tipo listo que se monta un equipo de chicas, cuidado. Las prostitutas no hacen más que ahorcarse en sus celdas, abrirse las venas. Los jugadores que se quedan sin blanca se suicidan en la cárcel. Los asesinos convictos, los que hacen un desfalco en un banco. Hay mucha gente que se suicida en la cárcel. Pero, ¿has oído alguna vez que un macarra se haya suicidado? Bueno, pues Las Vegas tiene el récord en esto. Se han suicidado tres chulos en la cárcel de nuestro amigo. ¿Te haces idea del cuadro?

—¿Qué le pasó entonces a Cheech? —dije—. ¿Está en la cárcel?

Cully sonrió.

—No llegó allí. Intentó conseguir ayuda de Gronevelt.

—¿Xanadú Número Uno? —murmuró Jordan.

Cully le miró, un tanto sorprendido.

—Escucho —dijo Jordan con una sonrisa— las llamadas al teléfono cuando no estoy jugando.

Por unos instantes, Cully pareció un poco incómodo. Luego, se tranquilizó y siguió.

—Cheech pidió a Gronevelt que le protegiera y le sacara de la ciudad.

—¿Quién es Gronevelt? —pregunté.

—El hotel es suyo —dijo Cully—. Y permíteme que te diga que estaba obligado. Cheech no está solo, sabes.

Le miré. No sabía qué quería decir.

—Bueno, Cheech está conectado —dijo Cully significativamente—. Pero, de todos modos, Gronevelt tuvo que entregárselo al jefe. Así que Cheech está ahora en el hospital. Tiene fractura de cráneo, lesiones internas y necesitará cirugía plástica.

—Dios mío —dije.

—Opuso resistencia a la autoridad —dijo Cully—. Así es el jefe. Y cuando Cheech se recobre, se le prohibirá la entrada en Las Vegas para siempre. Y no sólo eso, han echado al jefe de sector de bacarrá. El era responsable de vigilar por la seguridad del sobrino. El jefe le echa toda la culpa a él. Y ahora no podrá trabajar en Las Vegas. Tendrá que buscar trabajo en el Caribe.

—¿No querrá contratarle nadie aquí? —pregunté.

—No es eso —dijo Cully—. El jefe le dijo que no le quería en la ciudad.

—¿Y eso basta? —pregunté.

—Basta —dijo Cully—. Hubo un jefe de sector que volvió a la ciudad y consiguió otro trabajo. El jefe entró allí casualmente, le vio y le sacó a rastras del casino. Le pegó una paliza terrible. Todo el mundo captó el mensaje.

—¿Y cómo demonios puede hacer esas cosas? —dije yo.

—Porque es un representante del pueblo elegido legalmente —dijo Cully, y por primera vez Jordan se echó a reír. Una risa magnífica. Barría el distanciamiento y la frialdad que se sentía emanar siempre de él.

Aquella misma tarde, Cully trajo a Diane al vestíbulo donde Jordan y yo descansábamos del juego. Se había recuperado de lo que le hubiese hecho Cheech la noche anterior. Se veía que conocía muy bien a Cully. Y se veía también que Cully estaba ofreciéndonosla como señuelo a mí y a Jordan. Podíamos llevárnosla a la cama siempre que quisiéramos.

Cully hizo algunas bromitas sobre Diane, sobre sus pechos, sus piernas y su boca, lo lindos que eran, cómo utilizaba su pelo negro azabache como un látigo. Pero entremezclaba con los rudos cumplidos solemnes comentarios sobre su buen carácter, cosas como: «Esta es una de las pocas chicas de la ciudad que no te robará». Y «Nunca te robará. Es tan buena chica; no pertenece a esta ciudad». Y luego, para mostrar su aprecio, extendió la palma de la mano para que Diane echase en ella la ceniza del cigarrillo y no tuviese que estirarse hasta el cenicero. Era galantería primitiva, el equivalente Las Vegas de besar la mano a una duquesa.

Diane estaba muy callada, y yo un poco fastidiado de que mostrase más interés por Jordan que por mí. Después de todo, ¿no la había vengado yo como el galante caballero que era? ¿No había humillado yo al terrible Cheech? Pero cuando se fue para hacer su turno en la mesa de bacarrá, se agachó, me besó en la mejilla y, sonriendo con cierta tristeza, dijo:

—Me alegro que estés bien. Estaba preocupada por ti. No debes ser tan tonto.

Y luego se fue.

En las semanas siguientes, nos contamos nuestras cosas y llegamos a conocernos bastante. El tomar algo por la tarde se convirtió en un ritual y casi siempre cenábamos juntos a la una de la mañana, cuando Diane terminaba su turno en la mesa de bacarrá. Pero todo dependía del juego. Si alguno de nosotros tenía una buena racha, no iba a cenar hasta que cambiaba la suerte. Esto pasaba sobre todo con Jordan.

Pero hubo también largas tardes en que nos sentábamos junto a la piscina y hablábamos bajo el ardiente sol del desierto. O dábamos paseos a medianoche por el Strip bañado de neón, los resplandecientes hoteles que se alzaban como espejismo en medio del desierto que rodeaba la ciudad, o nos apoyábamos en la baranda gris de la mesa de bacarrá. Y así nos fuimos contando la historia de nuestras vidas.

La historia de Jordan parecía la más simple y corriente. Y él parecía la persona más normal del grupo. Había llevado una vida perfectamente feliz y había tenido un destino de lo más común. Era una especie de ejecutivo genial que a los treinta y cinco tenía una empresa propia dedicada a la compra y venta de aceros. Actuando como una especie de intermediario, se ganaba la vida magníficamente. Se casó con una mujer muy guapa, y tuvieron tres hijos y una gran casa y todo lo que querían. Amigos, dinero, posición y verdadero amor. Y eso duró veinte años. Luego, según contaba Jordan, su mujer fue separándose de él. El había concentrado todas sus energías en mantener segura a su familia frente a los terrores de una economía selvática. Había consagrado a ello toda su voluntad y todas sus energías. Su esposa había cumplido con su deber como esposa y madre. Pero llegó un momento en que quiso más de la vida. Era una mujer ingeniosa, curiosa, inteligente, culta. Devoraba novelas y obras de teatro, visitaba museos, formaba parte de todos los grupos culturales de la ciudad, y todo lo compartía animosamente con Jordan. Y Jordan la amaba cada día más. Hasta el día que ella dijo que quería el divorcio. Entonces él dejó de quererla y dejó de querer a sus hijos y a su familia y a su trabajo. El había hecho todo lo posible por dar cohesión a su familia. Les había protegido de todos los peligros del mundo exterior, había construido un baluarte de dinero y poder, sin sospechar jamás que las puertas pudiesen abrirse desde dentro.

El no lo explicó así, pero así lo escuché yo. El sólo dijo que no había «evolucionado con su mujer». Que estaba demasiado inmerso en sus negocios y no había prestado la debida atención a su familia. Que cuando ella se divorció para casarse con uno de los amigos de él, él no se lo reprochó. Porque aquel amigo era exactamente igual que ella, tenía los mismos gustos, el mismo tipo de ingenio, la misma capacidad para gozar de la vida.

Y así él, Jordan, había aceptado todo lo que quiso su mujer. Había vendido su negocio y le había dado a ella todo el dinero. Su abogado le dijo que era demasiado generoso, que lo lamentaría después. Pero Jordan contestó que en realidad no era generoso, porque él podía ganar mucho más dinero y su mujer y el nuevo marido no.

—Supongo que es difícil imaginarlo viéndome jugar —dijo Jordan—, pero soy en teoría un gran hombre de negocios. Tengo ofertas de trabajo de todo el país. Si mi vida no hubiese aterrizado en Las Vegas, en este momento estaría en Los Angeles ganándome mi primer millón.

Era una buena historia, pero para mí tenía un tono falso. Era un tipo sencillamente *demasiado* bueno, era todo *demasiado* civilizado.

Una de las cosas que no encajaban era que yo sabía que Jordan no dormía de noche. Me acercaba al casino todas las mañanas antes de desayunar, a abrir el apetito con los dados. Y me encontraba a Jordan en la mesa de dados. Era evidente que había estado jugando toda la noche. A veces, cuando estaba cansado, iba al sector de ruleta o de veintiuno. Y a medida que pasaban los días, su aspecto empeoraba. Adelgazó, sus ojos parecían llenos de pus rojo. Pero siempre se mostraba muy amable, muy mesurado. Y nunca decía una palabra contra su mujer.

A veces, cuando Cully y yo estábamos solos en el vestíbulo o en el comedor, Cully decía:

—¿Tú le crees a ese jodido Jordan? ¿Puedes creer que un tío deje tranquilamente que una tía le haga eso? ¿Y puedes creer que siga hablando de ella como si fuese lo mejor del mundo?

—Es que ella no es una tía cualquiera —dije yo—. Fue su mujer muchos años. La madre de sus hijos. La roca de su fe. Jordan es un puritano chapado a la antigua que se ha visto de pronto en una situación insólita.

Fue Jordan quien consiguió que yo empezase a hablar.

—Tú haces un montón de preguntas —dijo un día—, pero no cuentas nada.

Hizo una breve pausa como si dudase en tener el interés suficiente para hacer la pregunta. Luego dijo:

—¿Por qué llevas tanto tiempo aquí en Las Vegas?

—Soy escritor —le dije.

Y a partir de ahí, seguí contando cosas. Les impresionó el hecho de que hubiese publicado una novela y esa reacción siempre me divertía. Pero lo que les asombró realmente fue que tuviese treinta y un años y hubiese abandonado a una mujer y tres hijos.

—Yo te echaba como mucho veinticinco —dijo Cully—. Y no llevas anillo.

—Nunca lo llevé —dije.

—No lo necesitas —dijo bromeando Jordan—. Pareces culpable sin él.

Por alguna razón, no pude imaginármelo haciendo un chiste de este género cuando estaba casado y vivía en Ohio. Entonces le habría parecido grosero. O quizás no hubiese tenido tanta libertad de pensamiento. O quizás fuese algo que habría dicho su mujer y que él le habría permitido decir limitándose a acomodarse en el asiento y gozar de su ingenio porque ella podía permitírselo y quizás él no. A mí no me importó. En realidad, les conté la historia de mi matrimonio, y al hacerlo salió lo de la cicatriz del vientre que les había enseñado y que era de una operación de vesícula y no de una herida de guerra. Cuando conté esto, Cully se echó a reír y dijo:

—Eres un artista contando cuentos.

Me encogí de hombros, sonreí, y seguí con mi historia.

5

Yo no tengo historia. No recuerdo a mis padres. No tengo tíos, ni primos. Ni pueblo ni ciudad. Sólo tengo un hermano, dos años mayor que yo. A los tres años, cuando mi hermano Artie tenía cinco, nos dejaron en un orfanato cerca de Nueva York. Nos dejó mi madre. No tengo ningún recuerdo de ella.

No les conté esto a Cully, Jordan y Diane. Nunca hablé de estas cosas. Ni siquiera con mi hermano, Artie, que es la persona más próxima a mí.

Nunca hablo de ello porque resulta demasiado patético, y no lo fue en realidad. El orfanato estaba muy bien, era un lugar agradable y ordenado, con un buen sistema de enseñanza y un administrador inteligente. Y me fue muy bien allí hasta que Artie y yo nos fuimos juntos. El tenía dieciocho años y encontró un trabajo y un apartamento. Yo me fui a vivir con él. Al cabo de unos meses, le dejé a él también, mentí sobre mi edad e ingresé en el ejército para luchar en la Segunda Guerra Mundial. Y luego, en Las Vegas, dieciséis años más tarde les conté a Jordan, a Cully y a Diane cosas sobre la guerra y mi vida posterior.

Después de la guerra lo primero que hice fue matricularme en los cursos de redacción de la Nueva Escuela de Investigación Social. Por entonces, todo el mundo quería ser escritor, lo mismo que veinte años después, todos esperaban llegar a ser directores de cine.

Me había resultado difícil hacer amigos en el ejército. En la escuela fue más fácil. Conocí allí también a mi futura esposa. Como no tenía más familia que mi hermano, pasaba mucho tiempo en la escuela, haraganeando por la cafetería en vez de volver a mis solitarias habitaciones de la Calle Grove. Era divertido. De vez en cuando, tenía suerte y convencía a una chica de que viviese conmigo unas semanas. Los tipos con quienes trabé amistad, todos recién salidos del ejército y que iban a la escuela amparados en la ley de ayuda a los veteranos, hablaban mi lenguaje. El problema era que todos ellos estaban interesados en la vida literaria y yo no. Yo sólo quería ser escritor porque siempre andaba hilvanando historias. Aventuras fantásticas que me aislaban del mundo.

Descubrí que era el que más leía. Más incluso que los tipos que querían doctorarse en inglés. En realidad, no tenía mucho más que hacer, aunque siempre jugaba. Encontré un sitio en el East Side, junto a la Calle Décima, y apostaba todos los días a los partidos de pelota, al fútbol americano, al béisbol y al baloncesto. Al mismo tiempo, escribía cuentos cortos y empecé una novela sobre la guerra. Conocí a mi mujer en una de las clases de relatos breves. Era una chica delgada, de origen escocés-irlandés, de busto grande, enormes ojos azules y muy seria en todo. Criticaba los relatos de los demás cuidadosa y mesuradamente, pero con mucha dureza. No había tenido oportunidad de juzgarme porque yo no había sometido aún ningún relato mío a la clase. Un día leyó uno suyo. Y me sorprendió porque la historia era muy buena y muy divertida. Trataba de sus tíos irlandeses, que eran todos grandes borrachos.

En fin, cuando terminó el relato, toda la clase se lanzó sobre ella por apoyar el tópico del irlandés borracho. Su linda cara se crispó en un gesto de asombro herido. Por fin, le dieron oportunidad de contestar.

Tenía una hermosa voz, muy suave, y dijo quejumbrosa:

—Yo me he criado entre irlandeses. Beben todos. ¿Acaso no es verdad?

Le dijo esto al profesor, que era casualmente irlandés también. Se llamaba Maloney y era buen amigo mío. Aunque no lo demostraba, estaba borracho en aquel preciso momento.

Pero se echó atrás en su silla y dijo muy solemne:

—Yo qué puedo decir. Soy escandinavo.

Todos nos echamos a reír y la pobre Valerie bajó la cabeza muy confusa. Yo la defendí porque aunque era un buen relato sabía que nunca llegaría a ser una escritora de verdad. En la clase todos tenían talento, pero sólo unos cuantos tenían la energía y el deseo necesarios para recorrer el camino, para entregar su vida a escribir. Yo era uno de ellos. Y percibía que ella no lo era. El secreto era muy simple. Lo único que yo quería hacer era escribir.

Cerca del final presenté también mi relato. Le gustó a todo el mundo. Valerie se me acercó y me dijo:

—¿Cómo es posible que siendo yo tan seria todo lo que escribo resulte tan cómico? Y tú siempre haces chistes y actúas como si no fueses serio y tu relato me hace llorar.

Hablaba en serio, como siempre. No fingía. Así que la llevé a tomar un café. Se llamaba Valerie O'Grady, nombre que odiaba por ser irlandés. A veces pienso que se casó conmigo sólo por librarse del O'Grady. Y me obligaba a llamarla Vallie. Tardé dos semanas en conseguir que se acostara conmigo, lo que me sorprendió. No era la típica chica liberada del Village y quería asegurarse de que yo lo sabía. Tuvimos que pasar por toda una mascarada, hube de emborracharla primero para que luego pudiera acusarme de haberme aprovechado de una debilidad nacional o racial. Pero en la cama me asombró.

No me había entusiasmado excesivamente antes. Pero en la cama era magnífica. Supongo que hay personas que ajustan sexualmente, que reaccionan de modo recíproco a un nivel sexual primario. En nuestro caso creo que los dos éramos tan tímidos, estábamos tan encerrados en nosotros mismos, que no podíamos relajarnos sexualmente con otras personas. Y que reaccionamos plenamente de modo recíproco por alguna misteriosa razón que brotaba de esa timidez mutua. En fin, lo cierto es que, después de la primera noche que pasamos juntos, fuimos inseparables. Ibamos a todos los cines del Village y vimos todas las películas extranjeras. Comíamos en restaurantes italianos o chinos y volvíamos a mi habitación y hacíamos el amor, y hacia la medianoche la acompañaba al metro para que volviera a casa de su familia a Queens. Aún no tenía valor para quedarse toda la noche. Hasta un fin de semana en que no pudo resistir. Quería estar allí el domingo para hacerme el desayuno y leer los periódicos dominicales conmigo por la mañana. Así que contó las mentiras habituales a sus padres y se quedó. Fue un maravilloso fin de semana. Cuando volvió a casa, no obstante, se armó el escándalo en el clan. Su familia se abalanzó sobre ella, y cuando nos vimos el lunes por la noche, se puso a llorar.

—Qué demonios —dije yo—. Casémonos.

—No estoy embarazada —dijo sorprendida.

Y se quedó aún más sorprendida cuando yo me eché a reír. No tenía realmente ningún sentido del humor, salvo cuando escribía.

Por fin la convencí de que hablaba en serio. De que realmente quería casarme con ella, y entonces se puso muy colorada y luego empezó a llorar.

En fin, al domingo siguiente fui a casa de su familia, a Queens, a cenar. Eran familia numerosa, padre, madre, tres hermanos y tres hermanas, todos más pequeños que Vallie. Su padre era un viejo empleado de Tammany Hall y se ganaba la vida con algún trabajo político. Estaban también algunos tíos y todos se emborracharon. Pero de una forma alegre y despreocupada. Se emborracharon igual que otras personas se atracan en un banquete. No era más ofensivo que eso. Aunque yo no solía beber, eché unos cuantos tragos y lo pasamos todos muy bien.

La madre tenía unos ojos castaños danzarines... Vallie evidentemente heredaba su sexualidad de la madre y la falta de humor de su padre. Me di cuenta de que el padre y los tíos me observaban con taimados ojos de borrachos, intentando determinar si era sólo un vivo que estaba jodiéndose a su querida Vallie, engañándola con lo del matrimonio.

El señor O'Grady fue por fin al grano.

—¿Cuándo pensáis casaros vosotros dos? —preguntó.

Sabía que si no daba la respuesta adecuada, el padre y los tres tíos me partirían los morros allí mismo. Me daba cuenta de que el padre me odiaba por andar jodiéndome a su niñita antes de casarme con ella. Pero le comprendía. Era algo muy simple. Además, yo no pretendía engañar a nadie. Nunca engaño a la gente, o eso creo. Así que me eché a reír y dije:

—Mañana por la mañana.

Me eché a reír porque sabía que era una respuesta que les tranquilizaría pero que no podrían aceptar. No podían aceptarla porque todos sus amigos pensarían que Vallie estaba embarazada. Por fin acordamos una fecha, dos meses después, para que pudiese cumplirse todo el protocolo y fuese una auténtica boda familiar. Yo no tenía tampoco ningún inconveniente. No sabía si estaba enamorado. Me sentía feliz y eso bastaba. Ya no estaba solo, podía iniciar ya mi verdadera historia. Mi vida se ampliaría hacia el exterior, tendría una familia, mujer, hijos, la familia de mi mujer sería mi familia. Me asentaría en una parte de la ciudad que sería mía. Ya no sería una unidad solitaria, aislada. Podrían celebrarse adecuadamente fiestas y cumpleaños. En suma, yo sería, por primera vez en mi vida, «normal». El ejército no contaba en realidad. Y durante los diez años siguientes, me dediqué a asentarme en el mundo.

La única gente que conocía y que podía invitar a la boda eran mi hermano, Artie, y algunos compañeros de la Nueva Escuela. Pero había un problema. Yo tenía que explicarle a Vallie que Merlyn no era mi verdadero nombre. O más bien que mi nombre original no era Merlyn. Después de la guerra, cambié, legalmente, de nombre. Tuve que explicarle al juez que era escritor y que quería escribir con aquel nombre. Le puse el ejemplo de Mark Twain. El juez asintió como si conociese a un centenar de escritores que hubiesen hecho lo mismo.

La verdad es que por entonces yo tenía una especie de sentimiento místico respecto a lo de escribir. Quería que fuese algo puro, inmaculado. Temía verme inhibido si alguien sabía algo sobre mí y quién era yo realmente. Quería describir personajes universales. (Mi primer libro era profusamente simbólico.) Yo quería ser dos identidades absolutamente distintas.

A través de las influencias políticas del señor O'Grady conseguí un puesto de empleado del servicio civil federal. Me convertí en oficial administrativo de las unidades de reserva del ejército.

Después de los críos, la vida de matrimonio era aburrida

pero aún feliz. Vallie y yo nunca salíamos. En las fiestas cenábamos con su familia o en casa de mi hermano Artie. Cuando yo trabajaba de noche, ella y sus amistades de la casa de apartamentos en que vivíamos se hacían visitas. Tenía muchas amistades. Las noches de los fines de semana visitaba sus apartamentos cuando daban alguna fiesta, y yo me quedaba en el nuestro cuidando a los críos y trabajando en mi libro. Yo no iba nunca. Cuando le tocaba a ella recibir a la gente a mí me resultaba insoportable, y supongo que no lo ocultaba demasiado bien. Vallie se enfadaba. Recuerdo una vez que entré en el dormitorio a ver a los niños y me quedé allí leyendo unas páginas del manuscrito. Vallie dejó a nuestros invitados y fue a buscarme. Nunca olvidaré la expresión ofendida cuando me encontró leyendo, tan evidentemente reacio a volver con ella y con sus amigos.

Fue después de uno de estos pequeños incidentes cuando yo me puse enfermo por primera vez. Desperté a las dos de la madrugada con un dolor insoportable en el estómago y por toda la espalda.

No podía permitirme llamar a un médico, así que al día siguiente fui al Hospital de Veteranos, donde me hicieron toda clase de radiografías y otras pruebas y análisis durante una semana. No pudieron encontrarme nada, pero tuve otro ataque y, basándose simplemente en los síntomas, diagnosticaron una afección de vesícula. Una semana después volví al hospital con otro ataque, y me inyectaron morfina. Tuve que perder dos días de trabajo. Después, una semana antes de Navidad, justo cuando estaba a punto de terminar la faena en mi trabajo nocturno, tuve un ataque tremendo. (No mencioné que trabajaba por las noches en un banco para ganar dinero extra para la Navidad.) El dolor era insoportable, pero creí que podría llegar hasta el Hospital de Veteranos de la Calle Veintitrés. Cogí un taxi que me dejó como a media cuadra de la entrada. Pasaba ya de medianoche. Cuando arrancó el taxi, el dolor me asestó un golpe terrible en el plexo solar. Caí de rodillas en la calle a oscuras. El dolor se me extendió por toda la espalda. Quedé tendido allí, sobre el congelado pavimento. No había un alma, nadie que pudiera ayudarme. La entrada al hospital quedaba a unos treinta metros. Tan paralizado me tenía el dolor que no podía moverme. No tenía miedo siquiera. En realidad, lo que quería era morirme de una vez para que desapareciera el dolor. Me importaban un pito mi mujer, mis hijos y mi hermano. Sólo quería desaparecer. Pensé un instante en el Merlín legendario. Pero yo no era ningún mago. Recuerdo que di una vuelta en el suelo para contener el dolor y que me salí de la acera y caí en el arroyo. El bordillo me sirvió de almohada.

Y entonces pude ver las luces navideñas que decoraban una tienda próxima. El dolor cedió un poco. Allí estaba tumbado pensando que era un puñetero animal. Yo, un artista, con un libro publicado y una crítica en la que se me calificaba de genio, una de las esperanzas de la literatura norteamericana, muriendo como un perro en el arroyo. Y no por culpa mía, desde luego. Sólo porque no tenía dinero en el banco. Sólo porque no había nadie a quien le importase realmente un carajo que yo viviese o no. Esa era la verdad de todo el asunto. La autocompasión fue casi tan buena como la morfina.

No sé lo que tardé en salir arrastrándome del arroyo. No sé cuánto me llevó arrastrarme hasta la entrada del hospital, pero por fin me vi en un arco de luz. Recuerdo que me colocaron en una silla de ruedas y que me llevaron al puesto de socorro y que contesté a preguntas y luego, mágicamente, estaba en una cama cálida y blanca sintiéndome benditamente soñoliento, sin dolor, y me di cuenta de que me habían administrado morfina.

Cuando me desperté me tomaba el pulso un médico joven. Me había tratado él la otra vez y yo sabía que se llamaba Cohn. Me sonrió y me dijo:

—Han llamado a su mujer, vendrá a verle en cuanto los chicos se vayan a la escuela.

Asentí y dije:

—Supongo que podré esperar hasta Navidad para operarme.

El doctor Cohn se quedó un rato pensativo y luego dijo alegremente:

—Bueno, ha aguantado usted hasta aquí, así que ¿por qué no vamos a esperar hasta Navidad? Lo programaré para el 27. Puede venir usted la noche de Navidad y se lo haremos.

—De acuerdo —dije.

Confiaba en él. El había hablado con los del hospital para

que me trataran como paciente externo. Fue el único que pareció entender cuando dije que no quería que me operasen hasta después de Navidad. Recuerdo que dijo: «No sé lo que pretende hacer, pero estoy con usted». Yo no podía explicar que tenía que seguir con mis dos trabajos hasta Navidad, para que los niños pudiesen tener juguetes y seguir creyendo en Santa Claus. Que yo era totalmente responsable de mi familia y su felicidad, y era lo único que tenía.

Siempre recordaré a aquel joven médico. Parecía el típico médico de cine, salvo que era sencillo y cordial. Me mandó a casa cargado de morfina. Tenía sus razones. Unos cuantos días después de la operación me dijo, y pude darme cuenta de lo feliz que le hacía decírmelo:

—Escuche, es usted muy joven para tener problemas de vesícula y los análisis no indicaban nada. Actuamos basándonos en los síntomas, pero no era más que eso, una cuestión de vesícula. Grandes cálculos. Quiero que sepa que no había nada más. Lo examiné todo detenidamente. Puede usted irse a casa y no preocuparse más. Está usted como nuevo.

Por entonces, no supe qué demonios quería decir. Según mi estilo habitual, sólo caí en la cuenta un año después de que había tenido miedo a encontrar cáncer y por eso no había querido operar antes de Navidad, con sólo una semana de por medio.

6

Les conté a Jordan, Cully y Diane cómo mi hermano, Artie, y mi mujer, Vallie, iban a verme todos los días. Y que Artie me afeitaba y llevaba y traía en coche a Vallie mientras su mujer se ocupaba de mis hijos. Vi que Cully sonreía maliciosamente.

—De acuerdo —dije—. Esa cicatriz que os enseñé era de la operación. No hubo ametralladora. Pero si utilizarais la cabeza, os habríais dado cuenta desde el principio de que de haberme hecho una herida así no habría sobrevivido.

Cully no dejaba de sonreír.

—¿No se te pasó por la cabeza —dijo— que cuando tu hermano y tu mujer salían del hospital podían ir a acostarse antes de volver a casa? ¿La dejaste por eso?

Me eché a reír a carcajadas, y comprendí que tendría que hablarles de Artie.

—Es muy guapo —dije—. Nos parecemos mucho, pero él es mayor.

La verdad es que yo soy una especie de copia al carbón de mi hermano Artie. Sólo que yo tengo la boca demasiado grande. Y las cuencas de los ojos demasiado profundas.

Y la nariz muy gorda. Y parezco muy corpulento. Pero tendríais que ver a Artie. Les expliqué que la razón de que me casara con Vallie era que había sido la única de mis novias que no se había enamorado de mi hermano.

Mi hermano Artie es increíblemente guapo, pero de un modo delicado. Tiene los ojos como esos ojos de las estatuas griegas. Recuerdo que cuando ambos éramos solteros, las chicas se enamoraban de él, lloraban por él, amenazaban con matarse por él. Y esto le sacaba de quicio. Porque en realidad él no sabía qué coño pasaba. El nunca podía apreciar su belleza. Tenía un cierto complejo de ser pequeño y de tener las manos y los pies demasiado pequeños. «Como los de un bebé», dijo una chica reverentemente.

Pero lo que incomodaba a Artie era el poder que tenía sobre las chicas. Era algo que acabó detestando. Ay, cómo me habría encantado a mí. Las chicas nunca se enamoraban de mí así. Cómo me gustaría eso ahora, ese amor puro y absurdo por las cosas externas, un amor nunca ganado por cualidades de bondad de carácter, de inteligencia, de ingenio, de simpatía, de fuerza vital. En suma, cómo me gustaría que me amasen de un modo inmerecido, de forma que nunca tuviese que seguir mereciendo tal amor ni esforzándome para conservarlo. Adoro ese amor igual que adoro el dinero que gano cuando tengo suerte jugando.

Pero Artie se dedicó a ponerse ropa que le sentaba mal. Vestía de modo formal y siempre prendas que no le iban. Intentaba deliberadamente ocultar su belleza. Sólo podía sentirse tranquilo y ser él mismo con gente por la que realmente se preocupaba y con la que se sentía seguro. De otro modo, exhibía una personalidad incolora que mantenía de modo inofensivo a todo el mundo a distancia. Pero aun así seguía teniendo problemas. Por tanto, se casó joven, y fue quizás el único marido fiel de la ciudad de Nueva York.

En su trabajo como químico investigador de la Food & Drug Administration, sus colegas y ayudantes femeninas se enamoraban de él. La mejor amiga de su mujer, y el marido, se ganaron su confianza y fueron muy amigos durante unos cinco años. Artie bajó la guardia, confiaba en ellos. Se mostró tal cual era. La mejor amiga de su mujer se enamoró de él, deshizo su matrimonio y proclamó su amor al mundo, creando un montón de problemas y muchas suspicacias y recelos a la mujer de Artie. Fue la única vez que le vi furioso con ella y su furia era terrible. Ella le acusó de alentar aquel amor obsesivo. El dijo entonces en el tono más frío en que he oído a un hombre hablar a una mujer: «Si lo crees así, apártate de mí». Lo cual era tan impropio de él, que su mujer estuvo al borde de una crisis nerviosa por los remordimientos. Creo realmente que ella deseaba que él fuese culpable para poder así tenerle atrapado con algo. Porque ella estaba completamente en su poder.

Ella sabía algo de él que yo también sabía, pero muy pocas personas más sabían. Que era incapaz de causar dolor. A nadie ni a nada. Era incapaz de hacer reproches a nadie. Por eso le fastidiaba tanto que las mujeres se enamoraran de él. En mi opinión, era un hombre sensual, y habría podido amar a gran número de mujeres fácilmente y con placer, pero no habría podido soportar los conflictos. De hecho, su mujer decía que lo único que echaba de menos en su relación era no poder reñir de vez en cuando. No es que nunca se pelease con Artie. Al fin y al cabo estaban casados. Pero decía que todas sus peleas eran cuestión de un solo puñetazo. Metafóricamente, claro. Ella luchaba y luchaba y luchaba, y luego él la liquidaba con un frío comentario tan devastador que ella inmediatamente rompía a llorar y se iba.

Pero conmigo mi hermano era distinto; era mayor y me trataba como al hermano pequeño. Y me conocía, podía adivinar lo que yo pensaba mejor que mi mujer. Y nunca se enfadaba conmigo.

Tardé dos semanas en recuperarme de la operación, y en encontrarme lo suficientemente bien como para volver a casa. El último día le dije adiós al doctor Cohn y él me deseó buena suerte.

La enfermera me trajo la ropa y me dijo que tenía que firmar unos papeles antes de poder irme del hospital. Me acompañó a la oficina. En realidad, me parecía muy mal que no hubiese venido nadie para llevarme a casa. Ninguno de mis amigos. Nadie de mi familia. Artie. Desde luego, ellos no sabían que me iba a casa solo. Me sentía como un niño pequeño. Nadie me quería. ¿Acaso era justo que tuviera que volver solo a casa, en el metro, después de tener una operación grave? ¿Y si me sentía débil? ¿Y si me desmayaba? Dios mío, qué mal me sentía. Pero de pronto me eché a reír a carcajadas. Porque en realidad era un cuentista.

La verdad era que Artie había preguntado quién iba a llevarme a casa y yo había dicho que Valerie. Valerie había dicho que vendría al hospital a recogerme y yo le había contestado que no se preocupara, que si no podía venir Artie, cogería un taxi. Así que supuso que yo había hablado con Artie. Mis amigos habían supuesto, claro, que iría a buscarme alguien de mi familia. La cuestión era que yo deseaba, de un modo extraño, tener algo que reprochar a los demás. A todo el mundo.

Salvo que alguien debería haber caído en la cuenta. Yo siempre andaba ufanándome de ser autosuficiente. De no necesitar nunca a nadie para resolver mis asuntos. De poder vivir completamente solo y encerrado en mí mismo. Pero en aquella ocasión quería gozar de un poco de ese excesivo sentimentalismo que el mundo vuelca sobre nosotros tan abundantemente.

Y así, cuando volví al pabellón y me encontré a Artie con mi maleta en la mano, estuve a punto de echarme a llorar. Me sentí de nuevo animado y le di un gran abrazo, una de las pocas veces que lo he hecho. Luego le pregunté, feliz:

—¿Cómo demonios supiste que me iba hoy del hospital?

Artie esbozó una sonrisa triste y cansada.

—Llamé a Valerie, so idiota. Ella me dijo que creía que yo iba a pasar a recogerte, que tú se lo habías dicho.

—Yo no le dije nada de eso —contesté.

—Vamos, vamos —dijo Artie.

Me cogió del brazo y me condujo hacia la salida del pabellón.

—Conozco tu estilo —dijo—. Pero no es justo que hagas esto a la gente que se preocupa por ti. No es justo, no señor.

No dije nada hasta que salimos del hospital y entramos en su coche.

—Le dije a Vallie que quizás vinieses tú —dije—. No quería que ella se molestase.

Artie conducía ya entre el tráfico, así que no podía mirarme. Dijo tranquila y razonablemente:

—No puedes hacer lo que haces con Vallie. Puedes hacerlo conmigo, pero no con Vallie.

El me conocía mejor que nadie. No tenía que explicarle que me sentía un fracasado de mierda. Mi falta de éxito como artista me había liquidado. La vergüenza que me producía mi incapacidad para mantener dignamente a mi mujer y a mis hijos me había liquidado. No podía pedir a nadie que hiciese nada por mí. No podía, literalmente, soportar tener que pedirle a alguien que fuese a buscarme al hospital para llevarme a casa. Ni siquiera a mi mujer.

Cuando llegamos a casa, Vallie estaba esperándome. Tenía una expresión temerosa y desconcertada cuando la besé. Tomamos café los tres en la cocina. Vallie se sentó junto a mí y me acarició.

—No logro entenderte —dijo—. ¿No podías decírmelo?

—Es que quería ser un héroe —dijo Artie.

Pero lo dijo para despistarla. Sabía que yo no querría que ella supiese lo abatido que me sentía mentalmente. Supongo que pensaba que le haría daño saberlo. Además, él tenía fe en mí. Sabía que yo iba a reaccionar. Que lo conseguiría. Todo el mundo se siente un poco débil de vez en cuando. Qué demonios. Hasta los héroes se cansan.

Artie se fue después del café. Le di las gracias y él sonrió sardónicamente, pero pude darme cuenta de que estaba preocupado por mí. Advertí su expresión tensa. La vida empezaba a gastarle. Cuando se fue, Vallie me hizo acostarme y descansar. Me ayudó a desvestirme y se echó en la cama a mi lado, desnuda también.

Me quedé dormido de inmediato. Me sentía en paz. El roce de su cuerpo cálido, sus manos, en las que confiaba, su boca y sus ojos y su pelo fieles, fieles y seguros, convirtieron el sueño en el dulce refugio que nunca había encontrado en las potentes drogas de la farmacopea. Cuando desperté, se había ido. Pudo oír su voz en la cocina y las voces de los niños que habían vuelto del colegio. Todo parecía merecer la pena.

Para mí, las mujeres eran un refugio, utilizado de modo egoísta, es cierto. Pero lo hacían todo más soportable. ¿Cómo podía yo o cualquier hombre sufrir todas las derrotas de la vida diaria sin ese refugio? Dios mío, volvía a casa odiando el día que acababa de desperdiciar en mi trabajo, mortalmente preocupado por el dinero que debía, seguro de mi derrota final en la vida porque jamás sería un escritor de éxito. Y todo el dolor se desvanecería sólo con cenar con mi familia, y les contaría cuentos a los niños y de noche haría el amor con mi mujer, totalmente confiado y seguro. Y parecería un milagro. Y, por supuesto, el verdadero milagro era que no fuésemos sólo Vallie y yo sino incontables millones más de hombres con sus mujeres e hijos. Y durante miles de años. Cuando todo eso se vaya, ¿qué mantendrá unidos a los hombres? No importaba que todo no fuese amor y que a veces fuese incluso puro odio. Ahora yo tenía una historia.

Y además todo se va de todos modos.

En Las Vegas conté todo esto en fragmentos, a veces entre trago y trago en el salón, a veces en una cena de después de medianoche en la cafetería. Y cuando terminé, Cully me dijo:

—Aún no sabemos por qué dejaste a tu mujer.

Jordan le miró con cierta irritación. Jordan había hecho ya el resto del viaje y había ido mucho más lejos que yo.

—No dejé a mi mujer y a mis hijos. Simplemente estoy tomándome un descanso. Le escribo todos los días. Cualquier mañana sentiré ganas de ir a casa y tomaré el avión.

—¿Así sin más? —preguntó Jordan. No sardónicamente. De verdad quería saberlo.

Diane no había dicho nada, raras veces lo hacía. Pero entonces me dio una palmada en la rodilla y dijo:

—Te creo.

—¿Cómo nos sales ahora creyendo en un hombre? —le dijo Cully.

—La mayoría de los hombres son unos mentirosos —dijo Diane—. Pero Merlyn no lo es. Aún no, al menos.

—Gracias —dije yo.

—Llegarás a serlo —dijo Diane fríamente.

No pude resistir la tentación:

—¿Y Jordan? —dije.

Sabía que estaba enamorada de Jordan. También Cully lo sabía. Jordan no lo sabía porque no quería saberlo y no le importaba. Pero de pronto se volvió con una expresión cortés e interrogante hacia Diane, como si le interesase su opinión. Aquella noche tenía un aspecto realmente espantoso. Empezaban a marcársele los huesos de la cara a través de la piel, en repugnantes planos blancos.

—No, tú no —le dijo. Y Jordan volvió la cabeza. No quería oírlo.

Cully, que era tan cordial y extrovertido, fue el último en contar su historia; y cuando lo hizo, como todos nosotros, se reservó lo más importante, de lo cual no me enteré hasta años después. De momento, nos pintó un cuadro honrado de su verdadero carácter, o así lo pareció. Todos sabíamos que tenía cierta conexión misteriosa con el hotel y su propietario, Gronevelt. Pero también era cierto que Cully era un jugador degenerado que llevaba una vida dudosa. A Jordan no le divertía Cully, pero he de admitir que a mí sí. Todo lo que se salía de lo normal y todas las caricaturas psicológicas me interesaban de modo automático. No hacía ningún juicio moral. Creía estar por encima de eso. Sólo escuchaba.

Cully tenía una formación. Y tenía inspiración. Nadie le liquidaría a él. *El* les liquidaría a *ellos*. Tenía un instinto especial para la supervivencia. Un anhelo de vida, basado en la inmoralidad y en un completo menosprecio de la ética. Y sin embargo, era enormemente agradable. Podía ser divertido. Le interesaba todo, y era capaz de relacionarse con las mujeres de un modo realista y carente por completo de sentimentalismo, que a las mujeres les encantaba.

Pese a que andaba siempre escaso de dinero, era capaz de llevarse a la cama a cualquiera de las chicas de espectáculo que trabajaban en el hotel, con su dulce labia romántica. Si la chica se resistía, recurría a su truco del abrigo de pieles.

Un truco ingenioso. La llevaba a una peletería del final del Strip. El propietario era amigo de Cully, pero la chica no lo sabía. Cully hacía al propietario enseñarle a la chica su surtido de pieles; conseguía que el tipo extendiera todas las piezas en el suelo para que él y la chica pudiesen escoger lo mejor. Tras elegir ellos, el peletero tomaba las medidas a la chica y le decía que el abrigo estaría listo en dos semanas. Entonces, Cully extendía un cheque por dos o tres mil dólares como garantía de pago y decía al propietario que enviase el abrigo a la chica y a él la factura. A la chica le daba el recibo.

Esa noche, Cully se llevaba a la chica a cenar y después de cenar la dejaba jugar unos cuantos billetes a la ruleta, y luego la llevaba a su habitación, donde, según contaba, la chica tenía que demostrar su valentía porque llevaba en el bolsillo un recibo por valor de un par de miles. Y, dado que

Cully estaba tan locamente enamorado de ella, ¿cómo podría negarse? El abrigo de pieles solo no servía. El que Cully estuviese enamorado podía no servir tampoco. Pero une ambas cosas y, como explicaba Cully, tendrás una apuesta a la codicia del ser humano: ganarás siempre.

Por supuesto, la chica nunca llegaba a ver el abrigo de pieles. Durante el romance de dos semanas, Cully organizaba una pelea y venía la ruptura. Y ni una sola vez, contaba Cully, nunca, le había devuelto la chica el recibo del abrigo de pieles. Todas ellas habían corrido a la peletería a intentar hacerse con el depósito e incluso con el abrigo. Pero, por supuesto, el propietario les explicaba suavemente que Cully había retirado ya su depósito y cancelado el pedido. El peletero se cobraba a veces con lo que Cully desechaba.

Cully tenía otro truco para las busconas blandas del mundo del espectáculo. Bebía un trago con ellas varias noches seguidas, escuchaba atentamente sus cuitas y se mostraba enormemente comprensivo. Jamás hacía un movimiento en falso ni intentaba nada. Luego, a la tercera noche, por ejemplo, sacaba un billete de cien dólares delante de ella, lo metía en un sobre y se guardaba el sobre en el bolsillo de la chaqueta. Luego decía:

—Mira, no suelo hacer esto, pero tú me gustas de verdad. Subamos a mi habitación, allí estaremos cómodos. Luego te daré para pagar el taxi de vuelta a tu casa.

La chica protestaba un poco. Quería aquel billete de cien. Pero no quería que la considerasen una puta. Cully aplicaba entonces el truco.

—Oye —decía—, será tarde cuando te vayas. ¿Por qué ibas a pagar tú la carrera del taxi? Deja que lo haga yo, eso al menos puedo hacerlo. Y, de veras que me gustas. ¿Cuál es el problema?

Entonces, sacaba el sobre y se lo daba, y ella se lo metía en el bolso. Inmediatamente, la llevaba a su habitación y se pasaba varias horas haciendo el amor con ella hasta que la dejaba irse a casa. Luego llegaba, contaba él, la parte divertida. Al bajar en el ascensor, la chica abría el sobre para sacar su billete de cien dólares y se encontraba uno de diez. Porque, naturalmente, Cully tenía dos sobres en el bolsillo de la chaqueta.

A menudo la chica subía otra vez en el ascensor y empezaba a martillear la puerta de Cully. El se metía en el baño y abría el grifo de la bañera para ahogar el ruido, se afeitaba parsimoniosamente y esperaba a que ella se fuese. O, si ella era más tímida o menos experta, le llamaba por teléfono desde recepción y le decía que debía haberse equivocado, que en el sobre había sólo un billete de diez dólares.

Esto a Cully le encantaba.

—Sí, eso es —decía—. ¿Cuánto puede subir el taxi, dos, tres dólares? Sólo quería asegurarme, asegurarme de que había bastante. Por eso te di diez.

Y la chica decía:

—Te vi meter un billete de cien dólares en el sobre.

Entonces Cully se indignaba muchísimo.

—Cien dólares por una carrera de taxi —decía—. ¿Qué coño eres tú, una puta? Yo no le he pagado a una puta en toda mi vida. Escucha, creía que eras una buena chica. Y me gustabas, en serio. Y ahora me sales con esta mierda. Mira, no me llames más.

O a veces, si creía que la cosa podía pasar, decía:

—Oh no, querida, estás equivocada.

Y la engatusaba para otra sesión. Algunas chicas creían que era de verdad un error, o, según comentaba Cully astutamente, las chicas tenían que hacer creer que habían cometido un error para no parecer tontas. Algunas llegaban incluso a concertar otra cita para demostrar que no eran putas, que no se habían ido a la cama con él por cien dólares.

Y sin embargo, esto no era por no gastar dinero. Cully derrochaba el dinero jugando. Lo hacía por la sensación de poder, de que podía «manejar» a una chica guapa. Se sentía especialmente provocado si la chica tenía fama de no dejarse engatusar más que por los tipos que de veras le gustaban.

Si las chicas eran de verdad honradas, Cully lo hacía un poco más complicado. Procuraba sorberles el seso, les dirigía cumplidos extravagantes. Se quejaba de su propia incapacidad para sentirse excitado sexualmente si no sentía un verdadero interés por la chica o no la conocía de verdad. Les mandaba regalitos, les daba billetes de veinte dólares para el taxi. Pero, aun así, algunas chicas listas no le dejaban meter el pie en la puerta. Entonces, las traspasaba. Empezaba a hablar de un amigo suyo, un hombre rico que era el mejor tipo del mundo. Que se cuidaba de las chicas sólo por amistad, ellas ni siquiera tendrían que dispensar sus favores. Este amigo tomaría un trago con ellos y realmente sería un amigo rico de Cully, normalmente un jugador con un buen negocio de sastrería en Nueva York o una agencia de automóviles en Chicago. Cully convencía a la chica para que fuese a cenar con su amigo, que estaría informado de todo. La chica no tenía nada que perder. Una cena gratis con un hombre agradable y rico.

Cenarían. El tipo le daba a la chica un par de billetes de cien o le mandaba al día siguiente un regalo caro. El tipo sería encantador durante toda la velada, sin presionar nunca. Pero habría portentos de abrigos de pieles, automóviles, anillos de diamantes de muchos quilates perfilándose en el futuro. La chica se iba a la cama con el amigo rico. Y después el amigo rico se iba y la chica guapa a la que nadie podía «manejar» caería en brazos de Cully por una miseria.

Cully no tenía remordimiento alguno. Para él, todas las mujeres que no estaban casadas eran putas encubiertas, dispuestas a engancharte con un truco u otro, incluyendo entre ellos el verdadero amor, y, por tanto, tenías pleno derecho a engañarlas a ellas. Sólo mostraba algo de piedad cuando las chicas no martilleaban su puerta ni le llamaban desde el vestíbulo. Entonces sabía que eran chicas honradas, y que se sentían humilladas por haberse dejado engañar. A veces, las buscaba, y si necesitaban dinero para el alquiler o para terminar el mes, les decía que había sido una broma y les pasaba cien o doscientos dólares.

Y para Cully era una broma. Algo que podía contar a sus amigos ladrones, estafadores y jugadores. Todos se reían y le felicitaban por no dejarse robar. Aquellos tipos eran todos plenamente conscientes de que la mujer era un enemigo, sin duda, un enemigo que poseía frutos que los hombres necesitaban, pero les indignaba tener que pagar un precio escandaloso, que significaba dinero, tiempo y afecto. Ellos necesitaban la compañía de las mujeres, necesitaban tener a su alrededor la suavidad de las mujeres. Podían pagar el billete de avión, de varios miles, para llevarse chicas con ellos de Las Vegas a Londres, sólo por tenerlas al lado. Pero eso estaba bien. Después de todo, la pobre chica tenía que hacer el equipaje y viajar. Se estaba ganando su dinero. Y tenía que estar siempre lista para un polvo rápido o una mamada antes de comer, sin preámbulos y sin las cortesías habituales. Nada de remilgos. Sobre todo, nada de discusiones ni remilgos. Aquí está la polla. Ocúpate de ella. Da igual que me quieras o no. Nada de comamos primero. Ni de quiero echar un vistazo antes a esta ciudad. Nada de una pequeña siesta más tarde, no ahora. Esta noche, la semana que viene, el día siguiente a Navidad. Ahora mismo. Servicio rápido hasta el final. Los grandes jugadores sólo querían cosas de primera clase.

Las relaciones de Cully con las mujeres me parecían profundamente malévolas, pero las mujeres le querían muchísimo más que a otros hombres. Era como si le entendiesen, como si se dieran cuenta de todos sus trucos pero les agradase que se tomara tantas molestias.

Algunas chicas a las que engañaba se hacían buenas amigas suyas, siempre dispuestas a joder con él si se sentía solo. Y, Dios mío, una vez que se puso malo, pasó todo un regimiento de amigas por su habitación de hotel, le lavaron, le dieron de comer y, al hacerle la cama, se la chuparon para asegurarse de que quedaría bien relajado y dormiría bien toda la noche. Pocas veces se enfadaba Cully con una chica, y entonces le decía, con un desprecio realmente cruel, «Vete a paseo», y estas palabras tenían un efecto devastador. Quizás fuese el cambio de la simpatía y el respeto absolutos que les mostraba antes de ponerse desagradable, y quizás fuese porque para la chica no había razón alguna de que él la tratase con aquella aspereza. O que él lo usase con toda crueldad para golpear cuando el hechizo y la simpatía no resultaban.

Aun teniendo todo esto en cuenta, la muerte de Jordan le afectó. Estaba muy furioso con Jordan. Se tomó el suicidio como una ofensa personal. Refunfuñaba por no haber cogido los veinte grandes, pero pude darme cuenta de que en realidad esto no le importaba. Unos cuantos días después, entré en el casino y le encontré jugando al veintiuno como empleado de la casa. Había cogido un trabajo, había dejado el juego. Me parecía imposible que lo hiciese en serio. Pero así era. Para mí fue como si hubiese ingresado en el sacerdocio.

7

Una semana después de la muerte de Jordan, dejé Las Vegas, pensando que para siempre, y volví a Nueva York.

Cully me acompañó al aeropuerto, donde tomamos café mientras esperaba para subir a bordo. Me sorprendió comprobar que Cully estaba realmente afectado por mi marcha.

—Volverás —dijo—. Todo el mundo vuelve a Las Vegas. Y yo estaré aquí. Lo pasaremos muy bien.

—Pobre Jordan —dije yo.

—Sí —dijo Cully—. No lo entenderé en toda mi vida. ¿Por qué lo hizo? ¿Por qué demonios lo hizo?

—Nunca pareció un hombre de suerte —dije yo.

Nos dimos la mano cuando anunciaron mi vuelo.

—Si tienes algún problema allá, llámame —dijo Cully—. Somos camaradas. Te ayudaré.

Me dio incluso un abrazo.

—Eres un hombre de acción —añadió—. Siempre estarás en movimiento. Así que andarás siempre metido en líos. Llámame.

Yo no creía realmente que Cully fuese sincero. Cuatro

años después, él había triunfado y yo estaba metido en un tremendo lío, tenía que comparecer ante un gran jurado. Y cuando llamé a Cully, Cully vino en avión a Nueva York a ayudarme.

8

Huyendo de la claridad del oeste, el inmenso reactor se deslizó en la oscuridad del este. Yo temía el momento en que el avión aterrizase y tuviese que enfrentarme a Artie. Temía el momento en que me condujese a casa, a la urbanización del Bronx donde mi mujer y mis hijos me esperaban. Había comprado taimadamente regalos para todos, máquinas tragaperras de juguete, un anillo con una perla para Valerie que me había costado doscientos dólares... La chica de la tienda de regalos del Hotel Xanadú quería quinientos, pero Cully consiguió un descuento especial.

De cualquier modo, yo no quería pensar en el momento en que tendría que cruzar el umbral de mi casa y enfrentarme a las caras de mi mujer y mis tres hijos. Me sentía demasiado culpable. Me aterraba la escena por la que tendría que pasar con Valerie. Así que me dediqué a pensar en lo que me había pasado en Las Vegas.

Pensé en Jordan. Su muerte no me inquietaba. No me inquietaba ya, en realidad. Después de todo, sólo nos conocíamos de tres semanas, y de hecho yo no le conocía.

Pero, ¿por qué, me preguntaba, había sido tan conmovedor en su dolor? Un dolor que yo jamás había sentido y esperaba no sentir nunca. Siempre me había parecido sospechoso, siempre le había estudiado como un problema de ajedrez. Tenía allí un hombre que había vivido una vida normal y feliz. Una niñez dichosa. Hablaba de eso a veces, de lo feliz que había sido de niño. Un matrimonio feliz. Una vida agradable. Todo le fue bien hasta aquel último año. ¿Por qué no se recuperaba entonces? Cambiar o morir, había dicho una vez. Ese era el secreto de la vida. Y él sencillamente no podía cambiar. La culpa era suya.

Durante aquellas tres semanas, su rostro fue enflaqueciendo como si los huesos empujasen desde dentro hacia afuera en una especie de aviso. Y su cuerpo empezó a encogerse alarmantemente en poquísimo tiempo. Pero ninguna otra cosa le traicionó ni reveló su propósito. Volviendo sobre aquellos días, pude ver entonces que todo lo que él decía y hacía era para desviarme de la pista. Cuando rechacé su oferta de darme dinero y de dárselo a Cully y a Diane, fue simplemente para mostrar que mi afecto era auténtico. Creí que eso podría ayudarle. Pero él había perdido la capacidad para lo que Austin llamó «la bendición del afecto».

Supongo que pensó que era vergonzosa su desesperación, o lo que fuese. Era un auténtico norteamericano, y, en consecuencia, le era insoportable pensar en seguir vivo sin un objetivo.

Le mató su mujer. Demasiado fácil. ¿Su niñez, su madre, su padre, sus hermanos? Aunque las heridas de la niñez curen, nunca llegas a ser invulnerable. La edad no es ningún escudo contra el trauma.

Como Jordan, yo había ido a Las Vegas por una idea infantil de la traición. Mi mujer aguantó conmigo cinco años mientras yo escribía un libro, sin una queja. No le hacía demasiado feliz el asunto, pero qué demonios, yo estaba en casa por las noches. Cuando rechazaron mi primera novela y yo me desmoroné, ella dijo acremente:

—Sabía que nunca la venderías.

Me quedé asombrado. ¿No se daba cuenta de lo que yo sentía? Fue uno de los días más terribles de mi vida y la amaba a ella más que a nadie en el mundo. Intenté explicárselo. El libro era un buen libro, sólo que tenía un final trágico, el editor quería un final optimista y me negué a hacerlo. (Qué orgulloso estaba de eso. Qué razón tenía. Siempre tenía razón sobre mi obra, no había duda.) Creí que mi mujer se sentiría orgullosa de mí, lo cual indica lo idiotas que son los escritores. Se enfureció. Vivíamos en la pobreza, yo debía muchísimo dinero, ¿cómo cojones iba a salir adelante? ¿Quién coño me creía ser? (No exactamente esas palabras, pues ella jamás en su vida dijo «cojones» ni «coño».) Tan furiosa se puso que cogió a los niños, se fue de casa y no volvió hasta la hora de hacer la cena. Y había querido ser escritora en otros tiempos.

Nos ayudó mi suegro. Pero un día se tropezó conmigo cuando yo salía de una librería de viejo con un montón de libros y se enfadó. Era un hermoso día de primavera, claro y soleado. El acababa de salir de la oficina, tenso y demacrado. Y allí estaba yo paseando, con una sonrisilla de satisfacción ante la perspectiva de devorar las golosinas impresas que llevaba bajo el brazo.

—Demonios —dijo—, creí que estabas escribiendo un libro. Lo que estás es tocándote los huevos —él sí usaba estas palabras con frecuencia.

Un par de años después se publicó el libro sin modificaciones, tuvo excelentes críticas, pero sólo dio unos miles. Mi suegro, en vez de felicitarme, dijo:

—Bueno, eso no da dinero. Cinco años de trabajo. Ahora tienes que concentrarte en mantener a tu familia.

Jugando en Las Vegas, pensé por qué demonios *tenían* que ser comprensivos. ¿Por qué tendría que importarles algo aquella chifladura excéntrica mía respecto al arte creador? ¿Por qué coño iban a preocuparse por esto? Tenían toda la razón del mundo. Pero nunca volví a sentir lo mismo hacia ellos.

El único que me entendía era mi hermano, Artie, e incluso él, en el último año, me parecía que estaba un poco desilusionado conmigo, aunque nunca lo mostraba. Y era el ser humano que había estado más próximo a mí durante toda mi vida. O al menos hasta que se casó.

De nuevo mi mente se negaba a volver a casa y me puse a pensar en Las Vegas. Cully nunca había hablado de sí mismo, aunque yo le hice preguntas. Hablaba de su vida actual, pero raras veces contaba algo de sí mismo de antes de Las Vegas. Lo extraño era que yo era el único que parecía sentir curiosidad. Jordan y Cully raras veces hacían preguntas. Si las hubiesen hecho, quizás yo les hubiese contado más.

Aunque Artie y yo fuimos huérfanos y nos educamos en un hospicio, no era peor, y probablemente fuese muchísimo mejor, que los colegios militares y los internados de lujo adonde los ricos envían a sus chicos sólo para quitárselos de en medio. Aunque Artie era mi hermano mayor, siempre fui más alto y más fuerte. Físicamente, quiero decir. Mentalmente, él era duro y terco como un diablo y mucho más honrado. Le fascinaba la ciencia y en cambio a mí me encantaba la fantasía. El leía libros de química y de matemáticas y estudiaba problemas de ajedrez. Me enseñó a jugar al ajedrez, pero yo siempre fui demasiado impaciente. No es un juego de azar. Yo leía novelas. Dumas y Dickens y Sabatini, Hemingway, Fitzgerald, y luego Joyce, Kafka, Dostoievsky.

Os juro que el ser huérfano no influyó en absoluto en mi carácter. Fui exactamente como cualquier otro crío. Nadie pudo sospechar después que no habíamos conocido nunca a nuestra madre ni a nuestro padre. El único efecto extraño o especial fue que, en vez de ser hermanos, Artie y yo éramos padre y madre recíprocos. En fin, dejamos el hospicio antes de los veinte años. Artie consiguió un trabajo y yo me fui a vivir con él. Luego Artie se enamoró de una chica y a mí me llegó el momento de largarme. Ingresé en el ejército para combatir en la gran guerra, la Segunda Guerra Mundial. Cuando volví, cinco años después, Artie y yo habíamos vuelto a convertirnos en hermanos. El era padre de familia y yo veterano de guerra. Y eso era todo. Sólo recordaba que Artie y yo éramos huérfanos cuando nos quedábamos hasta tarde en su casa y su mujer se cansaba y se iba a la cama. Daba el beso de buenas noches a Artie antes de dejarnos. Y yo pensaba entonces que Artie y yo éramos especiales. De niños, jamás nos dieron un beso de buenas noches.

Pero en realidad nunca habíamos vivido en aquel orfanato. Los dos escapábamos a través de los libros. Mi favorito era la historia del Rey Arturo y su Tabla Redonda. Leí todas las versiones reducidas y la versión original de Malory. Y supongo que es evidente que identificaba al rey

Arturo con mi hermano, Artie. Tenían el mismo nombre, y en mi mente infantil resultaban muy parecidos, por la dulzura de su carácter. Pero yo nunca me identifiqué con ninguno de los bravos caballeros como Lancelot. Por alguna razón, me parecían tontos. E incluso de niño, no sentía el menor interés por el Santo Grial. No quería ser Galahad.

Pero me enamoré del personaje de Merlín, con su astuta magia, su habilidad para convertirse en halcón o en cualquier animal. Su desaparición y reaparición. Sus largas ausencias. Me encantaba sobre todo cuando le decía al rey Arturo que ya no podía ser su mano derecha. Y la razón. Que Merlín se había enamorado de una chica y se había puesto a enseñarle su magia. Y que la chica traicionaba a Merlín y utilizaba contra él sus propios conjuros mágicos. Y así, él quedaba encerrado en una cueva durante mil años, hasta que se desvaneciese el conjuro. Y entonces volvería otra vez al mundo. Eso era un amante, amigo, eso era un mago. El los sobreviviría a todos. Y así, de niño, yo intentaba ser un Merlín para mi hermano Artie. Y cuando dejamos el hospicio, cambiamos nuestro apellido por Merlyn. Y nunca volvimos a hablar de que éramos huérfanos. Ni entre nosotros ni con nadie.

El avión descendía. Las Vegas había sido mi Camelot, una ironía que el gran Merlín podría haber explicado fácilmente. Yo volvía a la realidad. Tenía que dar ciertas explicaciones a mi hermano y a mi mujer. Fui cogiendo mis paquetes de regalos mientras el avión se deslizaba por la pista.

9

Todo resultó fácil. Artie no me preguntó por qué había huido de Valerie y de los niños. Tenía un coche nuevo, una ranchera grande, y me contó que su mujer estaba otra vez embarazada. Sería el cuarto hijo. Le felicité por ello. Tomé mentalmente nota de que tenía que enviarle flores a su mujer al cabo de unos días. Y luego cancelé la nota. No puedes enviar flores a la mujer de un tipo cuando debes a ese tipo miles de dólares. Y cuando quizás tengas que pedirle prestado más dinero en el futuro. A Artie no le molestaría, pero a su mujer podría parecerle raro.

Camino de la urbanización del Bronx donde vivía, le pregunté a Artie lo más importante:

—¿Qué piensa Vallie de mí?

—Entiende —dijo Artie—. No está furiosa. Se alegrará de verte. En fin, no es tan difícil entenderte. Escribiste todos los días. Y la llamaste un par de veces. Necesitabas un descanso y nada más.

Lo dijo en tono normal. Pero pude darme cuenta de que mi escapada de un mes le había asustado. Estaba realmente preocupado por mí.

Luego entramos en la urbanización, que siempre me deprimía. Era una inmensa zona de edificios construidos en forma de altos y grandes hexágonos, hechos por el gobierno para los pobres. Yo tenía un apartamento de cinco habitaciones por cincuenta dólares al mes, servicios incluidos. Y los primeros años todo había ido bien. Aquello se había construido con dinero del gobierno y había habido procesos de selección. Los primeros habitantes habían sido los pobres trabajadores y temerosos de la ley. Pero, por sus virtudes, habían subido en la escala económica y se habían trasladado a casas propias. Ahora estaban llegando los pobres definitivos que no podían llevar una vida decente, o no querían. Drogadictos, alcohólicos, familias sin padre que vivían de la seguridad social porque el padre se había largado. La mayoría de los recién llegados eran negros, de lo cual Vallie juzgaba que no podía quejarse porque la gente la consideraría racista. Pero yo me daba cuenta de que teníamos que salir de allí rápido, de que tendríamos que trasladarnos a una zona blanca. No quería acabar en otro asilo. Me importaban un carajo que me considerasen racista. Lo único que sabía era que estaba rodeado cada vez de más gente a la que no le gustaba el color de mi piel y que tenía muy poco que perder, hiciese lo que hiciese. El sentido común me decía que era una situación peligrosa. Y que empeoraría. No me gustaba gran cosa la gente blanca, así que ¿por qué había de amar a los negros? Y, por supuesto, el padre y la madre de Vallie nos harían un préstamo para comprarnos una casa. Pero no podía aceptar su dinero. Sólo aceptaría dinero de mi hermano Artie. Artie el afortunado.

El coche se detuvo.

—Sube a tomar un café —dije.

—Tengo que ir a casa —dijo Artie—. Además no quiero presenciar la escena. Enfrenta tus problemas como un hombre.

Cogí la maleta del asiento de atrás y salí del coche.

—Bueno —dije—. Muchísimas gracias por ir a esperarme. Iré a verte dentro de un par de días.

—Vale —dijo Artie—. ¿De verdad tienes pasta?

—Ya te dije que había ganado en el juego —contesté.

—Merlyn el Mago —dijo él.

Los dos nos echamos a reír. Me alejé de él por el camino

que llevaba a la puerta de mi bloque de apartamentos. Esperé a oír arrancar el motor, pero supongo que él quería esperar a que yo entrase en el edificio. No miré atrás. Tenía llave pero llamé. No sé por qué. Era como si no tuviese derecho a usar aquella llave. Cuando Vallie abrió la puerta, esperó a que yo entrase y pusiese mi maleta en la cocina antes de abrazarme. Estaba muy tranquila, muy pálida, muy suave. Nos besamos con naturalidad como si no fuese gran cosa el haber estado separados por primera vez en diez años.

—Los críos querían esperar levantados —dijo Vallie—. Pero era muy tarde. Ya te verán antes de irse al colegio.

—Vale —dije.

Quería entrar en sus dormitorios para verles, pero temía despertarlos y que se levantaran y cansaran a Vallie. Parecía agotada.

Metí la maleta en nuestro dormitorio y ella me siguió. Empezó a deshacerla y yo me senté en la cama, mirándola. Era muy eficiente. Separó las cajas que sabía que eran regalos y las puso en el tocador. La ropa sucia la separó en montones para lavar y limpiar en seco. Luego la llevó al baño para echarla al cesto. No volvía, así que fui hasta allí. Estaba apoyada en la pared, llorando.

—Me abandonaste —dijo.

Yo me eché a reír. Porque no era cierto y porque no era lo que ella tenía que decir. Podría haber sido ingeniosa o conmovedora o más lista, pero simplemente me decía lo que sentía, sin artificios. Como hacía cuando escribía sus relatos en la Nueva Escuela. Y, al ver lo honrada que era, me eché a reír. Supongo que me reía también porque me daba cuenta ya de que podía manejarla y manejar toda la situación. Podía ser ingenioso y divertido y tierno y hacer que se sintiera maravillosamente. Podía demostrarle que aquello no significaba nada, lo de dejarla a ella y a los chicos.

—Te escribí todos los días —dije—. Te llamé por lo menos cuatro o cinco veces.

Enterró la cara en mis brazos.

—Lo sé —dijo ella—. Sólo que no estaba segura de que volvieras. No me importa nada. Sólo sé que te amo. Sólo quiero que estés conmigo.

—Yo también —dije. Era el modo más fácil de decirlo.

Quiso prepararme inmediatamente algo de comer y le dije que no. Me di una ducha rápida mientras ella me esperaba en la cama. Siempre se ponía el camisón para acostarse aunque fuésemos a hacer el amor y tuviese que quitárselo luego. Era su infancia católica y a mí me gustaba. Nuestra relación amorosa adquiría así cierto ceremonial. Y al verla allí tendida, esperándome, me alegré de haberle sido fiel. Tenía otros muchos pecados con que lidiar, pero al menos ése no me torturaría. Y merecía la pena, en aquel momento y en aquel lugar. No sé si a ella le hacía algún bien.

Con las luces apagadas, cuidando de no hacer ruido para no despertar a los niños, hicimos el amor como lo habíamos hecho siempre durante los más de diez años que llevábamos juntos, teniendo hijos y amándonos, supongo. Tenía un cuerpo magnífico, unos pechos maravillosos, y orgasmos naturales e inocentes. Todas las partes de su cuerpo reaccionaban a la caricia y era sensiblemente apasionada. Nuestra relación, que resultaba casi siempre satisfactoria, lo resultó también aquella noche. Y después, ella cayó en un profundo sueño, su mano apretando la mía hasta que se puso de lado y la conexión se rompió.

Pero yo, o mi reloj corporal, íbamos con tres horas de adelanto. Una vez seguro en casa con mi mujer y mis hijos, no podía entender por qué me había escapado. Por qué me había quedado casi un mes en Las Vegas, tan solitario y desconectado. Sentía el relajamiento del animal que ha llegado a lugar seguro. Me sentía feliz de ser pobre y de estar atrapado en el matrimonio y cargado de hijos. Y feliz también de no tener éxito mientras pudiese estar tumbado en una cama al lado de mi mujer, que me amaba y me apoyaría frente al mundo. Y luego pensé que así era como debía haberse sentido Jordan antes de recibir las malas noticias. Pero yo no era Jordan. Yo era Merlyn el Mago, yo haría que todo saliese bien.

El truco es recordar todas las cosas buenas, todos y cada uno de los momentos felices. La mayoría de los diez años habían sido felices. De hecho, en una ocasión, yo me había enfadado porque era demasiado feliz para mis medios, circunstancias y ambiciones. Pensé en el casino brillando ardientemente en el desierto, y en Diane jugando como señuelo de la casa sin ninguna oportunidad de ganar o perder, de ser feliz o desdichada. Y Cully detrás de la mesa con su delantal verde, trabajando para la casa. Y Jordan muerto.

Pero tendido allí en la cama, rodeado de la familia que había creado, me sentí tremendamente fuerte. Les protegería contra el mundo e incluso contra mí mismo.

Estaba seguro de que podría escribir otro libro y hacerme rico. Estaba seguro de que Vallie y yo seríamos felices siempre, que la extraña zona neutral que nos separaba se vendría abajo. Nunca la traicionaría ni utilizaría mi magia para dormir mil años. Nunca sería otro Jordan.

10

En el apartamento de Gronevelt, Cully miraba a través del inmenso ventanal. La pitón verdirroja de neón del Strip serpeaba hacia las negras montañas del desierto. Cully no pensaba en Merlyn ni en Jordan ni en Diane. Esperaba nervioso que Gronevelt saliera del dormitorio, preparando mentalmente sus respuestas, sabiendo que su futuro estaba en juego.

Era un apartamento enorme, con un bar empotrado en el salón y una gran cocina adosada al elegante comedor; todo abierto hacia el desierto y el círculo de montañas que rodeaban la ciudad. Cuando Cully pasaba inquieto a otra ventana, Gronevelt cruzó la arcada del dormitorio.

Gronevelt estaba impecablemente vestido y afeitado, aunque pasaba de medianoche. Se acercó al bar y le dijo a Cully: «¿Quieres beber algo?» Tenía acento del este, de Nueva York o Boston o Filadelfia. En el salón había estanterías llenas de libros. Cully se preguntó si Gronevelt los leería realmente. Los periodistas que escribían sobre Gronevelt se habrían quedado atónitos.

Cully se acercó al bar y Gronevelt le indicó que se

sirviera. Cully cogió un vaso y se sirvió un poco de whisky. Vio que Gronevelt bebía agua de soda.

—Has estado trabajando bien —dijo Gronevelt—. Pero ayudaste a ese Jordan en la mesa de bacarrá. Te pusiste contra mí. Recibes dinero mío y vas contra mí.

—Era amigo mío —dijo Cully—. No era un grave problema. Y yo sabía que él era el tipo de persona que se cuidaría de mí para siempre si ganaba.

—¿Te dio algo antes de pegarse el tiro?

—Iba a darnos veinte grandes a cada uno, a mí y a aquel chico que andaba con nosotros y a Diane, la rubia de la mesa de bacarrá.

Cully se dio cuenta de que Gronevelt estaba interesado y que no parecía demasiado enfadado porque hubiese ayudado a Jordan.

Gronevelt se acercó al inmenso ventanal y contempló las montañas del desierto que brillaban oscuras a la luz de la luna.

—Pero no llegaste a recibir el dinero —dijo Gronevelt.

—Fui un imbécil —dijo Cully—. El Niño dijo que él esperaría hasta que Jordan estuviese en el avión, así que yo y Diane dijimos que también esperaríamos. Un error que jamás volveré a cometer.

—Todo el mundo comete errores —dijo tranquilamente Gronevelt—. No es importante, a menos que el error sea fatal. Cometerás más —terminó su vaso— ¿Sabes por qué hizo lo que hizo ese tal Jordan?

Cully se encogió de hombros.

—Le dejó su mujer. Se llevó todo lo que tenía, creo. Pero quizás tuviese también algo físico, quizás tuviese cáncer. Tenía muy mal aspecto los últimos días.

Gronevelt asintió con un gesto.

—Esa chica del bacarrá, está muy buena, ¿eh?

De nuevo, Cully se encogió de hombros.

—Sí, está bien.

En aquel momento, ante la sorpresa de Cully, una joven salió del dormitorio. Estaba maquillada y vestida para salir. Llevaba el bolso garbosamente colgado del hombro. Cully la reconoció como una de las bailarinas del espectáculo escénico del hotel, una de las que bailaban semidesnudas. Era hermosa y Cully recordó que sus pechos desnudos quitaban el hipo en escena.

La chica besó a Gronevelt en los labios. Ignoró a Cully y Gronevelt no la presentó. Se fue hacia la puerta, y Gronevelt la acompañó. Cully le vio sacar la billetera y coger de ella un billete de cien dólares. Cogió la mano de la chica al abrir la puerta y el billete de cien dólares desapareció. En cuanto ella se fue, Gronevelt volvió y se sentó en uno de los sofás. Hizo de nuevo un gesto y Cully se sentó frente a él en una butaca.

—Lo sé todo sobre ti —dijo Gronevelt—. Eres un artista de la cuenta atrás. Eres bueno con un mazo de cartas en la mano. Por lo que has trabajado para mí, sé que eres listo. Y he hecho que te controlaran constantemente.

Cully cabeceó y esperó.

—Eres un jugador, pero no un jugador degenerado. En realidad sabes controlar el juego. Pero no tengo ni que decirte que a los artistas de la cuenta atrás acaban prohibiéndoles la entrada en todos los casinos. Los jefes de sector hace mucho tiempo que quieren echarte de aquí. No les he dejado. Pero todo eso lo sabes tú muy bien.

Cully siguió esperando.

Gronevelt le miraba directamente a los ojos.

—Me parece muy bien todo salvo en una cosa. Esa relación con Jordan y cómo actuaste con él y con el otro chico. Sé que la chica te importa un pito. Así que, antes que nada, explícame eso.

Cully se tomó su tiempo y fue muy cuidadoso.

—Ya sabe que soy un tramposo —dijo—. Jordan era un tipo raro. Tenía el presentimiento de que podía irme muy bien con él. El chico y la chica se metieron de pronto en el asunto.

—Ese chico, ¿quién demonios era? —dijo Gronevelt—. El número que le montó a Cheech fue peligroso.

Cully se encogió de hombros.

—Era un buen chico.

—Te agradaba —dijo Gronevelt casi cordialmente—. Realmente te agradaba y también Jordan, si no, no te hubieses puesto de parte de ellos en contra mía.

Cully tuvo de pronto un presentimiento. Estaba mirando los centenares de volúmenes que se alineaban en las paredes del salón.

—Sí, me agradaban. El Niño escribió un libro, aunque no ganó mucho dinero. No puedes andar por la vida haciéndote amigo de todo el mundo. Eran realmente buenas personas. No eran tramposos ni maleantes. Podías confiar en ellos. Jamás hubieran jugado una mala pasada. Pensé que sería una experiencia nueva para mí.

Gronevelt se echó a reír. Apreciaba el ingenio. Y le interesaba el asunto. Aunque pocas personas lo supiesen, Gronevelt leía muchísimo. Lo consideraba un vicio vergonzoso.

—¿Cómo se llama el Niño? —preguntó con aparente indiferencia; en realidad estaba verdaderamente interesado—. ¿Y cómo se titula el libro?

—El se llama John Merlyn —dijo Cully—. No sé cómo se titula el libro.

—No he oído hablar de él —dijo Gronevelt—. Extraño nombre —se quedó un rato pensándolo—. ¿Es su verdadero nombre?

—Sí —dijo Cully.

Hubo un largo silencio, como si Gronevelt estuviera sopesando algo, y luego, por fin suspiró y le dijo a Cully:

—Voy a darte la oportunidad de tu vida. Si haces tu trabajo como te digo y tienes la boca cerrada, tendrás una buena oportunidad de ganar mucho dinero y ser ejecutivo de este hotel. Me agradas y voy a apostar por ti. Pero recuerda que si me jodes te verás en un lío. Hablo en serio. ¿Tienes más o menos idea de lo que quiero decirte?

—La tengo —dijo Cully—. No me asusta. Ya sabe que soy un tramposo. Pero soy lo bastante listo para portarme bien cuando tengo que hacerlo.

—Lo más importante es mantener la boca cerrada —insistió Gronevelt.

Mientras decía esto, su mente vagó hacia atrás, hacia el rato que había pasado con aquella chica. Una boca cerrada. Parecía ser lo único que le servía de algo en aquellos tiempos. De momento, tenía una sensación de cansancio, una debilidad, que parecía presentarse con mayor frecuencia en el último año. Pero sabía que le bastaba bajar y pasearse por su casino para recuperarse. Como una especie de mítico gigante, absorbía potencia y energía por el hecho de sentirse asentado en la tierra fecunda del salón de su casino, de la gente toda que trabajaba para él, de todas las personas que conocía, ricas y famosas y poderosas, que venían a que las fustigasen con los dados y las cartas de él, que se torturaban a sí mismas en sus mesas de fieltro verde. Pero la pausa había sido excesivamente larga, y advirtió que Cully le observaba con curiosidad e inteligencia activas. Estaba dándole a aquel nuevo empleado un margen.

—La boca cerrada —repitió Gronevelt—. Y tendrás que dejar todas las trapacerías de baja estofa. Sobre todo con tías. En fin, ¿que quieren regalos? ¿Que te sacan cien aquí y mil allá? Recuerda entonces que así quedan pagadas, que no les debes nada. Procura no deberle nada a una mujer. *Nada.* Es preferible no tener cuentas pendientes con tías. A menos que seas un chulo o un imbécil. Recuérdalo. Dales la pasta y listo.

—¿Un billete de cien? —preguntó burlonamente Cully—. ¿No pueden ser cincuenta? Yo no soy dueño de un casino.

Gronevelt sonrió un poco.

—Usa tu propio juicio. Pero si te interesa una chica, resuélvelo con un billete.

Cully asintió y esperó. De momento, todo era palabrería. Gronevelt tenía que ir al grano. Y lo hizo.

—Mi mayor problema en este momento —dijo— es eludir impuestos. Ya sabes que sólo puede hacerse uno rico en la oscuridad. Algunos de los otros propietarios de hoteles se dedican a falsear las liquidaciones con sus socios. Eso no sirve para nada. Al final, los federales les cazarán. Si habla alguien, están listos. Listos de verdad. Eso a mí no me gusta. Pero evadiendo es como puede hacerse dinero de verdad y en eso será en lo que me ayudes tú.

—¿Voy a trabajar en la sección de contabilidad? —preguntó Cully.

Gronevelt meneó la cabeza con impaciencia.

—Trabajarás en el salón de juego —dijo—. Al menos durante un tiempo. Y si trabajas bien, pasarás a ser ayudante personal mío. Es una promesa. Pero tendrás que demostrar que vales. Sin fallos. ¿Entiendes lo que quiero decir?

—Desde luego —dijo Cully—. ¿Algún riesgo?

—Sólo por ti mismo —dijo Gronevelt.

Y de pronto miró fijamente a Cully como si estuviese diciéndole algo sin palabras, algo que quería que Cully captase muy bien. Cully le miró también los ojos y la cara de Gronevelt se hundió un poco con una expresión de cansancio y repugnancia, y de pronto Cully comprendió. Si demostraba que no valía, si le engañaba, tenía bastantes probabilidades de acabar enterrado en el desierto. Sabía que esto le preocupaba a Gronevelt, y sintió un extraño lazo con aquel hombre. Quiso tranquilizarle.

—No se preocupe, señor Gronevelt —dijo—. No le defraudaré. Aprecio lo que hace por mí. No le dejaré mal.

Gronevelt cabeceó lentamente. Volvió la espalda a Cully y miró por el inmenso ventanal al desierto y a las montañas de más allá.

—Las palabras no significan nada —dijo—. Cuento con que seas listo. Ven a verme mañana al mediodía y lo ultimaremos todo. Y otra cosa.

Cully pareció estar muy atento.

—Líbrate de esa jodida chaqueta que llevabais siempre tú y tus amigos —dijo Gronevelt con aspereza—. Esa mierda de Las Vegas Ganador. No te imaginas lo que me irritaba esa chaqueta cuando os veía a los tres paseándoos por el casino con ella. Y eso es lo primero que puedes recordarme. Decirle a ese jodido tendero que no pida más chaquetas de ésas.

—Vale —dijo Cully.

—Echemos otro trago y luego puedes irte —dijo Gronevelt—. Tengo que echar un vistazo al casino dentro de un rato.

Tomaron otro trago y Cully se quedó atónito cuando Gronevelt hizo un brindis chocando los vasos para celebrar su nueva relación. Esto le animó a preguntar qué le había pasado a Cheech.

Gronevelt movió la cabeza con tristeza.

—Quizás deba explicarte algunos datos básicos sobre la vida de esta ciudad. Ya sabes que Cheech está en el hospital. Oficialmente le atropelló un coche. Se recuperará, pero nunca volverás a verle en Las Vegas hasta que tengamos otro sheriff.

—Yo creí que Cheech estaba relacionado —dijo Cully. Bebió un trago de su vaso. Permanecía muy alerta. Quería saber cómo funcionaban las cosas a nivel de Gronevelt.

—Tiene muy buenas relaciones en el este —dijo Gronevelt—. Los amigos de Cheech querían incluso que yo le ayudase a salir de Las Vegas. Pero les dije que no me era posible.

—No lo entiendo —dijo Cully—. Usted tiene más poder que el sheriff.

Gronevelt se acomodó en su asiento y bebió lentamente. Como hombre más viejo y más sabio, siempre le resultaba agradable instruir a los jóvenes. E incluso mientras lo hacía, sabía que Cully estaba halagándole, que probablemente Cully conocía todas las respuestas.

—Mira —dijo—, nosotros podemos arreglar las cosas con el gobierno federal, con nuestros abogados y con los tribunales; tenemos jueces y tenemos políticos. De una u otra forma, podemos resolver las cosas con el gobernador o con las comisiones de control del juego. La oficina del sheriff controla la ciudad tal como nosotros queremos. Puedo coger el teléfono y conseguir que prácticamente cualquiera sea expulsado de la ciudad. Estamos creando la imagen de Las Vegas como un lugar absolutamente seguro para los jugadores. No podemos conseguirlo sin la ayuda del jefe de policía. Ahora bien, para ejercer ese poder tiene que tenerlo y nosotros tenemos que dárselo. Tenemos que tenerle contento. Tiene que ser, además, una determinada especie de tipo con determinados valores. No puede dejar que un hampón como Cheech le pegue a su sobrino sin que pase nada. Tiene que romperle las piernas. Y tenemos que dejarle. Yo tengo que dejarle. Cheech tiene que dejarle. La gente de Nueva York tiene que dejarle. Es un pequeño precio que hay que pagar.

—¿Tan poderoso es el jefe de policía? —preguntó Cully.

—Tiene que serlo —dijo Gronevelt—. No tenemos otro medio de lograr que esta ciudad funcione. Y él es un tipo listo, un buen político. Seguirá en su puesto los diez años próximos.

—¿Por qué sólo diez? —preguntó Cully.

Gronevelt sonrió.

—Será demasiado rico para trabajar —dijo—. Y es un trabajo muy duro.

Cuando Cully se fue, Gronevelt se preparó para bajar al salón del casino. Eran ya casi las dos de la madrugada. Hizo su llamada especial al ingeniero del edificio para que bombease oxígeno puro a través del sistema de aire acondicionado del casino para que los jugadores permaneciesen bien despiertos. Luego decidió que debía cambiarse de camisa. Por alguna razón, se le había puesto húmeda y pegajosa durante su charla con Cully. Y mientras se cambiaba, dedicó a Cully más detenidos pensamientos.

Pensaba que podía entender perfectamente a aquel hombre. Cully había creído que el incidente con Jordan era algo negativo para él en su relación con Gronevelt. Por el contrario, Gronevelt se había quedado encantado al ver que Cully apoyaba a Jordan en la mesa de bacarrá. Tal hecho demostraba que Cully no era sólo el tramposo normal y corriente, sino que era un tramposo en lo más profundo de su corazón.

LIBRO TERCERO

11

El padre de Valerie arregló las cosas para que yo no perdiese mi trabajo. El tiempo que había pasado fuera se justificó como vacaciones y enfermedad, así que incluso me pagaron el mes que estuve holgazaneando en Las Vegas. Pero cuando volví, el comandante del ejército, mi jefe, estaba un poco enfadado. Yo no me preocupaba por eso. Si estás en el Servicio Civil Federal de Estados Unidos de Norteamérica y no eres ambicioso, y no te importa que te humillen un poco, tu jefe no tiene ningún poder.

Yo trabajaba de ayudante administrativo en las unidades de la reserva del ejército. Dado que las unidades se reunían sólo una vez por semana para instrucción, yo era responsable de todo el trabajo administrativo de las tres unidades que tenía asignadas. Era un trabajo muy pesado. Tenía a mi cuidado un total de seiscientos hombres, debía hacer sus nóminas, mimeografiar sus manuales de instrucciones, toda esa mierda. Tenía que comprobar el trabajo administrativo de las unidades realizado por el personal de la reserva. Preparaban informes para sus reuniones, tramitaban las órdenes de ascenso. En realidad, todo esto no era tanto trabajo como parecía salvo cuando las unidades se iban al campamento de instrucción de verano para una estancia de dos semanas. Entonces yo estaba muy ocupado.

En nuestra oficina el ambiente era muy cordial. Había otro civil llamado Frank Alcore que era mayor que yo y pertenecía a una unidad de la reserva para la que trabajaba como administrativo. Frank, con lógica impecable, me convenció de que debía venderme. Trabajé con él dos años sin enterarme de que estaba haciendo chanchullos. Sólo lo descubriría al volver de Las Vegas.

Las unidades de reserva de Estados Unidos eran lugar de cabildeo político. Por sólo asistir a una reunión dos horas semanales recibías paga de día completo. Un oficial podía llevarse sobre los veinte billetes. Un suboficial, con el plus de antigüedad, diez. Más derechos de pensión. Y durante las dos horas simplemente ibas a reuniones de instrucción o te dormías viendo una película.

La mayoría de los administrativos civiles se incorporaban a la reserva del ejército. Salvo yo. Mi sombrero mágico adivinó un posible riesgo. Si había otra guerra, las unidades de la reserva serían las primeras que pasarían al ejército regular.

Todos pensaban que yo estaba loco. Frank Alcore me suplicó que me incorporase. Yo había sido soldado tres años en la Segunda Guerra Mundial, pero él me dijo que podía conseguir que me nombrasen sargento por mi experiencia civil como administrativo de una unidad del ejército. Era un chollo, hacías tu deber patriótico y ganabas paga doble. Pero me resultaba odiosa la idea de recibir órdenes otra vez, aunque sólo fuese dos horas por semana y dos semanas en el verano. Como subalterno, tenía que seguir las órdenes de mis superiores. Pero hay una gran diferencia entre órdenes e instrucciones.

Cada vez que leía en la prensa informes sobre la fuerza de reserva magníficamente entrenada de nuestro país, meneaba la cabeza. Un millón de hombres tocándose los huevos. Me preguntaba por qué no abolirían todo aquello. Pero un montón de ciudades pequeñas dependían de nóminas de la reserva del ejército para sustentar sus economías. Muchos políticos de las legislaturas estatales y del Congreso eran oficiales de la reserva de muy elevado rango y ejercían notable presión.

Y entonces pasó algo que cambió toda mi vida. La cambió sólo por un breve período de tiempo pero la cambió para mejor, tanto económica como psicológicamente. Me convertí en estafador. Cortesía de la estructura militar de Estados Unidos.

Poco después de volver de Las Vegas, los jóvenes de Norteamérica se dieron cuenta de que si se alistaban en el programa de servicio activo de seis meses recién aprobado obtendrían un beneficio neto de dieciocho meses de libertad. El joven reclutable no tenía más que alistarse en el programa de la reserva y hacer un período en el ejército regular de seis meses en Estados Unidos. Tras esto, hacía cinco años y medio en el ejército de la reserva. Lo cual significaba ir a una reunión de dos horas por semana y a un campo de verano de dos semanas en servicio activo. Si esperaba y le reclutaban, tendría que hacer dos años completos, y quizás en Corea.

Pero había muy pocas plazas en el ejército de reserva. Por cada vacante había cien solicitudes, y Washington estableció un sistema de cuotas. Las unidades que yo manejaba recibieron una cuota de treinta plazas por mes. El primero que llegaba se llevaba el puesto.

Finalmente, tuve una lista de casi mil nombres. Yo controlaba administrativamente la lista y jugaba limpiamente. Mis jefes, el comandante asesor del ejército regular y un teniente coronel de la reserva al mando de las unidades, tenían la autoridad oficial. A veces situaban furtivamente a un favorito en cabeza. Cuando me decían que lo hiciese, yo nunca protestaba. ¿Qué coño me importaba? Yo estaba trabajando en mi libro. El tiempo que dedicaba al trabajo era sólo para conseguir el cheque.

Las cosas empezaron a ponerse más difíciles. Cada vez se reclutaban más jóvenes. Cuba y Vietnam acechaban en el horizonte. Por entonces, me di cuenta de que pasaba algo raro. Y tenía que ser muy raro para que yo me diese cuenta, porque no tenía el menor interés por mi trabajo ni por sus detalles e incidentes.

Frank Alcore era mayor que yo, estaba casado y tenía un par de hijos. Teníamos la misma graduación como funcionarios, operábamos con independencia, él tenía sus unidades y yo tenía las mías. Los dos ganábamos la misma cantidad de dinero, unos cien billetes por semana. Pero él pertenecía a su unidad de la reserva como sargento y ganaba otro grande extra al año. Sin embargo, venía al trabajo en un Buick nuevo y lo aparcaba en un garaje próximo que le costaba tres billetes diarios. Apostaba a todos los juegos de pelota, fútbol americano, baloncesto y béisbol, y yo sabía lo que costaba eso. Y me preguntaba de dónde demonios sacaría la pasta. Le tanteé y me guiñó un ojo y me dijo que tenía un sistema. Le iba muy bien con las apuestas. En fin, aquél era mi rollo, era mi terreno... y sabía que lo que me decía era cuento. Luego, un día me llevó a comer a un buen restaurante italiano de la Novena Avenida y me enseñó todas sus cartas.

Cuando tomábamos café me preguntó:

—¿Cuántos tipos alistas por mes en tus unidades, Merlyn? ¿Qué cuota recibes de Washington?

—Treinta el mes pasado —dije—. La cosa varía entre veinticinco y cuarenta, según cuántos tipos perdamos.

—Esos puestos de alistamiento valen dinero —dijo Frank—. Puedes ganar mucha pasta.

No contesté. Luego siguió:

—Basta con que me dejes utilizar cinco de tus plazas por mes —dijo—. Yo te daré cien billetes por cada una.

No me tentó. Quinientos billetes al mes significaban para mí una subida en mis ingresos del cien por cien. Pero moví la cabeza y le dije que lo olvidara. Era muy orgulloso. Nunca había hecho nada deshonesto en mi vida adulta. Era rebajarme, convertirme en un vulgar recogedor de propinas. Después de todo, era un artista. Un gran novelista esperando ser famoso. Ser deshonesto era ser un villano. Habría ensuciado la imagen narcisista que tenía de mí mismo. No importaba que mi mujer y mis hijos estuviesen al borde de la pobreza. No importaba que yo tuviese que tomar un trabajo extra de noche para poder llegar a fin de mes. Yo era un héroe nato. Aun así, la idea de que los chicos *pagasen* por entrar en el ejército me divertía.

Frank insistió.

—No corres ningún riesgo —dijo—. Esas listas pueden falsificarse. No hay ninguna matriz. No tendrás que coger el dinero de los chicos ni hacer tratos. Todo eso lo haré yo. Sólo tienes que alistarlos cuando yo te lo diga. Entonces, el dinero pasará de mi mano a la tuya.

En fin, si él me daba a mí cien, tenía que conseguir

doscientos. Y tenía unos quince puestos propios de alistamiento, y al precio de doscientos cada uno, eran tres grandes por mes. De lo que yo no me daba cuenta era de que él no podía usar los quince puestos. Los oficiales al mando de sus unidades tenían gente que se cuidaba de eso. Jefes políticos, congresistas, senadores de Estados Unidos, mandaban a sus hijos para eludir el reclutamiento. Le quitaban a Frank el pan de la boca y, claro, Frank estaba enfadado. Sólo podía vender cinco puestos al mes. Aun así, eran mil dólares al mes libres de impuestos... De cualquier modo, seguí diciendo que no.

Hay toda clase de excusas que puedes montarte antes de acabar estafando. Yo tenía una imagen determinada de mí mismo. De que era honrado y nunca diría una mentira ni engañaría al prójimo. Que jamás haría nada sucio por dinero. Pensaba que era como mi hermano Artie. Artie era honrado hasta la médula. No había posibilidad de que él estafase nunca. Solía contarme historias sobre las presiones que ejercían sobre él en el trabajo. Como ingeniero químico encargado de examinar fármacos y drogas nuevos para la Food & Drug Administration, se encontraba en una posición de poder. Ganaba bastante, pero cuando realizaba sus comprobaciones descalificaba muchos de los productos que los otros químicos federales aprobaban. Entonces, le abordaron las grandes empresas productoras y le hicieron entender que tenían trabajos que daban mucho más dinero del que él pudiese ganar en su vida. Si era un poco más sensible, podría progresar en el mundo. Artie lo rechazó. Luego, por fin, uno de los productos que vetó, fue aprobado por un superior. Al cabo de un año, el producto tuvo que ser prohibido por los efectos tóxicos sobre los pacientes, algunos de los cuales murieron. Todo el asunto saltó a la prensa y Artie fue un héroe durante un tiempo. Y le ascendieron incluso al grado más alto del servicio civil. Pero le hicieron entender que nunca subiría más. Que nunca llegaría a ser jefe de la agencia por su falta de comprensión de los imperativos políticos del trabajo. A él le daba igual y yo estaba orgulloso de él.

Yo quería vivir una vida honrada, ésta era mi gran obsesión. Me ufanaba de ser un hombre realista, así que no pretendía ser perfecto. Pero cuando hacía alguna cochinada, no la aprobaba ni me engañaba a mí mismo, y normalmente no volvía a hacerla. No obstante, con frecuencia me sentía decepcionado en el fondo, dada la cantidad de cochinadas que puede hacer una persona, y me veía así cogido siempre por sorpresa.

En fin, tenía que convencerme a mí mismo de que debía convertirme en un tramposo. Quería ser honrado porque me sentía más cómodo diciendo la verdad que mintiendo. Me sentía más a gusto inocente que culpable. Me lo había pensado bien. Era un deseo pragmático, no romántico. Si me hubiese sentido más cómodo siendo mentiroso y ladrón, lo habría sido. Y en consecuencia, era tolerante con los que actuaban así. Era, pensaba yo, su rollo, no necesariamente una elección moral. Yo afirmaba que la moral no tenía nada que ver con aquello, pero en realidad no me lo creía. En el fondo creía en el bien y el mal como valores.

Y además, si hemos de ser sinceros, yo estaba siempre en competencia con otros hombres y, así, quería ser mejor, como hombre y como persona. Me daba una gran satisfacción el no ser codicioso con el dinero cuando los otros hombres se rebajaban por él. Desdeñar la gloria, ser honrado con las mujeres, ser inocente por elección. Me proporcionaba placer no recelar de las motivaciones de otros y confiar en ellos sistemáticamente. La verdad era que nunca confiaba en mí. Una cosa es ser honrado y otra temerario.

En suma, prefería que me engañasen a engañar a alguien, prefería que me estafasen a ser un estafador; y entendía perfectamente que esto era una armadura en la que me encerraba, y que en realidad no tenía nada de admirable. El mundo no me haría daño si no podía conseguir que me sintiera culpable. Si yo pensaba bien de mí mismo, ¿qué importaba que los demás pensaran mal de mí? El asunto no siempre funcionaba, claro. La armadura tenía rendijas y aberturas. Y tuve algunos deslices a lo largo de los años.

Y sin embargo... sin embargo, yo creía que incluso esto, que parecía remilgada honradez, era, de un modo extraño, el género más ruin de fraude. Que mi moral se apoyaba en un cimiento de fría piedra. Que sencillamente nada había en la vida que yo desease tanto como para que me pudiese corromper. Lo único que quería hacer era crear una gran obra de arte. Pero no deseaba fama ni poder ni dinero, o eso creía yo. Sencillamente quería beneficiar a la humanidad. Ay. Siendo adolescente, asediado por sentimientos de culpa y de indignidad, sintiéndome perdido en el mundo, leí la novela de Dostoievsky *Los hermanos Karamazov*. Ese libro cambió mi vida. Me dio fuerzas. Me hizo ver la belleza vulnerable de todas las personas por muy despreciables que puedan parecer. Y siempre recordaré el día en que por fin dejé el libro, lo devolví a la biblioteca del orfanato y luego salí a la claridad alimonada de un día de otoño. Tenía la sensación de hallarme en estado de gracia.

Y así, lo único que deseaba era escribir un libro que hiciese a la gente sentir lo que yo sentí aquel día. Para mí era el ejercicio máximo de poder. Y el más puro. Y así, cuando se publicó mi primera novela, en la que trabajé cinco años, que me había costado gran trabajo publicar sin ceder a las presiones, sin compromisos artísticos, la primera crítica que leí la calificaba de sucia, degenerada, decía que era un libro que jamás debería haberse escrito y una vez escrito jamás debería haberse publicado.

El libro dio muy poco dinero. Tuvo algunas críticas muy elogiosas. Se aceptaba que yo había creado una verdadera obra de arte, y realmente había colmado en cierta medida mi ambición. Algunas personas me escribieron cartas diciéndome que escribía como Dostoievsky. Encontré que el consuelo de esas cartas no compensaba la sensación de rechazo que me producía el fracaso comercial.

Tenía otra idea para una novela verdaderamente grande, mi *Crimen y castigo*. Mi editor no estaba dispuesto a darme un adelanto. Ningún editor lo haría. Dejé de escribir. Las deudas se amontonaban. Mi familia vivía en la pobreza. Mis hijos no tenían nada de lo que tenían los otros niños. Mi mujer, que era responsabilidad mía, estaba privada de todas las alegrías materiales de la sociedad, etc. etc. Yo me había ido a Las Vegas. Y así no podía escribir. Y entonces lo entendía claramente. Para convertirme en el artista y en el hombre honrado que anhelaba ser, tenía que coger propinas y aceptar sobornos durante un breve período. Uno puede convencerse a sí mismo de cualquier cosa.

Aun así, Frank Alcore tardó seis meses en convencerme, y entonces tuvo que tener suerte. Me intrigaba Frank porque era el perfecto jugador. Cuando le compraba un regalo a su mujer, siempre era algo que pudiese llevar a empeñar si andaba escaso de pasta. Y lo que me encantaba era cómo utilizaba su cuenta corriente.

Los sábados, Frank salía a hacer la compra de la familia. Todos los comerciantes del barrio le conocían y aceptaban sus cheques. En la carnicería compraba la mejor carne de ternera y de buey y se gastaba sus buenos cuarenta dólares. Le daba al carnicero un talón de cien y se embolsaba los sesenta del cambio. La misma historia en la tienda de ultramarinos y en la verdulería. Hasta en la bodega. El sábado por la tarde tenía unos doscientos pavos del cambio de sus compras, y lo usaba para hacer sus apuestas en los partidos de béisbol. No tenía ni un céntimo en la cuenta corriente. Si perdía aquel dinero el sábado, conseguía crédito de su corredor de apuestas para apostar en los partidos del domingo, doblando la apuesta. Si ganaba, corría al banco el lunes por la mañana para cubrir los cheques. Si perdía, dejaba que los devolvieran. Luego, durante la semana, conseguía dinero por reclutar a jóvenes que querían eludir el ejército en el programa de seis meses para cubrir los cheques cuando llegasen por segunda vez.

Frank solía llevarme a los partidos nocturnos de béisbol y lo pagaba todo, hasta los bocadillos. Era un tipo generoso por naturaleza, y cuando yo intentaba pagar, me apartaba la mano y decía algo así como: «Los hombres honrados no pueden permitirse esas cosas». Yo siempre lo pasaba bien con él, hasta en el trabajo. Durante la hora de comer jugábamos al gin y yo normalmente le ganaba algunos dólares, no porque jugase mejor a las cartas sino porque su pensamiento estaba en otra parte.

Todo el mundo tiene una excusa para dejar de ser honrado. La verdad es que dejas de serlo cuando estás preparado para dejar de serlo.

Una mañana, llegué a trabajar y el vestíbulo exterior de mi oficina estaba lleno de jóvenes que querían alistarse en el programa de seis meses del ejército. En realidad, estaba lleno todo el edificio. Todas las unidades alistaban afanosamente en las ocho plantas. Y era uno de esos viejos edificios construidos para albergar batallones enteros que podían entrar desfilando en él. Sólo que ahora, la mitad de cada planta estaba dividida en almacenes, aulas y nuestras oficinas administrativas.

Mi primer cliente era un viejecito que había traído a un

joven de unos veintiuno a alistarse. Figuraba casi último en mi lista.

—Lo siento, no se le llamará por lo menos hasta dentro de seis meses —dije.

El viejo tenía unos asombrosos ojos azules que irradiaban energía y confianza.

—Sería mejor que comprobase usted con su superior —dijo.

En aquel momento, vi a mi jefe, el comandante del ejército regular, que me hacía señas frenéticamente a través del cristal de partición. Me levanté y entré en su despacho. El comandante había luchado en la guerra de Corea y en la Segunda Guerra Mundial y tenía condecoraciones por todo el pecho, pero estaba nervioso y sudaba.

—Escuche —dije—, ese viejo me ha explicado que debo hablar con usted. Quiere que ponga a su chico el primero de la lista. Ya le dije que no podía hacerlo.

—Haz lo que te pida —dijo furioso el comandante—. Ese viejo es congresista.

—¿Y la lista? —dije yo.

—A la mierda la lista —dijo el comandante.

Volví a mi mesa, donde estaban sentados el congresista y su joven protegido. Empecé a rellenar los impresos de alistamiento. Reconocí entonces el apellido del chico. Tendría unos cien millones de billetes algún día. Su familia era una de las historias de triunfo y éxito de la mitología norteamericana. Y allí estaba, en mi oficina alistándose en el programa de seis meses para evitar tener que hacer dos años completos de servicio activo.

El congresista se comportaba perfectamente. No se me impuso, no machacó el hecho de que su poder me obligase a alterar las reglas. Habló tranquila y amistosamente, aplicando justo la nota correcta. Era admirable, sin duda, cómo manejaba el asunto. Intentaba hacerme creer que yo estaba haciéndole un favor y mencionó que llamase a su oficina si alguna vez necesitaba algo de él. El chico mantuvo la boca cerrada, salvo para contestar a las preguntas que le hice cuando rellené a máquina el impreso de alistamiento.

Pero yo estaba furioso. No sabía por qué. No tenía ninguna objeción moral al uso del poder y a su injusticia. Era sólo que me habían pisoteado y yo no podía hacer nada. O quizás fuese porque el chico era tan jodidamente rico. ¿Por qué no podía él cumplir sus dos años en el ejército por un país que tanto había hecho por su familia?

En consecuencia, hice una pequeña trampa en la que ellos no podían caer. Le di al muchacho una recomendación crítica de EOM. EOM significa especialidad ocupacional militar, la tarea concreta del ejército en que se le instruiría. Le recomendé para una de las pocas especialidades electrónicas de nuestras unidades.

Con esto, me aseguraba de que el chico sería uno de los primeros soldados que pasarían al servicio activo en caso de emergencia nacional. Era un tiro largo, pero qué demonios.

El comandante vino y tomó el juramento al chico, haciéndole repetir el texto que incluía el hecho de que no pertenecía al partido comunista ni a ninguna de sus organizaciones subsidiarias. Luego, todos nos dimos la mano. El chico se controló hasta que él y su congresista salieron de mi oficina. Entonces, el chico dirigió una sonrisita al congresista.

Aquella sonrisa era la sonrisa del niño cuando se impone a sus padres o a otros adultos. Es desagradable ver esa expresión en las caras de los niños. Y lo era aún más en aquel caso. Comprendí que en realidad la sonrisa no le hacía un mal muchacho, pero al menos me absolvía de cualquier culpa que pudiese caberme por prepararle la trampa de la EOM.

Frank Alcore había estado observándolo todo desde su mesa. No perdió el tiempo:

—¿Hasta cuándo vas a seguir siendo un imbécil? —me dijo—. Ese congresista se sacó del bolsillo cien billetes. Y Dios sabe lo que recibiría él. Miles. Si ese chico hubiese venido a nosotros, le habría sacado por lo menos quinientos.

Estaba claramente indignado, lo cual me hizo reír.

—Y tú no te tomas las cosas en serio —dijo Frank—. Podrías conseguir mucho dinero, podrías resolver muchos de tus problemas si me hicieses caso.

—Eso no va conmigo —dije.

—De acuerdo, como quieras —dijo Frank—. Pero tienes que hacerme un favor. Necesito muchísimo una plaza. ¿Te fijaste en aquel chico pelirrojo de mi mesa? Me dará quinientos dólares. Está esperando que le recluten cualquier día. En cuanto reciba el comunicado, no podrá alistarse en el programa de seis meses. Lo prohíben las ordenanzas. Así que tengo que alistarle hoy. Y no tengo un sitio libre en mis unidades. Quiero que le metas en las tuyas y repartiré la pasta contigo. Sólo esta vez.

Su tono era desesperado, así que le dije:

—Vale, mándame al chico. Pero quédate tú el dinero, yo no lo quiero.

Frank asintió con un gesto.

—Gracias. Te guardaré tu parte por si cambias de opinión.

Aquella noche, cuando fui a casa, Vallie me sirvió la cena y jugué con los niños antes de que se fueran a la cama. Luego Vallie dijo que necesitaba cien dólares para la ropa y los zapatos de Pascua de los niños. No dijo nada de ropa para ella, aunque, como todos los católicos, consideraba casi una obligación religiosa comprar ropa nueva para Pascua.

A la mañana siguiente, entré en la oficina y le dije a Frank:

—Mira, cambié de opinión, dame mi parte.

Frank me dio una palmada en el hombro.

—Muy bien, muchacho —dijo.

Me llevó a la intimidad del servicio de caballeros y contó cinco billetes de cincuenta dólares y me los entregó.

—Antes del fin de semana tendré otro cliente —me dijo.

No le contesté.

Era la única vez en toda mi vida que había hecho algo realmente deshonroso. Y no me sentía mal. Para mi sorpresa, me sentía magníficamente. Estaba muy alegre y camino de casa compré regalos para Vallie y los niños. Cuando llegué allí y le di a Vallie cien dólares para la ropa de los niños, vi que se sentía muy aliviada al no tener que pedirle a su padre el dinero. Aquella noche dormí como hacía años que no dormía.

E inicié el negocio por mi cuenta, sin Frank. Toda mi personalidad empezó a cambiar. Era fascinante ser estafador. Despertaba lo mejor de mí. Dejé el juego e incluso dejé de escribir; de hecho, perdí todo interés por la nueva novela en la que estaba trabajando. Por primera vez en mi vida, me concentré en mi trabajo de funcionario.

Empecé a estudiar los gruesos volúmenes de ordenanzas

del ejército, buscando todos los subterfugios legales que pudiesen servir a las víctimas del reclutamiento para escapar de éste. Una de las primeras cosas que aprendí fue que las regulaciones médicas podían interpretarse de modo bastante arbitrario. Un chico que no podía pasar el examen físico un mes y al que se rechazaba como recluta, podía muy fácilmente ser aceptado seis meses más tarde. Todo dependía de las cuotas de alistamiento que se marcasen en Washington. Podía depender incluso de cuestiones presupuestarias. Había cláusulas que especificaban que nadie que hubiera sido tratado con electroshock por trastornos mentales podía pasar el examen físico y ser reclutado. Tampoco los homosexuales. Tampoco quien tuviese algún tipo de trabajo técnico en la industria privada que le hiciese demasiado valioso para ser utilizado como un simple soldado.

Luego estudié a mis clientes. Su edad variaba de los dieciocho a los veinticinco, y los mejores solían ser los de veintidós y veintitrés, que acababan de salir de la universidad y les aterraba perder dos años en el ejército de Estados Unidos. Deseaban desesperadamente alistarse en la reserva y cumplir sólo seis meses de servicio activo.

Todos estos muchachos tenían dinero o procedían de familias con dinero. Tenían todos la formación necesaria para ejercer una profesión. Algún día pertenecerían a la clase media alta, los ricos, al grupo que dirigiría las actividades del país. En época de guerra habrían procurado por todos los medios ingresar en la Escuela de Cadetes para hacerse oficiales. Ahora deseaban ser panaderos y especialistas en reparación de uniformes o mecánicos. Uno de ellos, de veinticinco años, ocupaba un puesto en la bolsa de Nueva York; otro, era especialista en valores. Por entonces, Wall Street rebosaba nuevos valores que subían diez puntos en cuanto los emitían, y aquellos muchachos estaban haciéndose ricos. Llovía el dinero. Me pagaron y yo pagué a mi hermano Artie el dinero que le debía. Artie se sorprendió un poco y sintió cierta curiosidad. Le dije que había tenido suerte en el juego. Me daba vergüenza contarle la verdad, y fue una de las pocas veces que le mentí.

Frank se convirtió en mi asesor.

—Cuidado con esos chicos —decía—. Son de temer. Manténles a raya y te respetarán más.

Me encogí de hombros. No entendía sus delicadas instrucciones morales.

—Son todos una pandilla de niños llorones —decía Frank—. ¿Por qué demonios no pueden ir y hacer dos años de servicio al país en vez de este cuento de los seis meses? Tú y yo luchamos en la guerra, combatimos por nuestro país y no tenemos un dólar. Somos pobres. En cambio a esos tipos el país les ha tratado magníficamente. Sus familias son todas ricas. Tienen buenos trabajos, grandes futuros. Y los muy cabrones ni siquiera hacen el servicio.

Me sorprendía su furia, normalmente era un tipo muy tranquilo, no hablaba mal de nadie. Y me di cuenta de que su patriotismo era auténtico. Como sargento de la reserva, era terriblemente honrado, sólo como funcionario civil era un sinvergüenza.

En los meses siguientes, no tuve problema para crearme una clientela. Hice dos listas: una era la lista de espera oficial; la otra era mi lista particular. Procuraba no ser codicioso. Utilizaba diez plazas para los clientes de pago y otras diez para la lista oficial. Y me ganaba tranquilamente mi billete de mil al mes. De hecho, mis clientes empezaron a pujar y pronto el precio pasó a ser de trescientos dólares. Me sentía culpable cuando llegaba un pobre chico que yo sabía que jamás se abriría paso en la lista oficial antes de que le reclutaran. Tanto me fastidiaba esto, que al final deseché por completo la lista oficial. Incluía diez de pago y diez afortunados que no pagaban nada. En suma, ejercitaba el poder, algo que siempre había pensado que nunca haría. Y no era malo aquello, no.

Yo no lo sabía, pero estaba creando un cuerpo de amigos en mis unidades que más tarde me ayudarían a salvar el pellejo. Establecí además otra regla. Todo el que fuese artista, escritor, actor, o director teatral, pasaba gratis. Era una especie de compensación porque yo ya no escribía, no sentía deseos de escribir y también por ello me sentía culpable. En realidad, estaba amontonando culpa al mismo ritmo que amontonaba dinero. E intentaba expiar mi culpa al modo norteamericano típico: haciendo buenas obras.

Frank me reñía por mi falta de instinto comercial. Era demasiado buen chico, tenía que ser más duro porque si no todos se aprovecharían de mí. Pero se equivocaba. No era tan buen chico como él y los demás creían.

Porque yo miraba al futuro. Bastaba utilizar un mínimo de inteligencia para saber que aquel asunto acabaría descubriéndose algún día. Había demasiada gente implicada. Cientos de civiles con trabajos como el mío estaban recibiendo sobornos. Miles de reservistas quedaban alistados en el programa de seis meses tras pagar una cuota sustancial. Esto era algo que aún me divertía, todo el mundo pagando para entrar en el ejército.

Un día, vino un hombre de unos cincuenta años con su hijo. Era un próspero hombre de negocios y su hijo un abogado que empezaba entonces a ejercer como tal. El padre tenía un montón de cartas de políticos. Habló con el comandante y luego vino otra vez la noche de la reunión de la unidad y se entrevistó con el coronel de la reserva. Todos fueron muy correctos con él, pero me lo enviaron a mí con la mierda habitual de la cuota. Así que el padre vino con su hijo a mi despacho a poner el nombre del chico al final de la lista de espera oficial. Se llamaba Hiller y su hijo Jeremy.

El señor Hiller estaba en el negocio del automóvil, tenía una agencia de distribución de Cadillacs. Hice que su hijo rellenara el cuestionario habitual y charlamos. El chico no decía nada, parecía embarazado.

—¿Cuánto tiene que esperar en esa lista? —preguntó el señor Hiller.

Me retrepé en mi silla y le di la respuesta habitual:

—Seis meses —dije.

—Le alistarán antes —dijo el señor Hiller—. Le agradecería que hiciese usted lo posible por ayudarme.

Le di la respuesta habitual:

—Soy sólo un empleado —dije—. Las únicas personas que pueden ayudarle son los oficiales con quienes ya habló usted. O podría usted probar con un congresista.

Me dirigió una larga y astuta mirada y luego sacó su tarjeta:

—Si necesita usted comprar un coche, vaya a verme, se lo daré a precio de coste.

Miré su tarjeta y me eché a reír.

—El día que pueda comprarme un Cadillac —dije— ya no tendré que trabajar aquí.

El señor Hiller esbozó una sonrisa amable y cordial.

—Supongo que tiene razón —dijo—, pero si pudiese usted ayudarme, de veras que se lo agradecería.

Al día siguiente, recibí una llamada del señor Hiller. Tenía la falsa cordialidad de esos vendedores que son verdaderos artistas del engaño. Me preguntó por mi salud, cómo me iba, y comentó el buen tiempo que hacía. Y luego dijo que le había impresionado mucho mi cortesía, tan insólita en un empleado del gobierno que trata con el público. Tanto le había impresionado y tan lleno de gratitud se sentía que cuando se enteró de que estaba a la venta un Dodge de un año, lo había comprado y quería vendérmelo a precio de coste. ¿Aceptaría comer con él para hablar del asunto?

Le dije que no podía comer con él, pero que me pasaría por su negocio cuando saliera del trabajo. Su negocio estaba en Roslyn, Long Island, a no más de media hora de mi urbanización del Bronx. Y cuando llegué allí aún era de día. Aparqué mi coche y recorrí aquello mirando los Cadillacs acosado por codicia burguesa. Los Cadillacs eran hermosos, largos, gráciles y potentes; unos de oro bruñido, otros de blanco crema, azul oscuro, rojo bomba de incendios. Miré los interiores y contemplé el lujoso tapizado, los magníficos asientos. Nunca me había ocupado gran cosa de los coches, pero en aquel momento deseaba un Cadillac con todas mis fuerzas.

Me dirigí al largo edificio de ladrillo y pasé ante un Dodge azul huevo de petirrojo. Era un coche muy bonito que me habría encantado si no hubiese visto todos aquellos Cadillacs. Miré el interior. El tapizado daba una sensación cómoda, una sensación de confort, pero no de opulencia. Mierda.

En resumen, yo estaba reaccionando a la manera del clásico ladrón nuevo rico. Me había pasado algo muy extraño en los últimos meses. Me sentí mal cuando acepté el primer soborno. Creía que pensaría menos en mí mismo. Me había sentido siempre muy orgulloso de no mentir nunca. Entonces, ¿por qué disfrutaba tanto de mi papel como estafador de baja estofa?

La verdad era que me había convertido en un hombre feliz porque me había convertido en un traidor a la sociedad. Me encantaba recibir dinero por traicionar la confianza depositada en mí como funcionario del gobierno. Me encantaba estafar a los muchachos que venían a verme. Engañaba y disimulaba con auténtica fruición. Algunas noches, en la cama, despierto, trazando nuevos planes, me preguntaba sobre el significado de aquel cambio que se había producido en mi persona. Y consideraba que estaba tomando venganza por haber sido rechazado como artista, que estaba compensando mi triste herencia como huérfano. Mi completa falta de éxito mundano. Y mi inutilidad general en el esquema global de las cosas. Por fin había encontrado algo que era capaz de hacer bien; por fin podía mantener con éxito a mi mujer y a mis hijos. Y, curiosamente, pasé a ser mejor marido y mejor padre. Ayudaba a los críos a hacer los deberes. Ahora que había dejado de escribir, tenía más tiempo para Vallie. Íbamos al cine, podía pagar a alguien que cuidase a los niños y el precio de la entrada. Le compraba regalos. Conseguí incluso un par de encargos para una revista y los hice con la mayor facilidad. A Vallie le expliqué que todo aquel dinero procedía de mis colaboraciones en la revista.

Era pues un felicísimo ladrón, aunque en el fondo sabía que llegaría el día de rendir cuentas. En consecuencia, rechacé toda idea de comprarme un Cadillac y decidí conformarme con el Dodge azul huevo de petirrojo.

El señor Hiller tenía una oficina grande con fotografías de su mujer y de sus hijos en la mesa escritorio. No había ninguna secretaria y supuse que era porque el tal señor Hiller había sido lo bastante listo para librarse de ella y que no me viera. Me gustaba tratar con gente lista. Los tontos me daban miedo.

El señor Hiller me hizo sentarme y me dio un puro. Volvió a preguntarme por mi salud. Luego, pasó a cosas más concretas.

—¿Vio usted el Dodge azul? Bonito coche. Está en perfectas condiciones. Puedo dárselo a muy buen precio. ¿Qué coche tiene usted ahora?

—Un Ford del cincuenta —dije.

—Puede usted darlo como entrada —dijo el señor Hiller—. El Dodge le costaría quinientos dólares al contado y su coche.

No hice ningún gesto. Saqué los quinientos billetes de la cartera y dije:

—Trato hecho.

El señor Hiller pareció algo sorprendido.

—Supongo que podrá ayudar a mi hijo —le preocupaba

realmente un poco la posibilidad de que yo no hubiese entendido.

Y a mí me asombró de nuevo lo mucho que disfrutaba con estas pequeñas transacciones. Sabía que le tenía atrapado. Que podía sacarle el Dodge sólo con darle mi Ford. En realidad estaba ganando unos mil dólares en el trato, aunque le pagase los quinientos. Pero no quería ser simplemente un ladrón. Aún tenía mi pizca de Robin Hood. Aún me consideraba un tipo que cogía el dinero de los ricos sólo a cambio de darles un equivalente de su valor. Pero lo que más me satisfacía era la preocupación que se dibujaba en su rostro al pensar que yo no me había dado cuenta de que se trataba de un soborno. Así que dije, muy pausadamente, sonriendo, con la mayor naturalidad:

—Su hijo estará incluido en el programa de seis meses en el plazo de una semana.

La cara del señor Hiller reflejó alivio y un nuevo respeto.

—Firmaremos todos los documentos esta noche —dijo—, me cuidaré de todo. No habrá ningún problema.

Se inclinó para darme la mano.

—He oído hablar de usted —añadió—. Todo el mundo le tiene en gran estima.

Me sentí complacido. Por supuesto, sabía lo que quería decir. Que tenía buena reputación como estafador honrado. Después de todo, era algo. Era un triunfo.

Mientras los empleados preparaban la documentación, el señor Hiller se puso a hablar conmigo, intentando enterarse de cosas. Quería saber si actuaba solo o si en el asunto participaban también el comandante y el coronel; era listo; su experiencia como comerciante, supongo. Primero me felicitaba por lo listo que era, lo deprisa que lo captaba todo. Luego, empezó a hacerme preguntas. Le preocupaba que los dos oficiales recordasen a su hijo. ¿No tenían ellos que tomar juramento a su hijo para que se incorporase al programa de seis meses? Sí, era cierto, dije.

—¿No le recordarán? —dijo el señor Hiller—. ¿No le preguntarán por qué subió tan de prisa en la lista?

Tenía cierta razón pero no del todo.

—¿Le he hecho yo preguntas sobre el Dodge? —pregunté.

El señor Hiller sonrió cordialmente.

—Claro, claro —dijo—. Usted conoce su negocio. Pero

es mi hijo, sabe. No quiero que se vea metido en líos por culpa mía.

Mi pensamiento empezó a vagar. Pensaba en lo contenta que se pondría Vallie cuando viese el Dodge azul: el azul era su color favorito y estaba harta del viejo Ford destartalado.

Me obligué a mí mismo a pensar en lo que me planteaba el señor Hiller. Recordé que su Jeremy llevaba el pelo largo y un traje de buen corte, con chaleco, camisa y corbata.

—Dígale a Jeremy que se corte el pelo y lleve ropa deportiva cuando yo le llame a la oficina. No le recordarán.

El señor Hiller pareció vacilar.

—A Jeremy le fastidiará mucho —dijo.

—Pues entonces que no lo haga —dije—. No me gusta decir a la gente que haga lo que no le gusta hacer. Yo me cuidaré de todo.

Me sentía algo impaciente.

—De acuerdo —dijo el señor Hiller—. Lo dejo en sus manos.

Cuando volví a casa con el coche nuevo, Vallie se puso contentísima y la llevé a dar una vuelta con los críos. El Dodge andaba como la seda y pusimos la radio. Mi viejo Ford no tenía radio. Paramos a tomar pizza y soda, lo cual se había convertido en costumbre, aunque pocas veces lo habíamos hecho antes desde que estábamos casados, porque teníamos que controlar los gastos al céntimo. Luego paramos en una confitería y tomamos helado y compré una muñeca para mi hija y juguetes de guerra para los dos chicos. A Vallie le compré una caja de bombones. Me sentía muy bien así, gastando dinero como un príncipe. Fui cantando en el coche a la vuelta, y cuando los críos se acostaron, Vallie hizo el amor conmigo como si yo fuese el Aga Khan y acabase de regalarle un diamante tan grande como el Ritz.

Recordé los tiempos en que tenía que empeñar la máquina de escribir para terminar la semana. Pero aquello había sido antes de escaparme a Las Vegas. Desde entonces, mi suerte había cambiado. Se había acabado el pluriempleo, los dos trabajos. Tenía veinte grandes en reserva en las carpetas de mi viejo manuscrito al fondo del armario. Era un magnífico negocio con el que podía hacerme rico, a menos quc cl asunto explotase o hubiese un acuerdo a escala mundial por el que las grandes potencias dejasen de gastar tanto dinero en sus ejércitos. Comprendí por primera vez lo que sentían los grandes capitostes de la industria bélica y los generales del ejército. La amenaza de un mundo estabilizado podía arrojarme de nuevo a la pobreza. No era que yo deseara otra guerra, pero no podía evitar reír a carcajadas cuando comprendía que todas mis supuestas actitudes liberales se disolvían en la esperanza de que Rusia y Estados Unidos no llegasen a establecer relaciones cordiales, al menos por un tiempo.

Vallie roncaba un poco, cosa que no me molestaba. Trabajaba mucho con los críos y se cuidaba de la casa y de mí. Pero era curioso que yo tardase tanto en dormirme por muy cansado que estuviese. Ella siempre se dormía antes que yo. A veces, llegaba incluso a levantarme y ponerme a trabajar en mi novela en la cocina y prepararme algo de comer y no volver a la cama hasta las tres o las cuatro. Pero ya no trabajaba en una novela, así que no tenía nada que hacer. Pensé vagamente que debería empezar a escribir otra vez. Después de todo, tenía el tiempo y el dinero necesarios. Pero la verdad es que mi vida me resultaba demasiado emocionante, fingiendo y engañando y aceptando sobornos y, por primera vez en mi vida, gastando dinero en tonterías.

Pero el gran problema era el de encontrar un sitio donde guardar mi dinero de modo permanente. No podía tenerlo en casa. Pensé en mi hermano Artie. El podía ingresarlo en el banco. Y lo haría si se lo pedía. Pero no podía hacerlo. Era tan puntilloso y honrado. Me preguntaría de dónde había sacado la pasta y tendría que decírselo. El jamás había hecho nada deshonroso en beneficio propio o de su mujer y sus hijos. Era un hombre verdaderamente íntegro. Lo haría por mí, pero nunca volvería a considerarme igual. Y yo no podía soportarlo. Hay cosas que puedes hacer y cosas que no. Y pedirle a Artie que guardase mi dinero era una de las que no. No sería propio de un hermano ni de un amigo.

Por supuesto, a algunos hermanos no se lo pedirías por la sencilla razón de que te lo robarían. Y eso me hizo recordar a Cully. La próxima vez que viniese a la ciudad, le preguntaría cuál era el mejor modo de guardar el dinero. Esa era mi solución. Cully lo sabría, era su campo. Y tenía que resolver el problema, tenía el presentimiento de que el dinero iba a empezar a llegar cada vez más deprisa.

A la semana siguiente, incluí a Jeremy Hiller en la reserva sin el menor problema, y el señor Hiller quedó tan agradecido que me invitó a pasar por su agencia para poner neumáticos nuevos a mi Dodge azul. Naturalmente, pensé que era un gesto de gratitud, y quedé encantado de que fuese tan buena persona. Olvidaba que era un hombre de negocios. Mientras el mecánico me cambiaba las ruedas, el señor Hiller me hizo una nueva proposición en su oficina.

Empezó dándome un poco de coba. Comentó con admirada sonrisa lo listo que yo era, lo honrado, lo absolutamente de fiar. Era un placer hacer negocios conmigo, y si alguna vez dejaba mi puesto en el gobierno, me proporcionaría un buen trabajo. Me lo tragué todo, me habían dado coba muy pocas veces en mi vida, y casi siempre mi hermano. Mi hermano, Artie, y algunos críticos de libros prácticamente desconocidos. Ni siquiera sospeché lo que se avecinaba.

—Tengo un amigo que necesita muchísimo que usted le ayude —dijo el señor Hiller—. Tiene un hijo que necesita desesperadamente que le incluyan en el programa de seis meses de la reserva.

—Bueno, no hay problema —dije—. Mande al chico a verme y que diga que va de parte de usted.

—El problema es más grave —dijo el señor Hiller—. Este joven ha recibido ya la notificación de reclutamiento.

Me encogí de hombros.

—Entonces, mala suerte. Dígale a sus padres que se despidan de él por dos años.

Entonces el señor Hiller sonrió y dijo:

—¿Está seguro de que un joven listo como usted no puede hacer algo? Sería mucho dinero. El padre es un hombre muy importante.

—Imposible —dije—. Las ordenanzas del ejército son muy concretas. Una vez recibida la notificación de reclutamiento, ya no puede entrar en el programa de seis meses de la reserva. Esos tipos de Washington no son tan tontos. Si no, todo el mundo esperaría a recibir la notificación antes de alistarse.

—A ese hombre le gustaría verle a usted —dijo el señor Hiller—. Está dispuesto a hacer lo que sea. ¿Me comprende?

—Es inútil —dije—, no puedo ayudarle.

Entonces, el señor Hiller se acercó más a mí.
—Vaya a verle sólo por mí —dijo.
Y entendí. Si iba a ver a aquel tipo, aunque no hiciese nada, el señor Hiller quedaba como un héroe. En fin, por cuatro neumáticos nuevos, podía pasar media hora con un hombre rico.
—De acuerdo —dije.
El señor Hiller escribió en un papel y me lo entregó. Lo miré. El nombre era Eli Hemsi, y había un número de teléfono. Reconocí el nombre. Eli Hemsi era el tipo más importante de la industria de la confección, siempre con problemas con los sindicatos, relacionado con el hampa, pero también una de las luminarias sociales de la ciudad. Compraba políticos, apoyaba las campañas benéficas, etc. Siendo tan importante, ¿por qué tenía que recurrir a mí? Le hice esta pregunta al señor Hiller.
—Porque es listo —dijo el señor Hiller—. Es un judío sefardí. Son los judíos más listos. Tienen sangre italiana, española y árabe, y esta mezcla les convierte en tipos implacables, además de listos. No quiere entregar a su hijo como rehén a un político que pueda pedirle un gran favor. Le resulta mucho más barato y mucho menos peligroso acudir a usted. Y además, ya le he explicado lo buena persona que es usted. Para ser absolutamente sincero, le diré que en este momento es usted la única persona que puede ayudarle. Esos peces gordos no se atreven a exponerse a un tropiezo en algo como el reclutamiento. Es demasiado delicado. Los políticos tienen muchísimo miedo a estas cosas.
Pensé en el congresista que había acudido a mi oficina. Había tenido mucho valor, entonces. O quizás estuviese al final de su carrera política y le importase un bledo. El señor Hiller me observaba atentamente.
—No me interprete mal —dijo—. No soy judío. Pero el sefardí... Tendrá usted que tener cuidado con él, porque si no le engañará, así que cuando trate con él use la cabeza —hizo una pausa y preguntó, nervioso—: Usted no es judío, ¿verdad?
—No sé —dije. Pensé entonces lo que sentía respecto a los huérfanos. Éramos todos gente rara. Al no conocer a nuestros padres, no nos preocupábamos de si la gente era judía o negra o lo que fuese.

Al día siguiente, llamé al señor Eli Hemsi a su oficina. Como los casados que tienen un ligue, los padres de mis clientes sólo me daban el número de teléfono de su oficina. Pero tenían el teléfono de mi casa, por si necesitaban ponerse en contacto conmigo con urgencia. Ultimamente, estaba recibiendo muchísimas llamadas, cosa que intrigaba a Vallie. Le expliqué que era cosa de las apuestas y de la revista.

El señor Hemsi me pidió que bajase a su oficina a la hora de comer y allá me fui. Era uno de los edificios de confección de la Sexta Avenida, a sólo diez minutos de mi lugar de trabajo. Un agradable paseo con aquel tiempo primaveral. Fui sorteando tipos que empujaban carretillas de mano cargadas de trajes y reflexioné con cierta satisfacción sobre lo mucho que tenían que trabajar por sus míseros sueldos mientras yo amontonaba centenares de dólares por mis pequeños chanchullos. La mayoría eran negros. Por qué no estarían asaltando a la gente por la calle, como se decía que hacían. Ay, si tuviesen una educación adecuada, podrían estar robando como yo, sin hacer daño al prójimo.

La recepcionista me guió a través de salas de exposición donde se exhibían los nuevos estilos de las próximas temporadas. Y luego me hizo cruzar una puertecita que daba al apartamento-oficina del señor Hemsi. Me quedé de veras sorprendido ante tanta elegancia, considerando lo mugriento que era el resto del edificio. La recepcionista me dejó en manos de la secretaria del señor Hemsi, una mujer de mediana edad, fría y seria, pero impecablemente vestida, que me introdujo en el santuario.

El señor Hemsi era un tipo grande, muy grande; habría parecido un cosaco de no ser por su traje de corte perfecto, su camisa blanca magnífica y su corbata, de un rojo obscuro. Tenía muchas arrugas en la cara y aire melancólico. Casi parecía noble y, desde luego, parecía honrado. Se levantó y cogió mis manos en las dos suyas para saludarme. Me miró intensamente a los ojos. Estaba tan cerca de mí que pude ver a través del espeso y viscoso pelo gris.

—Mi amigo tiene razón, es usted un hombre de buen corazón —dijo muy serio—. Sé que me ayudará.

—En realidad no puedo ayudarle. Me gustaría hacerlo, pero no puedo.

Le expliqué todo el asunto, tal como se lo había explicado al señor Hiller. Con más frialdad de la que pretendía. No me gusta que la gente me mire intensamente a los ojos.

Él se limitó a sentarse y a cabecear muy serio. Luego, como si no hubiese oído una palabra de cuanto le había dicho, siguió explicando, con un tono realmente melancólico en la voz:

—Mi esposa, la pobre, está muy mal de salud. Si pierde ahora a su hijo morirá. Es lo único que la mantiene viva. Si él se va dos años, morirá. Señor Merlyn, tiene usted que ayudarme. Si hace esto por mí, le haré feliz para el resto de su vida.

No fue eso lo que me convenció. No fue que creyese una palabra de cuanto me decía. Sin embargo, la última frase me atrapó. Sólo los reyes y los emperadores pueden decir a un hombre «te haré feliz el resto de tu vida». Qué confianza tenía en su poder. Pero luego comprendí que hablaba de dinero.

—Déjeme pensarlo —dije—. Quizás se me ocurra algo.

El señor Hemsi seguía cabeceando muy serio:

—Sé que podrá, sé que tiene usted buena cabeza y buen corazón —dijo—. ¿Tiene usted hijos?

—Sí —contesté.

Me preguntó cuántos y de qué edad y de qué sexo. Me preguntó por mi mujer y la edad que tenía. Era como si fuese mi tío. Luego, me pidió la dirección de mi casa y mi número de teléfono para poder contactar conmigo en caso necesario.

Cuando salí, él mismo me acompañó hasta el ascensor. Pensé que con aquello había cumplido ya mi promesa. No tenía ni idea de cómo podía librar a su hijo del reclutamiento. Y el señor Hemsi estaba en lo cierto, yo tenía un buen corazón. Lo bastante bueno para no intentar engañarle y traicionar las esperanzas de su mujer y luego no hacer nada. Y tenía una inteligencia lo bastante buena para no enredarme con una víctima del comité de reclutamiento. El chico había recibido ya la notificación y estaría en el ejército en el plazo de un mes. Su madre tendría que arreglárselas sin él.

Al día siguiente mismo, Vallie me llamó al trabajo. Parecía muy emocionada. Me dijo que acababa de recibir por un servicio especial de entrega unas cinco cajas de ropa.

Ropa para todos los chicos, ropa de invierno y de otoño, y ropa magnífica. Y también una caja para ella. Y todo de lo más caro, de lo que jamás podríamos permitirnos comprar.

—Hay una tarjeta —dijo—. De un tal señor Hemsi. ¿Quién es? La ropa es maravillosa, Merlyn, ¿Por qué te la regala?

—Escribí unos folletos para su negocio —dije—. No pagaba mucho pero me prometió enviarles algo a los chicos. Claro que supuse que sólo mandaría unas cosillas.

La voz de Vallie respiraba satisfacción.

—Debe ser un buen hombre. Esto debe valer más de mil dólares.

—Qué bien —dije—. Bueno, ya hablaremos de esto por la noche.

Cuando colgué, le conté a Frank lo ocurrido y le hablé del señor Hiller, el de la agencia Cadillac.

Frank me miró preocupado.

—Estás atrapado —dijo—. Ahora ese tipo esperará que hagas algo por él. ¿Cómo vas a salir de esto?

—Mierda —dije—. Ni siquiera sé por qué acepté ir a verle.

—Por esos Cadillacs que viste en la tienda de Hiller —dijo Frank—. Eres como esos tipos de color. Volverían a las chozas de Africa si pudiesen andar en un Cadillac.

Advertí una cierta vacilación de su voz. Había estado a punto de decir «negros» pero pasó a decir gente de color. Me pregunté si sería porque le avergonzaba decir aquella palabra malsonante o porque creía que yo podría ofenderme. En realidad, siempre me había preguntado por qué le fastidiaba tanto a la gente el que a los tíos de Harlem les gustasen los Cadillacs. ¿Porque no podían permitírselos? ¿Porque no debían endeudarse en algo que no tuviese utilidad inmediata? Pero Frank tenía razón en lo de que los Cadillacs me habían trastornado. Por eso había aceptado yo ver a Hemsi y hacerle el favor a Hiller. En el fondo de mi mente, abrigaba la esperanza de conseguir uno de aquellos maravillosos coches.

Cuando llegué a casa, aquella noche, Vallie y los chicos hicieron un desfile de modelos. Ella me había dicho cajas, pero no había especificado el tamaño. Eran enormes, y Vallie y los chicos tenían unos diez juegos de prendas cada uno. Hacía mucho tiempo que no veía a Vallie tan emocionada. Los críos estaban muy satisfechos, pero a su edad no se preocupaban tanto de la ropa, ni siquiera la niña. De pronto, cruzó mi pensamiento la idea de que quizás tuviese la suerte de dar con un fabricante de juguetes que quisiese colar a su hijo en la lista.

Pero entonces Vallie me indicó que tendría que comprar zapatos nuevos que fuesen con aquella ropa. Le dije que esperase un poco y tomé nota de echar un vistazo para ver si localizaba a un hijo de fabricante de zapatos.

Pero lo curioso era que habría considerado que el señor Hemsi me trataba con condescendencia paternalista si la ropa hubiese sido de calidad corriente. Habría sido el pobre recibiendo la limosna del rico. Pero aquella ropa era de primera calidad, eran artículos magníficos que no podría permitirme por muchos sobornos que recibiere. Aquello valía cinco mil dólares, como poco. Eché un vistazo a la tarjeta. Era una tarjeta comercial con el nombre de Hemsi y el título de presidente, el nombre de la empresa, su dirección y el teléfono. No había nada escrito. Ningún tipo de mensaje. El señor Hemsi era muy listo, desde luego. No había ninguna prueba directa de que él hubiese enviado aquello, y yo no tenía nada con qué acusarle.

Había pensado, en la oficina, que quizás pudiese devolverle los regalos. Pero cuando vi lo contenta que estaba Vallie, comprendí que no era posible. Estuve despierto hasta las tres de la madrugada ideando modos de conseguir que el hijo del señor Hemsi eludiese el reclutamiento.

Al día siguiente, cuando entré en la oficina, tomé una decisión. No haría nada por escrito que pudiese delatarme un año o dos después. La cuestión era muy delicada. Una cosa era aceptar dinero por poner a un tipo a la cabeza de la lista para el programa de seis meses, y otra sacarle del grupo de reclutas después de haber recibido la notificación.

Así que lo primero que hice fue acudir al grupo de reclutamiento que había enviado la notificación a Hemsi. Conocía allí a uno de los empleados, un tipo más o menos como yo. Me identifiqué y le conté la historia que había pensado. Le dije que Paul Hemsi había estado en mi lista del programa de seis meses y que yo tenía previsto alistarle hacía dos semanas, pero que había enviado su carta a una dirección equivocada. Que todo había sido culpa mía y que me sentía culpable por ello y que quizás pudiese verme metido en un lío si la familia del chico empezaba a investigar. Le pregunté si en su oficina podían cancelar la notificación para que yo pudiese incluirle en el programa de seis meses. Entonces yo enviaría el documento oficial al equipo de reclutamiento, indicando que Paul Hemsi estaba incluido en el programa de seis meses de la reserva, con lo que ellos podrían eliminarle de su lista. Utilicé lo que me parecía exactamente el tono correcto, sin demasiada angustia. Sólo un buen muchacho que intenta corregir un error. Al mismo tiempo, dejé caer que si él podía hacerme aquel favor, yo podría ayudarle a incluir a un amigo suyo en el programa de seis meses.

Este último truco se me había ocurrido la noche anterior en la cama cuando no podía dormir. Pensé que a los empleados de la oficina de reclutamiento, probablemente les llegasen también peticiones parecidas a las que me llegaban a mí. Y pensé que si uno de ellos podía colocar a un cliente suyo en el programa de seis meses, quizás pudiese embolsarse mil billetes por lo menos.

Pero el tipo de la oficina de reclutamiento se lo tomó todo con la mayor naturalidad. No creo siquiera que captase lo que le estaba proponiendo. Dijo que no había problema, que retiraría la notificación, y tuve de pronto la impresión de que tipos más listos que yo habían pulsado ya aquella tecla. En fin, al día siguiente recibí la carta de la oficina de reclutamiento y llamé al señor Hemsi y le dije que enviase a su hijo a mi oficina para alistarle.

Todo se desarrolló sin el menor problema. Paul Hemsi era un muchacho agradable y suave, muy tímido, o al menos así me lo pareció. Le tomé juramento, y guardé su documentación hasta que recibiera orden de incorporarse. Me encargué personalmente de sus cosas, y cuando salió para su servicio activo de seis meses, nadie de su grupo le había visto. Le había convertido en un fantasma.

Me di cuenta por entonces de que todo aquello era cada vez más peligroso e implicaba a gente importante. Pero por algo era Merlyn el Mago. Me puse mi gorro de mago y empecé a meditar sobre el asunto. Algún día se descubriría el pastel. Yo estaba bastante a cubierto, salvo por el dinero que tenía guardado en casa. Tenía que ocultar aquel dinero en otro lugar más seguro. Eso era lo primero de todo.

Y luego tenía que justificar otros ingresos para poder gastarlo abiertamente.

Podía pedirle a Cully que me guardase el dinero en Las Vegas. Pero, ¿y si Cully se aprovechaba o le mataban? En cuanto a ganar dinero legalmente, había tenido ofertas de revistas para recensiones de libros y colaboraciones, pero siempre las había rechazado. Yo era un narrador puro, un escritor de obras de ficción. Me parecía rebajarme y rebajar mi arte escribir cualquier otra cosa. Pero qué demonios, era un estafador, ya nada podía rebajarme más.

Frank me pidió que fuese a comer con él y acepté. Frank estaba en magnífica forma. Feliz, contento y satisfecho. Había ganado bastante aquella semana en el juego y disponía de mucho dinero. Sin pensar en absoluto en lo que pudiese traer el futuro, creía que seguiría ganando y que los chanchullos podrían seguir eternamente. Sin considerarse siquiera un mago, creía en un mundo mágico.

12

Casi dos semanas después mi agente me concertó una cita con el director jefe de *Everyday Magazines*. Se trataba de un grupo de publicaciones que inundaban al público norteamericano con información, seudoinformación, sexo y seudosexo, cultura y filosofía reaccionaria. Revistas de cine, revistas de aventuras para las clases populares, una revista mensual de deportes, otra de caza y pesca, historietas. Su revista de más clase, la más destacada, pretendía dirigirse a solteros alegres con gusto por la literatura y el cine de vanguardia. *Everyday*, verdadero pupurri, se nutría de escritores independientes que tenían que publicar medio millón de palabras al mes. Mi agente me dijo que el director jefe conocía a mi hermano, Artie, y que Artie le había llamado para preparar el camino.

En *Everyday Magazines* todos parecían fuera de lugar. Nadie parecía pertenecer a aquello. Y, sin embargo, sacaban revistas rentables. Era extraño, pero en las oficinas del gobierno federal todos parecíamos ajustar, todo el mundo se sentía feliz y, sin embargo, todos hacíamos un trabajo piojoso.

El redactor jefe, Eddie Lancer, había estudiado con mi hermano en la universidad de Missouri, y fue Artie quien primero mencionó el trabajo a mi agente. Lancer se dio cuenta, por supuesto, de que yo no estaba en absoluto cualificado para el trabajo a los dos minutos de entrevista. Y yo también. No tenía ni idea de cómo funcionaba una revista. Pero para Lancer eso era un punto positivo. A él la experiencia le importaba un bledo. Lo que andaba buscando eran tipos afectados de esquizofrenia. Y más tarde me dijo que en ese aspecto le había parecido magníficamente dotado.

Eddie Lancer era también novelista; había publicado un año atrás un libro magnífico que a mí me había gustado mucho. Sabía de mi novela y dijo que le gustaba y eso influyó mucho en que me diese el trabajo. En su tablero de notas, tenía un gran titular de periódico procedente del *Times* de la mañana: WALL STREET NO MIRA CON BUENOS OJOS LA GUERRA ATOMICA.

Me vio mirar el recorte y dijo:

—¿Crees que puedes escribir un relato corto sobre un tipo preocupado por eso?

—Claro —dije.

Y lo hice. Escribí un relato sobre un joven ejecutivo preocupado por la posible baja de sus acciones después del bombardeo atómico. No cometí el error de burlarme del tipo ni de adoptar una actitud moralista. Lo escribí en un tono directo. Si se aceptaba la premisa básica, se aceptaba al tipo. Si no se aceptaba la premisa básica, era una sátira muy divertida.

A Lancer le gustó.

—Encajas muy bien en nuestra revista —dijo—. La idea es abarcar los dos campos. Hacer que les guste a los tontos y a los listos. Perfecto —hizo una breve pausa—. Eres muy distinto de tu hermano Artie.

—Sí, ya lo sé —dije—. También tú.

Lancer me sonrió.

—En la universidad éramos muy amigos. Es el tipo más honrado que he visto en mi vida. Sabes, me sorprendió mucho el que me pidiera que te recibiese. Es la primera vez que le veo pedir un favor.

—Sólo lo hace por mí —dije.

—El tipo más recto que he conocido —dijo Lancer.

—Debió costarle mucho hacerlo —dije. Y nos echamos a reír.

Lancer y yo sabíamos que ambos éramos sobrevivientes. Lo que significaba que no éramos rectos, que éramos, hasta cierto punto, unos tramposos. Nuestra excusa era que teníamos que escribir libros. Y teníamos que sobrevivir, por tanto. Todo el mundo tiene su propia excusa particular y válida.

Ante mi sorpresa (pero no la de Lancer) resulté ser un magnífico escritor de revista. Podía escribir relatos de aventuras y relatos de guerra. Podía escribir relatos amorosos con un cierto toque porno para la revista principal. Era capaz de hacer una crítica chispeante y dura de una película y una recensión de un libro sobria y acre. O dar la vuelta al asunto y escribir una recensión entusiasta que haría que la gente desease salir a ver o a comprar aquello tan bueno. Nunca firmaba con mi verdadero nombre estas cosas. Pero no me avergonzaban. Sabía que era basura, pero aun así me encantaba. Me encantaba porque no había tenido en toda mi vida ninguna habilidad de la que pudiese sentirme orgulloso. Había sido un pésimo soldado, un mal jugador. No tenía ninguna afición especial, ninguna habilidad mecánica. Era incapaz de arreglar un coche, incapaz de cultivar una planta. Escribía muy mal a máquina, y, en el fondo, como funcionario deshonesto no alcanzaba tampoco cotas muy altas. Era, sin duda alguna, un artista. Pero eso no era algo de lo que pudiese ufanarme. Era sólo una afición o una religión. Pero, de pronto, veía que realmente tenía una habilidad, era un diestro escritor de basura, y me parecía bien. Especialmente considerando que, por vez primera en mi vida, estaba ganando dinero. Legalmente.

El dinero de los artículos pasó a aportarme unos cuatrocientos dólares por mes, y con mi trabajo regular para el gobierno reunía unos doscientos pavos por semana. Y como si trabajar despertase en mí mayor energía, me vi de pronto empezando mi segunda novela. Eddie Lancer estaba también trabajando en un libro nuevo, y pasábamos la mayor parte de nuestra jornada de trabajo juntos hablando de nuestras novelas en vez de preparar artículos para la revista.

Por último, nos hicimos tan buenos amigos que, tras seis meses de trabajo por libre, me ofreció un puesto de dirección en la revista. Pero no quería dejar los dos o tres mil por mes que seguía sacándome en mi oficina de la reserva. Los sobornos habían seguido funcionando durante casi dos años sin ningún problema. Mantenía ya la misma actitud que Frank. No pensaba que pudiese pasar nada. Además, la verdad era que me encantaba la emoción y la intriga de ser un ladrón.

Mi vida se asentó en una feliz rutina. Escribía a gusto y con regularidad, y llevaba todos los domingos a Vallie y a los niños a pasear por Long Island, donde brotaban las casas unifamiliares como hongos, a inspeccionar modelos. Habíamos elegido ya nuestra casa. Cuatro dormitorios, dos baños y sólo un pago de un diez por ciento del precio de veintiséis mil dólares con una espera de doce meses. De hecho, era el momento de pedirle a Eddie Lancer un pequeño favor.

—Siempre me ha gustado mucho Las Vegas —le dije a Eddie—. Me gustaría escribir algo sobre aquello.

—Claro, cuando quieras —dijo—. Pero escribe a ser posible sobre las putas.

El se encargó de conseguir dinero para los gastos. Luego hablamos de las ilustraciones en color del artículo. Siempre hacíamos esto juntos porque era muy divertido y nos reíamos mucho. Al final Eddie dio como siempre con la mejor idea. Una opulenta chica con escasa ropa en una desaforada danza pélvica. Y de su ombligo salían unos dados rojos con el once de la suerte. El titular decía: «Suerte con las chicas de Las Vegas».

Antes había recibido un encargo. Era una perita en dulce. Iba a entrevistar al escritor más famoso de Norteamérica: Osano.

Eddie Lancer me lo encargó para su revista principal, *Everyday Life,* la revista de calidad de la cadena. Después de esto, podría hacer el viaje a Las Vegas y el artículo correspondiente.

Eddie Lancer consideraba a Osano el mejor escritor de Norteamérica, pero le asustaba un poco hacer él mismo la entrevista. Yo era el único del equipo al que la tarea no le impresionaba. Osano no me parecía tan bueno. Además, desconfiaba de todo escritor que fuese extrovertido y Osano había aparecido centenares de veces en televisión, había sido jurado del festival cinematográfico de Cannes, le habían detenido por encabezar manifestaciones de protesta, cuyo motivo exacto no recuerdo, y hacía críticas entusiastas de toda nueva novela que escribía uno de sus amigos.

Además, había seguido el camino fácil. Su primera novela, publicada a los veinticinco años, le dio fama mundial. Sus padres eran ricos y se había licenciado en derecho en Yale. Nunca había sabido lo que era luchar por su arte. Y, sobre todo, yo le había enviado mi primera novela publicada esperando una crítica encomiástica, y ni siquiera me había dado las gracias.

Cuando fui a entrevistar a Osano, su cotización como escritor empezaba a bajar entre los editores. Aún podía conseguir un sustancioso adelanto por un libro, aún tenía encandilados a los críticos. Pero la mayoría de sus libros no eran ya de ficción. Llevaba diez años sin poder terminar una novela. Estaba trabajando en su obra maestra, una novela larga que sería lo mejor desde *Guerra y Paz*. En eso todos los críticos estaban de acuerdo. Y también Osano. Una editorial le adelantó cien grandes y aún seguía esperando su dinero y el libro diez años después. Entretanto, escribía libros que no eran de ficción sobre temas candentes que, para algunos críticos, eran mejores que la mayoría de sus novelas. Tardaba un par de meses en hacerlos y se embolsaba un sustancioso cheque. Pero cada vez vendía menos. Había agotado a su público. Por fin aceptó la oferta de ser director jefe de la sección dominical de crítica de los libros de mayor influencia del país.

El director anterior había estado veinte años en aquel puesto. Un tipo con grandes credenciales. Toda clase de títulos, las mejores universidades, intelectual, buena familia. Clase. Y de izquierdas de toda la vida. Lo cual estaba muy bien salvo por el hecho de que al envejecer se volvió algo más extravagante. Una lánguida y soleada tarde le cazaron con el chico de la oficina detrás de una pila de libros que llegaba hasta el techo, que había colocado a modo de pantalla en su despacho. Si el chico de la oficina hubiese sido un famoso autor inglés, quizás no hubiese pasado nada. Y si los libros utilizados para construir aquella pared hubiesen estado revisados, no habría sido tan grave. Pero los libros utilizados para construir aquella pared nunca llegaron a su equipo de lectores y críticos autonómos. Así que le retiraron como director honorífico.

Con Osano, el personal se dio cuenta de que no había ningún problema, Osano era absolutamente normal. Le gustaban las mujeres, de todos los tamaños, formas y edades. El olor a coño le conectaba como a un heroinómano. Se tiraba a las tías con la misma devoción con la que el heroinómano se inyecta. Si Osano no conseguía su polvo diario o una mamada por lo menos, se ponía frenético. Pero no era un exhibicionista. Siempre cerraba la puerta de la oficina. A veces era una falsa hippie. Otras una tía de la buena sociedad que le consideraba el mejor escritor de Norteamérica. O una novelista hambrienta que necesitaba hacer informes de libros como único medio de mantener en pie alma, cuerpo y ego. No le daba la menor vergüenza utilizar su posición como editor, su fama como novelista de renombre mundial y, lo que resultaba su mejor baza, la posibilidad de que le concediesen el premio Nobel de literatura. Según decía él, el premio Nobel era lo que encandilaba a las damas realmente intelectuales. En los últimos años había montado una activa campaña para conseguir el Nobel con ayuda de todos sus amigos literatos, y, en consecuencia, podía enseñar a aquellas damas artículos de revistas prestigiosas en apoyo de su candidatura.

Curiosamente, Osano no tenía presunción alguna respecto a sus encantos físicos, a su magnetismo personal. Vestía bien, gastaba bastante dinero en ropa, pero sin embargo no era físicamente atractivo. Tenía la cara huesuda y los ojos de un verde pálido y malévolo. Pero olvidaba su vibrante vitalidad, que magnetizaba a todos. En realidad, gran parte de su fama no se basaba en sus méritos literarios sino en su personalidad, que incluía una inteligencia ágil y brillante que atraía tanto a hombres como a mujeres.

En particular las mujeres se volvían locas por él: inteligentes universitarias y cultas matronas de la alta sociedad, luchadoras del movimiento de liberación femenina que le atacaban y luego intentaban llevárselo a la cama con el fin de humillarlo, decían, lo mismo que solían hacer los hombres a las mujeres en los tiempos victorianos. Uno de los trucos de Osano era dirigirse a las mujeres en sus libros.

A mí nunca me había gustado su obra y no esperaba que me gustase él. La obra es el hombre. Salvo que resultó no ser cierto. Después de todo, hay algunos médicos compasivos, hay profesores curiosos, abogados honrados, políticos idealistas, mujeres virtuosas, actores cuerdos, escritores sabios. Y así, Osano, pese a su estilo de pescadera, pese a su obra, era en realidad un gran tipo y no resultaba tan fastidioso escucharle, aunque hablase de lo que escribía.

De cualquier modo, disponía de un verdadero imperio como director de aquella sección dominical de crítica literaria. Dos secretarias, veinte lectores fijos. Gran cantidad de críticos autónomos, desde autores de renombre a poetas muertos de hambre, novelistas fracasados, profesores universitarios e intelectuales de la buena sociedad. A todos los utilizaba y a todos los odiaba. Y dirigía la revista como un lunático.

La página uno de esa sección de crítica dominical era el máximo a que podía aspirar un escritor. Osano lo sabía. Ocupaba automáticamente la primera página de todas las secciones de crítica del país cuando publicaba un libro. Pero odiaba a la mayoría de los escritores de ficción, les envidiaba. O podía estar enfadado con el editor del libro. Así que cogía una biografía de Napoleón o de Catalina de Rusia, escrita por un sesudo profesor universitario, y la colocaba en la página uno. Libro y crítica solían ser igualmente ilegibles. Pero Osano se sentía feliz. Había fastidiado a todo el mundo.

La primera vez que le vi, encarnaba todos los chismorreos de fiestas literarias, todas las murmuraciones, todas las imágenes públicas que él había creado. Jugó ante mí el papel del gran escritor, con verdadera satisfacción. Y tenía las condiciones adecuadas para ajustarse a la leyenda.

Me fui a los Hamptons, donde Osano tenía una casa de verano, y le encontré instalado como un viejo sultán. Con sus cincuenta años, tenía seis hijos de cuatro matrimonios distintos, y por entonces aún no había pasado por el quinto, el sexto y el séptimo y último. Llevaba puestos unos pantalones azules largos de tenis y chaqueta de tenis azul especialmente cortada para ocultar su abultada barriga cervecera. Tenía ya grandes arrugas en la cara, como correspondía al próximo ganador del premio Nobel de literatura. Pese a sus malévolos ojillos verdes, podía ser cordial y agradable. Aquel día lo fue. Como era el director de la sección literaria dominical más importante del país, todo el mundo le adulaba con la mayor devoción cada vez que publicaba algo. No sabía que yo me proponía liquidarle porque era un escritor sin éxito con una novela publicada sin la menor trascendencia y que se debatía con la segunda. Desde luego, él había escrito casi una gran novela. Pero el resto de su obra era basura, y yo, si *Everyday Life* me dejaba, mostraría al mundo lo que realmente era aquel tipo.

Escribí el artículo en seguida, atacándole directamente. Pero Eddie Lancer lo rechazó. Querían que Osano les escribiese un artículo político y no querían enemistarse con él. Fue, por tanto, un día perdido. Aunque en realidad no. Porque dos años después Osano me llamó y me ofreció un puesto para trabajar con él como asesor en una nueva e importante revista literaria. Osano me recordaba, había leído el artículo que la revista no había querido aceptar, y le había gustado muchísimo, o eso me dijo. Dijo que le había gustado porque yo era un buen escritor y me gustaban las mismas cosas de su obra que le gustaban a él.

Aquel primer día, estuvimos sentados en su jardín viendo jugar al tenis a sus hijos. He de decir en su favor que amaba realmente a sus hijos y se entendía con ellos. Quizás porque fuese muy infantil también él. Lo cierto es que le llevé a hablar de las mujeres, del movimiento de liberación femenina y de la sexualidad. Y el tema le encantó. Estuvo muy divertido. Y aunque en sus escritos era el mayor izquierdista que se pueda imaginar, podía también ser todo un tejano patriotero. Hablando del amor, dijo que en cuanto se enamoraba de una chica dejaba de sentir celos de su mujer. Luego adoptó su expresión de gran escritor-estadista y dijo:

—A ningún hombre le está permitido estar celoso de más de una mujer a la vez... salvo que sea portorriqueño.

Como sus credenciales de izquierdista eran impecables, creía tener derecho a hacer chistes sobre los portorriqueños.

Entonces apareció el ama de llaves diciendo a voces que los niños se estaban peleando por una discusión en el juego. El ama de llaves era bastante mandona y muy severa con los niños, como si fuese su madre. Además, era una mujer guapa para su edad, más o menos la de Osano. Por un momento, tuve ciertas sospechas. Sobre todo cuando nos dirigió una mirada despectiva antes de volver a entrar en la casa.

Conseguir que hablara de las mujeres no me fue difícil. Adoptó la actitud cínica, que es siempre una actitud magnífica cuando no estás loco por ninguna dama concreta. Se mostró muy autoritario, como correspondía a un escritor sobre el que se había escrito más que sobre ningún otro novelista desde Hemingway.

—Mira, muchacho —dijo—, el amor es como esa carretilla roja de juguete que te regalan por Navidad cuando tienes seis años. Te hace tremendamente feliz y no puedes separarte de ella. Pero tarde o temprano se le caen las ruedas. Entonces, la dejas en un rincón y la olvidas. Enamorarse es magnífico, pero estar enamorado es un desastre.

Le pregunté entonces, quedamente, y con el respeto que él creía merecer:

—¿Y qué me dice de las mujeres, cree que sienten lo mismo cuando aseguran que piensan lo mismo que piensan los hombres?

Me lanzó una rápida mirada con aquellos ojos sorprendentemente verdes. Captó mis intenciones. Pero no hubo problema. Esta era una de las grandes virtudes de Osano, incluso entonces. Así pues, continuó:

—El movimiento de liberación de las mujeres cree que nosotros tenemos poder y control sobre sus vidas. En ese sentido, se trata de algo tan estúpido como lo del tipo que cree que las mujeres son sexualmente más puras que los hombres. Las mujeres son capaces de joder con cualquiera, en cualquier momento y en cualquier lugar. Lo único que pasa es que tienen miedo a hablar. El movimiento de liberación femenina habla y perora sobre el pequeño porcentaje de hombres que tienen el poder. Esos tipos no son hombres. Ni siquiera son humanos. Y es el puesto que ocupan ellos el que las mujeres tendrían que ocupar. No saben que para conseguirlo tendrán que matar.

Entonces le interrumpí.

—Usted es uno de esos hombres.

Osano asintió con un gesto.

—Sí. Y, metafóricamente, tuve que matar. Lo que las mujeres conseguirán es lo que tienen los hombres, es decir, basura, úlceras y ataques al corazón. Más un montón de trabajos de mierda que a los hombres les resulta odioso hacer. Pero yo soy decidido partidario de la igualdad. Claro que cuando se logre les ajustaré las cuentas. Mira, estoy pagando gastos de manutención de cuatro mujeres perfectamente sanas que pueden ganarse la vida sin el menor problema. Todo porque no hay igualdad.

—Sus aventuras con mujeres son casi tan famosas como sus libros —dije—. ¿Cómo trata usted a las mujeres?

Osano sonrió.

—No parece interesarte cómo escribo libros.

Entonces dije con la mayor suavidad posible:

—Sus libros hablan por sí solos.

Me lanzó otra larga mirada cavilosa y luego continuó.

—Nunca trates demasiado bien a una mujer. Las mujeres se quedan con los borrachos, los jugadores, los chulos e incluso con los que les pegan. No pueden soportar a un tipo bueno y amable. ¿Sabes por qué? Se aburren. No quieren ser felices. Es aburrido.

—¿Cree usted en la fidelidad? —pregunté.

—Claro. Escucha, estar enamorado significa convertir a otra persona en el objeto central de tu vida. Cuando eso ya no existe, ya no hay amor. Es otra cosa. Puede que sea mejor, más práctico. El amor, en el fondo, es una relación injusta, inestable y paranoica. En eso los hombres son peor que las mujeres. Una mujer puede joder cien veces, no apetecerle una, y él no se lo perdona. Pero no hay duda de que el primer paso cuesta abajo es cuando ella no quiere hacer el amor cuando tú quieres. No hay excusa posible, sabes. No hay dolor de cabeza. Todo eso son cuentos. En cuanto una tía empieza a rechazarte en la cama, todo ha terminado. Puedes empezar a buscar otra cosa. No creas en ninguna excusa.

Le pregunté sobre las mujeres orgásmicas que podían tener diez orgasmos por cada uno de un hombre. Lo rechazó.

—Las mujeres no se corren como los hombres —dijo—. Para ellas es un *pifffff* pequeñito. No es como los hombres, los hombres realmente se vuelan los sesos al correrse. Freud se acercó, pero erró el tiro. Los hombres *joden* de verdad. Las mujeres no.

Él no se creía todo aquello, en realidad, pero yo sabía lo que quería decir. Su estilo era la exageración.

Pasé al tema de los helicópteros. Según su teoría, en veinte años, el automóvil quedaría anticuado y todo el mundo tendría su helicóptero particular. Sólo faltaba introducir ciertas mejoras técnicas. Que una servodirección y unos frenos automáticos permitiesen conducir a todas las mujeres y eliminar definitivamente los ferrocarriles.

—Sí —dijo—. Eso es evidente.

Lo que también era evidente era que aquella mañana concreta estaba obsesionado con las mujeres. En fin, volvió al tema.

—Los hombres de hoy siguen el buen camino. Les dicen a las tías: puedes, por supuesto, joder con quien quieras, no voy a dejar de quererte por eso. Son tan mentirosos. Mira, todo tipo que sepa que una tía jode con extraños la considera un monstruo.

La conclusión me ofendió y me asombró. El gran Osano, cuyas obras tanto emocionaban a las mujeres. La inteligencia más brillante de las letras norteamericanas. La mentalidad más abierta. O yo no entedía lo que él quería decir o me mentía. Vi que su ama de llaves abofeteaba a algunos de los niños que andaban por allí.

—Le da usted mucha autoridad a su ama de llaves —dije.

El era muy listo y cazaba las cosas al vuelo. Sabía exactamente lo que yo pensaba de lo que él me decía. Quizá por eso dijo la verdad, toda la historia de su ama de llaves. Sólo por pincharme.

—Ella fue mi primera esposa —me dijo—. Es la madre de mis tres hijos mayores.

Se echó a reír al ver mi asombro.

—No, no hacemos el amor. Y nos llevamos bien. Le pago un sueldo magnífico pero no la pensión del divorcio. Es la única esposa a la que no le pago la pensión.

Evidentemente, quería que le preguntase por qué. Se lo pregunté.

—Porque cuando escribí mi primer libro y me hice rico, no pudo soportarlo. Le daba envidia que yo fuese famoso y me hiciesen tanto caso. Quería que le hicieran caso a *ella.* Y un tipo joven, uno de los admiradores de mi obra, le echó un cable y ella lo recogió. Era cinco años mayor que él, pero siempre fue guapa. Y se enamoró de verdad, lo reconozco. De lo que no se dio cuenta fue de que él estaba tirándosela sólo por fastidiar a Osano, el gran novelista. En fin, me pidió el divorcio y la mitad del dinero que había dado mi libro. Yo lo acepté. Ella quería quedarse con los chicos pero yo no quise que mis hijos anduviesen con aquel idiota del que ella estaba enamorada. Así que le dije que le dejaría los críos cuando se casase con el tipo. En fin, él le sorbió el seso jodiendo durante dos años y le sacó toda la pasta. Ella se olvidó de sus hijos. Era de nuevo joven. Le gustaba mucho verlos, por supuesto, pero estaba muy ocupada viajando por el mundo con mi pasta y triturándole la polla a aquel jovencito. Cuando se acaba el dinero, él se larga. Entonces ella vuelve y quiere los niños. Pero ya no puede hacer nada. Los había abandonado durante dos años. En fin, se montó un gran número diciendo que no podía vivir sin ellos. Entonces le di trabajo como ama de llaves.

—Quizá sea lo peor que haya oído en mi vida —dije fríamente.

Aquellos asombrosos ojos verdes relampaguearon un instante. Pero luego sonrió y dijo cautamente:

—Supongo que eso parece. Pero ponte en mi lugar. Me encanta tener a mis hijos conmigo. ¿Por qué el padre no consigue nunca los hijos? ¿Qué cuento es ése? ¿Sabes que los hombres jamás se recuperan de eso? La mujer se cansa de estar casada y entonces el marido pierde a los hijos. Y los hombres soportan esto porque les han castrado. En fin, yo no quise aceptarlo. Conservé a los chicos y volví a casarme inmediatamente. Y cuando la nueva esposa empezó a incordiar, también la mandé a paseo.

—¿Y sus hijos? —dije quedamente—. ¿Qué opinan ellos de que su madre sea el ama de llaves?

Los ojos verdes relampaguearon de nuevo.

—Bueno, no la humillo. Es sólo mi ama de llaves entre esposa y esposa. Por otra parte, es más bien una especie de institutriz autónoma. Tiene casa propia. Yo soy el casero. Mira, pensé en darle más pasta, en comprarle una casa y hacerla independiente. Pero es una chiflada como las otras. Volvió a ponerse insoportable. Tiraba el dinero. Lo que no me parece mal, pero es que además se montaba otros números y yo tenía que seguir escribiendo. Así que la controlo con el dinero. Vive muy bien a costa mía. Y sabe que si se sale de la raya, se quedará sin nada y tendrá que ganarse la vida ella sola. Es un sistema que da buen resultado.

—¿Se considera usted antifeminista? —dije, sonriendo.

El se echó a reír.

—¿Le dices eso a un hombre que se ha casado cuatro veces? No hace falta más prueba. Pero tienes razón. En cierto sentido soy realmente contrario al movimiento de liberación de las mujeres. Porque en este momento la mayoría de las mujeres están llenas de palabrería. Quizá no sea culpa suya. Mira, en cuanto una mujer no quiera joder dos días seguidos, líbrate de ella. A menos que tenga que ir al hospital en ambulancia. Aunque tuviese cuarenta puntos en el coño. Me da igual que goce o no. A veces yo no gozo y lo hago. Y tengo que empalmarme. Es tu obligación si amas a alguien. Demonios, en realidad no sé por qué sigo casado. Te juro que no volvería a hacerlo otra vez, pero luego siempre me engañan. Siempre creo que son desgraciadas porque no se casan. Son tan mentirosas.

—¿No cree usted que, con las condiciones adecuadas, las mujeres pueden llegar a ser iguales?

Osano cabeceó y dijo:

—Las mujeres sobrellevan su edad mucho peor que los hombres. Un tipo de cincuenta años puede llegar a conseguir muchas tías jóvenes. Pero una tía de cincuenta lo tiene más difícil. Por supuesto, cuando consigan el poder político, decretarán por ley que se opere a los hombres de cuarenta o cincuenta para que parezcan más viejos e igualar las cosas. Así es como funciona la democracia. Otro cuento. En fin, las mujeres lo tienen muy bien. No deberían quejarse.

»Antes, en los viejos tiempos no sabían que tenían derechos sindicales. No podías largarlas por muy mal que hiciesen el trabajo. En la cama, quiero decir. Y en la cocina. ¿Y quién se lo ha pasado bien con su mujer después de un par de años? Y si lo pasa bien es que ella es una zorra. Y ahora quieren ser iguales. Ay si me las dejaran a mí. Ya les daría igualdad. Sé bien de lo que hablo. Me casé cuatro veces. Y me costó todo el dinero que gané.

Osano odiaba realmente a las mujeres aquel día. Un mes después cogí el periódico de la mañana y leí que se había casado por quinta vez. Una actriz de un grupito teatral. Le doblaba la edad. He aquí el sentido común del literato más destacado de Norteamérica. Nunca imaginé que trabajaría para él un día y estaría con él hasta que muriese, milagrosamente soltero pero aún enamorado de una mujer, de las mujeres.

Fue algo que capté aquel día a través de todos sus cuentos y exageraciones. Estaba loco por las mujeres. Eran su debilidad, y odiaba aceptarlo.

13

Estaba listo por fin para mi viaje a Las Vegas, para ver de nuevo a Cully. Sería la primera vez en tres años, tres años desde que Jordan se había pegado un tiro en su habitación, después de ganar cuatrocientos grandes.

Cully y yo habíamos seguido en contacto. Me telefoneaba un par de veces al mes y mandaba regalos por Navidad para mí y para mi mujer y mis hijos, cosas que pude comprobar que procedían de la tienda de regalos del Hotel Xanadú, donde sabía que las conseguía con un gran descuento o, conociendo a Cully, gratis incluso. Pero aun así, era un gran detalle de su parte hacerlo. Le había hablado a Vallie de él pero nunca de Jordan.

Sabía que Cully tenía un buen trabajo en el hotel porque su secretaria contestaba siempre al teléfono diciendo: «Asesor del director». Y yo me preguntaba cómo en tan pocos años había conseguido subir tanto. Su voz al teléfono y su manera de hablar habían cambiado; no hablaba tan alto; era más sincero, más educado, más cordial. Un actor interpretando un papel distinto. Por teléfono sólo hablábamos de cotilleos, cuentos de grandes ganadores y grandes perdedores, y cosas divertidas sobre los personajes que paraban en el hotel. Pero nunca hablaba de sí mismo. En un momento u otro, uno de los dos mencionaba a Jordan, en general hacia el final de la conversación, o la mención de Jordan parecía ponerle fin. Era nuestra piedra de toque.

Vallie me hizo la maleta. El plan era irme en el fin de semana para no perder un día de trabajo en mi oficina de la reserva. Y en el distante futuro, que yo olfateaba, el reportaje de la revista me proporcionaría una coartada frente a la policía respecto a los motivos de mi viaje a Las Vegas.

Los chicos estaban acostados mientras Vallie me hacía la maleta, pues salía a primera hora de la mañana siguiente. Vallie me sonrió.

—Dios mío, la última vez que te fuiste fue terrible. Creí que no volverías.

—En aquel momento tenía que irme —dije—. Las cosas iban muy mal.

—Todo ha cambiado desde entonces —dijo Vallie pensativa—. Hace tres años no teníamos dinero. Sabes, tan mal estábamos que tuve que pedirle a mi padre que me prestase algo de dinero y tenía miedo de que lo descubrieras. Tú actuabas como si ya no me quisieras. Aquel viaje lo cambió todo. Cuando volviste eras distinto. Ya no te enfadabas conmigo y eras mucho más paciente con los niños. Y encontraste trabajo en la revista.

Le sonreí.

—Recuerda que regresé como ganador. Con unos cuantos grandes extra. Si hubiese perdido, puede que la historia fuese muy distinta.

Vallie cerró la maleta.

—No —dijo—. Eras diferente. Eras más feliz, te sentías más feliz conmigo y con los chicos.

—Descubrí lo que echaba de menos —dije.

—Sí, seguro —dijo ella—. Con las mujeres guapas que hay en Las Vegas.

—Cuestan demasiado —dije—. Necesitaba el dinero para jugar.

Todo era broma, pero había una parte seria. Si le hubiese dicho la verdad, que ni siquiera había mirado a otra mujer, no se lo habría creído. Pero podía darle buenas razones. Tan culpable me había sentido de ser un padre y un marido incapaz de atender a las necesidades de los suyos, que no podía añadir a toda aquella culpa la de serle infiel. Y el hecho básico era que lo pasábamos muy bien en la cama. Era realmente lo que yo quería, era perfecta para mí. Y yo creía serlo también para ella.

—¿Vas a trabajar algo esta noche? —me preguntó.

Lo que en realidad me preguntaba era si íbamos a hacer el amor primero para poder prepararse. Luego, después de hacer el amor, yo solía levantarme a trabajar en mi libro y ella se quedaba tan profundamente dormida que no se movía hasta por la mañana. Era muy dormilona. A mí en cambio me costaba mucho dormir.

—Sí —dije—. Quiero trabajar. Estoy demasiado nervioso con el viaje y no puedo dormir.

Era casi medianoche, pero se fue a la cocina a prepararme café y unos emparedados. Trabajé hasta las tres o las cuatro de la mañana y de todos modos me desperté antes que ella al día siguiente.

Lo peor de ser escritor, aunque a mí me diese igual cuando trabajaba bien, era el no poder dormir. Echado en la cama, no podía quitarme la máquina de la mente, y seguía pensando en la novela en la que trabajaba. Allí, tendido en la oscuridad, los personajes se me hacían tan reales que me olvidaba de mi mujer, de mis hijos y de la vida cotidiana. Pero aquella noche tenía otra razón menos literaria. Quería que Vallie se fuese a la cama para poder sacar de su escondite el montón de dinero de los sobornos.

Del rincón más oscuro del armario del dormitorio saqué mi vieja chaqueta deportiva Las Vegas Ganador y la llevé a la cocina. No me la había puesto desde que regresé de Las Vegas hacía tres años. Sus brillantes colores se habían apagado en la oscuridad del armario, pero aún era bastante chillona. La cogí, pues, y fui a la cocina. Vallie le echó un vistazo y dijo:

—Merlyn, no puedes ponerte eso.

—Es mi chaqueta de la suerte —dije—. Además es cómoda para el viaje en avión.

Sabía que ella la había escondido allí en el armario para que nunca la viera y no se me ocurriese ponérmela. No se había atrevido a tirarla. Ahora la chaqueta me sería muy útil.

—Qué supersticioso eres —dijo Vallie.

Se equivocaba. Era muy poco supersticioso, aunque me considerase un mago, y una cosa nada tiene que ver con la otra.

Cuando Vallie me dio el beso de despedida y se fue a la cama, tomé un poco de café y eché un vistazo al manuscrito que había sacado de mi mesa del dormitorio. Estuve haciendo numerosas correcciones durante una hora. Luego atisbé en el dormitorio y vi que Vallie estaba profundamente dormida. Le di un beso muy suave. Ni se movió. En fin, me gustaba muchísimo aquel beso suyo de buenas noches, el simple y leal beso de esposa que parecía aislarnos de toda la soledad y las traiciones del mundo exterior. Y muchas veces, acostados, en las primeras horas de la mañana, Vallie dormida y yo sin poder dormir, la besaba suavemente en la boca, esperando que se despertase para hacer el amor y sentirme menos solo. Pero en esta ocasión tenía plena conciencia de haberle dado un beso de Judas, en parte amoroso, pero en realidad con el propósito de cerciorarme de que no se despertaría mientras yo sacaba el dinero.

Cerré la puerta del dormitorio y luego fui al armario del vestíbulo, donde estaba el gran baúl donde guardaba mis manuscritos, las copias mecanográficas de mi novela y el manuscrito original del libro en el que había trabajado cinco años y con el que había ganado tres mil dólares. Era muchísimo papel, con todas las correcciones y las copias, papel con el que había pensado ganar riqueza, fama y honores. Busqué el sobre bajo la gran carpeta rojiza atada con cuerdas. La saqué y la llevé a la cocina. Conté el dinero mientras tomaba café. Poco más de cuarenta mil dólares. El dinero había ido llegando muy deprisa últimamente. Me había convertido en el Tiffany's de los tramposos, con clientes ricos y de confianza. Dejé los billetes de veinte, que sumaban unos siete mil dólares, en el sobre. Había treinta y tres mil en billetes de cien. Estos los puse en cinco sobres largos que había traído de la oficina. Luego metí los sobres llenos de dinero en los diferentes bolsillos de la chaqueta deportiva Las Vegas Ganador. Cerré las cremalleras y la colgué en el respaldo de la silla.

Por la mañana, cuando Vallie me dio el abrazo de despedida, sintió algo en los bolsillos, pero le dije que eran unos notas para el artículo que me llevaba a Las Vegas.

14

Cully estaba esperándome en la puerta de la terminal. El aeropuerto eran aún tan pequeño que pude ir andando desde el avión, pero habían iniciado la construcción de otra ala de la terminal. Las Vegas crecía. Y también crecía en importancia Cully.

Tenía un aire distinto. Más alto, más delgado, y vestía con elegancia, traje Sy Devore y chaqueta deportiva. Llevaba un corte de pelo distinto. Me quedé sorprendido cuando me dio un abrazo y me dijo:

—El mismo Merlyn de siempre.

Se rió de mi chaqueta deportiva Las Vegas Ganador y me dijo que tenía que librarme de ella.

Me había reservado una gran suite en el hotel con un bar provisto de bebida y flores en las mesas.

—Debes tener un montón de pasta —dije.

—Me va bien —dijo Cully—. He dejado el juego. Estoy al otro lado de las mesas. En fin, ya entiendes.

—Sí —dije.

Me parecía extraño Cully, tan distinto. No sabía si seguir con mi plan original y confiar en él. Un tipo puede cambiar mucho en tres años. Y, después de todo, nuestra relación sólo había sido de unas semanas.

Pero mientras bebíamos una copa juntos, dijo con verdadera sinceridad:

—No sabes cuánto me alegro de verte, muchacho. ¿Sigues pensando en Jordan?

—Continuamente —dije.

—Pobre Jordan —dijo Cully—. Consiguió ganar cuatrocientos grandes. Eso fue lo que me hizo dejar el juego. Y, sabes, desde que él murió he tenido una suerte tremenda. Si juego bien mis cartas, puedo acabar siendo el amo de este hotel.

—Déjate de cuentos —dije—. ¿Y Gronevelt?

—Soy su ayudante número uno —dijo Cully—. Confía muchísimo en mí. Confía en mí tanto como yo en ti. Y, por cierto, me vendría bien un ayudante. Cuando quieras trasladarte con tu familia a Las Vegas cuenta con un buen trabajo aquí conmigo.

—Gracias —dije.

Me sentía realmente conmovido. Al mismo tiempo, tenía mis dudas sobre su afecto hacia mí. Sabía que no era hombre que se preocupase así por las buenas de otra persona.

—Respecto al trabajo no puedo contestarte ahora —dije—. Pero vine a pedirte un favor. Si no pudieras hacerlo, no te preocupes, pero dímelo claramente. Sea cual sea la respuesta, pasaremos un par de días juntos y nos divertiremos.

—Cuenta con ello —dijo Cully—. Sea lo que sea.

Me eché a reír.

—Espera que te lo diga —dije.

Por un momento, Cully pareció enfadarse.

—Me importa un carajo lo que sea. Cuenta con ello. Si está en mi mano, cuenta con ello.

Le hablé de todo el asunto. Le expliqué que estaba aceptando sobornos y que tenía treinta y tres grandes en la chaqueta y que tenía que guardar el dinero por si se descubría todo el pastel. Cully me escuchó atentamente, mirándome a la cara. Al final, ante mi asombro, me miraba sonriendo de oreja a oreja.

—¿De qué demonios te ríes? —dije.

Cully soltó una carcajada.

—Pareces un tipo confesándole a un cura que ha cometido un asesinato. Demonios, todo el mundo haría lo que estás haciendo si pudiera. De todos modos, he de confesar que me sorprende. No te imagino diciéndole a un tipo que tiene que pagarte.

Me di cuenta de que me ponía colorado.

—Nunca les he pedido dinero —dije—. Siempre me lo proponen ellos. Y nunca cojo el dinero directamente. Después de hacerles el favor, pueden pagarme lo prometido u olvidarse de mí. A mí me da igual —le sonreí—. Soy un tramposo modesto, no una puta.

—Bueno, bueno —dijo Cully—. En primer lugar creo que estás demasiado preocupado. A mí me parece un tipo de operación que puede seguir indefinidamente. Y aunque se descubriese el pastel, lo peor que puede pasarte es que pierdas el trabajo y te condenen. Pero tienes razón, hay que guardar la pasta en lugar seguro. Esos federales son unos auténticos sabuesos, y si lo encuentran te lo quitarán todo.

Me interesó la primera parte de lo que había dicho. Una de mis pesadillas era que me meterían en la carcel y Vallie y los niños se quedarían solos. Por eso le ocultaba todo a mi mujer. No quería que se preocupase. Además, no quería que tuviese mal concepto de mí. Para ella su marido era el artista puro e impecable.

—¿Por qué crees que no iré a la cárcel si me cazan? —pregunté a Cully.

—Es un delito de cuello blanco —dijo Cully—. No se trata de asaltar un banco, ni de liquidar a un pobre cabrón que tiene una tienda, ni de defraudar a una viuda. Lo único que haces es sacarles pasta a unos mierdas que quieren acortar su período de servicio militar. Demonios, es algo increíble. Unos tíos que pagan para *entrar* en el ejército. Nadie lo creería. El jurado se moriría de risa.

—Sí, a mí también me parece divertido.

De pronto, Cully adoptó un aire absolutamente profesional, de hombre de negocios.

—Bueno, ahora dime qué es lo que quieres que haga yo. Cuenta con ello. Y si los federales te enganchan, promete que me avisarás inmediatamente. Yo te sacaré del lío. ¿De acuerdo?

Me sonrió afectuosamente.

Le expliqué mi plan: cambiar mi dinero en efectivo por fichas de mil dólares y jugar sólo pequeñas cantidades. Lo haría en todos los casinos de Las Vegas y luego, al cambiar las fichas por dinero, cogería sólo un recibo y dejaría el dinero en caja como crédito de juego. Al FBI nunca se le ocurriría mirar en los casinos. Y los recibos podía guardarlos Cully y entregármelos siempre que yo necesitase dinero.

Cully me sonrió.

—¿Y por qué no me dejas a mí el dinero? ¿No confías en mí?

Sabía que bromeaba, pero le contesté en serio.

—Lo pensé —dije—. Pero, ¿y si te pasara algo? Si tuvieras un accidente de avión, por ejemplo. O si te volviera el gusanillo del juego... Confío en ti en este momento. Pero, ¿cómo puedo saber que no vas a volverte loco mañana o el año que viene?

Cully asintió aprobatoriamente. Luego preguntó:

—¿Y tu hermano Artie? Tú y él estáis muy unidos. ¿No puede guardarte el dinero?

—A él no puedo pedírselo.

Cully asintió de nuevo.

—Sí, supongo que no puedes. Es demasiado honrado, ¿no?

—Lo es —dije.

No quería entrar en largas explicaciones de lo que pensaba.

—¿Te parece bien mi plan? —pregunté—. ¿Crees que es válido?

Cully se levantó y empezó a pasear por la habitación.

—No está mal —dijo—. Pero es raro que alguien quiera tener crédito en todos los casinos. Resulta sospechoso. Sobre todo si el dinero queda depositado durante mucho tiempo. La gente sólo deja el dinero en caja hasta que lo pierde todo o se va de Las Vegas. Lo que tienes que hacer es lo siguiente: compra fichas en todos los casinos y deposítalas aquí, en nuestra caja. Ya sabes, puedes depositar tres o cuatro veces al día unos cuantos miles y coger un recibo. Así todos tus recibos serán de nuestra caja. Si los federales metiesen la nariz en el asunto o escribiesen al hotel, yo lo arreglaría. Yo podría protegerte.

Yo estaba preocupado por él.

—¿Y no te meterás en un lío por esto? —le pregunté.

Cully suspiró pacientemente.

—Es mi trabajo de cada día. Tenemos un montón de problemas con hacienda, por las cantidades de dinero que pierden algunos. Me limito a enviarles comprobantes viejos. No hay forma de que puedan descubrirme. Ya me aseguro de que no haya datos que puedan utilizarse en mi contra.

—Dios mío —dije—. Yo no quiero que desaparezca mi comprobante. No podría hacer efectivos los recibos.

Cully se echó a reír.

—Vamos, Merlyn —dijo—. Eres sólo un tramposo de tres al cuarto. Los federales no vendrán a cazarte aquí con un equipo de auditores. Envían una carta o una citación. Y además, ni siquiera se les ocurrirá hacerlo. Si no, míralo desde otro ángulo. Si gastases la pasta y descubriesen que tus ingresos son superiores a tu sueldo, puedes decirles que son ganancias de juego. No podrán demostrar que no es así.

—No puedo demostrar que lo es —dije.

—Claro que puedes —dijo Cully—. Yo declararé en tu favor, y lo mismo un jefe de sección y un empleado de la mesa de dados. Declararemos que tuviste mucha suerte con los dados. Así que no te preocupes. Pase lo que pase, no habrá problemas. Tu único problema es dónde esconder los recibos de caja del casino.

Los dos pensamos sobre esto un rato. Al final, Cully encontró una solución.

—¿Tienes abogado? —preguntó.

—No —dije—. Pero mi hermano Artie tiene un amigo que es abogado.

—Entonces haz testamento —dijo Cully—. En el testamento puedes indicar que tienes depositado dinero en este hotel por un total de treinta y tres mil dólares y que se lo dejas a tu mujer. Pero no, dejemos al abogado de tu hermano. Utilizaremos un abogado conocido mío de aquí de Las Vegas en el que podemos confiar. Luego el abogado enviará una copia del testamento a Artie en un sobre especial legalmente sellado. Hay que decirle a Artie que no lo abra. De ese modo, no sabrá nada y no estará complicado en nada. Nunca se enterará. Lo único que tienes que decirle es que no debe abrir el sobre, que sólo debe guardarlo. El abogado enviará también una carta en este sentido. No hay manera de que Artie pueda tener problemas. Y no sabrá nada. Invéntate una historia para explicar por qué quieres que tenga él el testamento.

—Artie no me pedirá que le explique nada —dije—. Lo hará sin preguntas.

—Tienes un buen hermano —dijo Cully—. Pero, ¿qué vas a hacer con los recibos? Los federales son capaces de meter las narices en todo, incluso en el banco. ¿Por qué no los escondes en tus viejos manuscritos como escondiste el dinero? Aun en caso de una orden de registro, nunca se fijarían en esos papelitos.

—No puedo correr ese riesgo —dije—. Pero aclaremos lo de los recibos. ¿Qué pasaría si los perdiese?

Cully no captó la cuestión, o así me lo hizo creer.

—Tendremos constancia en nuestro archivo —dijo—. Lo único que pasará es que te haremos firmar un recibo certificando que los perdiste, cuando retires el dinero. Sólo tendrás que firmar al retirar tu dinero.

Por supuesto, él sabía muy bien lo que yo iba a hacer. Sabía que iba a romper los recibos, pero sin decírselo, para que nunca pudiera estar seguro. Para que no pudiese modificar los archivos del casino, eliminar la prueba de que el casino me debía el dinero. Esto significaba que yo no confiaba del todo en él, pero lo aceptó sin problemas.

—Te tengo preparada una gran cena para esta noche con algunos amigos —dijo Cully—. Irán dos de las damas más guapas del espectáculo.

—No quiero mujeres —dije.

Cully se sorprendió.

—Dios mío; pero ¿es que después de tantos años aún no te has cansado de joder sólo con tu mujer?

—No —dije—. No me he cansado.

—¿Crees que vas a serle fiel toda la vida? —dijo Cully.

—Sí, claro —dije, riéndome.

Cully meneó la cabeza, riéndose también.

—Entonces debes ser de verdad Merlín el Mago.

—El mismo —dije.

Así que cenamos los dos solos. Y luego Cully me acompañó a todos los casinos de Las Vegas, donde compré fichas de mil dólares. Mi chaqueta deportiva Las Vegas Ganador resultó realmente de gran utilidad. En los casinos bebimos con los jefes de sección y los encargados y las chicas de los espectáculos. Todo el mundo trataba a Cully como persona importante, y todos tenían chismes e historias que contar sobre Las Vegas. Fue divertido. Cuando volvimos al Xanadú, deposité mis fichas en caja y me dieron un recibo de quince mil dólares. Lo metí en la cartera. No había jugado nada en toda la noche. Cully no me dejaba un momento.

—Tengo que jugar un poco —dije.

Cully sonrió maliciosamente.

—Claro, claro. Pero si pierdes quinientos pavos, te rompo un brazo.

En la mesa de dados, saqué cinco billetes de cien dólares y los cambié por fichas. Hice apuestas de cinco dólares a todos los números. Gané y perdí. Volví a mis viejos hábitos de juego, pasando de los dados al veintiuno y a la ruleta. Jugué de forma suave, tranquila, indiferente, haciendo pequeñas apuestas, ganando y perdiendo. A la una de la madrugada, metí la mano en el bolsillo, saqué dos mil dólares y compré fichas. Cully no decía nada.

Metí las fichas en el bolsillo de la chaqueta, me acerqué a la caja y las cambié por otro recibo. Cully estaba apoyado en una mesa de dados vacía, observando. Cabeceó aprobatoriamente.

—Así que has conseguido superarlo —dijo.

—Merlín el Mago —dije—. No soy uno de tus sucios jugadores empedernidos.

Era cierto. No había sentido la antigua emoción. Tenía dinero suficiente para comprarle una casa a mi familia y tener reserva en el banco para situaciones de emergencia. Tenía buenas fuentes de ingresos. Volvía a ser feliz. Amaba a mi mujer y estaba trabajando en una novela. Jugar era divertido. Nada más. Sólo había perdido doscientos dólares en toda la velada.

Cully me llevó a la cafetería a tomar unas hamburguesas y un vaso de leche.

—Tengo que trabajar durante el día —dijo—. ¿Puedo confiar en que no jugarás?

—No te preocupes —dije—. Estaré ocupado comprando fichas por toda la ciudad. Bajaré la cuota y compraré fichas de quinientos dólares para que se note menos.

—Buena idea —dijo Cully—. En esta ciudad hay más agentes del FBI que talladores.

Hizo una pausa.

—¿Estás seguro de que no quieres una compañera para esta noche? —añadió—. Tengo verdaderas bellezas.

Tomó uno de los teléfonos interiores de la repisa de nuestro reservado.

—Estoy demasiado cansado —dije.

Y era cierto. Pasaba de la una en Las Vegas, pero en Nueva York eran las cuatro y yo aún seguía en tiempo de Nueva York.

—Si necesitas algo, no tienes más que subir a mi oficina —dijo—. Puedes subir también si te apetece charlar un rato.

—De acuerdo, así lo haré —dije.

Al día siguiente me desperté hacia el mediodía y llamé a Vallie. No contestó nadie. Eran las tres de la tarde en Nueva York y era sábado. Vallie habría llevado a los chicos a casa de sus padres, a Long Island. Así que llamé allí y contestó su padre. Me hizo algunas preguntas suspicaces sobre mis actividades en Las Vegas. Le expliqué que trabajaba en un artículo. No pareció demasiado convencido, y por fin se puso Vallie al teléfono. Le expliqué que volvería en el avión del lunes y que iría en taxi desde el aeropuerto.

Tuvimos la charla normal de marido y mujer en tales casos. El teléfono me resultaba odioso. Le dije que no volvería a llamarla porque era una pérdida de tiempo y de dinero, y dijo que estaba de acuerdo. Sabía que iría también al día siguiente a casa de sus padres y no quería llamarla allí. Me daba cuenta también de que me irritaba que se fuese con sus padres. Eran celos infantiles. Vallie y los chicos eran mi familia. Me pertenecían; eran la única familia que tenía, salvo Artie. Y no quería compartirlos con los abuelos. Sabía que era una estupidez, pero aun así, no volvería a llamar. Qué demonios, eran sólo dos días; y siempre podía llamarme ella.

Me pasé el día recorriendo los casinos de la ciudad, por el Strip, y los garitos del centro. Cambié allí mi dinero por fichas de doscientos y trescientos dólares. Jugué además un poco en cada casino.

Me encantaba el calor seco y ardiente de Las Vegas, así que fui andando de un casino a otro. Comí tarde en el Sands, junto a una mesa donde unas lindas putas tomaban su ágape antes de ir al trabajo. Eran jóvenes, guapas y animadas. Dos de ellas llevaban chaquetas de montar. Se reían mucho y se contaban historias y chismes como adolescentes. No me prestaban la menor atención, y comí como si yo tampoco les prestase ninguna atención a ellas. Pero procuré escuchar su conversación. Una vez por lo menos creí oír que mencionaban el nombre de Cully.

Volví en taxi al Xanadú. Los taxistas de Las Vegas son serviciales y amistosos. Aquél me preguntó si quería divertirme un poco y le contesté que no. Cuando llegamos, me deseó un día agradable y me dio el nombre de un restaurante donde hacían buena comida china.

En el casino del Xanadú cambié las fichas de los otros casinos por recibos que guardé en la cartera. Tenía ya nueve recibos y sólo me quedaban poco más de diez mil en efectivo para cambiar. Saqué el dinero de la chaqueta deportiva Las Vegas Ganador y lo metí en una chaqueta normal. Eran todos billetes de cien y cabían perfectamente en dos sobres blancos de longitud normal. Luego, me eché al brazo la chaqueta deportiva Las Vegas Ganador y subí a la oficina de Cully.

Toda un ala del hotel estaba ocupada por las oficinas administrativas. Seguí el pasillo y tomé luego otro en que había un letrero que decía: «Oficinas Ejecutivas». Llegué por fin hasta un letrero que decía: «Asesor Ejecutivo del Director». En la oficina exterior había una joven secretaria muy linda. Le di mi nombre, y ella lo comunicó a la oficina interna. Cully salió en seguida y me dio un gran apretón de manos y un abrazo. Su nueva personalidad aún me desconcertaba. Era demasiado expansivo, demasiado extrovertido, aquella no era la relación que habíamos tenido antes.

Tenía una suite realmente elegante, con un sofá y mullidos sillones, luces bajas y cuadros en las paredes, óleos originales. No pude determinar si eran buenos o malos. Había también tres pantallas de televisión funcionando. En una se veía un pasillo del hotel. Otra mostraba las mesas de dados del casino en acción. En la tercera pantalla se veía la mesa de bacarrá. Mirando la primera pantalla, pude ver a un tipo que abría la puerta de su habitación, allí en el pasillo, y hacía entrar a una joven a la que palmeó en las nalgas.

—Son mejores programas que los que yo veo en Nueva York —dije.

Cully asintió.

—Tengo que controlar lo que pasa en este hotel —dijo.

Pulsó botones en un cuadro de control de su escritorio y las tres imágenes de las pantallas de televisión cambiaron. Vimos entonces una sección del aparcamiento del hotel, una mesa de veintiuno en acción y al cajero de la cafetería ingresando dinero.

Tiré la chaqueta deportiva Las Vegas Ganador sobre la mesa de Cully.

—Te la puedes quedar ya —dije.

Cully contempló largo rato la chaqueta. Luego dijo, con aire ausente:

—¿Cambiaste todo el dinero?

—Casi todo —dije—. Ya no necesito la chaqueta. Mi mujer la odiaba tanto como tú —añadí riéndome.

Cully recogió la chaqueta.

—No es que no me guste —dijo—. Es que a Gronevelt no le gusta ver estas chaquetas por ahí. ¿Qué crees tú que fue de la de Jordan?

Me encogí de hombros.

—Quizá su mujer regalase toda su ropa al Ejército de Salvación.

Cully sopesaba la chaqueta en la mano.

—Ligera —dijo—. Pero daba suerte. Jordan ganó cuatrocientos grandes con ella. Y luego se mató. Jodido cabrón.

—Una estupidez —dije.

Cully volvió a dejar la chaqueta en la mesa. Luego se sentó y se acomodó en la silla.

—Sabes, pensé que eras un loco por rechazar sus veinte grandes. Y realmente me fastidió mucho que me convencieses de no coger los míos. Pero quizá fuese la mejor jugada de toda mi vida. Los habría perdido jugando, y luego me habría quedado hecho una mierda. Pero, sabes, cuando Jordan se suicidó me sentí orgulloso de no haber cogido aquel dinero. No sé como explicarlo. Pero tuve la sensación de que no le había traicionado. Ni tú. Ni Diane. Eramos todos desconocidos, y sólo nosotros tres nos preocupamos algo por Jordan. No lo suficiente, supongo. O, al menos, no significó mucho para él. Pero al final significó algo para mí. ¿No sentiste tú lo mismo?

—No —dije—. Yo simplemente no quería su jodido dinero. Sabía que iba a matarse.

Esto sorprendió a Cully.

—¡Qué mierda ibas a saber! Merlín el Mago. No jodas.

—No lo sabía conscientemente —dije—. Pero en el fondo lo sabía. No me sorprendió cuando me lo dijiste. ¿Recuerdas?

—Sí —dijo Cully—. No pareció afectarte mucho.

Decidí dejar el tema.

—¿Y qué me dices de Diane?

—Le afectó mucho —dijo Cully—. Estaba enamorada de Jordan. Me acosté con ella el día del funeral, sabes. El polvo más extraño de toda mi vida. Estaba completamente desquiciada, llorando y jodiendo. Me asusté muchísimo.

Hizo una pausa, y luego añadió:

—Se pasó los dos meses siguientes emborrachándose y llorándome en el hombro. Y luego conoció a aquel medio millonario carca, y ahora es toda una dama honrada en algún sitio de Minnesota.

—¿Qué vas a hacer con la chaqueta? —le pregunté.

De pronto, Cully sonrió.

—Voy a dársela a Gronevelt. Ven, quiero que le conozcas.

Se levantó, agarró la chaqueta y salió de la oficina. Le seguí. Fuimos por el pasillo hasta otra suite de oficinas. La secretaria nos pasó al inmenso despacho de Gronevelt.

Gronevelt se levantó de su asiento. Parecía más viejo de lo que le recordaba. Debía estar ya cerca de los ochenta, pensé. Vestía impecablemente. El pelo blanco le daba un aire de actor de cine interpretando un personaje de edad. Cully nos presentó.

Gronevelt me estrechó la mano y luego dijo quedamente:

—Leí tu libro. Sigue escribiendo. Llegarás a ser un gran hombre. El libro es muy bueno.

Esto me sorprendió mucho. Gronevelt estaba metido desde hacía mucho en el negocio del juego, había sido un tipo muy peligroso en otros tiempos y aún era un hombre temido en Las Vegas. En realidad, nunca se me había ocurrido que fuese capaz de leer libros. Otro tópico roto.

Yo sabía que los sábados y los domingos eran días de mucho trabajo para hombres como Gronevelt y Cully que dirigían grandes hoteles en Las Vegas como el Xanadú. Les llegaban amigos y clientes de todos los Estados Unidos que venían a pasar el fin de semana para jugar y a quienes tenían que atender y satisfacer de diversos modos. Pensé, en consecuencia, que debía decirle adiós a Gronevelt y largarme.

Pero Cully echó en la inmensa mesa escritorio de Gronevelt la chaqueta deportiva Las Vegas Ganador y dijo:

—Esta es la última. Merlyn la entregó por fin.

Me di cuenta de que Cully sonreía. El sobrino favorito tomándole el pelo al tío gruñón al que sabía cómo manejar. Y me di cuenta de que Gronevelt interpretaba su papel gustosamente. El tío que bromeaba con su sobrino que era el que más problemas causaba pero a la larga el de mayor talento y el más de fiar. El sobrino que heredaría. Gronevelt llamó a su secretaria y cuando ésta entró le dijo:

—Traigame unas tijeras grandes.

Me pregunté dónde demonios iba a conseguir la secretaria del director del hotel Xanadú unas tijeras grandes a las seis de la tarde de un sábado. Volvió con ellas a los dos minutos justos. Gronevelt cogió las tijeras y empezó a cortar mi chaqueta deportiva Las Vegas Ganador. Me miró fijamente y dijo:

—No sabes la rabia que me dabais los tres cuando andábais por mi casino con estas jodidas chaquetas. Sobre todo la noche que Jordan ganó todo aquel dinero.

Me quedé mirando cómo convertía mi chaqueta en un inmenso montón de trozos de tela y luego comprendí que estaba esperando que le contestase.

—En realidad, a usted no le preocupan los ganadores, ¿verdad? —dije.

—No tenía nada que ver con lo de ganar dinero —dijo Gronevelt—. Es que era tan patético. Cully con esa chaqueta y un jugador degenerado en el corazón. Aún lo es y siempre lo será. Está en período de remisión.

Cully hizo un gesto de protesta y dijo:

—Soy un hombre de negocios.

Pero Gronevelt hizo un gesto y Cully se calló y se dedicó a contemplar los trozos de tela amontonados sobre la mesa.

—Puedo aguantar la suerte —dijo Gronevelt—. Pero la habilidad y la astucia no puedo soportarlas.

Gronevelt se dedicaba ahora al barato forro de imitación de seda, cortándolo en pequeñas tiras, pero era sólo para tener las manos ocupadas mientras hablaba. Se dirigió directamente a mí:

—Y tú, Merlyn, eres uno de los peores jugadores que he

visto en mi vida, y llevo en el negocio cincuenta años. Eres peor que un jugador empedernido. Eres un jugador romántico. Te crees uno de esos personajes de la novela de Ferber en que ella tiene aquel jugador estúpido por héroe. Juegas como un imbécil. A veces te guías por los porcentajes, otras por corazonadas, otras sigues un sistema, luego a tientas o pasas de una cosa a otra. Mira, eres una de las pocas personas de este mundo a las que les diría que abandonasen por completo el juego.

Luego dejó las tijeras, me dirigió una sonrisa realmente cordial y añadió:

—Pero, qué demonios, te gusta.

Me sentía, desde luego, un poco ofendido, y él se había dado cuenta. Me consideraba un jugador muy inteligente, que mezclaba la lógica con la magia. Gronevelt pareció leer mi pensamiento.

—Merlyn —dijo—. Me gusta ese nombre. Te va muy bien. Por lo que he leído no era un gran mago, y tú tampoco lo eres.

Volvió a coger las tijeras y siguió cortando.

—Pero, dime —dijo—, ¿por qué demonios te metiste en aquel lío con ese tipo de la mesa de bacarrá?

Me encogí de hombros.

—Bueno, en realidad, yo no organicé aquel lío. En fin, ya sabe cómo son las cosas. Yo me sentía muy mal por haber dejado a mi familia. Todo iba mal. Sólo estaba buscando desahogarme con otro.

—Pues te equivocaste de tipo —dijo Gronevelt—. Te salvó el pellejo Cully, con un poco de ayuda mía.

—Gracias —dije.

—Le ofrecí el trabajo, pero no lo quiere —dijo Cully.

Eso me sorprendió. Evidentemente, Cully lo había hablado con Gronevelt antes de ofrecerme el trabajo. Y luego, comprendí de pronto que Cully tendría que contarle a Gronevelt todo lo mío. Y que el hotel me encubriría si los federales investigaban.

—Después de leer tu libro, pensé que nos vendrías bien como relaciones públicas —dijo Gronevelt—. Un buen escritor como tú.

No quise decirle que eran cosas absolutamente distintas.

—Mi mujer no querría dejar Nueva York. Tiene allí a su familia —dije—. Pero gracias por la oferta.

Gronevelt asintió con un gesto.

—Tal como juegas quizá sea preferible que no vivas en Las Vegas. La próxima vez que vengas cenaremos los tres juntos.

Consideré esto nuestra despedida y me fui.

Cully estaba citado para cenar con unos peces gordos de California y no podía dejarlos, así que me quedé sólo. Me había dejado una reserva para el espectáculo de la cena del hotel de aquella noche, y decidí ir. Era el material Las Vegas habitual, con algunas coristas casi desnudas, bailando y contorsionándose, una estrella de la canción y unos números de vodevil. Lo único que me impresionó fue un espectáculo con osos amaestrados.

Salió a escena una hermosa mujer con seis inmensos osos y les hizo hacer toda clase de trucos. Después de que cada oso completaba su número, la mujer le besaba en la boca y el oso volvía inmediatamente a su puesto al final de la cola. Los osos eran muy peludos y parecían tan totalmente asexuados como si fuesen de juguete. Pero, ¿por qué había convertido la mujer el beso en una de sus señales de mando? Que yo supiese, los osos no besaban. Y entonces comprendí que el beso era para el público, algo dirigido a los espectadores. Y me pregunté entonces si la mujer lo habría hecho así conscientemente, como indicio de su desprecio, un insulto sutil. Nunca me había gustado el circo y me negaba a llevar a mis hijos a verlo. Y no me gustaban los números con animales. Pero éste me fascinó lo suficiente como para verlo hasta el final. Quizás uno de los osos nos diese una sorpresa.

Una vez terminado el espectáculo, me fui al casino a convertir el resto de mi dinero en fichas y luego a convertir las fichas en recibos de caja. Eran casi las nueve de la noche.

Empecé con los dados, pero en vez de apostar cantidades pequeñas para reducir las pérdidas, estuve haciendo apuestas de cincuenta y cien dólares. Iba perdiendo unos tres mil dólares cuando apareció Cully detrás de mí, conduciendo a sus peces gordos a la mesa y comunicando su crédito. Lanzó una mirada sardónica a mis fichas verdes de veinticinco dólares y las apuestas que tenía en el tapete frente a mí.

—No tienes que jugar más, ¿entendido? —me dijo.

Me sentí un imbécil, y al terminar la jugada llevé el resto

de mis fichas a la caja y las convertí en recibos. Cuando me volví, Cully estaba esperándome.

—Vamos a echar un trago —dijo.

Y me llevó al bar, al sitio donde solíamos beber con Jordan y Diane. Desde aquella zona en penumbra contemplamos el casino brillantemente iluminado. En cuanto nos sentamos, la camarera localizó a Cully y vino de inmediato.

—Así que caíste otra vez —dijo Cully—. Este maldito juego. Es como la malaria. Vuelve siempre.

—¿También te pasa a ti? —pregunté.

—Me pasó un par de veces —dijo Cully—. Pero no fue nada grave. ¿Cuánto perdiste?

—Sólo dos mil —dije—. He cambiado la mayor parte del dinero por recibos. Esta noche terminaré.

—Mañana es domingo —dijo Cully—. Podemos ver a ese abogado amigo mío, así que por la mañana temprano puedes hacer el testamento y enviárselo a tu hermano. Luego me pegaré a ti y no te dejaré hasta que cojas el avión por la tarde para Nueva York.

—Intentamos algo así una vez con Jordan —dije bromeando.

Cully lanzó un suspiro.

—¿Por qué lo haría? Estaba cambiándole la suerte. Iba a ser un ganador. Lo único que tenía que hacer era aguantar.

—Quizá no quisiese forzar su suerte —dije.

—No bromees —dijo Cully.

A la mañana siguiente, Cully llamó a mi habitación y desayunamos juntos. Después me llevó al Strip, a la oficina del abogado, donde redacté mi testamento y lo firmé ante testigos. Repetí un par de veces que mi hermano Artie debía recibir una copia, y por último Cully intervino, impaciente:

—Eso ya está todo explicado —dijo—. No hay que preocuparse. Todo se hará como debe ser.

Cuando salimos de la oficina, Cully me llevó a dar una vuelta por la ciudad y me enseñó las nuevas edificaciones en marcha. El gran edificio del Hotel Sands resplandecía con un dorado flamante bajo el sol del desierto.

—Esta ciudad no para de crecer —dijo Cully.

El interminable desierto se extendía hasta las lejanas montañas.

—Hay espacio de sobra —dije.

Cully se echó a reír.
—Ya lo verás —dijo—. El juego es el negocio del futuro.
Tomamos una comida ligera y luego, en honor a los viejos tiempos, bajamos al Sands y jugamos de compañeros doscientos pavos por barba en las mesas de dados. Cully dijo burlón:
—Tengo diez pases en mi brazo derecho —así que le dejé tirar a él. Tenía tanta mala suerte como siempre, pero me di cuenta de que no ponía el corazón en ello. No disfrutaba jugando. Era indudable que había cambiado. Fuimos en coche al aeropuerto, y esperó conmigo hasta que salió mi avión.
—Llámame si tienes algún problema —me dijo—. Y la próxima vez que vengas, cenaremos con Gronevelt. Le caes bien y es un tipo que interesa que esté de nuestra parte.
Asentí. Luego, cogí los recibos que llevaba en el bolsillo. Los recibos totalizaban treinta mil dólares depositados en la caja del casino del Hotel Xanadú. Mis gastos para el viaje, el juego y el billete del avión totalizaban más o menos los tres mil restantes. Le entregué a Cully los recibos.
—Guárdamelos —le dije. Había cambiado de idea.
Cully contó los papelitos blancos. Había doce. Comprobó las cantidades.
—¿Me confías tus ahorros? —preguntó—. Treinta grandes es mucho dinero.
—He de confiar en alguien —dije—. Además te vi rechazar veinte grandes que te daba Jordan cuando no tenías donde caerte muerto.
—Tú me obligaste avergonzándome —dijo Cully—. De acuerdo, me cuidaré de esto. Y si las cosas se ponen feas, puedo darte dinero del mío y utilizarlos como garantía. Así no dejarás ninguna pista.
—Gracias, Cully —dije—. Gracias por la habitación del hotel y las comidas y todo. Y gracias por ayudarme.
Sentí realmente una oleada de afecto hacia él. Era uno de mis pocos amigos. Y, sin embargo, me quedé sorprendido cuando me abrazó al despedirnos.
Ya en el avión, yendo de la luz del oeste a las zonas de oscuridad del este, huyendo a toda prisa del sol poniente, y sumergiéndome en la oscuridad, pensé en el afecto que Cully sentía por mí. Nos conocíamos tan poco. Y pensé que era porque los dos teníamos muy pocas personas a las que

pudiésemos llegar a conocer de verdad. Como Jordan. Y habíamos compartido la derrota de Jordan y su rendición ante la muerte.

Llamé desde el aeropuerto para decirle a Vallie que había llegado un día antes. No contestó nadie. No quise llamarla a casa de su padre, así que cogí un taxi para el Bronx. Cuando llegué, Vallie aún no estaba en casa. Sentí los furiosos celos de siempre, por el hecho de que se hubiese llevado a los chicos a visitar a sus abuelos, a Long Island. Pero luego pensé: ¿qué más da? ¿Por qué debía pasar el domingo sola Vallie en aquella urbanización cuando podía disfrutar de la compañía de su alegre familia irlandesa, sus hermanos y hermanas y sus amistades allá en Long Island, donde los chicos podían salir y jugar al aire libre y revolcarse en la hierba?

La esperaría levantado. Tenía que llegar pronto a casa. Durante la espera, llamé a Artie. Se puso su mujer al teléfono y dijo que Artie se había ido a la cama temprano porque no se sentía bien. Le dije que no le despertara, que no era nada importante. Y, con una cierta sensación de pánico, le pregunté qué le pasaba a Artie. Me dijo que sólo era cansancio, que había trabajado demasiado. No era nada por lo que mereciese la pena avisar al médico. Le dije que ya le llamaría al día siguiente al trabajo y luego colgué.

15

El año siguiente fue la época más feliz de mi vida. Estaba esperando que me terminaran la casa. Sería la primera vez que poseería casa propia, y esto me producía una sensación extraña. Por fin sería como todo el mundo. Estaría aislado y no dependería ya de la sociedad ni de otras personas.

Creo que esto procedía del desagrado creciente que me producía la urbanización en la que vivíamos. Por sus excelentes cualidades sociales, blancos y negros ascendían en la escala económica y en cuanto ganaban demasiado dinero no podían seguir en aquella urbanización. Y cuando se iban, sus viviendas pasaban a ser ocupadas por los «no tan bien adaptados». Los negros y blancos que llegaban eran los que vivirían allí siempre. Heroinómanos, alcohólicos, chulos baratos, ladrones de tres al cuarto y violadores ocasionales.

Ante esta nueva invasión, la policía de la urbanización inició una retirada estratégica. Los recién llegados eran más incontrolables, más salvajes, y empezaron a destrozarlo todo. Los ascensores dejaron de funcionar; los ventanales de los vestíbulos quedaron destrozados y no se repararon jamás. Cuando volvía a casa del trabajo, encontraba siempre botellas de whisky vacías en el vestíbulo y borrachos sentados en los bancos que había junto a los edificios. Había fiestas y orgías que hacían intervenir a los policías de la ciudad. Vallie procuraba recoger a los chicos en la parada del autobús cuando volvían a casa del colegio. Llegó incluso a proponerme en una ocasión que nos trasladáramos a casa de sus padres hasta que estuviese lista la nuestra. Esto fue después de que violasen a una niña negra de diez años y la arrojasen de la azotea de uno de los edificios.

Le dije que no, que aguantaríamos. Sabía lo que pensaba Vallie, pero a ella le avergonzaba demasiado para decirlo en voz alta. Le daban miedo los negros. Pero la habían educado en el liberalismo, en la idea de la igualdad, y no podía aceptar frente a sí misma el hecho de que temía a todos los negros que vivían a su alrededor.

Yo tenía un punto de vista distinto. Yo era realista, pensaba, no un fanático. Lo que estaba ocurriendo era que la ciudad de Nueva York empezaba a convertir sus urbanizaciones en barrios bajos negros, creando nuevos ghettos, aislando a los negros del resto de la comunidad blanca. En realidad, las urbanizaciones se estaban utilizando como cordón sanitario. Pequeños Harlems, blanqueados de liberalismo urbano. Y toda la escoria económica de la clase obrera blanca iba quedando segregada allí: los que no tenían una formación suficiente para ganarse la vida, los que estaban demasiado inadaptados y marginados para mantener unida e integrada la estructura familiar. La gente con un poco de sentido hacía lo posible por huir a las zonas suburbanas o a casas o a apartamentos propios de la ciudad. Pero el equilibrio de poder aún no se había alterado. Los blancos aún superaban a los negros en una proporción de dos a uno. Las familias socialmente adaptadas, blancas y negras, aún mantenían una ligera mayoría. Yo pensaba que la urbanización seguiría siendo lugar seguro por lo menos en los doce meses que tendríamos que seguir allí. En realidad, me importaba un pito cualquier otra cosa. Supongo que despreciaba a toda aquella gente. Eran como animales, sin voluntad libre, se contentaban con vivir al día tomando alcohol y drogas y jodiendo sólo por matar el tiempo cuando podían permitírselo. Aquello se estaba convirtiendo en otro maldito orfanato. Pero, ¿cómo estaba yo aún allí, entonces? ¿Qué era yo?

En nuestra planta vivía una joven negra con cuatro hijos. Era corpulenta, sexualmente atractiva, llena de vitalidad y vibrante buen humor. Su marido la había abandonado antes de que se trasladase a la urbanización y yo nunca le había visto. La mujer era una buena madre durante el día. Sus hijos estaban siempre limpios, siempre les mandaba a la escuela y les esperaba en la parada del autobús. Pero la cosa cambiaba al llegar la noche. Después de cenar, la veíamos acicalarse y salir hacia una cita, mientras los críos se quedaban en casa solos. La mayor era una niña de diez años. Vallie solía hacer comentarios, pero yo le decía que no era asunto suyo.

Sin embargo, una noche, tarde ya, cuando estábamos en la cama, oímos la sirena de los bomberos. Y empezamos a notar el olor de humo. La ventana del dormitorio nuestro quedaba directamente frente a la del apartamento de la mujer negra, y, como en una escena de película, pudimos ver bailar las llamas en aquel apartamento y a los niños corriendo entre ellas. Vallie, en camisón, arrancó una manta de la cama y corrió a la puerta de nuestra casa. La seguí. Llegamos justo a tiempo de ver cómo se abría la puerta del otro apartamento al fondo del descansillo y salían corriendo cuatro niños. Pudimos ver las llamas tras ellos. Me pregunté qué demonios se proponía Vallie corriendo frenética hacia los niños con la manta en la mano. Entonces vi lo que ella ya había visto: La niña mayor, que salía la última, empujando delante a los más pequeños, había empezado a caer. En su espalda había llamas. Luego se convirtió en una antorcha rojo-oscura. Cayó. Cuando se retorcía en el suelo, Vallie saltó sobre ella y la envolvió en la manta. Un humo gris y sucio se alzó sobre ellas, mientras los bomberos irrumpían en el descansillo con mangueras y hachas.

Los bomberos se hicieron cargo de todo, y Vallie volvió conmigo al apartamento. Las ambulancias subían atronando con sus sirenas por los caminos de la urbanización. Luego vimos aparecer a la madre en su apartamento. Estaba destrozando el cristal de la ventana con las manos y lanzaba grandes gritos. Tenía la ropa empapada de sangre. Yo no me daba cuenta de qué demonios estaba haciendo, hasta que al fin comprendí que intentaba cortarse con los fragmentos de cristal. Aparecieron tras ella los bomberos, surgiendo del humo de las llamas muertas y los muebles carbonizados. La apartaron de la ventana y en seguida la vimos en una camilla camino de la ambulancia.

Aquellas viviendas para pobres, construidas pensando en los beneficios económicos, estaban hechas de modo que el fuego no se extendiese ni el humo constituyese un peligro para otros inquilinos. Sólo se incendió aquel apartamento. Dijeron que la niña mayor se recuperaría, aunque tenía graves quemaduras. La madre estaba ya fuera del hospital.

El sábado por la tarde, una semana después, Vallie se llevó a los críos a casa de su padre para que yo pudiese trabajar tranquilo en mi libro. Estaba trabajando muy bien cuando llamaron a la puerta. Era una llamada tímida que apenas pude oír desde donde estaba trabajando, en la mesa de la cocina.

Abrí la puerta y vi a aquel tipo negro, de un cocholate crema. Tenía un bigote pequeño y el pelo estirado. Murmuró su nombre, y aunque no le entendí bien, asentí. Luego dijo:

—Sólo quería dar las gracias a usted y a su mujer por lo que hicieron por mi hija.

Y comprendí que era el padre de la familia del piso de enfrente, la del incendio.

Le pregunté si quería pasar a tomar una copa. Me di cuenta de que estaba a punto de llorar, humillado y avergonzado por tener que darme las gracias. Le expliqué que mi mujer no estaba en casa y que ya le diría que había venido. Entró tímidamente para indicarme que no prentendía ofenderme negándose a entrar en mi casa, pero dijo que no tomaría nada. Insistí, pero debió notarse que en realidad me resultaba odioso. Que desde la noche del incendio le odiaba. Era uno de esos negros que abandonan a sus mujeres y a sus hijos para que se haga cargo de ellos la asistencia social, y se largan para divertirse y pasarlo bien y vivir su propia vida. Yo había leído sobre los hogares destrozados de las familias negras de Nueva York. Y cómo la organización y las presiones de la sociedad forzaban a estos hombres a dejar a sus mujeres y a sus hijos. Intelectualmente lo comprendía, pero desde un punto de vista emocional, reaccionaba en contra de ellos. ¿Quiénes demonio eran ellos para vivir sus propias vidas? Yo no vivía mi propia vida.

Pero vi luego que las lágrimas rodaban por aquella piel achocolatada, y me fijé en sus largas pestañas y en sus ojos marrón suave. Y luego oí sus palabras:

—Ay, amigo —dijo—. Mi hijita murió esta mañana. Murió en ese hospital.

Empezó a desmoronarse; entonces le sostuve y dijo:

—Decían que se curaría, que las quemaduras no eran tan graves, pero al final se murió. Fui a verla y en el hospital todos me miraban, ¿comprende? Yo era su padre, ¿dónde estaba yo? ¿Qué estaba haciendo? Era como si me acusaran de lo ocurrido, ¿comprende?

Vallie tenía una botella de whisky de centeno para cuando venían a visitarnos su padre y sus hermanos. Ni Vallie ni yo solíamos beber. Pero no sabía dónde demonios guardaba la botella.

—Espere un momento —dije al hombre que lloraba ante mí—. Necesita un trago.

Encontré la botella en el armario de la cocina y serví dos vasos. Bebimos el whisky solo y de un trago y vi que se sentía mejor, que se reponía.

Mirándole, me di cuenta de que no había venido a dar las gracias a los posibles salvadores de su hija. Había venido para encontrar a alguien en quien desahogar su dolor y su sentimiento de culpabilidad. Así que le escuché pensando que no había visto mi expresión reprobatoria.

Serví más whisky. Se dejó caer cansinamente en el sofá.

—Sabe, nunca quise dejar a mi mujer y a mis hijos. Pero ella era demasiado animada, demasiado fuerte. Yo trabajaba duro. Trabajaba en dos sitios y ahorraba dinero. Quería comprar una casa y educar bien a los chicos, pero ella quería divertirse, pasarlo bien. Es demasiado fuerte, por eso tuve que irme. Intenté ver más a los críos, pero no me dejó. Si le daba dinero, se lo gastaba en ella y no en los críos. Y luego, en fin, cada vez nos separamos más, y yo me encontré una mujer a la que le gustaba vivir como vivo yo y me convertí en un extraño para mis propios hijos. Y ahora todo el mundo me acusa de la muerte de mi hijita. Como si fuese uno de esos tipos que se largan y dejan a sus mujeres sólo por divertirse.

—Quien les dejó solos fue su mujer —dije.

—No puedo reprochárselo —dijo él con un suspiro—. Si no sale de noche se vuelve loca. Y no tenía dinero para pagar a alguien que se cuidase de los niños. Yo podría haberme adaptado a ella o haberla matado.

Nada podía decir yo, sólo le miraba y él me miraba a mí. Veía su humillación al contarle todo aquello a un extraño y, además, blanco. Y entonces comprendí que yo era la única persona a quien él podía mostrar su vergüenza. Porque en realidad yo no contaba, y porque Vallie había apagado las llamas en las que ardía su hija.

—Aquella noche quiso matarse —dije.

Rompió a llorar de nuevo.

—Oh —dijo—. Quiere mucho a los niños. El que les deje solos no significa nada. Les quiere mucho a todos. Y no se lo va a perdonar a sí misma. Eso es lo que me da miedo. Va a beber hasta matarse, va a hundirse, amigo. No sé cómo ayudarla.

Yo nada podía decir a esto. En el fondo, pensaba que era un día de trabajo perdido, que ni siquiera podría repasar mis notas. Pero le ofrecí algo de comer. Terminó el whisky y se levantó para irse. De nuevo aquella expresión de vergüenza y humillación se dibujó en su cara al agradecer una vez más lo que Vallie y yo habíamos hecho por su hija. Y luego se fue.

Cuando Vallie volvió a casa aquella noche con los chicos, le conté lo ocurrido y ella se metió en el dormitorio y se puso a llorar mientras yo hacía la cena para los niños. Y pensé en cómo había condenado a aquel hombre sin conocerle, sin saber nada de él. Cómo le había colocado en un marco extraído de los libros que había leído, entre los borrachos y los drogadictos que habían venido a vivir con nosotros en la urbanización. Le imaginé huyendo de los suyos a otro mundo no tan pobre y tan negro, escapando del círculo de los condenados irremisiblemente en el que había nacido. Pensé que había dejado morir a su hija en un incendio. Jamás se perdonaría a sí mismo, su juicio sería mucho más severo que aquel en el que yo, en mi ignorancia, le había condenado.

Luego, una semana después, una pareja de la casa de enfrente tuvo una pelea y él le cortó el cuello a ella. Eran blancos. Ella tenía un amante secreto que se negaba a seguir siendo secreto. Pero la herida no fue mortal, y la esposa descarriada tenía un aspecto teatralmente romántico, con las grandes vendas blancas en el cuello, cuando iba a recoger a sus hijos a la parada del autobús escolar.

Comprendí que nos iríamos de allí en el momento justo.

16

En la oficina de la Reserva, el negocio de los sobornos iba viento en popa. Y, por primera vez en mi carrera como funcionario, recibí una calificación de «excelente». Debido a mis actividades fraudulentas, había estudiado todas las complicadas normas nuevas, y me había convertido en un administrativo eficiente, el mejor especialista en aquel campo.

Debido a estos conocimientos especiales, había ideado un sistema mejor para mis clientes. Cuando terminaban su servicio activo de seis meses y volvían a mi unidad de la Reserva, para las reuniones y el campamento de verano de dos semanas, les hacía desaparecer. Para esto ideé un sistema absolutamente legal. Podía ofrecerles la posibilidad de que después de cumplir su servicio activo de seis meses pasaran a ser simples nombres en las listas de inactivos de la Reserva, a quienes sólo se llamaría en caso de guerra. Nada de reuniones semanales ni de campamentos de verano una vez al año. Mi precio subió. Otro ingreso extra: cuando me libraba de ellos, disponía dc un valioso puesto libre.

Una mañana abrí el *Daily News* y allí, en primera página,

había una gran fotografía de tres jóvenes. A dos de ellos les había alistado el día anterior. Doscientos pavos cada uno. Me dio un vuelco el corazón y me sentí enfermo. ¿Qué podía ser si no la denuncia de todo el asunto? Se había descubierto el pastel. Tuve que obligarme a leer el artículo. El tipo del centro era hijo del político más importante del estado de Nueva York. Y en el artículo se aplaudía el patriótico alistamiento del hijo del político en la Reserva. Eso era todo.

De cualquier modo, aquella fotografía me asustó. Me imaginé en la cárcel y a Vallie y a los niños solos. Sabía muy bien que el padre y la madre de Vallie se harían cargo de ellos, pero yo no estaría allí. Perdería a mi familia. Pero luego, cuando llegué a la oficina y se lo conté a Frank, se echó a reír y lo consideró un chiste magnífico. Dos de mis clientes de pago en la primera página del *Daily News*. Sencillamente genial. Recortó la fotografía y la colocó en el tablero de su unidad del ejército de la Reserva. Era una broma entre nosotros. El comandante creyó que lo había colocado en el tablero para fortalecer la moral de la unidad.

De alguna forma, aquel miedo injustificado hizo que bajara la guardia. Empecé a creer, como Frank, que el negocio duraría siempre. Y podría haber durado, de no ser por la crisis de Berlín, que indujo al presidente Kennedy a llamar a filas a cientos de miles de militares de la Reserva. Acontecimiento sumamente desafortunado para mí.

La oficina se convirtió en un manicomio cuando llegó la noticia de que estaban reclutando a las unidades de la Reserva para un año de servicio activo. Los que habían pagado por meterse en el programa de seis meses, estaban desquiciados. Se pusieron furiosos. Y lo que más les dolía era que ellos, los jóvenes más listos del país, flamantes abogados, hábiles especialistas de Wall Street, genios de la publicidad, se veían burlados por la más estúpida de todas las criaturas: el ejército de Estados Unidos. Se habían dejado engañar vilmente con el programa de seis meses, sin prestar atención a la remota posibilidad de que pudiesen llamarles al servicio activo y enrolarlos de nuevo en el ejército. Los chicos listos de la ciudad habían picado como palurdos. A mí tampoco me agradaba gran cosa el asunto, aunque me felicitaba por no haber querido ingresar nunca en la Reserva por el dinero fácil. Aun así, mi negocio se hundía. Se acababan los ingresos de mil dólares mensuales libres de impuestos. Y tenía que trasladarme muy pronto a mi nueva casa de Long Island. Pero, aun así, no me di cuenta en ningún momento de que aquello precipitaría la catástrofe que hacía tanto preveía. Estaba demasiado ocupado con el enorme trabajo administrativo que tenía que hacer para pasar oficialmente mis unidades al servicio activo.

Había que solicitar suministros y uniformes, había que emitir todo tipo de órdenes y normas de instrucción. Y luego controlar la terrible estampida de quienes pretendían evadir el reclutamiento. Todo el mundo sabía que el ejército tenía normas para casos especiales. Los que habían estado en el programa de la Reserva en los últimos tres o cuatro años y estaban a punto de terminar el servicio, eran los más afectados. Durante aquellos años, habían prosperado en sus actividades y carreras, se habían casado, habían tenido hijos. Habían burlado a los capitostes militares de Norteamérica. Pero al final todo había sido pura ilusión.

De todos modos, no olvidemos que se trataba de los chicos más listos de Norteamérica, los futuros gigantes de los negocios, jueces, jerifaltes del negocio del espectáculo. No se resignaron. Un tipo joven, socio en el negocio de su padre en la bolsa, hizo enviar a su mujer a una clínica psiquiátrica, y luego solicitó la exclusión del servicio militar basándose en que su mujer había sufrido una crisis nerviosa. Envié los documentos completados con cartas oficiales de los médicos y del hospital. No resultó. En Washington habían recibido miles de casos semejantes y adoptaron la postura de no admitir que nadie se librase como caso especial. Recibimos una carta que decía que el pobre marido sería reclamado para el servicio activo y que ya investigaría luego la Cruz Roja el caso de su esposa. La Cruz Roja debió hacer un buen trabajo, porque un mes después, cuando la unidad de aquel tipo salió para Fort Lee, Virginia, su esposa, la de la crisis nerviosa, vino a mi oficina a presentar los documentos necesarios para ir a vivir con él. Estaba contenta y evidentemente gozaba de buena salud. Tan buena salud que no había podido seguir con la comedia y quedarse en el hospital. O quizá los médicos no se dejasen engañar hasta el punto de permitir que el asunto se prolongase.

El señor Hiller me llamó por el problema de su hijo,

Jeremy. Le dije que no podía hacer nada. Me presionó insistentemente y le dije, en broma, que si su hijo fuera homosexual le harían abandonar la Reserva y no le llamarían para el servicio activo. Hubo una larga pausa al otro lado y luego me dio las gracias y colgó. Y, por supuesto, dos días después Jeremy Hiller vino a verme y rellenó los documentos necesarios para dejar el ejército basándose en que era homosexual. Le dije que aquello figuraría siempre en su expediente. Que quizá más adelante lamentase tener un expediente así. Le vi indeciso, pero al fin dijo:

—Mi padre dice que es mejor eso que morir en una guerra.

Tramité los documentos. Llegó la respuesta de Governors Island, el cuartel general. Llamaban a Hiller; su caso lo resolvería el Consejo regular del Ejército.

Me extrañaba que Eli Hemsi no me hubiese llamado. El hijo del fabricante de ropa, Paul, no había aparecido por la oficina desde que se había dado la noticia del reclutamiento para el servicio activo. Pero el misterio se aclaró cuando recibí por correo documentos de un médico famoso por sus libros y artículos sobre psiquiatría. Los documentos certificaban que Paul Hemsi había recibido tratamiento de electroshock por una afección nerviosa en los últimos tres meses y que no podía integrarse al servicio activo porque sería desastroso para su salud.

Revisé la norma del ejército correspondiente. No había duda, el señor Hemsi había encontrado un modo de burlar al ejército. Debía estar aconsejándole gente más importante que yo. Envié los documentos a Governors Island. Y recibí respuesta, claro. Los documentos volvieron de nuevo a mí y con ellos una orden especial liberando a Paul Hemsi de todas sus obligaciones con el ejército de Estados Unidos. Me pregunté cuánto le habría costado al señor Hemsi.

Procuraba ayudar a todos los que intentaban librarse del reclutamiento acogiéndose a la condición de caso especial. Procuraba que los documentos llegasen al cuartel general de Governors Island y hacía llamadas especiales siguiendo los trámites. En otras palabras, ayudaba lo más posible a todos mis clientes. Pero Frank Alcore hacía exactamente lo contrario.

Su unidad le había reclamado para el servicio activo. Y él

consideraba cuestión de honor el hacerlo. No se molestó en absoluto en conseguir que le considerasen un caso especial, pese a que tenía posibilidades por depender de él su mujer, sus hijos y sus padres, ya ancianos. Además, sentía escasas simpatías por los miembros de sus unidades que intentaban eludir el reclutamiento de un año. Como jefe administrativo de su batallón, como civil y como sargento, recibía todas las peticiones de baja por caso especial. Las trataba con el mayor rigor. Ninguno de sus hombres consiguió eludir el servicio activo, ni siquiera los que tenían causas legítimas. Y muchos de ellos le habían pagado buenos dólares por poder alistarse en el programa de seis meses. Cuando Frank y sus unidades salieron camino de Port Lee había muy mala sangre en el ambiente.

Me tomaban el pelo por no haberme dejado cazar con el programa del ejército de la Reserva. Decían que había sido muy listo. Pero detrás de sus bromas había respeto. Era el único que no me había dejado engatusar por el dinero fácil. Estaba, en cierto modo, orgulloso de mí mismo. De hecho, lo había pensado todo detenidamente años atrás. Las ventajas monetarias no eran lo bastante atractivas como para compensar el pequeño porcentaje de peligro implícito. Había muy pocas probabilidades de un reclutamiento para el servicio activo, pero aun así me había resistido a ingresar. O quizá fui capaz de prever el futuro. Lo cómico era que muchos soldados de la segunda guerra mundial habían caído en la trampa. No se lo creían ellos mismos. Allí estaban, tipos que habían combatido tres o cuatro años en la vieja guerra y que ahora tenían que volver a vestir el uniforme. La mayoría de los veteranos nunca entrarían en combate ni estarían en peligro, claro, pero aun así estaban furiosos. No parecía justo. Sólo a Frank Alcore parecía no importarle.

—He estado aprovechándome —dijo—. Ahora tengo que pagar por ello.

Luego me sonrió y añadió:

—Merlyn, siempre te consideré un imbécil, pero ahora me pareces la mar de listo.

A últimos de aquel mes, cuando todos se iban, compré un regalo a Frank. Era un reloj de pulsera con muchos aparatitos, que indicaba las variaciones de la brújula y otras muchas cosas, además de la hora. Absolutamente a prueba de choques. Me costó doscientos pavos, pero Frank me caía muy bien. Y supongo que me sentía un poco culpable de que tuviera que irse y yo no. El regalo le conmovió y me dio un abrazo afectuoso.

—Siempre puedes empeñarlo si te falla la suerte —dije; y los dos nos reímos.

En los dos meses siguientes, las oficinas quedaron extrañamente vacías y silenciosas. La mitad de las unidades se habían incorporado al servicio activo, según el programa de reclutamiento. El programa de seis meses quedaba suspendido; ya no parecía una buena solución. En lo que se refiere a los sobornos, mi negocio había terminado. No había nada que hacer, así que me dediqué a trabajar en mi novela en la oficina. El comandante casi siempre estaba fuera, y lo mismo el sargento del ejército regular. Y con Frank en el servicio activo, estaba casi siempre solo en la oficina. Uno de esos días, vino un joven y se sentó a mi mesa. Le pregunté qué podía hacer por él. Me preguntó si le recordaba. Le recordaba vagamente. Entonces me dijo su nombre: Murray Nadelson.

—Resolviste mi caso como un favor. Mi mujer tenía cáncer.

Entonces recordé el asunto. La cosa había sucedido casi dos años atrás. Uno de mis satisfechos clientes me había preparado una entrevista con Murray Nadelson. Comimos los tres juntos. El cliente era un tipo listo que trabajaba en Wall Street. Se llamaba Buddy Stove. Una especie de supervendedor habilísimo. El me explicó el problema: la mujer de Murray Nadelson tenía cáncer. El tratamiento era muy caro y Murray no tenía dinero para pagar su incorporación a la Reserva, tenía un miedo mortal a que le reclutaran por dos años y le mandaran fuera del país. Pregunté por qué no solicitaba una prórroga basándose en la salud de su esposa. Ya lo había intentado pero habían rechazado la solicitud.

Esto no me pareció lógico, pero no insistí. Buddy Stove explicó que uno de los grandes atractivos del programa de servicio activo de seis meses era que se cumplía siempre en Estados Unidos, y así Murray Nadelson podría tener a su mujer viviendo junto a la base de instrucción, fuese cual fuese. También querían que, una vez cumplidos los seis meses, pasase al grupo de control, de modo que no tuviera que acudir a las reuniones. Tenía que estar con su mujer el mayor tiempo posible.

Acepté ayudarle; sí, de acuerdo, podía hacerlo. Entonces, Buddy Stove puso las cartas sobre la mesa. Quería que lo hiciese todo gratis. Su amigo Murray no tenía un céntimo.

Entretanto, Murray, por su parte, no podía mirarme a los ojos. Mantenía la cabeza baja. Supuse que era todo comedia, pero inmediatamente pensé que no podía haber nadie capaz de utilizar a su mujer diciendo que tenía cáncer por una cosa así, sólo por ahorrarse un poco de dinero. Y entonces tuve una visión: ¿Y si algún día se descubría todo el pastel y los periódicos explicaban que había hecho pagar a un tipo cuya esposa tenía cáncer? Parecería el ser más malvado del mundo, no sólo ante la opinión pública sino también ante mí mismo. Así que dije que sí, de acuerdo, y le dije algo a Murray de que esperaba que su mujer se restableciese. Y eso puso punto final a la comida.

El asunto me había fastidiado un poco. Había decidido adoptar la política de incluir en el programa de seis meses a todo el que dijese que no podía disponer de dinero para pagarme. Esto había sucedido bastantes veces. Era un modo de compensar la mala conciencia. Pero la transferencia a un grupo de control y el eludir cinco años y medio de servicio en la Reserva, era algo especial que valía mucho dinero. Era la primera vez que me pedían que lo hiciese gratis. El propio Buddy Stove había pagado quinientos pavos por aquel favor concreto, más los doscientos que le había costado alistarse.

De cualquier modo, hice lo necesario con suavidad y eficacia. Murray Nadelson cumplió los seis meses y luego le hice desaparecer en el grupo de control, donde pasó a ser únicamente un hombre en una lista. ¿Qué demonios hacía entonces Murray Nadelson en mi despacho? Le estreché la mano y esperé.

—Recibí una llamada de Buddy Stove —dijo Murray—. Le han llamado de grupo de control. Necesitan sus servicios en una de las unidades que se ha incorporado al servicio activo.

—Pues mala suerte —dije. No había demasiada simpatía en mi voz. No quería que se hiciese a la idea de que iba a ayudar.

Pero Murray Nadelson me miraba directamente a los

ojos como si intentase acumular valor suficiente para decir algo que le resultaba difícil decir. Así, pues, me acomodé en la silla y dije:

—No puedo hacer nada por él.

Nadelson cabeceó.

—El ya lo sabe.

Luego, hizo una pausa.

—En fin —dijo—. Nunca te agradecí como es debido cuanto hiciste por mí. Fuiste el único que me ayudó. Quería decírtelo. Nunca olvidaré lo que hiciste por mí. Quizás yo pueda ayudarte ahora.

Entonces me sentí muy embarazado. No quería que él me ofreciese dinero después de tanto tiempo. Lo hecho, hecho estaba. Y me complacía la idea de hacer algunas buenas obras de vez en cuando.

—Olvídalo —dije.

Aún sentía recelo. No quería preguntarle por su mujer. Nunca había creído aquella historia. Y me sentía incómodo por su agradecimiento, pues en el fondo todo había sido una cuestión de relaciones públicas.

—Buddy me pidió que viniese a verte —dijo Nadelson—. Quería avisarte de que hay hombres del FBI por todo Fort Lee preguntando a los tipos de tus unidades. Ya sabes, sobre pagar para entrar. Preguntan cosas sobre ti y sobre Frank Alcore. Y parece ser que tu amigo Alcore está metido en un buen lío. Unos veinte hombre han aportado pruebas de que le pagaron. Buddy dice que en un par de meses se reunirá un gran jurado en Nueva York para procesarle. No sabe nada respecto a ti. Quería que te avisara para que tuvieses cuidado en lo que dices o haces. Y me dijo también que si necesitabas un abogado él te proporcionaría uno.

Por un instante, ni siquiera pude verle. El mundo se había oscurecido, literalmente. Sentí una oleada de náuseas que estuvo a punto de hacerme vomitar. Me incorporé en la silla. Tuve frenéticas visiones de la desgracia; mi detención, Vallie horrorizada, su padre furioso, mi hermano Artie avergonzado y decepcionado conmigo. Mi venganza contra la sociedad ya no era una travesura feliz, pero Nadelson esperaba que dijese algo.

—Dios mío —dije—. ¿Y cómo se enteraron? No ha habido ninguna operación desde el reclutamiento. ¿Quién les habrá puesto sobre la pista?

Nadelson se sintió un poco culpable por sus camaradas.

—Lo que pasa es que algunos se han enfadado tanto por el reclutamiento que han enviado cartas anónimas al FBI contando que habían pagado dinero para que los incluyeran en el programa de seis meses. Querían fastidiar a Alcore, le acusaban a él. Algunos estaban furiosos porque les rechazó cuando intentaron eludir el reclutamiento. Y además, en el campamento es muy exigente, y están todos furiosos con él. Por eso quisieron meterle en un lío, y lo han conseguido.

Mi pensamiento volaba. Hacía casi un año que había visto a Cully y le había confiado mi dinero. Entretanto, había acumulado otros quince mil dólares. Además, tenía que trasladarme a mi nueva casa de Long Island muy pronto. El asunto explotaba en el peor momento. Y si el FBI estaba hablando con todo el mundo en Port Lee, hablarían por lo menos con unos cien tipos que me habían dado dinero. ¿Cuántos lo confesarían?

—¿Está seguro Stove de que van a hacer comparecer a Frank ante un gran jurado? —pregunté a Nadelson.

—Ha de ser así —dijo Murray—. A menos que el gobierno lo encubra todo...

—¿Existe tal posibilidad? —pregunté.

Murray Nadelson movió la cabeza.

—No. Pero al parecer Buddy piensa que tú podrás librarte. Toda la gente que ha tratado contigo te considera un buen tipo. Nunca presionaste por el dinero, como Alcore. Nadie quiere meterte a ti en líos. Y Buddy está convenciendo a todos de que no te denuncien.

—Dale las gracias de mi parte —dije.

Nadelson se levantó y me estrechó la mano.

—Yo sólo quiero darte las gracias de nuevo —dijo—. Si necesitaras un testigo que declarara en tu favor, o quisieses que el FBI me interrogara, estoy a tu entera disposición.

Le estreché la mano. Me sentía realmente agradecido.

—¿Puedo hacer yo algo por ti? —dije—. ¿Hay alguna posibilidad de que te recluten?

—No —dijo Nadelson—. Tengo un hijo pequeño, no sé si recuerdas... Y mi mujer murió hace dos meses. No tengo problema en ese sentido.

Nunca olvidaré su expresión cuando dijo esto. Su voz desbordaba un amargo autodesprecio. Y había en su rostro una expresión de odio y vergüenza. Se reprochaba el seguir vivo. Pero nada podía hacer más que seguir el camino que la vida le había trazado. Cuidarse de su hijo, ir a trabajar por la mañana, cumplir la petición de un amigo e ir allí a avisarme y darme las gracias por algo que había hecho por él que le parecía importante en el momento y que ahora en realidad ya nada significaba. Le dije que lamentaba lo de su esposa, que ahora creía plenamente. Me sentí muy mal por haber dudado siquiera de su palabra. Quizás hubiese dejado aquello para lo último porque años atrás, cuando mantenía la cabeza baja mientras Buddy Stove pedía por él, debió darse cuenta de que yo creía que los dos mentían. Era una pequeña venganza, y se lo agradecí.

Pasé una semana inquieto y nervioso hasta que por fin cayó el hacha. Era lunes, y me sorprendió ver entrar en mi oficina al comandante; un lunes, y una hora insólita para él. Me miró de un modo raro al pasar hacia su despacho.

A las diez en punto entraron dos hombres y preguntaron por el comandante. Me di perfecta cuenta de quiénes eran. Correspondían casi exactamente a las novelas y a las películas; atuendo tradicional, traje y corbata, y los típicos e inconfundibles sombreros. El más viejo tendría unos cuarenta y cinco años y un rostro arrugado con expresión de calmoso aburrimiento. El otro se salía un poco de la norma. Era algo más joven y tenía el físico alto y flaco de un hombre que no practica el deporte. Bajo el traje tradicional de abultadas hombreras, había un cuerpo muy delgado. La cara parecía excesivamente delicada aunque resultaba guapo, de un modo cordial y afable. Les pasé a la oficina del comandante. Estuvieron con él unos treinta minutos. Luego salieron y se plantaron ante mi mesa. El más viejo preguntó protocolariamente:

—¿Es usted John Merlyn?

—Sí —dije.

—¿Podríamos hablar con usted en privado? Tenemos permiso de su jefe.

Me levanté y les conduje a uno de los cuartos que servían como lugar de reunión nocturna a las unidades de la Reserva. Los dos abrieron sus carteras para mostrarme sus tarjetas verdes de identificación. El más viejo se presentó:

—Soy James Wallace, del FBI. Este es Tom Hannon.

El que se llamaba Hannon me dirigió una cordial sonrisa.

—Queremos hacerle unas preguntas. Pero no tiene por qué contestarnos sin consultar a su abogado. En caso de contestar, todo lo que diga puede utilizarse en su contra. ¿De acuerdo?

—De acuerdo —dije.

Me senté al extremo de la mesa, y ellos se sentaron también, uno a cada lado, de modo que quedé emparedado.

Entonces, el más viejo, Wallace, preguntó:

—¿Tiene usted idea de por qué estamos aquí?

—No —dije.

Había decidido que no diría voluntariamente ni una palabra, que no haría ningún comentario gracioso. Que no representaría ninguna comedia. Ellos sabían perfectamente que yo sabía por qué estaban allí, pero ¿qué más daba?

—¿Tiene usted alguna información particular sobre el hecho de que Frank Alcore aceptó dinero de los reservistas, por algún motivo? —preguntó Hannon.

—No —dije.

Mi rostro no reflejaba expresión alguna. Había decidido no ser un actor. Ninguna salida sorprendente, ninguna sonrisa, nada que pudiese facilitar preguntas adicionales o ataques. Que pensasen que intentaba proteger a un amigo. Era algo normal, aun en el caso de que yo no fuese culpable.

—¿Ha aceptado usted dinero de algún reservista por alguna razón especial? —dijo Hannon.

—No —contesté.

Entonces, Wallace dijo, muy lentamente, con toda intención:

—Sabe usted muy bien de qué se trata. Alistó usted a jóvenes que debían incorporarse al servicio activo sólo porque le pagaban ciertas sumas de dinero para que lo hiciese. Sabe usted también que ha manipulado esas listas, igual que Frank Alcore. Si lo niega, está mintiendo a un agente federal, lo cual es un delito. Por eso, le pregunto de nuevo: ¿Ha aceptado usted alguna vez dinero o cualquier otro bien por favorecer el alistamiento de un individuo?

—No —dije.

De pronto Hannon se echó a reír.

—Hemos enganchado a su camarada Frank Alcore. Tenemos pruebas de que eran ustedes socios. Y de que quizás estuviesen relacionados con otros administrativos civiles e incluso con militares de estas oficinas para sacar dinero a los reclutas. Si nos cuenta todo lo que sabe, será mucho mejor para usted.

No había hecho ninguna pregunta, así que me limité a mirarle sin decir nada.

De pronto, Wallace dijo con su voz tranquila y suave:

—Sabemos que es usted el personaje clave de esta operación.

Y entonces, por primera vez, violé mis normas. Me eché a reír. Fue una risa tan natural que no pudieron enfadarse. De hecho, vi que Hannon sonreía un poco.

El motivo de mi risa era la frase «personaje clave». Por primera vez, todo el asunto me parecía sacado de una película de segunda fila. Y me eché a reír porque esperaba que Hannon dijese algo así, parecía lo suficientemente bisoño. A Wallace le había considerado desde el principio el más peligroso, quizá porque resultaba evidente que era quien dirigía.

Y me eché a reír, porque me di cuenta de que seguían claramente un camino errado. Estaban buscando una operación muy bien organizada, con un cerebro rector y una estructura. De otro modo, no estaría justificada la intervención de aquellos pesos pesados del FBI. No sabían que se trataba simplemente de un asunto de oficinistas de última fila que se dejaban sobornar para sacar unos ingresos extra. Olvidaban y no entendían que aquello era Nueva York, donde todo el mundo viola a diario la ley de una forma u otra. No podían captar la idea de que *todo el mundo* tuviese el valor de robar por su cuenta. De cualquier modo, no quería que se enfadasen por mi risa, así que miré a Wallace a los ojos y dije apesadumbrado:

—Me gustaría ser el personaje clave de algo, en vez de un miserable oficinista.

Wallace me miró atentamente y luego dijo a Hannon:

—¿Tienes algo más?

Hannon negó con un gesto. Wallace se levantó.

—Gracias por contestar a nuestras preguntas.

En cuanto Hannon se levantó, yo también lo hice. Por un instante, los tres nos quedamos allí de pie, muy próximos; y sin pensarlo siquiera extendí la mano y Wallace me la estrechó. Hice lo mismo con Hannon; salimos juntos de allí y volvimos juntos hasta mi oficina. Me dijeron adiós con un gesto y siguieron hacia las escaleras de salida. Yo entré en mi oficina.

Estaba absolutamente tranquilo, sin nervios. Ni siquiera inquieto. Me preguntaba por qué les había dado la mano. Creo que fue ese acto lo que rompió en mí la tensión. Pero ¿por qué lo hice? Creo que por una especie de gratitud, por el hecho de que no hubiesen intentado humillarme ni amedrentarme. Habían mantenido el interrogatorio dentro de límites civilizados. Y me di cuenta de que sentían cierta lástima por mí. Evidentemente, yo era culpable, pero a una escala mínima. Era un pobre y mísero oficinista que rebañaba unos cuantos billetes extra. Desde luego, me meterían en la cárcel si podían, pero no se esforzaban por conseguirlo. O quizá fuese para ellos algo que consideraban indigno de sus esfuerzos. O quizá no pudiesen evitar reírse igual que yo del delito en sí. Gente que pagaba para *entrar* en el ejército. Y entonces me eché a reír. Cuarenta y cinco grandes no era ninguna broma. Estaba dejándome arrastrar por el autodesprecio. En cuanto volví a mi oficina, apareció el comandante en la puerta de la oficina interna y se acercó a mí. El comandante llevaba puestas sobre el uniforme todas sus condecoraciones. Había luchado en la segunda guerra mundial y en Corea y tenía por lo menos veinte condecoraciones en el pecho.

—¿Cómo te fue? —preguntó. Sonreía ligeramente.

Me encogí de hombros.

—Bien, supongo.

El comandante balanceó la cabeza, admirado.

—Me dijeron que esto lleva años sucediendo. ¿Cómo demonios lo hicisteis?

Volvió a cabecear, admirado.

—Creo que es cuento —dije—. Nunca he visto a Frank coger un céntimo de nadie. Debe ser sólo que algunos tipos se han enfadado porque les están llamando para el servicio activo.

—Sí —dijo el comandante—. Pero en Fort Lee están dando órdenes de trasladar a unos cien tipos de ésos a Nueva York para que declaren ante un gran jurado. Eso no es cuento.

Me miró unos instantes, sonriendo. Luego añadió:

—¿Dónde estuviste en la lucha contra los alemanes?

—En la cuarta división acorazada —dije.

—Conseguiste una estrella de bronce —dijo el comandante—. No es mucho, pero es algo.

El tenía la estrella de plata y el corazón púrpura entre las condecoraciones que llevaba.

—No, no fue eso —dije—. Evacué a civiles franceses bajo fuego de artillería. Creo que no maté nunca a un alemán.

El comandante asintió.

—No es gran cosa —aceptó—. Pero es más de lo que han conseguido esos chicos en su vida. Así que si puedo ayudarte, dímelo. ¿De acuerdo?

—Gracias —dije.

Y cuando me levantaba para irme, el comandante dijo furioso, casi para sí:

—Esos dos cabrones empezaron a hacerme preguntas, y les mandé al carajo. Pensaban que yo podría estar metido en esa mierda.

Inclinó la cabeza.

—De acuerdo —dijo—. Pero ten cuidado con lo que haces.

En realidad, el ser delincuente aficionado no compensa. Empecé a reaccionar ante las cosas como un asesino de película, que muestra las torturas del remordimiento psicológico. Cada vez que sonaba el timbre de mi casa a una hora insólita, me daba un vuelco el corazón. Pensaba que eran los polis o el FBI. Y, claro está, era sólo uno de los vecinos, una de las amistades de Vallie, que venía a charlar o a pedir algo prestado.

Los agentes del FBI se dejaban caer un par de veces por semana por la oficina, con algún tipo joven que evidentemente pretendían que me identificase. Yo suponía que se trataba de algún reservista que había pagado para que le incluyesen en el programa de seis meses. En una ocasión, vino Hannon a charlar, y yo bajé a un restaurante próximo a por café y emparedados para nosotros dos y para el comandante. Nos sentamos a charlar y Hannon me dijo del modo más amable que pueda imaginarse:

—Es usted un buen tipo, Merlyn. Realmente me fastidia la idea de mandarle a la cárcel. Pero sabe, he mandado a la cárcel a muchos buenos tipos. Me parece siempre una vergüenza. Claro, si colaborasen un poco...

El comandante se acomodó en su silla para observar mi

reacción. Me limité a encogerme de hombros y a comer mi emparedado. Mantenía la actitud de que no tenía sentido dar respuesta a tales comentarios. Hacerlo conduciría a una discusión general sobre todo el asunto del soborno. En cualquier discusión general, yo podría decir algo que de algún modo facilitase la investigación. Así que me limitaba a no decir nada. Pregunté al comandante si podía darme un par de días de permiso para ayudar a mi esposa con las compras de Navidad. En realidad, había muy poco trabajo y teníamos un civil nuevo en la oficina que sustituía a Frank Alcore y que podía hacerse cargo de todo mientras yo estuviese fuera. El comandante dijo que sí, que no me preocupara. Además, Hannon se había descubierto. Su comentario de que había mandado a la cárcel a muchos buenos tipos sin duda era un cuento. Era demasiado joven para haber enviado a muchos tipos, buenos o malos, a la cárcel. Le había catalogado como un novato, un novato amable, pero no el tipo que pudiese mandarme a la cárcel. Y si lo hacía, probablemente sería el primero que mandaba.

Charlamos un rato y Hannon se fue. El comandante me miró con un respeto nuevo. Y luego dijo:

—Aunque no puedan cogerte en nada, te sugiero que busques un nuevo trabajo.

A Vallie las Navidades siempre le parecían un gran acontecimiento. Le encantaba comprar regalos para sus padres, para los chicos y para mí y para sus hermanos y hermanas. Y en aquella Navidad concreta tenía más dinero para gastar que nunca en su vida. Los dos chicos tenían bicicletas esperándoles en su armario. Había comprado una chaqueta grande de lana irlandesa, importada, para su padre y un chal de encaje irlandés, también muy caro, para su madre. No sabía lo que tendría para mí; siempre lo mantenía en secreto. Y yo tenía que guardar en secreto mi regalo para ella. No había tenido problema para elegirlo. Había comprado, al contado, un anillo de diamantes, la primera joya que le regalaba en mi vida. Ni siquiera le había comprado anillo de compromiso. Durante todos aquellos largos años, ninguno de los dos creía en este tipo de absurdos burgueses. Después de diez años, ella había cambiado, y a mí me importaban un rábano esas cosas. Sabía que la haría muy feliz.

Así que el día de Nochebuena los niños ayudaron a decorar el árbol mientras yo hacía cosas en la cocina. Valerie aún no tenía ni idea del problema que tenía planteado en mi trabajo. Escribí unas páginas de mi novela y luego fui a ver el árbol. Estaba todo adornado con campanitas doradas y lazos y cintas color plata. Una estrella luminosa lo coronaba. Vallie nunca utilizaba luces eléctricas. No le gustaban nada en un árbol de Navidad.

Los niños estaban emocionados, y tardamos muchísimo en conseguir meterles en la cama y que se quedaran allí. Seguían saliendo furtivamente y no nos atrevíamos a ponernos muy severos porque era Nochebuena. Por fin se cansaron y se durmieron. Eché un vistazo para hacer una última comprobación. Tenían sus pijamas nuevos de Santa Claus puestos, y Vallie les había bañado y les había cepillado el pelo. Estaban tan guapos que me parecía increíble que fueran mis hijos, que me perteneciesen. En aquel momento, sentí que amaba realmente a Vallie y me consideré un hombre afortunado.

Volví al salón. Vallie estaba colocando debajo del árbol paquetes envueltos en papel de regalo con brillantes etiquetas navideñas. Parecían muchísimos. Me acerqué, cogí el paquete del regalo quc tenía para ella y lo coloqué debajo del árbol.

—No pude comprarte nada del otro mundo —dije tímidamente—. Es sólo un regalito.

Sabía de sobras que ella jamás sospecharía que iba a regalarle un anillo de brillantes auténticos.

Me sonrió y me dio un beso. En el fondo, no le importaba lo que le regalase por Navidad. A ella le encantaba comprar regalos para los demás, sobre todo para los niños, y también para mí y para su familia: su padre y su madre y sus hermanas y hermanos. Los chicos tenían cuatro o cinco regalos. Y había una magnífica bicicleta que les había comprado Vallie, para mi pesar. Era una bici de dos ruedas para el chico mayor y tendría que armarla yo. No tenía la más remota idea de cómo se hacía.

Vallie abrió una botella de vino y preparó unos emparedados. Yo ataqué la inmensa caja que contenía las distintas piezas de la bici. Lo esparcí todo por el suelo del salón, más tres hojas de instrucciones impresas y de planos. Eché un vistazo y dije:

—Me rindo.

—No seas tonto —dijo Vallie.

Se sentó en el suelo con las piernas cruzadas, tomando sorbitos de vino y estudiando los planos. Luego comenzó a trabajar. Yo era un ayudante bastante inepto. Cogí el destornillador y la llave inglesa y monté las piezas necesarias para que ella luego pudiese atornillarlas todas. Cuando por fin terminamos con aquel fastidioso asunto eran casi las tres de la mañana.

Habíamos terminado ya el vino y estábamos nerviosos y agotados. Y sabíamos que los niños saltarían de la cama en cuanto despertasen. Sólo disponíamos de unas cuatro horas de sueño. Y luego tendríamos que coger el coche e ir a casa de los padres de Vallie para todo un largo día de fiesta y regocijo.

—Será mejor que nos acostemos —dije.

Vallie se tumbó en el suelo.

—Creo que me quedaré a dormir aquí —dijo.

Me tumbé a su lado y luego ambos nos volvimos para poder abrazarnos firmemente. Nos sentíamos allí benditamente cansados y dichosos. Y en aquel momento alguien llamó sonoramente a la puerta. Vallie se levantó con expresión sorprendida, y me miró inquisitivamente.

En una fracción de segundo, mi mente culpable elaboró un cuadro. Sin lugar a dudas, era el FBI. Habían esperado deliberadamente a la Nochebuena para cogerme psicológicamente desprevenido. Llegaban con una orden de registro. Encontrarían los quince mil dólares que tenía escondidos en casa y me llevarían a la cárcel. Me ofrecerían dejarme pasar las Navidades con mi mujer y mis hijos si confesaba. En caso contrario, mi humillación sería terrible. Vallie no perdonaría aquella detención en Navidad. Los niños llorarían. Quedarían traumatizados para siempre.

Debí poner una expresión de terror, porque Vallie me dijo:

—¿Pero qué te pasa?

Se oyó otra sonora llamada. Vallie salió del salón y recorrió el pasillo para abrir. Pude oírla hablar con alguien, y fui a coger mi medicina. Ella volvía por el pasillo y entró en la cocina. Llevaba cuatro botellas de leche.

—Era el lechero —dijo—. Hace el reparto temprano para poder volverse a casa antes de que despierten sus hijos. Vio luz por debajo de la puerta y llamó para desearnos feliz Navidad. Es un hombre muy amable.

Luego entró en la cocina.

La seguí y me senté, destrozado, en una de las sillas. Vallie se sentó en mis rodillas.

—Apuesto a que pensaste que era un vecino loco o un ladrón —dijo—. Siempre imaginas que va a pasar lo peor.

Me besó tiernamente.

—Vámonos a la cama —añadió.

Luego me dio un beso más leve y nos fuimos a la cama. Hicimos el amor y después susurró:

—¡Te quiero!

—Yo también —dije.

Y luego sonreí en la oscuridad. Era, no había duda, el ladronzuelo más pusilánime de todo el mundo occidental.

Tres días después de Navidad, sin embargo, llegó a mi oficina un desconocido y me preguntó si me llamaba John Merlyn. Cuando le dije que sí, me entregó una carta. En cuanto la abrí, se fue. Era una carta impresa en gruesas letras de antigua caligrafía inglesa:

TRIBUNAL DE DISTRITO DE ESTADOS UNIDOS

Luego, en mayúsculas normales:

DISTRITO SUR DE NUEVA YORK

A continuación, mi nombre y dirección y al extremo, en mayúsculas: «COMUNICADO».

Luego decía:

«LE ORDENAMOS que deje a un lado todos sus asuntos particulares y toda posible excusa y se presente para el INTERROGATORIO al que le someterá el pueblo de los Estados Unidos de Norteamérica»; y seguía indicando la hora y el lugar, para concluir: «Supuesta violación del artículo 18 del código de Estados Unidos».

Indicaba luego que, de no comparecer, se consideraría menosprecio al tribunal y se me aplicarían las penas establecidas por la ley.

En fin, por lo menos sabía qué ley había violado. Artículo 18 del código de Estados Unidos. Jamás había oído hablar de él. Leí de nuevo la carta. Me fascinó la primera frase. Como escritor, me encantaba la redacción. Debían haberla tomado del viejo derecho inglés. Y resultaba curioso lo claros y concisos que podían ser los abogados cuando querían, sin dejar espacio a ningún malentendido. Leí de nuevo la frase: «Le ordenamos que deje a un lado todos sus asuntos particulares y toda posible excusa y se presente para el interrogatorio al que le someterá el pueblo de los Estados Unidos de Norteamérica».

Era magnífico. Podría haberlo escrito Shakespeare. Y ahora que por fin había sucedido lo que tanto temía, me sorprendía el hecho de que lo único que sentía era una especie de alivio, una necesidad de pasar por todo aquello enseguida, ganase o perdiese. Al final de mi jornada de trabajo, llamé a Las Vegas y localicé a Cully en su oficina. Le dije lo que sucedía y que en el plazo de una semana tendría que comparecer ante un gran jurado. Me dijo que me calmase, que no tenía por qué preocuparme. El vendría a Nueva York en avión al día siguiente y me llamaría a casa desde su hotel.

LIBRO CUARTO

17

En los cuatro años transcurridos desde la muerte de Jordan, Cully se había convertido en el brazo derecho de Gronevelt. No era ya un artista del cuenteo, salvo en el fondo de su corazón, y raras veces jugaba. La gente le llamaba por su verdadero nombre, Cully Cross. Su clave telefónica era Xanadú Dos. Y, lo más importante de todo, ahora Cully tenía «el lápiz», el más ansiado de los poderes de Las Vegas. Con escribir sus iniciales, podía disponer de habitaciones gratis, comida gratis y bebida gratis para sus clientes favoritos y amigos. No tenía un uso ilimitado de «el lápiz», prerrogativa regia reservada a los propietarios de hoteles y a los encargados de los casinos más poderosos, pero también eso llegaría.

Cuando Merlyn le llamó, Cully estaba en el casino, en el sector del veintiuno, porque la mesa número tres estaba sometida a vigilancia, pues se sospechaba del encargado. Prometió a Merlyn ir a Nueva York y ayudarle. Luego volvió para vigilar la mesa tres.

La mesa llevaba tres semanas perdiendo dinero a diario. Según la ley de porcentajes de Gronevelt, esto era imposible. Tenía que haber algún truco. Cully había estado vigilando por la televisión interior, había repasado las videocintas de control de la mesa, había vigilado personalmente, pero aún no había descubierto qué pasaba. Y no quería comunicárselo a Gronevelt hasta haber resuelto el problema. Tenía la sensación de que se trataba de simple mala suerte, pero sabía que Gronevelt jamás aceptaría tal explicación. Gronevelt creía que la casa no podía perder, a la larga, que las leyes de porcentajes no estaban sometidas al azar. Igual que los jugadores creían místicamente en su suerte, Gronevelt creía en sus porcentajes. Sus mesas jamás podían perder.

Después de atender a la llamada de Merlyn, Cully volvió a la mesa tres. Especialista en todos los trucos, trampas y artimañas, tomó la decisión final de que los porcentajes sencillamente se habían descontrolado. Enviaría un informe completo a Gronevelt y le dejaría tomar a él la decisión de cambiar de sitio a los talladores o despedirles.

Cully dejó el inmenso casino y subió por la escalera de la cafetería hasta la segunda planta que llevaba a las suites de las oficinas ejecutivas. Comprobó en su despacho si había recados para él y luego fue a la oficina de Gronevelt. Gronevelt se había ido a la suite del hotel donde vivía. Cully llamó y le dijeron que bajara.

Siempre le maravillaba el que Gronevelt hubiese instalado su hogar allí mismo, en el hotel Xanadú. En la segunda planta había una enorme suite de esquina, pero para llegar a ella había que pasar por una inmensa terraza exterior que tenía piscina y un césped de hierba artificial de un verde brillante, un verde tan brillante que parecía obvio que no podía durar más de una semana bajo aquel sol del desierto de Las Vegas. Había otra inmensa puerta que daba a la suite propiamente dicha, por la que de nuevo tenían que dejarte pasar. Gronevelt estaba solo. Llevaba pantalones blancos de franela y una camisa abierta. Tenía un aspecto asombrosamente saludable y juvenil para sus setenta años. Había estado leyendo. Tenía el libro abierto en el sofá de terciopelo color tostado.

Gronevelt condujo a Cully hacia el bar y Cully sirvió un whisky con soda para él y otro para Gronevelt. Se sentaron uno frente al otro.

—No puedo descubrir nada en esa sección de veintiuno —dijo Cully—. A mi parecer, todo es correcto.

—Es imposible —dijo Gronevelt—. Has aprendido mucho en estos últimos cuatro años, pero te niegas a aceptar la ley de porcentajes. Es imposible que esa mesa pierda tal cantidad de dinero durante tres semanas sin que pase algo raro.

Cully se encogió de hombros.

—¿Y qué puedo hacer? —dijo.

—Daré orden al encargado del casino de que despida a los talladores —dijo tranquilamente Gronevelt—. El quiere cambiarlos a otra mesa y ver lo que pasa. Yo sé lo que pasará. Es mejor despedirles así.

—De acuerdo —dijo Cully—. Tú eres el jefe.

Bebió un sorbo de su whisky.

—¿Recuerdas a mi amigo Merlyn? —añadió—. El que escribe libros.

Gronevelt asintió.

—Un buen chico —dijo.

Cully posó el vaso. En realidad no le gustaba el alcohol, pero Gronevelt no podía soportar beber solo.

—Esa operación de mierda en que está metido ha explotado. Necesita que le ayude. Tengo que ir a Nueva York la semana que viene para ver a la gente de nuestro servicio fiscal, así que he pensado que podría ir antes y salir mañana por la mañana, si no te importa.

—Claro —dijo Gronevelt—. Si puedo hacer algo, dímelo. Es un buen escritor.

Dijo esto como si necesitara una excusa para ayudar. Luego añadió.

—Siempre podemos darle trabajo aquí.

—Gracias —dijo Cully—. Antes de que eches a esos talladores, déjame comprobar un poco más. Si dices que hay algo raro, lo habrá. Me fastidia no poder descubrirlo.

Gronevelt se echó a reír.

—De acuerdo —dijo—. Si tuviese tu edad, también sentiría curiosidad. Te diré lo que tienes que hacer: coge las videocintas, tráelas aquí y las veremos juntos con calma. Y cogerás el avión para Nueva York mañana con la cabeza despejada. ¿De acuerdo? Bastan las cintas de los turnos de noche, de las ocho a las dos, abarcando el período de más juego, cuando termina el espectáculo.

—¿Por qué te interesa ese período? —preguntó Cully.

—Tiene que ser a esas horas —dijo Gronevelt.

Cuando Cully descolgó el teléfono para pedir las videocintas, Gronevelt añadió:

—Llama al servicio de habitaciones y que nos suban algo de comer.

Al mismo tiempo que comían vieron las cintas de la mesa que perdía. Cully no pudo disfrutar de la comida, tan atento estaba a las imágenes. Pero Gronevelt parecía no mirar apenas a la pantalla. Comió tranquila y lentamente, apurando la media botella de tinto que le trajeron con la carne. De pronto, la filmación se paró. Gronevelt había pulsado el botón de su cuadro de mandos.

—¿No lo viste? —preguntó.

—No —dijo Cully.

—Te daré una pista —dijo Gronevelt—. El jefe de sector no tiene nada que ver. El culpable es el superintendente de sección. Uno de los talladores de la mesa es inocente, pero no los otros dos. Todo ocurre cuanto termina el espectáculo. Otra cosa: los talladores culpables dan muchas fichas rojas de cinco dólares de cambio o como pago. Muchas veces, cuando podrían dar fichas de veinticinco dólares. ¿Lo ves ahora?

Cully movió la cabeza.

—Ahora lo verás.

Gronevelt se echó hacia atrás y encendió por fin uno de sus habanos. Sólo le permitían uno al día y siempre lo fumaba después de cenar cuando podía.

—No lo veías porque era demasiado simple —dijo.

Gronevelt llamó abajo, al encargado del casino. Luego puso de nuevo la videocinta enfocando la mesa sospechosa del veintiuno en acción. En la pantalla, Cully vio al encargado del casino situarse detrás del tallador. El encargado del casino iba flanqueado por dos agentes de seguridad vestidos de paisano, no por guardias armados.

En la pantalla, el encargado del casino metió la mano en las bandejas de dinero del tallador y cogió una pila de fichas rojas de cinco dólares. Gronevelt apagó la pantalla.

Diez minutos después, el encargado del casino entró en la suite. Dejó una pila de fichas de cinco dólares en la mesa de Gronevelt. Ante la sorpresa de Cully, el montón de fichas no se desmoronó.

—Tenías razón —dijo el encargado del casino a Gronevelt.

Cully cogió el cilindro rojo. Parecía un montón de fichas de cinco dólares, pero en realidad era un cilindro en forma de fichas de cinco dólares con un hueco en el centro. Al fondo, la base se movía hacia el interior sobre muelles. Cully anduvo hurgando en la base y consiguió sacarla con las tijeras que le pasó Gronevelt. El cilindro hueco y rojo, que parecía una pila de fichas rojas de cinco dólares, contenía cinco fichas negras de cien dólares.

—Fíjate cómo funcionan —dijo Gronevelt—. Un tipo llega, se incorpora al juego, entrega esta pila de cinco y le dan cambio. El tallador la coloca en la ranura frente a las fichas de cien, aprieta y el canutillo se traga las fichas de cien. Poco después, le da cambio al mismo tipo y le larga quinientos dólares. Dos veces por noche, son mil pavos diarios libres de impuestos. ¡Y se hacen ricos en la sombra!

—Demonios —dijo Cully—. Nunca acabo de controlar a esta gente.

—No te preocupes por eso —dijo Gronevelt—. Tú vete a Nueva York, ayuda a tu amigo y resuelve nuestros asuntos allí. Tendrás que entregar algún dinero, así que pasa a verme una hora antes de coger el avión. Y luego, cuando vuelvas, tengo buenas noticias para ti. Por fin vas a moverte un poco, vas a conocer a gente importante.

Cully se echó a reír.

—¿No fui capaz de localizar a esos tramposos de la mesa del veintiuno y van a ascenderme?

—Claro —dijo Gronevelt—. Sólo necesitas un poco más de experiencia y un corazón más duro.

18

En el avión nocturno a Nueva York, Cully se sentó en la sección de primera clase, bebiendo soda sola. Llevaba sobre las rodillas una cartera metálica revestida de cuero y equipada con un complicado sistema de cierre. Mientras Cully tuviese la cartera, nada podría pasarle al millón de dólares que contenía. El, por su parte, no podía abrirla.

En Las Vegas, Gronevelt había contado el dinero en presencia de Cully, llenando la cartera antes de cerrarla y de entregársela. La gente de Nueva York nunca sabía cómo ni cuándo llegaba el dinero. Sólo Gronevelt decidía. Pero, aun así, Cully estaba nervioso. Sujetando la cartera a su lado, pensaba en los últimos años. Había recorrido un largo camino, había aprendido mucho e iría más allá y aprendería más. Pero sabía que estaba llevando una vida peligrosa, que estaba jugando fuerte.

¿Por qué le había escogido Gronevelt? ¿Qué había visto en él? ¿Qué tenía previsto? Cully Cross, con la cartera metálica sobre el regazo, intentaba adivinar su destino. Lo mismo que había contabilizado las cartas del zapato del veintiuno, igual que había esperado que la fuerza fluyese de su vigoroso brazo derecho para lanzar innumerables pases con los dados, utilizaba ahora todo el poder de su memoria y de su intuición para leer lo que añadía cada azar de su vida y lo que pudiese quedar en el pasado.

Gronevelt había empezado a convertir a Cully en su brazo derecho casi cuatro años atrás. Cully había sido ya espía suyo en el Hotel Xanadú mucho antes de que llegasen Merlyn y Jordan, y había hecho bien su trabajo. Gronevelt se sintió algo desilusionado con él al ver que se hacía amigo de Merlyn y Jordan y se enfadó cuando Cully se puso de lado de Jordan en la ya famosa noche de la mesa de bacarrá. Cully pensó que su carrera había terminado, pero, incomprensiblemente, después del incidente Gronevelt pasó a darle trabajo en serio. A veces Cully se preguntaba por qué.

Durante el primer año, Gronevelt hizo a Cully tallador del veintiuno, lo cual parecía un magnífico medio de empezar una carrera como brazo derecho. Cully sospechaba que se utilizarían de nuevo sus servicios como espía. Pero Gronevelt tenía un objetivo más concreto. Había elegido a Cully como primer peón en la operación de evasión fiscal del hotel.

Gronevelt pensaba que los propietarios de hoteles que evadían dinero en los departamentos de contabilidad de los casinos eran imbéciles, que tarde o temprano el FBI les cazaría. Era un sistema demasiado obvio. Los propietarios o sus representantes se reunían allí en persona y cada uno cogía un paquete de dinero antes de informar a la comisión de juego de Nevada. Esto a Gronevelt le parecía una estupidez. Sobre todo cuando había cinco o seis propietarios que se ponían a discutir sobre las cantidades. Gronevelt había creado lo que en su opinión era un sistema muy superior. O al menos eso le dijo a Cully.

El sabía que Cully era un «mecánico». No un mecánico de altos vuelos, sino uno que fácilmente podía dar segundas. Es decir, Cully podía reservarse la carta de arriba y dar la segunda carta. Y así, una hora antes de su turno de medianoche a la mañana, Cully se pasaba por la suite de Gronevelt y recibía instrucciones. A determinada hora, a la una o a las cuatro, un jugador del veintiuno, vestido con un traje de determinado color, haría cierto número de apuestas seguidas, empezando con una de cien dólares, siguiendo con una de quinientos y haciendo luego una de veinticinco. Eso identificaría al cliente privilegiado que ganaría diez o veinte mil dólares en unas horas de juego. El individuo jugaría con las cartas boca arriba, lo cual no era insólito entre los grandes jugadores de veintiuno. Al ver la mano del jugador, Cully podría reservarle una buena carta dando segundas al resto. Cully no sabía cómo volvía por fin el dinero a Gronevelt y a sus socios. El se limitaba a hacer su trabajo sin preguntar nada. Y nunca abrió la boca.

Pero, igual como podía contabilizar todas las cartas del zapato, también seguía fácilmente el rastro de las ganancias de estos jugadores manufacturados, y al cabo del año calculaba que había perdido como media unos diez mil dólares por semana frente a aquellos jugadores de Gronevelt. En el año que trabajó como tallador, pudo saber con bastante precisión la cifra exacta. Rondaba el medio millón de dólares, diez grandes más o menos. Una magnífica cifra, sin tener que pagar impuestos y sin tener que repartir con los accionistas oficiales del hotel y del casino. Gronevelt burlaba también a algunos de sus socios.

Para impedir que se localizasen las pérdidas, Gronevelt cambiaba a Cully de mesa todas las noches. También le cambiaba a veces el turno. Aun así, a Cully le preocupaba que el encargado del casino pudiese descubrir todo el asunto. Aunque quizá Gronevelt estuviese de acuerdo con el encargado del casino.

Así pues, para cubrir las pérdidas, Cully utilizó su habilidad de mecánico para ganar a los jugadores normales. Lo hizo durante tres semanas aproximadamente y luego, un día, recibió una llamada telefónica citándole en la suite de Gronevelt.

Gronevelt le hizo sentarse como siempre y le sirvió una copa. Luego le dijo:

—Cully, no sigas por ese camino. A los clientes no se les engaña.

—Creí —dijo Cully— que quizá fuese eso lo que querías, sin decírmelo.

Gronevelt sonrió.

—Una idea muy inteligente. Pero no es necesario. Tus pérdidas están cubiertas con papeleo. No te localizarán. Y si te localizasen, intervendré yo —luego hizo una pausa—. Pero con esos mamones tienes que jugar limpio. Si no, puedes meterte en líos que yo no podría resolver.

—¿Se ve en la filmación lo de la segunda carta? —preguntó Cully.

Gronevelt negó con un gesto.

—No, eres muy bueno. El problema no es ése. Pero los de la comisión de juego de Nevada pueden mandar a un jugador capaz de oír el tic y relacionarlo con tus ganancias. En fin, eso podría pasar cuando estuvieses dando cartas a uno de mis clientes, pero entonces supondrían sólo que tú estabas engañando al hotel. Así pues, yo estoy limpio. Además, siempre sé más o menos cuándo la comisión manda a su gente. Por eso te doy horas especiales para descargar el dinero. Pero cuando operas por tu cuenta, no puedo protegerte. Y además estás engañando al cliente en favor del hotel. Una gran diferencia. Esos tipos de la comisión no se preocupan mucho cuando perdemos *nosotros,* pero los jugadores normales son otra historia. Tendría que pagarles mucho a los políticos para arreglarlo.

—De acuerdo —dijo Cully—. Pero, ¿cómo lo descubriste?

—Porcentaje —dijo Gronevelt con impaciencia—. Los porcentajes nunca mienten. Construimos todos estos hoteles con los porcentajes. Nos hacemos ricos con el porcentaje. En fin, de pronto tu hoja de tallador indica que estás ganando dinero cuando en realidad estás descargándolo por orden mía. Eso no podría suceder a menos que fueses el tallador de más suerte de la historia de Las Vegas.

Cully siguió las órdenes, pero se preguntaba cómo funcionaba todo aquello. Por qué Gronevelt se tomaba tantas molestias. Sólo más tarde, cuando se convirtió en Xanadú Dos, pudo conocer los detalles. Que Gronevelt había estado evadiendo dinero no sólo para engañar al gobierno sino también a la mayoría de los socios del casino. Años después se enteraría de que aquellos clientes que ganaban los enviaba desde Nueva York el socio secreto de Gronevelt, un hombre llamado Santadio. Que los clientes creían que él, Cully, era un tallador tramposo colocado allí por el socio de Nueva York. Que estos clientes creían que estaban engañando a Gronevelt. Que Gronevelt y su amado hotel estaban cubiertos de una docena de formas distintas.

Gronevelt había iniciado su carrera en el juego en

Steubenville, Ohio, bajo la protección de los famosos pandilleros de Cleveland, que controlaban la política local. Había trabajado en los garitos ilegales y luego, por fin, se había abierto paso hasta Nevada. Pero tenía su patriotismo provincial. Todo joven de Steubenville que quería trabajar como tallador o como croupier en Las Vegas, acudía a Gronevelt. Si no podía colocarle en su propio casino, Gronevelt le buscaba trabajo en otro. Podía uno encontrarse gente de Steubenville, Ohio, en Las Bahamas, Puerto Rico, la Riviera francesa e incluso Londres. En Reno y Las Vegas había centenares. Muchos de ellos eran encargados de casino y jefes de sector. Gronevelt era un flautista de Hamelin del tapete verde.

Gronevelt podría haber elegido su espía entre estos centenares; de hecho, el encargado del casino del Xanadú era de Steubenville. ¿Por qué entonces había elegido a Cully, relativamente extraño, procedente de otra región del país? Cully se lo preguntaba a menudo. Y, por supuesto, más tarde, cuando llegó a conocer las intrincadas complicaciones de los numerosos controles, comprendió que el encargado del casino tenía que estar enterado también de todo. Entonces Cully comprendió, de pronto. Le habían elegido porque él era eliminable si algo iba mal. El pagaría de un modo u otro.

En cuanto a Gronevelt, y pese a sus aficiones intelectuales, había pasado de Cleveland a Las Vegas con una temible reputación. Era un tipo con el que no se podía andar con bromas, a quien no se podía engañar ni amedrentar. Y se lo había demostrado a Cully en los últimos años. Unas veces de forma seria y otras con bromas y buen humor.

Al cabo de un año, Cully recibió la oficina contigua a la de Gronevelt y pasó a ser su ayudante especial. Esto implicaba el llevar en coche a Gronevelt por la ciudad y acompañarle al casino de noche, cuando hacía sus rondas para saludar a viejos amigos y clientes, especialmente los que no eran de la ciudad. Gronevelt convirtió también a Cully en ayudante del encargado del casino para que pudiese ir aprendiendo su funcionamiento. Cully llegó a conocer bastante bien a todos los jefes de turno, a los jefes de sector, a los superintendentes, a los talladores y a los croupiers de todas las secciones.

Cully desayunaba todas las mañanas hacia las diez en la

suite de Gronevelt. Antes de subir, recogía las cifras de ganancias y pérdidas del casino en las veinticuatro horas anteriores, que le entregaba el jefe de caja. Le entregaba el papel a Gronevelt y se sentaban a desayunar. Gronevelt estudiaba las cifras mientras cortaba su primer trozo de melón. Las cuentas eran muy simples.

Sector Dados	400.000 $ Pérdida	Retención 60.000 $
Sección Veintiuno	200.000 $ Pérdida	Retención 40.000 $
Bacarrá	300.000 $ Pérdida	Retención 50.000 $
Ruleta	100.000 $ Pérdida	Retención 40.000 $
Otros (rueda de la fortuna, keno, incluidos arriba)		

Las máquinas tragaperras sólo se contabilizaban una vez por semana, y esas cifras se las daba a Gronevelt el encargado del casino en un informe especial. Las máquinas tragaperras solían producir unos cien mil dólares semanales. Era un negocio excelente. El casino nunca podía perder con aquellas máquinas. Era dinero seguro porque estaban construidas de modo que sólo entregasen al cliente afortunado determinado porcentaje del dinero total que se metía en ellas. Cuando descendían las cifras de las máquinas tragaperras, sólo podía deberse a un fraude.

No pasaba lo mismo con otros juegos, como los dados, el veintiuno y sobre todo el bacarrá. En ésos, la caja calculaba retener el 16 por ciento de las pérdidas. Pero hasta la casa podía tener mala suerte. Sobre todo en el bacarrá, cuando los que jugaban fuerte conseguían una racha buena.

El bacarrá tenía fluctuaciones incontrolables. Había veces en que la mesa de bacarrá perdía suficiente dinero como para anular los beneficios de todas las otras actividades del casino en el día. Pero también había semanas en que la mesa de bacarrá producía enormes beneficios. Cully cstaba seguro de que Gronevelt tenía un sistema montado en la mesa de bacarrá para evadir dinero, pero no podía descubrir cómo funcionaba. Luego, una noche, se dio cuenta de que la mesa de bacarrá dejaba limpios a varios sudamericanos que jugaban fuerte y sin embargo las cifras de la hoja del día siguiente parecían inferiores a lo que debieran.

La pesadilla de todo casino era que los jugadores tuviesen una racha de suerte. Había veces que las mesas de dados se ponían al rojo durante semanas y el casino podía darse por satisfecho con cubrir gastos. A veces, hasta los jugadores de veintiuno se espabilaban y ganaban a la casa tres o cuatro días seguidos. En la ruleta, era sumamente raro que se perdiese un solo día al mes. Y la rueda de la fortuna y el keno eran operaciones absolutamente seguras. Los jugadores eran presas fáciles del casino.

Pero éstas eras las cosas rutinarias que había que saber para dirigir un casino. Cosas que podías aprender en los libros, que podía aprender cualquiera, si se le daba tiempo e información suficiente. Pero con Gronevelt, Cully aprendió bastante más.

Gronevelt explicaba a todo el mundo que él no creía en la suerte. Que su dios veraz e infalible era el porcentaje. Y se mantenía fiel a su creencia. Siempre que el juego de keno del casino adjudicaba el gran premio de veinticinco mil dólares, Gronevelt despedía a todo el personal de la sección de keno.

Dos años después de que el Hotel Xanadú empezase a funcionar, hubo una racha de mala suerte. El casino estuvo tres semanas sin ganar un solo día y perdió casi un millón de dólares. Gronevelt despidió a todo el mundo, salvo al encargado del casino, el que era de Steubenville.

Y pareció dar resultado. Después de despedir al personal, empezó a haber beneficios y se acabó la racha de mala suerte. El casino tenía que ganar una media de cincuenta grandes por día para que el hotel cubriera gastos. Y, que Cully supiese, el Hotel Xanadú no había cerrado un solo año con pérdidas. Pese a las operaciones de evasión de dinero de Gronevelt.

En el año que había estado trabajando en el casino y evadiendo dinero para Gronevelt, Cully nunca se había visto tentado a cometer el error que podía haber cometido cualquier otro hombre en su situación. Evadir por su cuenta. Después de todo, era tan fácil, ¿por qué no podía Cully tener un amigo al que pudiese soltarle unos cuantos pavos? Pero Cully sabía que esto sería fatal. Y estaba jugando fuerte. Percibía que Gronevelt se sentía solo, que necesitaba amistad. Y se la proporcionaba. Y esto compensaba.

Unas dos veces por mes, Gronevelt se llevaba a Cully a Los Angeles a comprar antigüedades. Compraban viejos relojes de oro, fotografías de marco dorado del antiguo Los

Angeles y del antiguo Las Vegas. Buscaban viejos molinillos de café, automóviles de juguete antiguos, huchas infantiles que tenían forma de locomotoras y campanarios de iglesias hechos en el siglo pasado, un monedero de oro antiguo, en el que Gronevelt metía dinero de la casa, una ficha negra de cien dólares o una moneda rara. Para meter fajos de billetes elegía pequeñas y exquisitas muñecas hechas en la antigua China, vistosos joyeros victorianos. Viejos chales de encaje, de seda, grises por el tiempo, antiguas jarras de cerveza nórdicas.

Estos artículos costaban por lo menos cien dólares cada uno pero raras veces más de doscientos. En esos viajes, Gronevelt gastaba unos miles de dólares. El y Cully cenaban en Los Angeles, dormían en el Hotel Beverly Hills y volvían a Las Vegas en un avión de primera hora de la mañana.

Cully llevaba las antigüedades en su maleta, y una vez en el Xanadú las hacía envolver en papel de regalo y las enviaba al apartamento de Gronevelt. Y Gronevelt, todas las noches, o casi todas, se metía uno de estos objetos en el bolsillo, bajaba al casino y se lo regalaba a uno de sus grandes clientes, un petrolero de Texas, o un industrial de la confección de Nueva York que se dejaban de cincuenta a cien de los grandes por año en las mesas.

A Cully le maravillaba la habilidad de Gronevelt en tales ocasiones. Gronevelt desenvolvía el regalo y sacaba el reloj de oro y se lo regalaba al jugador.

—Estuve en Los Angeles, vi esto y pensé en ti —le decía—. Se ajusta a tu personalidad. He hecho que lo repasaran y lo limpiaran. Funciona perfectamente.

Luego añadía, en tono despectivo:

—Me dijeron que era de 1870, pero ¿quién se fía? Ya se sabe que los anticuarios son unos tramposos.

Daba así la impresión de que había prestado una atención extraordinaria a aquel jugador y que había pensado mucho en él. Insinuaba la idea de que el reloj era sumamente valioso. Y que se había tomado mucho trabajo con el fin de que lo pusieran en perfecto uso. Y había en todo ello una parte de verdad. El reloj funcionaba perfectamente y él había pensado mucho en el jugador. Más que nada era la sensación de amistad personal. Gronevelt tenía el don de transpirar afecto cuando regalaba uno de aquellos presentes, prueba de su estima, y eso hacía que el regalo resultase aún más halagador.

Y Gronevelt utilizaba «el lápiz» liberalmente. Los grandes jugadores disponían, por supuesto, de bebida y comida y habitación gratis. Pero Gronevelt garantizaba también este privilegio a los ricos que jugaban fichas de cinco dólares. Era un maestro en la tarea de convertir a esos clientes en grandes jugadores.

Otra lección que Gronevelt enseñó a Cully fue no aprovecharse de las chicas. Gronevelt se indignaba con esto. Adoctrinó a Cully muy severamente:

—¿Adónde coño vas a llegar dedicándote a engañar a esas chicas? ¿Quieres convertirte en un ladrón de tres al cuarto? ¿Serías capaz de hurgar en sus bolsos y robarles la calderilla? ¿Qué clase de individuo eres? ¿Les robarías el coche? ¿Entrarías en su casa de invitado y te llevarías los cubiertos de plata? Entonces, ¿adónde esperas llegar robándoles el coño? Es su único capital, especialmente si son guapas. Y recuerda que en cuanto les entregues su billete, quedarás en paz con ellas. Libre. Sin ningún lío de relación. Sin tonterías de matrimonio o de divorciarte de tu mujer. No habrá peticiones de préstamos de mil dólares. Ni obligaciones de fidelidad. Y recuerda que por cinco de esos billetes, siempre estará a tu disposición, hasta el día de su boda.

A Cully le había divertido este exabrupto. Evidentemente, Gronevelt se había enterado de sus actividades con las mujeres, pero era evidente, asimismo, que Gronevelt no entendía tan bien a las mujeres como el propio Cully. Gronevelt no comprendía el masoquismo de las mujeres. Su deseo, su *necesidad* de depender de un hombre.

Pero no protestó. Dijo irónicamente:

—No es tan fácil como tú lo pintas, ni siquiera siguiendo tu método. Con algunas no serviría ni un millar de billetes.

Y, sorprendentemente, Gronevelt se echó a reír, y dijo que estaba de acuerdo. Incluso contó una curiosa historia que le había sucedido a él mismo. Al principio de la historia del Hotel Xanadú una mujer de Texas se había jugado varios millones en el casino y él le regaló un antiguo abanico japonés que le costó cincuenta dólares. La heredera tejana, una guapa mujer de unos cuarenta años, viuda, se enamoró de él. Gronevelt se asustó muchísimo. Aunque le llevaba diez años a ella, le gustaban las jovencitas. Pero, obligado por los intereses del negocio, la había subido una noche a la suite del hotel y se había acostado con ella. Cuando ella se fue, por costumbre y quizá por estúpida perversidad o quizá con el cruel sentido del humor de Las Vegas, le dio un billete de cien dólares y le dijo que se comprara un regalo. Jamás supo por qué lo hizo.

La heredera tejana contempló el billete y luego se lo guardó en el bolso. Le dio afectuosamente las gracias. Siguió acudiendo al hotel y jugando en el casino, pero no estaba ya enamorada de él.

Tres años después, Gronevelt buscaba inversores para construir habitaciones adicionales en el hotel. Como Gronevelt explicaba, siempre era deseable tener habitaciones extra.

—Los jugadores juegan donde cagan —decía—. No les gusta andar por ahí. Dales una sala de espectáculos, un bar, varios restaurantes. Manténlos en el hotel las primeras cuarenta y ocho horas. Para entonces ya están liquidados.

Y acudió a la heredera tejana. Ella le dijo que sí, que por supuesto. Extendió inmediatamente un cheque y se lo entregó con una sonrisa de lo más dulce. El cheque era de cien dólares.

—La moraleja de esta historia —dijo Gronevelt— es que nunca debes tratar a una tía rica y lista como a un pobre coño tonto.

A veces, en Los Angeles, Gronevelt iba a comprar libros antiguos. Pero normalmente, cuando estaba de humor, iba en avión a Chicago a subastas de libros raros. Tenía una magnífica colección guardada en una biblioteca cerrada con paneles de cristal en su habitación. Cuando Cully se trasladó a su nueva oficina, encontró un regalo de Gronevelt: una primera edición de un libro sobre juego publicado en 1847. Cully lo leyó con interés y lo dejó un tiempo en su mesa. Luego, sin saber qué hacer con él, lo llevó al apartamento de Gronevelt y se lo devolvió.

—Aprecio el regalo, pero en mis manos es un desperdicio.

Gronevelt cabeceó y no dijo nada. Cully pensó que le había decepcionado, pero, curiosamente, eso ayudó a cimentar su relación. Unos días después vio el libro en la biblioteca especial de Gronevelt. Se dio cuenta entonces de que no había cometido un error y le complació mucho que

Gronevelt le hubiese dado una prueba tan genuina de afecto, aunque no hubiese acertado.

Pero luego vio otro aspecto de Gronevelt que siempre había sabido que tenía que existir. Cully había convertido en costumbre estar presente las tres veces al día que se contaban las fichas del casino. Acompañaba a los jefes de sección cuando contaban las fichas de todas las mesas, de veintiuno, de la ruleta, de los dados y la caja del bacarrá. Incluso iba a la caja del casino a contar allí las fichas. El encargado de caja se ponía siempre un poco nervioso, a criterio de Cully, pero Cully lo atribuyó a su carácter suspicaz, porque las liquidaciones y las cuentas eran siempre correctas. Y el encargado de caja del casino era un veterano en quien Gronevelt confiaba plenamente.

Pero un día, movido por un impulso extraño, Cully decidió sacar las bandejas de fichas de la caja. Nunca pudo entender más tarde el motivo de este impulso. Pero al sacar las bandejas de fichas de la oscuridad de la caja de caudales e inspeccionarlas detenidamente descubrió que dos bandejas de fichas negras de cien dólares eran falsas. Eran cilindros negros vacíos. En la oscuridad de la caja de caudales, allí metidas, al fondo, sin que nunca se utilizaran, habían pasado por legítimas en los cuenteos diarios. El encargado de caja del casino fingió horror y asombro, pero los dos sabían que el fraude no se habría intentado siquiera sin su consentimiento. Cully cogió el teléfono y llamó a Gronevelt. Gronevelt bajó inmediatamente a caja e inspeccionó las fichas. Las dos bandejas totalizaban cien mil dólares. Gronevelt señaló al encargado de caja. Fue un momento terrible. El rostro rojizo y tostado de Gronevelt estaba blanco, pero su voz era controlada y medida:

—Lárgate de esta caja —dijo; luego, se volvió a Cully y añadió—: Que te entregue todas las llaves. Y luego que vengan todos los jefes de sección de los tres turnos a mi oficina inmediatamente. Me importa un carajo dónde estén. Los que estén de vacaciones que vuelvan de inmediato en avión a Las Vegas y pasen a verme nada más llegar.

Luego Gronevelt salió de la sección de caja y desapareció.

Mientras Cully y el encargado de caja del casino cumplimentaban los trámites de entrega de las llaves, entraron dos hombres que Cully no había visto nunca. El encargado de caja del casino les conocía, porque se puso muy pálido y empezaron a temblarle las manos.

Los dos hombres le saludaron con un gesto y él contestó también con un gesto. Uno de ellos dijo:

—Cuando acabes, el jefe quiere verte, arriba en su oficina.

Hablaban con el encargado de caja e ignoraban a Cully. Cully cogió el teléfono y llamó a la oficina de Gronevelt.

—Han llegado aquí dos tipos que dicen que los mandaste tú —le dijo a Gronevelt.

—Yo les mandé, sí —dijo él. Su voz era como hielo.

—Sólo quería comprobarlo —dijo Cully.

Gronevelt suavizó la voz:

—Buena idea —dijo—. Hiciste un buen trabajo además.

Hubo una breve pausa.

—Pero esto no es asunto tuyo, Cully. Olvídalo. ¿Entendido?

Su voz era casi suave ya, y había en ella, incluso, un matiz de cansina tristeza.

El encargado de caja anduvo unos cuantos días más por Las Vegas y luego desapareció. Al cabo de un mes, Cully se enteró de que su mujer había pedido información sobre él a la sección de personas desaparecidas. Al principio, no podía creer lo que implícitamente pudiese significar aquello, junto con los chismes que oía en la ciudad sobre un encargado de caja que estaba enterrado en el desierto. Ni siquiera se atrevió a mencionárselo nunca a Gronevelt y Gronevelt jamás habló con él del asunto. Ni siquiera para felicitarle por su buen trabajo. Lo cual era justo, además. Cully no quería pensar que su buen trabajo hubiese tenido como consecuencia que el encargado de caja acabase enterrado en el desierto.

Pero en los últimos meses Gronevelt había mostrado su temple de un modo menos macabro. Con la típica agilidad y agudeza de ingenio de Las Vegas.

Todos los propietarios de casinos de Las Vegas andaban a la caza de jugadores extranjeros. Los ingleses estaban descartados, pese a su fama de ser los mayores perdedores del siglo XIX. El final del Imperio Británico había significado el final de sus grandes jugadores. Los millones de hindúes, australianos, isleños del Pacífico y canadienses no vertían dinero en los cofres de los *milords* jugadores. Inglaterra era ahora un país pobre, cuyos ricos se esforzaban por evadir impuestos y por mantener en pie sus propiedades. Los pocos que podían permitirse jugar preferían los aristocráticos y elegantes clubs de Francia y Alemania y de su propio Londres.

Los franceses quedaban también descartados. Los franceses no viajaban y jamás aceptarían el doble cero extra de la casa de las ruletas de Las Vegas.

Pero se perseguía a los italianos y a los alemanes. Alemania, con su economía de postguerra en expansión, tenía muchos millonarios, y a los alemanes les encantaba viajar, les encantaba jugar y les encantaban las mujeres de Las Vegas. Había algo en el estilo de Las Vegas que atraía al espíritu teutónico. Los alemanes eran, además, jugadores de buen carácter y más hábiles que la mayoría.

Los millonarios italianos eran premios muy apreciados en Las Vegas. Jugaban sin control en cuanto se emborrachaban; dejaban que las hábiles busconas empleadas por los casinos les retuviesen en la ciudad seis o siete días suicidas. Parecían tener inagotables sumas de dinero porque ninguno de ellos pagaba impuestos. Lo que debería haber ido a las arcas públicas de Roma, pasaba a las cajas de los casinos de aire acondicionado. A las chicas de Las Vegas les encantaban los millonarios italianos por sus regalos generosos y porque en aquellos seis o siete días se enamoraban con el mismo abandono con que se lanzaban a las absurdas y cuantiosas apuestas que hacían en las mesas de dados.

Los jugadores mexicanos y sudamericanos eran más estimados aún. Nadie sabía lo que pasaba realmente allá abajo en Sudamérica, pero se enviaban allí aviones especiales para traer a Las Vegas a los millonarios de las pampas. Todo era gratis para aquellos caballeros que dejaban las pieles de millones de reses en las mesas de bacarrá. Venían con sus mujeres y con sus amantes, con sus hijos adolescentes ansiosos de convertirse en jugadores. Estos clientes eran también los favoritos de las chicas de Las Vegas. Eran menos sinceros que los italianos, quizás algo menos corteses en sus galanteos según algunos informes, pero, desde luego, mucho más voraces. Cully estaba un día en la oficina de Gronevelt y llegó el encargado del casino con un problema especial. Un jugador sudamericano, un jugador de primera fila, había pedido que le enviasen ocho chicas a su suite, rubias, pelirrojas, pero no de pelo oscuro y ninguna más baja del uno sesenta y cinco que medía él.

Gronevelt recibió la petición con frialdad.

—¿Y a qué hora quiere que suceda ese milagro? —preguntó Gronevelt.

—Sobre las cinco —dijo el encargado del casino—. Quiere llevarlas a todas a cenar después y quedarse con ellas toda la noche.

Gronevelt esbozó una sonrisa.

—¿Qué costará?

—Unos tres grandes —dijo el encargado del casino—. Las chicas saben que él les dará dinero para jugar a la ruleta y al bacarrá.

—De acuerdo. Hazlo —dijo Gronevelt—. Pero diles a las chicas que le retengan en el hotel todo lo que puedan. No quiero que ande perdiendo la pasta en otros locales.

Cuando el encargado del casino se iba ya, Gronevelt dijo:

—¿Y qué demonios va a hacer con ocho mujeres?

El encargado se encogió de hombros.

—Eso le pregunté yo. Dice que tiene con él a su hijo.

Por primera vez en la conversación, Gronevelt sonrió abiertamente.

—Eso es lo que se llama verdadero orgullo paterno.

Luego, cuando el encargado del casino se fue, Gronevelt sacudió la cabeza y le dijo a Cully:

—Recuérdalo, juegan donde cagan y donde joden. Cuando el padre muera, el hijo seguirá viniendo aquí. Por tres grandes tendrá una noche que no olvidará en su vida. Le dará al Hotel Xanadú un beneficio de un millón de pavos si no hay una revolución en su país.

Pero el primer premio, los campeones, la perla de valor incalculable que los propietarios de casinos anhelaban eran los japoneses. Eran unos jugadores que ponían los pelos de punta. Y siempre llegaban a Las Vegas en grupo. La alta dirección de un complejo industrial llegaba a jugar dólares libres de impuestos, y sus pérdidas en una estancia de cuatro días superaban muchas veces el millón de dólares. Y fue Cully quien cazó al primer premio absoluto de los jugadores japoneses para el Hotel Xanadú y para Gronevelt.

Cully había tenido una relación amorosa y de amistad del tipo «ir al cine y joder luego» con una bailarina del Follies

Oriental que actuaba en un hotel del Strip. La chica se llamaba Daisy porque su nombre japonés era impronunciable. Sólo tenía unos veinte años, pero llevaba en Las Vegas casi cinco. Era una magnífica bailarina, linda como una perla en su concha, pero estaba pensando operarse para occidentalizar sus ojos e hincharse los pechos al nivel de las norteamericanas alimentadas con trigo y maíz. A Cully esto le pareció horrible y le dijo que si lo hacía destrozaría su atractivo. Daisy hizo caso del consejo sólo cuando él fingió un éxtasis mayor del que sentía por sus pechos como capullitos.

Tan amigos se hicieron, que ella le daba clases de japonés cuando se acostaban y él se quedaba toda la noche. Por las mañanas ella le servía sopa de desayuno y cuando protestaba le decía que en Japón todo el mundo comía sopa para desayunar y que ella hacía la mejor sopa de su pueblo, que quedaba cerca de Tokio. Cully se quedó asombrado al descubrir que la sopa era deliciosa y fuerte y que sentaba muy bien al estómago después de una fatigosa noche de beber y hacer el amor. Fue Daisy quien le avisó que un gran jerifalte japonés de los negocios pensaba visitar Las Vegas. Daisy recibía por avión periódicos japoneses que le enviaba su familia. Sentía nostalgia y disfrutaba leyendo cosas del Japón. Le contó a Cully que un millonario de Tokio, un tal señor Fummiro, había concedido una entrevista diciendo que iría a Norteamérica a abrir sucursales ultramarinas de su empresa, que fabricaba televisores. Daisy dijo que el señor Fummiro tenía fama en el Japón de ser un terrible jugador y que iría sin duda a Las Vegas. Le dijo también que el señor Fummiro era un pianista de mucho talento, que había estudiado en Europa y se habría convertido sin lugar a dudas en músico profesional si su padre no le hubiese ordenado hacerse cargo del negocio de la familia.

Ese día, Cully se llevó a Daisy a su oficina del Xanadú y dictó una carta que ella escribió con papel especial del hotel. Siguiendo los consejos de Daisy, procuró respetar las, para los occidentales, sutiles normas de etiqueta niponas y no ofender al señor Fummiro.

La carta invitaba al señor Fummiro a ser huésped de honor del Hotel Xanadú por el tiempo que desease y en cualquier momento que quisiese. Invitaba también al señor

Fummiro a llevar cuantos invitados quisiera, todo su séquito, incluyendo a sus colegas de los Estados Unidos. Con lenguaje delicado, Daisy comunicó al señor Fummiro que esto no le costaría un céntimo, que ni siquiera los espectáculos le costarían un céntimo. Todo sería gratis. Antes de enviar la carta, Cully obtuvo autorización de Grovenelt, pues aún no tenía autoridad suficiente para disponer a su gusto de «el lápiz». Cully tenía miedo de que Gronevelt quisiese firmar la carta, pero no lo hizo. Así pues, aquellos japoneses, si es que aparecían, serían clientes de Cully. El sería su anfitrión.

Pasaron tres semanas sin que hubiese respuesta. Durante ese tiempo, Cully consagró más horas a estudiar con Daisy. Aprendió que debía sonreír siempre mientras hablase con un cliente japonés. Que él siempre tenía que mostrar la máxima cortesía en la voz y en los gestos. Ella le indicó que cuando percibiese un leve silbido en la conversación con un japonés, era señal de irritación, señal de peligro. Era como el silbido de las serpientes. Cully recordaba ese silbido de los parlamentos de los japoneses en las películas de la segunda guerra mundial. Había creído que se trataba sólo de una peculiaridad del actor.

Cuando llegó la respuesta, llegó en la forma de una llamada telefónica del señor Fummiro desde su oficina de Los Angeles. ¿Tendría el Hotel Xanadú dos suites listas para el señor Fummiro, el presidente de la Compañía de Ventas Internacional Japonesa y su vicepresidente ejecutivo, el señor Niigeta? ¿Y diez habitaciones más para los otros miembros del séquito del señor Fummiro?

Pasaron la llamada a Cully porque habían preguntado concretamente por él y él contestó que sí. Luego, loco de alegría, llamó inmediatamente a Daisy y le dijo que la llevaría de compras durante los días siguientes. Le dijo que dispondría diez suites para el señor Fummiro con el fin de que todos los miembros de su séquito estuviesen cómodos. Ella le dijo que no hiciese tal cosa, que el señor Fummiro se sentiría rebajado si el resto de la expedición tenía alojamientos iguales a los suyos. Luego Cully le pidió a Daisy que fuese aquel mismo día en avión a Los Angeles a comprar kimonos que pudiese ponerse el señor Fummiro en la intimidad de su suite. Ella le dijo que también esto ofendería al señor Fummiro, que se ufanaba de estar occidentalizado, aunque probablemente llevase las cómodas prendas tradicionales japonesas en la intimidad de su hogar. Cully, buscando desesperadamente cubrir todos los detalles, le sugirió a Daisy que acudiese también a recibir al señor Fummiro y que actuase como intérprete y compañera de mesa. Daisy se echó a reír y dijo que eso sería lo último que podía desear el señor Fummiro. Se sentiría sumamente incómodo con aquella japonesa occidentalizada observándole en un país extranjero.

Cully aceptó todos los consejos de Daisy. Pero insistió en una cosa. Le dijo a Daisy que preparase sopa japonesa los tres días que duraría la estancia del señor Fummiro. Cully se pasaría por su apartamento todas las mañanas temprano para recoger la sopa y haría que se llevase a la suite del señor Fummiro cuando éste pidiese el desayuno. Daisy gruñó un poco pero prometió hacerlo.

Aquella tarde, Cully recibió una llamada de Gronevelt.

—¿Qué demonios hace un piano en la suite cuatro diez? —dijo Gronevelt—. Acaba de llamarme el encargado del hotel. Dice que no respetas los canales establecidos y que has organizado un lío tremendo.

Cully le comunicó la llegada de señor Fummiro y sus gustos especiales. Gronevelt rió entre dientes y dijo:

—Lleva mi Rolls cuando vayas a recogerle al aeropuerto.

Era un coche que sólo usaba para los millonarios tejanos más ricos o para sus clientes favoritos, a quienes agasajaba él personalmente.

Al día siguiente, Cully estaba en el aeropuerto con tres botones del hotel, el Rolls con chófer y dos limusinas Cadillac. Dispuso lo necesario para que el Rolls y las limusinas pudiesen pasar directamente al campo de aterrizaje y sus clientes no tuviesen que someterse a toda la rutina del aeropuerto. Saludó al señor Fummiro tan pronto como éste bajó las escaleras del avión.

El grupo de japoneses era inconfundible, no sólo por sus rasgos sino por cómo iban vestidos. Todos llevaban el típico traje negro de hombre de negocios, mal cortado para criterios occidentales, con camisas blancas y corbatas negras. Los diez parecían un grupo de animosos dependientes en vez del consejo de dirección del conglomerado comercial más rico y poderoso del Japón.

El señor Fummiro era además fácil de identificar. Era el más alto del grupo, muy alto en relación con los demás. Por lo menos uno setenta y cinco. Y era guapo, con rasgos marcados y firmes, ancho de hombros y pelo negro azabache. Podría haber pasado por un famoso actor de Hollywood interpretando un papel exótico que le hacía parecer falsamente oriental. Durante un breve segundo cruzó por el pensamiento de Cully la idea de que todo aquello pudiese ser una estafa muy bien preparada.

De los otros, sólo uno se aproximaba a la estatura de Cully. Era algo más bajo que él y mucho más delgado. Y tenía los dientes saltones del japonés de caricatura. Los demás eran pequeños y pasaban desapercibidos. Todos ellos llevaban elegantes carteras negras de imitación.

Cully tendió la mano con absoluta seguridad hacia Fummiro y dijo:

—Soy Cully Cross del Hotel Xanadú. Bienvenidos a Las Vegas.

El señor Fummiro esbozó una sonrisa de lo más cortés. Mostró unos blancos dientes, grandes y perfectos, y dijo, en un inglés con ligero acento:

—Encantado de conocerle.

Luego presentó al individuo de los dientes saltones como el señor Niigeta, su vicepresidente ejecutivo. Murmuró luego los nombres de los otros, y todos estrecharon ceremoniosamente la mano de Cully. Este cogió los resguardos de su equipaje y les aseguró que ya trasladarían todas sus cosas a sus habitaciones del hotel. Luego les acomodó en los coches. El, Fummiro y Niigeta en el Rolls, los demás en los Cadillacs. Camino del hotel explicó a sus pasajeros que tendrían a su disposición el crédito necesario. Fummiro dio una palmada a la cartera de Niigeta y dijo, con su inglés ligeramente imperfecto:

—Le hemos traído dinero en efectivo.

Los dos sonrieron a Cully. Cully les sonrió también. Procuraba no olvidar que tenía que sonreír siempre que hablase, al explicarles todos los servicios del hotel y todos los espectáculos que podían ver en Las Vegas. Por una fracción de segundo pensó en mencionar la compañía de mujeres, pero cierto instinto le hizo contenerse.

En el hotel, les condujo directamente a sus habitaciones e

hizo que un empleado les llevase las hojas de inscripción para que las firmaran. Estaban todos en la misma planta, Fummiro y Niigeta tenían suites contiguas con una puerta de comunicación. Fummiro inspeccionó las habitaciones de todo su grupo, y Cully vio el brillo de satisfacción que se pintaba en sus ojos al ver que su suite era con mucho la mejor. Pero los ojos de Fummiro se iluminaron aún más cuando vio el pequeño piano que había en su suite. Se sentó inmediatamente y se puso a teclear, escuchando. Cully deseó que estuviera bien afinado. El no podía determinarlo, pero Fummiro asintió vigorosamente y, con una amplia sonrisa y la cara iluminada de satisfacción, dijo:

—Muy bien, muy amables.

Luego estrechó efusivamente la mano de Cully.

Después, Fummiro indicó a Niigeta que abriese la cartera que traía. Cully enarcó las cejas, con asombro mal contenido. La cartera estaba llena de billetes. No tenía idea de cuánto podía ser.

—Nos gustaría dejar esto en depósito en la caja de su casino —dijo el señor Fummiro—. Luego podemos ir sacando el dinero que necesitamos para nuestras breves vacaciones.

—Por supuesto —dijo Cully.

Niigeta cerró la cartera y los dos bajaron al casino, dejando descansar a Fummiro a solas en su suite.

Fueron a la oficina del encargado, y contaron allí el dinero. Había quinientos mil dólares. Cully se aseguró de que le daban a Niigeta el recibo correspondiente y que se realizaban los trámites burocráticos necesarios para que pudiesen disponer del dinero cuando lo deseasen. El propio encargado del casino estaría con Cully para conocer a Fummiro y Niigeta y mostrárselos a los jefes de sección y a los superintendentes. Así los dos japoneses no tendrían más que alzar un dedo y les darían fichas; luego, firmarían un comprobante. Sin ningún alboroto, sin necesidad de identificarse. Y recibirían tratamiento regio, el máximo respeto. Un respeto especialmente puro porque sólo se relacionaba con el dinero.

Durante los tres días siguientes, Cully aparecía en el hotel a primera hora de la mañana con la sopa de desayuno de Daisy. Los encargados del servicio de habitaciones tenían orden de notificarle que el señor Fummiro había pedido su desayuno en cuanto éste lo hiciese. Cully le concedía una hora para comer y luego llamaba a la puerta para darle los buenos días. Se encontraba a Fummiro ya al piano, tocando con mucho sentimiento, el cuenco de sopa vacío, en la mesa, tras él. En esas reuniones matutinas, Cully proporcionaba al señor Fummiro y a sus amigos entradas para los espectáculos y pases para las giras por la ciudad. El señor Fummiro sonreía constantemente, cortés y agradecido, y el señor Niigeta cruzaba la puerta que comunicaba su suite con la del señor Fummiro para saludar a Cully y darle las gracias por la sopa del desayuno, que evidentemente habían compartido. Cully tenía siempre presente lo de sonreír y cabecear cuando ellos lo hacían.

Entretanto, en sus tres días de juego en Las Vegas, el grupo de diez japoneses aterrorizó a los casinos. Andaban siempre juntos y jugaban en la misma mesa de bacarrá. Cuando Fummiro tenía el zapato todos apostaban al límite por él con la banca. Tuvieron varias rachas de suerte, pero por fortuna no en el Xanadú. Sólo jugaban al bacarrá y lo hacían con una alegría y una despreocupación más italianas que orientales. Fummiro daba palmadas al «zapato» y aporreaba la mesa cuando se daba a sí mismo un ocho natural o un nueve. Era un jugador apasionado y se entusiasmaba si conseguía ganar una puesta de dos mil dólares. Esto asombraba a Cully. Sabía que Fummiro tenía por lo menos medio millón de dólares. ¿Por qué una apuesta tan insignificante (aunque fuese el límite de Las Vegas) le emocionaba tanto?

Sólo en una ocasión vio brillar el acero detrás de la sonriente fachada de Fummiro. Una noche, Niigeta hizo una apuesta al jugador cuando Fummiro tenía el «zapato». Fummiro le lanzó una mirada, arqueando las cejas, y dijo algo en japonés. Cully captó por primera vez el sonido ligeramente silbante contra el que Daisy le había advertido. Niigeta tartamudeó algo disculpándose e inmediatamente cambió la apuesta a la banca.

El viaje fue un inmenso éxito para todos. Fummiro y su grupo volvieron al Japón con unas ganancias de cien mil dólares, pero había perdido doscientos mil en el Xanadú. Habían compensado esas pérdidas en los otros casinos. Y habían creado toda una leyenda en Las Vegas. El grupo de diez hombres con sus relumbrantes trajes negros yendo de un casino a otro por el Strip. Resultaban una visión aterradora, entrando los diez en pelotón en el local, como enterradores que fuesen a recoger el cadáver de los fondos de la casa. El jefe de sector de bacarrá se enteraba por el conductor del Rolls adónde se proponían ir y llamaba por teléfono para que les esperasen y les diesen tratamiento especial. Los jefes de sección compartían todos la información. Fue así como Cully se enteró de que Niigeta era un oriental lujurioso y le gustaba acostarse con putas de clase en los otros hoteles. Lo cual significaba que, por alguna razón, no quería que Fummiro supiese que prefería joder a jugar.

Cully les acompañó al aeropuerto cuando se fueron, camino de Los Angeles. Cogió uno de los relojes antiguos de oro de Gronevelt y se lo regaló a Fummiro con saludos de éste. El propio Gronevelt se había detenido brevemente en la mesa donde cenaban los japoneses para presentarse y presentarles sus respetos en nombre de la casa.

Fummiro fue sinceramente efusivo en sus palabras de agradecimiento y Cully hubo de pasar por las series habituales de saludos y sonrisas antes de que subieran al avión. Luego regresó rápidamente al hotel, hizo una llamada telefónica para que retiraran el piano de la suite de Fummiro y luego fue a la oficina de Gronevelt. Gronevelt le dio un cálido apretón de manos y un fuerte abrazo de felicitación.

—Uno de los mejores trabajos de anfitrión que he visto en los años que llevo en Las Vegas —dijo—. ¿Dónde descubriste ese asunto de la sopa?

—Una muchachita que se llama Daisy —dijo Cully—. ¿Puedo hacerle un regalo en nombre del hotel?

—Puedes llegar hasta mil dólares —dijo Gronevelt—. Es un contacto magnífico el de esos japoneses. No les pierdas de vista. No se te olviden los regalos de Navidad y las invitaciones. Ese Fummiro es uno de los jugadores más interesantes que he visto en mi vida.

Cully frunció el ceño.

—No me atreví a plantear la cuestión de las tías —dijo—. En fin, Fummiro es un tipo la mar de amable, y no quise mostrarme demasiado familiar la primera vez.

Gronevelt asintió.

—Hiciste bien. No te preocupes, volverá. Y si quiere una

tía, ya te la pedirá. No se hace tanto dinero si se tiene miedo a pedir.

Gronevelt tenía razón, como siempre. Tres meses después, Fummiro estaba de vuelta y, mientras veía el espectáculo del hotel, preguntó sobre una de las bailarinas, rubia y de largas piernas. Cully sabía que estaba disponible, pese a estar casada con un tallador del Sands. Después del espectáculo llamó al director de escena y preguntó si la chica quería tomar un trago con Fummiro y con él. No hubo problema, y Fummiro le pidió a la chica que cenase con él a última hora de la noche. La chica miró inquisitivamente a Cully y éste asintió. Luego les dejó solos. Se fue a su oficina y llamó al director de escena para decirle que buscase una sustituta en el espectáculo de medianoche. A la mañana siguiente, Cully no subió a las habitaciones de Fummiro después del desayuno. Más tarde, aquel mismo día, llamó a la chica a su casa y le preguntó si podía prescindir de sus actuaciones mientras Fummiro estuviese en la ciudad.

En los viajes que siguieron, la norma fue la misma. Daisy había enseñado ya a uno de los cocineros del Xanadú a hacer la sopa japonesa, que se incluyó oficialmente en el menú del desayuno. Cully advirtió que Fummiro siempre veía las reposiciones de cierto programa de televisión del Oeste de larga duración. Le encantaba. Sobre todo la rubia ingenua que hacia el papel de una intrépida, pero muy femenina, aunque inocente, chica de salón de baile. Cully se puso inmediatamente en movimiento. A través de sus contactos con el mundo del cine, consiguió localizar a la ingenua, que se llamaba Linda Parsons. Cogió un avión para Los Angeles, comió con la actriz y le habló de la pasión de Fummiro por ella y por su programa. Las historias de Cully sobre la afición al juego de Fummiro la fascinaron. Y lo de que llegase al Xanadú con un millón de dólares en efectivo que a veces perdía en tres días de bacarrá. Cully se dio cuenta de que los ojos de Linda brillaban con codicia infantil e inocente. Le dijo a Cully que le encantaría ir a Las Vegas en la próxima visita de Fummiro.

Un mes después, Fummiro y Niigeta llegaron al Xanadú para una estancia de cuatro días. Cully habló inmediatamente a Fummiro de Linda Parsons y de sus deseos de conocerle. A Fummiro se le iluminaron los ojos. Pese a andar por la cuarentena, era guapo, de una belleza increíblemente juvenil, que su carácter alegre y expansivo hacía aún más atractiva. Pidió a Cully que avisase en seguida a la chica y Cully le dijo que así lo haría, sin mencionar que ya había hablado con ella y le había prometido estar en Las Vegas a la tarde siguiente. Fummiro se emocionó tanto que jugó como un loco aquella noche y perdió más de trescientos mil dólares.

Y a la mañana siguiente, Fummiro fue a comprarse un traje azul. Por alguna razón, creía que los trajes azules eran la máxima elegancia norteamericana y Cully dispuso lo necesario para que la gente de Sy Devore, del Hotel Sands, le tomase medidas y le tuviesen dispuesto un traje aquel mismo día. Cully envió a uno de sus empleados encargados de recibir a los enviados del hotel Xanadú con Fummiro para asegurarse de que no había ningún problema.

Pero Linda Parsons cogió temprano el avión y llegó a Las Vegas antes del mediodía. Cully fue a esperarla y la llevó al hotel. Quiso refrescarse y descansar antes de la llegada de Fummiro, por lo que Cully, suponiendo que Niigeta estaba con su jefe, la instaló en la suite de éste. Resultó ser un error casi fatal.

Dejándola en la suite, Cully volvió a su oficina e intentó localizar a Fummiro. Pero éste había salido ya de la sastrería y debía haberse detenido en uno de los casinos que quedaban de paso. No podían localizarle. Después de más o menos una hora, recibió una llamada telefónica de la suite de Fummiro. Era Linda Parsons. Parecía un poco alterada:

—¿Podrías bajar aquí? —dijo—. Tengo un problema idiomático con tu amigo.

Cully no se paró a hacer preguntas. Fummiro hablaba inglés bastante bien. Por alguna razón, fingía no saberlo. Quizá le desilusionase la chica. Cully se había dado cuenta de que la ingenua, en persona, lo era mucho menos de lo que parecía en aquel programa de televisión cuidadosamente montado. O quizá Linda hubiese dicho o hecho algo que hubiese ofendido su delicada sensibilidad oriental.

Pero fue Niigeta quien le abrió la puerta de la suite. Niigeta parecía muy satisfecho de sí mismo, con un orgullo un tanto inconexo. Entonces Cully vio que Linda Parsons salía del baño ataviada con un kimono japonés, adornado con dragones dorados.

—Dios mío —dijo Cully.
Linda le dirigió una lánguida sonrisa.
—No me contaste más que mentiras —dijo—. Ni es tímido ni es guapo ni habla inglés. Espero que por lo menos sea rico.
Niigeta seguía sonriendo muy satisfecho, e incluso le hacía reverencias a Linda mientras ésta hablaba. Evidentemente no entendía nada de lo que decía.
—¿Te lo jodiste? —preguntó Cully casi desesperado.
Linda hizo un mohín.
—Se puso a perseguirme por la habitación. Creí que por lo menos pasaríamos un velada romántica, con flores y violines, pero no pude contenerle. Así que pensé, qué demonios, si está tan caliente hagámoslo de una vez. Y lo hicimos.
Cully movió la cabeza y dijo:
—Te jodiste al japonés que no era.
Linda le miró un instante con una mezcla de asombro y horror. Luego rompió a reír. Era una risa sincera, muy propia de ella. Se echó en el sofá sin dejar de reír, descubriendo su muslo blanco a través del kimono. En aquel momento, a Cully le pareció encantadora. Pero luego movió la cabeza. Aquello era grave. Cogió el teléfono y llamó al apartamento de Daisy. Lo primero que dijo ella fue: «No tendré que hacer más sopa». Cully le dijo que dejara de bromear y que fuera al hotel. Le dijo que era muy importante y que tenía que darse prisa. Luego llamó a Gronevelt y le explicó la situación. Gronevelt dijo que bajaría inmediatamente. Entretanto, Cully rezaba para que no apareciera Fummiro. Quince minutos después estaban en la suite con ellos Gronevelt y Daisy. Linda había preparado bebida para Cully, Niigeta y ella en el bar de la suite, y aún sonreía. Gronevelt se quedó encantado con ella.
—Lamento que sucediera esto —dijo—. Pero hay que tener un poco de paciencia. Conseguiremos arreglarlo todo.
Luego se volvió a Daisy y le dijo:
—Explica al señor Niigeta lo que pasó exactamente. Que cogió a la mujer del señor Fummiro. Que ella creía que era el señor Fummiro. Explícale que el señor Fummiro estaba loco por ella y salió a comprarse un traje nuevo para el encuentro.
Niigeta escuchaba atentamente con la misma amplia

sonrisa de siempre. Pero ahora había un matiz de alarma en sus ojos. Hizo a Daisy una pregunta en japonés, Cully advirtió el silbidito amenazante en su voz. Daisy se puso a hablarle muy deprisa en japonés. El seguía sonriendo mientras ella hablaba, pero su sonrisa fue desvaneciéndose poco a poco, y cuando Daisy terminó, Niigeta cayó al suelo de la suite desmayado.

Daisy se hizo cargo. Cogió una botella de whisky e hizo beber a Niigeta y luego le ayudó a levantarse y le puso en el sofá.

Linda le miraba con lástima. Niigeta agitaba las manos y hablaba sin parar a Daisy. Gronevelt preguntó qué decía. Daisy se encogió de hombros.

—Dice que esto es el fin de su carrera. Dice que el señor Fummiro se deshará de él. Que le ha humillado demasiado.

Gronevelt cabeceó.

—Dile que lo que tiene que hacer es mantener la boca cerrada. Dile que haré que le ingresen en el hospital durante un día porque se siente mal, y que luego volverá en avión a Los Angeles para el tratamiento. Ya le contaremos alguna historia al señor Fummiro. Que él no le diga nada a nadie, y que procure que el señor Fummiro nunca descubra lo que pasó.

Daisy tradujo y Niigeta asintió. Su cortés sonrisa volvió a asomar, pero era una mueca espectral. Gronevelt se volvió a Cully.

—Tú y la señorita Parsons esperaréis a Fummiro. Hay que actuar como si no hubiera pasado nada. Yo me ocuparé de Niigeta. No podemos dejarle aquí. Volverá a desmayarse en cuanto vea a su jefe. Yo me lo llevaré.

Y así fue como se hizo. Cuando al fin Fummiro apareció una hora después, encontró a Linda Parsons, que se había cambiado de ropa y se había maquillado, esperándole con Cully. Fummiro se quedó inmediatamente embelesado, y Linda Parsons pareció emocionarse también con el apuesto japonés aunque con la inocencia que debía corresponder a la ingenua del telefilme del Oeste.

—Espero que no te importe —dijo—. Ocupé la suite de tu amigo para poder estar junto a ti. Así podremos pasar más tiempo juntos.

Fummiro captó la indirecta. Ella no era simplemente una puta que fuese a ponerse a su disposición de inmediato.

Tendría que enamorarse primero. Fummiro asintió con una amplia sonrisa y dijo:

—Por supuesto, claro.

Cully lanzó un suspiro de alivio. Linda jugaba bien sus cartas. Dijo adiós y se quedó un momento esperando en el pasillo. En seguida oyó a Fummiro tocando el piano y a Linda cantando con él.

Durante los tres días siguientes, Fummiro y Linda Parsons vivieron la clásica aventura amorosa de Las Vegas, casi geométricamente perfecta. Estaban locos el uno por el otro, y no se separaban ni un momento. Ni en la cama, ni en las mesas de juego, tuviesen buena o mala suerte, ni en las excursiones para comprar en las galerías y tiendas de hoteles del Strip. A Linda le encantaba la sopa japonesa del desayuno y también le encantaba oír tocar el piano a Fummiro. A Fummiro le encantaba la blonda palidez de Linda, sus muslos macizos y lechosos, la longitud de sus piernas, la suavidad plena de sus pechos. Pero sobre todo, le encantaba su constante buen humor, su alegría. Le confió a Cully que Linda habría hecho una gran geisha. Daisy le dijo a Cully que era el máximo cumplido que un hombre como Fummiro podía hacer. Fummiro afirmaba también que Linda le daba suerte en el juego. Al finalizar su estancia, había perdido sólo doscientos mil del millón en metálico, dinero norteamericano, que había depositado en la caja del casino. Y eso incluía un abrigo de visón, un anillo de diamantes, un caballo palomino y un Mercedes que le había comprado a Linda Parsons. El viaje le salió barato. Sin Linda, lo más probable hubiera sido que se dejase por lo menos medio millón, o puede que un millón entero, en las mesas de bacarrá. Al principio, Cully consideró a Linda una suave buscona de clase. Pero cuando Fummiro se fue cenó con ella antes de que cogiese el avión de la noche para Los Angeles. Estaba realmente loca con Fummiro.

—Es un tipo tan interesante —dijo—. Me encantaba aquella sopa del desayuno y lo de tocar el piano, y era magnífico en la cama. No me extraña que las mujeres japonesas hagan cualquier cosa por sus hombres.

Cully sonrió.

—No creo que trate a sus mujeres, allá en su país, como te trató a ti.

—Sí, lo sé —dijo Linda con un suspiro—. Aun así, fue

magnífico. Me hizo cientos de fotos con su cámara. Era como para cansarse. Pues me encantó que lo hiciera. Yo también le saqué fotos a él. Es un hombre muy guapo.

—Y muy rico —dijo Cully.

Linda se encogió de hombros.

—Ya he estado otras veces con tipos ricos. Y gané buen dinero. Pero él era como un muchachito. Realmente no me gusta como juega, sin embargo. ¡Dios mío! ¡Con lo que él pierde en un día podría vivir yo diez años!

Cully pensó: ¿es así? E inmediatamente hizo planes para que Fummiro y Linda Parsons no volvieran a verse. Aunque dijo con una sonrisa irónica:

—Sí, a mí me fastidia también verle perder así. Puede acabar desilusionándose del todo.

Linda le sonrió.

—Sí, estoy segura —dijo—. Gracias por todo. Fueron unos de los días más felices de mi vida. Puede que volvamos a vernos.

El sabía lo que quería indicar ella, pero, por el contrario, dijo suavemente:

—Siempre que traigas al yen a Las Vegas no tienes más que llamarme. Todo por cuenta de la casa menos las fichas.

Entonces Linda dijo, un tanto pensativa:

—¿Crees que Fummiro me llamará la próxima vez que venga? Le di mi número de teléfono de Los Angeles. Le dije incluso que iría al Japón de vacaciones cuando acabásemos de filmar y él dijo que le encantaría que fuese, que le avisara cuándo. Pero se puso un poco frío con esto.

Cully movió la cabeza.

—A los japoneses no les gusta que las mujeres sean tan agresivas. Van con mil años de retraso. Especialmente los peces gordos como Fummiro. La mejor jugada es quedarse atrás y jugar frío.

Ella suspiró.

—Supongo que sí.

La acompañó al aeropuerto y la besó en la mejilla antes de que subiera al avión.

—Te llamaré cuando vuelva a venir Fummiro —dijo.

Cuando llegó al Xanadú, subió al apartamento de Gronevelt y dijo burlonamente:

—Hay jugadores demasiado buenos.

—No te desanimes —dijo Gronevelt—. No queríamos todo su millón nada más empezar la partida. Pero tienes razón. Esa actriz no es la chica adecuada para relacionarla con un jugador. Por una parte, no es lo bastante codiciosa. Por otra, es demasiado honrada. Y para colmo, es inteligente.

—¿Cómo lo sabes? —preguntó Cully.

Gronevelt sonrió.

—¿Tengo razón?

—Claro —dijo Cully—. Ya procuraré apartar a Fummiro de ella cuando vuelva.

—No tendrás necesidad de hacerlo —dijo Gronevelt—. Un tipo como él tiene demasiada fuerza. No necesita lo que ella pueda darle. No más de una vez. Una vez es divertido. Pero nada más. Si significara más, se hubiese ocupado mejor de ella antes de irse.

Cully le miró sorprendido.

—¿Un Mercedes, un abrigo de visón y un anillo de diamantes no es suficiente prueba de interés por ella?

—Ni mucho menos —dijo Gronevelt.

Y tenía razón. Cuando Fummiro volvió a Las Vegas no preguntó por Linda Parsons. Y perdió el millón en metálico que había depositado en caja.

19

El avión entró en la luz de la mañana y la azafata distribuyó café y desayunos. Cully siguió con la cartera a su lado mientras comía y bebía, y cuando terminó vio las torres de acero de Nueva York en el horizonte. Aquel paisaje siempre le sobrecogía. Como el desierto que se extendía al terminar Las Vegas, los kilómetros de acero y cristal que se enraizaban y crecían tupidos hacia el cielo parecían no tener límites. Y le producían una sensación de desesperanza.

El avión descendió e hizo una lenta y graciosa inclinación hacia la izquierda al rodear la ciudad, y luego bajó más, del techo blanco al techo azul, para llegar después al aire iluminado por el sol con las pistas gris cemento y esparcidas manchas de verde que formaban la tierra alfombrada. Tocó tierra con un impacto lo bastante fuerte como para despertar a los pasajeros que aún dormían.

Cully se sentía fresco y despejado. Tenía muchas ganas de ver a Merlyn; la sola idea de verle le hacía sentirse feliz. El buen Merlyn, el honrado nato, el único hombre del mundo en quien confiaba.

20

El mismo día que yo debía comparecer ante el gran jurado, mi hijo se examinaba de noveno curso e ingresaba en el instituto de enseñanza media. Valerie quería que no fuese a trabajar y fuese con ella a los actos de fin de curso. Le dije que no podía porque tenía que asistir a una reunión especial del programa de reclutamiento. Ella no tenía ni idea del lío en que yo estaba metido, y nada le expliqué. No podía ayudarme y no haría más que desesperarse y preocuparse. Si todo iba bien, no se enteraría nunca. Y eso era lo que yo quería. No creía realmente en lo de compartir los problemas en el matrimonio, pues no servía para nada.

Valerie estaba orgullosa del día de la graduación de su hijo. Unos años antes nos dimos cuenta de que no sabía leer, y sin embargo le aprobaban cada semestre. Valerie se enfadó muchísimo y empezó a enseñarle a leer, e hizo un buen trabajo. Ahora tenía notas excelentes. No es que yo me emocionase por ello. Era otra cosa que reprochaba a la ciudad de Nueva York. Vivíamos en una zona pobre, todos eran obreros y negros. Al sistema escolar le importaba un carajo que los niños aprendiesen o no aprendiesen. Se limitaban a aprobarles para librarse de ellos, para echarles de allí sin ningún problema y con el menor esfuerzo posible.

Vallie estaba deseando que nos trasladáramos a nuestra nueva casa. Estaba en un magnífico distrito escolar, una comunidad de Long Island, donde los profesores se esforzaban en que sus alumnos se preparasen para la universidad. Y aunque ella no lo mencionara, apenas había negros. Sus hijos crecerían en el mismo tipo de medio estable en el que ella había vivido como escolar católica. Para mí eso estaba bien. No quería decirle que los problemas de los que yo intentaba escapar estaban enraizados en la enfermedad de nuestra sociedad entera, y que no escaparíamos de ellos entre los árboles y prados de Long Island.

Además tenía otras preocupaciones. Podían muy bien mandarme a la cárcel. Dependía del gran jurado ante el que debía comparecer aquel día. Todo dependía de ello. Me sentí muy mal cuando me levanté de la cama aquella mañana.

Vallie se llevaba a los niños al colegio ella sola y se quedaría allí para los actos de fin de curso. Le dije que iría tarde al trabajo, así que se fueron antes que yo. Me preparé un café, y mientras lo tomaba fui pensando en lo que tenía que hacer ante el gran jurado.

Tenía que negarlo todo. No había modo de que pudiesen localizar el dinero de los sobornos que yo había aceptado. Cully me había asegurado que no habría problema en ese sentido. Pero lo que me preocupaba era que tenía que cumplimentar un cuestionario sobre mis propiedades. Una de las preguntas era si tenía casa propia. Y en esto yo había procurado hilar fino. La verdad era que había hecho un depósito, un compromiso de pago, sobre la casa de Long Island, pero aún no habíamos cerrado la operación. Así que contesté tranquilamente que no. Pensé que aún no era propietario de la casa y que no se decía nada sobre un depósito. Pero me preguntaba si el FBI habría descubierto aquello. Me parecía que era lo más probable.

Así que una de las preguntas que podía esperar del gran jurado era si había hecho un depósito para comprar una casa. Y tendría que contestar que sí, y me preguntarían por qué no lo había declarado en el cuestionario y tendría que explicarlo. Luego pensaba que Frank Alcore podía desmoronarse, confesarse culpable y hablarles de nuestro trato cuando habíamos sido socios. Yo había tomado la decisión de mentir respecto a eso. Sería la palabra de Frank contra la mía. El siempre había manejado los tratos solo, nadie podría respaldarle. Y entonces recordé un día en que uno de sus clientes intentó pagarme con un sobre para Frank, porque Frank no estaba en la oficina aquel día. Yo me negué, y había sido una suerte. Porque aquel cliente era uno de los tipos que habían escrito la carta anónima al FBI que inició toda la investigación. Una gran suerte, sí. Rechacé el sobre simplemente porque no me gustaba la cara de aquel tipo. En fin, tendría que declarar que yo no había querido coger el dinero, y eso sería un punto a mi favor.

¿Se desmoronaría Frank y me denunciaría ante el gran jurado? No lo creía. El único medio que tenía de salvarse era aportando pruebas contra alguien que estuviese por encima de él en la cadena del asunto, como el comandante o el coronel. Y el caso era que éstos no tenían nada que ver con la cuestión. Yo estaba convencido de que Frank era un tipo demasiado decente para meterme en líos sólo porque le habían cazado. Además, se jugaba demasiado. Si se declaraba culpable, perdería su puesto en el gobierno, y la pensión y el rango y la pensión de la reserva. Tenía que aguantar.

Mi única preocupación grave era Paul Hemsi. El chico por el que yo más había hecho y cuyo padre me había prometido hacerme feliz el resto de mi vida. Y después de cuidarme de Paul, no volví a saber nada del señor Hemsi. Ni un paquete de calcetines siquiera. Yo esperaba sacar algo más, por lo menos un par de los grandes, pero no hubo más que aquellas primeras cajas de ropa. Eso fue todo. Y yo tampoco había pedido nada más. Después de todo, aquellas cajas de ropa valían miles. No me harían «feliz para toda la vida», pero qué demonios, no me importaba que me engañaran.

Pero cuando el FBI inició la investigación, corrió el rumor de que Paul Hemsi había eludido el reclutamiento y se había alistado en la reserva antes de recibir aviso de incorporación a filas. Yo sabía que la carta del comité de reclutamiento rescindiendo su aviso de incorporación había sido sacada de nuestros archivos y enviada a oficinas superiores. Tenía que suponer que los hombres del FBI habían hablado con el empleado del consejo de reclutamiento, y que éste les habría explicado la historia que yo le había contado. Lo cual no significaría ningún problema. Nada ilegal, en realidad, un pequeño truco administrativo de lo más corriente. Pero corrió la voz de que Paul Hemsi lo había contado todo en el interrogatorio del FBI, había dicho que yo había recibido dinero de otros amigos suyos.

Salí de casa y pasé junto al colegio de mi hijo. El colegio tenía un patio inmenso con cancha de baloncesto de cemento, y toda la zona estaba rodeada de vallas de alambre. Y al pasar, pude ver que habían empezado los actos de fin de curso allí fuera en el patio. Aparqué el coche y me acerqué a la valla.

Había chicos y chicas en ordenadas filas, todos flamantemente vestidos para la ceremonia, bien peinados, las caras muy limpias, esperando con orgullo infantil su paso ceremonial a la siguiente etapa hacia la vida adulta.

Habían colocado gradas para los padres. Y una inmensa plataforma de madera para las personalidades: el director de la escuela, un político del distrito, un tipo viejo de barba que llevaba gorra azul y un uniforme que parecía de 1920 de la legión Norteamericana. Sobre el estrado ondeaba una bandera de los Estados Unidos. Oí que el director decía algo así como que no disponían de tiempo suficiente para dar diplomas y premios por separado, pero que cuando se nombrara cada curso los miembros del mismo deberían volverse y mirar hacia las gradas.

Estuve observándoles así unos minutos. Cuando se leía el nombre de un curso, una hilera de chicos y chicas se giraban para colocarse mirando hacia las madres y los padres y demás parientes para recibir su aplauso. Las caras mostraban orgullo, satisfacción y ansiedad. Aquel día eran héroes. Habían sido elogiados por las personalidades y aplaudidos ahora por sus mayores. Algunos de los pobres cabrones no sabían ni leer. Ninguno de ellos había sido preparado para el mundo ni para los problemas que les aguardaban. Yo me alegraba de no poder ver la cara de mi hijo. Volví al coche y me dirigí a Nueva York, a mi cita con el gran jurado.

Cerca del edificio del juzgado federal, metí el coche en el aparcamiento y entré en los inmensos pasillos de suelo de mármol. Cogí un ascensor que llevaba a la sala del gran jurado. Cuando salí del ascensor quedé asombrado al ver varios bancos ocupados por los jóvenes que habían sido alistados en nuestras unidades de la reserva. Había cien por lo menos. Algunos me saludaron con gestos y unos cuantos me estrecharon la mano y bromeamos sobre todo el asunto. Vi a Frank Alcore de pie, solo, junto a una de las inmensas ventanas. Me acerqué a él y le di la mano. Parecía tranquilo. Pero su expresión era tensa.

—¿Qué te parece toda esta mierda? —dijo cuando nos dimos la mano.

—Una mierda, sí —dije.

Sólo Frank vestía uniforme. Llevaba todas sus condecoraciones de la segunda guerra mundial y los galones de sargento. Parecía un verdadero militar de carrera. Yo sabía que jugaba la carta de que un gran jurado se negaría a condenar a un patriota que había defendido a su patria. Pensé que ojalá resultara.

—Dios mío —dijo Frank—. Han traído a doscientos de Port Lee. Todo parece un sueño. Sólo porque unos cuantos pijoteros de éstos no fueron capaces de apechugar cuando los reclutaron.

Yo estaba impresionado y sorprendido. Parecía tan poca cosa lo que habíamos hecho. Sólo coger algo de dinero por hacer una cosilla que no perjudicaba a nadie. Ni siquiera parecía un fraude. Sólo un acomodo, un acuerdo de interés entre dos partes distintas, beneficiosa para ambas, que no hacía daño a nadie. En fin, habíamos violado algunas leyes, pero en realidad no habíamos hecho nada malo. Y el gobierno estaba gastando miles de dólares para meternos en la cárcel. No parecía justo. No habíamos matado a nadie, no habíamos asaltado un banco ni hecho un desfalco ni falsificado cheques ni comprado artículos robados; no habíamos violado a una mujer ni habíamos servido como espías a los rusos. ¿A qué tanto alboroto? Me eché a reír. Por alguna razón, de pronto me sentí de buen humor.

—¿De qué demonios te ríes? —dijo Frank—. Esto es serio.

Había gente a nuestro alrededor, algunos podían oírnos. Entonces le dije a Frank, alegremente:

—¿De qué coño tenemos que preocuparnos? Somos inocentes y sabemos que todo esto es un cuento. A la mierda con ellos.

El sonrió también, comprendiendo.

—Sí —dijo—. Pero, aun así, me gustaría matar a unos cuantos pijoteros de esos.

—No digas eso ni en broma —dije yo lanzándole una mirada de advertencia. Podía haber micrófonos ocultos—. Ya sé que no lo dices en serio.

—Sí. Supongo que tienes razón —dijo Frank a regañadientes—. Lo lógico sería pensar que esos chicos estarían orgullosos de servir a su patria. Yo no me quejé y ya he pasado una guerra.

Oímos entonces que voceaban el nombre de Frank. Quien lo hacía era uno de los alguaciles junto a las inmensas puertas con aquel gran letrero de «Sala del Gran Jurado» en blanco y negro.

Al entrar Frank, vi salir a Paul Hemsi. Le abordé y dije:

—Hola, Paul, ¿cómo te va? —y le tendí la mano y él me la entrechó.

Parecía incómodo, pero no culposo.

—¿Cómo está tu padre? —dije.

—Está muy bien —dijo Paul. Vaciló unos instantes—. Sé que no debo hablar sobre mi declaración. Ya sabes que no puedo hacerlo. Pero mi padre me advirtió que te dijese que no te preocuparas de nada.

Sentí un inmenso alivio. El había sido mi única preocupación real, pero Cully había dicho que arreglaría las cosas con la familia Hemsi y al parecer lo había hecho. No sabía cómo se las habría arreglado Cully, ni me importaba. Vi a Paul dirigirse hacia los ascensores, y entonces uno de mis clientes, un chaval aprendiz de director de teatro al que yo había alistado gratis, se acercó a mí. Estaba realmente preocupado y me dijo que él y sus amigos declararían que yo nunca les había pedido dinero y que no me lo habían dado. Le di las gracias y le estreché la mano. Hice algunas bromas y sonreí mucho; y no era fingimiento. Interpretaba el papel del tramposo alegre y hábil, proyectando así su inocencia absolutamente norteamericana. Comprendí con cierta sorpresa que estaba disfrutando con todo aquello. De hecho, celebraba consejo con un montón de mis clientes, todos los cuales me decían que aquel asunto era una mierda organizada por unos cuantos resentidos. Y tuve incluso la sensación de que Frank podría superar la prueba. Luego vi salir a Frank de la sala del gran jurado y oí vocear mi nombre. Frank parecía poco ceñudo pero furioso, y me di cuenta de que no se había desmoronado, de que estaba dispuesto a luchar. Crucé las dos inmensas puertas y penetré en la sala del gran jurado. Al cruzar las puertas, se me borró la sonrisa de la cara.

No era como en las películas. El gran jurado parecía ser una masa de gente sentada en hileras de sillas plegables. No había un estrado para el jurado ni nada parecido. El fiscal del distrito estaba de pie junto a una mesa, con unas hojas de papel, de las que leía. Había un taquígrafo con una máquina de estenotipia en una mesita. Me dijeron que me sentara en una silla colocada en una plataforma un poco elevada, de modo que el jurado pudiese verme bien. Parecía casi el supervisor de una sección de bacarrá.

El fiscal del distrito era un tipo joven que vestía un traje negro muy tradicional, con camisa blanca y corbata azul cielo limpiamente anudada. Tenía el pelo negro y tupido y la piel muy pálida. Yo no sabía su nombre, y no llegué a saberlo. Su voz era muy reposada y remota al hacerme las preguntas. Estaba simplemente introduciendo información en el archivo, no intentaba impresionar al jurado. Ni siquiera se acercó a mí al formular las preguntas, no se movió de su mesa. Se cercioró de mi identidad y trabajo.

—Señor Merlyn —dijo—, ¿solicitó usted dinero de alguien por cualquier razón?

—No —dije yo.

Le miré y miré a los miembros del jurado a los ojos, mientras daba mis respuestas. Permanecí muy serio, aunque, por alguna razón, sentía ganas de sonreír. Aún me sentía animado.

El fiscal del distrito dijo:

—¿Recibió usted dinero de alguien para alistarle en el programa de seis meses del ejército de la Reserva?

—No —dije.

—¿Tiene usted conocimiento de que alguna otra persona recibiese dinero, contraviniendo la ley, por dar tratamiento preferente en algún sentido?

—No —dije, sin dejar de mirarle y de mirar a todas las personas que tan incómodas parecían allí sentadas en aquellas pequeñas sillas plegables. Era una sala interior y oscura, muy mal iluminada. En realidad, no podía distinguir sus rostros.

—¿Tiene usted conocimiento de que algún oficial superior o alguna otra persona haya utilizado influencias especiales para meter a alguien en el programa de seis meses sin que su nombre figurase en las listas de espera de su oficina?

Sabía que me haría una pregunta parecida. Y había pensado si debería mencionar o no al congresista que había venido con el heredero de la fortuna del acero y obligado al comandante a incluirle en la lista. O contar cómo el coronel de la reserva y algunos de los otros oficiales de la reserva habían colocado ilegalmente en lista a los hijos de sus amigos. Quizá eso asustase a los investigadores o desviase la atención hacia peces más gordos. Pero luego comprendí que la razón de que el FBI estuviese molestándose tanto era que pretendía descubrir peces gordos, que si eso pasaba, la investigación se intensificaría. Además, el asunto adquiriría más importancia para los periodistas si resultaba complicado un congresista. Por todo esto, decidí mantener la boca cerrada. Si me procesaban y me juzgaban, mi abogado siempre podría utilizar esa información. En fin, moví la cabeza y dije que no.

El fiscal del distrito dejó sus papeles y luego dijo, sin mirarme:

—Eso es todo. Puede irse.

Me levanté de mi silla, bajé de la plataforma y salí de la sala del gran jurado. Y comprendí entonces por qué estaba tan alegre, tan animado, casi entusiasmado.

Realmente había sido un mago. Todos aquellos años en los que todo el mundo seguía viviendo despreocupadamente aceptando sobornos sin preocuparse de nada, yo había mirado hacia el futuro y previsto aquel día, aquellas preguntas, aquel juzgado, el FBI, el espectro de la cárcel. Y había lanzado conjuros contra ellos. Había hecho que Cully me escondiese el dinero. Había procurado cuidadosamente no hacerme enemigos entre las personas con las que había realizado negocios ilegales. Nunca había pedido explícitamente una suma concreta de dinero. Cuando alguno de mis clientes me había engañado, nunca le había acosado. Ni siquiera al señor Hemsi, que me prometió hacerme feliz el resto de mi vida. En fin, me había hecho feliz sólo con conseguir que su hijo no declarara. Quizá fuera eso lo que había resuelto el asunto, no Cully. Salvo que sabía muy bien lo que había pasado. Había sido Cully quien me había sacado del aprieto. Pero en fin, aunque hubiese necesitado una pequeña ayudita, seguía siendo un mago. Todo había sucedido exactamente como yo sabía que iba a suceder. Me sentía muy orgulloso de mí mismo. No me planteaba que quizá sólo fuese un estafador listo que había tomado precauciones inteligentes.

21

Cuando Cully descendió del avión, tomó un taxi y fue a un famoso banco de Manhattan. Miró el reloj. Eran las diez. Gronevelt haría su llamada en aquel momento al vicepresidente del banco al que Cully iba a entregarle el dinero.

Todo resultaba según lo planeado. Cully fue conducido a la oficina del vicepresidente y, tras puertas cerradas y seguras, entregó la cartera. El vicepresidente la abrió con su llave y contó un millón de dólares delante de Cully. Luego rellenó un impreso de depósito bancario, garrapateó su firma en él y se lo dio a Cully. Se estrecharon la mano y Cully se fue. A una cuadra del banco, sacó un sobre preparado con sello y todo del bolsillo de la chaqueta y metió el impreso dentro y cerró el sobre. Luego lo echó en el buzón que había en la esquina. Se preguntó cómo iría todo el proceso, cómo cubriría el vicepresidente el asunto y quién cogería el dinero. Algún día tendría que saberlo.

Cully y Merlyn se encontraron en la Sala de Roble del Plaza. No hablaron del problema hasta que terminaron de comer y salieron a dar una vuelta por Central Park. Merlyn le explicó a Cully toda la historia y Cully se limitó a asentir y a hacer algunos comentarios para explicarle que entendía. Por lo que pudo deducir, era estrictamente una operación insignificante en la que el FBI se había colado. Aunque condenasen a Merlyn, sólo sufriría una condena condicional. No era nada de lo que hubiera que preocuparse. Salvo que Merlyn era un tipo tan decente que se sentiría avergonzado de tener aquellos antecedentes. Esa debía ser la peor de sus preocupaciones, pensaba Cully.

Cuando Merlyn mencionó a Paul Hemsi, el nombre hizo sonar un timbre en la cabeza de Cully. Más tarde, cuando paseaban por Central Park y Merlyn le habló de su entrevista con Hemsi padre, en el centro de confección, todo pareció encajar. Charles Hemsi, uno de los muchos peces gordos del negocio de la confección que iban a Las Vegas a pasar fines de semana largos y Navidades y Año Nuevo. Era gran jugador y aficionado a las mujeres. Aunque iba a Las Vegas con su esposa, Cully siempre tenía que proporcionarle alguna chica, y cuando estaba en el casino con la señora Hemsi jugando a la ruleta, Cully le entregaba furtivamente la llave, con la placa de madera del número de la habitación. Cully le susurraba además a qué hora estaría la chica en la habitación.

Charles Hemsi se iba a la cafetería para escapar de las miradas recelosas de su mujer. De la cafetería pasaba a los largos y laberínticos pasillos del hotel hasta llegar a la habitación que indicaba la placa de la llave. Y allí le esperaba una suculenta chica. El asunto duraba menos de media hora. Charlie daba a la chica una ficha negra de cien dólares y luego, totalmente relajado, volvía a recorrer los pasillos de moqueta azul del casino. Pasaba junto a la mesa de la ruleta y veía jugar a su mujer, le dirigía unas cuantas palabras alentadoras, le daba unas cuantas fichas, nunca negras, y luego volvía a lanzarse alegremente a la disparatada algarabía de las mesas de dados. Era un tipo corpulento, expansivo y cordial, un pésimo jugador que casi siempre perdía, un jugador empedernido que nunca lo dejaba cuando estaba de suerte. Cully no lo recordó inmediatamente, porque Charlie Hemsi había estado intentando curarse.

Hemsi tenía deudas en todo Las Vegas. En la caja del casino del Hotel Xanadú había cincuenta grandes de déficit a nombre de Charlie Hemsi. Algunos casinos habían enviado ya cartas amenazadoras. Gronevelt había dicho a Cully que esperara.

—Puede pagar —dijo Gronevelt—. Y cuando pague recordará que nos portamos bien y vendrá a jugar aquí. Y cuando ese imbécil juega, es dinero seguro para nosotros.

Cully no dudaba.

—Ese imbécil debe unos trescientos grandes en Las Vegas —dijo—. Hace un año que no aparece. Creo que sigue la ruta del agente de reclamaciones.

—Quizá —dijo Gronevelt—. Tiene un buen negocio en Nueva York. Si tiene un buen año, volverá. El juego y las tías es algo ante lo que no puede resistirse. Escucha, lo que le pasa es que ahora está asentado con su mujer y sus hijos y se dedica a ir a las fiestas del vecindario. Quizá tenga aventuras en el centro de confección. Pero eso le pondrá nervioso, se enterarán de ello demasiados amigos suyos. Aquí en Las Vegas es todo mucho más limpio. Y no es de los que dejan la mesa de juego tan fácilmente.

—¿Y si no tiene un buen año en el negocio? —preguntó Cully.

—Entonces utilizará su dinero de Hitler —dijo Gronevelt.

Se dio cuenta de la expresión cortésmente inquisitiva y sorprendida de Cully.

—Eso es lo que dicen los chicos del centro de confección. Durante la guerra, todos hicieron una fortuna en el mercado negro. Cuando el gobierno racionó los materiales, circuló bajo cuerda muchísimo dinero. Dinero del que no tenían por qué informar a hacienda. No podían. Se hicieron ricos todos. Pero es un dinero que no pueden sacar. Si quieres hacerte rico en este país, tienes que hacerlo en la sombra.

Era la frase que Cully siempre recordaba: «Tienes que hacerte rico en la sombra». El credo de Las Vegas. No sólo de Las Vegas sino de muchos de los hombres de negocios que iban a Las Vegas. Propietarios de supermercados, de máquinas tragaperras, jefes de empresas de la construcción, lúgubres funcionarios eclesiásticos de todos los credos que recogían dinero en cestos sagrados. Grandes empresas con batallones de asesores legales que creaban una llanura de oscuridad dentro de la ley.

Cully escuchaba a Merlyn sólo a medias. Gracias a Dios, Merlyn nunca hablaba mucho. Pronto terminó, y cuando caminaban por el parque en silencio, Cully lo repasó todo mentalmente. Sólo para asegurarse, pidió a Merlyn que le describiese otra vez a Hemsi padre. No, no era Charlie. Debía ser uno de los hermanos, socio en el negocio y, por lo que parecía, el socio principal. A Cully, Charlie nunca le había parecido un gran ejecutivo. Fue recorriendo mentalmente todos los pasos que tenía que dar. El plan era perfecto, y estaba seguro de que Gronevelt lo aprobaría. Sólo quedaban tres días para que Merlyn compareciese ante el gran jurado, pero sería suficiente.

Y entonces, Cully pudo disfrutar el paseo con Merlyn por el parque. Hablaron de los viejos tiempos. Se hicieron las mismas preguntas de siempre sobre Jordan. ¿Por qué lo había hecho? ¿Por qué un hombre que acababa de ganar cuatrocientos grandes se volaba los sesos? Los dos eran demasiado jóvenes para imaginar el vacío del éxito, aunque Merlyn hubiese leído sobre el tema en novelas y libros de texto. Cully no se creía aquel cuento. El sabía lo feliz que podía hacerle «el lapiz» completo. Sería un emperador. Hombres ricos y poderosos, bellas mujeres serían sus huéspedes. Podría traerlos desde cualquier rincón del mundo gratis, pagaría el Hotel Xanadú. Bastaría con que Cully utilizase «el lápiz». Podría disponer de suites lujosas, las mejores comidas, magníficos vinos, bellas mujeres, una cada vez, dos cada vez, tres al mismo tiempo. Y realmente hermosas. Podría trasladar a un mortal ordinario al paraíso durante tres, cuatro, cinco días, e incluso una semana, todo gratis.

Salvo, claro está, que tendrían que comprar fichas, de las verdes y de las negras, y tendrían que jugar. Era un precio bajo. Además podían ganar, si tenían suerte. Si jugaban con inteligencia, no perderían demasiado. Cully pensaba bondadosamente que utilizaría «el lápiz» para Merlyn. Merlyn podría tener lo que quisiera siempre que fuese a Las Vegas.

Y ahora Merlyn se había apartado del buen camino. Sin embargo, Cully veía claramente que era una aberración temporal. Todo el mundo caía por lo menos una vez en la vida. Y Merlyn demostraba sentirse avergonzado, al menos ante Cully. Había perdido parte de su serenidad, parte de su confianza. Y esto conmovía a Cully. El jamás había sido inocente y estimaba en mucho la inocencia de los demás.

Así que cuando él y Merlyn se despidieron, le dio un abrazo.

—No te preocupes, lo arreglaré. Entra en la sala de ese gran jurado y niégalo todo. ¿Vale?

Merlyn se echó a reír.

—¿Qué otra cosa puedo hacer? —dijo.

—Y cuando vayas a Las Vegas, todo será por cuenta de la casa —dijo Cully—. Eres mi invitado.

—No tengo mi chaqueta de ganador —dijo Merlyn sonriendo.

—No te preocupes —dijo Cully—. Si te hundes demasiado, yo mismo te serviré personalmente una buena mano al veintiuno.

—Eso es robar, no jugar —dijo Merlyn—. Lo de robar lo dejé desde que me llegó esa notificación del gran jurado.

—Sólo bromeaba —dijo Cully—. No le haría eso a Gronevelt. Si fueses una mujer guapa, quizá, pero eres demasiado feo.

Le sorprendió ver que esto afectaba a Merlyn. Y le sorprendió el que Merlyn fuese una de aquellas personas que se consideraban feas. Les pasaba a muchas mujeres, pero no a los hombres, pensó. Cully dio el último adiós a Merlyn preguntándole si necesitaba algo del dinero que tenía guardado en el hotel, y Merlyn dijo que aún no. Y con esto se separaron.

Cuando volvió a la suite del Hotel Plaza, Cully hizo una serie de llamadas a los casinos de Las Vegas. Sí, las cuentas de Charles Hemsi aún seguían pendientes. Llamó a Gronevelt con intención de delinear su plan y luego cambió de idea. Nadie sabía en Las Vegas cuántas cintas ocultas tenía el FBI en la ciudad. Así que se limitó a mencionar de pasada a Gronevelt que se quedaría en Nueva York unos cuantos días y que reclamaría las deudas atrasadas de los clientes de Nueva York. Gronevelt fue lacónico:

—Reclámalas amablemente —dijo.

Cully contestó que por supuesto, ¿qué otra cosa podía hacer? Los dos comprendieron que hablaban para el archivo del FBI. Pero Gronevelt quedó alertado y esperaría una explicación posterior en Las Vegas. Cully estaría a cubierto, no había intentado en ningún momento engañar a Gronevelt.

Al día siguiente, Cully se puso en contacto con Charles Hemsi, no en su oficina del centro de confección, sino en una pista de golf de Roslyn, Long Island. Cully alquiló una limusina y se fue allí temprano. Pidió una copa en el club y esperó.

Al cabo de dos horas, vio salir a Charles Hemsi de la pista de golf. Se levantó de su silla y fue a su encuentro. Charles estaba hablando con sus compañeros antes de entrar en los vestuarios. Cully le vio entregar dinero a uno de los jugadores. Al muy mamón le engañaban ahora con el golf, perdía en todas partes. Cully fingió tropezar con ellos por casualidad.

—Charlie —dijo con sincera satisfacción de anfitrión de Las Vegas—. Cuánto me alegro de verte.

Le tendió la mano y Hemsi se la estrechó.

Captó la expresión de extrañeza de Hemsi, que significaba que le reconocía pero no era capaz de situarle.

—Del Hotel Xanadú —dijo Cully—. Cully. Cully Cross.

La expresión de Hemsi cambió de nuevo. Miedo mezclado con irritación. Y luego la mueca del vencedor. Cully desplegó su más encantadora sonrisa, y, dando una palmada a Hemsi en la espalda, dijo:

—Te hemos echado de menos. Llevamos mucho tiempo sin verte. Demonios, qué casualidad encontrarme contigo. Como acertar un número a la ruleta a la primera.

Los compañeros de golf de Hemsi se dirigían hacia el club, y Charlie empezó a seguirles. Era un hombre alto, mucho más alto que Cully; se limitó a alejarse bruscamente. Cully le dejó. Luego le llamó:

—Charlie, concédeme un minuto. He venido sólo para ayudarte.

Procuró dar a su voz un tono sincero pero no suplicante. Y, sin embargo, las notas de sus palabras eran fuertes, repiqueteaban como acero.

El otro vaciló y Cully se colocó rápidamente a su altura.

—Escucha, Charlie, esto no te costará nada. Puedo resolver el problema de todas las cuentas que tienes en Las Vegas. Sin que pagues un céntimo. Sólo con que tu hermano me haga un pequeño favor.

La cara grande y tosca de Charlie Hemsi palideció. Sacudió la cabeza:

—No quiero que mi hermano se entere de esas deudas. Es un hombre peligroso. No puedes decírselo a mi hermano.

Entonces Cully dijo en un tono suave, casi quejumbroso.

—Los casinos están cansados de esperar, Charlie. Van a intervenir los recaudadores. Tú ya sabes cómo actúan. Van a tu trabajo, a tu negocio, montan escenas. Piden su dinero a gritos. Cuando veas a dos tipos de más de dos metros y de cientos veinte kilos, reclamando a voces su dinero, verás cómo resulta un poco inquietante.

—No pueden asustar a mi hermano —dijo Charlie Hemsi—. Es un tipo duro y tiene contactos.

—Claro —dijo Cully—. No quiero decirte que puedan obligarte a pagar si tú no quieres. Pero tu hermano se enterará y se verá complicado y todo el asunto será muy desagradable. Mira, te prometo algo: si consigues que tu hermano hable conmigo, resolveré el problema de tus deudas en el Xanadú. Y podrás ir allí y jugar, y todos los gastos serán por cuenta de la casa, igual que antes. Sólo que no se te dará crédito para jugar. Tendrás que pagar en efectivo. Si ganas, puedes hacer un pequeño pago de lo que debes. Es un buen trato, ¿no?

Cully hizo entonces un leve gesto, casi de disculpa.

Pudo ver brillar el interés en los ojos azules de Charlie. El tipo llevaba un año sin ir por Las Vegas. Debía echarlo de menos. Cully recordaba que en Las Vegas nunca había querido ir a las pistas de golf. Lo cual significaba que no le gustaba tanto el golf. Porque a muchos jugadores empedernidos les gustaba pasar una mañana en la gran pista de golf del Hotel Xanadú. No había duda, aquel tipo se aburría. Aún así, Charlie vacilaba.

—Tu hermano lo sabrá de todos modos —dijo Cully—. Mejor que lo sepa por mí que por los recaudadores. Me conoces. Sabes que no me pasaré de la raya.

—¿Cuál es el pequeño favor? —preguntó Charlie.

—Un favor muy pequeño —dijo Cully—. En cuanto oiga mi proposición la aceptará. Te lo prometo. No le importará. Y le agradará hacerlo.

Charlie esbozó una triste sonrisa.

—No se alegrará —dijo—. Pero vamos al club a tomar algo y a hablar.

Una hora después, Cully volvía hacia Nueva York. Había estado con Charlie mientras éste llamaba por teléfono a su hermano y concertaba la cita. Había engatusado, presionado y seducido a Charlie Hemsi de una docena de modos distintos. Le había dicho que saldaría todas sus deudas en Las Vegas. Que nadie le molestaría nunca por el dinero. Que la próxima vez que Charlie fuese a Las Vegas tendría la mejor suite y todo correría a cargo de la casa. Y también, como regalo, habría una chica alta, de largas piernas, rubia, de Inglaterra, con aquel maravilloso acento inglés, y de lo más atractivo que pudiera imaginarse, la bailarina más bella de la compañía del Hotel Xanadú. Y Charlie podría estar con ella toda la noche. Le encantaría. Y a ella le encantaría Charlie.

Y así, arreglaron todo lo necesario para el viaje de Charlie a Las Vegas, a fin de mes. Cuando Cully terminó con él, Charlie creía estar comiendo miel en vez de tragar aceite de ricino.

Cully volvió primero al Plaza para lavarse y cambiarse. Despidió la limusina. Bajaría andando al centro de confección. Se puso su mejor traje, camisa de seda y una tradicional corbata marrón. Y gemelos. Tenía una imagen bastante precisa de Eli Hemsi a través de su hermano Charlie, y no quería causarle mala impresión.

En su paseo hasta el centro de confección, Cully sentía repugnancia por la suciedad de las calles y los rostros atormentados y demacrados de la gente con la que se cruzaba. Carretillas de mano, cargadas con vestidos de brillantes colores colgados de perchas metálicas, empujadas por negros o viejos de rojizos y arrugados rostros de alcohólicos. Empujaban las carretillas por las calles como vaqueros, parando el tráfico, derribando casi a los peatones. Como la arena y las plantas rodadoras de un desierto, la basura de los periódicos tirados, los restos de comida, las botellas vacías destrozadas por las ruedas de las carretillas, salpicaban los zapatos y los pantalones. Las aceras estaban tan atestadas de gente que apenas se podía respirar, ni siquiera al aire libre. Los edificios parecían grises tumores cancerosos creciendo hacia el cielo. Cully lamentó por un momento el afecto que sentía por Merlyn. Odiaba aquella ciudad. Le asombraba que alguien quisiera vivir en ella. Y la gente protestaba de Las Vegas. Y del juego. Mierda. Por lo menos el juego mantenía limpia la ciudad.

La entrada del edificio de Hemsi parecía más limpia que las otras. La alfombra del vestíbulo del ascensor parecía tener una capa más fina de mugre sobre las habituales baldosas blancas. Dios mío, pensó Cully, qué negocio más miserable. Pero cuando salió al rellano de la sexta planta, cambió de opinión. La recepcionista y la secretaria no estaban al nivel de Las Vegas, pero la suite de oficinas de Eli Hemsi sí. Y Eli Hemsi, Cully lo percibió inmediatamente, era un hombre con quien no se podía andar con bromas.

Eli Hemsi vestía su habitual traje de seda oscuro con corbata gris perla asentada en una relumbrante camisa blanca. Su inmensa cabeza se inclinaba atenta y alerta mientras Cully hablaba. Sus ojos profundamente hundidos en las cuencas, parecían tristes. Pero poseía una fuerza y una energía incontenibles. Pobre Merlyn, pensó Cully, relacionándose con este tipo.

Cully fue todo lo breve que podía, dadas las circunstancias. Y habló con la gravedad de un hombre de negocios. Intentar engatusar a Eli Hemsi sería perder el tiempo.

—He venido aquí a ayudar a dos personas —dijo Cully—. A su hermano Charles y a un amigo mío que se llama Merlyn. Créame cuando le digo que es mi único propósito. Para que yo les ayude, tendrá usted que hacerme un pequeño favor. Si me dice que no, asunto zanjado. Y aunque me diga que no, no haré nada por perjudicar a nadie. Todo seguirá igual.

Hizo una momentánea pausa, para dejar que Eli Hemsi dijese algo, pero la gran cabeza bufalesca estaba inmovilizada en tensa atención. Sus ojos sombríos ni siquiera pestañearon.

Cully continuó:

—Su hermano Charles debe a mi hotel de Las Vegas, el Xanadú, cincuenta mil dólares. Debe otros doscientos cincuenta mil por Las Vegas. Quiero decir, ante todo, que mi hotel nunca le presionará. Ha sido demasiado buen cliente y es muy buena persona. Los otros casinos pueden molestarle un poco, aunque en realidad no pueden obligarle a pagar si usted usa sus contactos, que sé que los tiene. Pero en tal caso, les deberá usted a sus contactos un favor que puede costarle luego más de lo que yo pido.

Eli Hemsi suspiró y preguntó, con su voz suave pero potente:

—¿Es mi hermano un buen jugador?

—No, la verdad —dijo Cully—. Pero eso no significa nada. Todo el mundo pierde.

Hemsi suspiró de nuevo.

—No es mucho mejor en el negocio. Voy a tener que echarle, que librarme de él. Voy a tener que despedir a mi propio hermano. No trae más que problemas, siempre jugando y con esas mujeres. De joven era un gran vendedor, el mejor, pero se ha hecho viejo y no tiene interés. No sé si podré ayudarle. Sé que no voy a pagar sus deudas de juego. Yo no juego, no me permito ese placer. ¿Por qué voy a pagarle eso?

—No le pido que lo haga —dijo Cully—. Pero esto es lo que yo puedo hacer: mi hotel saldará sus deudas en los otros casinos. El no tendrá que pagarlas a menos que venga y juegue y gane en nuestro casino. No le daremos más crédito. Y haré que ningún otro casino de Las Vegas se lo dé. No podrá perder mucho si sólo juega en efectivo. Será una seguridad. Para él, una ventaja. Lo mismo que dar crédito a determinadas personas es una ventaja para nosotros. Puedo proporcionarle esa protección.

Hemsi aún seguía obsevándole muy atentamente.

—¿Pero mi hermano aún sigue jugando?

—Nunca conseguirá usted que deje de hacerlo —dijo Cully—. Hay muchos hombres como él, y muy pocos como usted. La vida real ya no le emociona, ya no le interesa. Es muy corriente.

Eli Hemsi cabeceó, pensando en todo aquello, dándole vueltas en su testa de búfalo.

—Bueno, no hace usted tan mal negocio —le dijo a Cully—. Nadie va a poder cobrar las deudas de mi hermano, como usted mismo dice, así que no da usted nada. Y luego el imbécil de mi hermano llegará con diez, veinte mil dólares en el bolsillo, y usted se los ganará. Por tanto, sale usted ganando, ¿no?

—Podría ser de otro modo —dijo Cully con cautela—. Su hermano podría contraer nuevas deudas y llegar a deber muchísimo dinero. Lo suficiente para que algunas personas considerasen que merecía la pena cobrarlo o esforzarse más por cobrarlo. Quién sabe las tonterías que puede hacer un hombre... Créame cuando le digo que su hermano no podrá pasarse sin ir a Las Vegas. Es algo que lleva en la sangre. Vienen hombres como él de todo el mundo. Tres, cuatro, cinco veces al año. No sé por qué, pero vienen. Para ellos significa algo que ni usted ni yo podemos entender. Y recuerde, tengo que cancelar sus deudas; eso me costará algo.

Al decir esto, se preguntó cómo acogería Gronevelt la proposición. Pero ya se preocuparía de eso más tarde.

—¿Y cuál es el favor?

La pregunta fue formulada en aquel mismo tono de voz suave pero potente. Era realmente la voz de un santo, parecía desprender serenidad espiritual. Cully quedó impresionado y, por primera vez, se sintió un poco preocupado. Quizás aquello no resultase.

—Se trata de su hijo Paul —dijo Cully—. Hizo una declaración en contra de mi amigo Merlyn. Recordará a Merlyn. Prometió usted hacerle feliz para el resto de su vida.

Cully dejó que el acero tintinease en su voz. Le irritaba la sensación de poder que emanaba de aquel hombre. Un poder nacido de su tremendo éxito con el dinero, del subir de la pobreza a los millones en un mundo adverso, de las batallas victoriosas de su vida mientras arrastraba a un hermano imbécil.

Pero Eli Hemsi no picó el anzuelo del reproche irónico. Ni siquiera sonrió. Seguía escuchando.

—El testimonio de su hijo es la única prueba que hay contra Merlyn. Por supuesto, comprendo muy bien que Paul estuviese asustado.

Captó de pronto un relampagueo peligroso en aquellos ojos oscuros que le miraban. Cólera ante el hecho de que un extraño conociese el nombre de su hijo y lo utilizase con tanta familiaridad y casi despectivamente. Cully esbozó una dulce sonrisa.

—Tiene usted un chico muy majo, señor Hemsi. Todos piensan que le engañaron, que le amenazaron, para que hiciese esa declaración al FBI. He consultado con algunos buenos abogados. Dicen que puede retractarse en la declaración ante el gran jurado. Prestar testimonio de tal modo que no convenza al jurado y sin que por ello tenga problemas con el FBI. Puede también retractarse completamente del testimonio anterior.

Estudió el rostro que tenía ante sí. Era imposible leer nada en él.

—Doy por supuesto que su hijo tendrá inmunidad —dijo Cully—. No podrá ser procesado. Tengo entendido también que usted probablemente tenga las cosas arregladas para que no tenga que hacer el servicio militar. Saldrá de este asunto sin el menor problema. Supongo que usted ya lo tiene todo previsto. Pero si él hace este favor, le prometo que nada cambiará.

Eli Hemsi habló entonces con una voz distinta. Más fuerte, no tan suave; persuasiva, sin embargo. Un vendedor vendiendo.

—Me gustaría poder hacerlo —dijo—. Ese chico, Merlyn, es muy buen muchacho. Me ayudó, le estaré eternamente agradecido.

Cully se dio cuenta de que aquel hombre utilizaba con mucha frecuencia la palabra «eternamente». Para él no había puntos intermedios. Le había prometido a Merlyn que le haría feliz para el resto de su vida. Ahora prometía eterno agradecimiento. Un agente de reclamación astuto y hábil que intentaba eludir sus obligaciones. Por segunda vez, Cully sintió cierta cólera ante el hecho de que aquel tipo estuviese tratando a Merlyn como a un perfecto imbécil. Pero siguió escuchando con una suave sonrisa.

—Nada puedo hacer —dijo Hemsi—. No puedo poner en peligro a mi hijo. Mi esposa jamás me lo perdonaría. Para ella es toda su vida. Mi hermano es un ser adulto. ¿Quién puede ayudarle? ¿Quién puede guiarle, quién puede cambiar su vida ya? Es de mi hijo de quien he de preocuparme. El es mi primera preocupación. Aparte de eso, créame, haré lo que sea por el señor Merlyn. Dentro de diez, veinte, treinta años. Nunca le olvidaré. Luego, cuando esto acabe, puede pedirme cualquier cosa.

El señor Hemsi se levantó y extendió la mano, inclinando su corpulenta estructura con grata solicitud.

—Ojalá mi hijo tuviese un amigo como usted.

Cully le sonrió, le estrechó la mano.

—No conozco a su hijo, pero su hermano es amigo mío. Irá a visitarme a Las Vegas a fin de mes. Pero no se preocupe, yo me ocuparé de él. No tendrá problemas.

Vio que Eli Hemsi le miraba calculadoramente. Sí, era el momento de contárselo todo.

—Ya que no puede usted ayudarme —dijo Cully—, tendré que proporcionarle a Merlyn un buen abogado. Supongo que el fiscal del distrito le habrá dicho que Merlyn se confesará culpable y obtendrá una condena condicional. Y se descubrirá todo el pastel, con lo que su hijo no sólo obtendrá inmunidad sino que nunca tendrá que volver al ejército. Puede ser que suceda eso. Pero Merlyn no se declarará culpable. Habrá un juicio. Su hijo deberá comparecer ante un tribunal público. Y tendrá que declarar. Habrá mucha publicidad. Sé que eso a usted no le molesta, pero los periódicos querrán saber dónde está su hijo Paul y qué hace. Me da igual quién le haya prometido lo que le hayan prometido, su hijo tendrá que ir al ejército. La prensa presionará demasiado. Y luego, además de todo eso, usted y su hijo tendrán enemigos. Utilizando su propia frase: «Le haré a usted desgraciado el resto de su vida».

Una vez expuesta abiertamente la amenaza, Hemsi se retrepó en la silla y miró fijamente a Cully. Su rostro macizo y arrugado revelaba más tristeza que cólera. Así que Cully insistió:

—Usted tiene contactos. Hable con ellos y escuche sus consejos. Infórmese sobre mí. Dígales que trabajo para Gronevelt, del Hotel Xanadú. Si ellos están de acuerdo con usted y llaman a Gronevelt, nada podré hacer yo, pero estará en deuda con ellos.

—¿Dice usted que todo irá bien si mi hijo hace lo que usted pide?

—Se lo garantizo —dijo Cully.

—¿No tendrá que volver al ejército? —volvió a preguntar Hemsi.

—Le garantizo también eso —dijo Cully—. Tengo amigos en Washington, igual que usted. Pero mis amigos pueden hacer cosas que los suyos no pueden hacer. Aunque sólo fuese porque no pueden tener contactos con usted.

Eli Hemsi acompañó a Cully hasta la puerta.

—Gracias —dijo—. Muchísimas gracias. Tengo que pensar detenidamente todo lo que me ha dicho. Le tendré informado.

Volvieron a estrecharse la mano.

—Estoy en el Plaza —dijo Cully—. Y salgo para Las Vegas mañana por la mañana. Le agradecería que me dijese algo esta noche.

Pero fue Charlie Hemsi quien le llamó. Estaba borracho y muy contento.

—Cully, viejo cabrón. No sé cómo te las arreglaste, pero mi hermano me ha dicho que te diga que no habrá problema. Está totalmente de acuerdo contigo.

Cully se tranquilizó. Eli Hemsi había hecho sus llamadas telefónicas para comprobar. Gronevelt debía haber respaldado la operación. Sintió gran afecto y gratitud hacia Gronevelt.

—Eso está muy bien —le dijo a Charlie—. Te veré en Las Vegas a fin de mes, Charlie. Lo pasarás como nunca.

—No me lo perderé —dijo Charlie Hemsi—. Y no te olvides de esa bailarina.

—No me olvidaré —dijo Cully.

Tras esto, se vistió y salió a cenar. Llamó a Merlyn desde el teléfono automático del vestíbulo del restaurante.

—Todo está resuelto, no era más que un mal entendido. No te preocupes de nada, no habrá ningún problema.

La voz de Merlyn parecía muy lejana, remota, y no había en ella el agradecimiento que a Cully le hubiese gustado percibir.

—Gracias —dijo Merlyn—. Te veré pronto en Las Vegas.

Y luego colgó.

22

Cully Cross me resolvió todos los problemas, pero el pobre Frank Alcore, pese a su patriotismo, fue procesado, condenado, retirado del servicio activo y expulsado del ejército y condenado a un año de cárcel. Una semana después, el comandante me llamó. No estaba enfadado conmigo, ni indignado; en realidad, sonreía burlón.

—No sé cómo lo hiciste, Merlyn —me dijo—. Pero conseguiste librarte. Te felicito. Y no me importa nada todo este asunto, es como un chiste. Deberían haber metido a aquellos chicos en la cárcel. Me alegro por ti, pero he recibido órdenes de controlar este asunto y de cerciorarme de que lo ocurrido no se repita. Te hablo como amigo. No quiero presionarte. Pero te aconsejo que dimitas de tu cargo en el gobierno. Inmediatamente.

Esto me sorprendió y me conmovió un poco. Creí que no tendría ya ningún problema y de pronto me veía sin trabajo. ¿Cómo demonios iba a pagar todas mis facturas? ¿Cómo iba a mantener a mi mujer y a mis hijos? ¿Cómo iba a pagar la hipoteca de la nueva casa de Long Island, a la que me iba a trasladar en unos meses?

Procuré mantenerme impasible cuando dije:

—El gran jurado me declaró inocente. ¿Por qué he de dimitir?

El comandante pareció leer el pensamiento. Recordé que Jordan y Cully se burlaban de mí en Las Vegas diciéndome que cualquiera podía darse cuenta de lo que yo pensaba. Porque el comandante me miraba con lástima mientras me decía:

—Te lo digo por tu propio bien. Los jefes pondrán a los servicios de investigación internos a investigar este asunto. El FBI seguirá husmeando. Y todos los chicos de la reserva querrán seguir utilizándote, intentarán que les hagas otros favores. Mantendrán la olla hirviendo. Pero si te vas, todo se olvidará en seguida. Los investigadores se cansarán y, al no tener nada que investigar, acabarán dejándolo.

Quería preguntarle sobre los otros civiles que habían estado aceptando sobornos, pero el comandante se me adelantó:

—Sé por lo menos de otros diez asesores como tú, administrativos de unidad, que van a dimitir. Algunos ya lo han hecho. Créeme, estoy de tu parte. Y además será mejor para ti. Estás perdiendo el tiempo en este trabajo. A tu edad, deberías haber conseguido algo mejor.

Asentí. Yo también pensaba lo mismo. Que no había aprovechado gran cosa mi vida hasta entonces. Tenía una novela publicada, pero estaba ganando cien pavos semanales de salario neto por mi trabajo como funcionario. Ganaba, claro, otros tres o cuatrocientos al mes con artículos que publicaba en las revistas; pero, una vez cerrada la mina de oro ilegal, tenía que moverme.

—De acuerdo —dije—. Escribiré una carta dando dos semanas de plazo.

El comandante asintió y me estrechó la mano.

—Tienes pendiente un permiso por enfermedad pagado. Utilízalo estas dos semanas y búscate otro trabajo. Te ayudaré. Sólo tendrás que venir un par de veces a la semana, para poner al día el papeleo —dijo.

Volví a mi mesa y escribí la carta de dimisión. Las cosas no estaban tan mal como parecía. Tenía por delante unos veinte días de vacaciones pagadas, que significaban unos cuatrocientos dólares. Tenía, según mis cálculos, unos mil quinientos dólares en mi fondo de la pensión del gobierno, que podría retirar, aunque perdiese mis derechos al retiro cuando tuviese sesenta y cinco años. Pero eso quedaba a más de treinta años de distancia. Podría morirme antes. Un total de dos grandes. Y luego estaba el dinero de los sobornos que me tenía guardado Cully en Las Vegas. Aquello eran treinta grandes. Por un instante, tuve una abrumadora sensación de pánico. ¿Y si Cully renegaba de mí y no me daba mi dinero? Nada podría hacer. Eramos buenos amigos, él me había ayudado a resolver mis problemas, pero no me hacía ilusiones respecto a Cully. Era un pandillero de Las Vegas. ¿Y si me decía que se quedaba con mi dinero por el favor que me había hecho? No podría discutírselo. Habría pagado con gusto aquel dinero para no ir a la cárcel. ¡Lo habría pagado sin duda, Dios mío!

Pero lo que más temía era tener que decirle a Valerie que me había quedado sin trabajo, y tener que explicárselo a su padre. El viejo empezaría a hacer preguntas y descubriría la verdad.

No se lo dije a Valerie aquella noche. Al día siguiente, salí del trabajo y fui a ver a Eddie Lancer a su trabajo. Se lo conté todo y él se quedó sentado allí moviendo la cabeza y riéndose. Cuando terminé, dijo, casi admirado:

—Sabes, voy de sorpresa en sorpresa. Creía que eras el tipo más honrado del mundo después de tu hermano Artie.

Le conté a Eddie Lancer lo de los sobornos, cómo me había convertido en un delincuente de tres al cuarto, y cómo esto me había hecho sentirme mejor psicológicamente. En cierto modo, había descargado así gran parte de la amargura que sentía. El rechazo de mi novela por el público, la monotonía de mi vida, su fracaso básico, el haber sido siempre, en realidad, desgraciado.

Lancer me miraba con una sonrisilla.

—Y yo que creía que eras el tipo menos neurótico que había conocido —dijo—. Un matrimonio feliz, hijos, una vida segura, un trabajo. Estás escribiendo otra novela. ¿Qué más quieres?

—Necesitaré un trabajo —le dije.

Eddie Lancer se lo pensó un momento. Curiosamente, yo no sentía el menor embarazo por acudir a él.

—Te diré de modo confidencial que me voy de aquí dentro de unos seis meses —dijo—. Pondrán a otro editor en mi lugar. Le diré a mi sucesor que te dé trabajo y lo hará porque me debe un favor. Le diré que te dé trabajo suficiente para que puedas vivir de ello.

—Eso sería estupendo —dije.

Luego Eddie añadió, animosamente:

—Hasta entonces, yo puedo cargarte de trabajo. Relatos de aventuras, algo de basura romántica y algunas críticas de libros que suelo hacer yo. ¿De acuerdo?

—Por supuesto —dije—. ¿Cuándo calculas que acabarás tu libro?

—En un par de meses —dijo Lancer—. ¿Y tú?

Era una pregunta que me molestaba siempre. La verdad era que yo sólo tenía un esquema de novela, de una novela que quería escribir sobre un crimen famoso de Arizona. Pero no había escrito nada. Había presentado el esquema a mi editor, pero él se había negado a darme un anticipo. Dijo que era el tipo de novela que no daría dinero porque trataba del rapto de un niño que acaba asesinado. No habría la menor simpatía por el raptor, que era el héroe del libro. Yo perseguía otro *Crimen y castigo,* y esto había asustado al editor.

—Trabajo en ella —dije—. Pero aún me queda mucho.

Lancer sonrió comprensivo.

—Eres un buen escritor —dijo—. Harás algo grande un día. No te preocupes.

Hablamos un rato más sobre escribir y sobre libros. Los dos estábamos de acuerdo en que éramos mejores novelistas que la mayoría de los famosos que estaban haciendo fortuna en las listas de éxitos. Cuando me fui, me sentía contento y seguro. Siempre que hablaba con Lancer me ocurría lo mismo. Por alguna razón, era una de las pocas personas con las que me sentía a gusto, y, como sabía que era un individuo listo e inteligente, su buena opinión sobre mi talento me animaba.

Y así, todo había salido del mejor modo posible. Podía escribir durante todo el día y podía llevar una vida honrada. Había eludido la cárcel y en unos meses estaría instalado en una casa propia. Por primera vez en mi vida. Quizás un pequeño delito compense.

Dos meses después, me trasladé a mi nueva casa de Long Island. Cada niño tenía su dormitorio. Teníamos tres baños y un cuarto de lavandería especial. No tendría ya que bañarme con ropa tendida goteándome en la cara. No tendría ya que esperar que los niños terminaran. Disponía del inmenso lujo de la intimidad. Tenía un cubil propio para escribir, jardín propio, un césped propio. Estaba separado de las otras personas. Aquello era el paraíso. Y, sin embargo, era algo que muchísimas personas daban por supuesto.

Y lo más importante de todo era que tenía la sensación de que mi familia estaba segura. Habíamos dejado atrás a los pobres y a los desesperados. Jamás nos alcanzarían, sus desgracias nunca provocarían la nuestra. Mis hijos jamás serían huérfanos.

Un día, sentado en el porche trasero, me di cuenta de que era completamente feliz, quizá más feliz de lo que volviera a serlo en mi vida. Y eso me fastidiaba un poco. Si era un artista, ¿por qué me hacían tan feliz placeres tan vulgares, una mujer a la que amaba, hijos que me encantaban, una casita en una zona aceptable de la ciudad? Había algo cierto: no era ningún Gauguin. Quizá por eso no escribiese. Era demasiado feliz. Y sentí un resquemor de resentimiento contra Valerie. Me tenía atrapado. Dios mío.

Pero aun así, me sentía feliz. Todo iba tan bien. Y el placer que me proporcionaban mis hijos era tan vulgar. Eran tan repugnantemente «lindos». Cuando mi hijo tenía cinco años, le llevé a dar un paseo por la calle y de pronto saltó un gato de un sótano y cayó casi literalmente delante nuestro. Mi hijo se volvió a mí y me dijo:

—¿Es eso un «gato escaldado»?

Cuando se lo conté a Vallie, se emocionó y quería mandar la historia a una de esas revistas que pagan por anécdotas divertidas de este género. Mi reacción fue distinta. Me pregunté si uno de sus amigos le habría ridiculizado diciéndole que era un gato escaldado y a él le había desconcertado aquello más por lo que pudiera significar la frase que por el insulto. Pensé entonces en todos los misterios del lenguaje y en las experiencias con que mi hijo se enfrentaba por primera vez. Y envidié la inocencia de la niñez, lo mismo que le envidiaba la suerte de tener padres a quienes poder decir aquello y que se preocupasen por él.

Y recuerdo un día que habíamos ido en familia a dar un paseo por la Quinta Avenida, un domingo por la tarde, en que Valerie miraba los escaparates contemplando vestidos que jamás podría comprarse. De pronto, vimos venir hacia nosotros a una mujer como de un metro de altura pero elegantemente vestida con un chaquetón de ante y una blusa blanca de frunces y una falda oscura de cuadros escoceses. Mi hija tiró de la manga de Valerie, señaló a la enana y dijo:

—¿Qué es eso, mamá?

Valerie se quedó horrorizada. Le aterraba siempre herir los sentimientos de alguien. Hizo callar a la niña hasta que la mujer pasó. Luego le explicó que se trataba de una de esas personas que no crecían nunca. Mi hija no captó muy bien la idea. Por fin preguntó:

—Quieres decir que no creció. ¿Entonces es una señora mayor como tú?

Valerie me sonrió:

—Sí, cariño —dijo—. Pero no pienses más en eso. Eso les pasa a muy pocas personas.

Aquella noche en casa, mientras les contaba un cuento a mis hijos antes de mandarles a la cama, mi hija parecía ensimismada, no me escuchaba. Le pregunté qué pasaba. Entonces, con los ojos muy abiertos, dijo:

—Papá, ¿soy una niña pequeña o una señora mayor que no creció?

Sabía que había millones de personas que podían contar historias como éstas de sus hijos, que todo era terriblemente vulgar. Y, sin embargo, no podía evitar la sensación de que el compartir la vida de mis hijos me enriquecía. Que la estructura de mi vida se componía de aquellas cosas pequeñas que parecían no tener la menor importancia.

Más sobre mi hija: Una noche estábamos cenando y consiguió enfurecer a Valerie portándose muy mal. Le tiró comida a su hermano, volcó deliberadamente un vaso y luego, una salsera.

—Como hagas otra cosa más te mato —le gritó Valerie.

Era un decir, por supuesto. Pero la niña la miró fijamente y preguntó:

—¿Tienes pistola?

Fue divertido, porque ella estaba convencida de que su madre no podía matarla si no tenía pistola. Nada sabía aún de guerras y pestes, de violadores y asesinos, de accidentes de automóvil y desastres aéreos; de palizas, cáncer, venenos;

de las personas a las que tiran por una ventana. Valerie y yo nos echamos a reír, y Valerie dijo:

—Claro que no tengo pistola, no seas tonta.

Y la expresión preocupada desapareció de la cara de la niña.

Observé que Valerie no volvió a hacer ningún tipo de comentario parecido.

Valerie también me asombraba a veces. Con el paso de los años, era cada vez más católica y más conservadora. Nada quedaba ya de la chica bohemia de Greenwich Village que había querido ser escritora. En la urbanización donde habíamos vivido no estaban permitidos los animales domésticos, y Vallie jamás me dijo que le gustaran. Pero ahora que teníamos casa propia, compró un perrito y un gato. Lo que no me gustó gran cosa, aunque los niños formaban un cuadro perfecto jugando con ellos en el césped. La verdad es que a mí nunca me habían gustado los perros ni los gatos. Eran casi caricaturas de huérfanos.

Yo era *demasiado* feliz con Valerie. No tenía entonces la menor idea de lo raro y lo valioso que era esto. Y ella era la madre perfecta para un escritor. Cuando se caían los niños y había que ponerles puntos, nunca se asustaba ni se molestaba. No le importaba hacer todas las tareas que normalmente hace un hombre en la casa y que yo no tenía paciencia para hacer. Ahora sus padres vivían sólo a media hora de distancia. Y muchas tardes y fines de semana, cogía a los niños, los metía en el coche y se iba allí sin siquiera preguntarme si quería acompañarles. Sabía que me fastidiaban aquellas visitas y que podía aprovechar el tiempo en el que me quedaba solo para trabajar en mi libro.

Pero, por alguna razón, tenía pesadillas. Quizá por su formación católica. Por la noche, tenía que despertarla porque daba grititos desesperados y gemía aun estando completamente dormida. Una noche, la vi tan asustada que la estreché entre mis brazos y le pregunté qué le pasaba, qué soñaba; ella me susurró:

—Nunca me digas que me estoy muriendo.

Esto me asustó muchísimo. Tuve visiones de ella yendo al médico y recibiendo malas noticias. Pero a la mañana siguiente, cuando le pregunté sobre el asunto, no recordaba nada. Y cuando le pregunté si había ido al médico, se echó a reír.

—Es mi formación religiosa —dijo—. Supongo que lo que me preocupa es ir al infierno.

Durante dos años, escribí artículos para las revistas, vi crecer a mis hijos, tan feliz en mi matrimonio que casi me repugnaba. Valerie visitaba mucho a su familia y yo pasaba mucho tiempo en mi estudio escribiendo, así que no nos veíamos mucho. Tenía por lo menos tres encargos por mes de las revistas, y trabajaba al mismo tiempo en una novela que esperaba me hiciese rico y famoso. La novela del rapto y el asesinato era mi entretenimiento; las revistas eran el modo de ganarme el pan. Calculaba que tardaría otros tres años en terminar el libro, pero no me importaba. Leía la creciente pila del manuscrito siempre que me quedaba solo. Y era maravilloso ver crecer a los niños y ver a Valerie cada vez más feliz y contenta y con menos miedo a morir.

Pero nada perdura. No perdura porque uno no quiere que perdure, creo. Si todo es perfecto, buscas problemas.

Después de vivir dos años en la nueva casa, escribiendo diez horas al día, yendo al cine una vez al mes, leyendo todo lo que caía en mis manos, agradecí la llamada de Eddie Lancer invitándome a cenar con él en la ciudad. Vería Nueva York de noche por primera vez en dos años. Iba siempre a las revistas, para charlar con los editores, durante el día, y siempre volvía a casa para cenar. Valerie se había convertido en una gran cocinera, y yo no quería perderme la velada con los niños ni mi ratito de trabajo a última hora, para cerrar el día.

Pero Eddie Lancer acababa de regresar de Hollywood, y me prometió una excelente cena y muchas noticias. Me preguntó, como siempre, qué tal iba mi novela. Siempre me trataba como si supiese que yo iba a ser un gran escritor, y eso me entusiasmaba. Era una de las pocas personas que parecían tener una verdadera bondad sin mezcla de egoísmo. Y podía ser muy divertido, de un modo que a mí me parecía envidiable. Me recordaba a Valerie cuando escribía relatos en la Escuela Nueva. Valerie tenía esta cualidad escribiendo y, a veces, en la vida cotidiana. Surgía de cuando en cuando, incluso ahora. Así que le dije a Eddie que tenía que ir a las revistas al día siguiente a recoger trabajo y que podríamos cenar juntos después.

Me llevó a un sitio llamado Pearl's, del que nunca

había oído hablar. Tan ignorante era yo, que no sabía que se trataba del restaurante chino de moda de Nueva York. Era la primera vez que probaba comida china, y cuando se lo dije a Eddie quedó asombrado. Asumió la tarea de mostrarme los diversos platos chinos mientras me indicaba las celebridades que había en el lugar, e incluso llegó a abrir mi pastelito de la fortuna y a leérmelo. Y me impidió comerlo.

—No, nunca se come —dijo—. Sería una terrible vulgaridad. Aunque no sea otra cosa, por lo menos aprenderás esta noche algo valioso: no comer jamás el pastelillo de la fortuna en un restaurante chino.

Fue todo un ritual que sólo resultaba divertido entre dos amigos en el contexto de la relación mutua. Pero meses más tarde leí un relato de Lancer en *Squira* en el que utilizaba el incidente. Era un relato conmovedor, en el que se burlaba de sí mismo y de mí. Le conocí mejor después de leer aquel relato, entendí que su buen humor enmascaraba su soledad básica y su distanciamiento del mundo y de la gente que le rodeaba. Y pude entrever algo de lo que realmente pensaba de mí. Me retrataba como a un hombre que controlaba la vida y que sabía adónde iba. Me pareció muy divertido.

Pero se equivocaba en lo de que el asunto del pastelillo de la fortuna pudiese ser lo único valioso que yo sacaría de aquella noche. Porque, después de cenar, me convenció de que fuéramos a una de aquellas fiestas literarias de Nueva York, en la que me encontré de nuevo con el gran Osano.

Estábamos tomando el postre y el café. Eddie me hizo pedir helado de chocolate. Me explicó que era el único postre que iba con la comida china.

—No se te olvide —me dijo—. Nunca comas tu pastelillo de la fortuna y pide siempre helado de chocolate de postre.

Luego, sobre la marcha, me animó a que le acompañara a la fiesta. Yo me mostré algo reacio. Tardaba hora y media aproximadamente en coche hasta Long Island, y estaba deseando llegar a casa y quizá trabajar un poco antes de irme a la cama.

—Vamos —dijo Eddie—. No puedes ser siempre un eremita. Tómate esta noche libre. Habrá buena bebida, buena charla y algunas chicas guapas. Y puedes hacer contactos valiosos. A un crítico le resulta más difícil machacarte el cráneo si te conoce personalmente. Y un editor siempre puede leer con más gusto una cosa tuya si te ha conocido en una fiesta y le caes bien.

Eddie sabía que yo no tenía editor para mi nuevo libro. El editor del primero no quería volver a verme porque sólo había vendido dos mil ejemplares y no había conseguido edición de bolsillo.

Así que fui a la fiesta y me encontré con Osano. Osano no indicó que recordase la entrevista, y yo tampoco hice alusión a ella. Pero al cabo de una semana recibí una carta suya pidiéndome que fuese a verle y a comer con él para hablar de un trabajo que quería ofrecerme.

23

Acepté el trabajo que me ofreció Osano por varias razones distintas. El trabajo era interesante y prestigioso. Como Osano había sido nombrado director del suplemento literario más importante del país unos años atrás, tenía problemas con la gente que trabajaba para él y por eso me quería de ayudante. El sueldo era bueno y el trabajo no me impediría seguir con mi novela. Y además, me sentía demasiado feliz en casa; estaba convirtiéndome en un ermitaño burgués. Era feliz, pero mi vida era tediosa. Anhelaba emociones, peligros. Tenía vagos y fugaces recuerdos de mi escapada a Las Vegas y de cómo había conseguido liberarme de la soledad y la desesperación que entonces sentía. ¿Es locura el recordar la desdicha con tal gozo y despreciar la felicidad que uno tiene en la mano?

Pero, sobre todo, tomé el trabajo por Osano mismo. Era, sin duda, el escritor más famoso de Norteamérica. Alabado por su serie de novelas de gran éxito, famoso por sus roces con la justicia y su actitud revolucionaria hacia la sociedad. Denostado por su escandalosa conducta sexual. Luchaba contra todos y contra todo. Y sin embargo, en la fiesta a la que Eddie Lancer me había llevado, encantaba y fascinaba a todos. Y en aquella fiesta estaba la crema del mundo literario. Gente muy predispuesta a ser fascinante y quisquillosa por derecho propio.

Y tengo que admitir que Osano me entusiasmó. En la fiesta se enzarzó en una furiosa discusión con uno de los críticos literarios más poderosos de Norteamérica, que además era íntimo amigo suyo y defendía su obra. Pero el crítico se atrevió a formular la opinión de que los ensayistas creaban arte y que algunos críticos eran artistas. Osano se lanzó contra él.

—Pero qué dices tú, vampiro mamón —gritó, balanceando el vaso en una mano y colocando la otra mano como si estuviese a punto de lanzarle un directo—. Tenéis la cara de vivir a costa de los verdaderos escritores y encima pretendéis ser artistas. No sabéis siquiera lo que es el arte. Un artista crea de la nada, lo saca todo de sí mismo, ¿no lo entiendes, tonto del culo? Es como una araña, va extrayendo la tela de su cuerpo. Y vosotros, pijoteros, lo único que hacéis es aparecer con vuestras escobitas después de que el verdadero artista crea arte. Sois magníficos para barrer los desperdicios, eso es lo que hacéis.

Su amigo se quedó asombrado porque acababa de alabar los libros de ensayo de Osano diciendo que eran arte.

Osano se apartó de allí y se dirigió a un grupo de mujeres que estaban esperando para agasajarle. Había en el grupo un par de feministas, y no llevaba con ellas dos minutos, cuando el grupo volvió a convertirse en centro de atención. Una de las mujeres le gritaba furiosa mientras él escuchaba con irónico menosprecio; sus maliciosos ojos verdes brillaban como los de un gato.

Luego habló él:

—Vosotras las mujeres queréis la igualdad y ni siquiera entendéis los juegos de poder —dijo—. Vuestra única carta es vuestro coño, y se lo enseñáis al adversario. Lo regaláis. Y sin vuestros coños no tenéis poder ninguno. Los hombres pueden vivir sin afecto pero no sin sexo. Las mujeres han de tener afecto y pueden arreglárselas sin sexo.

Ante esto último, las mujeres se lanzaron contra él con furiosas protestas. Pero él no se amilanó.

—Las mujeres no hacen más que quejarse del matrimonio cuando en realidad obtienen las mayores ventajas de él. El matrimonio es como las acciones de bolsa. Hay inflación y hay devaluación. El valor no hace más que bajar para los hombres. ¿Sabéis por qué? Las mujeres valen cada vez menos, a medida que envejecen. Y llega un momento en que uno está atado a ellas como a un coche viejo. Las mujeres no envejecen igual que los hombres. ¿Podéis imaginaros a una tía de cincuenta años engatusando y llevándose a la cama a un chaval de veinte? Y muy pocas mujeres tienen poder económico para comprar juventud como los hombres.

—Yo tengo un amante de veinte años —gritó una mujer. Era una mujer de buen ver, de unos cuarenta años.

Osano la miró sonriendo malévolamente.

—Te felicito —dijo—. Pero, ¿y cuando tengas cincuenta? Con las jovencitas dándolo tan fácilmente, tendrás que ir a cazarlos a la salida de los institutos y prometer que les comprarás una moto. ¿Y crees además que tus jóvenes amantes se enamorarán de ti como se enamoran las jovencitas de los hombres? Vosotras no tenéis a vuestro favor esa vieja imagen freudiana del padre, como nosotros; y, debo repetirlo, un hombre a los cuarenta resulta mucho más atractivo que a los veinte. Y aún puede ser muy atractivo a los cincuenta. Es algo biológico.

—Cuentos —dijo la atractiva cuarentona—. Las chicas jóvenes se burlan de los viejos como tú. Y vosotros os creéis sus mentiras. No es que seáis más atractivos. Es simplemente que tenéis más poder. Y todas las leyes de vuestra parte. Cuando cambie eso, cambiará todo.

—Claro —dijo Osano—. Conseguiréis que se aprueben leyes y someter a los hombres a operaciones para que parezcan más feos cuando se hagan viejos. En nombre de la justicia y la igualdad de derechos. Puede que lleguéis incluso a castrarnos legalmente. Pero eso no cambia las cosas ahora.

Hizo una pausa y luego continuó:

—¿Conocéis el peor verso de toda la poesía? Browning. «¡Envejece a mi lado! Lo mejor aún está por llegar...»

Yo simplemente andaba por allí, escuchando. Lo que decía Osano me parecía básicamente palabrería. Por una parte, teníamos ideas distintas sobre lo que era escribir. Yo odiaba la charla literaria, aunque leía a todos los críticos y compraba todas las revistas de crítica.

¿Qué demonios era ser artista? No era cuestión de sensibilidad. Ni de inteligencia. No era angustia. Ni éxtasis. Todo aquello era palabrería.

En realidad eras como una especie de ladrón de cajas de caudales que intentabas dar con la clave para conseguir abrir la puerta. Y al cabo de un par de años podías abrirla y podías empezar a escribir. Y lo infernal del asunto era que la mayoría de las veces lo que había en la caja no resultaba tan valioso.

Era sólo trabajo duro y el culo dolorido a cambio. No podías dormir de noche. Perdías toda la confianza en la gente y en el mundo exterior. O te convertías en un cobarde, en un simulador en la vida cotidiana. Eludías las responsabilidades de tu vida emocional, pero, en realidad, no podías hacer otra cosa. Y quizá fuese por eso por lo que yo me sentía incluso orgulloso de toda la basura que había escrito para las revistuchas baratas, y de mis críticas de libros. Era una habilidad que yo tenía; era, en definitiva, un oficio. No era sólo un artista de mierda.

Osano nunca entendió esto. El siempre había procurado ser un artista e intentado producir arte o casi arte. Lo mismo que años después no conseguiría entender lo que era Hollywood, que el negocio del cine era joven, como un niño que aún no sabía controlar sus necesidades, y no podías, por tanto, reprocharle el que cagase por encima de todo. Una de las mujeres dijo:

—Osano, tú tienes un magnífico historial con las mujeres, ¿cuál es el secreto de tu éxito?

Todos se echaron a reír, Osano incluido. Le admiré más aún. Un tipo con cinco ex esposas, que podía permitirse reír.

—Antes de que se vengan conmigo, les digo —dijo Osano— que todo ha de ser según mi deseo en un cien por cien. Comprenden mi posición y aceptan. Les digo siempre que cuando dejen de estar contentas de la relación, no tienen más que irse. Sin discusiones, sin explicaciones, sin negociaciones. Simplemente irse. Y no logro entenderlo. Dicen que sí cuando vienen, y luego violan todas las normas. Intentan que un diez por ciento sea como ellas quieren. Y cuando no lo consiguen, empiezan a pelearse conmigo.

—Una proposición maravillosa —dijo otra mujer—. ¿Y qué reciben a cambio?

Osano miró alrededor y absolutamente serio dijo:
—Soy de lo mejor en la cama.
Algunas mujeres empezaron a abuchearle.

Cuando decidí aceptar el trabajo con él, volví a leer todo lo que había escrito. Sus primeras obras eran excelentes, con escenas precisas y agudas, como bocetos. Las novelas se mantenían en pie, perfectamente integrados argumento y personajes. Y llenas de ideas. Sus últimos libros se hacían más profundos, más reflexivos, la prosa más engolada. Era como un hombre importante que se colocara sus condecoraciones. Todas sus novelas parecían invitar a los críticos, darles abundante material de trabajo, para interpretar, para discutir, para manejar. Pero mi opinión era que sus tres últimos libros no valían nada. Los críticos no opinaban igual.

Inicié así una nueva vida. Iba todos los días a Nueva York en coche, y trabajaba de once de la mañana hasta el final del día. Las oficinas eran inmensas, parte del local del periódico que distribuía el suplemento. El ritmo resultaba agotador; los libros llegaban literalmente a miles cada mes, y sólo teníamos espacio para unas sesenta críticas por semana. Pero había que echar a todos una ojeada por lo menos. En el trabajo Osano era realmente amable con todos sus colaboradores. Siempre me preguntaba por mi novela, y se ofreció a leerla antes de que se publicase, y darme algunos consejos editoriales. Pero yo era demasiado orgulloso para enseñársela. Pese a su fama y a mi falta de ella, me consideraba el mejor novelista.
Tras largas sesiones trabajando en la selección de libros que incluiríamos y a quién encargaríamos la tarea de hacer la crítica de cada uno, Osano sacaba la botella de whisky que tenía en su mesa y echaba unos tragos, y me daba largas conferencias sobre literatura, sobre la vida del escritor, sobre los editores, sobre las mujeres; sobre cualquier cosa que le rondase la cabeza en aquel momento concreto. Llevaba cinco años trabajando en su gran novela, la que pensaba que iba a darle el premio Nobel. Había recibido ya un anticipo enorme por ella, y el editor empezaba a ponerse nervioso y a presionarle. Esto le fastidiaba muchísimo.
—Ese pijotero —decía—. Me aconsejó que leyera los

clásicos para inspirarme. Ignorante de mierda. ¿Has probado a leer otra vez a los clásicos? Dios mío, esos pelmas de Hardy y Tolstoi y Galsworthy. Tardaban cuarenta páginas en tirar un pedo. ¿Y sabes por qué? Porque tenían atrapados a los lectores. Les tenían cogidos por los huevos. No había televisión, ni había radio, ni había cine. Ni viajes, a menos que quisieses romperte el culo saltando en diligencias. En Inglaterra no podías joder siquiera. Quizá por eso los escritores franceses fuesen más disciplinados. Los franceses por lo menos jodían, no como los mierdas victorianos ingleses, que tenían que meneársela. En fin, ¿por qué, dime, se va a poner a leer a Proust un tipo que tiene un televisor y una casa en la playa?

Yo nunca había sido capaz de leer a Proust, así que le di la razón. Pero había leído a todos los demás y no podía aceptar que el televisor o una casa en la playa ocupasen su lugar.

Osano siguió con lo suyo:

—*Ana Karenina*. Lo consideran una obra maestra. Es una mierda de libro. Un tipo culto de clase alta que condesciende con las mujeres. Nunca te muestra lo que piensa o siente de verdad una tía. Te da la visión convencional de la época y del lugar. Y luego se tira trescientas páginas explicando cómo se lleva una hacienda rusa. Como si a alguien le importase el asunto. ¿A quién le importa un carajo, dime, el imbécil de Vromsky y su alma? Dios mío, no sé quiénes son peores, si los rusos o los ingleses. Ese jodido Dickens, y Trollope; quinientas páginas no eran nada para ellos. Las escribían cuando el cuidado de su jardín les dejaba tiempo libre. Los franceses por lo menos eran más breves. Pero, ¿qué me dices del cabrón de Balzac? ¿Quién es capaz de leerlo hoy?

Bebió un trago de whisky y lanzó un suspiro.

—Ninguno de ellos sabía utilizar el idioma. Salvo Flaubert. Que no es nada del otro mundo. Y no es que los norteamericanos sean mucho mejores. Ese mierda de Dreiser no sabe siquiera lo que significan las palabras. Es un analfabeto, de veras. Un jodido aborigen. Otras novecientas páginas de grano en el culo. Ninguno de esos mierdas conseguiría publicar hoy y, si lo hiciese, los críticos le machacarían. Amigo, esos tipos estaban como querían. No tenían competencia.

Hizo una pausa, suspiró pesadamente, y luego continuó:

—Merlyn, muchacho, los escritores como nosotros somos una especie que agoniza. Hay que buscar otra cosa, hacer mierdas para la televisión, hacer cine. Y eso puedes hacerlo con un dedo metido en el culo.

Luego, agotado, se tendió en el sofá que tenía en la oficina para la siesta de la tarde.

Intenté animarle un poco.

—Eso podría ser una gran idea para un artículo en *Esquire* —dije—. Coger unos seis clásicos y cargárselos. Como el artículo que escribiste sobre novelistas modernos.

Osano se echó a reír.

—Ay, demonios, qué divertido fue eso. Estaba bromeando y utilizándolos sólo como un juego de poder para pasar el rato y todo el mundo se enfadó. Pero resultó. Me engrandeció a mí y les empequeñeció a ellos. Y ése es el juego literario. Sólo que esos tontos del culo no lo saben. Se pasan la vida meneándosela en sus torres de marfil y creen que con eso basta.

—Esto sería fácil —dije—. Aunque, claro, los profesores se lanzarían sobre ti.

Osano empezaba a interesarse. Se levantó del sofá y se acercó a la mesa.

—¿Qué clásicos odias más?

—*Silas Marner* —dije—. Y aún lo enseñan en las escuelas.

—La tortillera de George Eliot —dijo Osano—. Los profesores aún están enamorados de ella. Bien. Ese. Yo el que más odio es *Ana Karenina*. Tolstoi es mejor que Eliot. A Eliot ya nadie le hace caso, pero los profesores se pondrán a dar voces cuando me cargue a Tolstoi.

—¿Dickens? —dije.

—Un candidato —dijo Osano—. Pero no *David Copperfield*. Debo confesar que me encanta ese libro. Un tipo realmente curioso, ese Dickens. No puedo soportarle, sin embargo, en el aspecto sexual. Era un jodido hipócrita. Y escribió mucha mierda. Toneladas.

Empezó a hacer la lista. Tuvimos la decencia de respetar a Flaubert y a Jane Austen. Cuando le sugerí *Werther* de Goethe me dio una palmada en la espalda y lanzó un grito.

—El libro más ridículo que se ha escrito. Lo convertiré en una hamburguesa alemana —dijo.
Por fin, compusimos esta lista:

Silas Marner
Ana Karenina
Werther
Dombey e hijo
La carta escarlata
Lord Jim
Moby Dick
Proust (todo)
Hardy (cualquier cosa)

—Necesitamos uno más para los diez —dijo Osano.
—Shakespeare —sugerí.
Osano meneó la cabeza.
—Aún me encanta Shakespeare. Sabes, resulta irónico. Escribió por dinero. Escribió deprisa, y fue todo un ignorante. Y sin embargo nadie ha podido llegar a su altura todavía. Le importaba un pito que lo que escribiese fuese cierto o no con tal de que fuese bello o conmovedor. ¿Qué te parece lo de «no es amor el amor que se altera cuando alteración halla»? Y podría darte toneladas de ejemplos. Pero es demasiado grande, aunque siempre me ha fascinado ese jodido farsante de Macduff y también ese imbécil de Otelo.
—Aún necesitas uno más.
—Sí —dijo Osano, sonriendo muy satisfecho—. Veamos. Dostoievski. Ese es el tipo. ¿Qué te parece *Los hermanos Karamazov*?
—Te deseo suerte —dije.
—A Nabokov le parece una mierda —dijo Osano pensativo.
—Le deseo suerte también —dije.
Así pues, estábamos atascados, y Osano decidió conformarse con nueve. En realidad, daba igual nueve que diez. De todos modos, me sorprendió que no pudiésemos dar con diez.
Escribió el artículo aquella noche y se publicó dos meses después. Era un artículo inteligente y ofensivo, y deslizaba en él alusiones a la gran novela que estaba escribiendo, que

no tendría ninguno de los defectos de esos clásicos y los sustituiría a todos.

El artículo levantó gran escándalo, y hubo respuestas por todo el país atacándole y atacando la novela que estaba haciendo, que era precisamente lo que él quería. Era un tramposo de primera clase. Cully se habría sentido orgulloso de él. Tomé nota mentalmente de que debía ponerlos en contacto algún día.

En seis meses, me convertí en el brazo derecho de Osano. El trabajo me encantaba. Leía muchos libros, tomaba notas de ellos y se las pasaba a Osano para que pudiese distribuirlos entre los críticos autónomos de que nos servíamos. Nuestras oficinas eran un océano de libros; estábamos inundados por ellos, tropezábamos con ellos, cubrían nuestras mesas y sillas. Eran como esas masas de hormigas y gusanos que cubren el cadáver de un animal. Siempre había amado y reverenciado los libros, pero pude entender entonces el desprecio y el desdén de algunos críticos e intelectuales; no eran más que los criados de los héroes.

Pero la lectura me encantaba, sobre todo tratándose de novelas y biografías. No era capaz de entender los libros de ciencia o de filosofía ni a los críticos más eruditos, así que estos textos Osano se los pasaba a otros ayudantes especializados. Lo que más placer le producía era encargarse de los grandes críticos literarios que publicaban un libro, a los que solía machacar. Cuando llamaban o escribían protestando, él les contestaba que «atacaba la jugada no al jugador», lo que les enfurecía aún más. Pero como siempre tenía en el pensamiento su premio Nobel, trataba a ciertos críticos con gran respeto, concedía mucho espacio a sus artículos y a sus libros. Pero tales excepciones eran muy pocas. Odiaba en especial a los novelistas ingleses y a los filósofos franceses. Y sin embargo, con el paso del tiempo, pude darme cuenta de que el trabajo le resultaba odioso y lo eludía al máximo posible.

Utilizaba, por otra parte, su posición del modo más desvergonzado. Las chicas de relaciones públicas de las editoriales pronto aprendieron que si tenían un libro interesante del que querían una crítica, no tenían más que llevarse a Osano a comer y contarle cosas. Si las chicas eran jóvenes y guapas, él se ponía a bromear y les hacía entender, de modo amable, que cambiaría gustoso un espacio de la revista por un polvo. Y no se andaba por las ramas en esto. Lo que para mí resultaba sorprendente. Yo creía que eso sólo pasaba en el mundo del cine. Usaba las mismas técnicas con las mujeres que hacían recensiones de libros y venían a pedir trabajo. Tenía un gran presupuesto y encargábamos muchas críticas, que pagábamos aunque nunca se utilizasen. Y él mismo cumplía sus compromisos. Si la otra parte hacía lo prometido, él correspondía con toda justicia. Cuando llegué, tenía toda una cadena de chicas que tenían acceso a la revista literaria más influyente de Norteamérica en base a su generosidad sexual. Me divertía el contraste que había entre esto y el alto tono moral e intelectual de la revista.

A veces me quedaba con él en la oficina hasta tarde, cuando teníamos que terminar un trabajo, y luego salíamos a cenar y a echar un trago. Y él tenía que buscarse siempre algún plan. Quería buscarme plan a mí también, pero yo siempre le decía que estaba casado y que era muy feliz con mi mujer. Esto pasó a convertirse en una broma habitual.

—¿Aún no estás cansado de acostarte con tu *mujer*? —me preguntaba.

Igual que Cully. No le contestaba, me limitaba a ignorarle. No era asunto suyo. Entonces, él meneaba la cabeza y decía:

—Eres la décima maravilla del mundo. Cien años casado y aún te gusta joder con tu esposa.

A veces le lanzaba una mirada furiosa y él decía, citando a algún escritor a quien yo nunca había leído:

—No hace falta ser ningún malvado. El tiempo es suficiente enemigo.

Era su cita preferida, la utilizaba muy a menudo.

Trabajando allí conseguí una visión del mundo literario. Siempre había soñado formar parte de él. Lo consideraba un mundo en el que nadie disputaba por dinero ni actuaba condicionado por él. Pensaba que, puesto que aquéllos eran quienes creaban los héroes de los libros que amaba, tenían que ser iguales a ellos. Y, por supuesto, descubrí que eran lo mismo que los demás hombres, sólo que más locos. Descubrí que Osano odiaba también a toda aquella gente. Y se dedicaba a adoctrinarme.

—La única persona especial es el novelista —me decía—.

No es como esos mierdas que escriben relatos ni como los guionistas de cine y los poetas y los dramaturgos, y esos jodidos periodistas literatos de peso ligero. Son sólo fachada. Sin contenido. No tienen hueso. Y hay que dar sustancia y contenido para escribir una novela.

Se quedó un rato cavilando y luego escribió algo en un papel, de lo que deduje que en el número del domingo siguiente habría un ensayo sobre el tema.

Otras veces, se ponía a vociferar por lo mal escrito que estaba el suplemento. La circulación bajaba, y acusaba de ello a la torpeza de los críticos.

—Esos cabrones son muy listos, por supuesto, tienen muchas cosas interesantes que decir. Pero no saben escribir una frase decente. Son como tartamudos. Te rompes la crisma intentando seguir lo que dicen.

Osano publicaba todas las semanas un ensayo suyo en la segunda página. Su estilo era inteligente y agudo; enfocaba las cosas de modo que pudiese crearse el mayor número posible de enemigos. Una semana publicó un ensayo en favor de la pena de muerte. Indicaba que en cualquier referéndum nacional se aprobaría la pena de muerte por un margen de votos abrumador. Que sólo la clase elitista, los lectores de la revista, había conseguido paralizar la pena de muerte en los Estados Unidos. Afirmaba que todo era una conspiración de las capas superiores del gobierno. Una maniobra política para dar, a los delincuentes y a los individuos abrumados por la pobreza, licencia para robar, asaltar, violar y asesinar a las clases medias. Que esto era un desahogo que se concedía a las clases bajas para que no se hicieran revolucionarias. Que las capas superiores del gobierno habían calculado que así sería menor el coste. Y los elitistas vivían en barrios seguros, enviaban a sus hijos a colegios privados, contrataban fuerzas de seguridad particulares, y así estaban a cubierto de la venganza del proletariado.

Se burlaba de los liberales, que decían que la vida humana era sagrada y que la política de matar a los ciudadanos tenía unos efectos embrutecedores sobre la humanidad en general. Según él, éramos sólo animales y no debía tratársenos mejor que a los elefantes que ejecutaban en la India por matar a un ser humano. De hecho, decía, el elefante ejecutado poseía más dignidad y tenía derecho a un cielo superior al de los asesinos enloquecidos por la heroína, a quienes se soltaba para que asesinaran a más ciudadanos de clase media. Al abordar la cuestión de si la pena de muerte era un freno, indicaba que los ingleses eran el pueblo más respetuoso de la ley de toda la tierra, y que en Inglaterra los policías ni siquiera llevaban armas. Y atribuía esto exclusivamente al hecho de que los ingleses ejecutaban a niños de ocho años por robar pañuelos de encaje todavía en el siglo diecinueve. Y luego admitía que, aunque esto hubiese barrido el crimen y protegido la propiedad, había convertido al final a los miembros más enérgicos de las clases trabajadoras en animales políticos en vez de delincuentes, y había llevado así el socialismo a Inglaterra. Hubo una afirmación que enfureció especialmente a los lectores de Osano: «No sabemos si la pena capital es un freno, pero sabemos que los hombres que ejecutamos no matarán más».

Terminaba el ensayo felicitando a los dirigentes de Norteamérica por haber tenido la inteligencia suficiente para dar a sus clases inferiores licencia para robar y matar con el fin de que no se convirtiesen en revolucionarios políticos.

Era un ensayo ofensivo, pero estaba tan bien escrito que todo parecía la mar de lógico. Llegaron centenares de cartas de protesta de los pensadores sociales más famosos e importantes de nuestra clientela de intelectuales liberales. El director recibió una carta especial, escrita por una organización de izquierdas, que firmaban los escritores más importantes de Norteamérica, en la que se pedía que se privase a Osano de la dirección del suplemento. Osano publicó la carta en el número siguiente. Aún era demasiado famoso para que le echaran. Todo el mundo esperaba que terminase su «gran» novela. La que le aseguraría el premio Nobel.

A veces, al entrar en su oficina, le veía escribiendo en largas hojas amarillas, que metía en el cajón cuando yo entraba. Sabía que aquélla era la famosa novela. Nunca le pregunté por ella y él nunca me comentó nada espontáneamente.

Unos meses después, volvió a meterse en líos. Escribió un artículo de dos páginas en el suplemento, en el que citaba estudios para demostrar que los estereotipos quizá fuesen ciertos. Que los italianos eran criminales natos, los judíos los mejores haciendo dinero y tocando el violín y estudiando medicina, y, lo peor de todo, los que con mayor frecuencia ingresaban a sus padres en asilos de ancianos. Luego citaba otros estudios para demostrar que los irlandeses eran unos borrachos debido quizás a alguna deficiencia química desconocida, o a algún problema dietético, o al hecho de que probablemente fuesen homosexuales reprimidos. Y así sucesivamente. Esto provocó un verdadero escándalo. Pero no detuvo a Osano.

En mi opinión, se estaba volviendo loco. Una semana copó la primera página con una crítica que había escrito sobre un libro de helicópteros. Aún seguía con aquella chifladura. Los helicópteros sustituirían al automóvil, y cuando esto pasase, todos los millones de kilómetros de autopista se destruirían y pasarían a ser tierras de labor. El helicóptero ayudaría a resucitar la estructura nuclear de las familias porque con él sería más fácil visitar a parientes lejanos. Estaba convencido de que el automóvil se quedaría anticuado. Esto quizá se debiese a que odiaba los coches. Para ir los fines de semana a los Hamptons, alquilaba siempre un hidroavión o un helicóptero especial.

Afirmaba que con unos cuantos adelantos técnicos más, el helicóptero sería tan fácil de manejar como un automóvil. Indicaba que el cambio automático había permitido conducir a millones de mujeres. Y este comentario provocó las iras de los grupos de liberación femenina. Y agravó aún más las cosas el que esa misma semana se hubiese publicado un serio estudio sobre Hemingway, obra de uno de los ensayistas más respetados de Norteamérica. Este autor tenía una poderosa red de amigos influyentes y había dedicado diez años a aquel estudio. Obtuvo críticas en primera página en todas las publicaciones salvo en la nuestra. Osano le dedicó tres columnas, en vez de una página completa, en la página cinco. A finales de aquella semana, el director jefe le mandó llamar y Osano se pasó tres horas en la gran oficina de la última planta, explicando su actuación. Bajó sonriendo, y me dijo alegremente:

—Merlyn, muchacho, aún conseguiré insuflar un poco de vida en este periodicucho. Pero creo que es mejor que empieces a buscar otro trabajo. Yo no tengo problema, tengo casi terminada la novela y con eso estaré a cubierto.

Por entonces, yo llevaba casi un año trabajando con él y no podía entender cómo él conseguía trabajar. Andaba jodiéndose todo lo que se le ponía a mano, y además iba a todas las fiestas de Nueva York. Durante ese período, había hecho, además, una novela corta por un anticipo de cien mil. La escribió en la oficina en horas de trabajo, y le llevó dos meses. A los críticos les entusiasmó, pero no se vendió gran cosa, aunque la propusieron para el Premio Nacional de Literatura. La leí. La prosa era brillantemente oscura, la caracterización de los personajes ridícula y la trama absurda. Para mí era un libro estúpido pese a contener algunas ideas complicadas. Osano tenía una inteligencia de primera talla, de eso no había duda. Pero para mí el libro, como novela, era un completo fracaso. El nunca me preguntó si lo había leído. Evidentemente no deseaba conocer mi opinión. Supongo que sabía que el libro era una mierda, porque un día dijo:

—Ahora que he conseguido pasta, podré terminar el libro grande.

Era una especie de disculpa.

Llegué a estimar a Osano, pero siempre me daba un poco de miedo. Nunca había conocido a nadie que tuviese tanta habilidad para sonsacarme. Me hacía hablar sobre literatura y sobre juego, y sobre mujeres incluso. Y luego, cuando me había calibrado, me machacaba. Era muy hábil para captar vanidad y presunción en todos menos en él. Cuando le expliqué lo del suicidio de Jordan en Las Vegas y todo lo que había pasado después, y que yo creía que aquello había cambiado mi vida, se quedó pensativo largo rato y luego me dio su opinión en una especie de conferencia.

—Nunca se te olvida eso, siempre vuelves a ello. ¿Sabes por qué? —me pregunto.

Paseaba entre las pilas de libros de su oficina agitando los brazos.

—Porque sabes que es la única zona en la que no estás en peligro —continuó—. Tú nunca te suicidarás. Nunca llegarás a estar tan alterado. Sabes que me agradas, no serías, si no, mi brazo derecho. Y confío en ti más que en ninguna otra persona. Escucha. Deja que te confiese algo. He cambiado mi testamento la semana pasada por culpa de esa puta de Wendy.

Wendy había sido su tercera esposa y aún le volvía loco

con sus exigencias, aunque se había casado otra vez después de divorciarse de él. Cuando la mencionaba, se ponía furioso. Pero luego se calmaba.

Me dirigió una de aquellas dulces sonrisas que le hacían parecer un muchachito pese a tener ya cincuenta y tantos.

—Espero que no te importe —dijo—. Te he nombrado albacea literario.

Quedé sorprendido y complacido, pero en conjunto la idea me asustaba. No quería que confiase en mí tanto ni agradarle tanto. Yo no sentía lo mismo por él. Había acabado, sí, disfrutando de su compañía y me fascinaba su inteligencia. Y, aunque intentase negarlo, me impresionaba su fama literaria. Le consideraba rico, famoso y poderoso, y el hecho de que confiase tanto en mí me indicaba lo vulnerable que era y eso me desanimaba. Echaba abajo parte de las ilusiones que me había hecho respecto a él.

Pero después siguió hablando de mí:

—Sabes, por debajo de todo sientes un desprecio por Jordan que no te atreves a confesarte a ti mismo. He escuchado esa historia tuya no sé cuántas veces. Por supuesto, le estimabas, por supuesto te daba lástima; quizás incluso le entendieras. Quizá. Pero no puedes aceptar el hecho de que un tipo que tenía tantas cosas a su favor se suicidase. Porque sabes que tú tuviste una vida diez veces peor que la suya y nunca harías tal cosa. Tú eres feliz incluso. Vives una vida de mierda, nunca tuviste nada, te rompiste los huevos trabajando, tienes un mísero matrimonio burgués y eres un artista que a mitad de la vida no ha conseguido aún ningún éxito importante. Y eres básicamente feliz. Dios mío, hasta disfrutas aún jodiendo con tu mujer y lleváis casados... ¿cuánto? Diez, quince años. O bien eres el pijo más insensible que he conocido o el más íntegro. De una cosa estoy seguro: eres el más duro. Vives en un mundo propio, haces exactamente lo que quieres hacer, controlas tu vida. Nunca te metes en líos y cuando te ves metido en uno no te asustas, sabes salir de él. En fin, te admiro, pero no te envidio. Nunca te he visto hacer o decir una cosa realmente cruel, pero no creo que te importe un pito nadie. Estás sencillamente dirigiendo tu propia vida.

Esperó luego mi reacción. Sonreía, con ojos malévolos, desafiantes. Sabía que se divertía soltando aquello, pero también que creía en parte lo que decía y eso me molestaba.

Deseaba decirle un montón de cosas, deseaba contarle cómo me había criado, que era huérfano. Que había echado de menos lo básico, el núcleo de la experiencia de casi todos los seres humanos. Que no tenía familia, ni antenas sociales, nada que me ligase al resto del mundo. Sólo tenía a mi hermano Artie. Cuando la gente hablaba de la vida, no pude entender en realidad lo que querían decir hasta después de haberme casado con Vallie. Por eso había ido voluntario a la guerra. Había comprendido que la guerra era otra experiencia universal, y no había querido quedar al margen de ella. Y había acertado. La guerra había sido mi familia, por muy estúpido que parezca. Y me alegraba entonces de no habérmela perdido. Y lo que Osano olvidaba, o no se molestaba en decir porque suponía que yo lo sabía, era que no resultaba tan fácil lograr un control de la propia vida. Y lo que no podía saber él era que la felicidad era algo que yo jamás podría entender como los otros. Me había pasado la mayor parte de los primeros años de mi vida siendo desgraciado por circunstancias puramente externas. Había llegado luego a ser relativamente feliz también por circunstancias externas. El casarme con Valerie, el tener hijos, el disponer de una habilidad o arte o capacidad para producir material escrito que me permitía ganarme la vida eran cosas que me habían hecho feliz. Era una felicidad controlada, construida sobre lo que yo había ganado pese a las circunstancias adversas. Y, en consecuencia, era algo muy valioso para mí. Sabía que vivía una vida limitada, una vida que parecía estéril, burguesa, que tenía muy pocos amigos, muy pocas relaciones sociales y muy poco interés en el éxito. Sólo quería pasar a gusto por la vida, o eso pensaba.

Y Osano me observaba y seguía sonriendo.

—Pero eres el hijoputa más duro que he visto en mi vida. No dejas nunca que nadie se te acerque. No dejas que nadie sepa lo que piensas realmente.

Ante esto tuve que protestar.

—Mira, si me preguntas mi opinión sobre algo te la daré. No necesitas preguntar. Tu último libro es una mierda. Y diriges esta revista como un loco.

Osano se echó a reír.

—No me refiero a cosas de ese tipo. Nunca te dije que no fueses honrado. Pero dejémoslo. Ya sabrás algún día a lo que me refiero. Sobre todo si empiezas a perseguir tías y te ves enredado con alguien como Wendy.

Wendy aparecía por las oficinas de vez en cuando. Era una morena despampanante con ojos de loca y un cuerpo cargado de energía sexual. Era muy inteligente y Osano le daba libros para hacer críticas. Era la única de sus ex mujeres que no le tenía miedo, y le torturaba sistemáticamente siempre que podía desde que estaban divorciados. Cuando Osano se retrasaba en los pagos del divorcio, ella intentaba que le detuviesen. Siempre que él publicaba un nuevo libro, le llevaba ante los tribunales para conseguir que elevasen la pensión del divorcio y el tanto de manutención de los niños. Tenía viviendo con ella en su apartamento a un escritor de veinte años, a quien mantenía. Este escritor era adicto a las drogas y a Osano le preocupaba lo que pudiese hacerles a los chicos.

Osano contaba cosas de su matrimonio que a mí me resultaban increíbles. Una vez, yendo a una fiesta, se habían metido en el ascensor y Wendy se había negado a decirle el piso en que era la fiesta simplemente porque habían reñido. El se puso tan nervioso que empezó a ahogarla para hacerla hablar, jugando un juego que él llamaba el de «ahogar al pollo». Un juego que era el recuerdo más agradable que le quedaba de aquel matrimonio. Con la cara morada, ella movía la cabeza indicando que seguía negándose a contestar a la pregunta de él sobre dónde se celebraba la fiesta. Tuvo que soltarla. Sabía que estaba mucho más loca que él.

A veces, por una pelea sin importancia, ella llamaba a la policía para que echaran a Osano del apartamento y la policía llegaba y se quedaba perpleja ante la irracionalidad de ella. Veían la ropa de Osano por el suelo cortada en pedacitos con unas tijeras. Sí, ella lo había hecho, pero eso no le daba a Osano derecho a pegarle. Lo que no mencionaba era que luego se había sentado sobre el montón de trajes y camisas y corbatas cortados en pedacitos y se había masturbado allí encima con un vibrador.

Y Osano contaba muchas cosas más del vibrador. Ella había ido a un psiquiatra porque no podía conseguir el orgasmo. Después de seis meses, le confesó a Osano que el psiquiatra estaba tirándosela como parte de la terapia.

Osano no sintió celos. Por aquel entonces la despreciaba realmente; «desprecio», decía, «no odio. Es muy distinto».

Pero Osano se ponía furioso cada vez que recibía la factura del psiquiatra y le decía indignado a Wendy:

—Le pago a un tipo cien dólares a la semana para que se tire a mi mujer, y a eso le llaman medicina moderna.

Y por fin un día, su mujer dio una fiesta y se divirtió tanto que dejó de ir al psiquiatra y se compró un vibrador. Luego se encerraba todas las noches en el dormitorio antes de cenar, para que no la vieran los chicos, y se masturbaba con él. Siempre alcanzaba el orgasmo. Pero estableció la norma estricta de que ni sus hijos ni su marido la molestasen nunca durante esa hora; toda la familia, hasta los niños, la llamaban «La Hora Feliz»,

Lo que hizo que por fin Osano la dejara, según explicaba él, fue que empezó a decir que F. Scott Fitzgerald la había robado sus mejores ideas a su mujer, Zelda. Que ella habría sido una gran novelista si su marido no hubiese hecho esto. Osano la cogió por el pelo y le metió la nariz en *El gran Gatsby*.

—Lee esto, coño tonto —dijo—. Lee diez frases y luego lee el libro de su mujer. Y luego ven y vuelve a explicarme ese cuento.

Ella leyó ambas cosas y volvió y le dijo lo mismo. El le puso los ojos morados y la dejó para siempre.

Hacía poco que Wendy había conseguido otra exasperante victoria en su lucha con Osano. Este sabía que ella daba el dinero de manutención de los niños a su joven amante. Pero un día su hija acudió a él y le pidió dinero para ropa. Y le explicó que su ginecólogo le había dicho que no llevase más vaqueros debido a una irritación vaginal, y cuando le había pedido dinero a su madre para un vestido, su madre le había dicho: «Pídeselo a tu padre». Esto era después de llevar cinco años divorciados.

Para evitar una discusión, Osano dio a su hija directamente el dinero de la manutención. Wendy no puso objeciones. Pero al cabo de un año llevó a Osano a los tribunales reclamándole el dinero de todo el año. La hija declaró en favor de su padre. Osano creía que ganaría el pleito en cuanto el juez conociese las circunstancias. Pero el juez dijo secamente, no sólo que pagase el dinero directamente a la madre, sino además que hiciese efectivo el total de los atrasos del año en un solo pago. Así que tuvo, en realidad, que pagar dos veces.

Wendy estaba tan contenta con su victoria que procuraba ser cordial con él después. Delante de los niños, él rechazó las aproximaciones afectuosas de ella y le dijo fríamente:

—Eres la peor zorra que conozco.

Después de esto, cuando Wendy apareció por la oficina, se negó a permitirle entrar en su despacho y no le dio más trabajo. Y lo que a mí me sorprendía era que ella no podía entender por qué la detestaba. Se enfureció con él y fue contando entre sus amigos que nunca la había satisfecho en la cama, que era impotente. Que era un homosexual reprimido, a quien en realidad la gustaban los muchachitos. Intentó impedirle tener a los niños durante el verano, pero Osano ganó ese combate. Luego publicó un relato corto maliciosamente irónico sobre ella en una revista de difusión nacional. Quizás no pudiese soportarla ni controlarla en la vida, pero en la ficción pintó un retrato verdaderamente terrible; dado que en el mundo literario de Nueva York la conocían bien, la identificaron inmediatamente. Esto la abrumó, en la medida en que era posible que algo la abrumase, y a partir de entonces dejó en paz a Osano. Pero persistía en él como una especie de veneno. Osano no podía pensar en ella sin irritarse.

Un día, entró en la oficina y me dijo que los del cine habían comprado una de sus viejas novelas para hacer una película y que tenía que ir a una conferencia sobre el guión, con todos los gastos pagados. Me propuso que le acompañara. Acepté pero dije que de paso me gustaría parar en Las Vegas a visitar a un viejo amigo un día o dos. Dijo que no habría problemas. Estaba por entonces entre una mujer y otra y le fastidiaba viajar solo y estar solo; tenía la sensación de que iba a adentrarse en territorio enemigo. Quería un amigo a su lado. En fin, eso fue lo que dijo. Y como yo no había estado nunca en California y me pagaban mientras estuviese fuera, me pareció una ocasión estupenda. No sabía que en aquel viaje habría algo más que ganar.

24

Yo estaba en Las Vegas cuando Osano terminó las charlas sobre el guión de cine de su libro. Así pues, hice el breve vuelo hasta Los Angeles para volver a casa con él. Para hacerle compañía desde Los Angeles a Nueva York. Cully quería que llevase a Osano a Las Vegas, sólo para conocerle. No pude convencer a Osano de que fuera, así que fui yo a Los Angeles.

Encontré a Osano, en sus habitaciones del Hotel Beverly Hills, enfadadísimo; nunca le había visto tan enfadado. Pensaba que la industria cinematográfica le había tratado pésimamente. ¿Acaso no sabían que era famoso en todo el mundo, que era el favorito de los críticos literarios de Londres a Nueva Delhi, de Moscú a Sidney? Era famoso en treinta idiomas, incluidas las diversas variaciones de las lenguas eslávicas. Lo que no decía es que todas las películas basadas en obras suyas habían sido, por alguna extraña razón, fracasos económicos.

Y Osano estaba enfadado también por otros motivos. Su ego no podía soportar que el director de la película fuese más importante que el escritor. Cuando Osano intentó dar a una amiga suya un pequeño papel en la película, no pudo conseguirlo, y esto le enfureció. Y le enfureció más el que el cámara y el actor principal consiguieran meter a sus amigas en la película. Aquel jodido cámara y aquel actor de mierda tenían más influencia que el gran Osano. Yo esperaba poder meterle en el avión antes de que se volviese loco y empezase a destrozar los estudios y acabase en la cárcel. Pero teníamos que esperar todo un día y toda una noche en Los Angeles el avión de la mañana siguiente. Para tranquilizarle, le llevé a ver a su agente en la costa oeste, un tipo muy deportista, jugador de tenis, que tenía muchísimos clientes en el negocio del espectáculo. Tenía también unas amigas de lo más guapo que yo había visto. Se llamaba Doran Rudd.

Doran hizo cuanto pudo, pero cuando el desastre acecha, esto no sirve de nada.

—Necesitas pasar una noche por ahí —dijo Doran—. Relajarte un poco, una cena apacible en compañía agradable, un tranquilizante para poder dormir. Quizás una mamada.

Doran era absolutamente encantador con las mujeres. Pero cuando estaba entre hombres insultaba a la especie femenina.

En fin, Osano tenía que montarse su pequeño número antes de dar su aprobación. Después de todo, un escritor de fama mundial, un futuro ganador del premio Nobel, no iba a conformarse con que le trataran como a un muchachito. Pero el agente ya había manejado antes tipos como Osano.

Doran Rudd había tratado con un secretario de estado, un presidente, y el evangelista más destacado de Norteamérica, que arrastraba millones de creyentes al Santo Tabernáculo y era el hijoputa más caliente y mujeriego del mundo, según Doran.

Fue un placer ver cómo el agente suavizaba la irritación de Osano. Aquello no era una operación tipo Las Vegas, en la que te mandaban chicas a tu habitación como si fuesen pizza. Aquello era algo de clase.

—Conozco una chica realmente inteligente que se muere de ganas de conocerte —dijo Doran a Osano—. Ha leído todos tus libros. Te considera el mejor escritor de Norteamérica. En serio. Y no es una chica cualquiera. Se licenció en psicología en la universidad de California, y acepta pequeños papeles en películas para poder establecer contactos y escribir un guión. Es la chica ideal para ti.

Por supuesto, no consiguió engañar a Osano. Osano sabía de sobra lo que pasaba, que pretendían engañarle para darle lo que realmente quería. Así que no pudo resistir la tentación de decir, cuando Doran descolgó el teléfono:

—Todo eso está muy bien, pero, ¿podré tirármela?

El agente estaba ya marcando con un bolígrafo de punta dorada.

—Tienes un noventa por ciento de posibilidades —dijo.

—¿Cómo calculaste esa cifra? —preguntó Osano rápidamente.

Siempre hacía esto cuando alguien le soltaba una estadística. Odiaba las estadísticas. Creía incluso que el *New York Times* se inventaba sus cotizaciones de bolsa sólo porque uno de sus paquetes de acciones de IBM lo cotizaron en 295 y, cuando intentó venderlo, sólo pudo conseguir 290 por acción.

Doran se quedó sorprendido. Dejó de marcar.

—Se la he presentado a cinco tipos desde que la conozco. Y cuatro lo consiguieron.

—Eso es un ochenta por ciento —dijo Osano.

Doran empezó a marcar otra vez. Cuando contestó una voz, se retrepó en su silla giratoria y nos guiñó un ojo. Luego fue a lo suyo.

Me pareció admirable. Realmente admirable. Era excelente en aquello. Tenía una voz tan cálida, una risa tan contagiosa.

—¿Katherine? —gorjeó el agente—. Escucha. Estuve hablando con el director que va a hacer esa película del oeste con Clint Eastwood. ¿Querrás creer que te recordaba de aquella entrevista del año pasado? Dijo que hiciste la mejor lectura de todas, pero que tenía que elegir a alguien con nombre y que después de la película lamentó haberlo hecho. En fin, quiere verte mañana a las once o a las tres. Luego te llamaré para decirte la hora exacta. ¿Vale? Escucha, tengo una impresión magnífica de todo esto. Creo que es la gran oportunidad. Que ha llegado tu momento. No, no, en serio.

Luego escuchó un rato.

—Sí, sí. Creo que lo harás muy bien. Maravillosamente —puso los ojos cómicamente en blanco, mirándonos, lo cual hizo que le detestara—. Sí, le sondearé y ya te diré algo. Oye, escucha, ¿a que no sabes quién está ahora mismo aquí, en mi oficina? No. Tampoco. Mira, es un escritor. Osano. Sí, en serio. De veras. Que sí, de veras. Y lo creas o no, te mencionó casualmente, no por el nombre, pero estuvimos hablando de películas y mencionó el papel ese que hiciste tú en *Muerte en la ciudad*. ¿No es curioso? Sí, es un admirador tuyo. Sí, ya le he dicho que eres una enamorada de su obra. Escucha, se me ha ocurrido una gran idea. Voy a cenar con él esta noche en Chasen's, ¿por qué no vienes a adornar nuestra mesa? Magnífico. Haré que pase un coche a recogerte a las ocho. Muy bien, querida. Eres mi favorita. Sé que le gustarás. No es de los que aceptan a cualquiera. No le gustan las trepadoras. Necesita conversación y me he dado cuenta de que los dos congeniaréis muy bien. De acuerdo, adiós, querida.

El agente colgó, se acomodó en su silla y nos dirigió su encantadora sonrisa.

—De veras que es una muchacha simpática —dijo.

Me di cuenta de que a Osano le deprimía un poco todo aquello. En realidad, le agradaban las mujeres y le molestaba que las engañasen. Decía muchas veces que prefería que una mujer le engañase a engañarla él. De hecho, en una ocasión me explicó toda su filosofía respecto al amor. Me explicó que, según él, era mejor ser la víctima.

—Míralo de este modo —había dicho Osano—: Cuando estás enamorado de una tía disfrutas de lo mejor del asunto aun cuando ella esté engañándote. Tú eres quien se siente maravillosamente, quien disfruta cada minuto. Ella es la que lo pasa muy mal. Ella está trabajando... tú jugando. Así que, ¿por qué quejarse cuando ella por fin te machaca y te das cuenta de que ha estado engañándote?

Pues bien, su filosofía se vio puesta a prueba aquella noche. Llegó a casa antes de las doce: llamó a mi habitación, y vino a echar un trago y a explicarme lo que le había pasado con Katherine. Aquella noche el porcentaje de Katherine había disminuido. Era una morenilla vibrante y encantadora y desbordó a Osano. Le encantaba Osano. Le adoraba. Le emocionaba el poder cenar con él. Doran captó el mensaje y desapareció después del café. Osano y Katherine estaban tomando una última botella de champán para relajarse antes de volver al hotel a concluir el asunto.

Ahí fue donde la suerte de Osano dio un giro, aunque hubiese podido resolver la cuestión de no ser por su ego.

Lo que jodió el asunto fue uno de los actores más insólitos de Hollywood. Se llamaba Dickie Sanders, y había ganado un Oscar y participado en seis películas de gran éxito. Lo que le hacía único era el hecho de ser enano. Esto no es tan malo como parece. Su único problema era el de ser tan bajo. Porque era un tipo muy guapo para ser enano. Podemos decir que era una especie de James Dean en miniatura. Tenía la misma sonrisa dulce y triste y la utilizaba con las mujeres con efectos devastadores y calculados. Las mujeres no podían resistirse. Y, como dijo Doran después, cuentos aparte, ¿qué tía con ganas de joder puede resistir la tentación de acostarse con un enano guapo?

Así pues, cuando Dickie Sanders entró en el restaurante, no hubo ninguna disputa. Estaba solo y se detuvo en la mesa de ellos para saludar a Katherine; al parecer se conocían, ella había hecho un papel pequeño en una de las películas de él. En fin, Katherine le adoraba por lo menos el doble de lo que adoraba a Osano. Y Osano se cabreó tanto que la dejó allí con el enano y volvió solo al hotel.

—Esta mierda de ciudad —dijo—. Un tipo como yo desbancado por un jodido enano.

Estaba realmente muy afectado. Su fama nada significaba. El inminente premio Nobel nada significaba. Sus Pulitzers y sus premios nacionales del libro de nada servían. Tenía que ceder el primer puesto a un actor enano, y eso no podía soportarlo.

Tuve que llevarle a su habitación y meterle en la cama. Mis últimas palabras de consuelo fueron:

—Escucha, no es un enano, sólo es un tipo muy bajo.

A la mañana siguiente, cuando Osano y yo cogimos aquel avión para Nueva York, aún seguía deprimido. No sólo por haber rebajado el porcentaje de Katherine, sino porque la versión cinematográfica de su libro era una porquería. Estaba convencido de que el guión era muy malo y tenía razón. Así que en el avión estuvo de muy mal humor, y exigió un whisky a la azafata antes incluso de despegar.

Estábamos en los primeros asientos, junto a la cabina, y en los asientos del otro lado del pasillo iba una de esas parejas de mediana edad, los dos muy delgados y muy elegantes. El hombre tenía una expresión de desdicha y abatimiento que resultaba en cierto modo atractiva. Daba la impresión de que vivía en un infierno personal, pero que se lo había merecido. Se lo había merecido por su arrogancia exterior, la elegancia de su atuendo, el rencor que se pintaba en su mirada. Estaba sufriendo y parecía decidido a que todos los que estuviesen a su alrededor sufriesen también, si consideraba que podían soportarlo.

Su mujer parecía la clásica mujer mimada. Era evidentemente rica, más rica que su marido, aunque posiblemente los dos lo fuesen: se veía claramente que lo eran por la forma en que cogían el menú que les daba la azafata. Por cómo miraban beber a Osano aquel whisky teóricamente ilegal.

La mujer tenía esa belleza marcada y definida que preserva la cirugía plástica de calidad, y lucía el tostado uniforme de las lámparas solares diarias y del sol del sur. Tenía además un rictus agrio, que es quizás la cosa más fea que pueda tener una mujer. A sus pies, apoyada contra la mampara de la cabina, había una caja con enrejado de alambre donde iba el perro de aguas francés más hermoso del mundo. Tenía un pelo rizado y plateado que le caía en bucles sobre los ojos; la boca rosada, y una cinta rosa en la cabeza. Tenía incluso un hermoso rabo con un lazo rosa que se balanceaba suavemente. Era el perrito más feliz que podáis imaginar y el de más dulce aspecto. Aquellos dos miserables seres humanos que eran sus propietarios, evidentemente estaban muy satisfechos de poseer aquel tesoro. La expresión del hombre se dulcificaba levemente cuando miraba al perro. La mujer no mostraba el menor placer, sólo orgullo de propietaria, igual que una vieja fea que tiene a su cargo a su hija bella y virgen a la que está preparando para la plaza del mercado. Cuando extendía la mano para que el perrillo se la lamiera lascivamente, era como un Papa tendiendo la mano para que besaran su anillo.

Lo magnífico de Osano era que nunca se perdía nada, aunque pareciese estar mirando hacia otro sitio. Había prestado atención estricta a su trago, hundido en su asiento. Pero de pronto me dijo:

—Preferiría que me la chupara el perro antes que la tía.

Los motores del reactor hacían imposible el que la mujer

del otro lado del pasillo le oyera, pero de todos modos me puse nervioso. Ella me dirigió una mirada fría y despectiva, aunque quizás mirase siempre así a la gente.

Entonces me sentí culpable de haberles condenado a ella y a su marido. Después de todo, eran dos seres humanos. ¿Por qué demonios me había dedicado a denigrarles basándome en la pura especulación? En fin, el caso es que le dije a Osano:

—Quizás no sean tan horribles como parecen.

—Sí, claro que lo son —dijo.

Esto no era propio de él. Podía ser racista, patriotero y fanático, pero sólo superficialmente. En realidad, sin creérselo. Así que no comenté nada más, y cuando la linda azafata nos encerró en nuestros asientos para cenar, le conté cosas de Las Vegas. No podía creer que yo hubiese sido en ciertos tiempos un jugador empedernido.

Ignorando a la pareja de al lado, olvidándoles, le dije:

—¿Sabes cómo llaman los jugadores al suicidio?

—No —dijo Osano.

Sonreí.

—Le llaman el Gran As.

Osano meneó la cabeza.

—Eso es maravilloso —dijo secamente.

Vi que menospreciaba un poco lo melodramático de la expresión, pero continué:

—Eso fue lo que me dijo Cully la mañana en que Jordan se suicidó. Cully vino y me dijo: «¿Sabes lo que hizo el cabrón de Jordy? Se sacó el Gran As de la manga. El muy pijo utilizó su Gran As».

Hice una pausa, recordándolo más claramente entonces, años después. Resultaba curioso. Aquella frase se me había olvidado, no recordaba habérsela oído a Cully aquella noche.

—Lo dijo como con mayúsculas, ¿comprendes? El Gran As.

—¿Por qué crees que lo hizo, en realidad? —preguntó Osano.

Aunque no le interesaba demasiado, se daba cuenta de que a mí me inquietaba el tema.

—¿Quién demonios puede saberlo? —dije—. Yo me creía muy listo. Pensaba que le entendía muy bien. Y casi le entendí. Pero luego me engañó. Eso es lo que me fastidia.

Me hizo dudar de su humanidad, su trágica humanidad. Nunca dejes que nadie te haga dudar de la humanidad de un ser humano.

Osano rió entre dientes, e hizo un gesto indicando a los de al lado.

—¿Como ellos? —preguntó. Y entonces me di cuenta de que aquello era lo que me hacía contarle la historia.

Miré a la pareja.

—Quizás.

—De acuerdo —dijo—. Pero a veces resulta difícil. Sobre todo con los ricos, ¿Sabes qué es lo peor de los ricos? Que se creen tan buenos como el que más sólo porque tienen mucha pasta.

—¿No lo son? —pregunté.

—No —dijo Osano—. Son como jorobados.

—¿Los jorobados no son tan buenos como cualquiera? —pregunté. Estuve a punto de decir enanos.

—No —dijo Osano—. Ni tampoco la gente que tiene sólo un ojo, ni los chiflados ni los críticos, ni las tías feas ni los cobardicas. Tienen que esforzarse para ser como los demás. Pero esa pareja no se esfuerza. Nunca lo conseguirán.

Estaba poniéndose un poco irracional e ilógico, sin demasiada brillantez. Pero, qué demonios, había pasado una mala semana. Y no es corriente el que un enano te deshaga un plan.

Le dejé desahogarse.

Terminamos de cenar. Osano se bebió el pésimo champán y comió la pésima comida que, incluso en primera clase, se cambiaría por una salchicha de Coney Island. Cuando bajaron la pantalla de cine, Osano se quitó el cinturón de seguridad y subió las escaleras hasta la sala cupular del avión. Terminé el café y le seguí arriba.

Se había sentado en un sillón de respaldo alto y había encendido uno de sus largos habanos. Me ofreció otro y lo acepté. Estaban empezando a gustarme, y eso a Osano le encantaba. Era siempre generoso, pero con los habanos solía ser comedido. Si le cogías uno, te vigilaba estrechamente para ver si lo disfrutabas lo bastante para merecerlo. La sala empezaba a llenarse. La azafata de servicio estaba muy ocupada preparando bebidas. Cuando le trajo a Osano su martini, se sentó en el brazo de su sillón y él le puso una mano en el regazo para coger la suya.

Me di cuenta de que una de las grandes ventajas de ser tan famoso como Osano era que podías hacer cosas así. En primer lugar, tenías la seguridad necesaria. En segundo, la joven, en vez de considerarte un viejo sucio, se sentía en general enormemente halagada de que alguien tan importante pudiese considerarla atractiva. Si Osano quería jodérsela, ella tenía que ser algo especial. No sabían que Osano era tan caliente que podía joder con cualquier cosa con faldas. Lo cual no está tan mal como parece, pues muchos tipos como él se jodían cualquier cosa, tuviese faldas o pantalones.

La chica estaba encantada con Osano. Luego, una pasajera de bastante buen ver empezó a acercársele, una mujer mayor con una cara rara e interesante. Nos contó que acababa de recuperarse de una operación de corazón y que llevaba seis meses sin joder y que no podía más. Ese era el tipo de cosas que las mujeres le contaban siempre a Osano. Pensaban que podían decirle lo que fuera porque era escritor y podía entenderlo todo. Y también porque era famoso y eso les haría resultar interesantes.

Osano sacó su pastillero en forma de corazón, que había comprado en Tiffany's. Estaba lleno de tabletas blancas. Cogió una y ofreció la caja a la operada del corazón y a la azafata.

—Vamos —dijo—. Es un estimulante. Volaréis muy alto.

Luego cambió de idea.

—No, tú no —dijo a la dama operada—. En tu estado, no.

Entonces me di cuenta de que la operada quedaba descartada. Pues en realidad las píldoras eran de penicilina; Osano las tomaba siempre antes de tener relación sexual para inmunizarse contra las enfermedades venéreas. Utilizaba siempre este truco de hacer que la posible compañera las tomara para que la seguridad fuese doble. Se metió una en la boca y la tragó con whisky. La azafata tomó también una, entre risas, y Osano la contempló con una alegre sonrisilla. Me ofreció a mí la caja, pero la rechacé con un gesto.

La azafata estaba realmente muy bien, pero no podía manejar a Osano y a la dama operada. Intentando volver a llamar la atención hacia ella, le dijo dulcemente:

—¿Estás casado?

Entonces se dio cuenta, como todo el mundo, de que no sólo estaba casado, sino de que se había casado por lo menos cinco veces. No sabía que una pregunta como aquélla irritaba a Osano porque se sentía siempre un poco culpable de engañar... a todas sus mujeres, incluso a aquellas de las que se había divorciado. Osano miró riendo entre dientes a la azafata y le dijo fríamente:

—Estoy casado. Tengo una amante y una novia fija. Pero ando buscando una señora con quien poder divertirme un poco.

Era ofensivo. La joven se ruborizó y se fue a servir bebidas a los demás pasajeros.

Osano se acomodó para disfrutar de la conversación con la dama operada, dándole consejos para su primer polvo. Estaba tomándole un poco el pelo.

—Mira —dijo—, procura no joder directamente la primera vez. No será un buen polvo para el tío porque estarás un poco asustada. Lo que tienes que hacer es conseguir un tío que te lo haga mientras estás medio dormida. Tomas un tranquilizante y luego, cuando estés medio atontada, él puede hacerte una lamida, ¿comprendes?, y consíguete un tipo que lo haga bien. Un verdadero artista del pilón.

La mujer se ruborizó un poco. Osano rió entre dientes. Sabía lo que estaba haciendo. Yo también me sentía violento. Siempre me enamoraba un poco de las desconocidas que me impresionaban favorablemente. Me di cuenta de que ella estaba pensando en la manera de conseguir que Osano le hiciese aquel servicio. No sabía que era demasiado vieja para él y que él no hacía más que jugar sus cartas con mucha frialdad para enganchar a la joven azafata.

Estábamos viajando a unas seiscientas millas por hora sin darnos cuenta. Pero Osano estaba ya algo borracho y las cosas empezaron a ir mal. La dama operada lloriqueaba beodamente sobre la muerte y sobre cómo encontrar el tipo adecuado para que se lo hiciese como era debido. Esto puso nervioso a Osano.

—Siempre puedes jugar el Gran As —le dijo.

Por supuesto, ella no sabía de qué hablaba él, pero sabía que estaba menospreciándola, y su expresión ofendida irritaba aún más a Osano. Pidió otro trago y la azafata, celosa y molesta porque la hubiese ignorado, le sirvió la bebida y se largó de esa forma fría e insultante que un joven puede siempre utilizar para rebajar a los viejos. Aquel día Osano representaba su edad.

En ese momento, subió las escaleras del salón la pareja del perro. En fin, ella era una mujer de la que yo jamás me enamoraría. El rictus amargo de la boca, aquella cara artificialmente teñida de un color entre nuez y castaño, con todas las arrugas extirpadas por la cuchilla del cirujano, el conjunto resultaba repugnante. No podía tejerse ninguna fantasía alrededor de aquello, a menos que uno estuviese en el rollo sadomasoquista.

El hombre llevaba al lindo perrito, que sacaba la lengua muy contento. El llevar al perro daba al rostro amargado de aquel hombre un conmovedor aire de vulnerabilidad. Osano, como siempre, pareció no advertir su llegada, aunque ellos le miraron varias veces, demostrando que sabían quién era. Probablemente de la televisión. Osano había salido un centenar de veces en televisión, atrayendo siempre el interés de todos por su actitud estrafalaria que rebajaba su verdadero talento.

La pareja pidió bebidas. La mujer le dijo algo al hombre y éste, obediente, dejó el perro en el suelo. El perro se quedó junto a ellos y luego dio una vueltecilla, olisqueando a todas las personas y los asientos. Yo sabía que Osano odiaba a los animales, pero parecía no darse cuenta de que el perro le olisqueaba los pies. Siguió hablando con la dama operada. La dama operada se agachó para fijar la cinta rosa de la cabeza del perrito y el animal le lamió la mano con su lengüecita rosada. Nunca he podido entender esa manía de los animales, pero desde luego aquel perrillo era, de un modo raro, muy sexy. Me pregunté qué pasaría entre aquella pareja de amargados. El perrito dio una vuelta por allí, volvió a sus propietarios y se sentó a los pies de la mujer. Esta se puso gafas oscuras, lo cual, por alguna razón, resultaba lúgubre, y luego la azafata le llevó su bebida; entonces ella le dijo algo a la azafata. La azafata la miró asombrada.

Creo que fue en ese momento cuando me puse un poco nervioso. Sabía que Osano estaba muy cargado. Le reventaba verse atrapado en un avión, verse atrapado en una conversación con una mujer a la que en realidad no quería tirarse. En lo que él pensaba era en el modo de conseguir meter a la joven azafata en un lavabo y echarle un polvo rápido y feroz. La joven azafata me trajo mi bebida y se inclinó para susurrarme algo al oído. Me di cuenta de que Osano se ponía celoso. Creía que la chica me prefería a mí, y esto era un insulto a su fama. Podía entender que la chica prefiriese a un tipo más joven y más apuesto, pero no que rechazase su fama.

Pero lo que me decía la azafata era algo muy distinto.

Me dijo: «Esa señora quiere que le diga al señor Osano que apague el puro. Dice que molesta a su perro».

Dios mío. Teóricamente, el perro no podía estar correteando por allí. Tenía que estar en su caja. Todo el mundo lo sabía. La chica me susurró preocupada: «¿Qué puedo hacer yo?»

Supongo que lo que ocurrió después fue en parte culpa mía. Sabía que Osano podía dispararse en cualquier momento, y aquél era uno muy propicio. Pero siempre he sentido curiosidad por ver cómo reacciona la gente. Quería ver si la azafata tendría realmente el coraje de decirle a un tipo como Osano que apagara su amado puro habano por un jodido perro. Sobre todo cuando Osano había pagado un billete de primera sólo para poder fumarlo en el salón. Yo quería también ver si Osano le ponía las peras al cuarto a aquella tía. Yo habría tirado mi puro y me habría olvidado del asunto. Pero conocía a Osano. Antes era capaz de hacer que se estrellara el avión.

La azafata esperaba una respuesta. Yo me encogí de hombros.

—Haga lo que tenga que hacer —dije.

Era una respuesta malévola.

Supongo que la azafata pensó lo mismo. O quizás sólo quisiera humillar a Osano porque ya no le prestaba la menor atención. O quizás fuese sólo una niña, el caso es que eligió lo que le pareció el camino más fácil. Osano, si no se le conocía, parecía más fácil de manejar que la arpía del perro.

En fin, todos cometemos errores. La azafata se plantó junto a Osano y le dijo:

—¿No le importaría dejar su puro? Esa señora dice que el humo molesta a su perro.

Los vivaces ojos verdes de Osano se volvieron fríos como el hielo. Miró a la azafata largo rato, con dureza.

—Dígame eso otra vez —dijo.

En ese momento, sentí deseos de saltar del avión. Vi la expresión de furia maníaca ir apareciendo en la cara de Osano. No era ya una broma. La mujer miraba a Osano con desprecio. Estaba deseando una discusión, un verdadero escándalo. Se veía claro que le encantaba la posibilidad de una pelea. El marido miraba por la ventanilla, estudiando el horizonte sin límites. Sin duda era una escena familiar y él tenía absoluta confianza en que su mujer acabaría imponiéndose. Tenía incluso una alegre sonrisa satisfecha. Sólo el perrillo estaba inquieto. Olisqueaba en el aire y lanzaba delicados hipidos. El salón estaba lleno de humo, pero no sólo del puro de Osano. Casi todo el mundo fumaba cigarrillos, y daba la impresión de que los propietarios del perrito obligarían a todo el mundo a dejar de fumar.

La azafata, asustada por la cara de Osano, se quedó paralizada... incapaz de hablar. Pero la mujer no se intimidó lo más mínimo. Se veía claramente que le encantaba aquella expresión de furia maníaca de Osano. También se veía que nunca en su vida le habían dado un puñetazo en la boca, que nunca le habían partido los dientes. Jamás se le había pasado la idea por la cabeza. Así que se inclinó tranquilamente hacia Osano para hablar con él, poniendo su cara a tiro. Estuve a punto de cerrar los ojos. En realidad, los cerré una fracción de segundo y pude oír que la mujer decía con su voz fría y delicada, muy lisamente.

—Su habano molesta a mi perro. ¿Podría dejar de fumar, por favor?

Las palabras eran bastante ásperas, pero el tono era mucho más insultante que las palabras. Me di cuenta de que ella esperaba una discusión sobre el derecho a ir con el perro al salón, dado que el salón era para fumar. Lo mismo que comprendía que si hubiese dicho que el humo le molestaba a ella personalmente, Osano se habría deshecho del puro. Pero ella quería que Osano apagase el puro por el perro. Quería una escena.

Osano lo captó inmediatamente. Lo comprendió todo. Y creo que esto fue lo que le desquició. Vi aparecer aquella sonrisa en su cara, una sonrisa que podía ser infinitamente encantadora, pero que por los fríos ojos verdes era indicio de un arrebato de locura.

No le gritó. No le pegó en la cara. Le echó un vistazo al marido para ver qué haría. El marido sonrió desvaídamente. Le gustaba lo que estaba haciendo su mujer. O eso parecía. Luego, en un movimiento medido, Osano dejó el puro en el cenicero de su asiento. La mujer le miró con desprecio. Entonces Osano estiró el brazo por encima de la mesa y la mujer pareció creer que iba a hacerle una caricia al perro. Yo sabía que no. La mano de Osano bajó sobre la cabeza del perrito y se cerró en su cuello.

Lo que ocurrió a continuación fue demasiado rápido para poder impedirlo. Alzó al pobre perro por encima de su asiento y lo estranguló con ambas manos. El perro gemía y gorgoteaba, agitando el rabito con su lazo rosa. Empezaron a desorbitársele los ojos de su colchón de pelo sedoso y lavado. La mujer lanzó un grito y se abalanzó sobre Osano para arañarle la cara. El marido no se movió. En aquel momento, el avión entró en una pequeña bolsa de aire y todos nos tambaleamos, pero Osano, borracho, concentrado en estrangular al perro, perdió el equilibrio y fue a caer pasillo adelante, sin soltar al perro. Tuvo que soltarlo al levantarse. La mujer gritaba que iba a matarle o algo así. La azafata gritaba también, sobrecogida. Osano, de pie, tranquilo, sonrió mirando a su alrededor; luego avanzó hacia la mujer que aún seguía gritándole. Ella creía que ahora él se sentiría avergonzado de lo que había hecho, que podría machacarle. No sabía que había decidido ya estrangularla igual que al perro. Lo comprendió entonces... dejó de chillar.

Osano era víctima de un ataque de furia incontrolada, en parte porque así era su carácter y en parte porque era famoso y sabía que estaba a cubierto de cualquier represalia por su furia. Un joven fuerte y corpulento entendió esto por instinto, pero le ofendió el que Osano no respetase su juventud y su fuerza superiores. Y perdió también el control. Agarró a Osano por el pelo y le echó la cabeza hacia atrás con tal fuerza que casi le rompe el cuello. Luego, le echó el brazo al cuello y dijo:

—Voy a romperte el cuello, hijo de puta.

Osano se quedó quieto entonces.

Dios mío, después de eso se organizó un lío tremendo. El capitán del avión quiso poner a Osano una camisa de fuerza, pero le convencí de que no lo hiciera. Los agentes de seguridad despejaron el salón, y Osano y yo hicimos el resto del viaje allí, sentados con ellos. No nos dejaron salir, en Nueva York, hasta que se fueron todos los pasajeros, así que no volvimos a ver a aquella mujer. Pero la última ojeada fue suficiente. Le habían lavado la sangre de la cara, pero tenía un ojo casi cerrado y la boca destrozada. El marido llevaba al perrito, que aún estaba vivo y movía el rabo desesperadamente buscando afecto y protección. Salió, por supuesto, en todos los periódicos. El gran novelista norteamericano, destacado candidato al premio Nobel, había estado a punto de matar a un perrito de aguas francés. Pobre perro. Pobre Osano. La tipa resultó ser una importante accionista de las líneas aéreas, millonaria además por otros varios conceptos y, por supuesto, hasta podía amenazar con no volver a utilizar aquellas líneas aéreas. En cuanto a Osano, se sentía absolutamente feliz. No sentía nada por los animales.

—Mientras pueda comerlos —decía—, puedo matarlos.

Cuando le indiqué que nunca había comido carne de perro, se limitó a encogerse de hombros y añadir:

—Si me guisas bien uno, me lo comeré.

Osano olvidaba algo. Aquella chiflada tenía también su humanidad. Estaba loca, de acuerdo. Se merecía que le partiesen la boca, de acuerdo. Quizás, incluso, le viniese bien. Pero no se merecía lo que le hizo Osano. En realidad, no podía evitar ser como era. Lo pensé luego. El Osano de la primera época lo habría entendido perfectamente. Pero, por alguna razón, ya no era capaz de entenderlo.

25

El perrillo no murió, así que la mujer no llevó adelante ninguna denuncia. No parecía importarle que le partiesen la cara, ni era algo en lo que ella y su marido se detuvieran mucho. Quizás le hubiese gustado, incluso. Envió a Osano una nota cordial, dejando la puerta abierta para una posible entrevista. Osano soltó un gruñidito y tiró la nota a la papelera.

—¿Por qué no le das una oportunidad? —le dije—. Quizás resulte interesante.

—No me gusta pegar a las mujeres —dijo Osano—. Esa zorra quiere que la utilice como un saco de entrenamiento.

—Podría ser otra Wendy —dije.

Sabía que Wendy ejercía siempre una especie de fascinación sobre él, pese a llevar tantos años divorciado y pese a los disgustos que le daba.

—Dios mío —dijo Osano—. Eso es precisamente lo que necesito.

Pero sonrió. Sabía lo que quería decir. Que quizás el pegar a las mujeres no le desagradase tanto, aunque quería demostrarme que me equivocaba.

—Wendy fue la única mujer de todas las que tuve que me hizo pegarle —dijo—. Las demás jodían con mis mejores amigos, me robaban dinero, me exigieron pensión, contaron mentiras sobre mí, pero nunca les pegué. Ni siquiera las odié. Soy buen amigo de todas ellas. Pero esa jodida Wendy es un caso especial. No se parece a ninguna. Si hubiese seguido casado con ella, habría acabado matándola.

Pero el caso del estrangulamiento del perro de aguas había corrido por los círculos literarios de Nueva York. Osano temía que pudiese afectar a sus posibilidades de conseguir el Nobel.

—A esos jodidos escandinavos les encantan los perros —decía.

Aceleró su campaña activa por el Nobel mandando cartas a todos sus amigos y conocidos del gremio. Siguió escribiendo artículos y comentarios sobre las obras de crítica más importantes en nuestra publicación. Además de ensayos sobre literatura que a mí siempre me parecieron pura palabrería. Muchas veces, al entrar en su oficina, le veía trabajando en su novela, llenando hojas pautadas amarillas. Su gran novela, porque era lo único que escribía con calma. El resto se limitaba a teclearlo con dos dedos en la máquina, en aquella mesa suya de ejecutivo, atestada de libros. Nunca vi escribir a nadie tan deprisa a máquina pese a que escribía con sólo dos dedos. Era literalmente como una ametralladora. Y escribiendo así, como una ametralladora, redactó la definición de lo que debía ser la gran novela norteamericana, explicó por qué Inglaterra ya no producía grandes obras de ficción, salvo en el género de espionaje, desmenuzó las últimas obras y a veces la obra completa de tipos como Faulkner, Mailer, Styron, Jones, cualquiera que pudiese significar competencia para el Nobel. Era tan inteligente, manejaba un lenguaje tan intenso, que convencía. Publicando toda aquella basura, destrozaba a sus adversarios y dejaba el campo despejado para él. El único problema era que cuando se acudía a su propia obra, sólo sus dos primeras novelas, publicadas veinte años atrás, podían darle base seria para una reputación literaria. El resto de sus novelas y ensayos no era tan bueno.

La verdad era que en los últimos diez años había perdido bastante de su popularidad y de su reputación literaria. Había publicado demasiados libros hechos precipitadamente, se había hecho demasiados enemigos por aquel pretencioso modo suyo de dirigir la publicación. Incluso cuando adulaba, alabando a figuras literarias poderosas, lo hacía con tal arrogancia y menosprecio, mezclándose él mismo de algún modo (su artículo sobre Einstein, por ejemplo, había versado tanto sobre Einstein como sobre él mismo), que se ganaba la enemistad de la gente a la que estaba dando coba. Escribió una cosa que provocó un auténtico escándalo. Dijo que la inmensa diferencia entre la literatura francesa y la inglesa del siglo XIX era que los escritores franceses tenían abundantes relaciones sexuales y los ingleses no. Nuestros lectores se enfurecieron.

Y para colmo de males, su conducta personal era escandalosa. Los editores de la publicación se habían enterado del incidente del avión, que se había filtrado en las columnas de chismorreo social. En una de sus conferencias en una universidad de California, conoció a una estudiante de literatura de diecinueve años que más parecía una aspirante a artista que una amante de los libros, aunque lo fuese realmente. Se la llevó a Nueva York a vivir con él. Ella aguantó unos seis meses; durante ese tiempo, la llevó a todas las fiestas literarias. Osano andaba por los cincuenta y tantos, y aunque aún no tenía el pelo canoso sí tenía una barriga respetable. Al verles juntos, uno se sentía incómodo. Sobre todo cuando Osano se emborrachaba y ella tenía que llevarle a casa. Además, Osano bebía en la oficina, durante el trabajo. Y estaba engañando a esa novia de diecinueve años con una novelista de cuarenta que acababa de publicar un libro que había sido un éxito de ventas. En realidad, el libro no era gran cosa, pero Osano escribió un ensayo de una página en nuestra publicación proclamándola futura gloria de la literatura norteamericana.

Y además, hacía algo que a mí me repugnaba profundamente. Escribía un comentario sobre cada amigo que se lo pedía. Así que aparecían pésimas novelas con un comentario de Osano que decía, por ejemplo: «ésta es la primera novela sureña desde *Yace en la oscuridad* de Styron». O «un libro estremecedor que le impresionará», lo cual era pura astucia porque intentaba cubrir las dos posibilidades, hacer un favor al amigo e intentar al mismo tiempo advertir al lector con un comentario ambiguo.

Yo veía claramente que, en cierto modo, estaba desmoronándose. Pensaba que quizás se estuviese volviendo loco. Pero no sabía por qué. Tenía un aire enfermizo, abotargado; sus ojos verdes tenían un brillo que no era realmente normal. Y había algo raro en su forma de andar, un fallo en el ritmo o un ligero balanceo hacia la izquierda, a veces. Me preocupaba. Porque, pese a desaprobar sus obras, a su lucha por el Nobel con todas las maniobras sucias, a su pretensión de joderse a todas las señoras con quienes entraba en contacto, le tenía afecto. Solía hablarme de la novela que yo estaba escribiendo, alentarme, aconsejarme; intentó prestarme dinero, aunque yo sabía que él estaba empeñado hasta las orejas y gastaba una suma enorme en mantener a sus cinco ex esposas y a sus ocho o nueve hijos.

Me sobrecogía la cantidad de lo que publicaba, aunque no fuesen nada del otro mundo. Aparecía siempre en una de las revistas mensuales, y a veces en dos o tres; publicaba todos los años un libro de ensayos sobre algún tema que los editores considerasen «en el candelero». Dirigía nuestra publicación y todas las semanas hacía un largo artículo de crítica. Trabajaba también algo para el cine; ganaba enormes sumas, pero estaba siempre sin un céntimo. Y yo sabía que debía una fortuna. No sólo en dinero que le habían prestado, sino en adelantos sobre futuros libros. Una vez se lo mencioné, le dije que estaba cavándose una fosa de la cual no podría salir, pero él se limitó a rechazar la idea con impaciencia.

—Tengo mi as en la manga —dijo—. Tengo la gran novela casi terminada. La acabaré en un año, quizás. Y entonces volveré a ser rico. Y me iré a Escandinavia a por el Nobel. Piensa en todas las rubias grandotas que nos joderemos.

Siempre me incluía en el viaje a recoger el Nobel.

Nuestras mayores discusiones surgían cuando me preguntaba mi opinión sobre alguno de sus ensayos generales sobre literatura. Y yo le enfurecía con mi declaración ya proverbial de que era sólo un narrador.

—Eres un artista con inspiración divina —le decía—. Eres un intelectual, tienes un jodido cerebro que podría soltar palabrería suficiente para dar cien cursos sobre literatura moderna. Yo soy sólo un ladrón de cajas de caudales. Aplico el oído y esperó a oír el clic.

—Tú y tus cuentos —decía Osano—. No es más que una reacción contra mí. Tienes ideas. Eres un verdadero artista. Pero te gusta eso de ser un mago, un ilusionista, lo de que puedes controlarlo todo, lo que escribes, tu vida en general, que puedes eludir todas las trampas. Así es como operas tú.

—Tienes una idea errónea de lo que es un mago. Un mago hace magia —le dije—. Nada más.

—¿Y tú crees que eso basta? —preguntó Osano. Sonreía con cierta tristeza.

—Para mí basta —dije.

Osano denegó con la cabeza.

—Sabes, yo fui en tiempos un gran mago, lee mi primer libro. Todo magia, ¿no?

Me alegraba poder estar de acuerdo. Me gustaba aquel libro.

—Magia pura —dije.

—Pero no fue bastante —dijo Osano—. A mí no me bastó.

Entonces allá tú, pensé. Y pareció leer mi pensamiento.

—No, no es como tú crees —dijo—. Sencillamente no podría hacerlo otra vez porque no quiero hacerlo, o no puedo quizás. Después de ese libro, ya no fui un mago. Me convertí en escritor.

Me encogí de hombros con cierta displicencia, supongo. Osano se dio cuenta y dijo:

—Y mi vida se convirtió en una mierda, pero eso ya lo ves tú. Envidio tu vida. Lo tienes todo controlado. No bebes, no fumas, no andas detrás de las tías. Sólo escribes y juegas, y haces el papel de buen padre y buen marido. Eres un mago muy poco lucido, Merlyn. Un mago muy normal. Una vida normal, libros normales; has hecho desaparecer la desesperación.

Desde luego, yo le irritaba un poco. Pensaba que él iba hasta el tuétano. No sabía que la mitad de aquello era simple palabrería. Y a mí no me importaba, eso quería decir que mi magia estaba funcionando. Eso era todo lo que él podía ver, y eso estaba bien para mí. El creía que yo tenía mi vida controlada, que no sufría o no me lo permitía, que no sentía los ramalazos de soledad que le empujaban a él a distintas mujeres, al trago, a aspirar cocaína. Había dos cosas que él no podía entender: que sufría porque realmente estaba volviéndose loco, no por sufrimiento. La otra, que todos los demás habitantes del mundo sufrían, estaban solos y hacían cuanto podían con su situación. Que no era nada admirable. De hecho, podías decir que la vida misma no era nada admirable, pese a su jodida literatura.

Y luego, de pronto, los problemas me llegaron de un sector inesperado. Un día que estaba en la oficina recibí una llamada de la mujer de Artie, Pam. Dijo que quería verme para algo importante. Y que quería verme sin Artie. ¿Podía ir inmediatamente? Sentí verdadero pánico. En el fondo del pensamiento, siempre estaba preocupado por Artie. Era realmente un ser frágil y siempre parecía cansado. Por su delicada belleza, traslucía la tensión más claramente que la mayoría. Tanto miedo me dio, que le supliqué a Pam que me dijese por teléfono lo que pasaba, pero no quiso. Me dijo que no había ningún problema físico, ningún diagnóstico médico amenazador, que era un asunto personal entre Artie y ella, y necesitaba que la ayudara.

Sentí de inmediato un alivio egoísta. Sin duda ella tenía un problema, pero Artie no. De todos modos, salí temprano del trabajo y fui en coche a Long Island a verla. Artie vivía en la orilla norte de Long Island y yo en la orilla sur. Así que, en realidad, no había mucha distancia. Pensé que podría escuchar lo que me contase y estar en casa para cenar, aunque llegara un poco tarde. No me molesté en llamar a Valerie.

Siempre me gustaba ir a casa de Artie. Sus cinco hijos eran buenos chicos y tenían muchos amigos que siempre andaban por allí, y a Pam no parecía importarle. Tenía grandes cantidades de bollos para darles y muchas botellas de leche. Había niños mirando la televisión y otros jugando en el césped. Les dije hola y me contestaron. Pam me llevó a la cocina, que tenía un gran ventanal. Había preparado café y me sirvió un poco. Estaba cabizbaja, pero de pronto alzó la mirada hacia mí y me dijo:

—Artie tiene una amante.

Pese a haber tenido cinco hijos, Pam tenía aún un aspecto muy juvenil y muy buen tipo. Alta, esbelta, y con una de esas caras sensuales con cierto aire de virgen. Procedía de una ciudad del Medio Oeste, Artie la había conocido en la universidad y su padre era presidente de un pequeño banco.

En las tres últimas generaciones de su familia, nadie había tenido más de tres hijos y ella, con sus cinco hijos, era para sus padres una heroína mártir. Los padres no podían entenderlo, pero yo sí. Una vez le había preguntado a Artie y él me había dicho:

—Detrás de esa cara de *madonna* hay una de las mujeres más calientes de Long Island. Y a mí me pasa igual.

Si cualquier otro marido hubiese dicho eso de su mujer, me hubiese parecido ofensivo.

—Suerte que tienes —le dije yo.

—Sí —dijo Artie—. Pero creo que ella lo lamenta por mí, sabes, la cosa del orfanato. Y quiere que no vuelva a sentirme solo nunca. Es más o menos eso.

—Suerte, tienes mucha suerte —había dicho yo.

Y así pues, cuando Pam hizo su acusación, me enfadé un poco. Conocía a Artie. Sabía que no era posible que engañara a su mujer, que él jamás pondría en peligro aquella familia que había creado, ni la felicidad que le proporcionaba.

Pam estaba avergonzada, con los ojos llenos de lágrimas. Pero me miraba a la cara. Si Artie tenía un ligue, yo era el único a quien se lo contaría. Y ella esperaba que yo traicionase el secreto con algún gesto.

—Eso no es verdad —dije—. Artie siempre tuvo a las mujeres detrás de él y siempre le molestó. Es el tipo más honrado del mundo. Sabes que yo no intentaría encubrirle. No le delataría, pero tampoco le encubriría.

—Ya lo sé —dijo Pam—. Pero viene a casa tarde tres veces por semana como mínimo. Anoche tenía carmín en la camisa. Y hace llamadas telefónicas después de que yo me voy a la cama, a las tantas de la noche. ¿Te llama a ti?

—No —dije. Y entonces me sentí mal. Podía ser cierto. Aún no lo creía, pero tenía que aclararlo.

—Y está gastando dinero extra que nunca gastaba —dijo Pam—. Ay, Dios mío.

Y se puso a llorar abiertamente.

—¿Vendrá hoy a cenar a casa? —pregunté.

Pam asintió. Cogí el teléfono de la cocina, llamé a Valerie y le dije que me quedaba a cenar en casa de Artie. Lo hacía de vez en cuando, tomando la decisión sobre la marcha, cuando tenía urgencia de verle, así que Valerie no hizo ninguna pregunta. Cuando colgué el teléfono, le dije a Pam:

—¿Tienes cena para mí?
Ella sonrió y asintió con un gesto.
—Por supuesto —dijo.
—Bajaré y le esperaré en la estación —dije—. Y aclararemos todo esto antes de cenar.
Intentando darle un aire cómico al asunto, añadí:
—Mi hermano es inocente.
—Sí, claro —dijo Pam. Pero sonrió.
Abajo, en la estación, mientras esperaba que llegara el tren, sentí lástima de Pam y Artie. Había cierta complacencia en mi piedad. Artie siempre tenía que ayudarme y, por fin, ahora tenía yo que ayudarle a él. Pese a todas las pruebas (el carmín en la camisa, el llegar tarde y las llamadas telefónicas, los gastos extra), yo sabía que Artie era básicamente inocente. Lo más que podía haber era alguna jovencita que hubiese insistido tanto que él al final hubiera cedido un poco. Pero de todos modos, aún no podía creerlo. Y, con la piedad, se mezclaba la envidia que siempre me había producido el hecho de que Artie resultase tan atractivo para las mujeres de una forma que yo no lo sería nunca. Con cierta satisfacción, pensé que no estaba mal del todo ser un poco feo.
Artie no se sorprendió mucho al verme cuando bajó del tren. Había hecho aquello muchas veces: visitarle inesperadamente e ir a esperarle al tren. Me agradaba hacerlo, y él siempre se alegraba de verme. Y siempre me hacía sentirme bien comprobar que él se alegraba de que estuviera esperándole. Pero aquel día, mirándole con detenimiento, pude darme cuenta de que no se alegraba tanto como otras veces.
—Vaya, ¿qué haces tú aquí? —dijo, pero me dio un abrazo y me sonrió.
Tenía una sonrisa sumamente dulce para ser hombre, su sonrisa infantil de siempre que no había cambiado.
—Vine a salvarte —dije alegremente—. Pam te ha descubierto al fin.
Se echó a reír.
—Dios santo, ese cuento otra vez —los celos de Pam eran siempre motivo de risa.
—Sí —dije—. Tus llegadas tarde, esas llamadas telefónicas a las tantas, y ahora, por último, la prueba clásica: carmín en la camisa.

Me sentía muy bien porque, mirando a Artie y hablando con él, me daba cuenta de que todo era un error.

Pero de pronto Artie se sentó en uno de los bancos de la estación. Parecía muy cansado. Me quedé de pie junto a él, y empecé a sentirme un poco inquieto.

Artie alzó la vista hacia mí. Vi en su cara una extraña expresión de lástima.

—No te preocupes —le dije—. Yo lo arreglaré todo.

Intentó sonreír.

—Merlín el Mago —dijo—. Será mejor que te pongas tu jodido sombrero mágico. Por lo menos siéntate, anda.

Encendió un cigarrillo. Pensé de nuevo que Artie fumaba mucho. Me senté a su lado. Oh, demonios, pensé. Mi pensamiento giraba vertiginosamente intentando dar con un medio de arreglar las cosas entre él y Pam. Pero estaba seguro de algo: no quería mentirle a ella ni que Artie le mintiera.

—No estoy engañando a Pam —dijo Artie—. Y eso es todo lo que quiero decirte.

Yo le creía, desde luego. Nunca me había mentido.

—Está bien —dije—. Pero tienes que decirle lo que pasa porque, si no, va a volverse loca. Me llamó al trabajo.

—Si se lo digo a Pam, tendré que decírtelo a ti —dijo Artie—. Y tú no quieres saberlo.

—Vamos, dímelo —dije—. ¿Qué demonios más da? Siempre me lo has contado todo. ¿Qué es lo que pasa?

Artie dejó caer el cigarrillo en el suelo de cemento del andén.

—De acuerdo —dijo.

Me puso una mano en el brazo y sentí de pronto una súbita sensación de amenaza. Cuando éramos niños y estábamos solos, siempre hacía aquello para consolarme.

—Déjame acabar. No me interrumpas —dijo.

—Está bien —dije yo. Sentía de pronto calor en la cara. No podía imaginar qué me iba a decir.

—Durante los últimos dos años he estado intentando encontrar a nuestra madre —dijo Artie—. Saber quién es, dónde está, qué somos. Hace un mes la encontré.

Me levanté. Aparté mi brazo del suyo. Artie se levantó e intentó calmarme.

—Es una borracha —dijo—. Se pinta los labios. Tiene muy buen aspecto, pero está absolutamente sola en el mundo. Quiere verte, dice que no pudo evitar...

Pero le interrumpí.
—No me digas más —dije—. No vuelvas a decirme nunca nada de este asunto. Tú haz lo que quieras, pero yo la veré en el infierno antes de verla viva.
—Bueno, vamos, vamos —dijo Artie.
Intentó cogerme del brazo otra vez, pero me aparté y enfilé hacia el coche. Artie me siguió. Entramos y conduje hasta la casa. Cuando llegamos, ya me había tranquilizado y pude darme cuenta de que Artie estaba nervioso, así que le dije:
—Será mejor que se lo cuentes a Pam.
—Lo haré —dijo Artie.
Paré frente a la entrada.
—¿Vienes a cenar? —preguntó Artie.
Estaba de pie junto a la ventanilla abierta, y de nuevo me apoyó la mano en el brazo.
—No —dije.
Le vi entrar en su casa, con el mayor de los niños, que aún estaba jugando en el césped cuando llegamos. Entonces me fui. Conduje lenta y cuidadosamente; había procurado acostumbrarme durante toda mi vida a ser más cuidadoso cuando la mayoría de la gente lo era menos. Cuando llegué a casa, me di cuenta por la cara de Vallie que sabía lo ocurrido. Los niños estaban en la cama, y ella me había puesto mi cena en la mesa de la cocina. Cuando estaba comiendo, me acarició la nuca y el cuello al pasar. Luego se sentó enfrente, a tomar café, esperando que yo empezase a hablar del asunto. De pronto, recordó algo:
—Pam quiere que la llames.
Llamé. Pam quería disculparse por haberme metido en aquel lío. Le dije que no era ningún lío, y le pregunté si se sentía mejor ahora que sabía la verdad. Rió entre dientes y dijo:
—Demonios, creo que hubiese preferido una amante.
Estaba contenta de nuevo. Y ahora nuestros papeles se habían invertido. Por la mañana de aquel día, había sentido lástima por ella. Ella era quien estaba en un terrible peligro y yo el que iba a rescatarla o a intentar ayudarla. Ahora ella parecía pensar que era injusto el que los papeles se hubiesen cambiado. Por eso quería disculparse. Le dije que no se preocupara.
Pam pasó a lo que quería decirme después:

—Merlyn, supongo que no dirás en serio lo de tu madre, lo de que no quieres verla.

—¿Me cree Artie? —le pregunté.

—Dice que lo ha sabido siempre —dijo Pam—. Que no te lo habría dicho antes de prepararte. Que yo fui la causa de que lo hiciera. Ahora me echa a mí la culpa de todo.

Me eché a reír.

—Mira —dije—, el día empezó mal para ti y ahora acaba mal para mí. Él es la parte ofendida. Mejor él que tú.

—Sí, claro —dijo Pam—. Mira, de veras que lo siento.

—No tiene nada que ver conmigo —dije.

Y Pam dijo que muy bien, que muchas gracias, y colgó.

Valerie estaba esperándome. Me miraba atentamente. Pam le había informado y puede que hubiese hablado incluso con Artie y éste le hubiese explicado cómo debía manejar las cosas. Por eso ella actuaba con precaución. Pero creo que no captaba realmente el asunto. Sin duda, ella y Pam eran buenas mujeres, pero no entendían. Sus padres habían puesto objeciones a que se casaran con huérfanos sin antecedentes rastreables. Yo imaginaba las historias horribles que debían contarse sobre casos similares. ¿Y si hubiese una enfermedad o locura hereditaria en nuestra familia? O sangre negra o sangre judía, o sangre protestante, en fin toda esa mierda. Pues bien, ahora aparecía una magnífica prueba cuando ya no hacía falta. Pensé que Pam y Valerie no debían sentirse demasiado felices con el romanticismo de Artie y su afán de dar con el eslabón perdido de una madre.

—¿Quieres que venga a casa para que vea a los niños? —preguntó Valerie.

—No —dije yo.

Parecía apesadumbrada y un poco temerosa. Me di cuenta que pensaba en la posibilidad de que sus hijos la rechazasen algún día.

—Es tu madre —dijo Valerie—. Ha tenido que ser muy desgraciada.

—¿Sabes lo que significa la palabra huérfano? —dije yo—. ¿La has buscado alguna vez en el diccionario? Significa un niño que ha perdido a sus padres por muerte. O la cría de un animal que ha sido abandonada o que ha perdido a su madre. ¿Cuál prefieres?

—De acuerdo —dijo Valerie.

Parecía horrorizada. Fue a ver a los niños y luego entró en nuestro dormitorio. La oí entrar en el baño y prepararse para irse a la cama. Me quedé hasta tarde leyendo y tomando notas, y cuando me acosté ella estaba profundamente dormida.

Todo terminó en un par de meses. Artie me llamó un día y me contó que su madre había desaparecido otra vez. Quedamos en vernos en la ciudad y cenar juntos para poder hablar a solas. Nunca podíamos hablar de aquello con nuestras esposas delante, como si nos diese demasiada vergüenza que ellas se enteraran. Artie parecía contento. Me dijo que ella había dejado una nota. Me explicó también que ella bebía muchísimo y que siempre quería ir a los bares a buscar hombres. Que era una buscona de mediana edad, pero que le agradaba. Había conseguido que dejara de beber, le había comprado ropa nueva, le había alquilado un apartamento muy bien amueblado, le había estado pasando una pensión. Ella le había contado cuanto le había sucedido. En realidad, no había sido culpa suya. Ahí le interrumpí. No quería oír más.

—¿Vas a buscarla otra vez? —le pregunté.

Artie esbozó su triste y dulce sonrisa.

—No —dijo—. Sabes, en realidad no hice más que molestarla. En el fondo no le agradaba tenerme al lado. Al principio, cuando la encontré, se dedicó a interpretar el papel que yo quería que interpretase, creo, por cierto sentimiento de culpabilidad, pensando quizás que de algún modo me ayudaba dejándome que me cuidara de ella. Pero creo que no le gustaba. Incluso se me insinuó una vez, creo, sólo por divertirse un poco —se echó a reír—. Yo quería que viniese a casa, pero no quiso. En realidad, da igual.

—¿Y cómo se tomó Pam todo el asunto? —pregunté.

Artie soltó una carcajada.

—Ay Dios mío, estaba celosa hasta de mi madre. Tendrías que haber visto qué cara de alegría puso cuando le dije que todo había terminado. Y he de confesarte algo, hermano, recibiste la noticia sin inmutarte.

—Porque de todos modos me importa un carajo —dije.

—Sí —dijo Artie—. Ya sé. Da igual. Además, no creo que te hubiese gustado ella.

Seis meses después, Artie tuvo un ataque al corazón. Fue un ataque de gravedad media, pero se pasó varias semanas en el hospital y luego un mes sin trabajar. Iba a verle todos los días al hospital, y él no hacía más que insistir en que había sido una especie de indigestión, en que se trataba de un caso indefinido. Yo bajé a la biblioteca y leí cuanto pude sobre ataques cardíacos. Descubrí que su reacción era corriente entre las víctimas de ataques cardíacos y que a veces tenían razón. Pero Pam estaba aterrada. Cuando Artie salió del hospital, le sometió a una dieta rigurosa, tiró todos los cigarrillos que había en casa y dejó de fumar para que Artie pudiese hacerlo también. A él le resultó duro, pero lo dejó. Y puede que el ataque le asustara porque a partir de entonces empezó a cuidarse más. Daba los largos paseos que le había recomendado el médico, comía moderadamente y ni siquiera tocaba el tabaco. Seis meses después, tenía mejor aspecto que nunca en su vida. Y Pam y yo dejamos de dirigirnos miradas asustadas siempre que él salía de la habitación.

—Ha dejado de fumar, gracias a Dios —decía Pam—. Fumaba tres paquetes al día. Esa fue la causa.

Yo decía que sí, pero no lo creía. Siempre creí que la verdadera causa fueron aquellos dos meses que se pasó intentando recuperar a su madre.

Y en cuanto Artie se puso bien, empezaron los problemas para mí. Me quedé sin trabajo en la publicación literaria. No por culpa mía, sino porque echaron a Osano y tuvieron que echar también a su brazo derecho.

Osano había capeado todas las tormentas. Su desprecio por los círculos literarios más poderosos del país, la intelectualidad política, los fanáticos de la cultura, los liberales, los ecologistas, el movimiento de liberación de la mujer, los izquierdistas; sus escapadas sexuales, sus apuestas, su utilización del puesto que ocupaba para prestigiarse con vistas al Nobel. Más un libro de ensayo que publicó en defensa de la pornografía, no por su valor social redentor, sino como placer antielitista de los intelectualmente pobres. Por todo ello, a los editores les hubiese gustado echarle, pero la circulación del suplemento se había duplicado desde que él se hiciera cargo de la dirección.

Por entonces, yo ganaba bastante dinero. Escribía muchos artículos que firmaba Osano. Podía imitar perfectamente su estilo y él me adoctrinaba con una charla de quince minutos indicándome lo que pensaba sobre un tema particular, opiniones siempre brillantes y disparatadas. Me resultaba fácil escribir el artículo basándome en lo que él me explicaba. Luego, él llegaba, le daba unos toques magistrales y nos repartíamos el dinero. Y ese dinero, la mitad de lo que él cobraba, era el doble de lo que me pagaban a mí por un artículo.

Pero ni siquiera fue éste el motivo de que nos echaran. La causante fue Wendy, su ex mujer. Aunque quizá sea injusto decir esto, Osano nos liquidó; Wendy le dio el cuchillo.

Osano había pasado cuatro semanas en Hollywood y entre tanto yo había dirigido la publicación en su lugar. El estaba completando una especie de acuerdo con la gente del cine, y durante las cuatro semanas utilizamos un correo para pasarle los artículos de crítica con el fin de que les diese el visto bueno antes de publicarlos. Cuando Osano volvió por fin a Nueva York, dio una fiesta a los amigos para celebrar su regreso y la gran cantidad de dinero que había ganado en Hollywood. La fiesta se hizo en su casa del East Side, que utilizaba su última mujer con sus tres hijos. Osano vivía en un pequeño apartamento-estudio del Village, todo lo que podía permitirse, que era demasiado pequeño para la fiesta.

Yo fui porque él insistió en que fuese. Valerie no fue. No le gustaba Osano ni le gustaban las fiestas fuera de su círculo familiar. Con el tiempo, habíamos llegado a un acuerdo tácito. Nos excusábamos mutuamente las vidas sociales respectivas siempre que era posible. Mi motivo era que estaba demasiado ocupado trabajando en mi novela, mi trabajo fijo y las colaboraciones libres en las revistas. Su excusa era que tenía que cuidar de los niños y no confiaba en baby-sitters. Ambos estábamos satisfechos del acuerdo. Para ella era más fácil que para mí, puesto que yo no tenía ninguna vida social, salvo mi hermano Artie y la oficina.

En fin, la fiesta de Osano fue uno de los grandes acontecimientos del mundo literario de Nueva York. Acudió la gente más destacada de *New York Times Books Review,* los críticos de casi todas las revistas y novelistas con los que Osano aún tenía amistad. Yo estaba sentado en un rincón hablando con la última ex mujer de Osano cuando vi entrar a Wendy y pensé: demonios, problemas. Sabía que no estaba invitada.

Osano la localizó a la vez que yo y se dirigió hacia ella con aquellos andares suyos peculiares que había adoptado los últimos meses. Estaba un poco borracho, y temí que pudiese perder el control y montar un número o hacer una locura, así que me levanté y me uní a ellos. Llegué justo a tiempo de oír a Osano saludarla.

—¿Qué coño quieres tú? —dijo.

Osano podía ser terrible cuando se enfadaba, pero por lo que me había contado de Wendy sabía que era la única persona que disfrutaba sacándole de quicio. Sin embargo, la reacción de Wendy me sorprendió.

Wendy llevaba vaqueros, jersey y un pañuelo a la cabeza. Esto daba a su carita oscura un aire de Medea. Su pelo negro escapaba del pañuelo como una masa de negras serpientes.

Miró a Osano con una calma mortífera que respiraba malévolo triunfalismo. Estaba comida por el odio. Contempló pausadamente a su alrededor como si bebiese aquello de lo que ahora ya no podía pretender formar parte, el resplandeciente mundo literario de Osano, del que éste la había expulsado materialmente. Y miraba satisfecha a su alrededor. Luego le dijo a Osano:

—Tengo que decirte algo muy importante.

Osano dejó su whisky. Le hizo una desagradable mueca.

—Venga, suéltalo y lárgate a tomar por el culo.

—Son malas noticias —dijo Wendy muy seria.

Osano soltó una sonora y sincera carcajada. Le hacía gracia realmente.

—Tú siempre eres una mala noticia —dijo, y se echó a reír otra vez.

Wendy le miró con tranquila satisfacción.

—Tengo que decírtelo en privado.

—Oh, mierda —dijo Osano.

Pero conocía a Wendy. A ella le encantaría montar una escena. Así que la llevó a su estudio. Más tarde pensé que no se la llevó a uno de los dormitorios porque en el fondo tenía miedo a intentar tirársela, pues en ese sentido ella aún le tenía enganchado, en cierto modo. Y Osano sabía perfectamente lo que disfrutaría Wendy rechazándole. De todos modos, fue un error llevarla al estudio. Era la habitación preferida de Osano, y aún se la conservaba como lugar de trabajo. Tenía un gran ventanal por el que le gustaba mirar mientras escribía, y contemplar lo que pasaba abajo en la calle.

Me quedé esperando al pie de las escaleras. En realidad no sabía por qué, pero tenía la sensación de que Osano iba a necesitar ayuda. Por eso fui el primero en oír el grito de terror de Wendy y el primero que reaccionó ante aquel grito. Subí corriendo las escaleras y abrí de una patada la puerta del estudio.

Llegué a tiempo justo de ver a Osano coger a Wendy. Ella braceaba, intentando eludirle. Sus manos huesudas estaban crispadas como garras e intentaba arañarle la cara. Estaba aterrada, pero disfrutando al mismo tiempo. Me di cuenta de ello. Osano tenía dos largos arañazos en la mejilla derecha y sangraba. Antes de que pudiese pararle, pegó a Wendy en la cara de modo que ella se tambaleó y cayó hacia él. Con un movimiento terriblemente rápido, Osano la cogió como si fuese una muñeca que no pesase nada y la lanzó contra el ventanal con tremenda fuerza. El cristal se hizo pedazos y Wendy cayó a la calle.

No sé si me horrorizó más la visión del pequeño cuerpo de Wendy atravesando el cristal o la expresión de furia demente de Osano. Salí corriendo al salón y grité:

—Llamad a una ambulancia.

Luego cogí un abrigo del recibidor y corrí a la calle. Wendy estaba tirada en la acera como un insecto con las piernas rotas. Cuando salía de la casa, ella intentaba incorporarse apoyada en manos y piernas, pero sólo consiguió ponerse de rodillas. Se quedó así, como una araña que intentase caminar, y luego cayó otra vez.

Me arrodillé junto a ella y la cubrí con el abrigo. Me quité la chaqueta y se la coloqué doblada bajo la cabeza. Tenía dolores, pero no sangraba por la boca ni por los oídos, ni tenía esa especie de película mortecina en los ojos que mucho tiempo atrás, durante la guerra, yo identificaba como una clara señal de peligro. Su cara parecía al fin tranquila y en paz consigo misma. Le tomé una mano y estaba caliente; abrió los ojos.

—No tienes nada —dije—. Ahora vendrá la ambulancia. No hay problema.

Abrió los ojos y me sonrió. Estaba muy guapa, y por primera vez comprendí que Osano estuviese fascinado por ella. Tenía dolores pero sonreía:

—Esta vez está listo ese hijoputa —dijo.

En el hospital descubrieron que tenía roto un dedo del pie

y fractura de clavícula. Su estado le permitió explicar lo que había pasado, y la policía fue a por Osano y se lo llevó. Llamé a su abogado. Este me dijo que no dijese una palabra y que él lo arreglaría. Conocía a Osano y a Wendy desde hacía mucho y lo comprendió todo antes que yo. Me dijo que me quedase donde estaba hasta tener noticias suyas.

La fiesta, claro está, se deshizo cuando los policías interrogaron a algunas personas, entre ellas a mí.

Dije que sólo había visto a Wendy caer por la ventana. No, no había visto a Osano junto a ella, les dije. Y dejaron las cosas así. La ex esposa de Osano me sirvió de beber y se sentó junto a mí en el sofá. Tenía una sonrisilla extraña en el rostro.

—Siempre supe que pasaría esto —dijo.

El abogado tardó casi tres horas en llamarme. Dijo que había sacado a Osano bajo fianza, pero que sería aconsejable que alguien estuviese con él un par de días. Osano se iría a su apartamento-estudio del Village. ¿Querría yo hacerle compañía e impedir que hablase con la prensa? Le dije que sí. Estonces el abogado me informó. Osano había declarado que Wendy le había atacado y que él la había empujado para apartarla de sí y que entonces ella había perdido el equilibrio y había caído por la ventana. Esta fue la versión que se comunicó a la prensa. El abogado estaba seguro de que podría conseguir que Wendy, por su propio interés, confirmase esta versión. Si Osano iba a la cárcel, perdería dinero en la pensión del divorcio y en la de los niños. Si se impedía que Osano dijese algo escandaloso, todo se arreglaría en un par de días. Osano tardaría una hora en llegar a su apartamento, el propio abogado le acompañaría.

Salí pues de aquella casa y llegué en taxi al Village. Esperé en la entrada del edificio de apartamentos a que llegase el coche con chófer del abogado. Salió de él Osano.

Tenía un aspecto espantoso. Los ojos desorbitados, la piel de un blanco mortecino. Pasó delante de mí y entré con él en el ascensor. Sacó las llaves, pero le temblaban las manos y tuve que abrir yo por él.

En cuanto entramos en su pequeño estudio, Osano se tumbó en el sofá. Aún no me había dicho una palabra. Se quedó allí tumbado, cubriéndose la cara con las manos, por el agotamiento, no por la desesperación. Contemplé el estudio y pensé: aquí está Osano, uno de los escritores más famosos del mundo, y vive en este agujero. Pero luego recordé que pocas veces vivía allí. En realidad, vivía en su casa de los Hamptons o en Provincetown. O con una de las ricas divorciadas con las que tenía un ligue durante unos meses.

Me senté en un polvoriento sillón y desplacé con el pie una pila de libros al rincón.

—Les dije a los polis que no había visto nada —expliqué a Osano.

Osano se incorporó. Se quitó las manos de la cara. Desconcertado, pude ver que sonreía.

—Dios mío, ¿verdad que te gustó verla volar así por el aire? Siempre dije que era una bruja. No la tiré con tanta fuerza. Volaba por su propia voluntad.

Le miré fijamente.

—Creo que estás perdiendo el juicio —le dije—. Sería mejor que te viera un médico.

Mi tono era frío. No podía olvidar a Wendy tirada en la calle.

—Qué coño. Se pondrá bien enseguida —dijo Osano—. Y no preguntes por qué. ¿O te crees que me dedico a tirar a todas mis ex esposas por la ventana?

—Eso no tiene excusa —dije.

Osano rió entre dientes.

—Cómo se ve que no conoces a Wendy. Apuesto veinte pavos a que cuando te lo cuente me dices que tú habrías hecho lo mismo.

—Apostado —dije.

Entré en el baño, mojé un paño y se lo pasé. Se enjuagó cara y cuello y suspiró con placer al sentir el frescor del agua.

Luego se acomodó en el sofá.

—Me recordó que me había escrito cartas, los dos últimos meses, pidiéndome dinero para nuestro hijo. Por supuesto, no le mandé dinero porque se lo gastaría en cosas para ella. Entonces me dijo que no había querido molestarme mientras estaba ocupado en Hollywood, pero que nuestro hijo más pequeño había enfermado de meningitis y, como no tenía bastante dinero, le había ingresado en la sección de beneficencia del hospital municipal, Bellevue, nada menos. ¿Te das cuenta, la muy zorra? No me ha querido comunicar que estaba enfermo porque pensaba montarme después todo este número, echarme toda la culpa a mí.

Yo sabía cuánto quería Osano a todos sus hijos, los de todas sus mujeres. Esta capacidad suya para el amor me sorprendía. Siempre les mandaba regalos en los cumpleaños y siempre pasaban los veranos con él. E iba a verlos esporádicamente para llevarles al cine o a cenar o a ver un partido. Y me sorprendía también el que no estuviese preocupado por el niño enfermo. Se dio cuenta de lo que yo pensaba, pues dijo:

—El niño sólo tenía fiebre muy alta, una infección respiratoria. Mientras tú ayudabas tan galantemente a Wendy, antes de que llegara la policía, llamé al hospital. Me dijeron que no me preocupara. Llamé a mi médico y se llevó al niño a una clínica particular. Así que todo esta resuelto.

—¿Quieres que me quede contigo aquí? —pregunté.

Osano movió la cabeza.

—Tengo que ver a mi hijo y ocuparme de los otros ahora que su madre no está con ellos. Aunque ella saldrá del hospital mañana, la muy zorra.

Antes de irme, le pregunté a Osano:

—Cuando la tiraste por la ventana, ¿recordaste que sólo había dos pisos hasta la calle?

Me sonrió de nuevo.

—Claro —dijo—. Y además, en ningún momento pensé que caería por la ventana. Te digo que es una bruja.

Todos los periódicos de Nueva York dieron la noticia al día siguiente en primera página. Osano aún era lo bastante famoso para que le trataran así. Al final, no fue a la cárcel porque Wendy retiró las acusaciones. Dijo que quizás hubiese tropezado y se hubiese caído por la ventana. Pero eso fue al día siguiente y el daño ya estaba hecho. En el trabajo hicieron dimitir a Osano y yo tuve que dimitir con él. Un columnista, que quería hacerse el gracioso, dijo que si Osano ganaba el premio Nobel, sería el primer premio Nobel que había tirado a su mujer por la ventana. Pero lo cierto era que todo el mundo sabía que aquella pequeña comedia ponía fin a cualquier esperanza de Osano en ese sentido. No podían conceder el respetable Nobel a un personaje sórdido como Osano. Y Osano no ayudó a arreglar las cosas, porque poco después escribió un artículo satírico sobre los diez mejores modos de asesinar a una esposa.

Pero en aquel momento, los dos nos enfrentamos a un problema. Yo tenía que ganarme la vida trabajando por mi cuenta, sin un sueldo fijo. Osano tenía que esconderse en algún sitio donde la prensa no le acosara. Yo pude resolver el problema de Osano. Llamé a Cully a Las Vegas, le expliqué lo que había pasado y le pregunté si podía tener a Osano en el Hotel Xanadú un par de semanas. Sabía que nadie iría a buscarle allí. Y Osano aceptó. Nunca había estado en Las Vegas.

26

Con Osano retirado en lugar seguro, en Las Vegas, pude dedicarme a resolver mi otro problema. No tenía trabajo. Así que acepté todas las colaboraciones y trabajos independientes que pude conseguir. Hice críticas de libros para la revista *Time,* para el *Times* de Nueva York, y el nuevo director de la publicación en que había trabajado me dio también colaboraciones. Pero la situación me destrozaba los nervios. Nunca sabía de cuánto dinero iba a disponer en un momento concreto. Y así decidí concentrarme al máximo en terminar mi novela, con la esperanza de que me proporcionase mucho dinero. Durante los dos años siguientes, mi vida fue muy sencilla. Pasaba de doce a quince horas diarias en mi cuarto de trabajo. Iba al supermercado con mi mujer y durante el verano llevaba los domingos a los niños a la playa para que Valerie pudiera descansar. A veces, tomaba pastillas a media noche para no dormirme y poder trabajar hasta las tres o las cuatro.

Durante esa época, cené algunas veces con Eddie Lancer en Nueva York. Eddie se había convertido en guionista de Hollywood, y era evidente que ya no escribiría novelas. Le gustaba la vida que llevaba allí, las mujeres, el dinero fácil, y juraba que jamás volvería a escribir otra novela. Cuatro guiones suyos se habían convertido en películas de gran éxito y tenía mucho prestigio. Me ofreció trabajar con él si quería irme allí, pero le dije que no. No podía imaginarme trabajando en el mundo del cine. Pues, pese a las historias divertidas que Eddie me contaba, veía claramente que ser escritor en aquel mundo no era nada divertido. Dejabas de ser artista. Te limitabas a traducir las ideas de otro.

En esos dos años, vi a Osano una vez al mes. Estuvo una semana en Las Vegas y luego desapareció. Cully me llamó para quejarse de que Osano se había largado con su chica favorita, que por cierto se llamaba Charlie Brown. No es que Cully se hubiese enfadado mucho, simplemente estaba atónito. Me dijo que la chica era muy guapa, que estaba haciendo una fortuna en Las Vegas bajo su dirección y que se estaba dando la gran vida, por lo que no entendía cómo lo había abandonado todo para largarse con un escritor viejo y gordo que no sólo engullía cerveza sin parar, sino que era el mayor chiflado que Cully había visto en su vida.

Le dije que aquél era otro favor que le debía y que si veía a la chica con Osano en Nueva York, le pagaría el billete de avión para que volviera a Las Vegas.

—Basta que le digas que se ponga en contacto conmigo —dijo Cully—. Dile que la echo de menos, que la quiero. Dile lo que te parezca. Lo que quiero es que vuelva. Esa chica vale para mí una fortuna en Las Vegas.

—Bien, de acuerdo —dije.

Pero cuando fui a cenar con Osano en Nueva York, estaba solo y no me pareció que pudiese disfrutar del afecto de una chica joven y guapa con las cualidades que Cully había descrito.

Es curioso lo que pasa cuando te enteras del éxito de alguien, de que se ha hecho famoso. Esa fama es como una estrella fugaz que ha brotado de pronto de la nada. Pero tal como me sucedió a mí, la cosa fue sorprendentemente insípida.

Yo llevé una vida de eremita durante dos años y al final conseguí acabar el libro, se lo entregué a mi editor y me olvidé de él. Al cabo de un mes, el editor me llamó a Nueva York para decirme que habían vendido mi novela a una editorial de libros de bolsillo por medio millón de dólares. Me quedé asombrado. No podía creérmelo. Mi editor, mi agente, Osano, Cully, todos me habían advertido que un libro sobre el rapto de un niño en el que el héroe es el raptor, no atraería al gran público. Manifesté mi asombro al editor y éste me dijo:

—Cuentas una historia tan magnífica, que no importa.

Cuando volví a casa aquella noche y le conté a Valerie lo ocurrido, tampoco ella pareció sorprendida. Dijo sin más, con mucha calma:

—Podremos comprar una casa más grande. Los niños crecen, necesitan más espacio.

Y luego la vida continuó como antes, salvo que Valerie encontró una casa a sólo diez minutos de la de sus padres, la compramos y nos trasladamos allí.

Por entonces salió la novela. Figuró en todas las listas de libros más vendidos del país. Fue un gran éxito de ventas, y sin embargo no pareció cambiar mi vida en ningún sentido. Al pensar en esto, comprendí que era por los pocos amigos que tenía. Tenía a Cully, a Osano, a Eddie Lancer, y eso era todo. Por supuesto, mi hermano Artie estaba orgullosísimo de mí y quiso dar una gran fiesta, en mi honor, hasta que le dije que podía dar la fiesta pero que yo no iría. Lo que me conmovió de veras fue una crítica de mi libro firmada por Osano y que apareció en la primera página de la publicación literaria en la que habíamos trabajado. Me alababa por motivos justificados, e indicaba los verdaderos fallos. A su modo habitual, exageraba el mérito del libro porque yo era su amigo. Y luego, claro, continuaba hablando de sí mismo y de la novela que estaba escribiendo.

Llamé a su casa y no contestó nadie. Le escribí una carta y recibí contestación. Cenamos juntos en Nueva York. Tenía un aspecto horrible, y le acompañaba una joven rubia muy guapa que apenas hablaba, pero que comía más que Osano y yo juntos. La presentó como «Charlie Brown» y comprendí que era la chica de Cully, pero no le transmití su mensaje. ¿Por qué iba a hacer daño a Osano?

Hubo un curioso incidente que siempre recuerdo. Le dije a Valerie que fuese a comprar ropa nueva, lo que quisiera, que yo me ocuparía aquel día de los niños. Se fue con unas amigas y volvió cargada de paquetes.

Yo estaba intentando trabajar en mi nuevo libro, pero en

realidad no lograba entrar en él. Así que me enseñó lo que había comprado. Deshizo un paquete y sacó un vestido amarillo nuevo.
—Cuesta noventa dólares —dijo Valerie—. ¿Te imaginas? ¡Noventa dólares por un vestidito de verano!
—Es bonito —dije, obligado. Se lo puso por delante, sin enfundarse en él.
—Sabes —dijo—, en realidad no pude acabar de decidir si me gustaba más el amarillo o el verde. Al final me decidí por el amarillo. Creo que me sienta mejor el amarillo. ¿Qué crees?
Me eché a reír.
—Querida —dije—, ¿no se te ocurrió que podías comprar los dos?
Me miró un momento asombrada y luego también ella se echó a reír.
—Puedes comprar —le dije— uno amarillo, otro verde, otro azul y otro rojo.
Y los dos sonreímos, y creo que por primera vez nos dimos cuenta de que habíamos entrado en una especie de nueva vida. Pero, en conjunto, el éxito no me parecía tan interesante ni tan satisfactorio como había creído. Así que, tal como solía hacer, me puse a leer sobre el tema y descubrí que mi caso no era insólito; que, en realidad, muchos individuos que habían luchado toda su vida por llegar a la cima en sus profesiones, lo celebraban de inmediato tirándose por la ventana de un octavo piso.
Era invierno, y decidí llevar a mi familia de vacaciones a Puerto Rico. Sería la primera vez en nuestra vida de casados que podíamos permitirnos salir fuera. Mis hijos nunca habían ido a un campamento de verano.
Lo pasamos muy bien nadando, disfrutando del calor, de las calles pintorescas y de la comida exótica. Era una delicia alejarse del frío por la mañana y por la tarde estar bajo el sol tropical, gozando de una brisa balsámica. De noche, llevé a Valerie al casino del hotel mientras los niños nos esperaban sentados en los grandes sillones de mimbre del vestíbulo. Cada quince minutos o así, Valerie bajaba a ver si estaban bien, y por último se los llevó a todos a nuestra suite y yo estuve jugando hasta las cuatro de la mañana. Como ya era rico, naturalmente, tuve suerte. Gané unos miles de dólares y disfruté más y me divertí más ganando en aquel

casino que con el éxito y las inmensas sumas de dinero que el libro me había proporcionado hasta entonces.

Cuando volvimos a casa, me aguardaba una sorpresa aún mayor. Unos estudios cinematográficos, Malomar Films, habían pagado cien mil dólares por los derechos cinematográficos de mi libro y otros cincuenta mil, más gastos, para que yo fuese a Hollywood a escribir el guión.

Hablé del asunto con Valerie. En realidad, no quería escribir guiones de cine. Le dije que vendería el libro, pero que rechazaría el contrato del guión. Creí que esto la complacería, pero, por el contrario, dijo:

—Creo que sería bueno para ti ir allí. Creo que te conviene conocer más gente. Ya sabes lo mucho que lamento a veces el que seas tan solitario.

—Podríamos ir todos —dije.

—No —dijo Valerie—. Yo estoy muy feliz aquí con mi familia, no podemos sacar a los niños del colegio y no me gustaría que se criasen en California.

Como todo el mundo en Nueva York, Valerie consideraba California una exótica avanzadilla de los Estados Unidos llena de drogadictos, asesinos y predicadores locos que le pegarían de tiros a un católico nada más verle.

—El contrato es por seis meses —dije—, pero yo podría trabajar un mes y luego volver y continuar aquí.

—Eso me parece perfecto —dijo Valerie—, y además, si te he de ser sincera, a los dos nos vendría bien un descanso.

Esto me sorprendió.

—Yo no necesito descansar de ti —dije.

—Pero yo necesito descansar de ti —dijo Valerie—. Destroza los nervios tener a un hombre trabajando en casa. Pregúntale a cualquier mujer. Altera muchísimo toda la rutina de las tareas domésticas. Hasta ahora, nunca pude decirte nada porque no podías permitirte tener un estudio fuera para trabajar, pero ahora sí puedes, y me gustaría que no trabajases más en casa. Puedes alquilar un sitio, ir por la mañana y venir a casa por la noche. Estoy segura de que trabajarías mucho mejor.

Ni siquiera ahora sé por qué me ofendió tanto que dijese aquello. Me había sentido feliz quedándome en casa y trabajando allí y me dolió de veras que ella no sintiese lo mismo. Y creo que fue esto lo que me hizo decidirme a escribir la versión cinematográfica de mi novela. Fue una reacción infantil. Si no me quería en casa, me iría, y ya vería ella lo que era bueno. Por entonces, yo estaba seguro de que lo que habría emocionado a cualquier otro escritor a mí no me emocionaba. Hollywood era un sitio del que resultaba agradable leer cosas, pero yo ni siquiera tenía ganas de visitarlo.

Comprendí que una parte de mi vida había concluido. Osano había escrito en su comentario: «Todos los novelistas, malos y buenos, son héroes. Luchan solos. Han de tener la fe de los santos. Para ellos la derrota es más frecuente que el triunfo. Y el mundo cruel no muestra la menor piedad. Les fallan las fuerzas (por eso la mayoría de los novelistas tienen puntos débiles, son fácil blanco para el ataque); los problemas de la vida real, las enfermedades de los niños, la traición de los amigos, las traiciones de las mujeres, son cosas todas ellas que deben dejar a un lado. Ignoran sus heridas y siguen luchando, pidiendo el milagro de nuevas energías.»

Desaprobaba el tono melodramático, pero era cierto que tenía la sensación de estar desertando del grupo de los héroes. No me importaba nada el que esto fuese típico sentimentalismo del escritor.

LIBRO QUINTO

27

Malomar Films, aunque subsidiaria de los Estudios TriCultura de Moisés Wartberg, operaba sobre una base completamente independiente en el aspecto creador, y tenía un pequeño estudio propio. Y así, Bernard Malomar trabajaba con libertad total para la película que proyectaba sobre la novela de John Merlyn.

A Malomar únicamente le interesaba hacer buenas películas, lo cual nunca era tarea fácil, y menos con los Estudios TriCultura de Wartberg vigilando constantemente todos sus movimientos. Odiaba a Wartberg. Eran enemigos reconocidos, pero Wartberg, como enemigo, era un individuo interesante con el que resultaba divertido tratar. Además, Malomar respetaba el talento de Wartberg como financiero y como ejecutivo. Sabía que no podía haber cineastas como él sin alguien detrás que tuviese ese talento.

Malomar, en sus elegantes oficinas situadas en un rincón de su propio estudio, tenía que enfrentarse con un grano en el culo mayor que Wartberg, aunque menos mortífero. Si Wartberg era como un cáncer en el recto, según decía en broma Malomar, Jack Houlinan era unas hemorroides y, en el trato diario, mucho más irritante.

Jack Houlinan, vicepresidente a cargo de las relaciones públicas en el departamento de creación, jugaba su papel de genio número uno en su oficio con tremenda sinceridad. Cuando te pedía que hicieras algo desagradable y te negabas, admitía con violento entusiasmo tu derecho a negarte. Su frase favorita era:

—Cualquier cosa que digas es válida para mí. Jamás intentaría convencerte de que hicieras algo que no quisieras hacer. Yo sólo preguntaba.

Esto lo decía después de un discurso de una hora explicándote por qué tenías que tirarte del rascacielos Empire State para conseguir que tu nueva película ocupase mayor espacio en el *Times*.

Pero con sus jefes, como el vicepresidente a cargo de la producción de los estudios internacionales TriCultura de Wartberg, con aquella película de Merlyn para Malomar Films, y su propio cliente personal, Ugo Kellino, era mucho más franco, más humano. Y ahora hablaba con toda franqueza con Bernard Malomar, que en realidad no le concedía tiempo para contar tonterías.

—Estamos metidos en un lío —dijo Houlinan—. Creo que esta condenada película puede ser la mayor bomba desde Nagasaki.

Malomar era el jefe de estudio más joven desde Thalberg, y le gustaba mucho interpretar el papel de genio tonto. Muy serio, dijo:

—No conozco esa película, y creo que exageras mucho. Creo que te preocupa por Kellino. Quieres que gastemos una fortuna sólo porque ese tipo decidió dirigir él mismo y quieres cubrirle los riesgos.

Houlinan era el representante particular de relaciones públicas de Ugo Kellino, con un sueldo de cincuenta mil al año. Kellino era un gran actor, pero estaba casi certificablemente loco de pura egolatría, enfermedad no muy rara entre los grandes actores, actrices, directores e incluso escritores de guiones que soñaban con convertirse en guionistas profesionales. La egolatría en la tierra del cine es como la tuberculosis en un pueblo minero. Algo endémico y devastador, aunque no necesariamente mortal.

De hecho, su egolatría hacía a muchos de ellos más

interesantes de lo que habrían sido sin ella. Esto era aplicable a Kellino. Tal era su dinamismo en la pantalla, que había sido incluido en una lista de los cincuenta hombres más famosos del mundo. En su estudio tenía un recorte de periódico al que había añadido unas palabras escritas por él mismo con lápiz rojo: «Por joder». Houlinan decía siempre con voz afectada y admirada: «Kellino sería capaz de joderse a una serpiente». Acentuando la palabra, como si la frase no fuese un viejo cliché machista, sino algo especialmente acuñado para su cliente.

Un año atrás Kellino había insistido en dirigir su próxima película. Era uno de los pocos actores famosos que podía salirse con la suya al respecto. Pero le habían adjudicado un presupuesto muy estricto, dejando bien atado el dinero que le entregaban y los porcentajes correspondientes. Malomar Films aportaba un máximo de dos millones, pero no pasaría de ese tope. Sólo por si Kellino perdía el control y empezaba a hacer cien tomas de cada escena con su última chica frente a él o su último chico debajo de él. Cosas ambas que había pasado a hacer sin ningún visible perjuicio para la película. Pero luego había empezado a meterse con el guión. Largos monólogos, las luces tenues y suaves sobre su expresión desesperada; había explicado la historia de su trágica niñez en dolorosísimas visiones retrospectivas para explicar por qué se tiraba chicos y chicas en la pantalla. Lo que quería indicar era que si hubiese tenido una niñez decente, nunca se habría tirado a nadie. Y por último él tenía la decisión final, los estudios no podían arreglar legalmente la película en la sala de montaje. Malomar no estaba demasiado preocupado, pues lo harían en caso necesario. La actuación de Kellino proporcionaría de nuevo al estudio los dos millones. De eso no había duda. Todo lo demás, daba igual. Y si las cosas se ponían muy mal, podía enterrar la película en distribución. Nadie la vería. Y él habría salido del asunto consiguiendo su principal objetivo; que Kellino actuase en la novela de John Merlyn, que había tenido tanto éxito, y que Malomar estaba convencido de que daría una fortuna a los estudios.

—Tenemos que hacer una campaña especial —decía Houlinan—. Tenemos que gastar mucho dinero. Tenemos que vender el artículo como un artículo de calidad.

—Dios mío —decía Malomar.

Malomar solía ser más comedido. Pero estaba harto de Kellino. Estaba harto de Houlinan y estaba harto del cine. Lo cual no significaba nada. Porque estaba cansado de las mujeres guapas y de los hombres simpáticos. Estaba cansado del clima de California. Para distraerse estudiaba a Houlinan. Sentía hacía él y hacia Kellino un rencor persistente desde hacía mucho tiempo.

Houlinan vestía maravillosamente. Traje de seda, corbata de seda, zapatos italianos, reloj Piaget. Le hacían por encargo las monturas de las gafas, negras y con reflejos dorados. Tenía el suave y dulce rostro irlandés de los predicadores espectrales que llenaban las pantallas de televisión de California los domingos por la mañana. Resultaba fácil creer que fuese un hijo de puta de negro corazón y que estuviese orgulloso de ello.

Años atrás, Kellino y Malomar habían tenido un enfrentamiento en un restaurante público, un vulgar enfrentamiento a gritos que se convirtió en una noticia humillante en las columnas de los periódicos y en los ambientes profesionales. Y Houlinan había dirigido una campaña para conseguir que Kellino saliese de aquello como el héroe y Malomar como el malvado, el malévolo jefe de estudio que intentaba humillar al heroico astro de cine. Houlinan era un genio, desde luego. Aunque un poco miope. Malomar le había hecho pagar aquello desde entonces.

Durante los últimos cinco años, no había pasado ni un mes sin que los periódicos publicasen la noticia de que Kellino había ayudado a alguien menos afortunado que él. ¿Que una pobre chica con leucemia necesitaba una transfusión de un tipo especial de sangre de un donante que vivía en Siberia? En la página cinco de todos los periódicos se leía que Kellino había enviado a Siberia su reactor particular. ¿Que un negro acababa en una cárcel del sur por sus protestas? Kellino enviaba por correo el dinero de la fianza. Si un policía italiano con siete hijos perecía en una emboscada de los *panteras negras* en Harlem, allá mandaba Kellino un cheque de diez mil dólares para la viuda y creaba un fondo para que los siete hijos pudieran estudiar. Si se acusaba a un *pantera negra* de matar a un policía, Kellino mandaba diez mil dólares para pagar su defensa. Si caía enfermo un famoso veterano del cine de los viejos tiempos, los periódicos informaban que Kellino se había hecho cargo de la cuenta del hospital y le había proporcionado un papel en su próxima película para que pudiera ganarse la vida. Uno de estos viejos veteranos con diez millones guardados y con odio acumulado contra su profesión, concedió una entrevista en la que atacaba la generosidad de Kellino, rechazándola, y la cosa resultaba tan divertida que ni siquiera el gran Houlinan pudo impedir su publicación.

Y Houlinan tenía más talentos ocultos. Era además un vanidoso cuya finísima nariz para las nuevas aspirantes a estrella le convertía en el Daniel Boone de los bosques de celuloide de Hollywood. Houlinan presumía de su técnica:

—Dile a una actriz que estuvo muy bien en su pequeño papel. Díselo tres veces en una noche y te bajará los pantalones y te arrancará la polla de raíz.

Era, además, el adelantado de Kellino, y comprobaba a menudo los talentos de la chica en la cama antes de pasársela. Las que eran demasiado neuróticas, incluso para los amplios criterios de la industria, nunca pasaban a Kellino. Pero, como decía a menudo Houlinan:

—Lo que Kellino rechaza, merece la pena probarlo.

Malomar dijo, con el primer placer que saboreaba aquel día:

—No cuentes con grandes presupuestos de publicidad. No son para películas como ésta.

Houlinan le miró pensativo.

—¿Qué te parece si hacemos un poco de promoción privada con alguno de los críticos más importantes? Hay un par de ellos, de los mejores, que me deben un favor.

—No quiero desperdiciarlo en esto —dijo secamente Malomar.

No añadió que pensaba invertir todo lo posible en la gran película del año siguiente. Ya lo tenía todo planeado, y en aquella película Houlinan no tendría la sartén por el mango. En la siguiente película quería ser él la estrella, no Kellino.

Houlinan le miró pensativo. Luego dijo:

—Creo que tendré que montar la campaña por mi cuenta.

—No se te olvide que aún es una producción de Malomar Films —dijo Malomar cansinamente—. Consúltalo todo conmigo, ¿de acuerdo?

—*Por supuesto* —dijo Houlinan con su énfasis especial,

como si no se le hubiese pasado por la cabeza hacer otra cosa.

Entonces Malomar añadió suavemente:

—No olvides, Jack, que hay algo que no conseguirás conmigo. Me da igual que seas lo que seas.

Houlinan dijo entonces, con su desconcertante sonrisa:

—Eso nunca lo olvido. ¿Lo he olvidado alguna vez? Escucha, hay una tía muy buena que es de Bélgica. La tengo escondida en el bungalow del Hotel Beverly Hills. ¿Quieres que nos veamos mañana a la hora del desayuno?

—En otra ocasión —dijo Malomar.

Estaba harto de que llegaran en avión mujeres de todo el mundo a que las jodieran. Estaba harto de todas aquellas caras hermosas, delicadas, pinceladas, aquellos cuerpos esbeltos y elegantes perfectamente vestidos, de las beldades con las que le fotografiaban constantemente en fiestas, restaurantes y estrenos. Era famoso no sólo como el productor de más talento de Hollywood, sino como el que tenía las mujeres más guapas. Sólo sus amigos más íntimos sabían que lo que a él le gustaba eran las gordas criadas mexicanas que trabajaban en su mansión. Cuando le tomaban el pelo por su deformación, Malomar siempre decía que su medio preferido de tranquilizarse era hacerle una lamida a una mujer. Y que aquellas mujeres maravillosas de las revistas no tenían nada que lamer, sólo pelo y huesos. Las doncellas mexicanas tenían carne y jugo. No es que todo esto fuese siempre cierto. Era sólo que Malomar, sabiendo el aspecto elegante que tenía, quería mostrar su desprecio por aquella elegancia.

En aquel momento de su vida, lo único que Malomar quería era hacer una buena película. Para él, las horas más felices eran las de después de cenar, cuando iba a la sala de montaje y trabajaba allí hasta las tantas de la madrugada en una nueva película.

Cuando Malomar acompañó a Houlinan hasta la puerta, su secretaria le susurró que el escritor de la novela estaba esperando con su agente, Doran Rudd. Malomar dijo a su secretaria que les hiciese pasar. Se los presentó a Houlinan.

Houlinan hizo una rápida valoración de los dos hombres. A Rudd le conocía. Sincero, simpático; en suma, un tipo listo. Era un personaje definido. El escritor también lo era.

El novelista ingenuo que va a trabajar en el guión de su película, deslumbrado por Hollywood, a quien engañan los productores, los directores, los jefes del estudio y que luego se enamora de una aspirante a estrella y destroza su vida divorciándose de su esposa de veinte años por una tía que ha estado jodiendo con todos los jefes de reparto de la ciudad sólo para conseguir una oportunidad. Y luego se indigna por la forma en que mutilan en la pantalla su estúpida novela. Aquél no era distinto. Era tranquilo y evidentemente tímido y vestía como un patán. No como los patanes que seguían la moda, que era la nueva ola incluso entre productores como Malomar y estrellas que buscaban tejanos especialmente remendados y gastados que preparaban con la mayor exquisitez los mejores sastres... no, aquél era un auténtico patán. Y tan feo como aquel jodido actor francés que tenía tanto éxito en Europa. Bueno, él, Houlinan, pondría su granito de arena para descuartizar a aquel tipo y hacerle picadillo.

Houlinan saludó efusivamente al escritor John Merlyn, y le dijo que su libro era el mejor que había leído en su vida. No lo había leído.

Luego se paró en la puerta, se volvió y dijo al escritor:

—Oye, a Kellino le encantaría ver su película contigo esta tarde. Tenemos una conferencia con Malomar después, y sería una gran publicidad para la película. ¿Te parece bien a las tres en punto? Habrás acabado ya aquí, ¿no?

Merlyn dijo que de acuerdo, Malomar hizo una mueca. Sabía que Kellino ni siquiera estaba en la ciudad, que estaba tostándose en Palm Springs y que no llegaría hasta las seis. Houlinan iba a hacer esperar a Merlyn sólo para enseñarle cómo eran las cosas en Hollywood. En fin, por lo menos aprendería.

Malomar, Doran Rudd y Merlyn charlaron ampliamente sobre el guión de la película. Malomar advirtió que Merlyn parecía razonable y dispuesto a cooperar, y que no era uno de los cargantes habituales. Explicó al agente el cuento de siempre, lo de que invertirían en la película un millón cuando todo el mundo sabía que tendrían que acabar gastando cinco. Sólo cuando se fueron, tuvo Malomar su primera sorpresa. Le mencionó a Merlyn que podía esperar a Kellino en la biblioteca. Merlyn miró el reloj y dijo suavemente:

—Son las tres y diez. Yo nunca espero a nadie más de diez minutos. Ni siquiera a mis hijos.

Luego se largó.

Malomar sonrió al agente.

—Ay, los escritores —dijo.

Pero solía decir «ay, los actores» en el mismo tono de voz. Y lo mismo decía de productores y directores. Nunca lo decía de las actrices porque no podías rebajar a un ser humano que tenía que lidiar con un ciclo menstrual y quería ser actriz al mismo tiempo. Esto las hacía endiabladamente locas al principio.

Doran Rudd se encogió de hombros.

—Ni siquiera espera a los médicos. Tuvimos que hacer los dos una revisión médica, y teníamos hora para las diez. Ya conoces las consultas de los médicos. Siempre hay que esperar unos minutos. Pues le dijo a la recepcionista: «Yo vine a tiempo, ¿por qué no vino a tiempo el médico?» Y se largó.

—Dios mío —dijo Malomar.

Notaba dolores en el pecho. Fue al baño y tomó una pastilla para el corazón y luego fue a echarse una siesta en el sofá, tal como le había recomendado el médico. Ya le despertaría una de sus secretarias cuando llegaran Houlinan y Kellino.

«*La mujer de piedra* es la primera obra que dirige Kellino. Como actor siempre fue maravilloso; como director no llega siquiera a ser competente. Como filósofo es pretencioso y desdeñable. No quiere esto decir que *La mujer de piedra* sea una mala película. En realidad no es que sea basura, sino simplemente algo hueco.

»Kellino domina la pantalla, creemos siempre en el personaje que él interpreta, pero en este caso el personaje que interpreta es un hombre que no nos interesa en absoluto. ¿Cómo puede interesarnos un hombre que destroza su vida por una muñeca de cabeza vacía como Selina Denton, cuya personalidad atrae a hombres que se dan por satisfechos con mujeres de pechos y trasero extravagantemente redondeados, según el estilo típico de la fantasía machista?»

La actuación de Selina Denton —su estilo inexpresivo, su rostro insípido crispado en muecas de éxtasis— resulta sencillamente embarazosa. ¿Cuándo aprenderán los jefes de reparto de Hollywood que lo que el público quiere es ver mujeres reales en la pantalla? Una actriz como Billie Stroud, con su dominante presencia, su técnica inteligente y vigorosa, su impresionante apariencia (es verdaderamente guapa si uno es capaz de olvidar todos los estereotipos de anuncios de desodorantes que el macho norteamericano ha convertido en ídolos desde la invención de la televisión) podría haber salvado la película, y es sorprendente que Kellino, un actor tan inteligente y de tan fina intuición, no percibiese esto al hacer el reparto. Lo más probable es que su trabajo como actor, director y coproductor fuese excesivo y le impidiese apreciarlo.

»El guión de Hascom Watts es uno de esos ejercicios seudoliterarios que se leen bien sobre el papel, pero que filmados no tienen el menor sentido. Se pretende provocar en el espectador una sensación de tragedia con un hombre al que no le pasa nada trágico, un hombre que al final se suicida porque fracasa como actor (todo el mundo le falla) y porque una mujer egoísta y de cabeza hueca usa su cabeza (todo ante los ojos del espectador) para traicionarle de la forma más insustancial desde las heroínas de Dumas hijo.

»El contrapunto de Kellino intentando salvar el mundo convirtiéndose en el hado justo de todas las disputas sociales, es bienintencionado pero básicamente fascista en su concepción. El aguerrido héroe liberal se convierte por evolución en el dictador fascista, como hizo Mussolini. El tratamiento de las mujeres en esta película es también básicamente fascista; se limitan a manipular a los hombres con sus cuerpos. Cuando participan en movimientos políticos, se nos muestran como destructoras de los hombres que luchan por un mundo mejor. ¿Es que Hollywood no puede creer por un instante que haya una relación entre hombres y mujeres en la que el sexo no juegue un papel? ¿Es que no puede mostrar aunque sólo sea por una vez que las mujeres poseen las virtudes "varoniles" de creer en la humanidad y en su lucha terrible por seguir adelante? ¿Es que no tienen imaginación para prever que las mujeres podrían, podrían al menos, sentirse satisfechas con una película que las retratase como verdaderos seres humanos, en vez de esas conocidas títeres rebeldes que rompen los lazos con que las atan los hombres?

»Kellino no tiene dotes de director; no alcanza un nivel de competencia. Sitúa la cámara donde ha de estar; el único problema es que nunca la controla. Pero su actuación salva la película del desastre completo al que los defectos del guión la condenan. La dirección de Kellino no ayuda nada, pero no destruye la película. El resto del reparto es simplemente espantoso. No es justo desdeñar a un actor por su aspecto, pero Georges Howles es físicamente demasiado viscoso incluso para el viscoso papel que aquí interpreta. Selina Denton tiene un aire demasiado hueco incluso para la mujer vacía que interpreta aquí. No es mala idea, a veces, elegir un reparto que contradiga los roles, y quizás Kellino debiera haberlo hecho en su película. Pero tal vez no mereciese la pena. La filosofía fascista del guión, su concepción machista de lo que constituye una mujer "estimable", condenan todo el proyecto antes del primer golpe de manivela.»

—Esa tía puta —dijo Houlinan, no furioso sino con una desesperanza desconcertada—. ¿Qué coño quiere ella que sea una película? Y, demonios, ¿por qué coño seguirá diciéndonos que Billie Stroud es una tía buena? En los cuarenta años que llevo en el cine no he visto una estrella más fea. No la soporto.

—Todos los demás críticos cabrones la secundarán —dijo pensativo Kellino—. Ya podemos olvidarnos de esta película.

Malomar escuchaba a ambos. Un par de granos iguales en el culo. ¿Qué demonios importaba lo que dijese Clara Ford? Siendo Kellino el actor principal recuperarían el dinero y ayudarían a pagar parte de los gastos generales de los estudios. Eso era lo que él esperaba de la película. Y ahora tenía a Kellino enganchado para la película importante, la de la novela de John Merlyn. Y Clara Ford, pese a lo inteligente que era, no sabía que Kellino tenía un director detrás que hacía todo el trabajo sin que se supiera.

La crítica le resultó particularmente odiosa a Malomar. Estaba redactada con tanta autoridad, tan bien escrita, su autora tenía tanta influencia, y sin embargo no tenía la menor idea de lo que era hacer una película. Se quejaba del reparto. No sabía que el principal papel femenino dependía de con quién estuviese jodiendo Kellino, y que los papeles secundarios dependían de con quién estuviese jodiendo el jefe de reparto. ¿Es que no sabía acaso que éstas eran las prerrogativas celosamente guardadas de muchos de los que controlaban ciertas películas? Había un millar de tías por cada pequeño papel y podías joderte a la mitad sin darles nada siquiera, sólo por dejar que los leyeran y decirles que quizá las llamases para otra lectura. Y todos aquellos directores del carajo formando harenes privados, más poderosos que los mayores potentados del mundo en cuanto a mujeres inteligentes y hermosas. No era que uno se molestase siquiera en hacerlo. Incluso esto era demasiado problemático y no valía la pena. Lo que le divertía a Malomar era que la autora de la crítica era la única que captaba el asunto de Houlinan.

Estaba furioso por algo más.

—¿Qué demonios quiere decir con eso de que es fascista? He sido antifascista toda mi vida.

—No es más que un grano en el culo —dijo Malomar cansinamente.

—Usa la palabra «fascista» del mismo modo que nosotros utilizamos la palabra «tía». No quiere decir nada con eso.

Kellino estaba furiosísimo.

—Me importa un carajo lo de mi interpretación. Pero no estoy dispuesto a consentir que me comparen con los fascistas.

Houlinan paseaba por la habitación; estuvo a punto de meter mano en la caja de Montecristos de Malomar, pero se lo pensó mejor.

—Esa tía nos está fastidiando —dijo—. Siempre nos está fastidiando. Y el que le pusieses el veto en los avances no sirvió para nada, Malomar.

Malomar se encogió de hombros.

—No se esperaba que sirviese, lo hice por mi bilis.

Los dos le miraron con curiosidad. Sabían lo que quería decir, pero resultaba inadecuado en él. Malomar lo había leído por la mañana en un guión.

—Hay que dejarse de bromas —dijo Houlinan—, es demasiado tarde para esta película, pero ¿qué coño vamos a hacer con Clara en la siguiente?

—Tú eres el agente de prensa personal de Kellino —dijo Malomar—. Haz lo que quieras. Clara es cosa tuya.

Esperaba terminar aquella conferencia temprano. Si hubiese sido sólo Houlinan, habría acabado en dos minutos. Pero Kellino era uno de los astros de la pantalla de verdadera importancia, y había que besarle el culo con mucha paciencia y muestras extremas de amor.

Malomar tenía programado para el resto del día ir a la sala de montaje. Su mayor placer. Era uno de los mejores editores fílmicos del negocio y lo sabía. Y además le encantaba montar una película de modo que todas las cabezas de las aspirantes a estrella cayeran al suelo. Era fácil reconocerlas. Los primeros planos innecesarios de una chica guapa observando la acción principal. El director se la había tirado, y aquélla era la compensación. Malomar en su sala de montaje le pegaba el tijeretazo, a menos que le agradase el director o las raras veces que la escena tenía sentido. Dios mío, cuántas tías habían dado el paso para verse allí en la pantalla una décima de segundo, pensando que una décima de segundo las facturaría camino de la fama y de la fortuna, que su belleza y su talento resplandecerían como iluminados. Malomar estaba cansado de mujeres guapas. Eran un grano en el culo, sobre todo si eran inteligentes. Lo cual no significaba que no le enganchasen de vez en cuando. Había tenido su cuota de matrimonios desastrosos, tres, todos con actrices. Ahora buscaba cualquier tía que no intentase sacarle nada. Sentía por las chicas guapas lo que siente el abogado al oír el timbre de su teléfono. Sólo puede significar problemas.

—Tráete acá a una de tus secretarias —dijo Kellino.

Malomar tocó el timbre de su mesa y apareció una chica en la puerta como por arte de magia. Malomar tenía cuatro secretarias: dos guardaban la puerta exterior de su oficina y otras dos la puerta del *sancta sanctorum,* una a cada lado como dragones. No importaba qué desastres pudiesen ocurrir; cuando Malomar tocaba el timbre, aparecía alguien. Tres años atrás había sucedido lo imposible. Había apretado un timbre y no había pasado nada. Una secretaria había tenido una crisis nerviosa en una oficina ejecutiva próxima y un productor autónomo la estaba curando con más gente. Otra había corrido escaleras arriba a contabilidad a buscar cifras sobre los gastos totales de una película. La tercera estaba enferma y no había ido aquel día. La cuarta y última se había visto desbordada por el acuciante deseo de ir a orinar, y se arriesgó. Estableció el récord femenino de meada, pero no bastó. En aquellos segundos fatales, Malomar apretó su timbre y cuatro secretarias no fueron seguridad suficiente. Nadie acudió a su llamada. Las despidió a las cuatro.

Ahora Kellino dictaba una carta a Clara Ford. Malomar admiraba su estilo. Y sabía lo que estaba intentando. No se molestó en decirle que no había ninguna posibilidad.

«Querida señorita Ford —dictaba Kellino—. Sólo mi admiración por su trabajo me impulsa a escribir esta carta y a indicar unos cuantos puntos en los que discrepo de lo que usted dice en su crítica de mi nueva película. No crea, por favor, que esto constituye una queja ni nada parecido. Respeto su integridad lo suficiente y admiro su inteligencia demasiado para emitir una queja improcedente. Sólo quiero explicar que el fracaso de la película, si es que hay tal fracaso, se debe por entero a mi inexperiencia como director. Aún considero el guión maravillosamente escrito. Creo que la gente que trabaja conmigo en la película lo hizo muy bien pese a la carga negativa de mi labor de director. Y eso es todo cuanto tengo que decir, salvo añadir quizás que sigo siendo uno de sus admiradores, y que puede que algún día podamos encontrarnos para comer y tomar una copa y hablar realmente sobre cine y arte. Creo que tengo mucho que aprender antes de dirigir mi próxima película (lo que no será dentro de demasiado tiempo, se lo aseguro). Y, ¿de quién puedo aprender mejor que de usted?

Sinceramente, Kellino.»

—De nada servirá —dijo Malomar.

—Puede —dijo Houlinan.

—Tendrás que ir detrás de ella y tirártela —dijo Malomar—. Y es demasiado lista para que puedas engatusarla.

—La admiro realmente —dijo Kellino—. De verdad me gustaría aprender de ella.

—No te preocupes por eso —casi le gritó Houlinan—. Tíratela. Dios mío. Esa es la solución. Jódela bien jodida.

De pronto, a Malomar los dos le parecieron insoportables.

—No lo hagas en mi oficina —dijo—. Salid de aquí y dejadme trabajar.

Se fueron. No se molestó en acompañarles a la puerta.

A la mañana siguiente, en el circuito especial de oficinas de los estudios TriCultura, Houlinan estaba haciendo lo que más le gustaba. Estaba preparando declaraciones de prensa que harían que uno de sus clientes pareciera Dios. Había consultado el contrato de Kellino para cerciorarse de que tenía autoridad legal para hacer lo que tenía que hacer, y luego escribió:

ESTUDIOS TRICULTURA & MALOMAR FILMS
PRESENTAN
UNA PRODUCCIÓN MALOMAR KELLINO
PROTAGONIZADA POR
UGO KELLINO
FAY MEADOWS
EN UNA PELICULA DE UGO KELLINO
"JOYRIDE"
DIRIGIDA POR BERNARD MALOMAR

Luego garrapateó unos cuantos nombres en letras muy pequeñas para indicar que debían imprimirse en tipos pequeños. Luego puso: «Productores ejecutivos: Ugo Kellino y Hagan Cord». Luego: «Producción de Malomar y Kellino». Y luego, con letras mucho más pequeñas: «Guión de John Merlyn, basado en la novela de John Merlyn».

Se hundió en su asiento y admiró su obra. Llamó a su secretaria para que lo pasara a máquina y luego le pidió que trajese el archivo necrológico de Kellino.

Le encantaba mirar aquel archivo. En él se enumeraban las operaciones que habrían de efectuarse a la muerte de Kellino. El y Kellino habían trabajado un mes en Palm Springs perfeccionando el plan. No era que Kellino esperara morir pronto, sino que quería cerciorarse de que cuando lo hiciera, todo el mundo supiera que había sido un gran hombre. Había una gruesa carpeta con los nombres de todas las personas a quienes conocía en el negocio del espectáculo y a las que habría de pedirse un comentario sobre su muerte. Había un plan completo sobre el tributo televisivo. Un especial de dos horas.

Se pediría la aparición de todos los astros del cine amigos suyos. En otra carpeta había recortes de prensa concretos y fotos de Kellino en sus mejores papeles que se exhibirían en aquel programa especial. Había una foto en la que aparecía recogiendo sus dos premios de la Academia como actor. Había escrito un breve cuadro cómico en el que sus amigos se burlaban de sus aspiraciones de convertirse en director.

Había una lista de todas las personas a las que Kellino había ayudado para que pudiesen explicar pequeñas anécdotas de cómo Kellino les había rescatado de las profundidades de la desesperación a condición de que no se lo dijesen a nadie.

Había una nota sobre las ex esposas a las que habría que pedirles un comentario y aquellas otras a las que no. Había planes para una esposa concreta: sacarla del país en avión, llevarla a hacer un safari a Africa el día que muriese Kellino, de modo que los informadores no pudiesen ponerse en contacto con ella. Había un ex presidente de Estados Unidos que había aportado ya su comentario.

En el archivo había una carta reciente de Clara Ford pidiéndole una contribución al obituario de Kellino. Estaba escrita en papel impreso del *Times* de Los Angeles, y era legítima, pero estaba inspirada por Houlinan. Había obtenido su copia de la respuesta de Clara Ford, pero nunca se la había enseñado a Kellino. La leyó otra vez:

«Kellino es un actor de grandes dotes que ha hecho interpretaciones maravillosas en algunas películas, y es una lástima que muriese demasiado pronto para alcanzar la grandeza que podría haber desplegado en el papel adecuado y con la dirección adecuada.»

Cada vez que leía aquella carta, Houlinan tenía que tomar otro trago. No sabía a quién odiaba más, si a Clara Ford o a John Merlyn. Houlinan odiaba a los escritores engreídos nada más verlos, y Merlyn era uno de ellos. ¿Quién diablos era aquel hijo de puta para no poder esperar a que le sacaran una foto con Kellino? Pero a él al menos podría controlarle. Ford quedaba fuera de su alcance. Intentó conseguir que la echasen organizando una campaña de correspondencia contra ella a través de admiradores, utilizando toda la presión de los estudios TriCultura, pero ella era sencillamente demasiado poderosa. Esperaba que Kellino tuviese mejor suerte; pronto lo sabría. Kellino había estado viéndola. La había invitado a cenar la noche anterior y estaba seguro de que le llamaría y le informaría de cuanto hubiese pasado.

28

En mis primeras semanas en Hollywood empecé a considerar aquello como la Tierra de los Empidos. Un concepto curioso, al menos para mí, aunque fuese un tanto despectivo.

El émpido es un insecto. La hembra es caníbal, y el acto sexual despierta su apetito de tal modo que, en el último momento del éxtasis del macho, éste se encuentra de pronto sin cabeza.

Pero por uno de esos maravillosos procesos de la evolución, el macho aprendió a llevar un poquito de comida envuelto en una red tejida con sustancia de su propio cuerpo. Mientras la hembra criminal va quitando la red, la monta, copula y se larga.

Un émpido macho más evolucionado pensó que lo único que tenía que hacer era tejer una red alrededor de una piedrecita o cualquier trocito de basura. En un gran salto evolutivo, el macho de esta especie se convirtió en productor de Hollywood. Cuando le expliqué esto a Malomar, hizo una mueca y me lanzó una mirada malévola. Luego se echó a reír.

—De acuerdo —dijo—. ¿Quieres que te arranquen la cabeza de un mordisco por un polvo?

Al principio, casi toda la gente que conocía me daba la sensación de que sería capaz de comer una oreja, un pie o un codo a cualquiera con tal de conseguir el éxito. Y, sin embargo, con el paso del tiempo, me asombró el apasionamiento de la gente dedicada al cine. Realmente lo amaban. Las redactoras, las secretarias, los contables, los cámaras, los publicistas, los técnicos, los actores y las actrices, los directores e incluso los productores. Todos decían «la película que yo hice». Todos se consideraban artistas. Me di cuenta de que los únicos relacionados con el cine que no hablaban así solían ser los guionistas. Esto quizás se debiese a que todo el mundo reescribía sus guiones. Todo el mundo aportaba su maldito grano de arena. Hasta la redactora se atrevía a cambiar una línea o dos, o la mujer de un actor que representara un papel maduro, a reescribir el papel de su marido; y él llegaba al día siguiente y decía que así era como creía él que debía ser. Naturalmente, las modificaciones hacían destacar el talento del actor olvidando el objetivo de la película. Para un escritor resultaba irritante. Todo el mundo quería su trabajo.

Pensé que hacer cine es una forma artística diletante en grado sumo, y esto de modo bastante inocente debido a lo poderoso que es el medio mismo. Utilizando una combinación de fotografías, trajes, música y un guión simple, gente que carecía por completo de talento podía crear auténticas obras de arte. Pero quizás aquello estuviese yendo demasiado lejos. Podían al menos producir algo lo bastante bueno como para darles a ellos mismos una sensación de importancia, cierto valor.

Las películas pueden proporcionarte gran placer y conmoverte emocionalmente. Pero te pueden enseñar muy poco. No podían sondear las profundidades de un personaje como podría hacerlo una novela. Ni enseñarte como podrían hacerlo los libros. Sólo podían hacerte sentir, y no hacerte entender la vida. El cine es tan mágico que puede dar cierto valor a casi todo. Para muchas personas podría ser una forma de droga, una cocaína inofensiva. Para otros podría ser una forma de valiosa terapia. ¿Quién no desea registrar su vida pasada o cosas del futuro en la forma en que querría que fuese, de modo de poder amarse a sí mismo?

En fin, ésa era la idea más próxima que yo podía hacerme por entonces del mundo del cine. Más tarde, sintiéndome también mordido por el gusanillo, pensé que quizás fuese una visión demasiado cruel y pretenciosa.

Me sorprendía el gran poder que el hacer películas parecía ejercer sobre todos. A Malomar le entusiasmaba hacer películas. Toda la gente que trabajaba en películas luchaba por controlarlas. Los directores, los primeros actores, los fotógrafos jefes, los técnicos de los estudios.

Yo tenía conciencia de que el cine era el arte más vital de nuestra época, y me daba envidia. Hasta en las universidades, los estudiantes estaban haciendo películas propias en vez de escribir novelas. Y de pronto, pensé que quizás las películas ni siquiera eran arte, que eran una especie de terapia. Todos querían contar la historia de su propia vida, sus propios sentimientos, sus propias ideas. ¿Cuántos libros, sin embargo, se habían publicado por esa razón? Pero ni en los libros, ni en la pintura, ni en la música era tan fuerte la magia. Las películas combinaban todas las artes. El cine tenía que ser irresistible. Con aquel poderoso arsenal de armas, sería imposible hacer una mala película. Hasta el mayor cretino del mundo podría hacer una película interesante. No era raro que abundase tanto el nepotismo en el mundo del cine. Literalmente, podrías dejar a un sobrino escribir un guión, coger a una amante y convertirla en estrella, hacer a tu hijo jefe de unos estudios. El cine podía convertir a cualquiera en artista de éxito.

Y, ¿cómo era que ningún actor había matado nunca a un director o a un productor? Desde luego, a lo largo de los años había habido causas suficientes, financieras y artísticas. ¿Cómo no había matado nunca un director a un jefe de estudio? ¿Cómo no había asesinado nunca un escritor a un director? Debía ser que el hacer una película purgaba a la gente de violencia, era terapéutico. ¿Era posible que, algún día, uno de los tratamientos más eficaces para los que tuviesen alteraciones emocionales fuese dejarles hacer sus propias películas? Dios mío, pensemos en todos los profesionales del cine que están locos o casi locos. En el caso de los actores y de las actrices, sin duda era algo certificable.

En fin, así habría de ser. En el futuro, todo el mundo se quedaría en casa y vería películas hechas por sus amigos para evitar volverse loco. Las películas les salvarían la vida. Enfócalo así. Y, por fin, cualquier tonto del culo podría ser artista. Desde luego, si aquella gente era capaz de hacer buenas películas, cualquiera podría hacerlo. Allí había banqueros, sastres, abogados, etc., decidiendo qué películas debían hacerse. Ni siquiera poseían esa locura que podría ayudar a crear arte. Por tanto, ¿qué se perdería permitiendo a cualquier imbécil hacer una película? El único problema era mantener los costes bajos. Ya no harían falta psiquiatras ni talento. Todo el mundo podría ser artista.

Todas aquellas personas, a las que era imposible amar, nunca entendían que tuvieses que trabajar para que te amaran; sin embargo, pese a su narcisismo, su infantilismo, su egolatría, podrían ahora proyectar su imagen interna de sí mismos hacia un exterior susceptible de amor en la pantalla. Se convertían a sí mismos en objetos dignos de amor, como espectros, sin habérselo ganado en la vida real. Y, por supuesto, podías decir que todos los artistas lo hacen; piensa en la imagen del gran escritor como presuntuoso cretino en su vida personal: Osano. Pero habrían de tener algún don, al menos, algún talento en su arte que proporcionase placer o que enseñase, o que aportase una comprensión más profunda. Pero en el cine todo era posible sin talento, sin ningún don. Podías conseguir que un auténtico idiota con dinero hiciese la historia de su vida, y sin la ayuda de un gran director, un gran escritor, un gran actor o actriz, etc., etc., sólo con la magia del cine, podía convertirse en un héroe. El gran futuro del cine para todas aquellas personas era que podía hacerse sin el menor talento, lo cual no significaba que el talento no pudiera mejorarlo.

Como estábamos trabajando tan estrechamente en el guión, Malomar y yo pasábamos mucho tiempo juntos, a veces hasta última hora de la noche en su gran mansión, donde me sentía muy incómodo. Me parecía demasiado para una persona, aquellas habitaciones inmensas y profusamente amuebladas, la pista de tenis, la piscina olímpica y la casa independiente donde estaba la sala de cine. Una noche me propuso ver una nueva película, y le dije que el cine no me entusiasmaba tanto. Supongo que mi brusquedad le fastidió, porque le noté un poco irritado.

—Sabes que podríamos hacer mucho mejor las cosas en este guión si no despreciaras tanto el mundo del cine —dijo.

Esto me picó un poco. Por una parte, me ufanaba de estar demasiado bien educado para mostrar una cosa así. Por otra, tenía bastante orgullo profesional en mi trabajo, y él me decía que lo hacía mal. Además, había llegado a respetar a Malomar. El era el director-productor y podría haber impuesto su criterio sobre el mío durante el trabajo, pero nunca lo había hecho. Y cuando sugería un cambio en el guión, solía tener razón. Cuando se equivocaba yo podía demostrarlo argumentando, y él lo aceptaba. En suma, no correspondía a todas mis ideas preconcebidas de la Tierra de los Empidos.

Así que en vez de ver la película o trabajar en el guión, aquella noche discutimos. Le expliqué lo que me parecía el mundo del cine y la gente que estaba en él. Cuanto más hablaba, menos furioso estaba Malomar. Y, por último, me sonrió.

—Hablas como una tía que ya no puede conseguirse tíos —dijo Malomar—. El cine es la nueva forma artística. Lo que te preocupa es que tu mundo se está quedando viejo. Lo único que tienes es envidia.

—No se puede comparar el cine con las novelas —dije—. Las películas nunca pueden hacer lo que los libros.

—Eso es irrelevante —dijo Malomar—. Las películas son lo que la gente quiere ahora y lo que va a querer en el futuro. Y después todas esas bobadas tuyas sobre los productores y la mosca émpido... Vienes aquí por unos meses y te dedicas a acusar a todo el mundo. Nos rebajas a todos. Pero todos los negocios son iguales, todos agitan una zanahoria colgada de un palo. Sin duda la gente del cine está loca, y este mundo está lleno de trampas, y sin duda aquí se utiliza el sexo sin freno, pero ¿qué importa? Lo que tú ignoras es que todos ellos, productores y escritores, directores y actores, lo pasan muy mal. Dedican años a estudiar su oficio o su arte y trabajan más que el resto de las personas que conozco. Son gente verdaderamente consagrada a lo que hace, y, digas lo que digas, hace falta talento y genio para hacer una buena película. Esos actores y actrices son como la infantería. Son muchos los que caen. Y no consiguen los papeles importantes jodiendo. Tienen que demostrar que son artistas, tienen que conocer su oficio.

Cierto que hay cretinos y locos en este negocio que destrozan una película de cinco millones de dólares metiendo en el reparto a su amante o a su querido. Pero no duran mucho. Y luego hablas de productores y directores. En fin, no tengo que defender a los directores. Es el trabajo más duro que hay en este campo. Pero también los productores tienen una función. Son como los domadores de leones en un circo. ¿Sabes lo que es hacer una película? Primero tienes que besar diez culos en el consejo de finanzas de unos estudios. Luego tienes que hacer de padre y madre de actores locos. Has de conseguir que el personal técnico esté contento porque, si no, son capaces de liquidarte fingiéndose enfermos o perdiendo el tiempo. Y luego tienes que impedir que se asesinen unos a otros. Mira, odio a Moisés Wartberg, pero reconozco que tiene un talento financiero que ayuda a que el negocio cinematográfico siga funcionando. Respeto este talento tanto como desprecio sus gustos artísticos. Y tengo que enfrentarme a él constantemente como productor y como director. Y creo que hasta tú admitirás que unas dos películas mías podrían considerarse obras de arte.

—Eso es verdad a medias, como mínimo —dije.

—No haces más que rebajar a los productores —dijo Malomar—. Bien, pues esos tipos son los que hacen que se aguanten las películas. Y lo hacen dedicando dos años a besar a cien nenes distintos, nenes financieros, nenes actores, nenes directores, nenes escritores. Y los productores tienen que cambiarles los pañales, meterles toneladas de mierda nariz arriba hasta el cerebro. Quizás por eso suelen tener tan mal gusto. Y, sin embargo, muchos de ellos creen en el arte más que en el talento. O en su fantasía. Nunca se da el caso de que un productor no aparezca en el reparto de premios de la Academia a recoger su Oscar.

—Eso es sólo egolatría —dije—. No fe en el arte.

—Tú y tu jodido arte —dijo Malomar—. Claro, no hay duda, sólo una película de cada cien vale algo, pero ¿qué me dices de los libros?

—Los libros tienen una función distinta —dije, defendiéndome—. Las películas sólo pueden mostrar lo exterior.

Malomar se encogió de hombros.

—Realmente eres como un grano en el culo.

—Las películas no son arte —dije—. Son sólo trucos mágicos para niños.

Creía esto sólo a medias.

Malomar lanzó un suspiro y dijo:

—Quizás tengas razón. En realidad, todo es magia, no arte. Es una farsa destinada a que la gente se olvide de que ha de morir.

Eso no era cierto, pero no quise discutirlo. Sabía que Malomar tenía problemas desde su ataque cardíaco y no quería decir que fuese esto lo que le influía. Para mí arte era lo que te hacía aprender a vivir.

En fin, no me convenció, pero a partir de entonces pasé a mirar cuanto me rodeaba con menos prejuicios. Sin embargo, él tenía razón en algo: el mundo del cine me daba envidia. El trabajo era tan fácil, las compensaciones tan espléndidas, la fama tan deslumbrante. Me fastidiaba pensar que tendría que volver a ponerme a escribir novelas solo en una habitación. Bajo todo mi desprecio había una envidia infantil. Aquello era algo de lo que realmente nunca podría formar parte, no tenía ni el talento ni el temperamento necesarios. Siempre lo despreciaría en cierto modo, pero más por razones derivadas de una actitud pretenciosa que de una actitud moral.

Lo había leído todo sobre Hollywood y para mí Hollywood era el negocio del cine. Había oído a escritores, sobre todo a Osano, que volvían del este y maldecían los estudios cinematográficos; decían que los productores eran los cretinos más grandes del mundo, los jefes de estudio los tipos más groseros y zafios de esta rama de los antropoides, los estudios tan terribles y tan llenos de trampas y tan crueles que harían que la Mano Negra pareciera las Hermanitas de la Caridad. En fin, llegué a Hollywood con la impresión que ellos habían expuesto.

Tenía toda la confianza del mundo en que podría manejar aquello. Cuando Doran me llevó a mi primera entrevista con Malomar y Houlinan, les catalogué de inmediato. Houlinan era fácil, pero Malomar era más complicado de lo que yo esperaba. Doran, por supuesto, era una caricatura. Pero, a decir verdad, Doran y Malomar me agradaban. A Houlinan le calibré desde el primer momento, y cuando me dijo que tendría que hacerme una foto con Kellino, le contesté sin más que se fuera a la mierda.

Cuando Kellino no apareció a tiempo, me largué. Me resulta insoportable esperar a la gente. Yo no me enfado con ellos porque lleguen tarde, así que ¿por qué tienen que enfadarse ellos conmigo por no esperar?

Lo que resultaba fascinante de Hollywood eran los diferentes tipos de moscas émpido.

Jóvenes provistos de certificados de vasectomía, latas de películas bajo el brazo, guiones y cocaína en sus apartamentos, esperando hacer películas, buscando chicos y chicas de talento para leer papeles y joder para pasar el rato. Luego estaban los auténticos productores con oficinas en los estudios y una secretaria, más unos cien mil dólares de presupuesto. Llamaban a los agentes y a las agencias de actores para que les enviasen gente. Estos productores al menos tenían una película que les acreditaba. Normalmente una película mala de bajo presupuesto que nunca cubría costes y que acabaría pasándose en los aviones o en los autocines. Estos productores pagaban a un semanario californiano por un comentario que calificara su película entre las diez mejores del año. O conseguían un reportaje en *Variety* en el que se decía que en Uganda aquella película había superado a *Lo que el viento se llevó,* lo cual significaba que *Lo que el viento se llevó* nunca se había proyectado allí. Estos productores solían tener en su escritorio fotografías firmadas de grandes actores. Se pasaban el día entrevistando a bellas y animosas actrices que se tomaban su trabajo mortalmente en serio y que no tenían ni la menor idea de que para los productores eran sólo un medio de matar la tarde y quizás de tener la suerte de conseguir una lamida que les proporcionase mejor apetito para la cena. Si les interesaba en especial una actriz concreta, se la llevaban a comer al bar de los estudios y se la presentaban a los pesos pesados que aparecían por allí. Los pesos pesados, que habían pasado por la misma rutina en otros tiempos, seguían la corriente si no presionabas demasiado. Estos peces gordos ya habían superado la etapa infantil. Estaban demasiado ocupados, a menos que la chica fuese algo especial. Entonces, podría conseguir una prueba.

Chicas y chicos conocían el juego, sabían que en parte era algo preestablecido, pero también sabían que podían tener suerte. Por lo tanto, aprovechaban todas las posibilidades con el productor, el director, el gran actor o la gran actriz, pero si realmente conocían su oficio y tenían cierto talento, jamás ponían sus esperanzas en un escritor. En fin, comprendí enseguida cómo debía haberse sentido Osano.

Y también comprendí que esto era parte de la trampa, junto con el dinero y las habitaciones lujosas y los halagos y la atmósfera de las conferencias de los estudios y la sensación de importancia al hacer una gran película. Así que en realidad nunca llegué a quedar atrapado. Si me sentía un poco caliente, volaba a Las Vegas y me enfriaba jugando. Cully intentaba siempre mandarme una tía de clase a la habitación. Pero yo siempre la rechazaba. No es que no me sintiese tentado, claro. Pero me gustaba más jugar y tenía demasiada sensación de culpabilidad.

Pasé dos semanas en Hollywood jugando al tenis, saliendo a cenar con Doran y Malomar, yendo a fiestas. Las fiestas eran interesantes. En una, conocí a una antigua estrella que había sido mi fantasía masturbatoria en la adolescencia. Debía tener cincuenta años, pero aún parecía bastante guapa con toda clase de ayudas de la cirugía estética. Pero estaba un poquito gorda y tenía la cara abotargada por el alcohol. Se emborrachó e intentó tirarse a todos los varones y hembras de la fiesta sin ningún éxito. Y aquella era la chica con la que habían fantaseado millones de ardientes jóvenes de Norteamérica. Esto me pareció muy interesante. Supongo que la verdad es que también me deprimió. Las fiestas estaban muy bien. Rostros familiares de actores y actrices. Agentes rebosando seguridad. Amabilísimos productores, enérgicos directores. He de decir que eran mucho más agradables e interesantes de lo que hubiera sido yo nunca en una fiesta.

Y me encantaba el clima templado. Me encantaban las calles de palmeras de Beverly Hills, y me encantaba pasear por Westwood con todos sus cines y los colegiales aficionados al cine con chicas realmente guapas. Entendí por qué todos aquellos novelistas de 1930 se habían «vendido». ¿Por qué perder cinco años escribiendo una novela que daba dos mil dólares cuando podías vivir aquello y ganar el mismo dinero en una semana?

Durante el día, trabajaba en mi oficina, celebraba conferencias sobre el guión con Malomar, comía en el bar, me acercaba a un plató para ver hacer una toma. En el plató siempre me fascinaba el apasionamiento de actores y actrices. En una ocasión, quedé realmente sobrecogido. Una joven pareja representaba una escena en la que el chico asesinaba a su novia mientras hacían el amor. Después de la escena, ambos se abrazaron y lloraron como si hubiesen participado de una tragedia real. Salieron abrazados del plató.

La comida en el bar de los estudios era divertida. Encontrabas a todos los que intervenían en las películas, y daba la sensación de que todos habían leído mi libro, al menos así lo decían. Me sorprendió el que actores y actrices no hablasen mucho en realidad. Eran buenos oyentes. Los que hablaban mucho eran los productores. Los directores parecían siempre muy preocupados, y normalmente les acompañaban tres o cuatro ayudantes. Los que parecían pasarlo mejor eran los técnicos. Pero resultaba aburrido presenciar el rodaje de una película. No era mala vida, pero yo echaba de menos Nueva York. Echaba de menos a Valerie y a los chicos, y también mis cenas con Osano. Algunas tardes me iba en avión a Las Vegas a pasar la noche, dormía allí y volvía por la mañana temprano. Luego, un día, en los estudios después de haber hecho unas cuantas veces el trayecto Nueva York-Los Angeles, Los Angeles-Nueva York, Doran me pidió que fuese a una fiesta en su casa alquilada de Malibú. Una fiesta de buena voluntad en la que críticos, guionistas y gente de producción se mezclaban con actores, actrices y directores. No tenía nada mejor que hacer, no tenía ganas de ir a Las Vegas, y fui a la fiesta de Doran, donde vi por primera vez a Janelle.

29

Era una de esas reuniones informales de domingo en una casa de Malibú con pista de tenis y una gran piscina climatizada. La casa estaba separada del océano sólo por una estrecha faja de arena. Todo el mundo vestía en plan informal. Observé que la mayoría de los hombres dejaban las llaves del coche en la mesa del recibidor; cuando le pregunté a Eddie Lancer qué significaba aquello, me dijo que en Los Angeles los pantalones masculinos estaban tan perfectamente cortados que no podías meter nada en los bolsillos.

Recorriendo las diversas habitaciones, oí conversaciones interesantes. Una mujer morena, alta, delgada y de aspecto agresivo, se echaba encima de un tipo bien parecido con aire de productor que llevaba una gorra de capitán de yate. Una rubita muy baja se echó sobre ellos y le dijo a la mujer:

—Como vuelvas a ponerle la mano encima a mi marido, te arreo un puñetazo en el coño.

El de la gorra de yate tartamudeó y, completamente impasible, dijo:

—E-e-e-está bien. Ella no lo u-u-usa mucho, de todos modos.

Al pasar por un dormitorio, vi a una pareja que estaba pegada a la cama y oí una voz de mujer muy como de maestra de escuela que decía:

—Ven acá.

Y reconocí la voz de un novelista de Nueva York, que decía:

—El negocio del cine. Si tienes reputación de gran dentista, te ponen a hacer cirugía cerebral.

Y pensé: «Otro escritor cabreado».

Salí fuera, a la zona de aparcamiento junto a la autopista de la costa del Pacífico, y vi a Doran con un grupo de amigos admirando un Stutz Bearcat. Alguien acababa de decirle a Doran que el coche costaba sesenta mil dólares.

—Por ese precio debe cantar y todo.

Todos rieron. Luego Doran dijo:

—¿Y cómo puedes aparcarlo? Es como tener un trabajo de noche estando casado con Marilyn Monroe.

En realidad, yo sólo había ido a la fiesta para conocer a Clara Ford, a mi juicio la mejor crítica de cine de todos los tiempos. Era lista como el diablo, escribía grandes frases, leía un montón de libros, veía todas las películas y estaba de acuerdo conmigo en el noventa y nueve por ciento de los casos. Cuando ella alababa una película, yo sabía que podía ir a verla y que probablemente me gustase muchísimo, o que, como mínimo, podría verla entera. Sus críticas estaban lo más cerca que una crítica puede estar del arte, y me agradaba el hecho de que jamás pretendiese ser una creadora. Estaba contenta con ser lo que era.

En la fiesta no tuve grandes posibilidades de hablar con ella, lo cual no me importó. Sólo quería ver qué clase de dama era en realidad. La acompañaba Kellino, y él la mantuvo ocupada. Como la mayoría de la gente se pegaba a Kellino, Clara Ford recibió mucha atención. Así que yo me senté en el rincón y me limité a observar.

Clara Ford era una de esas mujeres pequeñas y de aire dulce a las que se suele calificar de sencillas, pero tenía un rostro tan iluminado por la inteligenica que, al menos a mis ojos, era guapa. Lo que la hacía fascinante era que pudiese ser dura e inocente al mismo tiempo. Era lo bastante dura para arremeter contra los demás críticos de cine importantes de Nueva York y demostrar que eran unos perfectos imbéciles. Demostraba que era un imbécil un tipo cuyas columnas dominicales humorísticas sobre películas resultaban inconexas. Atacaba al vocero de los entusiastas del cine de vanguardia de Greenwich Village y le presentaba como el torpe cabrón que era; y, sin embargo, era lo bastante lista para considerarle un sabio idiota, el tipo más torpe que hubiese puesto nunca palabras sobre el papel, con cierta sensibilidad auténtica para algunas películas. Cuando había acabado con el tipo, tenía todas las cartas en su bolso J.C. Penney pasado de moda.

Observé que ella lo pasaba bien en la fiesta, y que se daba cuenta de que Kellino estaba intentando engatusarla con su galanteo. Entre el barullo, pude oír decir a Kellino:

—Un agente es un sabio idiota *manqué*.

Este era un viejo truco que utilizaba con los críticos, los de ambos sexos. De hecho, había conseguido un gran éxito con un crítico varón muy estricto llamando a otro crítico marica *manqué*.

Ahora Kellino estaba siendo tan amable y simpático con Clara Ford que era casi una escena de película. Kellino mostraba sus hoyuelos como músculos, y Clara Ford, con toda su inteligencia, empezaba a ponerse lánguida y a colgarse un poco de él.

De pronto, una voz dijo junto a mí:

—¿Crees que Kellino se la tirará en la primera cita?

La voz era la de una rubia bastante bella, que ya no era una niña. Le calculé unos treinta. Como en el caso de Clara Ford, era la inteligencia lo que daba a su rostro parte de su belleza.

Tenía un rostro anguloso, de piel encantadoramente blanca, y no se podía determinar si la piel debía algo al maquillaje. Tenía unos ojos castaños vulnerables que podían ser encantadores como los de un niño y trágicos como los de una heroína de Dumas.

Si esto parece la descripción de un amante de Dumas, me da igual. Quizás no sintiese exactamente eso cuando la vi por primera vez. Eso vino después. En aquel momento, los ojos castaños parecían maliciosos. Se divertía así, manteniéndose al margen del centro mismo de la fiesta. Tenía algo que resultaba insólito en una mujer guapa: ese aire encantador y feliz que tienen los niños cuando les dejan solos, haciendo lo que les divierte. Me presenté y ella dijo llamarse Janelle Lambert.

Entonces la reconocí. La había visto en pequeños papeles de distintas películas y siempre me había parecido buena. Daba en el papel todo lo posible. Siempre gustaba en la pantalla, pero nunca la considerabas grande. Me di cuenta de que admiraba a Clara Ford y que había albergado la esperanza de que la crítica dijese algo de ella. No lo había hecho, y por eso Janelle se mostraba irónica y malévola. En otra mujer habría sido un comentario chismoso sobre Clara Ford, pero en su caso era perfecto.

Ella sabía quién era yo y dijo lo que solía decir la gente sobre el libro. Yo adopté mi actitud habitual de indiferencia, como si apenas hubiese oído el cumplido. Me gustaba cómo vestía, con modestia y, sin embargo, con estilo, un estilo muy elegante, aunque no fuese alta costura.

—Bueno, vamos allá —dijo.

Creí que quería conocer a Kellino, pero cuando llegamos allí vi que intentaba hablar con Clara Ford. Dijo cosas inteligentes, pero era evidente que la Ford la trataba con frialdad por lo guapa que era, o, al menos, eso pensé yo entonces.

De pronto, Janelle se volvió y se alejó del grupo. La seguí. Me daba la espalda, pero cuando la alcancé, junto a la puerta, descubrí que lloraba.

Sus ojos eran majestuosos con aquellas lágrimas. Eran de un castaño dorado salpicado de puntitos negros que quizás fuesen de un castaño más oscuro (más tarde descubrí que eran lentillas); las lágrimas parecían agrandar sus ojos, darles un tono más dorado. Delataban también que les había ayudado algo con maquillaje, porque estaba corriéndosele.

—Te pones muy guapa cuando lloras —dije.

Pretendía imitar a Kellino en uno de sus papeles de galán.

—Oh, vete a la mierda, Kellino —dijo.

Me fastidia que las mujeres utilicen expresiones como «vete a la mierda», «coño» o «hijo de puta». Pero era la única mujer a la cual le había oído una expresión de este género haciendo que resultase divertida y cordial. Tenía un suave acento sureño.

Quizás fuese evidente que hacía poco que utilizaba aquellas expresiones. Quizás fuese que me sonrió para indicarme que sabía que estaba imitando a Kellino. Su sonrisa era agradable, no encantadora.

—No sé por qué soy tan tonta —dijo—. Pero es que nunca voy a fiestas. Sólo vine porque sabía que vendría ella. La admiro mucho.

—Es buena crítica —dije.

—Oh, es tan inteligente —dijo Janelle—. Una vez escribió algo muy amable sobre mí. Y sabes, creí que le agradaría. Y luego me rechaza. Sin ninguna razón.

—Tiene muchísimas razones —dije—. Eres guapa y ella no. Y esta noche está consiguiendo acaparar a Kellino y no quiere que tú le distraigas.

—Eso es una tontería —dijo ella—. A mí no me gustan los actores.

—Pero eres guapa —dije—. Además, hablabas con inteligencia. Es lógico que la fastidiases.

Por primera vez me miró con algo que parecía auténtico interés. Yo estaba muy por delante de ella. Me gustaba porque era guapa. Me gustaba porque nunca iba a fiestas. Me gustaba porque no iba a la caza de actores como Kellino, tan condenadamente guapos y simpáticos y que vestían tan maravillosamente, con trajes de corte exquisito, con cortes de pelo de una especie de Rodin con tijeras. Y porque era inteligente. Además, era capaz de llorar porque una crítica la rechazaba en una fiesta. Si tenía el corazón tan tierno, quizás no me matase. Fue la vulnerabilidad, por último, lo que me indujo a pedirle que viniera conmigo a cenar, y luego al cine. No sabía yo entonces lo que Osano podría haberme dicho: una mujer vulnerable te matará siempre.

Lo divertido del asunto es que no me inspiró nada sexualmente. Sólo me agradaba muchísimo. Porque, pese al hecho de que era guapa y tenía aquella sonrisa maravillosamente dichosa incluso con las lágrimas, en realidad, a primera vista no era una mujer sexualmente atractiva. O yo era demasiado inexperto para apreciarlo, porque más tarde, cuando Osano la conoció, dijo que sentía la sexualidad en ella como si fuese un cable eléctrico al descubierto. Cuando le conté a Janelle el comentario de Osano, me dijo que aquello debía haberle sucedido después de conocerme. Porque antes de conocerme, se había mantenido al margen del sexo. Cuando bromeaba con ella acerca de esto, y no la creía, esbozaba aquella sonrisa satisfecha y preguntaba si yo había oído hablar alguna vez de vibradores.

Es curioso que el que una mujer adulta te diga que se masturba con un vibrador te haga desearla. Pero es fácil de entender. Lo implícito es que no se trata de una mujer promiscua, aunque sea guapa y viva en un medio donde los hombres corren detrás de las mujeres igual que gatos detrás de ratones y básicamente por el mismo motivo.

Salimos juntos dos semanas, unas cinco veces, antes de llegar a acostarnos. Y quizás lo pasásemos mejor antes de acostarnos que después.

Yo iba a trabajar al estudio durante el día, elaboraba el guión, echaba unos tragos con Malomar y luego volvía a la suite del Hotel Beverly Hills y leía. A veces iba al cine. Por las noches estaba citado con Janelle; ella venía a buscarme a la suite, me daba una vuelta por los cines y luego íbamos a un restaurante, y después otra vez a la suite. Bebíamos algo y charlábamos, y ella se iba a casa hacia la una de la madrugada. Eramos camaradas, no amantes.

Me explicó por qué se había divorciado de su marido. Cuando estaba embarazada, sentía muchos deseos, pero él no le hacía caso a causa de su preñez. Luego, cuando el niño nació, a ella le encantaba darle de mamar, le entusiasmaba que la leche fluyese de su pecho y que al niño le gustase. Quiso que su marido probase la leche, que le chupase el pecho y sintiese el flujo. Creyó que sería algo estupendo. Su marido rechazó la proposición con repugnancia. Y a partir de esto terminó para ella.

—Nunca se lo había contado a nadie —me explicó.

—Dios mío —dije—. Estaba loco.

Una noche, tarde ya, en la suite, se sentó en el sofá a mi lado. Nos hicimos carantoñas como jovencitos, yo le bajé las bragas y entonces ella me apartó y se levantó. Por entonces, yo tenía los pantalones bajados y ella, medio riendo y medio llorando, me dijo:

—Lo siento. Soy una mujer inteligente, pero sencillamente no puedo.

Nos miramos y los dos nos echamos a reír. Formábamos un cuadro demasiado cómico, con las piernas desnudas: ella con las bragas blancas a los pies, yo con los pantalones y los calzoncillos en los tobillos.

Me agradaba ya demasiado para enfadarme con ella. Y, aunque resulte extraño, no me sentí rechazado.

—De acuerdo —dije.

Me subí los pantalones. Ella se subió las bragas y volvimos a abrazarnos en el sofá. Cuando se iba, le pregunté si volvería a la noche siguiente. Me dijo que sí y comprendí que se acostaría conmigo.

La noche siguiente entró y me besó. Luego dijo, con una tímida sonrisa:

—Mierda, adivina lo que pasó.

Sabía suficientemente, a pesar de mi inocencia, para entender que cuando una presunta compañera de lecho dice algo parecido, estás listo. Pero no me preocupé.

—Estoy indispuesta —dijo.

—Eso no me importa, si no te importa a ti —dije yo.

La cogí de la mano y la llevé al dormitorio. En dos segundos estábamos desnudos en la cama, salvo las bragas de ella, y pude sentir la compresa debajo.

—Quítate todo eso —dije.

Lo hizo. Nos besamos y nos abrazamos.

No estábamos enamorados aquella primera noche. Sólo nos gustábamos mucho. Hicimos el amor como críos. Sólo besando y jodiendo directamente. Y abrazándonos y hablando y sintiéndonos cómodos y a gusto. Ella tenía la piel sedosa y un trasero delicioso y suave, pero no blando. Sus pechos eran pequeños, pero poseían una gran sensibilidad. Los pezones eran grandes y rojos. Hicimos el amor dos veces en el espacio de una hora; hacía mucho tiempo que no me sucedía esto. Por último, sentimos sed y yo fui a la otra habitación a abrir una botella de champán. Cuando regresé al dormitorio, ella había vuelto a ponerse las bragas. Estaba en la cama sentada con las piernas cruzadas y una toalla húmeda en la mano; estaba limpiando las manchas de sangre de las sábanas blancas. Me quedé allí de pie observándola, desnudo, los vasos de champán en la mano, y fue entonces cuando sentí por primera vez aquella abrumadora sensación de ternura que es la señal de la condena. Ella alzó los ojos y me sonrió, su pelo rubio enmarañado, sus inmensos ojos castaños miopemente serenos.

—No quiero que lo vea la doncella —dijo.

—No, no queremos que sepa lo que hicimos —dije yo.

Ella siguió frotando muy seria, mirando muy de cerca las sábanas para asegurarse de que lo había limpiado todo.

Luego, dejó caer al suelo la toalla húmeda y cogió un vaso de champán de mi mano. Nos sentamos juntos en la cama, bebiendo y sonriéndonos estúpidamente de un modo delicioso, como si hubiésemos formado los dos un equipo, y hubiésemos pasado una especie de prueba importante. Pero aún no nos habíamos enamorado. La relación sexual había sido buena, pero no sensacional. Estábamos simplemente contentos de estar juntos, y cuando tuvo que irse a casa, le pedí que se quedara a dormir, pero dijo que no podía y yo no insistí. Pensé que quizás viviese con un tío y pudiese volver tarde, pero no quedarse toda la noche. Y no me molestaba. Eso era lo bueno de no estar enamorado.

Una cosa del movimiento de liberación de la mujer es que quizás haga menos vulgar lo de enamorarse. Porque, claro está, cuando nos enamoramos nosotros fue siguiendo la tradición más vulgar y sentimental. Nos enamoramos peleándonos.

Antes de eso, tuvimos un pequeño problema. Una noche, en la cama, no pude conseguirlo del todo. No era impotencia, sólo que no podía terminar. Y ella se esforzaba al máximo por que yo lo consiguiera. Por último, empezó a llorar y a gritar que nunca volvería a tener relaciones sexuales, que odiaba tales relaciones y que por qué las habíamos iniciado. Lloraba abrumada de frustración y de sensación de fracaso. Me eché a reír. Le expliqué que no había ningún problema. Que estaba cansado. Que tenía muchísimas cosas en la cabeza, una película de cinco millones de dólares, por ejemplo, más todas las obsesiones y los sentimientos habituales de culpabilidad del varón norteamericano condicionado del siglo veinte que ha llevado una vida ordenada. La abracé y hablamos un rato y luego, más tarde, los dos sentimos... sin ningún esfuerzo. Aún no era excepcional, pero sí bueno.

En fin. Llegó el momento de volver a Nueva York para ocuparme de asuntos familiares, y luego, cuando volví a California, nos citamos la primera noche después de mi vuelta. Estaba tan nervioso que, camino del hotel, en el coche de alquiler, me salté un semáforo en rojo y me dio un golpe otro coche. No me hice daño, pero tuve que conseguir un coche nuevo y supongo que fue una impresión un tanto fuerte. La cosa es que cuando llamé a Janelle, se sorprendió. Ella había interpretado mal las cosas. Creía que era a la noche siguiente. Me enfadé muchísimo. Casi había muerto por poder verla y me salía con aquello. Pero me mostré educado y correcto.

Le dije que tenía cosas que hacer a la noche siguiente, pero que la llamaría en aquella semana, más adelante, cuando supiese que iba a estar libre. Ella no tenía ni idea de que yo estuviese enfadado y charlamos un rato. No la llamé, claro. Cinco días después, me llamó ella. Estas fueron sus primeras palabras:

—Oye, pedazo de cabrón, creí que te gustaba de verdad. Y ahora me sales con este desplante de Don Juan y no me llamas. ¿Por qué demonios no diste la cara y me dijiste que ya no te gustaba?

—Escucha —dije—. La falsa eres tú. Sabías perfectamente que estábamos citados aquella noche. Cancelaste la cita porque tenías algo mejor que hacer.

Entonces, ella dijo muy tranquila y convincentemente:

—O yo interpreté mal, o cometiste tú el error.

—Eres una perfecta mentirosa —le dije.

Me resultaba increíble que yo pudiese sentir aquella cólera infantil. Pero quizás fuese algo más. Había confiado en ella. Había pensado que era un ser magnífico. Me había salido con uno de los trucos femeninos más viejos. Lo sabía porque, antes de casarme, me había pasado lo mismo cuando las chicas rompían de aquel modo sus compromisos conmigo. Y nunca había considerado gran cosa a aquellas chicas.

No había duda. Aquello había terminado y en realidad me daba igual. Pero dos noches después, ella me llamó.

Nos saludamos y luego dijo:

—Creí que realmente te gustaba.

Y sin pensarlo, dije:

—Querida, lo siento.

No sé por qué dije «querida». Nunca uso esa palabra. Pero eso la suavizó.

—Quiero verte —dijo.

—Ven —dije.

Se echó a reír.

—¿Ahora?

Era la una de la madrugada.

—Claro —dije.

Se echó a reír de nuevo.

—De acuerdo —dijo.

Unos veinte minutos después estaba allí. Yo tenía preparada una botella de champán. Charlamos, y luego dije:

—¿Quieres que nos acostemos?

Dijo que sí.

¿Por qué es tan difícil describir algo totalmente gozoso? Fue la relación sexual más inocente del mundo y fue magnífica. No me había sentido tan feliz desde que era niño y en verano jugaba a la pelota todo el día. Y comprendí que podía perdonar cualquier cosa a Janelle cuando estaba con ella y no perdonarle nada cuando estaba lejos de ella.

Le había dicho en una ocasión antes que la amaba, y ella me había dicho que no dijese aquello, que sabía que no lo decía en serio. Yo no estaba seguro de ser sincero, así que le dije que bueno, de acuerdo. No lo dije entonces. Pero en algún momento de la noche los dos nos despertamos e hicimos el amor y ella dijo muy seria en la oscuridad:

—Te quiero.

Dios mío. Es tan condenadamente cursi todo el asunto. Está tan lleno de palabrería que lo utilizan para hacerte comprar un nuevo tipo de crema de afeitar o volar en unas líneas aéreas concretas. Pero, ¿por qué es tan eficaz, pese a todo? A partir de entonces, todo cambió. El acto sexual se convirtió en algo especial. Yo jamás había, literalmente, visto a otra mujer. Y me bastaba sólo el mirarla para sentirme excitado. Cuando iba a recibirme al avión, la acorralaba detrás de los coches en el aparcamiento para tocarle los pechos y las piernas y besarla veinte veces antes de tomar el coche para ir al hotel.

No podía esperar. En una ocasión, cuando ella protestaba entre risas, le hablé de los osos polares. De cómo un oso polar macho sólo podía reaccionar al olor de una hembra concreta y, a veces, tenía que vagar a lo largo de quinientos kilómetros cuadrados de hielo ártico para poder joderla. Y que por eso había tan pocos osos polares. Esto la sorprendió, y luego cayó en la cuenta de que estaba tomándole el pelo y me dio un puñetazo. Pero le dije que ése era realmente el efecto que ella ejercía en mí. Que no era amor ni que ella fuese terriblemente guapa y lista y todo lo que yo había soñado siempre en una mujer desde niño. No era eso en absoluto. Yo no me dejaba arrastrar por la palabrería cursi del amor y demás. Era sencillamente que ella tenía el efluvio adecuado; su cuerpo emitía el aroma que me correspondía a mí. Era muy simple y no había por qué hacer alarde de ello. Lo estupendo fue que ella lo entendió. Sabía que no estaba tomándole el pelo. Que estaba rebelándome contra mi rendición a ella y contra el tópico del amor romántico. Así que se limitó a abrazarme y dijo:

—De acuerdo, de acuerdo.

Y cuando yo dije: «Así que no te bañes demasiado», ella se limitó a abrazarme de nuevo y a repetir: «De acuerdo».

Porque realmente era lo último que yo podía desear. Estaba casado y era feliz en mi matrimonio. Amaba a mi mujer más que a nadie en el mundo y cuando empecé a serle infiel aún me gustaba más que ninguna otra mujer que hubiera conocido. Así que entonces, por primera vez, empecé a sentirme culpable con ambas. Las historias de amor siempre me habían irritado.

En fin, nosotros éramos más complicados que los osos polares. Y el truco de mi cuento de hadas, que no le aclaré a Janelle, era que la hembra del oso polar no tenía el mismo problema que el macho. Y luego, por supuesto, cometí las estupideces que suele cometer la gente cuando está enamorada. Pregunté taimadamente cosas de ella. ¿Daba citas a productores y a actores para conseguir papeles? ¿Tenía otras aventuras? ¿Tenía otro novio? En otras palabras, ¿era promiscua y andaba jodiendo con muchos otros sin darle importancia? Es curioso que uno haga las cosas que hace cuando está enamorado de una mujer. Nunca las harías con un tipo que te agradase. Con él siempre confiarías en tu propio juicio, en tu propia impresión. Con las mujeres siempre desconfías. Hay algo realmente asqueroso en lo de estar enamorado.

Y si hubiese encontrado algo sospechoso relacionado con ella, no me habría enamorado. A qué cosas nos empujaba el estúpido romanticismo. No es extraño que muchas mujeres odien hoy a los hombres. Mi única excusa era que había sido un ermitaño que me había pasado muchos años escribiendo y que, para empezar, nunca había sido nada experto en cuestión de mujeres. En fin, no pude encontrar nada escandaloso en su conducta. No iba a fiestas, no estaba relacionada con ningún actor. En realidad, siendo una chica que había aparecido y trabajado en películas bastantes veces, se sabía muy poco de ella. No iba con ninguno de los grupos del mundo del cine ni a ninguno de los bares y restaurantes a los que iba todo el mundo. No aparecía nunca en las columnas de chismorreo. Era, en suma, la chica del sueño de un ermitaño serio. Incluso le gustaba leer. ¿Qué más podía desear yo?

Al preguntar, descubrí, para mi sorpresa, que Doran Rudd se había criado con ella en un pueblecito de Tennessee. El me explicó que era la chica más honrada de Hollywood. Me dijo también que no perdiese el tiempo, que nunca conseguiría acostarme con ella. Esto me encantó. Le pregunté su opinión y me dijo que era la mejor mujer que había conocido en su vida. Mucho después, y fue Janelle quien me lo dijo, me enteré de que habían sido amantes, habían vivido juntos, y había sido Doran quien la había llevado a Hollywood.

En fin, era muy independiente. En una ocasión intenté pagarle la gasolina cuando dábamos una vuelta en su coche. Se echó a reír, y se negó. No le preocupaba cómo vistiese yo y le agradaba el que a mí no me importase cómo vestía ella. Ibamos al cine, ambos con vaqueros y jersey, e incluso comíamos en alguno de los lugares de moda que nos quedaban de paso. Teníamos suficiente prestigio para poder permitírnoslo. Todo funcionaba perfectamente. La relación sexual resultaba magnífica, tan buena como cuando eres un muchacho, y con inocentes estimulaciones previas, que eran más eróticas que cualquier sesión porno.

Hablamos a veces de que se comprase ropa interior de fantasía, pero nunca llegamos a hacerlo. Un par de veces, intentamos utilizar los espejos para captar todas las imágenes, pero ella era muy miope y demasiado vanidosa para ponerse gafas. En una ocasión, incluso leímos juntos un libro sobre sexo anal. Nos excitó mucho y ella dijo que de acuerdo. Trabajamos con mucho cuidado, pero no teníamos vaselina. Así que usamos su crema de belleza. Fue realmente divertido porque la frialdad de la crema daba una extraña sensación, como si hubiese bajado la temperatura. En cuanto a ella, la crema no funcionó y se quejaba mucho. En fin, lo dejamos. No era para nosotros. Nosotros éramos demasiado normales. Riendo como niños, nos bañamos. El libro insistía mucho en la necesidad de lavarse después de la copulación anal. Acabamos concluyendo con que no necesitábamos ninguna ayuda. Era sencillamente estupendo. Y así, vivimos felices después de eso. Hasta que nos hicimos enemigos.

Durante la época feliz ella me contó, como una rubia Sherezade, la historia de su vida. Y así, yo vivía no dos sino tres vidas. Mi vida familiar en Nueva York con mi mujer y mis hijos. Mi vida con Janelle en Los Angeles, y la vida de Janelle antes de conocernos. Utilizaba los reactores que cruzaban el país como alfombras mágicas. Nunca había sido tan feliz en toda mi vida. Trabajar en el cine era, como apostar o jugar, relajante. Por fin había encontrado el *quid* de lo que debía ser la vida. Y nunca en mi vida había sido yo tan encantador. Mi mujer estaba feliz. Janelle estaba feliz. Mis hijos estaban felices.

Artie no sabía lo que estaba pasando, pero una noche en que cenábamos juntos, dijo de pronto:

—Sabes, por primera vez en mi vida ya no me preocupo por ti.

—¿Cuándo empezó eso? —dije, pensando que era por mi éxito con el libro y por el hecho de que trabajase en el cine.

—Justo ahora —dijo Artie—. Justo en este momento.

Inmediatamente, me puse alerta.

—¿Qué significa eso exactamente? —pregunté.

Artie se lo pensó un poco.

—Nunca eras realmente feliz —dijo—. Siempre eras un cabrón amargado. No tenías amigos de verdad. Lo único que hacías era leer libros y escribir libros. No podías soportar las fiestas, ni las películas ni la música ni nada. Ni siquiera podías soportar que nuestras familias cenaran juntas en los días de fiesta. Dios mío, ni siquiera disfrutabas nunca de tus hijos.

Esto me sorprendió y me ofendió. No era cierto. Quizás así lo pareciese, pero en realidad no era cierto. Sentí una desagradable sensación en el estómago. Si Artie pensaba aquello de mí, ¿qué pensarían otras personas? Sentí aquella sensación familiar de desolación.

—Eso no es verdad —dije.

Artie me sonrió:

—Claro que no. Sólo quiero decir que ahora eres más abierto con otras personas además de conmigo. Valerie dice que ahora resulta muchísimo más cómodo vivir contigo.

También esto me irritó. Mi mujer debía haberse quejado

durante todos aquellos años, sin que yo lo supiera. Jamás me hizo reproches, pero en aquel momento me di cuenta de que nunca la había hecho realmente feliz, al menos después de los primeros años de nuestro matrimonio.

—Bueno, ahora por lo menos es feliz —dije.

Artie asintió. Y yo pensé que todo aquello era completamente estúpido, que había tenido que serle infiel a mi mujer para hacerla feliz. Y de pronto comprendí que amaba a Valerie en aquel momento más de lo que la hubiese amado nunca. Y esto me hizo reír. Era todo muy razonable, y estaba en los libros de texto que yo había estado leyendo. Porque en cuanto me vi en la posición clásica de marido infiel empecé naturalmente a leer toda la literatura relacionada con el tema.

—¿A Valerie no le importa que yo vaya tanto a California? —pregunté.

Artie se encogió de hombros.

—Creo que le gusta. Ya sabes que yo estoy acostumbrado a ti, pero de todos modos tu carácter es como para sacar de quicio a cualquiera.

Esto también me irritó, pero nunca podía llegar a enfadarme de veras con mi hermano.

—Eso es magnífico —dije—. Mañana me voy a California para seguir trabajando en el guión de la película.

Artie sonrió. El comprendía cuáles eran mis sentimientos.

—Mientras sigas volviendo —dijo—. No podemos vivir sin ti.

Nunca decía cosas tan sentimentales, pero se había dado cuenta de que había herido mis sentimientos. Aún me trataba como a un niño.

—Vete a la mierda —dije, pero me sentía de nuevo contento.

Parece increíble que sólo veinticuatro horas después estuviese a casi cinco mil kilómetros de distancia solo con Janelle, en la cama, y escuchando la historia de su vida.

Una de las primeras cosas que me contó fue que ella y Doran Rudd eran viejos amigos, que habían crecido en el mismo pueblo sureño de Johnson City, Tennessee, y que, por último, se habían hecho amantes y se habían trasladado a California, donde ella se había convertido en actriz y Doran en agente.

30

Cuando Janelle se fue a California con Doran Rudd, tenía un problema: su hijo. Con sólo tres años era demasiado pequeño para poder llevárselo. Lo dejó con su ex marido. En California Janelle vivió con Doran. Este le prometió introducirla en el cine y le consiguió algunos pequeños papeles, o creyó conseguírselos. En realidad, él estableció los contactos y el encanto y el ingenio de Janelle hicieron el resto. Durante ese tiempo, ella le fue fiel, pero él evidentemente la engañaba con la primera que se ponía a tiro. De hecho, en una ocasión intentó convencerla para que se acostase con otro hombre y con él al mismo tiempo. A ella le repugnó la idea. No por cuestión moral, sino porque ya era bastante malo sentirse utilizada por un hombre como objeto sexual y la idea de dos hombres aprovechándose de su cuerpo le resultaba repugnante. Entonces, decía ella, era demasiado poco refinada para darse cuenta de que tendría ocasión de ver a dos hombres haciendo el amor juntos. Si lo hubiese comprendido, quizás lo hubiese considerado... aunque sólo fuese por ver cómo le daban a Doran por el culo, pues se lo merecía de sobra.

Ella estaba convencida de que el clima de California era el principal responsable de lo que había sido su vida. La gente era extraña, solía decirle a Merlyn cuando le contaba historias. Y se veía claramente que a ella le encantaba que fuese extraña por mucho daño que le hubiesen hecho.

Doran intentaba meter el pie en la puerta como productor, y para ello quería montar un tinglado completo. Había comprado un guión horrible de un escritor desconocido, cuya única virtud era que había aceptado un porcentaje neto en vez de dinero en efectivo por adelantado. Doran convenció a un director que había sido famoso en otros tiempos para que dirigiese la película, y a un actor ya acabado para que interpretase el papel principal.

Por supuesto, ningún estudio quería aceptar el proyecto. Era una de esas propuestas que sólo parecían adecuadas para los inocentes. Doran era un excelente vendedor e intentó conseguir dinero de fuera. Un día, encontró un buen candidato, un hombre alto, tímido y apuesto, de unos treinta y cinco años. Muy callado y suave. Nada amigo de contar cuentos. Pero era ejecutivo de una sólida institución financiera especializada en inversiones. Se llamaba Theodore Lieverman, y se enamoró de Janelle en una cena.

Cenaron en Chasen's. Doran cogió la factura y se fue enseguida porque estaba citado con el escritor y el director. Estaban trabajando en el guión, dijo Doran frunciendo el ceño con aire preocupado. Doran había aleccionado a Janelle: «Este tío puede conseguirnos un millón de dólares para la película. Sé amable con él. Recuerda que tú interpretas el segundo papel femenino».

Esa era la técnica de Doran. Prometía el segundo papel femenino para tener así un cierto poder de regateo. Si Janelle se ponía difícil, le prometería el primer papel. No es que eso significara nada. En caso necesario renegaría de ambas promesas.

Janelle no tenía intención alguna de ser amable en el sentido de Doran, pero le sorprendió descubrir que Theodore Lieverman era un tipo muy agradable. No hacía chistes procaces sobre las aspirantes a estrella. No intentó asediarla. Era realmente tímido. Y quedó abrumado por la belleza y la inteligencia de Janelle, lo cual dio a ésta una gran sensación de poder. Cuando la acompañó a casa después de cenar, ella le invitó a tomar una copa. Se comportó como un perfecto caballero. Así pues, a Janelle le gustó. Siempre le interesaba la gente, encontraba a todo el mundo fascinante. Y, por Doran, sabía que Ted Lieverman heredaría veinte millones de dólares algún día. Lo que Doran no le había dicho era que estaba casado y tenía dos hijos. Se lo dijo el propio Lieverman. Muy tímidamente le dijo:

—Estamos separados. Nuestro divorcio está pendiente porque sus abogados piden demasiado dinero.

Janelle sonrió, con aquella sonrisa contagiosa que solía desarmar a la mayoría de los hombres, salvo a Doran.

—¿Qué es demasiado dinero?

Y Theodore Lieverman dijo, con una mueca:

—Un millón de dólares. No hay problema. Pero lo quiere en efectivo, y mis abogados consideran que es un momento poco adecuado para liquidar.

—Demonios —dijo Janelle riendo—. Tienes un millón de dólares. ¿Cuál es la diferencia?

Lieverman se animó realmente por primera vez.

—No entiendes —dijo—. La mayoría de la gente no entiende. Es cierto que tengo unos dieciséis, quizás dieciocho millones. Pero no tengo tanta liquidez. Mira, poseo bienes inmobiliarios, y acciones y empresas, pero no puedes retirar todo el dinero de ellas. Así que en realidad tengo muy poco capital líquido. Me gustaría poder gastar dinero como Doran. Además Los Angeles es un sitio carísimo para vivir.

Janelle se dio cuenta de que había conocido al personaje típico de novela, al millonario tacaño. Y puesto que no era ingenioso ni simpático, ni tenía atractivo sexual, puesto que, en suma, no tenía más gancho que su amabilidad y su dinero (que mostraba claramente que no estaba dispuesto a compartir así por las buenas), se libró de él después de la siguiente copa. Cuando Doran volvió a casa aquella noche se enfadó muchísimo.

—Maldita sea, podría haber sido para nosotros la comida segura —le dijo a Janelle.

Entonces fue cuando decidió dejarle.

Al día siguiente, encontró un pequeño apartamento en Hollywood cerca de los estudios de la Paramount y consiguió por su cuenta un pequeño papel en una película. Después de terminar su trabajo de unos cuantos días, como tenía muchas ganas de ver a su hijo y cierta nostalgia de su pueblo, volvió de visita por dos semanas, que era todo lo que podía aguantar en Johnson City.

Estuvo pensando si llevarse al niño con ella, pero acabó convenciéndose de que era imposible, así que volvió a dejarle con su ex marido. Resultaba muy doloroso dejarle, pero estaba decidida a ganar algo de dinero y a hacer algún tipo de carrera antes de formar un hogar.

Su ex marido estaba aún claramente hechizado por sus encantos. Ella tenía mejor aspecto, parecía más refinada. Le incitó deliberadamente y luego, cuando él intentó llevársela a la cama, le rechazó. Se fue de muy mal humor. Ella le despreciaba. Le había amado sinceramente, y él la había traicionado con otra mujer cuando estaba embarazada. Había rechazado la leche de su pecho, aquella leche que ella había querido que compartiese con el niño.

—Espera un momento —dijo Merlyn—. Cuéntame eso otra vez.

—¿El qué? —preguntó Janelle. Rió entre dientes.

Merlyn esperó.

—Bueno, yo tenía unos pechos muy grandes después del parto. Y me fascinaba la leche. Quería que él la probara. Ya te lo conté.

Cuando se divorciaron, ella se negó a aceptar la pensión por puro desprecio.

Cuando Janelle volvió a su apartamento de Hollywood, encontró dos recados en su servicio telefónico. Uno de Doran y otro de Theodore Lieverman.

Llamó primero a Doran y le encontró en casa. A Doran le sorprendió que hubiese vuelto a Johnson City, pero no hizo ni una pregunta sobre sus amigos íntimos. Estaba demasiado interesado, como siempre, en lo que era importante para él.

—Escucha —dijo—. Ese T. Lieverman está realmente loco por ti. No es broma. Está locamente enamorado, no sólo de tu lindo culito. Si juegas las cartas como es debido, puedes casarte con veinte millones de dólares. Está intentando ponerse en contacto contigo y le di tu número. Llámale. Puedes ser una reina.

—Está casado —dijo Janelle.

—Su divorcio se resolverá el mes próximo —dijo Doran—. Ya lo comprobé. Es un tipo muy recto y muy tradicional. Si te prueba en la cama, le tendrás enganchado y tendrás sus millones para siempre.

Todo esto era superficial. Janelle no era más que una de sus cartas.

—Eres asqueroso —dijo Janelle.

Doran procuraba ser lo más encantador posible.

—Vamos, vamos, querida. No te preocupes, lo nuestro se acabó. Aunque seas la tía más buena que he tenido en mi vida. Mucho mejor que todas estas tías de Hollywood. Te echo de menos. Créeme, comprendo perfectamente que te fueras. Pero eso no significa que no podamos seguir siendo amigos. Lo que quiero es ayudarte. Tienes que dejar de portarte como una niña. Dale a ese tío una oportunidad, es todo lo que pido.

—Bien, le llamaré —dijo Janelle.

Janelle nunca se había preocupado por el dinero en el sentido de querer ser rica, pero ahora pensaba en lo que podría proporcionarle el dinero. Podría traer a su hijo a vivir con ella y tener servicio que se cuidase de él mientras ella trabajaba. Podría estudiar arte dramático con los mejores profesores. Gradualmente, había llegado a amar el cine. Sabía lo que quería hacer de su vida.

Su pasión por interpretar era algo de lo que ni siquiera a Doran le había hablado, pero que él percibía. Janelle había sacado obras de teatro y libros sobre teatro y cine de la biblioteca y los había leído todos. Se enroló en un pequeño taller de cine cuyo director se daba tales aires de importancia que a ella le divertía e incluso le encantaba. Cuando le dijo que era uno de los mejores talentos naturales que había visto, casi se enamoró y se acostó con él con la mayor naturalidad.

Soso, tacaño y rico, Theodore Lieverman tenía una llave de oro que abría todas las puertas a las que Janelle llamó. Y aceptó ir a cenar con él aquella noche. Janelle encontró a Lieverman amable, tranquilo y tímido; tomó ella la iniciativa. Por fin consiguió que se decidiera a hablar de sí mismo. Contó algunas cosas. Había tenido dos hermanas gemelas, unos años más pequeñas que él, y las dos habían muerto en un accidente de aviación. Aquella tragedia le había provocado una crisis nerviosa. Ahora su mujer quería el divorcio, un millón de dólares en efectivo y parte de sus valores. Poco a poco, fue exponiendo una vida emocionalmente pobre, una niñez y una adolescencia económicamente rica que le habían convertido en un ser débil y vulnerable. Lo único que hacía bien era ganar dinero. Tenía un plan para financiar la película de Doran que era absolutamente firme y seguro. Pero tenía que llegar el momento oportuno, porque los inversores eran muy escurridizos. El, Lieverman, pondría el dinero en efectivo, el dinero necesario para iniciarlo todo.

Siguieron saliendo casi todas las noches durante dos o tres semanas, y él siempre se mostraba amable y tímido, hasta el punto de que Janelle llegó a sentirse impaciente. Después de todo, le había enviado flores después de cada cita. Le había comprado un alfiler en Tiffany's, un encendedor de Gucci y un anillo de oro antiguo de Roberto's. Y estaba locamente enamorado de ella. Janelle intentó llevárselo a la cama y se quedó asombrada al ver que él se mostraba reacio. Ella sólo podía mostrar su disposición a hacerlo, hasta que al fin él le pidió que le acompañase a Nueva York y a Puerto Rico. Tenía que ir en un viaje de negocios de su empresa. Ella comprendió que, por alguna razón, él no podía hacer el amor con ella, inicialmente, en Los Angeles. Quizás se sintiera culpable. Había hombres así. Sólo podían ser infieles cuando estaban a miles de kilómetros de sus esposas. Al menos la primera vez. A Janelle esto le parecía divertido e interesante.

Pararon en Nueva York y él la llevó a sus reuniones financieras. Ella le vio negociar los derechos cinematográficos de una nueva novela de un guión escrito por un autor famoso. Era astuto, muy suave, y Janelle se dio cuenta de que en aquello residía su fuerza. Pero aquella primera noche se acostaron por fin en la suite del Plaza y ella supo una de las verdades de Theodore Lieverman.

Era casi un impotente total. Al principio, Janelle se enfadó creyendo que la culpa era suya. Hizo cuanto pudo y consiguió que sintiera. La noche siguiente fue un poco mejor. En Puerto Rico, la cosa mejoró. Pero sin duda era el amante más incompetente y aburrido que había tenido en su vida. Se alegró de volver a Los Angeles. Cuando la dejó en su apartamento, le pidió que se casase con él. Contestó que se lo pensaría.

No tenía la menor intención de casarse con él hasta que Doran se dedicó a convencerla.

—¿Pensártelo? Por Dios, usa la cabeza —dijo—. Ese tío está loco por ti. Cásate con él. Luego te estás con él un año. Saldrás por lo menos con un millón y él aún seguirá enamorado de ti. Podrás hacer lo que te dé la gana. Tendrás cien oportunidades más en tu carrera. Y a través de él conocerás a otros tipos ricos. Gente que te gustará más y de la que quizás puedas enamorarte. Toda tu vida puede cambiar. Aunque te aburras un año, demonios, no es insoportable. No te pediría algo que fuese insoportable.

Eso era lo que Doran consideraba ser muy listo. Lo que quería era abrirle a Janelle los ojos a las verdades de la vida que toda mujer sabe o que se le enseñan desde la cuna. Pero Doran se daba cuenta de que a Janelle le resultaba realmente odioso hacer algo así, no porque fuese inmoral, sino porque era incapaz de traicionar a otro ser humano de aquel modo, tan a sangre fría. Y también porque sentía tal pasión por la vida que no podía soportar la idea de someterse a aquel aburrimiento durante un año. Pero, tal como Doran se apresuró a señalar, había muchas posibilidades de que aquel año se aburriese de todos modos, incluso sin Theodore. Y además, haría realmente feliz al pobre Theodore durante un año.

—Sabes, Janelle —decía Doran—, tenerte al lado en tu peor día es mejor que tener al lado a la mayoría de la gente en sus mejores días.

Era una de las poquísimas cosas sinceras que Doran había dicho desde su doceavo aniversario. Pero lo decía porque le interesaba.

Y al fin fue Theodore, actuando con insólita agresividad, quien inclinó la balanza. Compró una magnífica casa de doscientos cincuenta mil dólares en Beverly Hills, con piscina olímpica, pista de tenis, dos criados. Sabía que a Janelle le encantaba jugar al tenis, había aprendido a jugar en California, había tenido una breve aventura intrascendente con su profesor de tenis, un joven rubio, guapo y esbelto que, ante su asombro, luego le había cobrado las clases. Posteriormente, otras mujeres le hablaron de los hombres de California. De que eran capaces de ponerse a beber en un bar y dejarte pagar tu consumición y luego pedirte que fueras a pasar la noche a su apartamento. Ni siquiera pagaban el taxi hasta casa. A Janelle le gustó el profesor de tenis en la cama y en la pista de tenis, y el profesor consiguió mejorar su actuación en ambos campos. Más tarde, se cansó de él porque vestía mejor que ella. Además, ligaba a diestro y siniestro y seducía a sus amistades de ambos sexos, lo cual, incluso Janelle, pese a su amplitud de criterios, consideraba excesivo.

Nunca había jugado al tenis con Lieverman. Este había mencionado una vez, sobre la marcha, que había derrotado a Arthur Ashe en la secundaria, así que supuso que era muy superior a ella y que, como la mayoría de los buenos jugadores de tenis, preferiría no jugar con principiantes. Pero cuando la convenció de que se trasladase a la nueva casa, dieron una elegante fiesta de tenis.

La casa la encantó. Era una lujosa mansión de Beverly Hills, con habitaciones para huéspedes, un cuarto de trabajo, un salón de billar, un *Jacuzzi* al aire libre. Ella y Theodore elaboraron planes de decoración e instalaron unos paneles especiales de madera. Fueron juntos de compras. Pero ahora, en la cama, él era un completo desastre, y Janelle ya ni lo intentaba siquiera. El le prometió que después del divorcio, que sería al mes siguiente, y una vez casados, todo iría sobre ruedas. Janelle esperaba devotamente que así fuese, porque al sentirse culpable había decidido que lo menos que podía hacer, dado que iba a casarse con él por su dinero, era ser una esposa fiel. Pero la falta de relaciones sexuales le destrozaba los nervios. Fue el día de la fiesta del tenis cuando se dio cuenta de que no había nada que hacer. Ella tenía la sensación de que había algo raro en todo el asunto. Pero Theodore Lieverman inspiraba tanta confianza, tanto a ella como a sus amigos e incluso al cínico Doran, que ella pensó que era su propia sensación culpable que buscaba un desahogo.

El día de la fiesta de tenis, Theodore salió por fin a la pista. Jugaba bastante bien, pero no era ningún maestro. No era posible que hubiera derrotado a Arthur Ashe. Janelle estaba asombrada. De lo único que estaba segura era de que su amante no era un mentiroso. Y ella no era ninguna inocente. Siempre había supuesto que los amantes mentían. Pero Theodore nunca presumía ni se ufanaba de nada. Jamás mencionaba su dinero ni su alta posición en los círculos financieros. En realidad, nunca hablaba con más gente que con Janelle. Su actitud suave era sumamente rara en California, hasta el punto de que a Janelle la sorprendía que hubiese podido vivir toda su vida en aquel estado. Pero viéndole en la pista de tenis, se dio cuenta de que en una cosa le había mentido. Y había mentido bien. En un comentario reprobatorio que hizo sobre la marcha y que nunca había repetido, en el que nunca insistió. Nunca había dudado de él. Lo mismo que nunca había dudado de lo que él decía. No había duda alguna de que la quería. Lo había demostrado de todas las formas posibles, lo cual, claro, no significaba demasiado, puesto que no podía llevarlo a sus últimas consecuencias.

Aquella noche, cuando terminó la fiesta, le dijo que debía traerse a su hijo de Tennessee e instalarle también en la casa. Si no hubiese sido por la mentira que le había dicho respecto a Arthur Ashe, ella lo hubiese hecho. Fue una suerte que no lo hiciera. Al día siguiente, cuando Theodore estaba trabajando, recibió una visita.

La visitante era la señora de Theodore Lieverman, la esposa hasta entonces invisible. Era bastante guapa, pero evidentemente la impresionó y asustó la belleza de Janelle, como si la extrañara mucho que su marido pudiese conseguir algo así. En cuanto manifestó quién era, Janelle sintió un alivio abrumador y saludó a la señora Lieverman tan cordialmente que ésta se sintió aún más confusa.

Pero también la señora Lieverman sorprendió a Janelle. No estaba enfadada. Lo primero que dijo fue sorprendente:

—Mi marido es muy nervioso, muy sensible. Por favor, no le diga que he venido a verla.

—Por supuesto —dijo Janelle.

Su entusiasmo aumentó. Estaba emocionada. La esposa reclamaría a su marido y ella se lo devolvería muy gustosa.

Pero la señora Lieverman dijo cautamente:

—No sé cómo consigue Ted todo este dinero. Gana un buen sueldo. Pero no tiene tanto ahorrado.

Janelle se echó a reír. Conocía la respuesta. Pero de todos modos preguntó:

—¿Y los veinte millones de dólares?

—¡Oh Dios, oh Dios! —dijo la señora Lieverman.

Se cubrió la cara con las manos y empezó a llorar.

—Y nunca ganó a Arthur Ashe al tenis en la secundaria —dijo Janelle, en tono tranquilizador.

—¡Oh, Dios, Dios! —gimió la señora Lieverman.

—Y no habrá divorcio el mes que viene —dijo Janelle.

La señora Lieverman se limitó a seguir gimoteando.

Janelle se acercó al bar y preparó dos whiskies bien cargados. Hizo beber, entre sollozos, a la otra mujer.

—¿Cómo lo descubrió usted? —preguntó Janelle.

La señora Lieverman abrió el bolso como si buscase un pañuelo para enjugarse las lágrimas. Pero en vez de eso, sacó un paquete de cartas y se lo entregó a Janelle. Eran facturas. Janelle las repasó. De pronto lo entendió todo. El había firmado un cheque de veinticinco mil dólares como entrada de la hermosa mansión. Con él iba una carta pidiendo que le permitieran trasladarse allí hasta que se cerrase definitivamente el trato. Era un cheque sin fondos. El constructor le amenazaba ahora con meterle en la cárcel. Los cheques para pagar a la servidumbre también habían sido rechazados y lo mismo el cheque del proveedor de la fiesta de tenis.

—Oh —dijo Janelle.

—Es demasiado sensible —dijo la señora Lieverman.

—Está enfermo —dijo Janelle.

La señora Lieverman asintió.

—¿Es por aquellas dos hermanas que murieron en el accidente aéreo? —preguntó Janelle pensativa.

La señora Lieverman soltó un grito, un grito en el que por fin se revelaba rabia y exasperación.

—No tiene hermanas. ¿Es que no comprende? Es un mentiroso patológico. Miente siempre. No ha tenido hermanas, no ha tenido nunca dinero, no se ha divorciado de mí, utilizó el dinero de la empresa para llevarle a usted a Puerto Rico y a Nueva York y para pagar los gastos de esta casa.

—¿Entonces por qué demonios quiere que vuelva con usted? —preguntó Janelle.

—Porque le quiero —dijo la señora Lieverman.

Janelle meditó sobre esto por lo menos dos minutos, estudiando a la señora Lieverman. Su marido era un mentiroso, un farsante, tenía una amante, era incapaz de funcionar en la cama, y eso era únicamente lo que *ella* sabía de él, más el hecho, por supuesto, de que era un pésimo jugador de tenis. ¿Qué demonios era entonces la señora Lieverman? Janelle dio una palmada en el hombro a la otra mujer, le preparó más bebida y dijo:

—Espere aquí cinco minutos.

Eso fue lo que tardó en meter todas sus cosas en las dos maletas Vuitton que Theodore le había comprado, probablemente con cheques sin fondos. Bajó con las maletas y dijo a la mujer:

—Me voy. Puede esperar usted aquí a su marido. Dígale que no quiero volver a verle. Y siento de veras el dolor que le he causado. Puede creerme cuando le digo que él me aseguró que usted le había dejado. Que a usted no le importaba.

La señora Lieverman asintió con tristeza.

Janelle se fue en el flamante Mustang azul que Theodore le había comprado. Tendría que devolverlo a la casa, sin duda. Por otra parte, no tenía adónde ir. Recordó a la directora y diseñista de ropa Alice De Santis, de quien había sido muy amiga, y decidió ir a su casa y pedirle consejo. Si Alice no estaba en casa, iría a la de Doran. Sabía que él siempre la acogería.

A Janelle le encantaba ver cómo disfrutaba Merlyn con la historia. No se reía. Su gozo no era malévolo. Sólo sonreía, cerrando los ojos, saboreándolo. Y, para su sorpresa, dijo la frase justa. Resultaba casi admirable.

—Pobre Lieverman —dijo—. Pobre Lieverman, pobrecillo.

—¿Y yo qué, pedazo de cabrón? —dijo Janelle con fingida cólera. Se echó desnuda sobre el desnudo cuerpo de él y rodeó su cuello. Merlyn abrió los ojos y sonrió:

—Cuéntame otra historia.

Pero en vez de eso le hizo el amor.

Tenía otra historia que contarle, pero aún no estaba preparado para eso. Primero tenía que enamorarse de ella como lo estaba ella de él. Aún no podía asimilar más historias. Y menos la de Alice.

31

Ya habíamos llegado al punto al que llegan siempre los amantes: se sienten tan felices que son incapaces de creer que se lo merecen. Y empiezan a pensar que quizás todo sea un fraude. Así pues, los celos y la sospecha empezaron a amenazar los éxtasis de nuestro amor. En una ocasión, ella tuvo que hacer la lectura de un papel y no pudo ir a esperarme al avión. En otra ocasión, yo entendí que pasaría la noche conmigo y tuvo que irse a casa a dormir porque tenía que levantarse para ir a los estudios muy temprano. Aun cuando hizo el amor conmigo a primera hora de la tarde de modo que yo no quedase defraudado y la creyera, pensé que mentía. Y, suponiendo que ella mentiría, le dije:

—Tengo que cenar hoy con Doran. Dice que tuviste un amante de catorce años cuando sólo eras una beldad sureña.

Janelle alzó la cabeza y me dirigió la sonrisa dulce y vacilante que me hacía olvidar lo que la odiaba.

—Sí —dijo—. Eso fue hace mucho tiempo.

Luego, bajó la cabeza. Tenía una expresión ausente y distraída al recordar aquella aventura amorosa. Yo sabía que siempre recordaba sus experiencias amorosas con afecto, aunque hubiesen terminado mal. Volvió a alzar la vista.

—¿Te molesta? —dijo.

—No —contesté. Pero ella sabía que sí.

—Lo siento —dijo.

Me miró un momento y luego apartó la vista. Extendió las manos, las deslizó bajo mi camisa y me acarició la espalda.

—Fue algo inocente —dijo.

No dije nada, sólo me aparté porque aquella caricia evocadora me hacía perdonárselo todo.

Esperando que mintiese de nuevo, dije:

—Doran me lo contó porque a consecuencia de eso te procesaron por seducir a un menor.

Deseba con todo mi corazón que ella mintiese. No me importaba que fuese cierto, como no le hubiese reprochado el que hubiese sido alcohólica o puta o asesina. Quería amarla, nada más. Ella me miraba con aquella mirada tranquila y serena como si estuviese dispuesta a hacer cualquier cosa por complacerme.

—¿Qué quieres que diga? —me preguntó, mirándome directamente a la cara.

—Sencillamente la verdad —dije.

—Bueno, pues es cierto —dijo—. Pero no tuvo consecuencias. El juez desestimó el caso.

Sentí un enorme alivio.

—Entonces no lo hiciste.

—¿Hacer el qué? —preguntó ella.

—Ya lo sabes —dije.

Volvió a dirigirme aquella dulce semisonrisa. Pero estaba impregnada de una triste ironía.

—¿Quieres decir si hice el amor con un chico de catorce años? —preguntó—. Sí, lo hice.

Esperaba que yo saliese de la habitación. Me quedé quieto. Su expresión se hizo más irónica.

—Estaba muy crecido para su edad —dijo.

Eso me interesó. Me interesó por la temeridad del desafío.

—Eso cambia mucho las cosas —dije secamente. Y la observé cuando se echó a reír.

Los dos estábamos enfadados. Janelle porque yo me atrevía a juzgarla. Yo iba a irme, así que me dijo:

—Es una buena historia, te gustará —y vio que yo mordía el anzuelo.

Siempre me encantaba que me contase historias. Casi tanto como hacer el amor. Muchas noches había pasado horas enteras oyéndola, fascinado por la historia de su vida, haciendo conjeturas sobre lo que no me contaba o sobre lo que modificaba para adecuarlo a mis tiernos oídos masculinos, como si suavizase un cuento de miedo al contárselo a un niño.

En una ocasión, me dijo que eso era lo que más le gustaba de mí. Mi avidez de historias. Y mi actitud de no emitir juicios. Podía verme siempre barajar las cosas en la cabeza, pensar cómo lo contaría yo o cómo podría utilizarlo. Yo jamás la había condenado, en realidad, por lo que hubiera hecho. Y sabía que tampoco lo haría cuando me contase esta historia.

Después de divorciarse, Janelle había tenido un amante: Doran Rudd. Doran Rudd era disc-jockey de la emisora de radio local. Era un tipo más bien alto, algo mayor que Janelle. Desbordaba energía, y era simpático y divertido y acabó consiguiéndole a Janelle un trabajo como locutora de los partes meteorológicos de la emisora en la que él trabajaba. Era un trabajo divertido y bien pagado para una ciudad como Johnson City.

Lo que a Doran le obsesionaba era llegar a ser el personaje del pueblo. Tenía un enorme Cadillac, compraba la ropa en Nueva York y proclamaba que algún día triunfaría por lo alto. Los intérpretes le sobrecogían y le encantaban. Iba a ver todas las compañías ambulantes de todas las obras de Broadway y siempre enviaba notas a una de las actrices, seguidas de flores y de invitaciones a cenar. Le sorprendió descubrir lo fácil que era llevárselas a la cama. Gradualmente, comprendió lo solas que estaban. Aunque resultasen deslumbrantes en escena, tenían un aire insignificante y patético en sus habitaciones de hotel de segunda con neveras anticuadas. Siempre le contaba a Janelle sus aventuras. Eran más amigos que amantes.

Un día, Doran consiguió su oportunidad. Un dúo formado por padre e hijo estaba contratado para actuar en la sala de conciertos del pueblo. El padre era un pianista improvisado que se había ganado laboriosamente la vida descargando trenes de mercancías en Nashville hasta que descubrió que su hijo de nueve años podía cantar. El padre, un tenaz sureño que odiaba su trabajo, vio inmediatamente que su hijo podía ser el medio de hacer realidad un sueño imposible. A través de él podía eludir una vida de trabajo duro y rutinario.

Sabía que su hijo era bueno, pero no hasta qué punto. Le enseñó con gran entusiasmo todas las canciones evangélicas y luego hicieron una gira con éxito por el sur. Un joven querubín alabando a Jesús con una purísima voz de soprano era irresistible para aquel público provinciano. Aquella nueva vida le resultó sumamente agradable al padre. Era un individuo sociable, le gustaban las chicas guapas y aquello significaba unas agradables vacaciones lejos de su ya agotada mujer, que, por supuesto, se quedó en casa.

Pero también la madre soñaba con todos los lujos que la voz pura de su hijo pudiese proporcionarle. Los dos eran codiciosos, aunque no como lo son los ricos, como forma de vida, sino como lo son los pobres, como lo puede ser un hombre hambriento en una isla desierta, al que de pronto rescatan y puede por fin hacer realidad todas sus fantasías.

Así que cuando Doran fue al camerino a ensalzar la voz del muchacho, y cuando hizo luego una proposición a los padres, sus palabras hallaron buena acogida. Doran sabía muy bien lo que valía el chico y pronto se dio cuenta de que era el único. Les convenció de que no quería ningún porcentaje de las ganancias. Se encargaría del muchacho y sólo se llevaría el treinta por ciento de lo que pasase de los veinticinco mil dólares anuales.

Era, por supuesto, una oferta irresistible. Si conseguían veinticinco mil dólares al año, suma increíble, ¿a qué preocuparse de que Doran se llevase el treinta por ciento del resto? Y, ¿cómo podía su chico, Rory, ganar más de esa suma? Imposible. No podía haber tanto dinero. Doran aseguró también al señor Horatio Bascombe y a la señora Edith Bascombe que no les cobraría ningún gasto. Así que prepararon enseguida el contrato y lo firmaron.

Doran se puso en acción de inmediato. Consiguió dinero prestado para sacar un álbum de canciones evangélicas. Fue un gran éxito. Aquel primer año, el chico ganó cincuenta mil dólares. Doran se trasladó a Nashville y estableció contacto con el mundo de la música. Se llevó con él a Janelle y la hizo ayudante administrativa de su nueva empresa musical. El segundo año, Rory ganó más de cien mil dólares, casi todo con un disco pequeño de una antigua balada religiosa que Janelle encontró en los archivos de discos de Doran. Doran carecía por completo de gusto creador; jamás habría reconocido el mérito de una canción.

Doran y Janelle vivían juntos ya, pero ella no le veía mucho. El viajaba a Hollywood para tratar de una película o a Nueva York para conseguir un contrato en exclusiva con una de las grandes empresas discográficas. Todos serían millonarios. Entonces llegó la catástrofe. Rory cogió un catarro grave y empezó a perder voz. Doran le llevó al mejor especialista de Nueva York. El especialista curó por completo a Rory, pero luego le dijo a Doran de pasada:

—Supongo que sabe que su voz cambiará cuando alcance la pubertad.

Era algo en lo que Doran no había pensado. Quizás porque Rory era alto para su edad. Quizás porque Rory era un niño completamente inocente, sin experiencia del mundo. Sus padres le habían protegido de las chicas. Amaba la música y era realmente un músico dotado. Además, había estado siempre enfermo hasta los once años. Doran se puso furioso. Un hombre que tiene el plano de una mina de oro secreta y lo extravía. Tenía planes para hacer millones con Rory; y ahora todo se le iba por el desagüe. Millones de dólares perdidos, millones de dólares.

Entonces a Doran se le ocurrió una de sus grandes ideas. Comprobó con los médicos. Después de hacerse con toda la droga, le propuso el plan a Janelle. Ella se quedó horrorizada.

—Estás hecho un buen hijoputa —le dijo, casi llorando.

Doran no podía entender su horror.

—Escucha —dijo—. La Iglesia Católica lo hacía.

—Lo hacían por Dios —dijo Janelle—. No por un disco de oro.

Doran meneó la cabeza.

—Cíñete al asunto, por favor. Tengo que convencer al chico, a su madre y a su padre. Va a ser un buen trabajo.

Janelle se echó a reír.

—Estás completamente loco. Yo no te ayudaré, y aunque lo hiciera, a ellos nunca les convencerías.

Doran sonrió.

—La clave es el padre. Pensé que podrías ser amable con él, suavizarle un poco.

Era antes de que Doran hubiese adquirido la cremosa y luminosa suavidad extra de California. Así que cuando Janelle le tiró un pesado cenicero, estaba demasiado sorprendido para agacharse. Le rompió un diente y le hizo sangrar por la boca. No se enfadó. Sólo meneó de nuevo la cabeza ante la rectitud de Janelle.

Janelle le habría dejado entonces, pero era demasiado curiosa. Quería ver si Doran llegaba a plantear de veras el asunto.

Doran era, en general, un buen juez del carácter de las personas, y era realmente listo para dar con el umbral de la codicia. Sabía que una clave era el señor Horatio Bascombe. El padre podía convencer a la mujer y al hijo. Además, el padre era el más vulnerable a la vida. Si su hijo no ganaba dinero, era volver a ir a la iglesia para el señor Bascombe. Se acababan los viajes por el país, el tocar el piano, las chicas guapas, las comidas exóticas. Volvería al aburrimiento de siempre con su mujer. El padre se jugaba más cosas; el que Rory perdiese la voz era más importante para él que para nadie.

Doran suavizó al señor Bascombe con una linda cantante de un club de jazz barato de Nashville. Luego, una buena cena con puros al día siguiente. Mientras fumaban los puros, le explicó los planes que tenía para Rory. Un musical en Broadway, un álbum con canciones especiales escritas por los famosos hermanos Dean. Luego, un gran papel en una película que podría convertir a Rory en otro Judy Garland o Elvis Presley. Dinero a espuertas. Bascombe devoraba aquello, ronroneando como un gato. Ni siquiera codicioso, porque todo estaba allí. Era inevitable. Él era millonario. Luego Doran cayó sobre él.

—Sólo hay un problema —le dijo—. Los médicos dicen que su voz está a punto de cambiar. Está entrando en la pubertad.

Bascombe pareció algo inquieto.

—Se le hará la voz algo más profunda. Quizás resulte mejor.

Doran meneó la cabeza.

—Lo que le convierte a él en una superestrella es esa dulzura aguda y clara. Sí que podría mejorar. Pero tardaría cinco años en prepararse y salir con una nueva imagen. Y entonces, será difícil que lo consiga. Yo se lo he vendido a todo el mundo con la voz que tiene ahora.

—Bueno, a lo mejor a él no le cambia la voz —dijo Bascombe.

—Sí, a lo mejor no le cambia —dijo Doran, y dejó las cosas así.

Dos días después, Bascombe se dejó caer por el apartamento de Doran. Janelle le hizo pasar y le dio una copa. La miraba atenta y ávidamente, pero ella le ignoró. Y cuando empezó a hablar con Doran, les dejó solos.

Aquella noche en la cama, después de hacer el amor, Janelle le preguntó a Doran:

—¿Cómo va tu sucio plan?

Doran sonrió. Sabía que Janelle le despreciaba por lo que estaba haciendo, pero era una tía tan equilibrada que aun así seguía acostándose con él como siempre. Como Rory, Janelle aún no sabía lo grande que era. Doran se sentía satisfecho. Eso era lo que le gustaba a él, un buen servicio. Gente que no conociera su valor.

—Tengo enganchado a ese avaro cabrón —dijo—. Ahora tengo que trabajarme a la madre y al chico.

Doran, que se consideraba el mejor vendedor al este de las Rocosas, atribuyó su éxito final a esos poderes. Pero la verdad fue que tuvo suerte. Al señor Bascombe le había suavizado y convencido la vida extremadamente dura que había llevado antes del milagro de la voz de su hijo. No podía renunciar al sueño dorado y volver a la esclavitud. Eso no era tan insólito. En lo que de veras tuvo suerte Doran fue en lo de la madre.

La señora Bascombe había sido una beldad sureña de pueblo, y, ligeramente promiscua en su adolescencia, se había visto arrastrada al matrimonio por la simpatía pueblerina y sureña y la habilidad para tocar el piano de Horatio Bascombe. Al irse marchitando su belleza, sucumbió al miasma pantanoso de la religiosidad sureña. Al hacerse menos atractivo su marido, la señora Bascombe encontró más atractivo a Jesús. La voz de su hijo era su ofrenda amorosa a Jesús. Doran explotó esto. Retuvo a Janelle en la habitación mientras hablaba con la señora Bascombe, sabiendo que aquel tema delicado pondría nerviosa a la vieja si estaba sola con un hombre.

Doran fue respetuosamente simpático y atento con la señora Bascombe. Indicó que en los años futuros cien millones de personas de todo el mundo oirían a su hijo Rory cantar las glorias de Jesús. En los países católicos, en los países musulmanes, en Israel, en las ciudades africanas. Su hijo sería el evangelista más importante de la religión cristiana desde Lutero. Sería superior a Billy Graham, superior a Oral Roberts, dos de los santos de este mundo para la señora Bascombe. Y su hijo se vería a salvo del pecado más grave y más tentador. Era, sin lugar a dudas, la voluntad de Dios.

Janelle les miraba a los dos. La fascinaba Doran, el que pudiera hacer algo así sin ser malvado, simplemente con ánimo mercenario. Era como un niño robando centavos del bolso de su madre. Y la señora Bascombe, tras una hora de enfebrecidas súplicas de Doran, se debilitó. Y Doran pudo rematarla.

—Señora Bascombe, sé que hará usted este sacrificio por Jesús. El gran problema es su hijo. Es sólo un niño y ya sabe usted cómo son los niños.

La señora Bascombe esbozó una amarga sonrisa.

—Sí —dijo—. Lo sé.

Lanzó una rápida y venenosa mirada a Janelle.

—Pero mi Rory es un buen chico. Hará lo que yo le diga.

Doran suspiró con alivio.

—Sabía que podría contar con usted.

Entonces, la señora Bascombe dijo fríamente:

—Hago esto por Jesús. Pero me gustaría redactar un nuevo contrato. Quiero el quince por ciento de su treinta por ciento, como socia suya.

Hizo una pausa y luego añadió:

—Y mi marido no tiene por qué saberlo.

Doran suspiró de nuevo.

—No hay nada como la vieja religión tradicional —dijo—. Sólo espero que pueda arreglarlo usted todo.

La mamá de Rory lo resolvió. Nadie supo cómo. Todo quedó dispuesto. A la única que no le gustaba la idea era a Janelle. En realidad, estaba horrorizada; tanto, que dejó de dormir con Doran y él consideró la idea de librarse de ella. Además, Doran tenía un último problema: conseguir un médico que le cortase las bolas a un chaval de catorce años.

Pero la idea era ésa. Si lo habían hecho los antiguos Papas, ¿por qué no iba a hacerlo Doran? Fue Janelle quien estropeó el plan. Estaban todos reunidos en el apartamento de Doran. Doran estaba intentando quitarle a la señora Bascombe aquel quince por ciento de comisión, así que no prestaba atención. Janelle se levantó, cogió de la mano a Rory y se lo llevó al dormitorio.

—¿Qué hace usted con mi chico? —protestó la señora Bascombe.

—Acabamos enseguida —dijo Janelle dulcemente—. Sólo quiero enseñarle una cosa.

Una vez dentro del dormitorio, cerró la puerta. Luego, condujo con firmeza a Rory a la cama, le soltó el cinturón, le bajó los pantalones y los calzoncillos. Le tomó la mano, se la colocó entre las piernas y luego le apoyó la cabeza entre sus pechos desnudos.

En tres minutos acabaron, y luego el chaval sorprendió a Janelle. Se puso los pantalones, olvidando los calzoncillos, abrió la puerta del dormitorio e irrumpió en el salón. El primer puñetazo enganchó a Doran de lleno en la boca, y luego se dedicó a dar mamporros como las aspas de un molino de viento hasta que su padre le sujetó.

Janelle me sonreía, desnuda en la cama.

—Doran me odia, aunque ya hace seis años de eso. Le costé millones de dólares.

Yo también sonreía.

—¿Y qué pasó con el juicio?

Janelle se encogió de hombros.

—Nos tocó un juez civilizado. Habló conmigo y con el chico a solas y luego desestimó el caso. Advirtió a los padres y a Doran que podía procesarles pero aconsejó a todo el mundo que mantuviesen la boca cerrada.

Pensé un rato en silencio.

—¿Y a ti qué te dijo?

Janelle sonrió de nuevo.

—Me dijo que si él tuviera treinta años menos, daría cualquier cosa porque yo fuese su chica.

Lancé un suspiro.

—Dios mío, no sé cómo te las arreglas para hacer que todo parezca bien. Pero ahora quiero que me contestes con sinceridad. ¿Lo harás?

—Lo haré —dijo Janelle.

Hice una pausa, mirándola. Luego dije:

—¿Disfrutaste haciéndolo con aquel chaval de catorce años?

Janelle no vaciló.

—Fue tremendo —dijo.

—Bien, bien —dije.

Me puse muy ceñudo y Janelle se echó a reír. Le encantaba verme realmente interesado en saber lo que pensaba ella.

—Veamos —dije—. El tenía el pelo rizado y era corpulento. La piel agradable, sin granos aún. Las pestañas largas y virginidad de monaguillo. En fin.

Lo pensé un poco más.

—Dime la verdad. Tú estabas indignada, pero en el fondo sabías que tenías una excusa magnífica para tirarte a un chaval de catorce años. De otra forma no podrías haberlo hecho. Aunque fuese lo que realmente querías hacer. El chico debió gustarte desde el principio. Y así podías tener cubiertas las dos partes. Salvabas al chaval jodiéndotelo. Magnífico, ¿no?

—No —dijo Janelle, con una dulce sonrisa.

—Ay —dije de nuevo, y me eché a reír—, qué falsa eres.

Pero estaba vencido y lo sabía. Ella había realizado un acto generoso, había salvado la virilidad de un muchacho. El que al mismo tiempo la experiencia hubiera sido emocionante era, después de todo, merecida recompensa a la virtud. En el profundo sur todo el mundo sirve a Dios... a su modo.

Y, Dios mío, yo realmente la quise más.

32

Malomar había tenido un día duro y una conferencia especial con Moisés Wartberg y Jeff Wagon. Había luchado por Merlyn y su película. Wartberg y Wagon la habían atacado desde el primer boceto que les enseñaron. Se convirtió en la discusión habitual. Ellos querían convertirla en una basura, meterle más acción, deslucir los personajes. Malomar aguantó firme.

—Es un buen guión —dijo—. Y hay que tener en cuenta que esto es sólo un primer borrador.

—No tienes que decírnoslo —contestó Wartberg—. Ya lo sabemos. Lo juzgamos teniéndolo en cuenta.

—Ya sabéis —dijo Malomar fríamente— que siempre me interesan vuestras opiniones, y que las tengo muy en cuenta. Pero todo lo que habéis dicho hasta ahora no me parece importante.

Entonces, Wagon dijo en tono conciliador, con su amable sonrisa:

—Malomar, ya sabes que creemos en ti. Por eso te dimos el primer contrato. Demonios, tú tienes control pleno sobre tus películas. Pero nosotros tenemos que respaldar nuestro juicio con los anuncios y la publicidad. Además, te hemos dejado proyectar un millón de dólares por encima del presupuesto. Creo que eso nos da derecho moral a tener algo que decir sobre la forma final de esta película.

—Era un presupuesto de mierda para empezar —dijo Malomar—. Y todos lo sabíamos y todos lo admitimos.

—Ya sabes que en todos nuestros contratos —dijo Wartberg—, cuando sobrepasamos el presupuesto, tú empiezas a perder puntos en la película. ¿Quieres correr ese riesgo?

—Demonios —dijo Malomar—. No creo que si esto da dinero vosotros invoquéis esa cláusula —Wartberg esbozó su sonrisa de tiburón.

—Puede que sí o puede que no. Ese es el riesgo que tendrás que correr si insistes en tu versión de la película.

Malomar se encogió de hombros.

—Correré ese riesgo —dijo—. Y si eso es todo lo que tenéis que decir, volveré a la sala de montaje.

Cuando Malomar volvió a los estudios TriCultura para que le condujesen de nuevo a su plató, se sentía agotado. Pensó en irse a casa y echar una siesta, pero quedaba demasiado trabajo por hacer. Quería trabajar por lo menos otras cinco horas. Sentía que empezaban otra vez aquellos leves dolores en el pecho. Esos cabrones acabarán matándome, pensó. Y de pronto se dio cuenta de que desde el ataque al corazón, Wartberg y Wagon le tenían menos miedo, discutían más con él, le presionaban más con los costes. Quizás los cabrones *estuviesen* intentando matarle.

Suspiró. Las putadas que tenía que soportar, y aquel condenado Merlyn siempre protestando de los productores y de Hollywood y de que ninguno de ellos era artista. Y allí estaba él arriesgando su vida para salvar la idea que Merlyn tenía de la película. Sintió ganas de llamar a Merlyn y hacerle enfrentarse con Wartberg y Wagon, para que combatiese él personalmente; pero sabía que Merlyn se limitaría a callarse y a retirarse de la película. Merlyn no tenía fe como la tenía él, Malomar. No sentía el amor que sentía él por el cine y por lo que el cine podía lograr.

En fin. Al diablo con todo, pensó Malomar. Haría la película a su modo y sería buena y Merlyn sería feliz, y cuando la película diese dinero, los de los estudios se sentirían felices también y si intentaban retirarle parte de su porcentaje por pasarse del presupuesto, se iría con su empresa de producción a otra parte.

Cuando el coche se detuvo, Malomar sintió la emoción que sentía siempre. La emoción del artista que va a su trabajo sabiendo que va a hacer algo bello.

Trabajó con sus ayudantes durante casi siete horas, y cuando el coche le dejó en su casa era casi medianoche. Tan cansado estaba que se fue directamente a la cama, casi gruñendo de cansancio. El dolor del pecho llegó y se extendió por la espalda, pero al cabo de unos minutos desapareció y él se quedó tumbado muy quieto, intentando dormir. Estaba contento. Había sido un buen día de trabajo. Había rechazado a los tiburones y había trabajado.

A Malomar le encantaba sentarse en la sala de montaje con los editores y el director. Le encantaba sentarse en la oscuridad y tomar decisiones sobre lo que había de hacerse con las pequeñas y temblequeantes imágenes. Como Dios, les daba una especie de alma. Si eran «buenas» las hacía físicamente hermosas diciéndole al editor que cortase una imagen poco halagüeña para que una nariz no fuese demasiado huesuda, o un rictus demasiado amargo. Podía conseguir que los ojos de la heroína pareciesen más de gacela con una toma mejor iluminada, sus gestos más graciosos y conmovedores. No enviaba al bueno a las profundidades de la desesperación y la derrota. Era más misericordioso.

Por otra parte, vigilaba de cerca a los malvados. ¿Llevaban la corbata adecuada y la chaqueta que realzase su maldad? ¿Sonreían con demasiada confianza? ¿Eran demasiado decentes los rasgos de sus rostros? Borraba esa imagen con la máquina. Sobre todo, se negaba a permitirles ser aburridos. El malvado tenía que ser interesante. En su sala de montaje, Malomar no se perdía detalle. El mundo que creaba debía tener una lógica racional, y cuando terminaba con aquel mundo concreto, normalmente se alegraba de haber visto que existía.

Malomar había creado cientos de mundos así. Vivían en su cerebro eternamente y siempre, lo mismo que las incontables galaxias de Dios, deben existir en la mente de éste. Y la hazaña de Malomar era para él igual de asombrosa. Pero era distinto cuando dejaba la sala de montaje a oscuras y salía al mundo carente de sentido creado por Dios.

Malomar había sufrido tres ataques al corazón en los últimos años. Según el médico, por exceso de trabajo. Pero Malomar siempre tenía la sensación de que Dios se encontraba en la sala de montaje. El, Malomar, era el último hombre que podía tener un ataque al corazón. ¿Quién supervisaría todos aquellos mundos que había que crear? Y por eso se cuidaba tanto. Comía sobria y correctamente. Hacía ejercicio. Bebía poco. Fornicaba con regularidad pero sin excesos. Nunca se drogaba. Aún era joven, guapo, parecía un héroe. Y procuraba portarse bien, o todo lo bien que era posible en el mundo que Dios estaba filmando. En la sala de montaje de Malomar, un personaje como él jamás moriría de un ataque al corazón. El editor cortaría el argumento, el productor pediría que se modificase el guión. El pediría ayuda a los directores y a todos los actores. A un hombre así, no se le podía dejar perecer.

Pero Malomar no podía atajar los dolores del pecho. Y muchas veces de noche, muy tarde, en aquella casa inmensa que tenía, tomaba píldoras contra la angina de pecho. Y luego se tumbaba en la cama petrificado de miedo. En las noches en que realmente se sentía mal llamaba a su médico de cabecera. El médico llegaba y se pasaba con él toda la noche. Le examinaba, le tranquilizaba, le cogía la mano hasta el amanecer. El médico nunca se negaba a esto porque Malomar había escrito el guión de la vida del médico. Malomar le había dado acceso a hermosas actrices para que pudiera convertirse en su médico y a veces en su amante. En tiempos pasados, cuando Malomar se permitía más actividad sexual, antes de su primer ataque al corazón, cuando su inmensa casa estaba llena de huéspedes durante toda la noche, de aspirantes a estrellas y modelos de alta costura, el médico le acompañaba a cenar y los dos probaban juntos el surtido de mujeres preparado para la velada.

Y aquella noche, Malomar, solo en la cama, en su casa, llamó por teléfono al médico. El médico llegó y le examinó y le aseguró que los dolores desaparecerían. No había ningún peligro. No tenía más que ir quedándose dormido. El médico le llevó agua para que tomara sus pastillas para el corazón y tranquilizantes. Le tanteó el corazón con el estetoscopio. Estaba intacto. No iba a hacerse pedazos como creía Malomar. Y al cabo de unas horas, sintiéndose más cómodo, Malomar dijo al médico que podía irse a casa. Y luego se quedó dormido.

Soñó. Un sueño vívido. Estaba en una estación de ferrocarril, encerrado. Estaba comprando un billete. Un hombre pequeño pero fornido le echó a un lado y pidió su billete. El hombre pequeño tenía una inmensa cabeza de enano y le gritaba a Malomar. Malomar le tranquilizó. Se hizo a un lado. Dejó al otro que comprara su billete. Le dijo:

—Oiga, no tengo nada contra usted.

Y cuando dijo esto, el hombre se hizo más alto. Sus rasgos más normales. Se convirtió de pronto en un héroe más viejo. Y le dijo a Malomar:

—Dame tu nombre; haré algo por ti.

Aquel hombre quería a Malomar. Malomar lo veía claramente. Pasaron a ser muy amables el uno con el otro. Y el empleado que vendía los billetes trataba ahora al otro hombre con enorme respeto.

Malomar se despertó en la inmensa oscuridad de su gran dormitorio. Las lentes de sus ojos se achicaron, y sin ninguna visión periférica, enfocó el blanco rectángulo de luz de la puerta del baño abierta. Sólo por un instante, pensó que las imágenes de la pantalla de la sala de montaje aún no habían terminado, y luego comprendió que había sido sólo un sueño. Al comprenderlo, su corazón se apartó de su cuerpo en una fatal y arrítmica galopada. Los impulsos eléctricos de su cerebro se enmarañaron. Se incorporó, sudando. Su corazón inició una arremetida definitiva y atronadora, se estremeció. Malomar cayó hacia atrás, con los ojos cerrados, y todas las luces se apagaron en la pantalla de su vida. Lo último que oyó fue un áspero sonido como de celuloide quebrándose contra acero; y luego murió.

33

Fue mi agente, Doran Rudd, quien me llamó para comunicarme la noticia de la muerte de Malomar. Me dijo que al día siguiente habría una gran conferencia sobre la película en los estudios TriCultura. Yo tenía que regresar en avión y él iría a esperarme al aeropuerto. Llamé a Janelle desde el aeropuerto Kennedy para decirle que llegaba a la ciudad, pero me contestó el servicio automático de respuestas con su maquinal voz de acento francés, así que dejé el recado.

La muerte de Malomar me impresionó mucho. Había llegado a tomarle un gran respeto en los meses que trabajamos juntos. Nunca presumía ni exageraba ni mentía, y tenía un ojo de lince para cualquier tontería que pudiese deslizarse en un guión o en un trozo de película. Me adoctrinaba cuando me enseñaba películas, explicándome por qué no servía una escena o lo que había que mirar en un actor que podría demostrar talento incluso con un mal papel. Discutíamos mucho. El afirmaba que mi actitud desdeñosa de literato era una actitud defensiva y que yo no había estudiado la película con suficiente detenimiento.

Se ofreció incluso a enseñarme a dirigir cine, pero me negué. Quiso saber por qué.

—Escucha —dije—, sólo existiendo, sólo estándose quieto, sin molestar a nadie, el hombre es un agente creador del destino. Eso es lo que odio de la vida. Y el director de cine es el peor agente creador de destino del mundo. Piensa en todos esos actores y actrices a los que hacéis desgraciados cuando les rechazáis. Piensa en toda esa gente a la que tenéis que dar órdenes. El dinero que gastáis, los destinos que controláis. Yo sólo escribo libros, nunca perjudico a nadie, sólo ayudo. Pueden cogerlo y dejarlo.

—Tienes razón —dijo Malomar—. Jamás serás director. Pero tienes mucho cuento. Nadie puede ser tan pasivo.

Y, por supuesto, él tenía razón. Yo sólo quería controlar un mundo más privado.

De todas formas, me entristeció mucho su muerte. Le tenía afecto pese a que, en realidad, no nos conocíamos bien. Y además me preocupaba un poco lo que sería de nuestra película.

Doran Rudd fue a esperarme al aeropuerto. Me dijo que Jeff Wagon sería ahora el productor y que TriCultura había absorbido los estudios Malomar. Me dijo que habría muchos problemas. Camino de los estudios, me informó de toda la operación TriCultura. Me habló de Moisés Wartberg, de su mujer Bella y de Jeff Wagon. Para empezar, me contó que pensaba que no eran los estudios más poderosos de Hollywood, que eran los más odiados y que solían llamarles "estudios TriBuitrura". Que Wartberg era un tiburón y que los tres vicepresidentes eran chacales. Le expliqué que no se podían mezclar así los símbolos, que si Wartberg era un tiburón, los otros tenían que ser peces pilotos. Yo bromeaba, pero mi agente no escuchaba siquiera. Sólo dijo:

—Preferiría que llevaras corbata —le miré. El llevaba su chaqueta de cuero negro y un jersey de cuello de cisne. Se encogió de hombros.

—Moisés Wartberg podría haber sido un Hitler semita —dijo—. Pero lo habría hecho de otra forma. Habría enviado a todos los cristianos adultos a la cámara de gas y luego habría proporcionado becas a todos sus hijos.

Cómodamente acomodado en el Mercedes 450SL de

Doran Rudd, apenas escuchaba la charla de éste. Me contaba que iba a haber una gran lucha por el asunto de la película. Que el productor sería Jeff Wagon y que Wartberg se interesaría personalmente en el asunto. Me dijo también que ellos mismos habían matado a Malomar a base de acosarle. Deseché esto como típica exageración de Hollywood. Pero lo esencial de lo que Doran me contaba era que la suerte de la película se decidiría aquel mismo día. Así que en el largo viaje hasta los estudios procuré recordar lo que sabía o había oído sobre Moisés Wartberg y sobre Jeff Wagon.

Jeff Wagon era la esencia misma del productor de películas mediocres. Lo era desde la cabeza hasta la punta de sus elegantes zapatos. Había conseguido situarse en la televisión, luego se abrió paso hasta los telefilmes como una mancha de tinta se extiende en un mantel, y con el mismo efecto estético. Había hecho un centenar de telefilmes y veinte obras de teleteatro. Ninguna de ellas poseía gracia ni calidad ni arte. Los críticos, los técnicos y los artistas de Hollywood tenían un chiste clásico en el que comparaban a Wagon con Selznick, Lubitsch, Thalberg. De una de sus películas decían que tenía la marca de Dong porque una joven y malévola actriz le llamaba a él Dong.

La obra típica de Jeff Wagon era la película llena de estrellas y astros un poco deslustrados por la edad y el cansancio del celuloide y la desesperada necesidad del cheque. La gente de talento sabía que se trataba de una mala película. Wagon escogía meticulosamente a los directores. Solían ser directores vulgares con una serie de fracasos tras sí, para poder tenerles bien atados y obligarles a trabajar según su propio criterio. Lo extraño era que aunque todas las películas eran espantosas, o bien cubrían gastos o bien daban dinero, simplemente porque la idea básica era buena, desde un punto de vista comercial. En general, tenía un público asegurado, y Jeff Wagon era terrible controlando los costes. Era también terrible en los contratos, pues se embolsaba los porcentajes si la película se convertía en un gran éxito y producía mucho dinero. Y si no resultaba así, hacía que los estudios iniciasen un pleito de modo que pudiera llegarse a un acuerdo sobre los porcentajes. Pero Moisés Wartberg decía siempre que Jeff

Wagon aportaba ideas sólidas. Lo que posiblemente no sabía era que Wagon robaba hasta esas ideas. Lo hacía por un procedimiento que sólo podría llamarse de seducción.

Cuando era más joven, Jeff Wagon se había mantenido fiel a su apodo tirándose a todas las aspirantes a estrellas de los estudios TriCultura. Lo lograba por un procedimiento de lo más tradicional. Si ellas aceptaban el trato, les proporcionaba un puesto en los telefilmes, en los que aparecían como camareras o recepcionistas. Si las chicas jugaban bien sus cartas, podían conseguir trabajo suficiente para mantenerse un año. Pero cuando pasó a películas más importantes, esto ya no fue posible. Con presupuestos de tres millones de dólares, no puedes andar repartiendo papeles a cambio de polvos. Así que pasó a emplear el procedimiento de dejarles ensayar un papel o de prometerles ayuda sin comprometerse nunca en firme. Y, por supuesto, algunas tenían talento y con la ayuda de él consiguieron algunos magníficos papeles en películas. Algunas se convirtieron en estrellas. En la Tierra de los Empidos, Jeff Wagon era el último superviviente.

Pero un día, de los lluviosos bosques norteños de Oregón llegó una beldad de dieciocho años que quitaba el hipo. Lo tenía bobo: una cara magnífica, un cuerpo espléndido, un temperamento apasionado; tenía incluso talento. Pero la cámara se negaba a hacerle justicia. En aquella magia estúpida del celuloide, su belleza no resultaba.

Además, la chica estaba algo loca. Se había criado como un hachero o un cazador de los bosques de Oregón. Era capaz de desollar un ciervo y luchar con un oso. Dejaba a regañadientes a Jeff Wagon tirársela una vez al mes, porque su agente había tenido una charla íntima con ella al respecto. Pero procedía de una tierra donde la gente cumplía sus promesas y ella esperaba que Jeff Wagon cumpliese su palabra y le diese el papel. Al no suceder esto, se fue a la cama con Jeff Wagon llevando escondido un cuchillo de desollar ciervos y, en el momento crucial, se lo hundió en los huevos.

La cosa no acabó tan mal como podría haber acabado. Por una parte, sólo le afectó un poco el huevo derecho, y todo el mundo admitió que, con las pelotas que tenía, una pequeña melladura en una no le perjudicaría gran cosa. El propio Jeff Wagon procuró tapar el incidente, y se negó a llevar adelante la acusación. Pero el asunto trascendió. Se facturó a la chica para Oregón con dinero suficiente para una cabaña de troncos y un rifle nuevo de los de cazar ciervos. Y Jeff Wagon aprendió la lección. Dejó de seducir aspirantes a estrellas y se dedicó a aplicar sus dotes de seducción a los escritores para robarles las ideas. Era al mismo tiempo más provechoso y menos peligroso. Los escritores eran más tontos y más cobardes.

Y seducía a los escritores llevándoles a comer a sitios caros. Pasándoles buenos trabajos por las narices. Redactar de nuevo un guión en producción, un par de miles de dólares por un arreglo. Entretanto, les dejaba hablar de sus ideas para futuras novelas o guiones. Y luego les robaba las ideas trasplantándolas a un entorno distinto, cambiando los personajes, pero conservando siempre la idea básica. Y la gozaba entonces jodiéndoles y no dándoles nada. Como los escritores no solían darse cuenta del valor de sus ideas, jamás protestaban. No eran como aquellas putas que por un polvo esperaban la luna.

Fueron los agentes los que intervinieron y le pararon los pies, prohibiendo a sus escritores ir a comer con él. Pero había escritores novicios, muy jóvenes, que llegaban a Hollywood de todo el país. Todos esperando la oportunidad de hacerse ricos y famosos. Y era Jeff Wagon quien podía darles acceso e impedir que les cerraran la puerta en las narices.

Una vez, estando en Las Vegas, le expliqué a Cully que él y Wagon trataban a sus víctimas del mismo modo. Pero Cully protestó.

—Mira —dijo Cully—. Yo y Las Vegas vamos a por tu dinero, cierto. Pero lo que Hollywood quiere son tus huevos.

No sabía que los estudios TriCultura acababan de comprar uno de los mayores casinos de Las Vegas.

Moisés Wartberg era otra historia. En una de mis primeras visitas a Hollywood me habían llevado a los estudios TriCultura a presentarle mis respetos. Sólo estuve con él un momento. Y le catalogué de inmediato. Tenía el mismo aspecto tiburonesco que yo había visto en militares de alta graduación, propietarios de casinos, mujeres muy guapas y muy ricas, y grandes jefes de la mafia. Era el brillo acerado y frío del poder. La gelidez que recorre sangre y cerebro. La estremecedora falta de piedad o compasión en todas las células del organismo. Gente absolutamente dedicada a la suprema droga del poder. El poder ya logrado y ejercitado durante un largo período de tiempo. En el caso de Moisés Wartberg, el poder se ejercitaba en toda su extensión. Aquella noche, cuando le dije a Janelle que había estado en los estudios TriCultura y había conocido a Wartberg, ella me dijo con indiferencia:

—El buen Moisés. Lo conozco. Conozco a Moisés.

Me miró desafiante, así que mordí el anzuelo.

—De acuerdo —dije—. Cuéntame cómo le conociste.

Janelle se levantó de la cama para representar el papel.

—Llevaba unos dos años en la ciudad y no conseguía nada de provecho. Entonces me invitaron a una fiesta a la que irían todos los peces gordos; y, como una buena aspirante a estrella, acudí para ver si establecía contacto. Había una docena de chicas como yo. Todas andaban por allí, muy guapas, esperando que algún productor importante quedase sobrecogido con su talento. En fin, yo tuve suerte. Moisés Wartberg se me acercó y estuvo encantador. No entendía cómo podía decir la gente cosas tan terribles de él. Recuerdo que su mujer se acercó un momento e intentó llevárselo, pero él no le hizo ningún caso. Siguió hablando tranquilamente conmigo y yo estaba en mi mejor forma, como fascinante beldad sureña, y, desde luego, al final de la velada, Moisés Wartberg me invitó a cenar a su casa al día siguiente. Por la mañana, llamé a todas mis amigas para contárselo. Me felicitaron y me dijeron que tendría que follármelo, y les dije que por supuesto que no lo haría, al menos el primer día. Y pensé también que me respetaría más si me hacía rogar un poco.

—Una buena técnica, sí señor —dije yo.

—Ya lo sé —me contestó ella—. Funcionó contigo, pero no era una táctica, sino que era lo que sentía. Aún no me había acostado con nadie que no me gustase realmente. Jamás me había ido a la cama con un hombre solamente por conseguir alguna cosa de él. Se lo dije a mis amigas, y ellas me dijeron que estaba loca. Que si Moisés Wartberg estaba realmente enamorado de mí o si le gustaba de verdad, tendría abierto el camino para convertirme en estrella.

Durante unos minutos, representó para mí una deliciosa

pantomima de la falsa virtud convenciéndose a sí misma de que no era deshonesto pecar.

—¿Y qué pasó? Dime —dije.

Janelle se irguió orgullosa, las manos en las caderas, la cabeza teatralmente ladeada.

—A las cinco en punto de aquella tarde, tomé la decisión más importante de mi vida. Decidí acostarme con un hombre al que no conocía, sólo por prosperar. Me consideré muy valiente y me sentí muy satisfecha de haber tomado al fin la decisión que habría tomado un hombre.

Se salió del papel sólo un momento.

—¿No es eso lo que hacen los hombres? —dijo dulcemente—. Si pueden conseguir un buen trato son capaces de dar cualquier cosa, de rebajarse; ¿no funcionan así los negocios?

—Supongo que sí —dije yo.

—¿Tú no has tenido que hacerlo? —me dijo.

—No —contesté.

—¿Nunca hiciste nada así para conseguir publicar, para conseguir un agente o conseguir que un crítico te tratase mejor?

—No —contesté.

—Tienes una buena opinión de ti mismo, ¿verdad? —dijo Janelle—. He tenido antes aventuras con hombres casados, y lo único que percibí fue que todos querían llevar ese gran sombrero blanco de vaquero.

—¿Qué significa eso?

—Querían ser justos con sus mujeres y sus amantes. Esa es la impresión que querían dar para que no pudieses reprocharles nada, y tú haces lo mismo.

Pensé un momento en aquello. Comprendí lo que quería decir.

—De acuerdo —dije—. ¿Y eso qué?

—¿Qué? —replicó Janelle—. Me dices que me quieres, pero vuelves nuevamente a casa con tu mujer. Ningún hombre casado debería decirle nunca a otra mujer que la quiere a menos que estuviese dispuesto a separarse de su esposa.

—Eso es palabrería romántica —dije.

Se puso furiosa un instante.

—Si yo fuese a tu casa y le dijese a tu mujer que me quieres —dijo—, ¿me desmentirías?

Me eché a reír con verdaderas ganas. Me puse la mano en el pecho y dije:

—¿Por qué no lo repites?

—¿Me desmentirías? —dijo ella.

—Con todo mi corazón —contesté.

Me miró un momento. Estaba furiosa, pero luego, de pronto, se echó a reír.

—Volví contigo, pero no volveré más.

Entendí lo que quería decir.

—De acuerdo —dije—. ¿Y qué pasó con Wartberg?

—Me di mi mejor baño con aceite de tortuga. Me ungí, me vestí con mis mejores galas y me dirigí al altar de los sacrificios. Me pasaron a la casa, y allí estaba Moisés Wartberg; nos sentamos y tomamos una copa y él me preguntó por mi carrera y estuvimos charlando como una hora. El actuaba con mucha astucia, indicándome que si la noche resultaba bien haría un montón de cosas por mí; y yo pensaba: este hijo de puta no va a joderme, ni siquiera va a darme de comer.

Janelle se detuvo y me miró.

—Eso es algo que nunca te hice yo —dije.

Me miró fijamente y continuó:

—Y entonces me dijo: «La cena está esperándonos arriba, en el dormitorio. ¿Te apetece subir?» Y yo dije, con mi voz de beldad sureña: «Sí, tengo ya un poco de hambre». Me acompañó escaleras arriba, una escalinata muy bella, como en las películas, y abrió la puerta del dormitorio. La cerró cuando pasé, desde fuera, y allí me vi yo en el dormitorio, con una mesita puesta con pinchitos y entremeses.

Adoptó otra pose de jovencita inocente, desconcertada.

—¿Y Moisés? —dije.

—Fuera. En el pasillo.

—¿Te hizo cenar sola? —dije.

—No —dijo Janelle—. Allí estaba la señora Bella Wartberg con su camisón más vaporoso, esperándome.

—Ay, Dios mío —dije yo.

Janelle pasó a otra escena.

—No sabía que me tocaría hacerlo con una mujer. Me había costado ocho horas decidir joder con un hombre, y ahora resultaba que tendría que hacerlo con una mujer. No estaba preparada para aquello.

Le dije que yo tampoco estaba preparado para aquello.

—No sabía qué hacer, la verdad —dijo—. Me senté y la señora Wartberg sirvió unas cositas, y té, y luego se sacó los pechos del camisón y dijo:

—¿Te gustan, querida?

—Son muy bonitos —dije yo.

Y entonces Janelle me miró a los ojos y bajó la cabeza. Yo dije:

—Bueno, ¿qué pasó? ¿Qué dijo ella cuando tú dijiste que eran bonitos?

Janelle abrió teatralmente los ojos como sorprendida.

—Bella Wartberg me dijo: «¿Te gustaría chupar uno, querida?»

Y entonces Janelle se derrumbó en la cama a mi lado.

—Salí corriendo de la habitación —dijo—. Bajé corriendo las escaleras. Salí de la casa y tardé dos años en encontrar trabajo.

—Esta ciudad es dura —dije.

—Ca —dijo Janelle—. Si yo hubiese hablado con mis amigas otras ocho horas, todo habría ido bien pese al cambio. Es cuestión de prepararse.

Le sonreí, y ella me miró a los ojos, desafiante.

—Sí —dije—. ¿Cuál es la diferencia?

Mientras el Mercedes recorría la autopista, procuraba escuchar a Doran.

—El viejo Moisés es el peligroso —decía Doran—. Cuidado con él.

Lo mismo pensaba yo de Moisés.

Moisés Wartberg era uno de los hombres más poderosos de Hollywood. Su empresa, los estudios TriCultura, tenía una solidez financiera superior a la de la mayoría, pero hacía las peores películas. Moisés Wartberg había creado una máquina de hacer dinero en el campo de las actividades creadoras. Sin el menor rastro de creatividad. Esto se consideraba verdadero talento.

Wartberg era un hombre gordo y desastrado, que vestía descuidadamente con trajes tipo Las Vegas. Hablaba poco, jamás mostraba emoción alguna, pensaba que lo lógico era darte todo lo que pudieses arrancarle. Creía que lo mejor era no darte nada que no pudieses sacarle a la fuerza a él y a su equipo de abogados. Era imparcial. Engañaba a productores, estrellas, escritores y directores, robándoles sus porcentajes de las películas de éxito. Jamás agradecía un buen trabajo de dirección, una buena interpretación, un buen guión. ¿Cuántas veces había pagado él mucho dinero por material que era basura? Así que, ¿por qué debía pagarle a un hombre lo que valía su trabajo si podía conseguirlo por menos?

Wartberg hablaba del cine como los generales de la guerra. Decía por ejemplo:

—Para hacer una tortilla hay que cascar los huevos.

O cuando un socio comercial aludía a la relación social que tenían, cuando un actor le decía cuánto se estimaban los dos personalmente y por qué los estudios TriCultura estaban jodiéndole, Wartberg esbozaba una fina sonrisa y decía fríamente:

—Cuando oigo la palabra «amor», echo mano a la cartera.

Se burlaba de la dignidad personal, se enorgullecía cuando le acusaban de no tener ningún sentido de la decencia. No ambicionaba adquirir fama de hombre de palabra. El quería contratos con letra pequeña, no apretones de manos. Se ufanaba de engañar a su prójimo con una idea, un guión, un porcentaje sobre los beneficios de la película. Si le reprochaban esto —por lo general un artista excitadísimo (los productores eran más listos)— Wartberg se limitaba a contestar:

—Yo me dedico a hacer películas —en el mismo tono que podría haber empleado Baudelaire para contestar a un reproche similar con «yo me dedico a hacer poesía».

Usaba a los abogados como un gángster la pistola; al afecto, como la prostituta el sexo. Utilizaba las buenas obras como los griegos el caballo de Troya, subvencionaba el asilo Will Rogers para actores retirados, daba dinero para Israel, para los millones de hambrientos de la India, para los refugiados palestinos. Era sólo la caridad personal con los seres humanos concretos lo que no aceptaba.

Los estudios TriCultura eran deficitarios cuando Wartberg se hizo cargo. Wartberg sometió todo inmediatamente a un control estricto. Sus condiciones eran las más duras del mercado. Nunca se arriesgaba con ideas originales hasta que otros estudios demostraban su rentabilidad. Y el gran as que se guardaba en la manga eran los presupuestos bajos.

Mientras otros estudios se hundían con películas de diez millones de dólares, los estudios TriCultura jamás se embarcaban en una que superase los tres millones. De hecho, casi todas las películas tenían un presupuesto de dos millones o menos, y Moisés Wartberg o uno de sus tres vicepresidentes asesores no se separaba de ti las veinticuatro horas del día. Obligaba a los productores a firmar cláusulas de penalización, a los directores a poner como garantía sus porcentajes, a los actores a sudar tinta, todo para que no se sobrepasara el presupuesto. El productor que terminaba una película cumpliendo el presupuesto o por debajo de él, era para Moisés Wartberg un héroe, y lo sabía. No importaba que la película sólo cubriera costes. Pero si la película sobrepasaba el presupuesto, aunque diese veinte millones y proporcionase a los estudios una fortuna, Wartberg invocaba la cláusula de penalización del contrato del productor y se quedaba con su porcentaje de beneficios. Había un pleito, claro, pero los estudios tenían veinte abogados a sueldo que estaban para eso. Así que normalmente se llegaba a un acuerdo. Sobre todo si el productor, el actor o el escritor querían hacer otra película en TriCultura. Algo en lo que todo el mundo estaba de acuerdo era en que Wartberg poseía un talento genial para la organización. Tenía tres vicepresidentes que estaban a cargo de imperios independientes y que competían entre sí por el favor de Wartberg y por llegar a sucederle algún día. Los tres poseían mansiones palaciegas, grandes porcentajes y poder completo dentro de sus propias esferas, estando sometidos únicamente al veto de Wartberg. Así que los tres andaban a la caza de talentos, de guiones, de proyectos especiales, sabiendo que siempre tenían que mantener bajo el presupuesto, que el talento debía estar consagrado, y que tendrían que borrar cualquier chispa de originalidad antes de atreverse a subir a exponerlo en las oficinas de Wartberg, en la última planta del edificio de los estudios.

Su reputación sexual era impecable. Nunca tenía líos con las aspirantes a estrellas. Jamás presionaba a un director o a un productor para introducir en el filme a una favorita. Esto se debía en parte a su carácter ascético y a su escasa vitalidad sexual. Y en parte se debía también a su propia concepción de la dignidad personal. Pero la razón básica era que llevaba treinta años de matrimonio feliz con la novia de su adolescencia. Se habían conocido en un instituto de secundaria del Bronx, se habían casado antes de los veinte años y no se habían separado desde entonces.

Bella Wartberg había tenido una vida de cuento de hadas. Cuando era una esbelta adolescente de un instituto del Bronx, había embrujado a Moisés Wartberg con la mortífera combinación de unos pechos inmensos y una excepcional modestia. Llevaba jerseys sueltos y gruesos de lana, vestidos dos tallas más grandes que la suya, pero era como ocultar un trozo de resplandeciente metal radiactivo en una cueva oscura.

Sabías que estaban allí, y el hecho de que estuviesen ocultos los hacía aún más afrodisíacos. Cuando Moisés se hizo productor, ella no sabía en realidad lo que significaba. Tuvo dos hijos en dos años y tenía muchas ganas de descansar un año de su vida fértil, pero fue Moisés el que quiso parar. Por entonces, había canalizado la mayor parte de su energía en su carrera y además el cuerpo del que estaba sediento se encontraba dañado por las cicatrices del parto: los pechos que él había chupado estaban caídos y llenos de venas. Y ella se parecía demasiado a la buena ama de casa judía para el gusto de él. Le proporcionó una criada y se olvidó de ella. Aún la estimaba porque era una gran lavandera, sus camisas blancas estaban siempre impecablemente almidonadas y planchadas. En cuanto él se las ponía, perdían todo su lustre. Era una magnífica ama de casa. Siempre estaba pendiente de sus trajes tipo Las Vegas y de sus corbatas chillonas, haciéndolos pasar por la limpieza en seco exactamente en el momento justo, no tan a menudo como para que produjese un deterioro prematuro ni tan de tarde en tarde como para que las prendas pareciesen sucias. En una ocasión, ella compró un gato que se sentaba en el sofá y Moisés se sentó en aquel sofá y cuando se levantó tenía pelos de gato en la pernera del pantalón. Entonces Moisés agarró al gato y lo tiró contra la pared. Riñó histéricamente a Bella. Esta se deshizo del gato al día siguiente.

Pero el poder fluye mágicamente de una fuente a otra. Cuando Moisés se convirtió en jefe de estudios de TriCultura, fue como si la varita mágica de un hada hubiese tocado a Bella Wartberg. El peluquero de moda le moldeó el pelo con una corona de negros rizos que le daban un aspecto regio.

Nunca se perdía la clase de gimnasia en el Sanctuario, un lugar al que acudía toda la gente del mundo del espectáculo, y donde Bella castigaba su cuerpo implacablemente. Bajó de sesenta kilos a cuarenta y cuatro. Hasta sus pechos se encogieron. Pero no lo bastante para corresponder al resto del cuerpo. Un cirujano los rebajó convirtiéndolos en dos capullos de rosa perfectamente proporcionados. Al mismo tiempo, le rebanó los muslos y le cortó un pedazo de las nalgas. Los especialistas en moda de los estudios le diseñaron un guardarropa adaptado a su nuevo cuerpo y su nueva posición social. Bella Wartberg se miraba al espejo y no veía una princesa judía de opulentas carnes y de vulgar belleza, sino una linda y esbelta norteamericana anglosajona, vivaz y llena de energía. Y gracias a Dios no veía que su apariencia era una deformación de lo que había sido, de su antiguo yo, que, como un espectro, persistía en los huesos de su cuerpo, en la estructura de su rostro. Era una delicada y elegante dama encajada en los pesados huesos que había heredado. Pero se creía bella. Y así, se mostró muy dispuesta cuando un joven actor que pretendía subir se fingió locamente enamorado de ella.

Y respondió a aquel amor apasionada y sinceramente. Fue al apartamento que él tenía en Santa Mónica, y por primera vez en su vida jodieron de veras. El joven actor era viril, amaba su profesión y se entregó en alma y cuerpo a su papel, de forma que estuvo a punto de creerse enamorado. Hasta el punto de que le compró a Bella un lindo brazalete de Gucci que ella guardaría cual tesoro el resto de su vida, como prueba de su primera gran pasión. Y así, cuando él le pidió que le ayudara a conseguir un papel en una importante película de TriCultura, se quedó absolutamente atónito cuando ella le dijo que jamás interfería en los negocios de su marido. Tuvieron una discusión feroz y el actor desapareció de su vida. Ella le echó de menos, echó de menos su sucio apartamento y sus discos de rock; pero había sido una muchacha equilibrada y se había educado para ser una mujer equilibrada. No repetiría el mismo error. En el futuro, eligiría a sus amantes tan cuidadosamente como el cómico elige su sombrero.

En los años que siguieron se convirtió en experta negociadora en sus relaciones con los actores, discriminando lo suficiente como para elegir a personas de talento y no a quienes carecían de él. Y, además, disfrutaba más con la gente de talento. Parecía como si la inteligencia general acompañase al talento. Les ayudaba en sus carreras. Nunca cometía el error de acudir directamente a su marido. Moisés Wartberg era demasiado olímpico para que le molestasen con tales cuestiones. Acudía a uno de los tres vicepresidentes. Alababa el talento de un actor que había visto en un grupito artístico que representaba a Ibsen, e insistía en que ella no le conocía personalmente aunque estaba segura de que sería interesante para los estudios. El vicepresidente apuntaba el nombre y el actor conseguía un pequeño papel. La noticia corría enseguida. Bella Wartberg se hizo tan famosa por su costumbre de follarse a cualquiera y en cualquier lugar, que cuando se pasaba por una de las oficinas de los vicepresidentes, el vicepresidente que recibía su visita procuraba que estuviese presente una de sus secretarias, lo mismo que el ginecólogo procura que esté presente la enfermera cuando examina a una paciente.

Los tres vicepresidentes que se disputaban el poder tenían que someterse a la mujer de Wartberg, o se creían en la obligación de hacerlo. Jeff Wagon se hizo muy amigo de Bella y llegó incluso a presentársela a algunos jóvenes especialmente atractivos. Al fracasar todo esto, Bella recorrió las tiendas caras de Rodeo buscando mujeres, celebró largas comidas en elegantes restaurantes con lindas aspirantes a estrellas que llevaban gafas de sol de hombre lúgubremente grandes.

Debido a su estrecha relación con Bella, Jeff Wagon era el favorito para el puesto de Moisés Wartberg cuanto éste se retirase.

Había un inconveniente: ¿qué haría Moisés Wartberg cuando se enterase de que su esposa, Bella, era la Mesalina de Beverly Hills?

Los reporteros de chismografía hablaban veladamente de las aventuras de Bella; no obstante, Wartberg tenía que darse cuenta. Bella era ya famosa.

Como siempre, Moisés Wartberg sorprendió a todo el mundo. Lo logró no haciendo absolutamente nada. Sólo raras veces se vengaba del amante. Contra su mujer, jamás tomaba represalias.

La primera vez que tomó venganza fue cuando un joven actor del rock-and-roll se ufanó de su conquista calificando a Bella Wartberg de «viejo chocho loco». En realidad, para él esto era un magnífico cumplido, pero para Moisés Wartberg era tan ofensivo como si uno de sus vicepresidentes apareciese en el trabajo con vaqueros y jersey de cuello de cisne. El cantante ganaba diez veces más dinero con un disco que con lo que le pagaban por el papel que interpretaba en la película. Pero se había contagiado del sueño norteamericano; el narcisismo de interpretarse a sí mismo en una película le embrujaba. La noche del estreno había reunido a su corte de compañeros de oficio y de chicas, y les había llevado a la sala de proyección privada de Wartberg, donde se apretujaban los artistas más destacados de los estudios TriCultura. Era una de las grandes fiestas del año.

El cantante se sentó allí y esperó. Fue pasando la película. Y en la pantalla no se le veía por ninguna parte. Su papel había quedado en la sala de montaje. Perdió absolutamente el control y tuvieron que llevarle a casa.

Moisés Wartberg había celebrado su paso de productor a jefe de unos estudios con un gran golpe. A lo largo de los años se había dado cuenta de que los peces gordos de los estudios estaban furiosos por la gran atención que se prestaba a actores, guionistas, directores y productores en los premios de la Academia. Les enfurecía el que sus empleados recibiesen todos los honores por las películas que ellos habían creado. Fue Moisés Wartberg quien años antes apoyó por primera vez la idea de que se entregase un premio Irving Thalberg en las ceremonias de la Academia. Fue lo bastante listo para incluir en el plan el que el premio no fuese anual. Eso habría significado que se adjudicaría al productor que mantuviese una calidad elevada de modo constante, a lo largo de los años. Fue también lo bastante listo como para introducir una cláusula según la cual no pudiese adjudicarse el premio a un individuo más de una vez. Y así, muchos productores, cuyas películas nunca ganaban premios de la Academia pero que tenían mucho peso en la industria cinematográfica, obtenían su cuota de publicidad ganando el Thalberg. De todos modos, esto dejaba al margen a los jefes concretos de estudios y a las auténticas estrellas taquilleras cuya obra nunca era lo bastante buena. Y entonces Wartberg apoyó la creación de un Premio Humanitario para el individuo de la industria cinematográfica de más altos ideales que se entregase denodadamente a la mejora de la industria y de la humanidad. Por fin, dos años atrás, Moisés Wartberg había recibido este premio y lo había aceptado en televisión ante cien millones de admirados telespectadores norteamericanos. Le entregó el premio un director japonés de fama internacional, por la sencilla razón de que no se había podido encontrar un director norteamericano que pudiese darle el premio sin que se le escapase la risa (o al menos eso dijo Doran cuando me lo contó).

La noche que Moisés Wartberg recibió su premio, dos guionistas sufrieron ataques al corazón de rabia. Una actriz tiró el televisor desde el cuarto piso del Hotel Beverly Wilshire. Tres directores presentaron la dimisión en la Academia. Pero ese premio se convirtió en la posesión más preciada de Moisés Wartberg. Un guionista comentó que era como si los internados en un campo de concentración votasen a Hitler como su político más querido.

Fue Wartberg quien perfeccionó la técnica de cargar a un actor de éxito, desde sus comienzos, con inmensos pagos hipotecarios por una mansión en Beverly Hills para obligarle a trabajar duramente en malas películas. Y eran los estudios de Moisés Wartberg los que pleiteaban constantemente ante los tribunales, hasta las últimas consecuencias, para privar a los verdaderos creadores del dinero que les correspondía. Y era Wartberg quien tenía los contactos en Washington. Entretenía a los políticos con guapas actrices, fondos secretos y lujosas vacaciones pagadas en las instalaciones que los estudios tenían por todo el mundo. Era un hombre que sabía utilizar a los abogados y utilizar la ley para el asesinato financiero, para robar y engañar. Al menos, eso decía Doran. A mí me parecía un hombre de negocios norteamericano como los demás.

Aparte de su astucia, sus relaciones en Washington eran el valor más importante de que disponían los estudios TriCultura.

Sus enemigos hicieron correr muchos rumores escandalosos sobre él que no eran ciertos. Difundieron rumores de que se iba en avión a París en secreto, todos los meses, para gozar con prostitutas infantiles. Se corrió la voz de que era un *voyeur*, que miraba por una rendija del dormitorio de su mujer cuando ésta estaba con sus amantes. Pero nada de todo esto era cierto.

De lo que no cabía duda era de su inteligencia y del vigor de su carácter. A diferencia de los otros peces gordos del cine, rechazaba los focos de la publicidad, con la única excepción de su persecución del Premio Humanitario.

Cuando Doran entró con el coche en el recinto de los estudios TriCultura, sentí el rechazo. Los edificios eran todos de hormigón, el recinto era como esos parques industriales que hacen que Long Island parezca un benigno campo de concentración para robots. Cuando cruzamos las verjas, los guardias no tenían sitio especial de aparcamiento para nosotros, y tuvimos que utilizar la zona de parquímetros, con su brazo de madera a fajas rojas y blancas que se alzaba automáticamente. No caí en la cuenta de que necesitaría una moneda de veinticinco céntimos para poder salir.

Creí que se trataba de un accidente, un olvido de una secretaria, pero Doran dijo que formaba parte de la técnica de Moisés Wartberg para colocar a talentos como yo en su sitio. A una estrella la hubiesen conducido inmediatamente a la parte de atrás. Nunca la habrían puesto con directores, ni siquiera con un actor importante. Pero querían que los escritores supiesen que no debían hacerse ilusiones de grandeza. Pensé que aquello era paranoia de Doran y me eché a reír, pero supongo que me fastidió, aunque sólo fuese un poco.

En el edificio principal, un agente de seguridad comprobó nuestras identidades y luego hizo una llamada para asegurarse de que nos esperaban. Bajó una secretaria y nos acompañó en el ascensor hasta la última planta. Y aquella última planta era bastante espectral. Elegante pero espectral.

Pese a todo esto, he de admitir que me impresionó la simpatía y la habilidad de Wagon. Sabía que era un tramposo y un embustero, pero eso, en cierto modo, me parecía natural. Como no deja de serlo el encontrar un fruto de aspecto exótico no comestible en una isla tropical. Mi agente y yo nos sentamos ante su mesa y Wagon dijo a su secretaria que bloquease todas las llamadas. Muy halagador. Pero evidentemente no le había dado la consigna secreta que realmente bloqueaba todas las llamadas, porque atendió por lo menos tres durante nuestra entrevista.

Aún tuvimos que esperar media hora a Wartberg para empezar la conferencia. Jeff Wagon contó algunas historias divertidas, incluso aquella de la chica de Oregón que le dio una cuchillada en los huevos.

—Si hubiese hecho mejor trabajo —dijo Wagon—, me habría ahorrado un montón de dinero y de problemas en estos años.

Sonó el teléfono de Wagon, y nos acompañó a Doran y a mí pasillo adelante, hasta una lujosa sala de conferencias que podía servir de plató.

En aquella gran mesa se sentaban Ugo Kellino, Houlinan y Moisés Wartberg. Charlaban tranquilamente. Al fondo de la mesa había un tipo de mediana edad de enmarañado pelo blanco. Wagon me lo presentó como el nuevo director de la película. Se llamaba Simon Bellfort, nombre que identifiqué. Veinte años atrás había hecho una gran película de guerra. Inmediatamente después había firmado un contrato por mucho tiempo con TriCultura y se había convertido en el director de toda la basura de Jeff Wagon.

Al joven que le acompañaba nos lo presentaron como Frank Richetti. Su cara respiraba agudeza e ingenio y vestía una mezcla Polo Lounge-estrella Rock-hippie californiano. El efecto me resultaba asombroso. Correspondía perfectamente a la descripción que había hecho Janelle de los hombres atractivos que vagaban por Beverly Hills y que eran proxenetas y donjuanes. Ella les llamaba Ciudad Lobo. Pero quizás dijese eso sólo por divertirme. No entendía cómo una chica podía aguantar a un tipo como Frank Richetti. Era el productor ejecutivo de Simon Bellfort en la película.

Moisés Wartberg no perdió el tiempo en preámbulos. Con voz desbordante de energía, puso inmediatamente las cosas en su sitio.

—No me gusta el guión que nos dejó Malomar —dijo—. El enfoque me parece totalmente erróneo. No es una película de TriCultura. Malomar era un genio, él podría haber filmado esta película. No tenemos a nadie de su clase en los estudios.

Frank Richetti interrumpió, suave y encantador.

—No sé, señor Wartberg. Tiene usted aquí a algunos magníficos directores.

Sonrió amablemente a Simon Bellfort.

Wartberg le miró con frialdad. No volveríamos a oír hablar a Richetti. Y Bellfort se ruborizó un poco y apartó la vista.

—Tenemos presupuestado muchísimo dinero para esta película —continuó Wartberg—. Es una inversión que hay que asegurar. Pero no queremos que se nos echen encima los críticos. Que digan que destruimos la obra de Malomar. Queremos utilizar su reputación *para* la película. Houlinan emitirá una declaración de prensa que firmaremos todos los presentes, diciendo que la película se hará tal como Malomar quería que se hiciera. Que será una película de Malomar, un último tributo a su grandeza y a todo lo que ha aportado a la industria.

Wartberg hizo una pausa mientras Houlinan iba pasando copias de la declaración de prensa. El encabezamiento era magnífico: el membrete de TriCultura en resplandeciente rojo y negro.

Kellino dijo tranquilamente:

—Moisés, muchacho, creo que será mejor que digas que Merlyn y Simon trabajarán conmigo en el nuevo guión.

—Vale, ya está dicho —dijo Wartberg—. Y, Ugo, permíteme que te recuerde que no puedes entrar interviniendo en la producción ni en la dirección. Eso es parte de nuestro acuerdo.

—Por supuesto —dijo Kellino.

Jeff Wagon sonrió y se apoyó en su silla.

—La declaración de prensa es nuestra postura oficial. Pero, Merlyn, debo decirle que Malomar estaba muy enfermo cuando le ayudó a usted en este guión. Es horrible. Tendremos que escribirlo de nuevo, yo tengo algunas ideas. Tenemos mucho trabajo por delante. En este momento tenemos que saturar a los medios de comunicación con Malomar. ¿Estás de acuerdo, Jack? —preguntó a Houlinan.

Y Houlinan asintió.

Luego, Kellino me dijo con mucha sinceridad:

—Espero que colabores conmigo en esta película para que sea la gran película que quería Malomar.

—No —dije—. No puedo hacerlo. Trabajé en el guión con Malomar, y a mí me parece magnífico. Así que no puedo estar de acuerdo con ningún cambio ni con ninguna nueva redacción. Y no firmaré ninguna declaración de prensa en ese sentido.

Entonces intervino Houlinan, con mucha suavidad.

—Todos sabemos lo que sientes. Trabajaste muy unido a Malomar en este guión. Apruebo lo que acabas de decir, pienso que es maravilloso. Es raro que haya tanta lealtad en Hollywood. Pero recuerda que tienes un porcentaje en la película. Te interesa que sea un gran éxito. Si no eres amigo de la película, si eres enemigo de la película, estarás quitándote tu propio dinero.

Tuve que echarme a reír al oír esto.

—Soy amigo de la película. Por eso no quiero que se modifique el guión. Vosotros sois los enemigos de la película.

Entonces, Kellino dijo brusca y ásperamente:

—Que se vaya a la mierda. No le necesitamos.

Por primera vez miré directamente a Kellino, y recordé la descripción que había hecho Osano de él. Su atuendo, como siempre, era maravilloso: traje de corte perfecto, magnífica camisa, suaves zapatos marrones. Estaba guapísimo, recordé que Osano había utilizado una palabra italiana del campo, *cafone*. «Un *cafone*», había dicho, «es el campesino que ha conseguido hacer mucho dinero y fama e intenta convertirse en miembro de la nobleza. Lo hace todo bien. Aprende buenas maneras, mejora su lengua y viste como un ángel. Pero por muy bien que vista, por mucho cuidado que tenga, por mucho que se limpie, lleva siempre pegado a los zapatos un trocito de mierda».

Y, mirando a Kellino, me di cuenta de lo bien que le iba tal descripción.

Wartberg le dijo a Wagon: «Resuelve esto», y luego salió. El no podía molestarse en andar discutiendo con un escritor medio tonto. Había ido a aquella reunión por cortesía hacia Kellino.

Entonces Wagon dijo suavemente:

—Merlyn es esencial en este proyecto, Ugo. Estoy seguro de que cuando se lo piense detenidamente, se unirá a nosotros. Doran, ¿por qué no volvemos a vernos todos de aquí a unos días?

—Claro —dijo Doran—. Ya te llamaré.

Nos levantamos para irnos. Le entregué mi copia de la declaración de prensa a Kellino.

—No sé que tienes en el zapato —dije—. Límpialo con esto.

Cuando salimos de los estudios TriCultura, Doran me dijo que no me preocupase, que él podría arreglarlo todo en una semana, que Wartberg y Wagon no podían permitirse tenerme como enemigo de la película. Llegarían a un acuerdo. Y no se discutiría mi porcentaje.

Le dije que me daba igual todo y que condujese más deprisa. Sabía que Janelle estaría esperándome en el hotel y me parecía que lo que más deseaba en el mundo era volver a verla; acariciar su cuerpo y besar su boca y tenderme a su lado, y oírle contar historias.

Me alegraba tener una excusa para quedarme una semana en Los Angeles y estar con ella seis o siete días. En realidad, la película me importaba un bledo. Con Malomar muerto, sabía que sería otra de las basuras de los estudios TriCultura.

Cuando Doran me dejó a la puerta del Hotel Beverly Hills, me puso una mano en el brazo y me dijo:

—Espera un momento. Tengo que decirte algo.

—Dime —contesté impaciente.

—Hace tiempo que pensaba decírtelo —explicó Doran—, pero creí que quizás no fuese asunto mío.

—Demonios —dije—, ¿de qué hablas? Tengo prisa.

Doran sonrió con cierta tristeza.

—Sí, ya lo sé. Te está esperando Janelle, ¿verdad? Pues es de Janelle de quien quiero hablarte.

—Mira —le dije—, lo sé todo de ella y no me importa nada lo que haya hecho, fuera lo que fuere. Me da absolutamente igual.

Doran hizo una pequeña pausa.

—¿Conoces a Alice, la chica con la que vive?

—Sí —dije—. Es una chica agradable.

—Es un poco lesbiana —dijo Doran.

Tuve una extraña sensación de reconocimiento, como si yo fuese Cully contabilizando un "zapato".

—Sí —dije—. ¿Y qué?

—Pues Janelle es igual —dijo Doran.

—¿Quieres decir que es lesbiana? —pregunté.

—La palabra es bisexual —dijo Doran—. Le gustan las mujeres y los hombres.

Pensé un momento en lo que me había dicho y luego sonreí y dije:

—Bueno, nadie es perfecto.

Salí del coche y subí a mi habitación, donde me esperaba Janelle, e hicimos el amor antes de ir a cenar. Pero esta vez no le pedí que me contase historias, no le mencioné lo que me había dicho Doran. No hacía falta. Me había dado cuenta de ello hacía mucho y lo había aceptado. Era mejor eso que el que anduviese jodiendo con otros hombres.

LIBRO SEXTO

34

Con el tiempo, Cully Cross había llegado a contabilizar perfectamente el «zapato» y había conseguido por fin la baza ganadora. Era realmente Xanadú Dos, se sentía pleno de vitalidad y tenía control absoluto sobre «el lápiz». Un «lápiz de oro». Podía disponer de todo, no sólo de habitaciones, comida, bebida, sino también de billetes de avión desde cualquier lugar del mundo, chicas de alto precio, poder para hacer desaparecer las cuentas de los clientes. Podía incluso regalar fichas de juego a los intérpretes y artistas de elevada categoría que actuaban en el Hotel Xanadú.

Durante aquellos años, Gronevelt había sido para él más un padre que un jefe. Su amistad se había fortalecido. Habían luchado cientos de veces juntos. Habían rechazado a los piratas, del interior y del exterior, que intentaban apoderarse del tesoro sagrado del Hotel Xanadú. Agentes de reclamaciones que querían quedarse con el dinero, jugadores que provistos de instrumentos magnéticos intentaban vaciar las máquinas tragaperras contra todas las leyes del azar; organizadores de giras que introducían estafadores y tramposos con documentos de identidad falsos, empleados que intentaban robar a la casa, falsificadores de boletos de keno. Cully y Gronevelt habían conseguido derrotarles a todos.

Durante aquellos años, Cully se había ganado el respeto de Gronevelt por su habilidad para atraer nuevos clientes al hotel. Había organizado un torneo mundial de veintiuno que se celebraba en el Xanadú. Había retenido a un cliente de un millón de dólares al año regalándole un Rolls Royce nuevo cada Navidad. El hotel cargaba el importe del coche a relaciones públicas, que se deducía de los impuestos. El cliente se sentía muy feliz recibiendo un coche de sesenta mil dólares que le habría costado ciento ochenta mil en dólares imponibles, una reducción de un veinte por ciento en sus pérdidas. Pero el mejor golpe de Cully había sido el de Charles Hemsi. Gronevelt se pasó años ufanándose de la habilidad de su protegido.

Gronevelt puso ciertas objeciones al hecho de que Cully saldase todas las deudas de Hemsi en Las Vegas a un precio de diez centavos por dólar. Pero acabó dando el visto bueno. Y, desde luego, Hemsi acudía a Las Vegas por lo menos seis veces al año y siempre se hospedaba en el Xanadú. En un viaje tuvo una fantástica racha en la mesa de dados y ganó setenta mil dólares. Utilizó ese dinero para pagar parte de su deuda, y así el Xanadú quedó cubierto. Pero luego Cully demostró su genio.

En uno de sus viajes, Charles Hemsi mencionó que su hijo se iba a casar en Israel. Cully estaba entusiasmado con su amigo e insistió en que el Hotel Xanadú se hiciese cargo de la factura de la boda. Cully le dijo a Hemsi que el reactor del Hotel Xanadú (otra idea de Cully, la de comprar el avión para absorber parte del negocio de los organizadores de giras) transportaría a todos los invitados a Israel y pagaría los hoteles allí. El Xanadú pagaría la fiesta de la boda, la orquesta, todos los gastos. Sólo había un problema: como los invitados procedían de diversos puntos de Estados Unidos, tendrían que coger el avión en Las Vegas. Pero podían alojarse en el Xanadú gratuitamente.

Cully calculó los gastos del hotel en doscientos mil dólares. Convenció a Gronevelt de que se recuperarían, y de que si no se recuperaban, asegurarían el que Charlie Hemsi y su hijo siguieran jugando allí toda la vida. La operación resultó un gran éxito. Llegaron a Las Vegas cien invitados a la boda, y antes de irse a Israel, se dejaron casi un millón de dólares en la caja del hotel.

Pero aquel día Cully pensaba exponer a Gronevelt un plan que podría porporcionar aún más dinero, un plan que obligaría a Gronevelt y a sus socios a nombrarle encargado general del Hotel Xanadú, el cargo oficial más importante después del de Gronevelt. Cully estaba esperando a Fummiro. Fummiro había amontonado deudas en sus dos últimos viajes. Tenía problemas de pago. Cully sabía por qué y tenía la solución. Pero sabía que debía dejar que Fummiro tomase la iniciativa; sabía que si él, Cully, sugería la solución, Fummiro se echaría atrás. La iniciativa debía partir de Fummiro. Daisy le había adoctrinado.

Por fin llegó Fummiro a la ciudad; tocó el piano por la mañana y se tomó la sopa para desayunar. No le interesaban las mujeres. Le interesaba el juego, y en tres días perdió todo lo que llevaba en metálico y firmó por otros trescientos mil dólares. Antes de irse, llamó a Cully. Fummiro fue muy cortés, aunque estaba algo nervioso. No quería perder la compostura. Temía que Cully pensase que no iba a pagar sus deudas de juego, y así, con mucho tacto, le explicó a Cully que tenía dinero suficiente en Tokio y que el millón de dólares era una bagatela para él. El único problema era sacar el dinero del Japón, convertir los yens japoneses en dólares norteamericanos.

—Así pues, señor Cross —le dijo a Cully—, si usted pudiese venir a Japón, yo le pagaría allí en yens, y estoy seguro de que usted hallaría el medio de traer el dinero a Norteamérica.

Cully quería convencer a Fummiro de la completa confianza y fe en él que tenía el hotel.

—Señor Fummiro —dijo—, no tiene usted ninguna prisa, su crédito es bueno. El millón de dólares puede esperar hasta la próxima vez que pueda usted venir a Las Vegas. En realidad, no hay ningún problema. Estamos encantados de tenerle aquí. Su compañía es un placer. No se preocupe, por favor. Permítame que me ponga a su servicio, y si desea algo, dígamelo, e intentaré complacerle. Es un honor para nosotros que nos deba ese dinero.

Fummiro se tranquilizó. No estaba tratando con un

bárbaro norteamericano, sino con alguien que era casi tan educado como un japonés.

—Señor Cross —dijo—. ¿Por qué no viene a visitarme? En Japón lo pasaremos maravillosamente. Le llevaré a una casa de geishas, tendrá la mejor comida, la mejor bebida y las mejores mujeres. Será mi huésped personal y así podré corresponder en parte a la hospitalidad que siempre me ha brindado y, además, entregarle el millón de dólares para el hotel.

Cully sabía que el gobierno japonés tenía una legislación muy severa contra la fuga de capitales. Fummiro le proponía un acto delictivo. Esperó y se limitó a mover la cabeza, sin olvidarse de sonreír continuamente.

Entonces, Fummiro continuó:

—Me gustaría hacer algo por usted. Confío plenamente en usted, y ésa es la única razón de que le diga esto. Mi gobierno es muy severo en lo tocante a sacar dinero del país. Me gustaría sacar dinero mío. Si al recoger ese millón del Hotel Xanadú pudiese usted sacar otro millón para mí y depositarlo en la caja del hotel, recibiría usted cincuenta mil dólares.

Cully sintió la dulce satisfacción de contabilizar perfectamente el «zapato».

—Señor Fummiro —dijo con sinceridad—, lo haré por la amistad que nos une. Pero, por supuesto, he de hablar con el señor Gronevelt.

—Por descontado —dijo Fummiro—. Yo también hablaré con él.

A continuación, Cully llamó a las habitaciones de Gronevelt y su telefonista le dijo que Gronevelt estaba ocupado y no recibía llamadas aquella tarde. Dejó recado de que la cuestión era urgente. Esperó en su oficina. Tres horas después sonó el teléfono. Y era Gronevelt para decirle que fuera a su suite.

Gronevelt había cambiado mucho en los últimos años. Se había borrado el tono rojizo de su piel, dejando paso a un blanco espectral. Tenía la cara como la de un frágil halcón. Se había hecho viejo bruscamente, y Cully sabía que pocas veces se llevaba a una chica para pasar la tarde. Parecía cada vez más inmerso en sus libros y dejaba casi todos los detalles de la dirección del hotel a Cully. Pero aún se daba un paseo diario por el casino, revisando todos los sectores, observando a los talladores y a los empleados y a los jefes de sector con sus ojos de halcón. Aún era capaz de absorber la energía eléctrica del casino en su pequeño cuerpo.

Gronevelt estaba vestido para bajar al casino. Jugueteó con el cuadro de mandos que inundaría los sectores del casino de oxígeno puro. Pero era todavía demasiado temprano. Apretaría el botón en la madrugada, cuando los jugadores empezaran a cansarse y a pensar en irse a la cama. Entonces les reanimaría como a marionetas. Sólo en el último año había hecho conectar directamente los controles de oxígeno a su suite.

Gronevelt pidió que le sirvieran la cena en sus habitaciones. Cully estaba atento. ¿Por qué le había hecho esperar Gronevelt tres horas? ¿Había hablado con él antes Fummiro? Y comprendió de pronto que era esto lo que había sucedido.

Cully se percató de que estaba resentido. Los dos eran muy fuertes, él aún no había alcanzado la altura de ellos y por eso habían conferenciado sin él.

—Supongo que Fummiro te explicaría su plan —dijo suavemente Cully—. Le dije que tendría que consultar contigo.

Gronevelt le sonrió.

—Cully, hijo mío, eres una maravilla. Perfecto. Ni yo mismo podría haberlo hecho mejor. Le dejaste que viniese él a ti. Me temía que te pusieras nervioso con todas esas deudas amontonándose en casa.

—Fue mi amiga Daisy —dijo Cully—. Ella me convirtió en ciudadano japonés.

Gronevelt frunció un poco el ceño.

—Las mujeres son peligrosas —dijo—. Los hombres como tú y como yo no podemos permitirnos dejarlas acercarse demasiado. Esa es nuestra fuerza. Las mujeres pueden liquidarte por nada. Los hombres son más sensibles y más dignos de confianza —suspiró y luego continuó—: en fin, no tengo que preocuparme por ti en ese aspecto. Repartes muy bien tus billetes.

Volvió a suspirar, sacudió levemente la cabeza y retornó al asunto:

—El único problema en todo esto es que no hemos dado nunca con un medio seguro de sacar dinero de Japón. Tenemos deudas allí por valor de una fortuna, pero yo no daría un centavo por ellas. Los problemas son muchos. En primer lugar, si el gobierno japonés te descubre, te pasas dos años enjaulado. Por otra parte, en cuanto te hagas con el dinero, te convertirás en objetivo de todos los gánsters. Los delincuentes japoneses tienen un servicio de espionaje magnífico. Sabrán inmediatamente cuándo recoges el dinero. Dos o tres millones de dólares en yens ocuparán mucho espacio. Una gran maleta. En Japón pasan la maleta por rayos X. Y luego, ¿cómo convertir los yens en dólares norteamericanos? ¿Cómo entrar en Estados Unidos? Además, aunque creo que puedo garantizarte que no ocurrirá, ¿qué me dices de los gánsters de acá? La gente de este hotel sabrá que te enviamos allí a recoger el dinero. Tengo socios, pero no puedo garantizarte la discreción de todos ellos. Además, por puro accidente, puedes perder el dinero. Imagínate la situación en que te verías. Si perdieras el dinero, siempre sospecharíamos que eras culpable, a menos que te mataran.

—Ya he pensado todo eso —dijo Cully—. Comprobé en caja y tenemos por lo menos otro millón, o dos millones, en deudas de otros jugadores japoneses. Así que me traería cuatro millones.

Gronevelt se echó a reír.

—En un viaje eso sería un juego peligroso. Un mal porcentaje.

—Bueno —dijo Cully—. Puede hacerse en un viaje, en dos o en tres. Primero he de ver cómo se puede hacer.

—Estás corriendo riesgos en todos los sentidos —dijo Gronevelt—. Según mi criterio, no sacas nada de este asunto. Si ganas, no ganas nada. Si pierdes, lo pierdes todo. Si te prestas a algo así, los años que he pasado enseñándote, no han servido de nada. En fin, ¿por qué quieres hacer esto? No hay ningún porcentaje para ti.

—Mira, lo haré por mi cuenta y sin ayuda —dijo Cully—. Si la cosa va mal, la responsabilidad es toda mía. Pero si trajese los cuatro millones de dólares, me gustaría que me nombrasen encargado general del hotel. Yo sabes que soy de los tuyos. Nunca iría contra ti.

Gronevelt lanzó un suspiro.

—Es una jugada horrible la que haces. Me fastidia que lo hagas.

—¿De acuerdo, entonces? —preguntó Cully. Procuró

borrar el júbilo de su voz. No quería que Gronevelt supiese lo ansioso que estaba.

—Sí —dijo Gronevelt—. Pero coge sólo los dos millones de Fummiro, no te preocupes del dinero que nos deben los otros. Si algo fuese mal, perderíamos sólo esos dos millones.

Cully se echó a reír, jugando su juego.

—Sólo perdemos un millón, el otro es de Fummiro. ¿No te acuerdas?

Pero Gronevelt dijo, muy serio:

—Es todo nuestro. En cuanto ese dinero esté en nuestra caja, Fummiro lo jugará y acabará perdiéndolo. Eso es lo positivo del asunto.

A la mañana siguiente, Cully llevó a Fummiro al aeropuerto en el Rolls Royce de Gronevelt. Le hizo un obsequio caro: un estuche antiguo, del renacimiento italiano, lleno de monedas de oro. Fummiro se entusiasmó, pero Cully percibió cierta curiosidad maliciosa tras sus efusiones de alegría. Por fin Fummiro dijo:

—¿Cuándo viene usted al Japón?

—Tardaré de dos semanas a un mes —dijo Cully—. Ni siquiera el señor Gronevelt sabrá el día exacto. Usted ya comprende por qué.

Fummiro asintió.

—Sí, ha de tener mucho cuidado. El dinero le estará esperando.

Cuando regresó al hotel, Cully se puso en contacto con Nueva York, con Merlyn.

—Merlyn, viejo amigo, ¿qué te parece si me acompañas en un viaje al Japón, con todos los gastos pagados, geishas incluidas?

Hubo una larga pausa al otro lado del hilo, y luego Cully oyó que Merlyn decía:

—De acuerdo.

35

Lo de ir a Japón me pareció una idea estupenda. De todos modos, tenía que estar en Los Angeles a la semana siguiente para trabajar en la película, así que allí estaría a medio camino. Y estaba peleándome tanto con Janelle que quería descansar un poco de ella. Sabía que se tomaría mi marcha a Japón como un insulto personal, y eso me complacía.

Vallie me preguntó cuánto tiempo estaría en Japón, y le dije que más o menos una semana. A ella no le importaba que fuese; nunca le importaba nada. De hecho, siempre se sentía feliz al verme marchar, y yo estaba demasiado inquieto en casa, le destrozaba los nervios. Ella pasaba mucho tiempo visitando a sus padres y a otros miembros de su familia, y se llevaba a los niños con ella.

Cuando llegué a Las Vegas, Cully estaba esperándome con el Rolls Royce en la pista misma, así que ni siquiera tuve que ir andando hasta los edificios del aeropuerto. Esto disparó algún timbre de alarma en mi cabeza.

Mucho tiempo atrás, Cully me había explicado por qué esperaba a veces a algunas personas dentro mismo del campo de aterrizaje. Lo hacía para eludir las cámaras ocultas con las que el FBI controlaba a los pasajeros.

Donde convergían todos los pasillos, en la sala de espera central del aeropuerto, había un inmenso reloj. Detrás del reloj, en cabinas especiales construidas para este fin, había cámaras cinematográficas que registraban los grupos de ansiosos jugadores que llegaban de todo el mundo a Las Vegas. De noche, el equipo de servicio del FBI repasaba la cinta y la cotejaba con su lista de personas buscadas. Ladrones de banco, estafadores, fasificadores de moneda, raptores y extorsionistas se quedaban asombrados al verse atrapados antes de tener posibilidad de jugarse sus ganancias mal habidas.

Cuando le pregunté a Cully cómo sabía esto, me dijo que tenía a un antiguo agente de alto nivel del FBI trabajando como jefe de seguridad en el hotel. Así de simple.

También me di cuenta de que Cully había conducido él mismo el Rolls. No traía chófer. Condujo el coche hasta la zona de equipajes y allí nos quedamos sentados mientras esperábamos a que sacasen mis cosas. Entonces, Cully me informó.

Primero me advirtió que no dijese a Gronevelt que íbamos a ir a Japón a la mañana siguiente. Luego me habló de nuestra misión, los dos millones de dólares en yens que tendríamos que sacar ilegalmente del Japón, y de los peligros que corríamos.

—Mira —dijo con toda sinceridad—, no creo que haya ningún peligro, pero quizás tú no pienses lo mismo. Si no quisieras ir, lo entendería.

Pero él sabía que yo no tenía ninguna posibilidad de rechazarle. Le debía el favor. En realidad, le debía dos favores. Le debía el no estar en la cárcel, y le debía el haberme entregado de nuevo mis treinta mil dólares cuando terminaron los problemas. Me los había dado en metálico, en billetes de veinte dólares, y yo había metido el dinero en cuentas de ahorro de Las Vegas. La coartada sería que lo había ganado jugando, y Cully y su gente estaban dispuestos a cubrirme. Pero nunca llegó a darse el caso. Todo el escándalo del ejército de la reserva murió.

—Siempre quise ir a Japón —dije—. No me importa ser tu guardaespaldas, ¿tengo que llevar revólver?

—¿Quieres que nos maten? —dijo Cully horrorizado—.

Si quisieran quitarnos el dinero, tendríamos que dejarles. Nuestra protección es el secreto y la rapidez de movimientos. Lo tengo todo pensado.

—¿Entonces para qué me necesitas? —le pregunté. Sentía curiosidad y cierta inquietud. No tenía sentido.

Cully suspiró.

—El viaje a Japón es muy largo —dijo Cully—. Necesito compañía. Podemos jugar en el avión, y andar por Tokio y divertirnos un poco. Además, tú eres un gran tipo, y si se nos acerca algún raterillo aficionado puedes asustarle.

—De acuerdo —dije. Pero no me convencía del todo el asunto.

Aquella noche cenamos con Gronevelt. No tenía buen aspecto. Pero estuvo muy simpático, contando historias de sus primeros tiempos en Las Vegas. Cómo había hecho su fortuna en dólares libres de impuestos antes de que el gobierno federal enviase un ejército de espías y contables a Nevada.

—Hay que hacerse rico en la oscuridad —dijo Gronevelt.

Era su constante obsesión, algo parecido al premio Nobel de Osano.

—En este país todo el mundo tiene que hacerse rico en la oscuridad —insistió—. Hay miles de pequeños negocios y tiendas que se dedican a evadir dinero, y luego las grandes empresas que crean una llanura legal de oscuridad.

Pero en ningún sitio había tantas oportunidades como en Las Vegas. Gronevelt sacudió el habano y dijo con satisfacción:

—Esa es la fuerza de Las Vegas. Aquí puedes hacerte rico en la oscuridad mejor que en ningún sitio. Ahí está su fuerza.

—Merlyn se queda sólo por esta noche —dijo Cully—. Creo que iré a Los Angeles mañana con él a comprar antigüedades. Y de paso puedo ver a esa gente de Hollywood que nos debe dinero.

Gronevelt dio una larga chupada al habano.

—Buena idea —dijo—. Estoy quedándome sin regalos. ¿Sabes cómo se me ocurrió esa idea de hacer regalos? Pues lo leí en un libro sobre juego que se publicó en 1870. La cultura es una gran cosa.

Se levantó con un suspiro; la señal para que nos fuéramos. Veíamos el Strip desde allí, con sus millones de luces rojas y verdes, y a lo lejos las oscuras montañas del desierto.

—El sabe que vamos —dije a Cully.

—Si lo sabe, que lo sepa —dijo Cully—. Nos veremos para desayunar a las ocho. Hay que salir temprano.

A la mañana siguiente volamos de Las Vegas a San Francisco. Cully llevaba una cartera de magnífico cuero marrón, con los cantos de metal mate. Tenía también tiras metálicas. El cierre era sólido y pesado. Tenía un aspecto formidable.

—No se abrirá —dijo Cully—. Y nos será siempre fácil localizarla entre las otras maletas.

Yo jamás había visto una maleta como aquélla, y se lo dije:

—Es antigua; la encontré en Los Angeles —me dijo Cully muy satisfecho.

Subimos en el avión de las líneas aéreas japonesas, con sólo quince minutos de tiempo. Cully lo había programado todo muy justo deliberadamente. En el largo viaje jugamos al gin; cuando aterrizamos en Tokio le había ganado seis mil dólares. Pero parecía no importarle. Se limitó a darme una palmada en la espalda y a decirme:

—Ya ganaré yo en el viaje de vuelta.

Fuimos en un taxi a nuestro hotel de Tokio. Yo estaba deseando ver la fabulosa ciudad del lejano oriente. Pero aquello era un Nueva York más mísero y más contaminado. Parecía también un Nueva York a escala más pequeña, con gente más pequeña, edificios más bajos, el oscuro horizonte era como una versión en miniatura del familiar y sobrecogedor horizonte neoyorkino. Cuando llegamos al centro de la ciudad, vi que algunos hombres llevaban máscaras blancas de gasa quirúrgica. Tenían un aire extraño. Cully me dijo que los japoneses de los centros urbanos llevaban esas máscaras para protegerse de las infecciones pulmonares provocadas por la atmósfera muy contaminada.

Pasamos ante edificios y tiendas que parecían de madera, como decorados de película, y mezclados con ellos había modernos rascacielos y edificios de oficinas. Las calles estaban llenas de gente, la mayoría con ropa occidental; algunos, principalmente mujeres, con diversos tipos de kimonos. Era una mezcla desconcertante de estilos.

El hotel fue decepcionante. Era moderno y norteamericano. El inmenso vestíbulo tenía una alfombra color chocolate y grandes sillones de cuero negro. En la mayoría de estos sillones había pequeños japoneses que vestían trajes negros como los de los hombres de negocios norteamericanos y que llevaban carteras. Podría haber sido el Hilton de Nueva York.

—¿Esto es oriente? —dije a Cully.

Cully movió la cabeza impaciente.

—Esta noche tenemos que dormir bien. Mañana haré mi negocio y por la noche te enseñaré cómo es de verdad Tokio. Lo pasarás muy bien, no te preocupes.

Tomamos una suite de dos dormitorios. Deshicimos las maletas y me di cuenta de que Cully llevaba muy poca cosa en su monstruo de cuero y metal. Los dos estábamos cansados del viaje y, aunque sólo eran las seis, hora de Tokio, nos fuimos a la cama.

A la mañana siguiente, sentí llamar a la puerta de mi dormitorio.

—Vamos —dijo Cully—. Es hora de levantarse.

Amanecía en aquel momento.

Pidió desde la habitación el desayuno, que me decepcionó. Empecé a hacerme a la idea de que no iba a ver gran cosa del Japón. Nos dieron huevos con tocino, café y zumo de naranja e incluso unos bollos ingleses. Lo único oriental eran unos pasteles. Los pasteles eran inmensos y el doble de gruesos de lo que debían ser. Parecían más bien inmensas planchas de pan, y tenían un color amarillo rancio muy raro. Probé uno y juro que sabía como a pescado.

—¿Qué demonios es esto? —le dije a Cully.

—Son pasteles, pero hechos con aceite de pescado —dijo.

—Paso —dije yo, y empujé el plato hacia él.

Cully los terminó con verdadero gusto.

—Lo único que hay que hacer es acostumbrarse a ellos —dijo.

Mientras tomábamos café, le pregunté:

—¿Cuál es el programa?

—Hace un día maravilloso —dijo Cully—. Daremos un paseo y te lo explicaré.

Me di cuenta de que no quería hablar en la habitación. Temía que pudiese estar controlada.

Salimos del hotel. Aún era muy temprano. Acababa de

salir el sol. Doblamos una esquina, entramos por una calle lateral, y, de pronto, me vi en oriente. Por todas partes había casas pequeñas, y a lo largo de la acera se extendían enormes montones de basura de color verde que formaban una pared.

En las calles había poca gente. Pasó a nuestro lado un hombre en bicicleta, con su kimono negro flotando detrás. Aparecieron de pronto ante nosotros dos tipos musculosos con pantalones y camisas caqui y máscaras de gasa. Tuve un pequeño sobresalto y Cully se echó a reír mientras los dos hombres doblaban por otra calle lateral.

—Demonios —dije—, esas máscaras son tan raras.

—Ya te acostumbrarás a ellas —dijo Cully—. Ahora escucha atentamente. Quiero que sepas todo lo que va a pasar, para que no cometas ningún error.

Mientras seguíamos caminando a lo largo del muro de basura gris verdosa, Cully me explicó que iba a sacar de contrabando dos millones de dólares en yens japoneses y que el gobierno tenía normas muy estrictas sobre la exportación de la moneda nacional.

—Si me cazan, voy a la cárcel —dijo Cully—. A menos que Fummiro pueda resolverlo. O a menos que Fummiro vaya a la cárcel conmigo.

—¿Y yo? —dije—. Si te cogen a ti, ¿no me cogerán a mí?

—Tú eres un escritor famoso —dijo Cully—. Los japoneses sienten un gran respeto por la cultura. Se limitarán a echarte del país. Tú mantén la boca cerrada.

—Así que estoy aquí sólo para divertirme —dije. Sabía que era mentira y quería que él se diera cuenta de que lo sabía.

Luego se me ocurrió otra cosa:

—¿Cómo demonios vamos a pasar la aduana norteamericana? —dije.

—No lo haremos —dijo Cully—. El dinero lo soltaremos en Hong Kong. Es puerto franco. Los únicos que tienen que pasar por aduana son los que viajan con pasaportes de Hong Kong.

—Demonios —dije—. Ahora me dices que vamos a Hong Kong. ¿Y adónde iremos después, al Tibet?

—Vamos, seriedad —dijo Cully—. No te asustes. Hice esto hace un año con un poco de dinero, sólo para probar.

—Proporcióname un revólver —dije—. Tengo mujer

y tres hijos, cabrón, dame una oportunidad para poder luchar.

Pero lo decía en broma. Cully me tenía bien cogido.

Sin embargo, Cully no comprendió que yo bromeaba.

—No puedes llevar un arma —dijo—. Todas las líneas aéreas japonesas tienen un sistema electrónico de seguridad para controlar a los pasajeros y al equipaje de mano. Y la mayoría hacen pasar el equipaje que les entregas por rayos X.

Hizo una pequeña pausa y luego añadió:

—La única empresa que no pasa el equipaje por rayos X es Zathay. Así que si me pasa algo, ya sabes lo que tienes que hacer.

—Ya me imagino solo en Hong Kong con dos millones —dije—. Tendría a otros tantos hombres persiguiéndome.

—No te preocupes —dijo suavemente Cully—. Nada pasará. Será una fiesta.

Me eché a reír, pero también estaba preocupado.

—En caso de que pase algo —dije—, ¿qué tengo que hacer en Hong Kong?

—Ir al Banco Futaba —dijo Cully— y preguntar por el vicepresidente. El cogerá el dinero y lo cambiará por dólares de Hong Kong. Te dará un recibo y quizás te cobre veinte grandes. Luego convertirá los dólares de Hong Kong en dólares norteamericanos y te cargará otros cincuenta mil. Los dólares norteamericanos se enviarán a Suiza y te darán otro recibo. Al cabo de una semana, el Hotel Xanadú recibirá un giro del banco suizo por dos millones, menos lo que cobre el banco de Hong Kong. ¿Te das cuenta de lo fácil que es?

Pensé en el asunto mientras regresábamos al hotel. Por último, volví a mi pregunta original.

—¿Y para qué demonios me necesitas a mí?

—No me hagas más preguntas, haz exactamente lo que te digo —dijo Cully—. Me debes un favor, ¿no?

—Sí —dije. Y no hice más preguntas.

Cuando volvimos al hotel, Cully hizo algunas llamadas telefónicas, hablando en japonés, y luego me dijo que se iba.

—Volveré sobre las cinco —dijo—. Pero puede que me retrase un poco. Espérame aquí en la habitación. Si no he vuelto por la noche, coge por la mañana el avión de vuelta, ¿de acuerdo?

—De acuerdo —dije.

Intenté leer en el dormitorio de la suite y luego creí oír ruidos en el salón, así que fui a leer allí. Pedí que me subieran la comida y cuando acabé de comer llamé a los Estados Unidos. Sólo tardaron cinco minutos en ponerme, lo cual me sorprendió. Creí que llevaría lo menos una hora.

Vallie cogió inmediatamente el teléfono, y noté por su tono que estaba encantada de que la hubiese llamado.

—¿Cómo es el misterioso oriente? —preguntó—. ¿Estás pasándolo bien? ¿Has ido ya a una casa de geishas?

—Aún no —dije—. Hasta ahora no hemos visto más que la basura de Tokio por la mañana. Y llevo desde entonces esperando a Cully. Está fuera por cuestión de negocios. Al menos, he conseguido ganarle seis grandes jugando al gin.

—Estupendo —dijo Valerie—. Puedes comprarnos a mí y a los niños algunos de esos fabulosos kimonos. Ah, por cierto, ayer te llamó un hombre que dijo que era amigo tuyo de Las Vegas. Dijo que esperaba verte allí. Le dije que estabas en Tokio.

Se me encogió el corazón. Luego dije, con tono indiferente:

—¿Dio su nombre?

—No —dijo Valerie—. No te olvides de nuestros regalos.

—No me olvidaré —dije yo.

Pasé el resto de la tarde preocupado. Llamé a las líneas aéreas pidiendo reserva de billete para volver a Estados Unidos a la mañana siguiente. De pronto, no estaba seguro de que Cully volviese. Comprobé en su dormitorio. La gran maleta había desaparecido.

Empezaba a oscurecer cuando entró Cully en la suite. Se frotó las manos, contento y feliz.

—Todo listo —dijo—. No hay que preocuparse. Esta noche nos divertiremos y mañana levantaremos el vuelo. Pasado mañana en Hong Kong.

—Llamé a mi mujer —dije—. Tuvimos una breve charla. Me dijo que había llamado un tipo de Las Vegas y había preguntado por mí. Ella le dijo que yo estaba en Tokio.

Esto le enfrió. Se quedó pensativo. Luego se encogió de hombros.

—¡Debió ser Gronevelt! —dijo Cully—. Es muy propio de él. Quería comprobar si su suposición era correcta. Es el único que tiene tu número de teléfono.

—¿Confías en Gronevelt en un asunto como éste? —le pregunté, e inmediatamente me di cuenta de que me había sobrepasado.

—¿Qué demonios quieres decir? —dijo Cully—. Ese hombre ha sido como un padre para mí durante todos estos años. El fue quien me hizo. Demonios, confiaría en él más que en nadie. Más que en ti, incluso.

—Bien, bien —dije—. Entonces, ¿por qué no le dijiste cuándo venías? ¿Por qué le contaste ese cuento de que íbamos a Los Angeles a comprar antigüedades?

—Fue él quien me enseñó a operar así —dijo Cully—. Jamás le digas a nadie algo que no tenga que saber. Se sentirá orgulloso de mí por eso, aunque lo descubra. Hice las cosas como es debido.

Luego pareció tranquilizarse.

—Vamos —dijo—. Vístete. Esta noche vas a pasarlo como nunca en tu vida.

Por alguna razón, eso me recordó a Eli Hemsi.

Como todo el que ha visto películas sobre el oriente, yo había fantaseado con una noche en una casa de geishas. Mujeres hermosas e inteligentes consagradas a procurarme placer. Cuando Cully me dijo que iríamos con unas geishas, yo esperaba que me llevase a una de esas casas de alegre decorado y extrañas esquinas que había visto en las películas. Me quedé muy sorprendido, por tanto, cuando el chófer paró frente a un pequeño restaurante con fachada sobre una de las calles principales de Tokio. Parecía un restaurante chino de la parte baja de Manhattan. Pero un empleado nos guió a través del atestado local hasta una puerta que llevaba a un comedor privado. La estancia estaba lujosamente amueblada, a estilo japonés. Había farolillos de colores colgando del techo; una larga mesa que se elevaba sólo unos tres centímetros del suelo, decorada con platos exquisitamente coloreados, pequeñas copas, palillos de marfil. Había cuatro japoneses, los cuatro varones, que vestían kimonos. Uno de ellos era el señor Fummiro. El y Cully se dieron la mano. Los otros se inclinaron. Cully me los presentó a todos. Yo había visto a Fummiro jugando en Las Vegas, pero nunca nos habían presentado. Luego entraron seis geishas, corriendo, con pasitos cortos. Estaban maravillosamente vestidas, con gruesos kimonos de brocado que llevaban bordadas flores de vivísimos colores. Tenían la cara maquillada con un polvo blanco. Se sentaron en cojines alrededor de la mesa, uno para cada una.

Siguiendo el ejemplo de Cully, me senté en uno de los cojines que había alrededor de la mesa. Las mujeres que servían trajeron unas bandejas inmensas de pescado y verdura. Cada geisha alimentaba al varón que tenía asignado. Usaban los palillos de marfil, cogiendo trozos de pescado y pequeños fragmentos de verdura. Nos limpiaban la boca y la cara con incontables servilletitas que eran como paños de cocina. Estaban húmedas y perfumadas.

Mi geisha se había colocado muy cerca de mí; apoyaba su cuerpo en el mío y, con una sonrisa encantadora y simpáticos gestos, me dio de comer y beber. Seguía llenando mi copa con una especie de vino, el famoso sake, supuse. El vino tenía muy buen gusto, pero la comida sabía demasiado a pescado, hasta que nos trajeron platos de carne de buey, cortada en cuadraditos y empapada en una salsa deliciosa.

Al verla de cerca, me di cuenta de que mi encantadora geisha debía tener por lo menos cuarenta años. Aunque apretaba su cuerpo contra el mío, sólo podía sentir el grueso brocado de su kimono; estaba amortajada como una momia egipcia.

Después de cenar, las chicas fueron haciendo turnos para entretenernos. Una tocó un instrumento musical parecido a una flauta. Yo había bebido ya tanto vino que aquella extraña música me sonaba como una gaita. Otra chica recitó lo que debía de ser un poema. Todos los hombres aplaudieron. Luego se levantó mi geisha. La animé. Se puso a dar unas sorprendentes volteretas.

De hecho, me asustó muchísimo saltando por encima de mi cabeza. Luego hizo igual con Fummiro, pero él la cogió en pleno vuelo e intentó darle un beso o algo parecido a un beso. Yo estaba demasiado borracho para ver claramente las cosas. Ella le eludió y le dio una leve palmada en la mejilla como reproche y ambos rieron alegremente.

Luego las geishas organizaron a los hombres en equipos. Comprendí con asombro que era un juego que se hacía con una naranja sobre un palo; tenías que morder la naranja con las manos a la espalda. Cuando lo hacías, una geisha intentaba hacer lo mismo por el otro lado. Como la naranja se movía entre los dos, las dos caras se rozaban en una caricia que hacía reír a las geishas.

Cully, que estaba detrás de mí, dijo en voz baja:

—Vaya, pues, la próxima vez jugaremos a hacer rodar la botella.

Pero sonreía efusivamente a Fummiro, que parecía estar pasándolo muy bien, gritándoles a las chicas en japonés e intentando agarrarlas. Había otro juego con palos y bolas, y yo estaba tan borracho que me divertía tanto como Fummiro. En determinado momento, caí en un montón de cojines y mi geisha me cogió la cara en el regazo y me la enjugó con una servilletita muy perfumada.

Lo siguiente que recuerdo es que estaba en el coche con Cully y el chófer. Recorríamos calles oscuras, y luego el coche se detuvo frente a una gran mansión de la zona residencial. Cully indicó la verja y la puerta se abrió mágicamente. Vi entonces que estábamos en una verdadera casa oriental. La habitación no tenía más muebles que colchonetas de dormir. Las paredes eran realmente puertas correderas de madera fina. Caí en una de las colchonetas. Sólo quería dormir. Cully se arrodilló a mi lado.

—Pasaremos la noche aquí —murmuró—. Ya te despertaré por la mañana. Quédate aquí y duerme. Yo me ocuparé de todo.

Pude ver tras él el rostro sonriente de Fummiro. Me di cuenta de que Fummiro ya no estaba borracho y eso hizo sonar un timbre de alarma en mi mente. Intenté incorporarme en la colchoneta, pero Cully me obligó a echarme de nuevo. Y luego oí decir a Fummiro:

—Su amigo necesita compañía.

Me hundí en la colchoneta. Estaba demasiado cansado. Todo me daba igual. Me quedé dormido.

No sé cuánto tiempo dormí. Me despertó el ligero silbido de unas puertas correderas. A la luz difusa de los farolillos, vi a dos jóvenes japonesas con kimonos en tonos azul claro y amarillo que cruzaban la puerta. Llevaban una bañerita de madera llena de agua humeante. Me desvistieron y me lavaron de pies a cabeza, frotando mi cuerpo con sus dedos, masajeando todos los músculos. Mientras lo hacían tuve una erección; ellas se rieron y una me dio una palmadita. Luego, recogieron la bañera y desaparecieron.

Estaba lo bastante despierto para preguntarme dónde

demonios estaría Cully, pero no lo bastante sobrio como para levantarme y buscarle. Daba igual. La pared se abrió de nuevo al correrse las puertas. Esta vez era una sola chica, nueva, y con sólo mirarla comprendí cuál sería su función.

Vestía un kimono verde, largo y flotante, que ocultaba su cuerpo. Pero era muy guapa de cara y además el exótico maquillaje realzaba aún más sus encantos. Su lindo pelo negro azabache se amontonaba en un moño en la parte superior de la cabeza, coronado con una brillante peineta que parecía hecha con piedras preciosas. Se acercó a mí y, antes de arrodillarse, pude ver que estaba descalza y que sus pies eran pequeños y muy bien formados. Llevaba las uñas de los pies pintadas de rojo oscuro.

Las luces parecieron hacerse más difusas, y de pronto vi que estaba desnuda. Su cuerpo era de un blanco puro y lechoso, los pechos pequeños y plenos y los pezones de un rosa asombrosamente claro, como si estuviesen pintados. Se inclinó, se sacó la peineta del pelo y sacudió la cabeza. Cayeron largas guedejas negras que cubrieron su cuerpo; entonces empezó a besarme y a lamerme la piel, meneando la cabeza con pequeñas sacudidas, haciendo que el espeso y sedoso pelo negro me azotase los muslos. Me eché de espaldas. Tenía cálida la boca, áspera la lengua. Cuando intenté moverme, me empujó para que me estuviese quieto. Cuando terminó, se tendió a mi lado y apoyó mi cabeza en su pecho. Luego, durante la noche, desperté e hice el amor con ella. Cruzó las piernas detrás de mí y empujó con ferocidad, como si fuese una batalla entre nuestros dos órganos sexuales. Fue un polvo feroz y cuando alcanzamos el orgasmo ella lanzó un gritito y caímos fuera de la colchoneta. Luego, nos quedamos dormidos abrazados.

Me despertó otra vez la puerta al deslizarse. La habitación se llenó con la primera luz del día. La chica no estaba. Pero a través de la puerta abierta, en la habitación contigua, vi a Cully sentado sobre su inmensa maleta. Aunque estaba bastante lejos, pude ver que sonreía.

—Bueno, Merlyn, arriba que ya es hora —dijo—. Salimos para Hong Kong esta mañana.

La maleta era tan pesada que tuve que subirla yo al coche, Cully no podía con ella. No había chófer. Conducía Cully. Cuando llegamos al aeropuerto, dejó el coche aparcado a la entrada. Yo llevé la maleta, Cully iba delante para abrirme paso y guiarme hasta donde recogían los equipajes. Yo aún estaba groggy, y la inmensa maleta no hacía más que golpearme en las espinillas. En consignación, adjudicaron la maleta a mi billete. Pensé que daría igual, así que no dije nada al ver que Cully no se daba cuenta.

Luego, salimos a la pista para coger el avión. Pero no subimos. Cully esperó hasta que rodeó el edificio un camión cargado de equipajes. Pudimos ver nuestra inmensa maleta arriba del todo. Estuvimos viendo cómo los empleados la trasladaban a la bodega del avión. Luego subimos.

Tardamos cuatro horas en llegar a Hong Kong. Cully estaba nervioso y le gané otros cuatro mil dólares a las cartas. Mientras jugábamos, le hice algunas preguntas:

—Me dijiste que salíamos mañana —dije.

—Sí, eso creía yo —dijo Cully—. Pero Fummiro consiguió reunir el dinero antes de lo que yo pensaba.

Sabía que era un cuento.

—Me gustó mucho la fiesta de las geishas —dije.

Cully soltó un gruñido. Fingía estudiar las cartas, pero yo sabía que no estaba pensando en el juego.

—Una mierda de fiesta, para escolares —dijo—. Eso de las geishas es un cuento, prefiero Las Vegas.

—No sé qué decirte —contesté yo—. A mí me pareció muy agradable. Pero he de admitir que el último episodio, lo de después, fue mucho mejor.

Cully se olvidó de las cartas.

—¿A qué te refieres? —dijo.

Le expliqué lo de las chicas de la mansión. Se echó a reír.

—Eso fue Fummiro. Qué suerte tienes, cabrón. Y yo corriendo por ahí toda la noche —hizo una breve pausa—. Así que al fin caíste. Apuesto a que es la primera vez que le eres infiel a esa tía que te conseguiste en Los Angeles.

—Sí —dije—. Pero, qué demonios, todo lo que sucede a más de cuatro mil kilómetros de distancia no cuenta.

Luego, cuando aterrizamos en Hong Kong, Cully me dijo:

—Vete a lo de los equipajes y espera la maleta. Yo me quedaré junto al avión hasta que descarguen. Luego seguiré al camión de los equipajes. De ese modo nadie podrá echarle el guante.

Crucé rápidamente el aeropuerto hasta la zona de entrega

de equipajes. El aeropuerto estaba lleno de gente, pero las caras eran distintas de las del Japón, aunque orientales la mayoría. La cinta sinfín de los equipajes empezó a moverse y yo observé atentamente para ver si aparecía la gran maleta. Al cabo de diez minutos empecé a preguntarme por qué no había aparecido Cully. Miré a mi alrededor, agradeciendo que nadie llevase máscaras de gasa; aquellos chismes me asustaban. Pero no vi a nadie que me pareciese peligroso.

Y por fin salió la maleta. La cogí en cuanto pasó a mi lado. Aún seguía pesando. La revisé para asegurarme de que no la hubieran forzado. Al hacerlo, me di cuenta de que llevaba colgando del asa una tarjetita cuadrada. La tarjeta decía «John Merlyn» y debajo del nombre mi dirección y el número del pasaporte. Por fin supe la causa de que Cully me hubiese pedido que le acompañara al Japón. Si alguien iba a la cárcel, sería yo.

Me senté en la maleta y al cabo de unos tres minutos apareció Cully. Resplandecía de satisfacción al verme.

—Magnífico —dijo—. Tengo un taxi esperando. Vamos al banco.

Esta vez cogió la maleta él y la sacó sin ningún problema del aeropuerto.

El taxi bajó culebreando por pequeñas calles llenas de gente. Yo no decía nada. Le debía a Cully un gran favor y ahora quedábamos en paz. Me ofendía que me hubiese engañado y me hubiese expuesto a un riesgo tan grave, pero Gronevelt se habría sentido orgulloso de él. Y, siguiendo la misma tradición, decidí no decirle a Cully lo que sabía. Él debía haber supuesto que yo lo descubriría. Tendría una historia preparada.

El taxi paró frente a un destartalado edificio de una gran arteria. En el escaparate decía, con letras doradas: «Banco Internacional Futaba». A ambos lados de la puerta había hombres uniformados con metralletas.

—Una ciudad dura, Hong Kong —dijo Cully, indicando a los guardias. Trasladó él mismo la maleta al banco.

Una vez dentro, Cully recorrió el pasillo, llamó a una puerta y luego entramos. Un individuo pequeño de raza euroasiática, de barba, sonrió muy alegre a Cully y le dio la mano. Cully nos presentó, pero el nombre era una extraña combinación de sílabas. Luego el euroasiático nos condujo hasta una inmensa sala donde había una gran mesa de conferencias. Cully puso la maleta en la mesa y la abrió. He de admitir que el espectáculo era impresionante. La maleta estaba llena de crujientes billetes japoneses, de letras negras sobre papel gris azulado.

El euroasiático descolgó un teléfono y ladró unas cuantas órdenes, supongo que en chino. Al cabo de unos minutos, se llenó aquello de empleados del banco. Quince, todos con trajes de un negro resplandeciente. Se lanzaron sobre la maleta. Tardaron, entre todos, tres horas en contar y tabular el dinero, volver a contarlo, y revisarlo. Luego, el euroasiático nos llevó otra vez a su oficina y sacó un montón de papeles que firmó, selló y luego entregó a Cully. Cully miró los documentos y los guardó en el bolso. El paquete de documentos era el «pequeño» recibo.

Por fin nos vimos fuera del banco, en la calle, bajo la luz del sol. Cully estaba emocionadísimo.

—Lo conseguimos —decía—. Podemos volver a casa en cuanto queramos.

Yo meneé la cabeza.

—¿Cómo pudiste correr un riesgo tan grande? —dije—. Es un modo absurdo de manejar tanto dinero.

Cully me sonrió.

—¿Qué clase de negocio crees tú que es dirigir un casino en Las Vegas? Todo es riesgo. Tengo un trabajo de mucho riesgo. Y en esto había un gran porcentaje para mí que no podía perder.

Entramos en un taxi, y Cully le dijo al taxista que nos llevase al aeropuerto.

—Pero hombre —dije—, hemos recorrido medio mundo y ni siquiera voy a poder comer en Hong Kong.

—No abusemos de la suerte —dijo Cully—. Alguien puede creer que aún llevamos el dinero. Vámonos enseguida.

En el largo viaje de vuelta en avión, Cully tuvo mucha suerte y recuperó siete de los diez grandes que me debía. Lo habría recuperado todo si yo no hubiese interrumpido el juego.

—Vamos —dijo—. Dame la posibilidad de recuperarme. Sé justo.

Le miré directamente a los ojos.

—No —dije—. Quiero aprovecharme de ti por lo menos una vez en este viaje.

Eso le afectó un poco y me dejó dormir el resto del trayecto hasta Los Angeles. Le acompañé mientras esperaba su vuelo a Las Vegas. Mientras yo dormía, él debió pensarse las cosas e imaginar que yo había visto mi nombre en la maleta.

—Oye —dijo—, tienes que creerme. Si hubieses tenido problemas en el viaje, yo, Gronevelt y Fummiro te habríamos sacado del apuro. Pero aprecio lo que hiciste. Sin ti no habría podido hacer este viaje. No habría tenido valor.

Me eché a reír.

—Me debes tres grandes del gin —dije—. Ingrésalos en la caja del Xanadú y los utilizaré para jugar al bacarrá.

—Cuenta con ello —dijo Cully, y luego añadió—: Oye, ¿es ésa la única manera de que puedas engañar a tus chicas y sentirte seguro, con cuatro mil kilómetros por medio? El mundo no es lo bastante grande para que las engañes más que otras dos veces.

Los dos nos echamos a reír y nos entrechamos la mano antes de que él subiese al avión. Aún era un amigo, el viejo Cully Cuenta Atrás. No podía confiar en él siempre. Había que tener en cuenta siempre cómo era y aceptar su amistad. ¿Cómo podía enfadarme cuando él no hacía más que ser fiel a su carácter?

Crucé el aeropuerto y me detuve junto a los teléfonos. Tenía que llamar a Janelle y decirle que estaba en la ciudad. No sabía si contarle lo del Japón. Al final decidí no hacerlo. Seguiría la tradición de Gronevelt. Y luego recordé otra cosa. No llevaba ningún regalo de oriente para Valerie y los niños.

36

Es interesante, en cierto modo, estar loco por alguien que ya no está loco por ti. Es como si te quedases ciego y sordo. O decidieses serlo. Tardé casi un año en oír el tic casi inaudible de Janelle dando cartas marcadas, y sin embargo había tenido advertencias y sospechas sobradas. En uno de mis viajes de regreso a Los Angeles, mi avión llegó media hora antes. Janelle estaba siempre esperándome, pero esta vez aún no había llegado, así que atravesé el aeropuerto y esperé fuera. En el fondo de mi pensamiento, muy en el fondo, pensaba que la cazaría en algo. No sabía en qué. Quizás se hubiese ido a tomar una copa con alguno mientras esperaba el avión. Quizás estuviese despidiendo a otro amigo que se iba en avión de Los Angeles, cualquier cosa así. No era yo un amante confiado.

Y la cacé, pero no como pensaba. La vi salir del aparcamiento y cruzar la amplia avenida hasta el edificio del aeropuerto. Iba muy despacio. Llevaba una larga falda gris y una blusa blanca, y tenía el pelo recogido en un moño. En aquel momento, tuve casi un sentimiento de piedad hacia ella. Parecía tan reacia, como una niña camino de una fiesta a la que sus padres la obligasen a ir. Al otro lado del continente yo me había adelantado una hora. Había cruzado corriendo el aeropuerto, buscándola. Pero, evidentemente, ella no sentía igual. Mientras yo pensaba esto, ella alzó la cabeza y me vio. Se puso muy contenta, y me abrazó enseguida y me besó; yo olvidé lo que había visto.

Durante esta visita, ella estaba ensayando una película que iba a empezar semanas después. Como yo trabajaba en los estudios de día, no había problema, nos veíamos de noche. Me llamaba a los estudios para decirme a qué hora acabaría el ensayo. Cuando le pedí un número de teléfono al que poder llamarla, me dijo que en el teatro no había teléfono. Luego, una noche que sus ensayos se prolongaron, fui a recogerla al teatro. Cuando estábamos a punto de irnos, llegó una chica de la oficina del teatro y le dijo:

—Janelle, te llama el señor Evans —y la acompañó hasta el teléfono.

Cuando Janelle salió de la oficina, parecía muy contenta, pero luego me miró y dijo:

—Es la primera vez que me llaman. Ni siquiera sabía que pudiesen llamarme al teatro.

Y oí aquel tic que indicaba que había dado una carta marcada. Pero aún me producía un gran placer su compañía, su cuerpo, el simple hecho de contemplar su rostro. Aún amaba aquella expresión que cruzaba sus ojos y su boca. Amaba sus ojos. Podían mostrarse tan tristes y heridos y ser sin embargo tan alegres. Su boca me parecía la más maravillosa del mundo. Demonios, yo aún era un crío en realidad. No importaba que supiese que estaba mintiéndome con aquella boca maravillosa. Yo sabía que le fastidiaba engañarme. Le fastidiaba realmente mentir y lo hacía muy mal. De un modo curioso y extraño te decía que estaba mintiendo. Hasta esto era fingimiento.

Y no importaba. No importaba, no. Sufría, claro, pero aún era un buen asunto. Sin embargo, con el paso del tiempo, fui disfrutando menos con ella y sufriendo más.

Estaba seguro de que ella y Alice eran amantes. Una semana que Alice estuvo fuera de la ciudad en un trabajo de producción cinematográfica, fui al apartamento que tenían ella y Janelle a pasar la noche. Alice puso una conferencia a Janelle para charlar con ella. Janelle estuvo muy seca, casi como enfadada. Al cabo de media hora, cuando estábamos haciendo el amor, sonó otra vez el teléfono. Janelle estiró el brazo, descolgó el teléfono y lo metió debajo de la cama.

Una de las cosas que me gustaban de ella era que no podía soportar que la interrumpiesen cuando hacía el amor. A veces, en el hotel, no me dejaba contestar el teléfono, ni siquiera contestar a la puerta si un camarero traía comida o bebidas cuando nos íbamos a ir a la cama.

Una semana después, en mi hotel, un domingo por la mañana, llamé a Janelle a su apartamento. Sabía que tenía la costumbre de dormir hasta tarde, así que no llamé hasta las once. Comunicaba. Esperé media hora y volví a llamar. Seguía comunicando. Entonces llamé cada diez minutos durante una hora y no conseguí hablar. De pronto, cruzó por mi pensamiento la imagen de Janelle y Alice en la cama y el teléfono descolgado. Cuando por fin conseguí hablar, fue Alice quien contestó al teléfono, con una voz suave y feliz.

Quedé convencido de que eran amantes.

Otro día, preparábamos un viaje a Santa Bárbara y ella recibió aviso urgente de ir a la oficina de un productor a leer un papel. Dijo que sólo le llevaría media hora, así que fui a los estudios con ella. El productor era un antiguo amigo suyo, y cuando entró en la oficina le hizo un gesto tierno y afectuoso, acariciándole la cara, y ella le sonrió. Pude interpretar inmediatamente lo que significaba el gesto. Era la ternura del antiguo amante que había pasado a ser un buen amigo.

Cuando íbamos camino de Santa Bárbara, le pregunté si se había acostado alguna vez con el productor. Ella se volvió y me dijo:

—Sí.

No le hice más preguntas.

Una noche quedamos para cenar y fui a su apartamento. Estaba vistiéndose. Me abrió la puerta Alice. Siempre me agradó Alice y, por raro que parezca, no me importaba que fuese amante de Janelle. En realidad, aún no estaba seguro. Alice siempre me besaba en los labios, un beso muy dulce. Siempre parecía disfrutar de mi compañía. Nos llevábamos muy bien. Sin embargo era fácil percibir su falta de femineidad. Era muy delgada y llevaba camisas ceñidas (que mostraban unos pechos sorprendentemente plenos), pero era por puro formulismo. Me dio una copa y puso un disco de Edith Piaf mientras esperábamos que saliera Janelle del baño.

Janelle me besó y me dijo:

—Merlyn, lo siento, intenté llamarte al hotel. Tengo ensayo esta noche. Va a pasar el director a recogerme.

Me quedé perplejo.

Oí de nuevo el tic de la carta marcada. Sonreía radiante, pero había un pequeño temblor en su boca que me indicaba que mentía. Escrutaba mi rostro atentamente. Quería que la creyese, y se daba cuenta de que no la creía.

—Pasará por aquí a recogerme —dijo—: creo que conseguiré acabar hacia las once.

—Está bien, de acuerdo —dije.

Por encima de su hombro, pude ver que Alice miraba fijamente su vaso, sin mirarnos, procurando claramente no oír lo que decíamos.

Así que me quedé esperando y, por supuesto, apareció el director. Era un tipo joven pero ya casi calvo, y de aire muy profesional y práctico. No tenía tiempo para tomar un trago. Le dijo pacientemente a Janelle:

—Estamos ensayando en mi casa. Quiero que estés absolutamente perfecta para este nuevo ensayo de vestuario de mañana. Evarts y yo hemos cambiado algunas frases y algunas otras cosas.

Se volvió a mí.

—Siento estropearle la noche, pero el trabajo es el trabajo —dijo parodiando el tópico.

Parecía buen tipo. Les dirigí a él y a Janelle una fría sonrisa.

—Está bien —dije—. Tomaos todo el tiempo que queráis.

Al oír esto, Janelle se asustó un poco. Le dijo al director:

—¿Crees que podremos acabar hacia las diez?

Y el director dijo:

—Hombre, si le damos duro, puede.

—¿Por qué no esperas aquí con Alice —dijo Janelle— y yo vuelvo hacia las diez y cenamos juntos de todas formas? ¿Te parece bien?

—Bueno, sí —dije.

Así pues, cuando se fueron esperé con Alice, y hablamos. Me dijo que había cambiado la decoración del apartamento y me cogió de la mano y fue enseñándome las habitaciones. Estaba todo muy bien, desde luego. La cocina tenía unas contraventanas especiales, los aparadores estaban maravillosamente decorados. Había ollas y cazuelas de cobre colgando del techo.

—Una maravilla —dije—. No puedo imaginarme a Janelle haciendo todo esto.

Alice se echó a reír.

—No —dijo—. Yo soy quien se encarga de la casa.

Luego me enseñó los tres dormitorios. Uno era, evidentemente, el dormitorio de un niño.

—Es para el hijo de Janelle cuando viene a verla.

Luego me llevó al dormitorio principal, donde había una cama inmensa. Lo había cambiado, desde luego. Era absolutamente femenino, con muñecas en las paredes, grandes cojines en el sofá y una televisión a los pies de la cama.

Entonces, le dije:

—¿De quién es este dormitorio?

—Mío —dijo Alice.

Pasamos al tercer dormitorio, que estaba muy revuelto. Parecía claro que se utilizaba como una especie de trastero. Había toda clase de objetos y muebles esparcidos por allí. La cama era pequeña y tenía un edredón.

—¿Y este dormitorio de quién es? —pregunté, casi burlonamente.

—De Janelle —dijo Alice.

Al decirlo, soltó mi mano y apartó la cabeza.

Me di cuenta de que estaba mintiendo y de que Janelle compartía con ella la cama grande.

Volvimos a la sala y esperamos.

A las diez y media sonó el teléfono. Era Janelle.

—¡Oh Dios mío! —dijo.

El tono era tan dramático como si tuviese una enfermedad incurable.

—Aún no hemos terminado —continuó—. Nos falta por lo menos otra hora. ¿Quieres esperar?

Me eché a reír.

—Claro —dije—. Esperaré.

—Volveré a llamarte —dijo ella—. En cuanto sepa que hemos terminado. ¿De acuerdo?

—De acuerdo —dije yo.

Esperé con Alice hasta las doce en punto. Ella quería prepararme algo para comer, pero yo no tenía nada de hambre. Por entonces estaba pasándolo bien. No hay nada tan divertido como que se rían de uno mismo tomándolo por tonto.

A las doce volvió a sonar el teléfono y yo sabía ya lo que iba a decir ella, y lo dijo. Aún no habían terminado. No sabía a qué hora iban a terminar.

Fui muy simpático con ella. Sabía que estaría cansada. Que no la vería aquella noche y que la llamaría al día siguiente desde casa.

—Querido, eres tan bueno, tan bueno. De veras que lo siento —dijo Janelle—. Llámame mañana por la tarde.

Le di las buenas noches a Alice y ella me besó en la puerta y fue un beso de hermana, y me dijo:

—Vas a llamar a Janelle mañana, ¿no?

—Claro —dije yo—. La llamaré mañana desde casa.

A la mañana siguiente cogí el primer avión para Nueva York y en el aeropuerto Kennedy llamé a Janelle. Se puso contentísima.

—Temía que no llamaras.

—Prometí llamarte —dije.

—Estuvimos trabajando hasta muy tarde y el ensayo con el vestuario no es hasta las nueve de esta noche —dijo—. Podría ir al hotel un par de horas si quisieses verme.

—Claro que quiero verte —dije—. Pero estoy en Nueva York. Te dije que te llamaría desde casa.

Hubo una larga pausa al otro lado del hilo.

—Comprendo —dijo.

—Bien —dije yo—. Te llamaré cuando vuelva a Los Angeles, ¿de acuerdo?

Hubo otra larga pausa y al fin dijo:

—Has sido increíblemente bueno para mí, pero no puedo permitir que sigas hiriéndome.

Y colgó el teléfono.

Pero en mi viaje siguiente a California hicimos las paces y empezamos todo de nuevo. Ella quería ser absolutamente honrada conmigo; no habría más malentendidos. Juró que no se había acostado ni con Evarts ni con el director, que ella era siempre absolutamente sincera conmigo. Que jamás volvería a mentirme. Y para demostrarlo, me contó su asunto con Alice. Era una historia interesante, pero no demostraba nada, al menos según mi opinión. Aun así, fue interesante saber la verdad, desde luego.

37

Janelle vivió dos meses con Alice De Santis antes de darse cuenta de que Alice estaba enamorada de ella. Tardó tanto en darse cuenta porque de día trabajaban las dos mucho, Janelle estaba ocupadísima con las entrevistas que le preparaba su agente y Alice trabajaba muchas horas diseñando el vestuario de una película de gran presupuesto.

Tenían dormitorios independientes. Pero a veces, ya muy tarde, Alice entraba en el dormitorio de Janelle y se sentaba en la cama a charlar. Alice preparaba algo de comer y un chocolate caliente que las ayudase a dormir. Normalmente hablaban del trabajo. Janelle explicaba las insinuaciones sutiles, y a veces no tanto, que le habían hecho aquel día y se reían las dos. Alice nunca le decía a Janelle que alentaba esta actitud de los hombres con sus encantos de beldad sureña.

Alice era una mujer alta, de aspecto impresionante, muy práctica y dura hacia el mundo exterior. Pero con Janelle era suave y amable. Le daba siempre un beso fraterno antes de acostarse cada una en su habitación. Janelle la admiraba por su inteligencia y eficacia en el campo del diseño.

Alice terminó su tarea en la película al mismo tiempo que apareció Richard, el hijo de Janelle, a pasar parte de sus vacaciones de verano con su madre. Normalmente, cuando iba a visitarla su hijo, Janelle consagraba todo su tiempo a pasearle por Los Angeles, llevarle a los espectáculos, a patinar, a Disneylandia. A veces, alquilaba un pequeño apartamento en la playa por una semana. Siempre disfrutaba con la visita de su hijo y se sentía muy feliz el mes que estaba con ella. Este verano en concreto consiguió un pequeño papel en una serie de televisión, que la mantendría ocupada la mayor parte del tiempo pero que le proporcionaría también dinero para vivir durante un año. Empezó a escribir una larga carta a su ex marido para explicarle por qué Richard no podría visitarla aquel verano, y luego apoyó la cabeza en la mesa y empezó a llorar. Tenía la sensación de estar en realidad deshaciéndose de su hijo.

Fue Alice quien la salvó. Le dijo que dejase venir a Richard. Se comprometió a hacerse cargo de él. Dijo que le llevaría a visitar a Janelle en los estudios para que la viese trabajar y que se lo llevaría luego antes de que pusiese nervioso al director. Ella se encargaría del muchacho de día. Luego Janelle podría estar con él de noche. Janelle se sintió enormemente agradecida.

Y cuando llegó Richard a pasar un mes, se divirtieron mucho juntos. Janelle volvía del trabajo al apartamento y Alice y Richard estaban esperándola para pasar una noche en la ciudad. Iban los tres al cine y luego tomaban algo ya tarde. Resultaba tan cómodo y tan agradable. Janelle se dio cuenta de que ella y su antiguo marido nunca lo habían pasado tan bien con Richard como lo estaban pasando con Alice. Eran casi una familia perfecta. Alice nunca discutía ni le hacía reproches. Richard nunca se ponía hosco ni desobediente. Vivía lo que quizá fuese un sueño infantil. Una vida con dos madres devotas y sin padre. Quería mucho a Alice porque le mimaba en algunas cosas y sólo raras veces se ponía seria. Le daba lecciones de tenis durante el día y jugaban los dos. Le enseñó juegos y le enseñó también a bailar. En realidad, Alice era el padre perfecto. Era atlética y equilibrada, y carecía de la dureza de un padre, no tenía el instinto de dominio del varón. Richard reaccionaba con ella magníficamente. Nunca se había mostrado tan cariñoso con su madre. Ayudaba a Alice a servirle la cena a Janelle después del trabajo y luego se quedaba mirando a las dos arreglarse para salir con él por la ciudad. Le encantaba también engalanarse, ponerse los pantalones blancos y la chaqueta azul oscuro, y la camisa blanca de frunces sin corbata. Le gustaba mucho California.

Cuando llegó el día de su partida, Alice y Janelle le llevaron al avión a medianoche y luego, al fin otra vez solas, se dieron la mano con el suspiro de alivio de la pareja que despide a un huésped. Janelle se sintió tan enormemente conmovida que le dio a Alice un apretado abrazo y un beso. Alice volvió la cara para recibir el beso en su boca suave, delicada y fina. Por una fracción de segundo mantuvo los labios de Janelle en los suyos.

Cuando volvieron al apartamento tomaron el chocolate como si nada hubiese pasado. Se acostaron. Pero Janelle estaba inquieta. Llamó a la puerta del dormitorio de Alice, entró. Le sorprendió encontrar a Alice desvestida, en ropa interior. Aunque delgada, Alice tenía un pecho pleno y llevaba un sostén muy ceñido. Se habían visto, claro, en diversos estados de desnudez. Pero esa vez Alice se quitó el sostén, dejando libres sus pechos, y miró a Janelle con una sonrisilla.

Janelle, al ver los pechos de Alice, sintió una oleada de excitación sexual. Se dio cuenta de que se ruborizaba. No había pensado que pudiese atraerla otra mujer. Sobre todo después de lo de la señora Wartberg. Así que cuando Alice se deslizó entre las sábanas, Janelle se sentó con naturalidad al borde de la cama y hablaron de lo bien que lo habían pasado con Richard. Pero de pronto Alice se echó a llorar.

Janelle le dio unas palmadas en la cabeza y le dijo, en tono preocupado:

—¿Qué pasa, Alice?

Ambas sabían que estaban representando una comedia que les permitiría hacer lo que las dos querían hacer.

—No tengo a nadie a quien amar —dijo Alice, gimoteando—. No tengo a nadie a quien amar.

Por un momento Janelle, con una parte de su mente, estableció un distanciamiento irónico. Aquella escena la había interpretado con amantes masculinos. Pero la cálida gratitud que sentía por Alice, la oleada de excitación que le habían provocado sus grandes senos, eran mucho más prometedores que los dones de la ironía. También a ella le encantaba representar escenas. Destapó a Alice y acarició sus pechos, observando con curiosidad cómo se erguían los pezones. Luego, inclinó su cabeza rubia y cubrió con la boca un pezón. El efecto fue extraordinario.

Sintió que una enorme paz líquida fluía a través de su cuerpo mientras chupaba el pezón de Alice. Se sentía casi como una niña. El pecho era tan cálido, tenía un sabor tan dulce en la boca. Deslizó entonces su cuerpo junto al de Alice, pero se negó a dejar el pezón aunque las manos de Alice empezaron a presionar su cuello con firmeza creciente, intentanto bajarle más la cabeza. Por último, Alice la dejó seguir con el pecho. Janelle murmuraba mientras chupaba con los murmullos de una niña erótica, y Alice acariciaba la rubia cabeza, deteniéndose sólo un momento para apagar la luz de la mesita de modo que pudiesen estar a oscuras. Por último, mucho tiempo después, con un suave suspiro de placer satisfecho, Janelle dejó de chupar el pezón de Alice y metió la cabeza entre las piernas de su compañera. Un rato más tarde cayó en un sueño exhausto. Cuando despertó, se encontró con que Alice la había desvestido y estaba desnuda en la cama con ella. Dormían abrazadas en completo abandono, como dos niñas inocentes y con la misma paz.

Así empezó lo que habría de ser para Janelle la relación sexual más satisfactoria que tuviera hasta entonces. No era que estuviese enamorada, que no lo estaba. Alice estaba enamorada de ella. Eso era en parte la razón de que resultase tan satisfactorio. Además, le encantaba chupar un pecho lleno y era un descubrimiento nuevo y asombroso. Y se sentía con Alice absolutamente desinhibida y su completo señor y dueño. Lo cual era magnífico. No tenía que jugar su papel de beldad sureña.

Lo curioso de la relación era que Janelle, dulce y suave y femenina, era, en la relación sexual, la agresiva, la dominante. Alice, pese a que parecía algo masculina, aunque muy dulcemente, era en realidad la mujer de la pareja. Fue Alice la que convirtió su dormitorio (compartían ahora la cama) en una coquetona habitación de mujer, con muñecas colgando de las paredes, contraventanas y cortinas especiales y toda clase de cachivaches. El dormitorio de Janelle, que seguían manteniendo igual por las apariencias, estaba sucio, revuelto y desordenado como el de un niño.

Parte de la emoción de las relaciones estribaba para Janelle en el hecho de que podía representar el papel de un hombre. No sólo sexualmente, sino en la vida cotidiana, en los pequeños detalles de la rutina diaria. En la casa era descuidada de un modo masculino. Mientras que Alice se molestaba siempre en tener un aspecto atractivo para Janelle. Janelle hacía incluso cosas típicas del varón, como agarrar a Alice por la entrepierna cuando se cruzaba con ella en la cocina, o tocarle los pechos. A Janelle le encantaba hacer el papel masculino. Obligaba a Alice a hacer el amor. En esos momentos, se sentía mucho más excitada de lo que jamás se hubiese sentido con un hombre. Además, aunque las dos seguían teniendo relaciones con hombres, inevitables en sus profesiones, sólo Janelle disfrutaba aún pasando una velada con un varón. Sólo Janelle pasaba aún la noche fuera de vez en cuando. Cuando volvía, por la mañana, encontraba a Alice literalmente enferma de celos. Tan enferma, de hecho, que Janelle se asustaba y consideraba la posibilidad de abandonarla. Alice nunca pasaba la noche fuera. Y cuando se quedaba hasta tarde, nunca se preocupaba Janelle de si estaba o no con un hombre. Le daba igual. Para ella, una cosa no tenía nada que ver con la otra.

Pero, gradualmente, pasó a quedar sobreentendido que Janelle era una persona libre. Que podía hacer lo que le diese la gana. Que no tenía por qué rendir cuentas. En parte porque era tan guapa que le resultaba difícil eludir las atenciones y las llamadas telefónicas de todos los hombres con que entraba en contacto: actores, ayudantes de dirección, agentes, productores, directores. Pero gradualmente también, en el año que llevaban viviendo juntas, Janelle fue perdiendo interés en las relaciones sexuales con los hombres. Pasaron a resultarle insatisfactorias. No tanto físicamente como por el hecho de que era distinta la relación de poder. Podía sentir, o imaginaba que sentía, la misma sensación de dominio sobre ella que sentían los hombres después de conseguir llevársela a la cama. Pasaban a estar demasiado seguros de sí mismos, demasiado satisfechos. Esperaban demasiadas atenciones. Atenciones que ella no tenía ganas de prodigar. Además, encontraba en Alice algo que nunca había hallado en ningún hombre. Una confianza absoluta. Nunca tenía la sensación de que Alice pudiese hablar mal de ella o menospreciarla. O que fuese a traicionarla con otra mujer o con un hombre. Ni que fuese a engañarla en cuestiones materiales o a no cumplir una promesa. Muchos de los hombres que conocía eran muy amigos de prodigar promesas que nunca cumplían. Con Alice se sentía verdaderamente feliz. Porque procuraba conseguir su felicidad, fuese como fuese.

—Sabes —dijo un día Alice—, podríamos tener a Richard siempre con nosotras.

—Ay, Dios mío, ojalá pudiéramos —dijo Janelle—. Pero no tenemos tiempo para ocuparnos de él.

—Claro que lo tenemos —dijo Alice—. Mira, pocas veces trabajamos al mismo tiempo. Además, él tiene que ir a clase. En vacaciones, puede ir a un campamento. Si hay algún problema, podemos contratar a alguien. Creo que serías mucho más feliz si Richard viviese contigo.

Para Janelle era una tentación. Se daba cuenta de que la relación entre ambas se haría mucho más sólida y permanente si Richard viviese con ellas. Pero no le parecía mala idea. Estaba consiguiendo trabajo suficiente en el cine para vivir con holgura. Podían buscar incluso un apartamento mayor y decorarlo bien.

—De acuerdo —dijo—. Le escribiré a Richard, a ver qué le parece todo esto.

Nunca lo hizo. Sabía que su ex marido no iba a aceptarlo. Y además no quería que Alice pasase a ser demasiado importante para ella.

38

Cuando estuve seguro de que Janelle era bisexual, de que Alice era también su amante, sentí un gran alivio. Qué demonios. Dos mujeres haciendo el amor juntas era como dos mujeres cosiendo juntas. Se lo dije a Janelle para fastidiarla. Además, su relación era para mí una suerte. Mi posición era la de un individuo con una amante casada, cuyo marido era comprensivo y mujer, una gran combinación.

Pero nada es simple. Poco a poco, fui comprendiendo que Janelle amaba a Alice por lo menos tanto como a mí. Aún peor, llegué a darme cuenta de que Alice amaba a Janelle mejor que yo. En cierto modo, esto era menos egoísta y mucho menos perjudicial para Janelle. Porque yo sabía, por entonces, que no estaba haciéndole mucho bien a Janelle emocionalmente. Daba igual que fuese una tramposa sin esperanzas. Que ningún tipo fuese a resolverle nunca sus problemas. Yo estaba utilizándola como un instrumento para mi placer. También era válido. Pero yo esperaba que ella aceptase un puesto estrictamente subordinado en mi vida. Después de todo, yo tenía mi mujer, mis hijos y mi obra literaria. Sin embargo, esperaba que ella me pusiese a mí por encima de todo.

Hasta cierto punto, todo en esta vida es un negocio. Y yo estaba sacando más rendimiento del negocio que ella. Era así de simple.

Pero aquí es donde entra lo peliagudo del asunto, cuando se tiene una amante bisexual. Janelle se puso enferma estando yo en Los Angeles. Tuvo que ir al hospital a operarse de un quiste en un ovario. Con esto y con algunas complicaciones se pasó diez días en el hospital. Le mandé flores, claro, toneladas y toneladas de flores. La farsa habitual que tanto agrada a las mujeres y que tan libres deja a los hombres para hacer lo que quieran. Desde luego, fui a verla todas las noches, y pasaba más o menos una hora con ella. Pero Alice estaba allí todo el día. A veces, estaba cuando llegaba yo y salía siempre de la habitación un ratito para que Janelle y yo pudiésemos estar solos. Quizás supiese que a Janelle le gustaba que le cogiese los pechos desnudos mientras hablaba con ella. No era una cosa sexual, sino que la confortaba. Dios mío, cuántas cosas sexuales son sólo eso, como un baño caliente, una gran cena, un buen vino, algo confortante. Ay, si uno pudiese llegar al sexo sólo de ese modo, sin amor y sin otras complicaciones.

En fin, esta vez Alice se quedó en la habitación con nosotros. A mí, siempre me había sorprendido la dulzura de la cara de Alice. De hecho, las dos parecían hermanas, eran dos mujeres de un aspecto muy dulce, suaves y femeninas. Alice tenía la boca pequeña y casi fina, y este tipo de bocas suelen dar una impresión de mezquindad, pero la suya no. Me gustaba muchísimo. ¿Por qué demonios no había de gustarme? Ella estaba haciendo todo el trabajo sucio que debería hacer yo. Pero yo era un tipo ocupado. Además estaba casado. Tenía que salir para Nueva York al día siguiente. Quizás si Alice no hubiese estado allí, yo habría hecho todo lo que hizo ella. Pero no lo creo.

Había conseguido colarme con una botella de champán para celebrar nuestra última noche juntos. Pero no me importaba compartirla con Alice. Janelle tenía tres vasos escondidos. Alice abrió la botella. Era muy habilidosa.

Janelle llevaba un camisón de encaje muy bonito. Como siempre, tenía un aire muy dramático, allí echada en la cama. Me di cuenta de que, deliberadamente, no se había puesto maquillaje para mi visita con el fin de representar su papel. Demacrada, pálida, otra Camille. Salvo que ella, en realidad, estaba estupendamente y desbordaba vitalidad. Sus ojos brillaban alegres mientras sorbía el champán. Tenía atrapadas en aquella habitación a las dos personas que más quería. Dos personas a las que no les estaba permitido ser malas con ella en ningún sentido, ni herir de ningún modo sus sentimientos. Ni siquiera impedirle ser mala con ellas. Y quizás fue esto lo que la hizo estirarse y coger mi mano entre las suyas mientras Alice nos contemplaba.

Desde que conocía sus relaciones, había procurado cuidadosamente no actuar como un amante delante de Alice. Y Alice jamás hacía patente su relación sexual con Janelle. Observándolas, podías jurar que se trataba de dos hermanas o dos buenas amigas. Tenían una relación absolutamente normal. Sólo Janelle traicionaba a veces su intimidad obligando a Alice a hacer cosas lo mismo que un marido dominante.

Alice echó su silla hacia atrás apoyándola en la pared, alejándose de la cama, alejándose de nosotros, como si nos otorgase la condición oficial de amantes. Por alguna razón, este gesto tan generoso me afectó dolorosamente.

Supongo que las envidiaba. Estaban tan cómodas una con otra que podían permitirse concederme aquello, podían admitir mi posición privilegiada como amante oficial. Janelle jugueteó con los dedos en mi mano. Y entonces me di cuenta de que no hacía aquello por perversidad, sino con un verdadero deseo de hacerme feliz, así que le sonreí. En la hora siguiente, terminaríamos el champán y yo me iría, tomaría el avión para Nueva York, y ellas se quedarían solas y Janelle amaría a Alice. Y Alice lo sabía. Igual que sabía que Janelle debía disponer de aquel momento conmigo. Resistí el impulso de apartar la mano. Habría sido una falta de generosidad por mi parte, y la mística masculina obliga a los hombres a ser básicamente más generosos que las mujeres. Pero yo sabía que mi generosidad era forzada. Estaba deseando marcharme.

Por fin pude darle a Janelle el beso de despedida. Prometí llamarla al día siguiente. Nos abrazamos cuando Alice salió discretamente de la habitación. Pero estaba esperándome afuera y me acompañó hasta el coche. Me dio otro de sus suaves besos en la boca.

—No te preocupes —dijo—. Pasaré la noche con ella.

Janelle me había dicho que, después de la operación, Alice se había pasado toda la noche acurrucada en el sillón, así que no me sorprendió.

—Cúidate tú, y gracias —me limité a decir, y entré en el coche y salí hacia el aeropuerto.

Antes de que el avión iniciase su viaje hacia el este ya había oscurecido. Nunca podía dormir en vuelo.

Y así pude pensar en Alice y en Janelle, allí en el dormitorio del hospital, tan a gusto juntas, y me alegré de que Janelle no estuviese sola. Y me alegró también pensar que por la mañana temprano podría estar desayunando con mi familia.

39

Una de las cosas que nunca le confesé a Janelle fue que mis celos no eran meramente románticos, sino pragmáticos. Investigué la literatura de las novelas románticas, pero en ninguna novela pude ver que se admitiera que una de las razones de que un hombre casado desee que su amante le sea fiel es que teme atrapar una blenorragia, o algo peor, y transmitírselo a su esposa. Supongo que una de las razones de que no pudiera confesarse tal cosa a la amante es que el hombre casado miente normalmente y dice que ya no duerme con su mujer. Y como aún se acuesta con su mujer, si la contagiase, si es un ser humano, tendría que decírselo a las dos. Está clavado en el cuerno doble de la culpa.

Así pues, una noche le hablé a Janelle de esto. Ella me miró ceñuda y dijo:

—¿Y si te contagia tu mujer y tú me contagias a mí? ¿O no crees posible tal cosa?

Jugábamos nuestro juego habitual de pelearnos, sin pelear en realidad. Era en el fondo un duelo de ingenio en el que estaban permitidos el humor y la verdad, e incluso cierta crueldad, aunque no la brutalidad.

—Por supuesto —dije—. Pero hay menos posibilidades. Mi mujer es una católica bastante estricta. Es virtuosa.

Alcé la mano para silenciar la protesta de Janelle y seguí:

—Y es más vieja que tú, y no tan guapa, y tiene menos oportunidades.

Janelle se suavizó un poco. Cualquier halago a su belleza podía suavizarla.

Luego dije, con una sonrisilla:

—Pero tienes razón. Si mi mujer me contagiase y yo te contagiase a ti, no me sentiría culpable. Eso estaría muy bien. Sería una especie de justicia, puesto que tú y yo delinquimos juntos.

Janelle no pudo aguantar más. Casi dio un salto.

—No puedo creer que hayas dicho una cosa así. Me parece increíble. Quizás yo esté cometiendo un delito —dijo—, pero tú eres sencillamente un cobarde.

Otra noche, a primeras horas de la madrugada, cuando como siempre no podíamos dormir por lo excitados que estábamos después de haber hecho el amor un par de veces y haber bebido una botella de vino, se puso tan pesada e insistió tanto que le hablé de cuando era niño en el hospicio.

De niño yo utilizaba los libros como magia. En el dormitorio, en plena noche, separado y solo, una soledad como no he vuelto a sentir desde entonces, podía huir y escapar leyendo y tejía luego fantasías propias. Los libros que más me gustaban a aquella primera edad de los diez, once y doce años, eran las leyendas románticas de Roldán, Carlomagno, el Oeste norteamericano, y sobre todo el rey Arturo y su Tabla Redonda, y sus bravos caballeros Lancelote y Galahad. Pero sobre todos prefería a Merlín porque me identificaba con él. Y luego tejía mis fantasías, mi hermano Artie era el rey Arturo y eso estaba bien, porque Artie tenía toda la nobleza y la honradez del rey Arturo, la honestidad y la fidelidad de propósito, el amor capaz de perdonar que no poseía yo. De niño, en mis fantasías, me imaginaba astuto y previsor y estaba absolutamente convencido de que regiría mi propia vida por una especie de magia. Y por eso me gustaba el mago del rey Arturo, Merlín, que había vivido el pasado, podía prever el futuro y era inmortal y lo sabía todo.

Por entonces ideé el truco de trasladarme concretamente yo mismo del presente al futuro. Lo usé toda mi vida. De niño, en el hospicio, me convertía en un joven con amistades cultas e inteligentes. Podía ponerme a vivir en un lujoso apartamento y en el sofá de aquel apartamento hacer el amor con una mujer hermosa y apasionada.

Durante la guerra, en guardias tediosas o patrullando, me proyectaba en el futuro, a cuando fuese de permiso a París y comiese bien y me acostase con exuberantes putas. Bajo el fuego artillero podía desaparecer mágicamente y verme descansando en los bosques junto a un arroyo rumoroso, leyendo un libro querido.

Resultaba, resultaba de veras. Yo desaparecía mágicamente. Y me acordaba más tarde, cuando estaba haciendo de verdad aquellas cosas magníficas, recordaba los tiempos terribles y era como si hubiese escapado de ellos por completo, como si nunca hubiese sufrido, como si fuesen sólo sueños.

Recuerdo mi conmoción y mi asombro cuando Merlín le dice al rey Arturo que ha de gobernar sin su ayuda porque él, Merlín, estará preso en una cueva por obra de una joven hechicera a la que ha enseñado todos sus secretos. Como el rey Arturo, yo preguntaba por qué. ¿Por qué Merlín enseñaría a una joven toda su magia, así sencillamente, para que pudiese convertirle en prisionero suyo, y por qué decía tan contento que iba a dormir mil años en una cueva, sabiendo cuál había de ser el trágico final de su rey? Yo no podía entenderlo. Sin embargo, al hacerme mayor, tenía la sensación de que también yo podría hacer lo mismo. Todo gran héroe, había aprendido, debe tener una debilidad, y ésa sería la mía.

Había leído muchas versiones diferentes de la leyenda del rey Arturo, y en una había visto un dibujo de Merlín en que aparecía como un hombre de larga barba gris con un sombrero cónico tachonado de estrellas y signos del Zodíaco. En el taller del hospicio me hice un sombrero así y me lo ponía y lo llevaba. Me gustaba mucho aquel sombrero. Hasta que un día, uno de los chicos me lo robó, y no volví a verlo, y nunca me hice otro. Había utilizado aquel sombrero para sembrar conjuros mágicos a mi alrededor, para llegar a ser el héroe que había de ser; por las aventuras que correría, las grandes hazañas que ejecutaría y la felicidad que hallaría. Pero, en realidad, el sombrero no era necesario. De cualquier modo, las fantasías se tejían solas. Mi vida en aquel hospicio parece un sueño. Yo nunca estuve allí. Yo era realmente Merlín a los diez años. Era un mago, y nada podría herirme nunca.

Janelle me miraba con una sonrisilla.

—Te crees que eres Merlín, ¿verdad? —dijo.

—Un poquito —dije.

Volvió a sonreír, sin decir nada. Bebimos un poco de vino, y luego dijo de pronto:

—Sabes, a veces soy un poco retorcida, y me da miedo, de veras, serlo contigo. Dime, ¿qué te parece si hacemos una cosa? Verás, uno de nosotros inmoviliza al otro y luego hace el amor con el que está inmovilizado. ¿Qué te parece? Déjame que te inmovilice y entonces haré el amor contigo y tú estarás en mis manos. Es muy divertido, verás.

Me sorprendió porque habíamos probado a hacer cosas raras antes y habíamos fracasado. Una cosa sabía yo: nadie me ataría nunca. Así que se lo dije:

—De acuerdo, yo te ataré a ti, pero tú no me atarás a mí.

—Eso no es justo —dijo Janelle—. Eso no es jugar limpio.

—Me importa un carajo —dije—. A mí nadie me ata. ¿Cómo sé que cuando me hayas atado no te vas a dedicar a ponerme cerillas encendidas en los pies o a clavarme un alfiler en un ojo? Quizás después lo lamentes, pero de nada servirá.

—Vamos, no seas tonto. Sería una atadura simbólica. Te ataría con un pañuelo. Podrías desatarte en cuanto quisieras. Sería como un hilo. Tú eres escritor, sabes lo que significa «simbólico».

—No —dije.

Se echó en la cama, sonriéndome, con mucha frialdad.

—Y tú te crees Merlín —dijo—. ¿Pensaste que me ibas a dar lástima tú, pobrecito, en el orfanato imaginándote Merlín? Eres el mayor hijoputa que he conocido y acabo de demostrártelo. Nunca dejarás que una mujer te hechice ni te meta en una cueva o te ate los brazos con un pañuelo. No eres ningún Merlín, Merlyn.

Yo no había visto venir aquello, desde luego, pero tenía una respuesta para ello, una respuesta que no podía darle. Que una hechicera menos habilidosa se le había adelantado. Yo estaba casado, ¿no?

Al día siguiente, tenía que entrevistarme con Doran y éste me dijo que las negociaciones del nuevo guión tardarían un tiempo. El nuevo director, Simon Bellford, estaba intentando sacar mayor porcentaje. Luego, Doran añadió, tanteando:

—¿Podrías considerar tú la posibilidad de cederle a él parte de tu porcentaje?

—Yo no quiero ya ni trabajar en la película —le dije a Doran—. Ese Simon es un vendido, su camarada Richetti un ladrón nato. Kellino, aunque sea tonto del culo, por lo menos es un gran actor. Y ese pijotero de Wagon es el más miserable de todos. No quiero saber nada de esa película.

—Tu porcentaje se basa en tus derechos sobre el guión. Así figura en el contrato. Si dejas que esos tipos sigan sin ti, lo harán de forma que no tengas derechos. Tendrás que recurrir al arbitraje del sindicato de escritores. Los estudios son los que establecen los derechos en el reparto, y si no te incluyen, tendrás que luchar por conseguirlo.

—Que lo intenten —dije—. No pueden cambiar tanto las cosas.

—Tengo una idea —dijo suavemente Doran—. Eddie Lancer es buen amigo tuyo. Pediré que lo pongan a él a trabajar contigo en el guión. Es un tipo listo y puede defender tu postura ante los otros. ¿De acuerdo? Confía en mí esta vez.

—De acuerdo —dije, pues ya estaba cansado de todo aquello.

Luego, antes de que me fuese, Doran dijo:

—¿Por qué estás tan enfadado con esos tíos?

—Porque a ninguno de ellos le importaba un carajo Malomar —dije—. Están contentos de que se haya muerto.

Pero, en realidad, no era cierto. Les odiaba porque querían decirme lo que tenía que escribir.

Volví a Nueva York a tiempo para ver por televisión el reparto de los premios de la Academia. Valerie y yo siempre lo veíamos todos los años. Y aquel año lo veía con especial interés porque Janelle tenía una película corta, de media hora, que había hecho con sus amigos y que había sido seleccionada.

Mi mujer trajo café y pastas y nos sentamos a mirar. Me sonrió y dijo:

—¿Crees que algún día estarás tú ahí recibiendo un Oscar?

—No —dije—. Mi película será una porquería.

Como siempre, en las entregas de los premios se quitaron de en medio todas las cosas pequeñas primero y, claro está, la película de Janelle ganó el premio al mejor tema corto, y apareció enseguida su rostro en la pantalla. Estaba ruborosa de felicidad: fue lo bastante sensata para no extenderse y se sentía lo bastante culpable para ser gentil. Dijo simplemente:

—Quiero dar las gracias a las mujeres que hicieron esta película conmigo, sobre todo a Alice De Santis.

Y eso me llevó de nuevo al día en que supe que Alice amaba a Janelle más de lo que yo podría amarla nunca.

Janelle había alquilado una casa de playa en Malibú, por un mes, y los fines de semana yo dejaba mi hotel y pasaba el sábado y el domingo con ella en su casa. El viernes por la noche paseábamos hasta la playa y luego nos sentábamos en el porche, aquel pequeño porche bajo la luna de Malibú, y observábamos a los pájaros. Janelle me explicó que eran lavanderas. Huían del agua siempre que las olas subían.

Hicimos el amor en el dormitorio que daba al océano Pacífico.

Al día siguiente, sábado, cuando estábamos comiendo, sin haber desayunado, llegó Alice. Comió con nosotros y luego sacó un trocito rectangular de película del bolso y se lo dio a Janelle. El trozo de película no tenía más de dos centímetros y medio de ancho por cinco de largo.

—¿Qué es esto? —preguntó Janelle.

—Son los créditos de la película —dijo Alice—. Los corté.

—¿Y por qué lo hiciste? —dijo Janelle.

—Porque pensé que te gustaría —dijo Alice.

Las observaba a las dos. Había visto la película. Era una maravillosa obra de arte. Janelle y Alice la habían hecho con otras tres mujeres como una empresa feminista. Janelle figuraba como estrella, Alice como directora, y las otras tres mujeres en los puestos correspondientes al trabajo que habían hecho en la película.

—Necesitamos un director. No podemos proyectar una película sin director —dijo Janelle.

Entonces intervine yo, por intervenir.

—Pero yo creí que la película la había dirigido Alice —dije.

Janelle me miró furiosa.

—Ella estaba encargada de la dirección —dijo—. Pero yo hice muchísimas sugerencias de dirección y considero que eso debe reconocerse.

—¡Por Dios! —dije—. Tú eres la estrella de la película. Alice tiene que sacar algo por el trabajo que hizo.

—Por supuesto —dijo indignada Janelle—. Eso mismo le dije yo. No fui yo quien le mandó cortar su nombre del negativo. Lo hizo ella sola.

Me volví a Alice y dije:

—¿Qué opinas tú, en realidad?

Alice parecía muy tranquila.

—Janelle hizo muchísimo trabajo de dirección —dijo—. Y en realidad a mí me da igual. Que figure Janelle. A mí no me importa.

Me di cuenta de que Janelle estaba muy furiosa. Le fastidiaba muchísimo verse en una posición tan falsa. Pero me di cuenta de que no quería dejar que se atribuyese a Alice el mérito de dirigir la película.

—No me mires así, condenado —me dijo Janelle—. Yo conseguí el dinero para hacer esta película y yo reuní a toda la gente y todos colaboramos en el guión y no podría haberse hecho nada sin mí.

—De acuerdo —dije—. Entonces, ponte como productora. ¿Por qué es tan importante el título de directora?

Entonces, habló Alice.

—Vamos a presentar a concurso esta película para el premio de la Academia y para Filmex y, en películas como ésta, la gente piensa que lo único importante es la dirección. El que se lleva más honores por la película es el director. Creo que Janelle tiene razón —se volvió a Janelle—: ¿Cómo quieres que lo redactemos?

—Que aparezcamos las dos —dijo Janelle—. Y que tu nombre vaya primero. ¿Te parece bien?

—Claro —dijo Alice—. Como tú quieras.

Después de comer con nosotros, Alice dijo que tenía que irse, aunque Janelle le suplicó que se quedase. Vi que se daban el beso de despedida y luego acompañé a Alice hasta su coche.

Antes de que arrancara, le pregunté:

—¿De veras no te importa?

Y ella dijo, con una expresión absolutamente serena, bella en su compostura:

—No, en realidad no me importa. Janelle se puso histérica después del primer pase cuando todo el mundo vino a felicitarme. Ella es así, y para mí es más importante hacerla feliz que todo ese otro asunto. Lo comprendes, ¿no?

Le sonreí y le di un beso de despedida en la mejilla.

—No —dije—. Yo cosas así no las entiendo.

Volví a la casa y Janelle no estaba por ninguna parte. Imaginé que habría bajado paseando a la playa y que no quería que la acompañara. Una hora después, la vi subir por la arena bordeando el agua. Entró en la casa y subió al dormitorio; cuando yo subí estaba en la cama tapada con las sábanas, llorando.

Me senté en la cama sin decir nada. Estiró el brazo para apretar mi mano. Aún seguía llorando.

—Crees que soy una zorra, ¿verdad? —dijo.

—No —dije.

—Y Alice te parece maravillosa, ¿verdad?

—Me agrada —dije.

Sabía que tenía que ser muy cuidadoso. Ella temía que yo pensase que Alice era mejor persona que ella.

—¿Le dijiste tú que cortase ese trozo de negativo? —pregunté.

—No —dijo Janelle—. Lo hizo por su cuenta.

—Bueno —dije—. Entonces acéptalo tal como es y no te preocupes de quién se portó mejor y quién parece mejor persona. Quiso hacer eso por ti, acéptalo sin más. Sabes que ella así lo quiere.

Entonces se echó a llorar otra vez. En fin, estaba en una crisis de histeria, así que le hice un poco de sopa y le di uno de sus *valiums* azules de diez miligramos, y durmió hasta la mañana del domingo.

Aquella tarde, yo leí. Luego estuve mirando la playa y el agua hasta el amanecer.

Janelle despertó al fin. Serían las diez. Un maravilloso día de Malibú. Advertí enseguida que no se sentía cómoda conmigo, que no quería tenerme cerca; que deseaba llamar a Alice y que Alice viniese y pasase con ella el resto del día. Así que le dije que me habían llamado, que tenía que ir a los estudios y que no podía quedarme con ella. Hizo las protestas propias de una beldad sureña, pero observé que había alegría en su mirada. Quería llamar a Alice y demostrarle su amor.

Me acompañó hasta el coche. Llevaba uno de esos sombreros grandes y flojos para protegerse del sol. Era un sombrero realmente grande. La mayoría de las mujeres habrían estado feas con él. Pero con su rostro y su cutis perfecto estaba guapísima. Llevaba unos vaqueros hechos a la medida, gastados deliberada y previamente, que se le ajustaban al cuerpo como la piel. Y recordé que una noche le había dicho, cuando estaba desnuda en la cama, que tenía un magnífico culo de mujer, que hacían falta generaciones para engendrar un culo como aquél. Lo dije para enfurecerla porque era feminista, pero, ante mi sorpresa, se quedó encantada. Y recordé que en parte era una snob. Que estaba orgullosa de la estirpe aristocrática de su familia sureña.

Me dio el beso de despedida, toda ruborosa. No lamentaba lo más mínimo que me fuese. Sabía que ella y Alice pasarían un día feliz juntas y yo un día espantoso en la ciudad, en mi hotel. Pero pensé: ¿qué demonios? En realidad, Alice se lo merecía y yo no. Janelle había dicho una vez que ella era una solución práctica para mis necesidades emocionales. Pero que yo no lo era para las suyas.

La televisión seguía parpadeando. Hubo un tributo especial a la memoria de Malomar. Valerie me dijo algo al respecto. ¿Era buena persona? Contesté que sí. Vimos la entrega de premios hasta el final, y entonces ella me dijo:

—¿Conoces a alguien de los que estaban allí?

—A algunos —dije.

—¿Cuáles? —preguntó Valerie.

Mencioné a Eddie Lancer, que había ganado un Oscar por su colaboración en un guión, pero no mencioné a Janelle. Me pregunté sólo un instante si Valerie me habría tendido una trampa para ver si mencionaba a Janelle y entonces le dije que conocía a la chica rubia a la que entregaron el premio al principio del programa.

Valerie me miró y luego apartó la vista.

40

Una semana después, Doran me llamó para que fuese a California por nuevas entrevistas. Me dijo que había vendido a Eddie Lancer a TriCultura. Así que fui, anduve por allí, acudí a reuniones y estuve de nuevo con Janelle. Me sentía un poco inquieto. Ya no me gustaba tanto California.

Una noche, Janelle me dijo:

—Siempre me explicas lo estupendo que es tu hermano Artie. ¿Por qué es tan estupendo?

—Bueno —dije—. Imagino que fue mi padre además de mi hermano.

Advertí que a ella le fascinaba la imagen de nosotros dos criándonos como huérfanos. Que apelaba a su sentido de lo dramático. Me di cuenta de que barajaba en su cabeza todo tipo de cuentos de hadas imaginando cómo había sido nuestra vida. Dos muchachitos. Delicioso. Una de sus fantasías reales a lo Walt Disney.

—¿Así que quieres oír otra historia de huérfanos? —dije—. ¿Quieres una historia feliz o una historia verdadera? ¿Quieres una mentira o quieres la verdad?

Janelle fingió pensárselo.

—Prueba con la verdad —dijo—. Si no me gusta, puedes contarme la mentira.

Entonces le expliqué cómo todos los visitantes del orfanato querían adoptar a Artie, pero ninguno quería adoptarme a mí. Así fue como inicié la historia.

—Pobrecito —dijo Janelle burlonamente.

Pero al decirlo, aunque sonreía, me puso la mano en el costado y la dejó descansar allí.

Un domingo, cuando yo tenía siete años y Artie ocho, nos hicieron ponernos lo que llamaban nuestros uniformes de adopción. Chaquetas azul claro, camisa blanca almidonada, corbata azul oscuro y pantalones blancos de franela con zapatos blancos. Nos cepillaron, nos peinaron y nos llevaron a la sala de recepción de la tutora jefe, donde esperaba una joven pareja para inspeccionarnos. Se seguía el procedimiento de presentarnos y dábamos la mano y mostrábamos nuestros mejores modales y nos sentábamos a charlar y a conocernos. Luego, salíamos todos de paseo por el recinto del orfanato, más allá del inmenso jardín, el campo de fútbol y los edificios escolares. Lo que mejor recuerdo es que la mujer era muy guapa, y aunque tenía siete años me enamoré de ella. Era evidente que su marido también estaba enamorado de ella, pero que no le convencía demasiado toda aquella idea. También se hizo evidente aquel día que a la mujer le gustaba Artie, pero no yo. Y en realidad no podía reprochárselo. Ya a los ocho años, Artie resultaba guapo casi de un modo adulto. Además, tenía unos rasgos perfectamente moldeados, y aunque la gente decía que nos parecíamos mucho y siempre nos identificaban como hermanos, yo sabía que era una versión barata de él, como si él hubiese sido el primero en salir del molde. La impresión era clara. Como segunda impresión, yo había cogido trocitos de cera del molde, labios más gruesos, nariz más grande. Artie tenía la delicadeza de una muchacha, los huesos de mi cara y de mi cuerpo eran más gruesos y pesados. Pero hasta aquel día yo nunca había sentido celos de mi hermano.

Aquella noche nos dijeron que la pareja volvería al domingo siguiente para decidir si nos adoptaban a los dos o sólo a uno. Nos dijeron también que eran gente muy rica y que era muy importante que se llevaran por lo menos a uno.

Recuerdo que la tutora tuvo una charla íntima y confidencial con nosotros. Una de esas charlas en que los adultos advierten a los niños contra sentimientos malignos como los celos, la envidia, el despecho y les urgen a una generosidad de espíritu que sólo los santos pueden lograr, a duras penas, y no digamos ya los niños. Como niños, escuchábamos sin decir palabra. Movíamos la cabeza asintiendo y decíamos: «sí, señora», sin saber en realidad de qué nos estaba hablando. Pese a mi corta edad, yo sabía lo que iba a ocurrir. Al domingo siguiente, mi hermano se iría con la señora rica y guapa y me dejaría solo en el hospicio.

Artie nunca fue vanidoso, ni siquiera de niño. Pero la semana que siguió fue la única semana de nuestras vidas en que estuvimos distanciados. Aquella semana odié a mi hermano. El lunes, después de las clases, cuando jugábamos nuestro partido de fútbol, no le elegí para mi equipo. Yo era el mejor en los deportes. En los dieciséis años que estuvimos en el hospicio, yo fui el mejor atleta de mi edad y un jefe natural. Por tanto, era uno de los capitanes que elegía jugadores, y siempre elegía el primero a Artie para mi equipo. Aquel lunes fue la única vez en dieciséis años que no le elegí. Durante el partido, aunque él me llevaba un año, procuré pegarle lo más fuerte posible cuando yo tenía el balón. Aun después de treinta años puedo recordar su expresión asombrada y herida de aquel día. Por la noche no me senté junto a él en la mesa. Y luego no hablé con él en el dormitorio. Recuerdo claramente que un día de aquella semana, cuando terminó el partido de fútbol, él cruzaba el campo para irse. Yo tenía el balón en la mano y, con la mayor frialdad, se lo tiré en la nuca y le derribé. Lo había tirado simplemente. En realidad, no pensé que pudiera darle. Para un niño de siete años era un hecho notable. Y todavía ahora me asombra la fuerza de la malicia que hizo tan certero mi brazo de siete años. Recuerdo a Artie levantándose del suelo y también me acuerdo que yo gritaba: «Oh, lo hice sin querer». Pero él simplemente se dio la vuelta y se alejó.

Nunca tomó represalias. Eso me enfurecía aún más. Por mucho que le fastidiase o le humillase, se limitaba a mirarme inquisitivamente. Ninguno de los dos entendía lo que estaba pasando. Pero yo sabía una cosa que le molestaría de veras. Artie ahorraba siempre meticulosamente. Conseguíamos algo de dinero, haciendo trabajos de vez en cuando para el hospicio, y Artie tenía un tarro de cristal lleno de monedas que guardaba escondido en su armario ropero. El viernes por la tarde robé el tarro de cristal, dejé mi partido diario de fútbol y hui a una zona boscosa que quedaba dentro del recinto y lo enterré. Ni siquiera conté el dinero. Vi que estaba lleno de monedas casi hasta el borde. Artie no echó de menos el tarro hasta la mañana siguiente y me miró incrédulo, pero no dijo nada. Entonces, pasó a eludirme.

El día siguiente era domingo y tuvimos que presentarnos a la tutora para que nos pusieran nuestros trajes de adopción. Me levanté temprano y antes de desayunar fui a ocultarme en la zona boscosa que había detrás del orfanato. Sabía lo que iba a suceder aquel día: vestirían a Artie con su traje y la hermosa señora a quien yo amaba se lo llevaría con ella; jamás volvería a verle. Pero al menos tendría su dinero. Me tumbé en la parte más espesa de la zona boscosa y me pasé todo el día durmiendo. Estaba a punto de oscurecer cuando me desperté y volví. Me llevaron a la oficina de la tutora y ésta me dio veinte golpes con una regla de madera en las piernas. Apenas los sentí.

Volví al dormitorio y me quedé asombrado al encontrarme a Artie sentado en su cama esperándome. No podía creer que aún estuviese allí. Además, si no recuerdo mal, yo tenía lágrimas en los ojos cuando Artie me pegó en la cara y dijo: «¿Dónde está mi dinero?», y luego se echó sobre mí, pegándome y dándome patadas, y pidiendo a gritos su dinero. Intenté defenderme sin hacerle daño, pero al final le agarré y le aparté de un empujón. Nos sentamos allí mirándonos fijamente.

—Yo no cogí tu dinero —dije.

—Me lo robaste —dijo Artie—. Sé que fuiste tú.

—No es verdad —dije—. No lo cogí.

Nos miramos. No volvimos a hablar aquella noche. Pero cuando despertamos a la mañana siguiente, éramos amigos otra vez. Todo era como antes. Artie no volvió a preguntarme por el dinero. Nunca le dije dónde lo había enterrado.

Hasta años después no supe lo que había pasado aquel domingo. Artie me explicó entonces que, al descubrir que yo me había escapado, se había negado a ponerse su traje de adopción, y había empezado a chillar, intentando pegarle a la tutora, y le habían dado una paliza. Al insistir en verle la joven pareja que quería adoptarle, había escupido a la mujer y le había llamado todas las cosas sucias que un muchacho de ocho años podía imaginar. Había sido una escena terrible, y se había ganado otra paliza de la tutora.

Cuando terminé de contar la historia, Janelle se levantó de la cama y fue a servirse otro vaso de vino. Luego volvió a la cama, se apoyó contra mí y dijo:

—Quiero conocer a tu hermano Artie.

—Nunca le conocerás —dije—. Todas las chicas que le he presentado se han enamorado de él. En realidad, el único motivo de que me casase con mi mujer fue que ella fue la única que no se enamoró de él.

—¿Desenterraste alguna vez el tarro del dinero? —preguntó Janelle.

—No —dije yo—. Nunca quise hacerlo. Quería que estuviese allí para algún chico que llegara después que yo, alguno que pudiese cavar en aquel bosque y encontrara aquel objeto mágico. Yo ya no lo necesitaba.

Janelle bebió su vino y luego dijo, celosamente, como si envidiase todas mis emociones:

—Le querías, ¿verdad?

En realidad, no podía contestar tal pregunta. No podía utilizar esos términos con mi hermano ni con cualquier otro hombre. Además, Janelle utilizaba aquella palabra demasiado, así que no contesté.

Otra noche, Janelle discutió conmigo acerca de que las mujeres tenían derecho a joder tan libremente como los hombres. Fingí estar de acuerdo con ella. Me sentía fríamente malévolo al reprimir los celos.

Unicamente dije:

—Claro que tienen derecho. El único problema es que biológicamente las mujeres no pueden manejarlo.

Esto la puso furiosa.

—Eso es un cuento —dijo—. Podemos joder igual que vosotros. Nos importa un carajo. En realidad sois los hombres quienes montáis el número de que el sexo es tan importante y tan serio. Sois celosos y posesivos y nos creéis propiedad vuestra.

Era exactamente la trampa en la que yo esperaba que acabase cayendo.

—No, yo no me refería a eso —dije—. Pero sabes que un hombre tiene de un veinte a un cincuenta por ciento de posibilidades de coger gonorrea con una mujer, mientras que una mujer tiene del cincuenta al ochenta por ciento de posibilidades de contagiarse de un hombre.

Por un momento, pareció asombrada y disfruté con la expresión de asombro infantil que se pintó en su cara. Como la mayoría de la gente, ella no sabía una palabra sobre las enfermedades venéreas. Yo, por mi parte, me había puesto a leer todo lo relacionado al tema tan pronto como había empezado a engañar a mi mujer. Mi gran pesadilla era coger una enfermedad venérea, contraer blenorragia o sífilis y contagiar a Valerie, y ésa era una de las razones de que me inquietase cuando Janelle me hablaba de sus aventuras amorosas.

—Dices eso sólo para asustarme —dijo Janelle—. Sé que cuando adoptas ese aire tan seguro y tan profesional estás mintiendo.

—No —dije—. Es cierto. El varón tiene una secreción clara entre uno y diez días después, pero las mujeres casi nunca saben siquiera que tienen gonorrea. Del cincuenta al ochenta por ciento de las mujeres tardan semanas o meses en tener síntomas, o en tener una secreción verde o amarilla. Además, comienzan a tener olor fungoso en los genitales.

Janelle se dejó caer en la cama riéndose, y alzó las piernas desnudas en el aire.

—Ahora estoy segura de que mientes.

—Que no, que es cierto —dije—. No miento. Pero tú no tienes nada. Puedo olerlo desde aquí.

Dije esto esperando que el chiste ocultase mi malicia.

—Sabes —añadí—, normalmente el único medio de poder saberlo es que te lo diga tu pareja.

Janelle se irguió muy tiesa.

—Muchísimas gracias —dijo—. ¿Te dispones a decirme que la tienes y que, por tanto, he de tenerla yo?

—No —dije—. Estoy limpio, pero sé que si la contrajese, vendría de ti o de mi mujer.

Me dirigió una mirada sarcástica.

—Tu mujer está por encima de toda sospecha, ¿no?

—Sí, por supuesto —dije yo.

—Bueno, pues para tu información te diré que voy todos los meses a mi ginecólogo y me hace una revisión completa.

—Eso no sirve de nada —dije—. El único medio de poder saberlo es hacer un cultivo. Y casi ningún ginecólogo lo hace. Recogen una muestra de tu cuello en un cristal fino con gelatina de un marrón claro. El análisis es muy complicado y no siempre resulta positivo.

Ahora parecía fascinada, así que probé a decir:

—Y si crees que puedes eludir el asunto simplemente chupándosela a un tipo, te diré que la mujer tiene muchísimas más posibilidades de contraer una enfermedad venérea chupándola, de las que tiene un hombre de contraerla haciéndole una mamada a una mujer.

Janelle se incorporó de un salto. Reía entre dientes, pero gritó:

—Eso es injusto. ¡Es injusto!

Ambos nos echamos a reír.

—Y la gonorrea no es nada —dije—. Lo que realmente es malo es la sífilis. Si se la chupas a un tío, puede salirte un lindo chancro en la boca o en los labios, o incluso en las amígdalas. Perjudicaría tu carrera como actriz. El problema de un chancro es que si tiene un color rojo oscuro acaba convirtiéndose en una llaga que resulta muy difícil de curar. Ahora bien, lo curioso del caso es que los síntomas pueden desaparecer en el plazo de una a cinco semanas, pero la enfermedad aún sigue en tu organismo y puedes contagiar a otros. Puedes tener una segunda lesión o pueden salirte bultos en las palmas de las manos y en las plantas de los pies.

Le alcé un pie y dije:

—No, tú no la has cogido.

Estaba fascinada ya, y no entendía por qué le explicaba todo aquello.

—¿Y los hombres? ¿Qué sacáis vosotros de todo esto, cabrones?

—Bueno —dije—, se nos hinchan los ganglios linfáticos de la ingle, y por eso a veces se dice que un tipo tiene dos pares de huevos. Otras veces, se cae el pelo. Por eso en la jerga antigua a la sífilis se le llamaba «el corte de pelo». Pero aun así, no es demasiado malo. La penicilina acaba con ello. Aunque también en este caso, como te dije, el único problema es que el hombre sabe que ha contraído la enfermedad, pero las mujeres no y por eso las mujeres no están biológicamente equipadas para la promiscuidad.

Janelle me miró un tanto sorprendida.

—¿Y esto te parece fascinante? Eres un hijoputa —estaba empezando a captarlo.

—Pero no es tan terrible como parece —continué, muy suavemente—. Aunque no descubrieses que tenías sífilis o, como le sucede a la mayoría de las mujeres, no tuvieses ningún tipo de síntoma, hasta que te lo dijese un tipo por pura bondad de corazón, al cabo de un año no serías infecciosa. Ya no contagiarías a nadie —le sonreí—. Pero en caso de embarazo, la criatura nacería con sífilis.

Pude ver que la idea le hacía estremecerse.

—Ahora bien, después de ese año, dos tercios de las contagiadas no tendrán ningún problema. Estarán perfectamente.

Le sonreí.

Entonces, ella dijo recelosa:

—¿Y el otro tercio?

—Tienen muchos problemas —dije—. La sífilis afecta al corazón, a los vasos sanguíneos. Puede permanecer oculta diez o veinte años y puede provocar luego locura, o parálisis. Puede afectar también a los ojos, al pulmón y al hígado. Así que, como ves, querida, es un fastidio. Tenéis mala suerte.

—Me dices esto —replicó Janelle— para que no vaya con otros hombres. Lo único que pretendes es asustarme como hacía mi madre cuando tenía quince años y me decía que quedaría embarazada.

—Sí, claro —dije—. Pero la ciencia me respalda. Yo no tengo ninguna objeción moral. Puedes joder con quien quieras. No me perteneces.

—Qué listo eres —dijo Janelle—. Puede que inventen una píldora como la anticonceptiva.

Procuré dar a mi voz un tono muy sincero.

—Sí, claro —dije—. Ya la tienen. Si te tomas una pastilla de quinientos miligramos de penicilina una hora antes del contacto sexual, elimina completamente la posibilidad de sífilis. Pero a veces no resulta; sólo elimina los síntomas y luego, diez o veinte años después, puedes verte realmente jodido. Si la tomas demasiado pronto o demasiado tarde, las espiroquetas se multiplican. ¿Sabes lo que son las espiroquetas? Son como sacacorchos, te invaden la sangre y se meten en los tejidos, y no hay sangre suficiente en tus tejidos para combatirlas. Hay algo en la penicilina que impide a las células reproducirse y bloquea la infección, y entonces la enfermedad se hace inmune a la penicilina en tu organismo. De hecho, la penicilina las ayuda a propagarse. Pero hay otra cosa que puedes utilizar. Hay un gel femenino, *Proganasy,* que se utiliza como anticonceptivo y que, al parecer, destruye también las bacterias de las enfermedades venéreas, con lo que puedes matar dos pájaros de un tiro. Y, ahora que lo pienso, mi amigo Osano usa esas pastillas de penicilina siempre que cree que va a tener suerte con una chica.

Janelle soltó una carcajada burlona.

—Eso está muy bien para los hombres. Vosotros jodéis con cualquier cosa, pero las mujeres nunca saben con quién o cuándo van a joder más que con una o dos horas de anticipación.

—Bien —dije muy satisfecho—, permíteme que te dé un consejo. Nunca jodas con nadie que tenga entre quince y veinticinco años. Tienen aproximadamente diez veces más enfermedades venéreas que los otros grupos de edad. Otro sistema es, antes de ir a la cama con un tipo, «verificar la mercadería».

—Parece algo desagradable —dijo Janelle—. ¿De qué se trata?

—Bueno —dije—. Descapullas el pene, entiendes, como si le masturbases, y si sale un líquido amarillo como grasa, sabes que está infectado. Eso es lo que hacen las prostitutas.

Al decir esto, comprendí que había ido demasiado lejos. Me miró fríamente, así que continué de prisa:

—Otra cosa es el virus herpes. No es en realidad una enfermedad venérea y suelen transmitirlo los hombres que no están circuncidados. Puede provocar cáncer de cuello de útero. Así que date cuenta de los riesgos. Puedes contraer cáncer por joder, y también sífilis, y no enterarte siquiera; por eso las mujeres no pueden joder con tanta libertad como los hombres.

Janelle aplaudió chuscamente:

—Bravo, profesor, creo que sólo me acostaré con mujeres.

—Eso no es mala idea —dije.

No me resultaba difícil decirlo, no me daban celos sus amantes de sexo femenino.

41

Un mes después, en mi siguiente viaje, llamé a Janelle y decidimos cenar e ir al cine juntos. Había una leve frialdad en su voz, así que me puse en guardia, lo cual me preparó para la sorpresa que tuve cuando la recogí en su apartamento.

Me abrió la puerta Alice; le di un beso y le pregunté cómo estaba Janelle. Puso los ojos en blanco, lo cual significaba que podía esperar que Janelle estuviese algo rara. En fin, no estaba rara, pero fue muy curioso. Cuando salió del dormitorio, vestía de un modo absolutamente insólito para mí.

Llevaba una fedora blanca con una cinta roja. La visera caía sobre sus ojos castaños con chispas doradas. Llevaba un traje de hombre de corte perfecto de seda blanca, o al menos parecía seda. Los pantalones eran de corte masculino. Llevaba una camisa blanca de seda y una bellísima corbata a listas rojas y azules; y, para coronarlo todo, llevaba un delicado bastón Gucci color crema, con el que procedió a pincharme en el estómago. Era un desafío directo, me di cuenta enseguida. Salía de su cuarto y, sin palabras, declaraba al mundo su bisexualidad.

—¿Qué te parece? —dijo.

Sonreí y dije:

—Maravilloso —la lesbiana más apuesta que había visto en mi vida—. ¿Dónde quieres cenar?

Se apoyó en su bastón y me miró con mucha frialdad.

—Creo que deberíamos comer en Scandia —dijo— y que por una vez en nuestra relación podrías llevarme a un club nocturno.

Nunca habíamos comido en sitios elegantes. Nunca habíamos ido a un club nocturno. Le dije que de acuerdo. Creo que entendía lo que ella quería hacer. Quería obligarme a reconocer ante el mundo que la amaba pese a su bisexualidad, probarme para ver si podía soportar los chistes y las risillas. Como ya había aceptado personalmente el hecho, no me importaba lo que pensaran los demás.

Pasamos una velada maravillosa. Todo el mundo nos miraba en el restaurante, y he de admitir que Janelle tenía un aspecto impresionante. Parecía realmente una versión más rubia y más guapa de Marlene Dietrich, estilo beldad sureña, por supuesto. Porque, hiciese lo que hiciese, seguía emanando de ella aquella femineidad irresistible. Pero sabía que si le decía eso, no le gustaría. Ella quería castigarme.

En realidad, me agradaba que interpretara el papel de lesbiana simplemente porque yo sabía lo femenina que era en la cama. Así que fue una especie de doble broma respecto a los que nos miraban. Disfruté también de aquello porque Janelle creía que estaba fastidiándome. Observaba todos mis movimientos, y se sintió desilusionada primero y luego complacida al ver que a mí no me importaba.

Al principio me opuse a ir al club nocturno, pero al final fuimos y estuvimos bebiendo en el *Polo Lounge,* donde, para su satisfacción, sometí nuestra relación a las miradas de sus amigos y los míos. Vi a Doran en una mesa y a Jeff Wagon en otra, y los dos se sonrieron. Janelle les saludó alegremente y luego se volvió a mí y dijo:

—¿No es maravilloso ir a un sitio a echar un trago y ver a todos tus viejos y queridos amigos?

Sonreí a mi vez y dije:

—Es maravilloso.

La llevé a casa antes de la medianoche. Ella me dio un golpecito en el hombro con su bastón y dijo:

—Lo hiciste muy bien.

—Gracias —dije.
—¿Me llamarás? —dijo.
—Sí —le contesté.
Fue una noche magnífica, de todos modos. Disfruté con la doble actitud del maître, el portero, e incluso los del aparcamiento; al menos ahora Janelle había salido a la luz.

Llegó un momento, poco después de esto, en que comencé a amar a Janelle como persona. Es decir, no se trataba sólo de que quisiera acostarme con ella, ni contemplar sus ojos castaños y desmayarme; o devorar su boca rosada, y todo lo demás, como el estar despierto toda la noche contándole historias. Dios mío, contándole toda mi vida, y ella contándome la suya. En suma, llegó un momento en que comprendí que su única función no era hacerme feliz, hacerme disfrutar de ella, me di cuenta de que mi tarea era hacerla a ella un poco más feliz de lo que era, y no enfadarme cuando ella no me hacía feliz a mí.

No quiero decir que me convirtiese en uno de esos tipos que se enamoran de una chica porque les hace desgraciados. Eso es algo que en realidad nunca entendí. Siempre fui partidario de cumplir mi parte en el trato, en la vida, en la literatura, en el matrimonio, en el amor, incluso como padre.

Y no quiero decir que aprendiese a hacerla feliz dándole un regalo, que era para mí un placer. O animándola cuando estaba deprimida, que era simplemente retirar obstáculos del camino para que ella pudiese dedicarse a la tarea de hacerme feliz a mí.

Pero lo curioso es que cuando ella ya me había traicionado, cuando empezamos a odiarnos un poco, cuando tuvimos pruebas de la culpabilidad mutua, empecé a amarla como persona.

Era realmente buena. A veces, solía decirme como una niña: «Soy una buena persona», y lo era de verdad. Era muy honrada en todas las cosas importantes. Por supuesto, se acostaba con otros tíos y también con mujeres, pero qué demonios, nadie es perfecto. A pesar de eso, le gustaban los mismos libros que a mí, las mismas películas, la misma gente. Cuando me mentía, lo hacía para no herirme. Y cuando me decía la verdad, lo hacía, en parte, para herirme (tenía una hermosa veta vengativa y yo amaba incluso eso), pero también porque tenía miedo de que me enterase de la verdad de una forma que me hiriese más.

Y, claro está, con el paso del tiempo, tuve que hacerme a la idea de que ella llevaba una vida dañosa en muchos sentidos. Una vida complicada. Pero quién no.

Así que finalmente habían desaparecido toda la falsedad y la ilusión de nuestras relaciones. Eramos verdaderos amigos y yo la amaba como persona. Admiraba su coraje, su indestructibilidad pese a las decepciones de su vida profesional, y a todas las traiciones de su vida personal. Lo entendía todo. La aceptaba en todos los sentidos.

¿Por qué demonios no lo pasábamos pues tan maravillosamente como antes? ¿Por qué no eran tan magníficas como habían sido las relaciones sexuales, aunque fuesen aún mejores que con ninguna otra? ¿Por qué no nos extasiábamos el uno con el otro como antes?

Magia-magia, negra o blanca. Hechicería, conjuros, brujas y alquimia. ¿Sería realmente cierto que el girar de las estrellas decide nuestro destino y la sangre de la luna encera las vidas y las marchita? ¿Sería cierto que las innumerables galaxias deciden nuestro destino día tras día en la tierra? ¿Es sencillamente verdad que no podemos ser felices sin falsas ilusiones?

Al parecer, en toda relación amorosa llega un momento en que a la mujer le irrita que su amante sea demasiado feliz. Por supuesto, ella sabe que es la causa de que él sea feliz. Y sabe que es su placer, su trabajo incluso, lo que lo consigue. Pero finalmente llega a la conclusión de que, de algún modo, el hijo de puta se está aprovechando. Sobre todo si la mujer no está casada y el hombre sí. Porque entonces la relación es una solución al problema de él, pero no resuelve los de ella.

Y llega un momento en que uno de los dos necesita una pelea antes de hacer el amor. Janelle había alcanzado esta etapa. Yo normalmente conseguía eludirla, pero a veces también tenía ganas de pelea; normalmente, cuando ella se enfadaba porque yo estaba casado y no le hacía ninguna promesa de compromiso permanente.

Estábamos en su casa de Malibú después del cine. Era tarde. Desde nuestro dormitorio se veía el océano, sobre el que había una larga mancha de luz lunar que era como un mechón de cabello rubio.

—Vamos a la cama —dije.

Estaba muriéndome de ganas de hacer el amor con ella. Siempre estaba muriéndome de ganas de hacer el amor con ella.

—Por Dios, hombre —dijo ella—. Siempre quieres joder.

—No —dije yo—. Quiero hacer el amor contigo.

Tan sentimental me había vuelto.

Me miró con frialdad, pero sus ojos marrones relampagueaban de cólera.

—Tú y tu maldita inocencia —dijo—. Eres un leproso sin campanilla.

—Graham Greene —dije.

—Vete a la mierda —dijo ella, pero se echó a reír.

Y lo que había llevado a todo esto era que yo nunca mentía. Y ella quería que mintiese. Quería que le soltase todas las bobadas que dicen los hombres casados a las chicas con las que se acuestan. Como, por ejemplo, «mi mujer y yo vamos a divorciarnos». Como «mi mujer y yo llevamos años sin joder». Como «mi mujer y yo dormimos separados». Como «mi mujer y yo hemos llegado a un acuerdo». Como «mi mujer y yo no somos felices juntos». Puesto que, en mi caso, ninguna de estas cosas era cierta, no las decía. Yo amaba a mi mujer, compartíamos el mismo dormitorio, teníamos relaciones sexuales, éramos felices. Tenía lo mejor de ambos mundos y no estaba dispuesto a perderlo. Tanto peor para mí.

En una ocasión, Janelle dijo riéndose que ella estaba muy bien para un rato. Así que fue y llenó la bañera de agua caliente. Siempre nos bañábamos juntos antes de acostarnos. Ella me lavaba a mí y yo la lavaba a ella y jugábamos un poco y luego salíamos y nos secábamos uno a otro con grandes toallas. Luego, nos abrazábamos desnudos entre las sábanas.

Pero esta vez ella encendió un cigarrillo antes de acostarse. Era una señal de peligro. Quería pelea. Se había derramado de su bolso un tubo de píldoras energéticas y esto me había fastidiado, así que yo también estaba un poco predispuesto. Ya no me sentía tan amoroso. El ver el tubo de píldoras energéticas había destapado todo un mundo de fantasías. Ahora que sabía que era amante de otra mujer, ahora que sabía que se acostaba con otros hombres cuando yo volvía con mi familia a Nueva York, yo no la amaba tanto, y las píldoras energéticas me hicieron pensar que las necesitaba para hacer el amor conmigo porque andaba jodiendo con otra gente. Así que se me quitaron las ganas. Ella lo advirtió.

—No sabía que leyeras a Graham Greene —dije—. Eso del leproso sin campanilla está muy bien. Lo reservaste para mí, ¿eh?

Fijó sus ojos marrones en el humo del cigarrillo. Tenía el rubio pelo suelto sobre su rostro delicadamente bello.

—Es verdad, sabes —dijo—. Tú puedes irte a casa y joder con tu mujer y vale. Pero si yo tengo otros amantes, me consideras una puta. Ya no me quieres.

—Aún te quiero —dije.

—No me quieres tanto —dijo.

—Te quiero lo bastante como para querer hacer el amor contigo y no sólo joderte.

—Eres realmente taimado —dijo—. Taimado e inocente. Sólo admites que me quieres menos como si yo te engañase obligándote a decirlo. Pero tú querías que yo lo supiese. ¿Por qué? ¿Por qué no pueden las mujeres tener otros amantes y amar aún a otros hombres? Siempre me dices que aún quieres a tu mujer y que además me quieres a mí. Eso es distinto, ¿por qué no puede ser distinto en mi caso? ¿Por qué no puede ser distinto para todas las mujeres? ¿Por qué no podemos tener la misma libertad sexual y que los hombres sigan amándonos?

—Porque tú sabes de sobra que tu hijo y los demás hombres no lo aceptarían —dije. Creo que estaba bromeando.

Ella echó teatralmente hacia atrás la ropa de la cama y se levantó de un salto, de modo que quedó de pie en la cama.

—No creo que hayas dicho eso —dijo ella incrédula—. No puedo creer que dijeses algo tan increíblemente machista.

—Bromeaba —dije—. De veras. Pero, sabes, no eres realista. Quieres que te adore, que esté realmente enamorado de ti, que te trate como a una reina virginal. Como en la antigüedad. Pero tú rechazas esos valores, sobre los que se basa el amor ciego. La castidad, el que la mujer pertenezca a un solo hombre, responsable de su destino. Quieres que te amemos como al Santo Grial, pero quieres vivir como una mujer liberada. No aceptas que si tus valores cambian, deben cambiar los míos. Yo no puedo amarte como quieres que te ame. Como te amaba.

Empezó a llorar.

—Lo sé —dijo—. Dios mío, nos amamos tanto. Sabes, jodía contigo aunque tuviese jaquecas espantosas. Me daba igual, tomaba *Percodán* y listo. Y me encantaba. Me encantaba, sí. Y ahora la relación sexual no es tan buena, ¿no es cierto? Ahora que somos sinceros.

—No, no lo es —dije yo.

Esto la enfureció. Empezó a gritarme. Su voz sonaba como el graznido de un pato.

Iba a ser una noche larga. Suspiré y estiré el brazo para coger un cigarrillo. Es muy difícil encender un cigarrillo cuando una chica guapa está de pie de modo que su coño te queda encima de la boca. Pero lo conseguí, y el cuadro era tan divertido que ella se echó en la cama de espaldas riendo a carcajadas.

—Tienes razón —dije—. Pero ya conoces las discusiones prácticas sobre la fidelidad de las mujeres. Te conté aquello de que las mujeres no saben casi nunca que tienen una enfermedad venérea. Y lo de que las cogen más fácilmente. Recuerda: cuantos más tipos distintos tengan relaciones contigo, más posibilidades tienes de contraer un cáncer uterino.

Janelle se echó a reír.

—Mentiroso —dijo.

—No es broma —dije yo—. Todos los viejos tabúes tienen una base práctica.

—Cabrones —dijo Janelle—. Los hombres sois unos cabrones con suerte.

—Así son las cosas —dije yo, burlón—. Y cuando empezaste a gritar, parecías el pato Donald.

Me pegó con un almohadón y eso fue la excusa para agarrarla y abrazarla, y nos acariciamos e hicimos el amor.

Después, como fumábamos un cigarrillo a medias, dijo:

—Pero tengo razón, sabes. Los hombres no son justos. Las mujeres tienen todos los derechos a tener tantas relaciones sexuales como deseen. Ahora en serio, ¿no es verdad eso?

—Sí —dije exactamente tan serio como ella y más. Hablaba en serio. Intelectualmente, sabía que tenía razón. Ella se apretó contra mí.

—Por eso te quiero —dijo—. Tú entiendes de verdad. Incluso en tus peores extremos machistas. Cuando llegue la revolución, te salvaré la vida. Diré que fuiste un buen macho, aunque equivocado.

—Muchísimas gracias —dije.

Apagó la luz y luego el cigarrillo. Después, muy pensativa, dijo:

—En realidad, tú no me quieres menos porque me acueste con otros, ¿verdad?

—No —dije.

—¿Sabes que te quiero real y verdaderamente?

—Sí —dije yo.

—Y no crees que sea una puta por hacerlo, ¿verdad? —dijo Janelle.

—Ni mucho menos —dije—. Vamos a dormir.

Extendí el brazo para cogerla, pero ella se apartó un poco.

—¿Por qué no dejas a tu mujer y te casas conmigo? ¡Dime la verdad!

—Porque así tengo las dos cosas —dije.

—Cabrón —me dio un golpe en las bolas con un dedo. Me hizo daño.

—Dios mío —dije—. Sólo porque estoy locamente enamorado de ti, sólo porque me gusta hablar contigo más que con nadie, sólo porque me gusta joder contigo más que con nadie, ¿por qué demonios tienes que ponerte a pensar en que abandone a mi mujer por ti?

Ella no sabía si yo hablaba en serio o no. Decidió que estaba bromeando. Era una suposición peligrosa.

—Hablaba en serio —dijo—. Quiero saberlo de verdad. ¿Por qué sigues casado con tu mujer? Dame sólo una buena razón.

Me enrollé en una bolsa protectora antes de contestar:

—Porque no es una puta —dije.

Una mañana, llevé a Janelle en el coche a los estudios de la Paramount, donde tenía un día de trabajo rodando un pequeño papel en una de las grandes películas de la empresa.

Llegamos temprano, así que dimos un paseo por lo que para mí era una reproducción asombrosamente exacta de un pueblecito. Tenía incluso un falso horizonte, una plancha metálica que se alzaba hacia el cielo y que me engañó momentáneamente. Las fachadas falsas eran tan reales que cuando pasamos ante ellas no pude resistir la tentación de abrir la puerta de una librería, casi esperando ver las mesas y las estanterías familiares cubiertas de libros de brillantes y atractivas portadas. Al abrir la puerta, tras el quicio, sólo había hierba y arena.

Janelle se echó a reír mientras seguíamos caminando. Había una ventana llena de frascos de medicina y fármacos del siglo XIX. La abrimos y vimos de nuevo la hierba y la arena al otro lado. Mientras seguíamos caminando, yo seguía abriendo puertas y Janelle ya no se reía. Sólo sonreía. Por fin, llegamos a un restaurante que tenía una especie de dosel que daba a la calle y bajo él había un hombre barriendo. Y, por alguna razón, el hombre que barría me engañó realmente. Pensé que habíamos abandonado ya los decorados y entrado en la zona de servicios de la Paramount. Vi un menú en el escaparate y pregunté al que barría si ya estaba abierto el restaurante. Tenía una cara gomosa de viejo actor. Me miró de reojo. Esbozó una gran sonrisa, y luego pestañeó.

—¿Habla en serio? —dijo.

Fui a la puerta del restaurante, la abrí y me quedé atónito, realmente sorprendido al ver de nuevo hierba y arena. Cerré la puerta y miré la cara de aquel individuo. Había en ella una alegría casi maníaca, como si él hubiese dispuesto aquella trampa para mí. Como si fuese alguna especie de Dios y yo le hubiese preguntado: «¿La vida es de verdad?» Y me hubiese contestado: «¿Lo dice en serio?»

Acompañé a Janelle hasta el plató donde rodaba y me dijo:

—Es evidente que son decorados. ¿Cómo pudieron despistarte?

—No me despistaron —dije.

—Pero sin duda esperabas que fuesen reales —dijo Janelle—. Observé tu expresión cuando abrías la puerta. Y sé que el restaurante te engañó.

Me tiró del brazo bromeando.

—No se te puede dejar solo —dijo—. Eres tan tonto.

Y tuve que darle la razón. Pero no era que yo lo creyese. No lo creía realmente. Lo que me molestaba era que yo había querido creer que había algo detrás de aquellas puertas. Que yo no podía aceptar el hecho obvio de que detrás de aquellos decorados no hubiese nada. Que yo pensaba realmente que era un mago, que cuando abriese aquellas puertas, aparecerían habitaciones reales y puertas reales. Incluso el restaurante. Y antes de abrir la puerta, vi mentalmente manteles rojos y botellas de vino y gente de pie esperando en silencio para sentarse. Y de verdad me sorprendió ver que no había nada.

Comprendí que era una especie de aberración lo que me había impulsado a abrir aquellas puertas, y sin embargo lo había hecho. No me importaba el que Janelle se riera de mí y tampoco me importaba lo de aquel viejo actor. Demonios, había querido cerciorarme, si no hubiese abierto aquellas puertas nunca habría estado seguro del todo.

42

Osano vino a Los Angeles para un asunto relacionado con una película y me llamó para invitarme a cenar. Llevé a Janelle porque estaba deseando conocerle. Cuando terminamos de cenar y estábamos tomando café, Janelle intentó hacerme hablar de mi mujer. Yo procuré eludir el asunto.

—Nunca hablas de eso, ¿eh? —dijo.

No contesté. Siguió insistiendo. Estaba un poco achispada por el vino y algo incómoda por el hecho de que hubiese traído a Osano conmigo. Se enfadó.

—Nunca hablas de tu mujer porque te parece deshonroso.

Seguí sin decir nada.

—Aún tienes una buena opinión de ti mismo, ¿verdad? —dijo. Su cólera era ya una furia fría.

Osano sonreía levemente, y para suavizar las cosas representó el papel de escritor famoso y brillante, exagerándolo un poco.

—Tampoco habla nunca de que es huérfano —dijo—. En realidad, todos los adultos son huérfanos. Todos perdemos a nuestros padres al hacernos adultos.

Esto interesó inmediatamente a Janelle. Me había dicho que admiraba la inteligencia y los libros de Osano.

—Eso me parece muy inteligente —dijo—. Y es verdad.

—Es un cuento —dije yo—. Si queréis utilizar un lenguaje para comunicaros, no tergiverséis el sentido de las palabras. Un huérfano es un niño que se cría sin padres y muchas veces sin ninguna relación con ningún otro pariente en el mundo. Un adulto no es un huérfano. Es un pijotero que ya no sabe cómo utilizar a sus padres porque son un fastidio y ya no los necesita.

Hubo un embarazoso silencio y luego Osano dijo:

—Tienes razón, pero sucede también que no quieres compartir tu posición especial con todo el mundo.

—Sí, quizás —dije.

Luego me volví a Janelle.

—Tú y tus amigas os llamáis «hermanas» —le dije—. Hermanas significa niñas nacidas de los mismos padres que normalmente han compartido las mismas experiencias traumáticas de infancia, que tienen huellas de la misma experiencia en sus bancos mnemotécnicos. Por eso una hermana es buena, mala o indiferente. Cuando llamas a una amiga «hermana» las dos estáis mintiendo.

—Voy a divorciarme otra vez —dijo Osano—. Otra pensión de divorcio. No volveré a casarme. No puedo permitirme más pensiones.

Me eché a reír con él.

—No digas eso. Tú eres la última esperanza de la institución del matrimonio.

Entonces, Janelle alzó la cabeza y dijo:

—No, Merlyn. Eso lo eres tú.

Todos nos reímos con esto, y luego dije que no quería ir al cine. Estaba demasiado cansado.

—Oh, demonios —dijo Janelle—. Vamos a tomar algo a Pips y a jugar un poco al chaquete. Podemos enseñarle a Osano.

—¿Por qué no vais los dos? —dije fríamente—. Yo volveré al hotel y dormiré un poco.

Osano me miraba con una sonrisa triste. No dijo nada. Janelle me miraba fijamente, como desafiándome a repetirlo. Di a mi voz el tono más frío e indiferente posible. Pero, sin embargo, comprensivo. Con toda deliberación, dije:

—Bueno, de veras que no me importa, en serio. Sois mis

mejores amigos, pero os aseguro que tengo mucho sueño. Osano, sé un caballero y ocupa mi lugar.

Dije esto muy serio.

Osano dedujo inmediatamente que estaba celoso de él.

—Lo que tú digas, Merlyn.

No le importaba nada lo que yo sintiese. Consideró que yo actuaba como un estúpido. Y yo sabía que llevaría a Janelle a Pips y luego a casa, que se la tiraría y que no se preocuparía más del asunto. En cuanto a mí, no era de mi incumbencia.

Pero Janelle sacudió la cabeza.

—No seas tonto. Yo iré a casa en mi coche y vosotros podéis hacer lo que os dé la gana.

Me di cuenta de lo que pensaba ella. Dos cerdos machistas intentando repartírsela. Pero ella sabía también que, si se iba con Osano, me daría una excusa para no volver a verla nunca. Supongo que yo sabía lo que estaba haciendo. Estaba buscando una razón para odiarla, y si se hubiese ido con Osano, ésa podría haber sido la razón y podría haberme librado de ella.

Por último, Janelle volvió al hotel conmigo. Pero pude sentir su frialdad, pese a que nuestros cuerpos estaban cálidamente próximos. Poco después se apartó, y cuando me dormía, pude oír el rumor del colchón al salir ella de la cama. Soñoliento, murmuré:

—Janelle, Janelle.

43

JANELLE

Soy una *buena* persona. No me importa lo que piensen los demás, soy buena persona. Durante toda mi vida, los hombres a los que realmente amé me rechazaron siempre, me rechazaron por lo que decían amarme. Jamás aceptaron el hecho de que pudieran interesarme otros seres humanos y no sólo ellos. Eso es lo que lo fastidia todo. Se enamoran de mí al principio y luego quieren que me convierta en otra cosa distinta. Hasta el gran amor de mi vida, ese hijo de puta de Merlyn. Fue el peor de todos. Aunque también fue el mejor. Me entendía. Fue el mejor hombre que conocí en mi vida. Y le quise de veras. Y él me quiso de veras. Hizo cuanto pudo. Y también yo. Pero nunca pudimos eliminar esa cosa masculina. Bastaba que me gustase otro hombre para que él se pusiera malo de rabia. Se le notaba en la cara. Desde luego, yo no podía soportar que él se enzarzase siquiera en una conversación interesante con otra mujer. Así que... Pero él era más listo que yo. Sabía ocultar las cosas. Cuando estaba yo, nunca prestaba atención a otras mujeres, aunque ellas sí se interesasen por él. Yo no era tan lista, o quizás me parecía demasiada falsedad. Y lo que él hacía era falso. Pero resultaba. Hacía que le amara más. Y mi honradez le hacía a él amarme menos.

Le quería porque era muy listo en casi todo. Salvo con las mujeres. Con las mujeres, en realidad, era muy torpe. Y también lo era conmigo. Quizás no fuese exactamente torpe, pero podía vivir sólo de ilusiones. Me dijo eso una vez y dijo que yo debería ser mejor actriz, que debería darle una mejor ilusión de que le amaba. Yo le amaba de veras. Pero él dijo que eso no era tan importante como la ilusión de que le amaba. Lo comprendí y lo intenté. Pero cuanto más le amaba, menos podía hacerlo. Quería que él me amase tal como era. Quizás nadie pueda amar a nadie tal cual es. Esa es la verdad: nadie puede amar la verdad. Y sin embargo, yo no puedo vivir sin intentar ser fiel a lo que realmente soy. Miento, sin duda, pero sólo cuando es importante, y después, cuando me parece que el momento es adecuado, siempre admito haber mentido. Y eso lo fastidia todo.

Siempre cuento a todo el mundo que mi padre huyó cuando yo era una niña. Cuando me emborracho, les cuento a los extraños que intenté suicidarme a los quince años, pero nunca les cuento por qué, el verdadero motivo. Les dejo pensar que fue porque mi padre nos abandonó. Y quizás fuese por eso. Admito muchas cosas respecto a mí misma. Que si un hombre que me gusta me invita a cenar y resulta agradable me voy a la cama con él aunque esté enamorada de otro. ¿Por qué es tan terrible eso? Los hombres lo hacen constantemente. Para ellos está bien. Pero el hombre al que yo más amaba en el mundo pensaba que yo era una puta cuando le decía eso. No podía entender que no tenía importancia. Que yo sólo quería que me jodieran. Todos los hombres hacen eso.

Jamás engañé a un hombre en cosas importantes. Quizás quiera decir en cosas materiales. Nunca utilicé los trucos baratos que utilizan con sus hombres algunas de mis mejores amigas. Nunca acusé a un tipo de ser responsable cuando quedé embarazada sólo para obligarle a ayudarme. Jamás engañé así a los hombres. Nunca dije a un hombre que le amaba si no le amaba, o al menos no al principio. A veces lo hacía después, cuando dejaba de amarle y él aún me amaba y me resultaba muy difícil herirle. Pero ya no podía ser tan amorosa y se daban cuenta, las cosas se enfriaban y dejábamos de vernos. Y jamás odié realmente a un hombre después de amarle, por muy desagradable que hubiera sido conmigo. Los hombres son muy despectivos con las mujeres a las que ya no aman, al menos la mayoría, o al menos conmigo. Quizás porque ya no me amen y yo no les ame a ellos, o les ame un poco, lo cual no significa nada. Hay una gran diferencia entre amar a alguien poco y amarle mucho.

¿Por qué los hombres dudan siempre de que les ame? ¿Por qué los hombres dudan siempre de tu sinceridad? ¿Por qué los hombres te abandonan siempre? Oh, Dios mío, ¿por qué es tan doloroso? Ya no puedo amarles. Es tan doloroso y son tan pijoteros. Tan cabrones. Te hieren tan despreocupadamente como niños, pero a los niños puedes perdonarles, no te importa. Aunque ambos te hagan llorar. Pero se acabó, ya no más, ni los hombres ni los niños.

Los amantes son muy crueles, y cuanto más amorosos más crueles. No los casanovas y los donjuanes. No me refiero a esos imbéciles. Me refiero a los hombres que te aman de veras. Oh, tú realmente amas y ellos dicen que aman y yo sé que es cierto. Y sé que me harán más daño que ningún otro hombre del mundo. Quiero decir: «No digas que me quieres». Quiero decir: «No te quiero».

En una ocasión en que Merlyn me dijo que me quería, quise llorar porque le amaba de veras y sabía lo cruel que sería cuando ambos nos conociésemos realmente uno a otro, cuando desapareciesen todas las ilusiones, y que cuando yo más le amase, él me querría mucho menos.

Quiero vivir en un mundo en el que los hombres no amen nunca a las mujeres como lo hacen ahora. Quiero vivir en un mundo en el que nunca ame a un hombre como le amo ahora. Quiero vivir en un mundo en el que el amor nunca cambie.

Oh, Dios mío, déjame vivir en sueños; cuando muera, envíame a un paraíso de mentiras, indescubribles y autodisculpables, y un amante que me quiera eternamente o ninguno. Dame mentiras tan dulces que nunca me causen dolor con amor verdadero, y déjame engañarles a ellos con toda mi alma. Seamos falsarios nunca descubiertos, siempre perdonados. Para que así podamos creer unos en otros. Que nos separen guerras y pestes, muertes u locura, pero no el paso del tiempo. Líbrame de la bondad, no me dejes volver a la inocencia. Déjame ser libre.

Una vez le conté a él que me había acostado con mi peluquero y se tendría que haber visto su cara. El frío desprecio. Así son los hombres. Ellos se tiran a sus secretarias, y eso está muy bien. Pero desprecian a una mujer que jode con su peluquero. Y, sin embargo, lo que hacemos nosotras es más comprensible. El peluquero hace algo personal. Tiene que usar las manos con nosotras y algunos tienen unas manos magníficas. Y conocen a las mujeres. Sólo jodí con el peluquero una vez. Andaba siempre explicándome lo bueno que era en la cama y un día yo estaba caliente y dije que de acuerdo, y él subió aquella noche y jodimos sólo aquella vez. Mientras lo hacíamos, le vi observando cómo iba poniéndome a punto. Tenía algo especial el peluquero. Hacía todos aquellos truquillos con la lengua y las manos, y decía todas aquellas palabras especiales y tengo que confesar que fue un gran polvo. Aunque fue algo demasiado frío. Cuando me corrí, esperaba que él alzase un espejo y me lo pusiera detrás para ver cómo había quedado. Cuando me preguntó si me había gustado, le dije que había sido tremendo. Dijo que tendríamos que hacerlo otra vez algún día, y yo dije que sí. Pero nunca volvió a pedírmelo, aunque le habría dicho que no. Así que supongo que yo tampoco estuve demasiado bien.

En fin, ¿qué tiene esto de malo? ¿Por qué cuando los hombres oyen una historia como ésta se limitan a considerar a la mujer una puta? Ellos harían lo mismo sin dudarlo, los muy cabrones. No significa nada, no me rebaja en absoluto como persona. Sí, sin duda me he acostado con un imbécil, pero, ¿cuántos hombres, de los mejores, se acuestan con mujeres imbéciles y no sólo una vez?

Tengo que luchar para no volver a la inocencia. Cuando un hombre me ama, quiero serle fiel y no volver a acostarme con nadie más el resto de mi vida. Quiero hacerlo todo por él, aunque ya sé que, por él o por mí, la cosa nunca dura. Empiezan menospreciándote, empiezan haciendo que les quieras menos. De un millón de formas distintas.

Al amor de mi vida, el muy hijo de puta, realmente le amé y él me amó de verdad, eso he de admitirlo. Pero me fastidiaba el modo que tenía de amarme. Yo era su refugio, era adonde él corría cuando el mundo le resultaba insoportable. Siempre decía que conmigo se sentía seguro sólo en nuestras habitaciones de hotel, nuestras suites diferentes como paisajes diferentes. Diferentes paredes, camas extrañas, sofás prehistóricos, alfombras con sangre de distintos colores, pero siempre nuestros idénticos cuerpos desnudos. Pero eso ni siquiera es cierto, y esto es lo divertido. En una ocasión, le sorprendí y fue realmente divertido. Me hice la operación para agrandarme los pechos. Siempre había querido tener los pechos grandes. Bonitos y redondos y alzados. Y al fin lo hice. Y a él le encantaron. Le dije que lo había hecho especialmente por él, y en parte era cierto. Pero lo hice para sentir menos vergüenza al interpretar un papel que exigiese cierta desnudez. A veces, los productores te miran el pecho. Y supongo que lo hice también por Alice. Pero a él le dije que lo había hecho sólo por él y pensé que el cabrón los apreciaría más. Y así fue. Siempre me encantó su forma de mamar. Eso fue siempre lo mejor del asunto. Me amaba realmente, amaba mi cuerpo, y siempre me decía que era un cuerpo especial, y por último creí que él no podría hacer el amor más que conmigo. Regresé a la inocencia.

Pero nunca fue cierto. Al final, nunca es cierto. Nada lo es. Ni siquiera mis razones. Como otra razón. Me gustan las tetas de las mujeres y, ¿por qué es eso antinatural? Me gusta chuparle los senos a otra mujer y, ¿por qué disgusta esto a los hombres? A ellos les resulta muy agradable, ¿creen que a las mujeres no? Todos fuimos bebés en un tiempo. Niños de pecho.

¿Por eso lloran tanto las mujeres? ¿Porque nunca pueden volver a serlo? ¿Bebés? Los hombres pueden serlo. Es cierto, no hay duda. Los hombres pueden volver a ser niños. Las mujeres no. Los padres pueden ser niños de nuevo. Las madres no pueden volver a ser niñas.

El siempre decía que se sentía seguro. Yo sabía lo que quería decir. Cuando estábamos solos, veía desaparecer la tensión de su rostro. Su mirada se suavizaba. Cuando estábamos tumbados, cálidos y desnudos, rozando suave piel, y yo le rodeaba con mis brazos y le amaba verdaderamente, le oía suspirar con un ronroneo como de gato. Y sabía que durante aquel breve espacio él era verdaderamente feliz. Y que yo podía hacer que aquello fuese verdaderamente mágico. Y que yo era el único ser humano del mundo que podía hacerle sentir así, y eso me hacía sentirme meritoria y digna. Me hacía sentir que significaba realmente algo. No era sólo una puta para joder. No era sólo alguien con quien hablar y con quien exhibir la inteligencia. Era realmente una bruja, una hechicera del amor. Una buena bruja; y era terrible. En aquel momento, ambos podíamos morir felices, literalmente, morir de verdad felices. Podíamos enfrentar a la muerte sin miedo. Pero sólo durante aquel breve espacio. Nada perdura. Nada perdura jamás. Y así, nosotros lo acortamos deliberadamente, hacemos que termine más de prisa, ahora me doy cuenta. Un día, él dijo sin más: «Ya no me siento seguro», y nunca volví a amarle.

No soy Molly Bloom. Ese hijo de puta de Joyce. Mientras ella decía sí, sí, sí, su marido estaba diciendo no, no, no. No me acostaré con ningún hombre que diga no. Nunca, nunca más.

Merlyn dormía. Janelle se levantó de la cama y arrimó una silla a la ventana. Encendió un cigarrillo y miró hacia fuera. Mientras fumaba, oía a Merlyn moverse en la cama en un sueño inquieto. Murmuraba algo, pero ella no hizo caso. Que se fuese a la mierda. Y todos los demás hombres.

MERLYN

Janelle llevaba puestos guantes de boxeo rojo oscuro con cintas blancas. Estaba frente a mí, en la clásica postura de boxeo, la mano izquierda extendida, la derecha retirada y dispuesta para el golpe. Llevaba pantalones blancos de satén, botas de boxeo pero sin cordones. Su hermoso rostro estaba hosco. Su boca delicada y sensual estaba fruncida y apretada, la blanca barbilla apoyada en el hombro. Tenía un aire amenazador. Pero me fascinaban su pecho desnudo, los pezones rojos y redondos y el resto de un blanco cremoso, tenso por una adrenalina que no venía del amor sino del deseo de lucha.

Le sonreí. No respondió a mi sonrisa. Lanzó su izquierda y me alcanzó en la boca y yo dije: «Oh, Janelle». Me atizó otros dos fuertes izquierdazos. Me hicieron mucho daño y sentí que la sangre llenaba el vacío de debajo de la lengua. Se apartó esquivando. Extendí las manos y también en ellas había guantes rojos. Avancé pisando con mis botas de boxeo y me ajusté los pantalones cortos. En aquel momento, Janelle se lanzó sobre mí y me atizó un sólido derechazo. Vi realmente estrellas verdes y azules como en un tebeo. Se apartó esquivando de nuevo, con sus senos balanceantes y con aquellos danzantes pezones rojos que hipnotizaban.

La arrinconé. Se agachó, protegiendo la cabeza con sus manitas envueltas en los guantes rojos. Empecé lanzando un gancho de izquierda en su vientre delicadamente redondeado, pero el ombligo que había lamido tantas veces rechazó mi mano. Entramos en el forcejeo y le dije: «Ay, Janelle, déjalo ya. Te quiero, cariño». Ella se escabulló y volvió a atizarme. Fue como si un gato me rasgara la ceja con su garra y la sangre empezó a gotear. Quedé cegado y me oí decir: «Oh, Dios mío».

Limpiándome la sangre, la vi de pie en el centro del cuadrilátero, esperándome. Tenía el pelo rubio recogido atrás muy tirante en un moño, y el prendedor de bisutería que lo sujetaba resplandecía con un embrujo hipnótico. Me atizó otros dos ganchos rapidísimos, y los pequeños guantes rojos relampaguearon como lenguas. Pero entonces dejó un hueco y pude atizarle en aquella cara delicada. Mis manos no se movían. Me di cuenta de que lo único que podía salvarme era un *clinch*. Intentaba bailar a mi alrededor. La agarré por la cintura cuando intentaba escurrirse y le di la vuelta. Indefensa ahora, salvo que los pantalones no rodeaban del todo su cuerpo y pude ver su espalda y sus hermosas nalgas, tan plenas y redondeadas, contra las que siempre me apretaba cuando dormíamos juntos. Sentí un agudo dolor en el pecho y me pregunté por qué demonios luchaba contra mí. La agarré por la cintura y le susurré al oído, con pequeños filamentos de cabello dorado que recordaba en mi lengua. «Tiéndete boca abajo», dije. Se volvió rápidamente. Me alcanzó con un directo que no vi venir con la derecha y caí en movimiento lento, me alcé en el aire y bajé flotando hasta la lona. Atontado, conseguí alzarme sobre una rodilla y la oí contar hasta diez con su voz encantadora y cálida, la que utilizaba para hacerme correr. Me quedé sobre una rodilla y alcé la vista hacia ella.

Sonreía y luego pude oírla decir: «Diez, diez, diez, diez», frenética, ávidamente, y en su rostro se abrió luego una alegre sonrisa, y alzó ambas manos en el aire y dio un salto de alegría. Oí el retumbar espectral de millones de mujeres gritando en extasiado júbilo; otra mujer, más corpulenta, abrazaba a Janelle. Esta mujer llevaba un grueso jersey de cuello vuelto en el que se leía «CAMPEON» cruzando dos enormes pechos.

Luego, Janelle se acercó a mí y me ayudó.

—Fue una lucha justa —siguió diciendo—. Te derroté claramente.

Y yo dije entre lágrimas:

—No, no, no es verdad.

Entonces desperté y tendí un brazo hacia ella. Pero ella no estaba a mi lado en la cama. Me levanté y, desnudo, entré en el salón de la suite. Pude ver su cigarrillo en la oscuridad. Estaba sentada en una silla contemplando el nebuloso oscurecer que iba alzándose sobre la ciudad.

Me acerqué y me incliné y pasé mis manos por su cara. No había sangre. Sus rasgos estaban intactos y ella alzó una mano aterciopelada para tocar la mía cuando cubrió su pecho desnudo.

—No me importa lo que digas —dije—. Te quiero, signifique lo que signifique.

No me contestó.

Tras unos minutos, se levantó y me llevó de nuevo a la cama. Hicimos el amor, y luego nos dormimos abrazados. Medio entre sueños murmuré:

—Dios mío, estuviste a punto de matarme.

Ella se echó a reír.

44

Algo estaba despertándome de un profundo sueño. A través de las rendijas de las persianas de la habitación del hotel pude ver la luz rosada del inicio del amanecer de California, y luego oí sonar el teléfono. Tardé unos segundos en moverme. Vi la rubia cabeza de Janelle casi oculta bajo las sábanas. Dormía muy lejos de mí. Al seguir sonando el teléfono, tuve una sensación de pánico. Allí en Los Angeles debía ser muy temprano. Así que la llamada tenía que ser de Nueva York, y tenía que ser de mi mujer. Valerie nunca me llamaba si no era una emergencia, algo le había sucedido a uno de mis hijos. También estaba el sentimiento de culpa de recibir aquella llamada con Janelle en la cama a mi lado. Deseé que ella no despertase al descolgar el teléfono.

La voz del otro lado dijo:

—¿Eres tú, Merlyn?

Era una voz de mujer. Pero no pude identificarla. No era Valerie.

—Sí, ¿quién es? —dije.

Era Pam, la mujer de Artie. Su voz temblaba.

—Artie tuvo un ataque al corazón esta mañana.

Y cuando lo dijo, sentí que mi ansiedad disminuía. No era uno de mis hijos. Artie había tenido antes un ataque al corazón y, por alguna razón, pensé que no se trataba de algo realmente grave.

—Maldita sea —dije—. Tomaré un avión e iré inmediatamente. Hoy mismo. ¿Está en el hospital?

Hubo una pausa al otro lado, y luego oí que su voz decía finalmente:

—Merlyn, no pudo superarlo.

En realidad, no entendí lo que decía. No lo entendí realmente. Aún estaba sorprendido o perplejo, así que dije:

—¿Quieres decir que ha muerto?

—Sí —dijo ella.

Con voz muy controlada dije:

—Hay un avión a las nueve, lo cogeré y estaré en Nueva York a las cinco e iré directamente a tu casa. ¿Quieres que llame a Valerie?

—Sí, por favor —dijo.

No dije que la acompañaba en el sentimiento, ni nada de eso. Todo lo que dije fue:

—Todo irá bien. Yo estaré ahí esta noche. ¿Quieres que llame a tus padres?

—Sí, por favor —dijo ella.

—¿Estás bien? —pregunté.

—Sí, estoy perfectamente. Ven, por favor —dijo ella.

Y colgó.

Janelle estaba sentada en la cama mirándome. Cogí el teléfono, pedí línea y conseguí hablar con Valerie. Le expliqué lo ocurrido. Le dije que fuera a esperarme al avión. Ella quería hablar del asunto, pero le dije que tenía que hacer el equipaje e irme al aeropuerto enseguida. Que no tenía tiempo y que ya hablaríamos en cuanto nos viésemos. Y luego llamé a los padres de Pam. Por suerte localicé al padre y le expliqué lo ocurrido. Dijo que él y su mujer cogerían el próximo avión para Nueva York y que él llamaría a la mujer de Artie.

Colgué el teléfono y Janelle me miraba fijamente, me estudiaba con mucha curiosidad. Por las conversaciones telefónicas se había enterado. Pero no dijo nada. Empecé a dar puñetazos en la cama diciendo «*No, no, no, no*». No me daba cuenta de que estaba gritando. Luego empecé a llorar, mi cuerpo se inundó de un dolor insoportable. Tenía la sensación de perder la conciencia. Cogí una de las botellas de whisky que había en el aparador y bebí. No tengo idea de recordar cuánto bebí, y después de todo aquello, sólo puedo recordar a Janelle vistiéndome y llevándome por el vestíbulo del hotel y metiéndome en el avión. Estaba como un zombie. Sólo mucho después, cuando volví a Los Angeles, me contó que había tenido que meterme en el baño para serenarme y que recuperara la conciencia y que luego me había vestido, había hecho la reserva y me había acompañado al avión, y les había dicho a la azafata y al ayudante de vuelo que me vigilaran. No recuerdo siquiera el viaje en avión, pero de pronto estaba en Nueva York, Valerie estaba esperándome y yo ya estaba perfectamente.

Fuimos derechos a casa de Artie. Me hice cargo de todo y dispuse los preparativos. Artie y su mujer habían acordado que él fuese enterrado como católico, con una ceremonia católica, y yo fui a la iglesia parroquial y encargué los servicios. Hice cuanto pude y todo fue bien. No quería que estuviese toda la noche solo en la cámara mortuoria, así que pedí que los servicios fuesen para el día siguiente y que le enterrasen de inmediato. El velatorio sería aquella noche. Y mientras pasaba por los rituales de la muerte, comprendí que nunca sería el mismo. Que mi vida cambiaría y que cambiaría el mundo a mi alrededor. Mi magia desaparecía.

¿Por qué me afectaba así la muerte de mi hermano? Era muy simple, muy normal, supongo. Pero era un individuo verdaderamente virtuoso. Y no se me ocurre ninguna otra persona que haya conocido en este mundo de la que pueda decir lo mismo.

Me habló a veces de los combates que tenía que librar en su trabajo contra las presiones administrativas y la corrupción, los intentos de suavizar los informes sobre los aditivos que, según demostraban sus pruebas, eran peligrosos. Siempre se negó a ceder a estas presiones. Pero las cosas que contaba nunca eran como esas historias aburridas que cuentan algunos de cómo se niegan a dejarse corromper. Porque él lo explicaba sin indignación, con total indiferencia. No le sorprendía desagradablemente que hombres ricos insistiesen en envenenar a sus semejantes para obtener beneficios. Tampoco le sorprendía nunca agradablemente el ser capaz de mantenerse firme frente a la corrupción;

él siempre dejaba muy patente que no se sentía obligado a luchar por lo justo.

Y no tenía ningún delirio de grandeza respecto a lo magnífica que era su lucha. Podrían perfectamente eludirle. Recordaba yo las historias que me contó de cómo otros químicos del departamento hacían pruebas oficiales y daban informes favorables. Pero mi hermano nunca lo hizo. Siempre se reía cuando me contaba tales historias. Sabía que el mundo estaba corrompido. Sabía que su propia virtud carecía de valor. No la ensalzaba.

El simplemente se negaba a ceder. Lo mismo que un hombre se niega a ceder un ojo, una pierna; si él hubiese sido Adán, se habría negado a ceder una costilla. O eso parecía. Y era así en todo. Yo sabía que él nunca había sido infiel a su mujer, aunque era realmente un hombre guapo y el ver a una chica guapa le hacía sonreír con placer; y él pocas veces sonreía. Amaba la inteligencia en el hombre y en la mujer. Sin embargo, tampoco esto le seducía como seduce a tantos. Jamás aceptó dinero ni favores. Nunca pedía piedad a sus sentimientos o a su destino. Sin embargo, jamás juzgaba a los demás, al menos exteriormente. Hablaba muy poco, escuchaba siempre, porque ése era su placer. Exigía un mínimo muy limitado a la vida.

Y, demonios, lo que me destroza el corazón ahora es que recuerdo que aun de niño era virtuoso. Jamás hacía trampas en un partido, jamás robó en una tienda, nunca engañó a una chica. Nunca presumía ni mentía. Yo envidiaba su pureza entonces y la envidio ahora.

Y murió. Una vida trágica y derrotada, según parecía, y yo envidiaba su vida. Por primera vez, comprendí el consuelo que la gente halla en la religión, esas personas que creen en un dios justo. Mucho me hubiese confortado creer entonces que a mi hermano no iba a negársele su justa recompensa, pero sabía que todo aquello era cuento. Yo estaba vivo. Oh, que yo estuviese vivo, y fuese rico y famoso, y gozase de todos los placeres de la carne en este mundo; que yo fuese quien triunfaba sin aproximarme siquiera a ser el hombre que era él, y sin embargo tuviera que morir él tan ignominiosamente.

Cenizas, cenizas, cenizas; lloré como nunca había llorado por mi padre perdido y mi madre perdida, por amores perdidos y por todas y cada una de las demás derrotas.

Y así, al menos, tuve la decencia de sentir angustia ante su muerte.

Decidme, cualquiera: ¿por qué tiene que ser así todo? Me resulta insoportable mirar la cara de mi hermano muerto. ¿Por qué no era yo el que estaba tendido en aquel ataúd, por qué no me arrastraban a mí los diablos del infierno? Nunca había visto la cara de mi hermano tan firme, tan equilibrada, tan serena; pero estaba gris, como empolvada con polvo de granito. Y luego llegaron sus cinco hijos, vestidos de luto, y se arrodillaron junto al ataúd para decir sus últimas oraciones. Yo sentí que se me destrozaba el corazón. Las lágrimas brotaban contra mi voluntad. Salí de allí.

Pero, ay, la angustia no es tan importante como para perdurar. Al salir al aire fresco, me di cuenta de que yo estaba vivo. Que cenaría bien al día siguiente, que en su momento tendría de nuevo entre mis brazos a una mujer amante, escribiría una historia y pasearía por la playa. Sólo aquellos a quienes más amamos pueden causar nuestra muerte, y sólo de ellos debemos preocuparnos. Nuestros enemigos jamás podrán hacernos daño. Y en el meollo de la virtud de mi hermano estaba el hecho de que él no temía ni a sus enemigos ni a aquellos a los que amaba. Tanto peor para él. La virtud es su propia recompensa y los que mueren son tontos.

Pero después, semanas más tarde, oí otras historias. Cómo al principio de su matrimonio, cuando su mujer se puso muy enferma, él había ido a casa de los suegros llorando y suplicando dinero para poder curar a su mujer. Cómo, cuando llegó el ataque final al corazón y su mujer intentó hacerle la respiración boca a boca, él la apartó cansinamente unos momentos antes de morir. Pero, ¿qué significado tenía en realidad aquel gesto final? ¿Que la vida se había hecho demasiado pesada para él, que le resultaba demasiado duro soportar su virtud? Recordé por un instante otra vez a Jordan, ¿también él era un hombre virtuoso?

Los elogios fúnebres que se hacen de los suicidas suelen condenar al mundo y reprocharle la muerte de éstos. Pero pudiera ser que aquellos que se matan crean que no hay culpa alguna, en ninguna parte, que algunos organismos deben morir. Y quizás lo vean más claramente que sus atribulados amantes y amigos...

Pero, sin duda, todo esto era demasiado peligroso. Extinguí mi dolor y mi razón y enarbolé todos mis pecados como escudo. Pecaría, tendría cuidado y viviría eternamente.

LIBRO SÉPTIMO

45

Una semana después, llamé a Janelle para darle las gracias por llevarme al avión. Me contestó la voz de su contestador automático, disfrazada con acento francés, pidiéndome que dejase el recado.

Cuando hablé, surgió su verdadera voz.

—¿De quién te escondes? —le pregunté.

Janelle se echó a reír.

—Si supieras cómo sonaba tu voz —dijo—. Tan amarga...

Me eché a reír también.

—Me escondía de tu amigo Osano —dijo—. No deja de llamarme.

Sentí algo desagradable en el estómago. No me sorprendía. Pero apreciaba mucho a Osano y él sabía lo que yo sentía por Janelle. Me fastidiaba la idea de que él me hiciese aquello. Y luego, en realidad, no me importaba nada. Ya no era importante.

—Quizá sólo quisiera saber dónde estoy —dije.

—No —dijo Janelle—. Después de que te dejé en el avión, le llamé y le conté lo que había pasado. Estaba preocupado por ti, pero le dije que estabas perfectamente. ¿Lo estás?

—Sí —dije.

No me preguntó nada de lo que había pasado al llegar a casa. Me gustó este detalle. Porque ella sabía que no me agradaba hablar de ello. Y yo sabía que jamás le contaría a Osano lo que había pasado la mañana en que recibí la noticia de la muerte de Artie, cómo me había desmoronado. Intenté actuar fríamente.

—¿Por qué te ocultas de él? Cuando estuvimos juntos te encantó su compañía en la cena. Creí que aprovecharías la oportunidad de volver a verle.

Hubo una pausa al otro lado, y luego oí una voz que indicaba que estaba furiosa. Su tono se volvió muy sereno. Las palabras muy precisas. Como si estuviese tensando un arco para lanzarme las palabras como flechas.

—Eso es verdad —dijo—, y la primera vez que llamó me encantó y salimos juntos a cenar. Lo pasamos muy bien.

Incrédulo ante la respuesta que me daba, dije, movido por un resto de celos:

—¿Te fuiste a la cama con él?

Se produjo de nuevo la pausa. Casi pude oír el chasquido del arco al lanzar la flecha.

—Sí —dijo.

Ninguno de los dos añadió nada. Me sentía muy mal, pero teníamos nuestras reglas. Ya no podíamos hacernos reproches. Sólo tomar venganza.

Vil, pero maquinalmente, dije:

—¿Cómo fue entonces?

Su tono era muy claro, muy alegre, como si hablase de una película:

—Fue muy divertido. Ya sabes lo hábil que es para dar coba y hacer que te sientas importante.

—Bueno —dije, con naturalidad—, espero que lo haga mejor que yo.

Hubo otra larga pausa. Luego, restalló el arco y la voz tenía un tono herido y rebelde.

—No tienes ningún derecho a enfadarte —dijo—. No tienes ningún derecho a enfadarte por lo que yo haga con otras personas. Eso ya lo hemos aclarado.

—Tienes razón —dije yo—. No estoy enfadado.

No lo estaba. Era peor que eso. En aquel momento, dejó de ser para mí alguien a quien amaba. ¿Cuántas veces le había dicho yo a Osano cuánto amaba a Janelle? Y Janelle sabía lo que me interesaba Osano. Los dos me habían traicionado. No había otro modo de describirlo. Lo curioso era que no estaba enfadado con Osano. Sólo con ella.

—Estás furioso —dijo ella, como si me estuviese portando de modo irracional.

—No, de veras que no —dije.

Me estaba castigando por estar con mi mujer. Estaba castigándome por un millón de cosas, pero si yo no le hubiese hecho aquella pregunta concreta sobre lo de irse a la cama, no me lo habría dicho, no habría sido tan cruel. Pero no me mentiría más. Me había dicho aquello una vez, y ahora lo respaldaba. Lo que ella hiciera no era asunto mío.

—Me alegro de que llamases —dijo—. Te he echado de menos. Y no te enfades por lo de Osano. No volveré a verle.

—¿Por qué no? —dije—. ¿Por qué no has de verle?

—Bueno, demonios —dijo—. Era divertido, pero no conseguía mantenerlo erguido. Oh, maldita sea, me había prometido a mí misma no contarte esto.

Se echó a reír.

Pues bien, siendo un amante celoso normal, me encantaba enterarme de que mi más querido amigo era parcialmente impotente, pero me limité a decir, con la mayor despreocupación:

—Quizás fuese cosa tuya. El ha tenido siempre un montón de mujeres devotas en Nueva York.

—Dios mío —dijo con voz alegre y clara—, me esforcé todo lo posible. Hasta un cadáver hubiese resucitado.

Luego se echó a reír alegremente.

Tal como ella lo explicaba, tuve una visión suya auxiliando a un inválido Osano, besando y chupando su cuerpo, su pelo rubio flotando. Me sentí muy mal.

—Pegas demasiado fuerte —dije con un suspiro—. Renuncio. Escucha, quiero darte las gracias otra vez por haberme ayudado. No sé cómo conseguiste meterme en aquella bañera.

—Es mi clase de gimnasia —dijo Janelle—. Estoy muy fuerte, sabes.

Luego, con un tono de voz distinto, añadió:

—Siento muchísimo lo de Artie. Me hubiese gustado poder hacer el viaje contigo y ayudarte.

—También a mí me hubiese gustado —dije.

Pero la verdad era que me alegraba de que ella no pudiera acompañarme. Y me avergonzaba el que me hubiese visto desmoronarme. Sentía, de una forma extraña, que debido a aquello ella no podía sentir ya lo mismo hacia mí.

Su voz sonó muy quedamente en el teléfono:

—Te quiero —dijo.

No contesté.

—¿Aún me quieres tú? —preguntó.

Entonces me tocaba a mí.

—Ya sabes que no me está permitido decir cosas como ésa.

Ella no contestó.

—¿Eras tú quien me decía que un hombre casado no debía decirle nunca a una chica que la quería si no estaba dispuesto a dejar a su mujer? En realidad, no le está permitido decirle eso a menos que deje a su mujer.

Por fin llegó la voz de Janelle, ahogada por la furia:

—Vete a la mierda —dijo, y pude oír el golpe violento con que colgaba el teléfono.

Podría haberla llamado de nuevo, pero ella hubiera dejado que aquella voz con falso acento francés contestara: «Mademoiselle Lambert no está en casa. ¿Puede dejar su nombre, por favor?» Así que pensé: «Vete a la mierda tú también». Y me sentí muy bien. Pero sabía que aún no habíamos terminado.

46

Cuando Janelle me contó que se había acostado con Osano, no podía saber lo que sentía yo, que había visto a Osano insinuarse a toda mujer que conocía salvo que fuese un espanto. El que ella hubiese caído y hubiese cedido a sus proposiciones, el que hubiese sido tan fácil para él, la rebajaba ante mis ojos. Había sido una incauta, una presa fácil, como tantas otras. Y yo pensaba que Osano debía sentir cierto desprecio hacia mí, por haberme enamorado tan locamente de una chica a la que él había sido capaz de engatusar en sólo una noche.

Así pues, no tenía el corazón destrozado. Sólo estaba deprimido. Cuestión del ego, supongo. Pensé en contarle todo esto a Janelle, y luego comprendí que no serviría para nada. Sólo para hacer que se sintiera peor. Y yo sabía que entonces respondería al ataque. ¿Por qué demonios no podía ser ella una presa fácil? ¿No eran los hombres presas fáciles para las chicas que jodían con todo el mundo? ¿Por qué había de tener ella en cuenta el que los motivos de Osano no fuesen puros? Osano era simpático, era inteligente, tenía talento, era atractivo y quería joder con ella. ¿Por qué no iba a joder ella con él? Y, ¿qué demonios me importaba aquello a mí? Mi pobre ego masculino se rebelaba, eso era todo. Por supuesto, yo podría explicarle el secreto de Osano, pero eso habría sido una venganza mezquina e intrascendente.

Aún así, me sentía deprimido. Fuese justo o no, Janelle me gustaba menos.

En el siguiente viaje al Oeste, no la llamé. Estábamos en las etapas finales de la separación definitiva, cosa clásica en los asuntos de este género. De nuevo, como hacía siempre en todas las cosas en las que me veía envuelto, había leído toda la literatura sobre el tema, y era un especialista de primera fila en el flujo y reflujo del amor humano. Estábamos en la etapa de decirnos adiós, para volver a unirnos de vez en cuando para amortiguar el golpe de la separación final. Y así, no la llamé porque todo había terminado realmente, o yo quería que así fuese.

Entretanto, Eddie Lancer y Doran Rudd me habían convencido para volver a la película. Fue una experiencia dolorosa. Simon Bellford no era más que un viejo jaco cansado que hacía lo que podía y que se asustaba muchísimo ante Jeff Wagon. Su ayudante, Richetti «Ciudad Lodo», era realmente una pesadilla para Simon y para colmo intentaba aportar algunas ideas propias sobre lo que debería ser el guión. Por último, un día, después de una idea particularmente estúpida, me volví a Simon y a Wagon y dije:

—¿Por qué no echáis a este tipo?

Hubo un embarazoso silencio. Yo había tomado una decisión. Iba a largarme y ellos debieron percibirlo, porque al final Jeff Wagon dijo quedamente:

—Frank, ¿por qué no esperas a Simon en mi oficina?

Richetti salió de la habitación.

Siguió otro embarazoso silencio y yo dije:

—Lo siento, no quería ser tan brusco. Pero, ¿hablamos en serio de este maldito guión o no?

—De acuerdo —dijo Wagon—. Hablemos de él.

Al cuarto día, después de trabajar en los estudios, decidí ir al cine. Hice que en el hotel llamasen a un taxi y dije al taxista que me llevase a Westwood. Como siempre, había una larga cola esperando para entrar, y me coloqué en ella. Llevaba un libro de bolsillo para leer mientras esperaba en la cola. Después del cine, pensaba ir a un restaurante próximo y pedir un taxi para que me llevase de vuelta al hotel.

La cola no se movía, eran todos jovencitos que hablaban de películas como entendidos. Las chicas eran guapas y los chicos llevaban barba y pelo largo en el más puro estilo Cristo.

Me senté en la acera para leer y nadie me prestaba atención. En Hollywood esto no era una conducta excéntrica. Estaba concentrado en mi libro cuando advertí que la bocina de un coche sonaba insistentemente y alcé los ojos. Parado frente a mí había un hermoso Rolls Royce Phantom, y vi el rostro rosa claro de Janelle en la ventanilla del conductor.

—Merlyn —dijo Janelle—, Merlyn, ¿qué haces tú aquí?

Me levanté con naturalidad y dije:

—Hola, Janelle.

Me di cuenta entonces de que había un tipo junto a Janelle en el asiento de al lado. Era joven, guapo y vestía maravillosamente, traje gris y corbata de seda gris. Tenía un lindo corte de pelo y no parecía importarle el que Janelle parase así para hablar conmigo.

Janelle nos presentó. Indicó que era el propietario del coche. Admiré el coche y él dijo que admiraba muchísimo mi libro y que estaba deseando ver la película. Janelle explicó algo de su trabajo en unos estudios, en un puesto ejecutivo. Quería que yo supiese que no estaba saliendo simplemente con un chico rico que tenía un Rolls Royce, sino que aquello formaba parte de su vida profesional en el cine.

—¿Cómo bajaste hasta aquí? —dijo Janelle—. No me digas que por fin conduces.

—No —dije—. Tomé un taxi.

—¿Y cómo es que haces cola? —dijo Janelle.

La miré y dije que yo no tenía hermosas amistades con tarjetas de la Academia para poder pasar.

Se dio cuenta de que bromeaba. Siempre que íbamos al cine ella utilizaba su tarjeta de la Academia para pasar.

—Tú no utilizarías esa tarjeta aunque la tuvieses —dijo. Luego se volvió a su amigo y dijo:

—Ese es el tipo de droga en que está él.

Pero había en su voz un leve matiz de orgullo. Le

encantaba que yo no hiciese cosas así, aunque ella las hiciese.

Me di cuenta de que Janelle estaba conmovida, le daba pena que yo tuviese que coger un taxi para ir al cine solo, y me viese obligado a esperar en la cola como un palurdo. Estaba edificando un escenario romántico. Yo era su marido, desolado y hundido, que miraba por la ventana y veía a su antigua esposa y a sus hijos felices con un nuevo marido. Había lágrimas en sus ojos castaños con motas doradas.

Yo sabía que tenía la mejor mano. Aquel tipo guapo del Rolls Royce no sabía que iba a perder. Pero me puse a trabajar con él. Le metí en conversación sobre su trabajo y empezó a parlotear. Fingí mucho interés y él se enrolló con los cuentos habituales de Hollywood, y advertí que Janelle se ponía nerviosa e irritable. Ella sabía que era un imbécil, pero no quería que lo supiera yo. Y luego empecé a admirar su Rolls Royce, y el tipo realmente se animó. En cinco minutos, supe más de un Rolls Royce de lo que quería saber. Seguí admirando el coche y luego utilicé el viejo chiste de Doran que Janelle sabía y lo repetí palabra por palabra. Primero hice que el tipo me dijera cuánto costaba y luego dije:

—Por ese dinero debe volar y todo.

A Janelle le fastidiaba aquel chiste.

Pero el tipo se rió y dijo que tenía mucha gracia.

Janelle se ruborizó. Me miró y entonces vi que la cola se movía y que tenía que ocupar mi puesto. Dije al tipo que me alegraba mucho de conocerle y a Janelle que era muy agradable volver a verla.

Dos horas y media después, salí del cine y vi el Mercedes de Janelle aparcado enfrente. Entré.

—Hola, Janelle —dije—. ¿Cómo te libraste de él?

—Eres un hijo de puta —dijo ella.

Me eché a reír y le di un beso. Fuimos a mi hotel y pasamos allí la noche.

Estuvo muy cariñosa aquella noche. En una ocasión, me preguntó:

—¿Sabías que volvería a por ti?

—Sí —dije yo.

—Cabrón —dijo ella.

Fue una noche maravillosa; pero por la mañana era como si nada hubiese sucedido. Nos despedimos.

Me preguntó cuántos días estaría en la ciudad. Le dije que tres días más y que luego volvería a Nueva York.
—¿Me llamarás? —dijo.
Dije que no creía que tuviese tiempo.
—No para vernos, sólo llámame —dijo.
—Lo haré —dije yo.
Lo hice, pero ella no estaba. Me contestó su máquina de acento francés. Dejé recado y volví a Nueva York.

En realidad, la última vez que vi a Janelle fue un accidente. Estaba en mi suite del Hotel Beverly Hills, me quedaba una hora antes de irme a cenar con unos amigos y no pude resistir el impulso de llamarla. Ella aceptó verme para tomar un trago en el bar *La Dolce Vita,* que quedaba sólo a cinco minutos del hotel. Bajé inmediatamente y ella llegó al cabo de unos minutos. Nos sentamos en la barra y tomamos un trago y charlamos despreocupadamente, como si fuésemos sólo conocidos. Se giró en el taburete para que el camarero le diera fuego, y al hacerlo me pegó con el pie ligeramente en la pierna, ni siquiera lo bastante para ensuciarme los pantalones, y dijo:
—Oh, perdona.
Por alguna razón, esto me destrozó el corazón. Cuando ella alzó los ojos después de haber encendido el cigarrillo, dije:
—No hagas eso.
Y pude ver lágrimas en sus ojos.
Figuraba en la literatura sobre las rupturas, los últimos momentos tiernos de sentimiento, los últimos temblores de un palpitar agonizante, el último rubor de una mejilla rosada antes de la muerte: entonces no lo pensé así.
Nos dimos la mano, dejamos el bar y fuimos a mi suite. Llamé a mis amigos para cancelar mi cita. Janelle y yo cenamos en la suite. Yo me tumbé en el sofá y ella adoptó su postura favorita, sentada sobre las piernas y el cuerpo apoyado en el mío de modo que estuviésemos siempre en contacto. De ese modo, podía bajar la vista hacia mi cara y mirarme a los ojos y ver si la mentía. Ella aún creía poder leer la cara de la gente. Pero también desde mi posición, mirando hacia arriba, podía yo ver el perfil delicioso que formaba su cuello al enlazar con la barbilla y la perfecta triangulación de su rostro.

Estuvimos así un rato y luego, mirándome fijamente a los ojos, dijo:

—¿Aún me quieres?

—No —dije—, pero me resulta doloroso estar sin ti.

Ella guardó silencio un rato y repitió con un extraño énfasis:

—Hablo en serio, de veras, ¿aún me quieres?

Y entonces dije muy en serio:

—Por supuesto —y era verdad, pero lo dije de tal modo que indicaba que, aunque la amaba, daba igual; que no podríamos volver a ser los mismos nunca, y que no volvería a estar a su merced, y vi que ella lo captaba de inmediato.

—¿Por qué lo dices de ese modo? —dijo ella—. ¿Aún no me has perdonado las peleas que tuvimos?

—Te lo perdono todo —dije—, excepto que te acostaras con Osano.

—Pero si eso no significó nada —dijo—. Sólo me fui a la cama con él y nada más. Realmente no significó nada.

—Me da igual —dije—. Nunca te lo perdonaré.

Ella lo pensó de nuevo y fue a por otro vaso de vino, y después de beber un poco, nos acostamos. La magia de su carne aún tenía su poder. Me pregunté si el romanticismo estúpido y las historias de amor no tendrían una base científica, me pregunté si no podría ser cierto el que una persona se encuentre con otra persona del sexo opuesto que tenga unas células similares y que unas y otras se comuniquen y reaccionen entre sí favorablemente. Pensé que quizás no tuviese nada que ver con el poder o la clase o la inteligencia, con la virtud o el pecado, que fuese sólo una reacción científica de células similares y que entonces sería fácil entender la magia de la cama.

Estábamos desnudos en la cama, haciendo el amor, cuando de pronto Janelle se incorporó y se apartó de mí.

—Tengo que irme a casa —dijo.

No era uno de sus actos deliberados de castigo. Comprendí que le resultaba insoportable seguir allí. Su cuerpo parecía arrugarse, sus pechos se hacían más lisos, su rostro enflaquecía con la tensión como si hubiese sufrido un golpe terrible, y me miró directamente a los ojos sin la menor tentativa de disculparse o excusarse, sin ningún propósito de tranquilizar mi yo herido. Dijo de nuevo con la misma sencillez de antes:

—Tengo que irme a casa.

No me atreví a tocarla para tranquilizarla. Empecé a vestirme y dije:

—De acuerdo. Entiendo. Bajaré contigo hasta el coche.

—No —dijo ella; ya estaba vestida—. No tienes por qué hacerlo.

Y me di cuenta de que ella no podía soportar estar conmigo, que quería perderme de vista. La dejé irse. No nos dimos siquiera un beso de despedida. Intentó sonreírme antes de volverse, pero no pudo.

Cerré la puerta, eché el pestillo y me metí en la cama. Pese al hecho de que había quedado interrumpido todo a la mitad, descubrí que no me quedaba ninguna excitación sexual. La repulsión que ella sentía por mí había matado todo deseo, pero mi ego no se sentía herido. Creía comprender realmente lo que había ocurrido, y me sentía tan aliviado como ella. Caí dormido casi de inmediato, sin sueño; hacía muchos años que no dormía tan bien.

47

Al hacer sus últimos planes para deponer a Gronevelt, Cully no podía considerarse un traidor. Gronevelt quedaría en buena posición, recibiría una suma inmensa por su participación en el hotel, se le permitiría conservar su apartamento. Todo sería como antes, salvo que Gronevelt no tendría ya ningún poder real. Desde luego, tendría «el lápiz». Aún tenía muchos amigos que iban al Xanadú a jugar. Y como Gronevelt era quien los agasajaba, sería una cortesía provechosa.

Cully pensaba que jamás habría hecho aquello si Gronevelt no hubiese sufrido aquel ataque. Desde aquel ataque, el Hotel Xanadú había ido cuesta abajo. Gronevelt no había sido lo bastante fuerte como para actuar con rapidez y tomar las decisiones justas en el momento necesario.

Pero aun así, Cully se sentía culpable. Recordaba los años pasados con Gronevelt. Gronevelt había sido un padre para él. Gronevelt le había ayudado a subir al poder. Había pasado muchos días felices con Gronevelt, escuchando sus historias, recorriendo el casino. Había sido una época feliz.

Incluso le había dado a Gronevelt la primera prueba de Carole, la bella Charlie Brown. Se preguntó por un momento dónde estaría Charlie Brown, por qué se habría escapado con Osano; luego recordó cómo la había conocido.

A Cully le había gustado siempre acompañar a Gronevelt en las rondas por el casino que Gronevelt solía hacer hacia la medianoche, después de cenar con amigos o con una chica en privado en su suite. Gronevelt bajaba al casino y pasaba revista a su imperio, buscando signos de traición, localizando traidores o forasteros tramposos, todos los cuales intentaban destruir a su dios, el porcentaje.

Cully iba a su lado, notando cómo Gronevelt parecía hacerse más fuerte, caminar más erguido, recuperar el color de la cara como si absorbiera energía del enmoquetado suelo del casino.

Una noche, en la sección de dados, Gronevelt oyó a un jugador preguntar a uno de los croupiers qué hora era. El croupier miró el reloj de pulsera y dijo:

—No sé, se me paró.

Gronevelt se puso alerta, miró fijamente al croupier. El hombre tenía un reloj de pulsera de esfera negra, muy grande, de *macho,* con cronómetros, y Gronevelt le dijo:

—Déjame ver tu reloj.

El croupier pareció sorprendido un momento, y luego tendió el brazo. Gronevelt sujetó la mano del croupier en la suya mirando el reloj, y luego, con los dedos rápidos del jugador nato, retiró el reloj de la muñeca de aquel hombre. Le sonrió.

—Pasa a buscarlo luego por mi oficina —dijo—. Como no subas dentro de una hora a por él, tendrás que largarte del casino. Si subes a por él, te pediré disculpas. Por valor de quinientos pavos.

Luego, Gronevelt se volvió sin dejar el reloj.

Una vez en sus habitaciones indicó a Cully cómo funcionaba el reloj. Era hueco y tenía una ranura en la parte superior, a través de la cual podía deslizarse una ficha. Gronevelt desmontó el reloj con unas pequeñas herramientas que tenía en el escritorio, y una vez abierto, en su interior apareció una solitaria ficha negra de cien dólares.

—Me pregunto —dijo Gronevelt— si lo utilizaba él solo

o si se lo alquilaba a los de los otros turnos. No es mala idea, pero es poca cosa. ¿Qué podía sacarse? Trescientos, cuatrocientos dólares.

Luego meneó la cabeza y añadió:

—Todo el mundo debería ser como él. No tendría que preocuparme.

Cully volvió al casino. El jefe de la sección de dados le dijo que el croupier ya se había largado del hotel.

Aquella noche Cully conoció a Charlie Brown. La vio en la ruleta. Una rubia esbelta y guapa, con cara tan inocente y joven que él se preguntó si tendría edad legal para jugar. Se dio cuenta de que vestía bien, sexy, pero sin verdadero estilo. Así que supuso que no sería de Nueva York ni de Los Angeles, sino de alguna ciudad del Medio Oeste.

Cully se dedicó a observarla mientras jugaba a la ruleta. Y luego, cuando se acercó a una de las mesas de veintiuno, la siguió. Cully se colocó detrás del tallador. Vio que ella no sabía utilizar los porcentajes en el veintiuno, así que charló con ella, explicándole cómo tenía que hacer. Ella empezó a ganar, su pila de fichas creció. Le dio a Cully bastante pie cuando él le preguntó si estaba sola en la ciudad. Dijo que no, que estaba con una amiga.

Cully le dio su tarjeta. Decía: «Hotel Xanadú, vicepresidente».

—Si quieres algo —dijo—, no tienes más que llamarme. ¿Te gustaría asistir esta noche a nuestro espectáculo y cenar aquí?

La chica dijo que sería maravilloso.

—¿Podría ser para mi amiga y para mí?

—De acuerdo —dijo Cully.

Escribió algo en la tarjeta antes de dársela. Decía: «Basta enseñársela al maître antes del espectáculo de la cena. Si necesitas algo más, llámame». Luego se fue.

Después del espectáculo y de la cena, claro está, oyó su nombre por el altavoz. Atendió la llamada y oyó la voz de la chica.

—Soy Carole —dijo la chica.

—Conocería tu voz en cualquier sitio, Carole —dijo Cully—. Eres la chica de la mesa del veintiuno.

—Sí —dijo ella—. Sólo quería darte las gracias. Lo pasamos maravillosamente.

—Me alegro —dijo Cully—. Siempre que vengas a la

ciudad, llámame, por favor, y estaré encantado de hacer lo que sea por ti. Por cierto, si no puedes reservar una habitación, llámame y yo lo arreglaré.

—Gracias —dijo Carole. En su voz había cierta desilusión.

—Aguarda un momento —dijo Cully—. ¿Cuándo te vas de Las Vegas?

—Mañana por la mañana —dijo Carole.

—¿Por qué no me dejas invitarte, a ti y a tu amiga, a tomar una copa de despedida? —dijo Cully—. Me gustaría mucho.

—Sería estupendo —dijo la chica.

—De acuerdo —dijo Cully—. Nos veremos junto a la mesa de bacarrá.

La amiga de Carole era otra guapa chica de pelo oscuro y hermosos pechos, que vestía de modo bastante más tradicional que su amiga. Cully no presionó. Las invitó a beber en el vestíbulo del casino, descubrió que venían de Salt Lake City y, aunque aún no trabajaban en nada, esperaban ser modelos.

—Quizás pueda ayudaros —dijo Cully—. Tengo amigos en el negocio en Los Angeles y tal vez pueda conseguiros a las dos una oportunidad para empezar. ¿Por qué no me llamáis a mediados de la semana que viene? Estoy seguro de que para entonces tendré algo para las dos, aquí o en Los Angeles.

Y así quedaron las cosas aquella noche.

A la semana siguiente, cuando Carole le llamó, Cully le dio el número de teléfono de una agencia de modelos de Los Angeles, en la que tenía un amigo, y le dijo que era casi seguro que consiguiese un trabajo. Ella dijo que iría a Las Vegas el fin de semana siguiente, y Cully dijo:

—¿Por qué no paras en nuestro hotel? Te invito. No te costará un céntimo.

Carole le dijo que encantada.

Aquel fin de semana todo encajó en su sitio. Cuando Carole se presentó en recepción, de allí llamaron a la oficina de Cully. Cully hizo que hubiese flores y frutas en la habitación que le asignaron, y luego la llamó y le preguntó si quería cenar con él. Ella dijo que encantada. Después de cenar, la llevó a uno de los espectáculos del Strip y a otros casinos a jugar. Le explicó que él no podía jugar en el

Xanadú porque su nombre figuraba en la licencia. Le dio cien dólares para jugar al veintiuno y a la ruleta. Ella estaba encantada. El no le quitaba ojo de encima y pudo comprobar que no intentaba meter furtivamente ninguna ficha en el bolso, lo cual significaba que era una chica honrada. Procuró impresionarla con la recepción que le brindaban el maître del hotel y los jefes de sección en los casinos. Cuando la noche terminó, Carole estaba convencida de que él era un hombre muy importante en Las Vegas. Volviendo al Xanadú, Cully le dijo:

—¿Te gustaría ver cómo es la suite de un vicepresidente?

Ella le dirigió una inocente sonrisa y dijo:

—Por supuesto.

Cuando subieron a las habitaciones de Cully, ella hizo las apropiadas exclamaciones de asombro y luego se derrumbó en el sofá en una exagerada demostración de cansancio.

—Ay —dijo—. Qué distinto es Las Vegas de Salt Lake City.

—¿Nunca pensaste en vivir aquí? —preguntó Cully—. Una chica tan guapa como tú podría pasarlo muy bien. Yo te presentaría a la mejor gente.

—¿Lo harías? —dijo Carole.

—Claro —dijo Cully—. A todo el mundo le encantaría conocer a una chica tan guapa como tú.

—Bah, bah —dijo ella—. No soy guapa.

—Claro que lo eres —dijo Cully—. Y lo sabes de sobra.

Por entonces, Cully estaba sentado junto a ella en el sofá. Le colocó una mano en el vientre, se inclinó y la besó en la boca. Ella tenía un sabor muy dulce y, mientras la besaba, le metió la mano en la blusa. No hubo resistencia. Ella le besó a su vez, y Cully, pensando en el tapizado de su caro sofá, dijo:

—Vamos al dormitorio.

—De acuerdo —dijo ella.

Y, cogidos de la mano, entraron en el dormitorio. Cully la desvistió. Tenía uno de los cuerpos más maravillosos que había visto en su vida. Blanco leche, un matorral de un rubio dorado a juego con el pelo, y unos pechos que brotaron como disparados en cuanto se quitó la ropa. Y no era tímida. Cuando Cully se desvistió, le acarició el vientre y la entrepierna y le apoyó la cara en el estómago. El le empujó la cabeza hacia abajo y, con aquel estímulo, ella hizo lo que quería hacer. El la dejó un momento y luego la metió en la cama.

Hicieron el amor, y cuando terminó, ella le hundió la cara en el cuello, le abrazó y suspiró satisfecha. Descansaron, y Cully se lo pensó y valoró los encantos de la chica. En fin, era muy guapa, no era un mal polvo, sabía chuparla, pero tampoco era nada del otro mundo. Tenía que enseñarle muchas cosas; su cabeza había empezado a trabajar. Desde luego era una de las chicas más guapas que había visto en su vida, y la inocencia de su rostro era un encanto extra que contrastaba con la exuberancia de su cuerpo esbelto. Vestida parecía más delgada. Sin ropa era una deliciosa sorpresa. Tenía una voluptuosidad clásica, pensó Cully. El mejor cuerpo que había visto en su vida y, aunque no fuese virgen, era inexperta aún, aún no era cínica, aún resultaba muy dulce. Y Cully tuvo un chispazo de inspiración. Utilizaría a aquella chica como un arma. Sería uno de sus instrumentos para conseguir el poder. Había cientos de chicas guapas en Las Vegas. Pero eran demasiado tontas o demasiado duras, o no tenían los mentores adecuados. El la convertiría en algo especial. No una puta. El jamás sería un proxeneta. Jamás aceptaría un centavo de ella. La convertiría en la mujer soñada de todo jugador que llegase a Las Vegas. Pero, en primer lugar, por supuesto, tendría que enamorarse de ella y hacer que se enamorara ella de él. Así que esto quedase liquidado, pasarían a los negocios.

Carole nunca volvió a Salt Lake City. Se convirtió en la amante de Cully y andaba siempre por sus habitaciones, aunque vivía en una casa de apartamentos próxima al hotel. Cully hizo que recibiese lecciones de tenis y clases de baile. Hizo que una de las coristas de más clase del Xanadú le enseñase a utilizar el maquillaje y a vestirse adecuadamente. Le consiguió trabajo como modelo en Los Angeles y fingió estar celoso. Le preguntaba cómo pasaría las noches en Los Angeles cuando se quedara toda la noche, y le preguntaba sobre sus relaciones con los fotógrafos de la agencia.

Carole le suavizaba con besos y le decía:

—Querido, ya no podría hacer el amor con otro que no fueses tú.

Y, que él supiera, era sincera. Podría haberlo comprobado, pero no tenía importancia. Dejó que la relación amorosa siguiera tres meses y luego, una noche, estando ella en la suite, le dijo:

—Gronevelt se siente muy deprimido esta noche. Ha tenido malas noticias. Intenté convencerle de que viniera a beber algo con nosotros, pero está arriba en sus habitaciones, solo.

Carole había conocido a Gronevelt en sus idas y venidas por el hotel, y una noche habían cenado los tres. Gronevelt fue muy simpático con ella, a su modo galante. A Carole le agradó.

—Oh, qué pena —dijo Carole.

Cully sonrió.

—Sé que siempre que te ve se le alegra el espíritu —dijo—. Eres tan guapa. Con esa cara que tienes. A todos los hombres les gusta hacer el amor con alguien que tenga una cara tan inocente como la tuya, sabes.

Y era verdad. Tenía los ojos muy separados y toda la cara salpicada de pequeñas pecas. Parecía un trocito de caramelo. Su pelo rubio era de un amarillo tostado y lo llevaba revuelto como un niño.

—Pareces ese niño de las historietas —dijo Cully—. Charlie Brown.

Y ése pasó a ser su nombre en Las Vegas. A ella le encantaba.

—A los hombres de edad siempre les gusto —dijo Charlie Brown—. Algunos amigos de mi padre se me insinuaban.

—No me extraña —dijo Cully—. ¿Y qué hacías tú?

—Bueno, no es que me volviesen loca —dijo—. Me sentía halagada y nunca se lo dije a mi padre. De hecho, eran muy amables, siempre me traían regalos y nunca hicieron nada malo, en realidad.

—Tengo una idea —dijo Cully—. ¿Por qué no llamo a Gronevelt y subes allí a hacerle compañía? Yo tengo cosas que hacer en el casino. Haz lo posible por animarle.

Dijo esto con una sonrisa, y ella le miró muy seria.

—De acuerdo —dijo.

Cully le dio un beso paternal.

—Entiendes lo que quiero decir, ¿no? —dijo.

—Sé lo que quieres decir —dijo ella.

Y, por un momento, Cully, contemplando aquel rostro angelical, sintió una punzada de culpabilidad.

Pero entonces ella esbozó una alegre sonrisa.

—No me importa —dijo—. De veras que no, él me agrada, pero, ¿estás seguro de que querrá?

Y entonces Cully se sintió tranquilo.

—Querida —dijo—, no te preocupes. No tienes más que subir y yo le llamaré. Estará esperándote, y procura ser lo más natural posible. A él le encantará. Créeme.

Y después de decir esto, cogió el teléfono.

Llamó a la suite de Gronevelt y oyó que Gronevelt decía:

—Si estás seguro de que ella quiere subir, con todo lo que significa, a mí me parece una chica deliciosa.

Y Cully colgó el teléfono y dijo:

—Vamos, querida, yo te subiré.

Fueron a las habitaciones de Gronevelt. Cully la presentó como Charlie Brown y pudo ver que a Gronevelt le encantaba el nombre. Cully preparó bebidas para todos, se sentaron y charlaron. Luego Cully se disculpó. Dijo que tenía que bajar al casino y les dejó solos.

No vio a Charlie Brown aquella noche y supo así que la había pasado con Gronevelt. Al día siguiente, cuando vio a Gronevelt, le dijo:

—¿Estuvo bien la chica?

Y Gronevelt dijo:

—Magníficamente. Una chica encantadora. Muy dulce. Intenté darle dinero, pero no lo quiso.

—Bueno —dijo Cully—. Ya sabes que es una chica joven. Es un poco nueva en esto, pero ¿se portó bien contigo?

—Magníficamente —dijo Gronevelt.

—¿Quieres que le diga que vaya a verte siempre que quieras?

—Oh no —dijo Gronevelt—. Es demasiado joven para mí. Me siento un poco incómodo con chicas tan jóvenes, sobre todo si no aceptan dinero. Oye, ¿por qué no le compras un regalo de mi parte en la joyería?

Cully, cuando volvió a su oficina, llamó al apartamento de Charlie Brown.

—¿Lo pasaste bien? —preguntó.

—Oh sí, él estuvo muy bien —dijo Charlie Brown—. Es todo un caballero.

Cully empezó a preocuparse un poco.

—¿Qué quieres decir con eso de que es todo un caballero? ¿No hicisteis nada?

—Oh, claro que sí —dijo Charlie Brown—. Fue estupendo. Resulta increíble que una persona tan mayor pueda ser tan estupenda. Subiré a animarle siempre que él quiera.

Cully concertó una cita con ella para aquella noche, y cuando colgó el teléfono se apoyó en la silla y examinó la situación. Había tenido la esperanza de que Gronevelt se enamorase y él pudiese utilizarla como un arma contra Gronevelt. Pero Gronevelt había percibido, de algún modo, todo esto. No había medio de cazar a Gronevelt a través de las mujeres. Había tenido demasiadas. Había visto demasiadas mujeres corrompidas. No conocía el significado de la virtud y por eso no podía enamorarse. Y tampoco podía enamorarse a través de la lujuria porque era demasiado fácil.

—Con las mujeres tú no tienes un porcentaje a tu favor —decía Gronevelt—. Y uno nunca debe prescindir del porcentaje.

Y así Cully pensó: bueno, quizás no con Gronevelt, pero hay muchos otros peces gordos en la ciudad a los que Charlie podría enganchar.

Al principio había pensado que era la falta de experiencia técnica de la chica. Después de todo, era muy joven y no era ninguna especialista. Pero en los últimos meses, le había enseñado unas cuantas cosas y la chica se desenvolvía mucho mejor que al principio. No había duda. En fin, no podía enganchar a Gronevelt, lo cual habría sido ideal para todos ellos, y ahora tendría que utilizarla de un modo más general. Así pues, en los meses siguientes, Cully se dedicó a conectarla. Le preparó citas de fin de semana con los tipos más importantes que aparecieron por Las Vegas, le enseñó a no aceptar dinero de ellos y a no irse siempre con ellos a la cama. Le explicó su razonamiento:

—Tienes que buscar sólo la gran ocasión. Alguien que se enamore de ti y que te dé gran cantidad de dinero y te compre muchos regalos. Pero no lo harán si creen que pueden soltarte un par de billetes de cien sólo por joderte. Tienes que jugar tus cartas con mucha habilidad. De hecho, a veces puede ser mucho mejor no joder con ellos la primera noche. Como en los viejos tiempos. Pero si lo haces, tienes que hacer ver que lo has hecho porque te subyugaron.

A Cully no le sorprendió el que Charlie aceptase hacer cuanto le decía. Ya la primera noche había detectado el masoquismo que es tan frecuente en las mujeres guapas.

Estaba familiarizado con él. La falta de sentido de la dignidad y del propio valor, el deseo de complacer a alguien que creía que se interesaba realmente por ella. Era, por supuesto, un truco de chulo, y Cully no era un chulo, pero hacía esto por el bien de ella.

Charlie Brown tenía otra virtud. Cully nunca había visto a nadie que comiese tanto como ella. La primera vez que no se reprimió comiento, dejó a Cully asombrado. Se comió un filete con patatas cocidas, una langosta con patatas fritas, pastel, helado. Después ayudó a limpiar la bandeja de Cully. Se dedicó luego a exhibir sus cualidades como comedora, y algunos hombres, algunos de los peces gordos, se sentían orgullosos de esta cualidad suya. Les encantaba llevarla a cenar y verla comer enormes cantidades de comida, lo cual nunca parecía embarazarla, ni disminuía su hambre ni añadía jamás un centímetro de grasa a su silueta.

Charlie compró un coche, algunos caballos para montar; compró la casa en la que tenía alquilado el apartamento y le dio a Cully dinero para que se lo ingresara en el banco. Cully abrió una cuenta especial. Tenía un asesor fiscal sólo para los asuntos de ella. La incluyó en la nómina del casino del hotel para que pudiese demostrar una fuente de ingresos. Jamás tocó un céntimo del dinero de ella. Pero en unos cuantos años, ella se acostó con todos los encargados de los casinos importantes de Las Vegas y con algunos propietarios de hotel. Se jodió a peces gordos de Texas, Nueva York y California, y Cully estaba pensando en la posibilidad de echársela a Fummiro. Pero cuando se lo sugirió a Gronevelt, éste, sin darle ninguna razón, dijo:

—No, no, Fummiro no.

Cully le preguntó por qué, y Gronevelt le dijo:

—Hay algo raro en esa chica. No la arriesgues con los verdaderos peces gordos.

Cully aceptó esta opinión.

Pero el mejor golpe que consiguió Cully con Charlie Brown fue el juez Brianca, el juez federal de Las Vegas. Cully preparó el encuentro. Charlie esperaría en una de las habitaciones del hotel, el juez entraría por la entrada trasera de la suite de Cully y pasaría a la habitación de Charlie. El juez Brianca acudía fielmente todas las semanas. Y cuando Cully empezó a pedirle favores, ambos supieron cuál iba a ser el precio.

Repitió este sistema con un miembro de la comisión de juego y fueron las cualidades especiales de Charlie las que lograron todo eso. Su encantadora inocencia, su cuerpo maravilloso. Era muy curioso. El juez Brianca se la llevaba en sus viajes de vacaciones a pescar. Algunos de los banqueros se la llevaron en viajes de negocios para joder con ella cuando no estaban ocupados. Cuando estaban ocupados, ella se iba de compras; cuando estaban calientes, jodían con ella. Ella no necesitaba que la galanteasen con palabras tiernas, y sólo admitía dinero para las compras. Tenía la habilidad de hacerles creer que estaba enamorada de ellos, que le parecía maravilloso estar con ellos y hacer el amor con ellos, y esto sin pedir nada a cambio. Lo único que tenían que hacer era llamarla o llamar a Cully.

El único problema de Charlie era que en casa era muy desordenada. Por entonces, su amiga Sarah se había trasladado de Salt Lake City a su apartamento, y Cully la había «conectado» también después de un período de adiestramiento. A veces, cuando iba a su apartamento, se enfadaba por el desorden reinante, y una mañana se enfureció tanto después de ver la cocina que las sacó a patadas de la cama, las hizo lavar y limpiar los cacharros del fregadero y poner cortinas nuevas. Lo hicieron a regañadientes, pero cuando las sacó a cenar estuvieron tan afectuosas que pasaron la noche los tres juntos en el apartamento de él.

Charlie Brown era la chica soñada de Las Vegas, y luego, al final, cuando Cully más la necesitaba, desapareció con Osano. Cully nunca comprendió esto. Cuando volvió parecía la misma, pero Cully sabía que si Osano volvía a llamarla alguna vez, ella dejaría Las Vegas.

Cully fue durante mucho tiempo la mano derecha devota y leal de Gronevelt. Luego, empezó a pensar en sustituirle.

La semilla de la traición quedó sembrada en la mente de Cully cuando le hicieron comprar diez acciones del Hotel Xanadú y su casino.

Le citaron en la suite de Gronevelt y allí conoció a Johnny Santadio. Santadio era un hombre de unos cuarenta años, sobria pero elegantemente vestido, al estilo inglés. Tenía un aire seco y militar. Se había pasado cuatro años en West Point. Su padre, uno de los grandes dirigentes de la mafia de Nueva York, utilizó sus relaciones políticas para asegurar a su hijo el ingreso en la academia militar.

Padre e hijo eran patriotas. Hasta que el padre se vio obligado a ocultarse para evitar una citación del congreso. El FBI le presionó entonces reteniendo a su hijo Johnny como rehén y comunicándole que acosarían al hijo hasta que el padre se entregase. El viejo Santadio se entregó y compareció ante un comité del congreso, pero entonces Johnny Santadio dejó West Point.

Johnny Santadio jamás había sido condenado por ningún delito. Nunca le habían detenido. Pero el mero hecho de ser hijo de quien era bastaba para que le negasen permiso para adquirir acciones del Hotel Xanadú. Se lo impedía la comisión de juego de Nevada.

A Cully le impresionó Johnny Santadio. Era tranquilo, hablaba bien y podría haber pasado incluso por ex alumno de una universidad distinguida, vástago de una vieja familia yanqui. Ni siquiera parecía italiano. Estaban los tres solos en la habitación y Gronevelt inició la conversación diciéndole a Cully.

—¿Te gustaría tener algunas acciones del hotel?

—Claro —dijo Cully—. Te daré mi marcador.

Johnny Santadio sonrió. Era una sonrisa suave, dulce casi.

—Por lo que me ha dicho Gronevelt de ti —dijo Santadio—, tienes tan buen carácter que yo aportaré el dinero de tus acciones.

Cully entendió inmediatamente. Haría de testaferro de Santadio.

—Por mí vale —dijo Cully.

—¿Estás lo bastante limpio para conseguir el permiso de la comisión de juego? —dijo Santadio.

—Claro —dijo Cully—. A menos que tengan una ley que prohíba tirarse tías.

Esta vez Santadio no sonrió. Se limitó a esperar a que Cully acabase de hablar y luego dijo:

—Yo te prestaré dinero para las acciones. Firmarás una nota por lo que yo aporte. La nota dirá que tienes que pagar el seis por ciento de interés y lo pagarás. Pero te doy mi palabra de que no perderás nada pagando ese interés. ¿Lo entiendes?

—Desde luego —dijo Cully.

—Esta operación que hacemos, Cully —dijo Gronevelt—, es una operación absolutamente legal. Que quede claro. Pero es importante que nadie sepa que el señor Santadio interviene. La comisión de juego, por sí sola, puede impedir que sigas en nuestra nómina por eso.

—Comprendo —dijo Cully—. Pero, ¿y si me pasa algo? ¿Si me aplasta un coche o tengo un accidente aéreo? ¿Has pensado en eso? ¿Cómo consigue entonces sus acciones Santadio?

Gronevelt sonrió y le dio una palmada en la espalda y dijo:

—¿No he sido como un padre para ti?

—Lo has sido, desde luego —dijo Cully sinceramente.

Lo sentía así. Y había sinceridad en su voz y pudo ver que Santadio lo aprobaba.

—Bueno, entonces —dijo Gronevelt— harás testamento y me dejarás a mí estas acciones. Si a ti te pasase algo, Santadio sabe que yo le devolveré las acciones o el dinero. ¿Estás de acuerdo en esto, Johnny?

Johnny Santadio asintió. Luego le dijo con toda naturalidad a Cully:

—¿Sabes de algún medio por el que pueda conseguir yo el permiso? ¿Puede la comisión de juego darme el visto bueno a pesar de mi padre?

Cully comprendió que Gronevelt debía haberle dicho a Santadio que él tenía enganchado a uno de los miembros de la comisión.

—Sería difícil —dijo Cully—, llevaría tiempo y costaría dinero.

—¿Cuánto tiempo? —dijo Santadio.

—Un par de años —dijo Cully—. ¿Quieres figurar tú directamente en la licencia, verdad?

—Eso es —dijo Santadio.

—¿Encontrará la comisión de juego algo si te investiga? —preguntó Cully.

—Nada, salvo que soy hijo de mi padre —dijo Santadio—. Y un montón de rumores e informes en los archivos del FBI y de la policía de Nueva York. Pero nada en concreto. Ninguna prueba.

—Pero eso es suficiente para que la comisión de juego te rechace —dijo Cully.

—Lo sé —dijo Santadio—. Por eso necesito tu ayuda.

—Lo intentaré —dijo Cully.

—Eso está bien —dijo Gronevelt—. Cully, puedes ir a ver a mi abogado para que haga tu testamento y me dé una copia, ya nos ocuparemos el señor Santadio y yo de los demás detalles.

Santadio le estrechó la mano a Cully y Cully les dejó.

Un año después de esto, Gronevelt sufrió el ataque, y mientras estaba en el hospital, Santadio fue a Las Vegas y se reunió con Cully. Cully le aseguró a Santadio que Gronevelt se recuperaría y que él aún estaba trabajando en lo de la comisión de juego.

Y entonces, Santadio dijo:

—Ya sabes que el diez por ciento que tienes tú no son mis únicos intereses en este casino. Tengo otros amigos que son propietarios de una parte del Xanadú. Nos interesa mucho saber si Gronevelt va a poder llevar el hotel o no después de este ataque. En fin, no quiero que me interpretes mal. Siento un gran respeto por Gronevelt. Si él puede llevar el hotel, magnífico. Pero si no, si la cosa va cuesta abajo, quiero que me lo hagas saber.

En ese momento, Cully tuvo que decidir entre ser fiel a Gronevelt hasta el fin o buscar su propio futuro. Actuó por puro instinto.

—Sí, lo haré —le dijo a Santadio—. Y no sólo por tu interés y por el mío, sino también por el de Gronevelt.

Santadio sonrió.

—Gronevelt es un gran hombre —dijo—. Haría por él cualquier cosa. Eso por supuesto. Pero no es bueno para ninguno de nosotros que el hotel se hunda.

—Desde luego —dijo Cully—. Te tendré informado.

Cuando Gronevelt salió del hospital, parecía completamenre recuperado y Cully se puso a sus órdenes. Pero al cabo de seis meses pudo darse cuenta de que Gronevelt en realidad no tenía el vigor suficiente para llevar el hotel y el casino, y se lo comunicó a Johnny Santadio.

Santadio llegó en avión y conferenció con Gronevelt, y le preguntó si había considerado la posibilidad de vender sus intereses en el hotel y ceder el control.

Gronevelt, que se sentía mucho más débil, desde su sillón, miró tranquilamente a Cully y a Santadio.

—Comprendo tu punto de vista —le dijo a Santadio—. Pero creo que en poco tiempo podré desempeñar el trabajo. Hagamos una cosa: si de aquí a seis meses las cosas no mejoran, haré lo que aconsejas y, por supuesto, tú serás el primero en enterarte. ¿Estás de acuerdo con esto, Johnny?

—Por supuesto —dijo Santadio—. Sabes que confío en ti más que en nadie y tengo plena fe en tu capacidad. Si dices que puedes hacerlo en seis meses, te creo, y si me dices que lo dejarás en seis meses si no puedes, te creo también. Lo dejo todo en tus manos.

Y con eso, terminó la reunión. Pero aquella noche, cuando Cully acompañó a Santadio a coger el avión de vuelta a Nueva York, éste le dijo:

—No lo pierdas de vista. Dime cómo van las cosas. Si se pone realmente mal, no podemos esperar.

Fue entonces cuando Cully tuvo que demorar su traición, porque en los seis meses siguientes Gronevelt mejoró, dio un gran cambio. Pero los informes que Cully enviaba a Santadio no indicaban esto. El último consejo a Santadio fue que Gronevelt se retirara.

Sólo un mes después, el sobrino de Santadio, que era jefe de sector en uno de los casinos del Strip, fue acusado de evasión fiscal y fraude por un gran jurado federal y Johnny Santadio voló a Las Vegas a conferenciar con Gronevelt. En apariencia, la reunión era para ayudar al sobrino, pero Santadio adoptó otro enfoque.

—Tienes unos tres meses por delante todavía —le dijo a Gronevelt—. ¿Has llegado a alguna decisión sobre lo de vender tus intereses?

Gronevelt miró a Cully, que vio que su expresión era un poco triste, un poco cansada. Luego, Gronevelt se volvió a Santadio y dijo:

—¿Qué piensas tú?

—Estoy más preocupado por tu salud y por el hotel —dijo Santadio—. En realidad creo que puede que el negocio sea ya demasiado para ti.

Gronevelt lanzó un suspiro.

—Puede que tengas razón —dijo—. Tengo que ver a mi médico la próxima semana y el informe que me dé seguramente sea negativo, en contra de mis deseos. Pero, ¿qué me dices de tu sobrino? ¿Podemos hacer algo por él?

Por primera vez desde que Cully le conocía, Santadio pareció enfurecerse.

—Una cosa tan estúpida. Tan estúpida y tan innecesaria. Me importa un carajo que vaya a la cárcel. Pero si le condenan será otra mancha sobre mi nombre. Todo el mundo pensará que ando detrás de esto o que tenía algo que ver con él. Vine aquí para ayudar, desde luego. Pero en realidad no tengo ninguna idea.

Gronevelt procuró animarle.

—La cosa no es tan desesperada —dijo—. Aquí Cully tiene un contacto con el juez federal que va a juzgar el caso. ¿Qué dices tú, Cully? ¿Aún tienes al juez Brianca en el bolsillo?

Cully se lo pensó. Cuáles podrían ser las ventajas. El juez sería un hueso duro de roer. Protestaría mucho, pero si había que conseguirlo, Cully lo conseguiría. Sería peligroso, pero los beneficios podrían merecer la pena. Si era capaz de hacer aquello por Santadio, Santadio sin duda le dejaría llevar el hotel después de que Gronevelt vendiese. Aquello cimentaría su posición. Sería el jefe del Xanadú.

Cully miró a Santadio fijamente y, con tono muy serio y muy sincero, dijo:

—Sería difícil. Costaría dinero, pero si realmente lo deseas, te prometo que tu sobrino no irá a la cárcel.

—¿Quieres decir que saldrá absuelto? —preguntó Santadio.

—No, eso no puedo prometerlo —dijo Cully—. Puede que la cosa no vaya tan lejos. Pero te prometo que si resultase convicto, sólo recibirá una condena provisional, y es muy probable que el juez maneje el juicio y al jurado de modo que tu sobrino pueda librarse.

—Eso sería estupendo —dijo Santadio; le estrechó la mano cálidamente—. Haz esto por mí y podrás pedirme lo que quieras.

Y entonces, de pronto, Gronevelt estaba entre los dos, colocando su mano como en bendición sobre las manos unidas de ambos.

—Eso es magnífico —dijo Gronevelt—. Hemos resuelto todos los problemas. Ahora salgamos a cenar y a celebrarlo.

Una semana después, Gronevelt llamó a Cully a su oficina.

—Tengo el informe del médico —dijo—. Me aconseja que me retire. Pero antes de hacerlo quiero probar una cosa. He dicho a mi banco que pongan un millón de dólares en mi cuenta corriente, y voy a probar suerte en las otras mesas de la ciudad. Me gustaría que vinieras conmigo y me acompañaras hasta que me quedase sin nada o doblase el millón.

Cully no podía creerlo.

—¿Vas a ir contra el porcentaje? —dijo.

—Me gustaría probar una vez más —dijo Gronevelt—. Yo de joven fui un gran jugador. Si alguien puede con el porcentaje, yo también puedo. Y si yo no puedo con el porcentaje, nadie puede. Lo pasaremos muy bien, y puedo permitirme gastar ese millón de pavos.

Cully estaba atónito. La fe de Gronevelt en el porcentaje había sido algo inquebrantable desde que le conocía. Cully recordaba un período de la historia del Hotel Xanadú en que durante tres meses seguidos las tres mesas de dados del casino habían perdido dinero todas las noches. Los jugadores estaban haciéndose ricos. Cully estaba seguro de que pasaba algo. Había despedido a todo el personal del sector de dados. Gronevelt había hecho analizar por unos laboratorios científicos todos los dados. De nada sirvió. Cully y el encargado del casino estaban seguros de que había alguien que tenía un nuevo instrumento científico para controlar el movimiento de los dados. No podía haber otra explicación. Sólo Gronevelt mantuvo la calma.

—No hay que preocuparse —dijo—. El porcentaje funcionará.

Y desde luego, al cabo de tres meses, los dados rodaron con la misma insistencia a favor de la casa. El sector de dados ganó en todas las mesas todas las noches durante tres meses. A fin de año, estaban igualadas las cosas. Gronevelt, tomando un trago para celebrarlo con Cully, le había dicho:

—Puedes perder la fe en todo, en la religión y en Dios, en las mujeres y en el amor, en el bien y en el mal, en la paz y en la guerra. En lo que quieras. Pero el porcentaje siempre responderá.

Durante la semana siguiente, mientras Gronevelt jugaba, Cully pensaba constantemente en esto. No había visto jugar a nadie tan bien como jugaba Gronevelt. En la mesa de dados hacía todas las puestas que reducían el porcentaje de la casa. Parecía adivinar el flujo y el reflujo de la suerte. Cuando los dados se enfriaban, cambiaba. Cuando los dados se calentaban, presionaba hasta el límite. En la mesa de bacarrá era capaz de oler cuándo el «zapato» iría a banca y cuando iría a jugador y obraba en consecuencia. En el veintiuno, bajaba sus puestas a cinco dólares cuando el tallador tenía una racha de suerte y las elevaba hasta el límite en el caso inverso.

A mediados de semana, Gronevelt ganaba quinientos mil dólares. A final de semana ganaba seiscientos mil. Y así siguió, con Cully a su lado. Cenaban juntos y sólo jugaban hasta medianoche. Gronevelt decía que había que estar en buena forma para jugar. Uno no podía excederse. Tenías que dormir el tiempo necesario. Había que vigilar la dieta y joder sólo una vez cada tres o cuatro noches.

Hacia la mitad de la segunda semana, Gronevelt, pese a toda su habilidad, empezó a perder. Los porcentajes le aplastaban. Y al final de la segunda semana había perdido su millón de dólares. Cuando hizo su última puesta y perdió, se volvió a Cully y le sonrió. Parecía muy satisfecho. Lo que a Cully le pareció mala señal.

—Es la única forma de vivir —dijo Gronevelt—. Hay que vivir yendo con el porcentaje. Si no, la vida no merece la pena. Nunca lo olvides —insistió—. Hagas lo que hagas en la vida, utiliza al porcentaje como tu dios.

48

En mi último viaje a California para hacer la versión final del guión para TriCultura, me encontré con Osano en el vestíbulo del Hotel Beverly Hills. Me sorprendió tanto su aspecto físico que al principio no me di cuenta de que estaba con él Charlie Brown. Osano debía haber engordado unos doce kilos, y tenía una gran barriga que abultaba bajo la vieja chaqueta de tenis. Tenía la cara congestionada y salpicada de pequeñas manchas blancas de grasa. Los ojos verdes, tan chispeantes en otros tiempos, tenían ahora un tono desvaído, pálido, como grisáceo, y al caminar hacia mí me di cuenta de que aquel extraño contoneo de su paso se había agudizado.

Tomamos unas copas en el Polo Lounge. Charlie, como siempre, atraía las miradas de todos los hombres del local. Esto no era sólo por su belleza y por su cara inocente (había abundancia de ambas cosas en Beverly Hills), sino por algo que había en su atuendo, en su modo de caminar y de mirar alrededor que indicaba que era fácilmente accesible.

—Tengo un aspecto terrible, ¿verdad? —dijo Osano.

—Te he visto peor —dije yo.

—Demonios, también yo me he visto peor —dijo él—. Tú eres un cabrón con suerte, puedes comer lo que quieras y no engordas nada.

—Pero no soy tan bueno en eso como Charlie —dije.

Sonreí a Charlie y Charlie me sonrió.

—Cogemos el avión de la tarde —dijo Osano—. Eddie Lancer creía que podría conseguirme trabajo para hacer un guión, pero la cosa no resultó, así que me largo de aquí. Creo que iré a una clínica de adelgazamiento a ponerme en forma y a terminar mi novela.

—¿Cómo va la novela? —pregunté.

—Magníficamente —dijo Osano—. Ya tengo dos mil páginas, sólo me faltan doscientas.

No supe qué decirle. Por entonces, él ya tenía fama de no cumplir sus compromisos con los directores de revistas y los editores, incluso tratándose de libros de ensayo. La novela era su última esperanza.

—Creo que deberías concentrarte exclusivamente en quinientas páginas —dije— y acabar de una vez ese libro. Eso resolvería todos tus problemas.

—Sí, tienes razón —dijo Osano—. Pero no puedo precipitarme. Esta novela es para mí el premio Nobel, muchacho. En cuanto la termine.

Miré a Charlie Brown para ver si le impresionaba, pero me dio la sensación de que ni siquiera sabía lo que era el premio Nobel.

—Es una suerte tener un editor así —le dije a Osano—. Llevan esperando diez años ese libro.

Osano se echó a reír.

—Sí, son los editores con más clase de Norteamérica. Me han adelantado cien grandes y no han visto una página. Tienen auténtica clase. No son como todos esos mierdas del cine.

—Volveré a Nueva York de aquí a una semana —dije—. Te llamaré cuando llegue y a ver si cenamos juntos. ¿Cuál es tu número de teléfono?

—El mismo —dijo Osano.

—Pues llamé allí y no contesta nunca nadie —dije.

—Sí —dijo Osano—. Es que estuve en México trabajando en mi libro. Comiendo esas alubias con crepas, que llaman tacos. Por eso estoy tan gordo. Charlie Brown no engordó ni un gramo y comió diez veces más que yo.

Le dio una palmada y un pellizco a Charlie Brown en el hombro.

—Charlie Brown —añadió—, si mueres antes que yo, pediré que te hagan la autopsia para descubrir cómo consigues estar tan flaca.

Ella me sonrió.

—Eso me recuerda que tengo hambre —dijo.

Entonces, sólo por animar un poco las cosas, pedí de comer para los tres. Yo tomé una ensalada sencilla y Osano una tortilla francesa y Charlie Brown pidió una hamburguesa con patatas fritas, un filete con verdura, una ensalada, y de postre un helado de tres pisos coronado de piña. Osano y yo gozábamos contemplando a la gente que miraba comer a Charlie. No podían creerlo. Un par de tipos que había al lado, comentaban en voz alta, con el propósito de atraer nuestra atención para tener una excusa y poder ligarse a Charlie. Pero Osano y Charlie les ignoraron.

Pagué la cuenta y al irme le prometí a Osano llamarle en cuanto llegase a Nueva York.

—Sería magnífico —dijo Osano—. He aceptado hablar en esa convención feminista del mes que viene, y necesitaré que me prestes un poco de apoyo moral tú, Merlyn. ¿Qué te parece si cenamos juntos esa noche y luego vamos a la convención?

Dudé un momento. No me interesaba en realidad ningún tipo de convención, y además me preocupaba un poco el que Osano se metiera en líos y yo tuviese que sacarle de ellos. Pero le dije que de acuerdo, que iría.

Ninguno de los dos había mencionado a Janelle. No pude resistir el impulso de decirle:

—¿Has visto a Janelle por la ciudad?

—No —dijo Osano—. ¿Y tú?

—Hace mucho que no la veo —dije.

Osano me miró fijamente. Sus ojos, por unos segundos, volvieron a tener aquel tono verde claro malévolo de siempre. Sonrió con cierta tristeza:

—No deberías dejar escapar nunca a una chica así —dijo—. Una chica así sólo se encuentra una vez en la vida. Lo mismo que sólo se puede conseguir un buen libro una vez en la vida.

Me encogí de hombros y volvimos a darnos la mano. Besé a Charlie en la mejilla y luego me fui.

Aquella tarde, tuve una conferencia en los estudios TriCultura. Una conferencia con Jeff Wagon, Eddie Lancer, y el director, Simon Bellford. Siempre había pensado que las muchas leyendas de Hollywood sobre el escritor que se muestra duro y ofensivo con el director y el productor al tratar del guión eran puro cuento, aunque resultasen muy divertidas. Pero, por primera vez, me di cuenta allí de por qué pasaban esas cosas. Jeff Wagon y su director pretendían obligarnos a escribir su historia, no mi novela. Dejé a Eddie Lancer que discutiese y argumentase, hasta que al fin, exasperado, le dijo a Jeff Wagon:

—Mira, no quiero decirte que sea más listo que tú. Sólo que tengo más suerte. He escrito cuatro guiones de éxito seguidos. ¿Por qué no aceptas mi criterio?

A mí me pareció un argumento maravillosamente inteligente, pero me di cuenta de que Jeff Wagon y el director parecían desconcertados. No sabían de qué hablaba Eddie. Y comprendí que no había forma de cambiar sus criterios.

Eddie Lancer dijo por último:

—Lo siento, pero si es así como queréis hacer las cosas, tendré que dejar esta película.

—Está bien —dijo Jeff—. ¿Y tú, Merlyn?

—No veo que tenga sentido que yo lo escriba como quieres tú —dije—. No creo que hiciese un buen trabajo.

—Eso es bastante justo —dijo Jeff Wagon—. Lo siento. Ahora decidme, ¿conocéis a algún escritor que pueda seguir trabajando en esta película con nosotros y haceros consultas a vosotros, que habéis hecho ya la mayor parte del trabajo? Sería de gran ayuda.

Se me ocurrió de pronto la idea de que podía proporcionarle a Osano aquel trabajo. Sabía que necesitaba desesperadamente el dinero y sabía que si yo decía que estaba dispuesto a trabajar con él, le darían el trabajo. Pero luego imaginé a Osano en una reunión como aquélla, recibiendo instrucciones de hombres como Jeff Wagon y el director. Osano era aún uno de los grandes de la literatura norteamericana, y pensé que aquellos tipos le humillarían y luego le echarían. Así que me callé.

Sólo más tarde, cuando intentaba dormir, me di cuenta de que quizás le hubiese negado a Osano el trabajo para castigarle por acostarse con Janelle.

A la mañana siguiente, recibí una llamada de Eddie Lancer. Me dijo que había tenido una entrevista con su agente y que, según éste, los estudios TriCultura y Jeff Wagon le ofrecían cincuenta mil dólares más por seguir en la película, y me preguntó qué pensaba yo.

Le dije a Eddie que por mí no había problema, hiciese lo que hiciese, pero que yo no iba a volver. Intentó convencerme.

—Les diré que no vuelvo a menos que te acepten a ti y que te paguen veinticinco mil dólares —dijo Eddie Lancer—. Estoy seguro de que lo aceptarán.

Pensé de nuevo en ayudar a Osano y de nuevo sencillamente no me sentí capaz de hacerlo. Eddie seguía:

—Mi agente me dijo que si no aceptaba seguir en la película, los estudios contratarían a más escritores e intentarían luego incluirlos en el reparto. Ahora bien, si no nos incluyen a nosotros, perdemos nuestro contrato del sindicato de escritores y el porcentaje de la televisión cuando la película se venda a la televisión. Además, los dos tenemos porcentajes netos que probablemente no nos paguen nunca. Y existe la posibilidad de que la película resulte un gran éxito, y entonces nos tiraremos de los pelos. Puede ser mucha pasta, Merlyn, pero no aceptaré si tú crees que debemos mantenernos unidos e intentar salvar nuestro guión.

—Me importa un carajo el porcentaje —dije yo—, o que me incluyan o no en el reparto, siempre que la historia salga, pero, ¿qué clase de guión es ése? Una basura, no es ya mi libro. De todos modos, acepta. A mí me da igual. Te lo digo en serio.

—Estoy de acuerdo —dijo Eddie—. Y, si continúo, intentaré defender tu parte todo lo mejor que pueda. Te llamaré cuando vaya a Nueva York para cenar una noche juntos.

—Estupendo —dije yo—. Que tengas suerte con Jeff Wagon.

—Sí —dijo Eddie—. La necesitaré.

Pasé el resto del día llevándome todas mis cosas de mi oficina de los estudios TriCultura y haciendo algunas compras. No quería volver en el mismo avión que Osano y Charlie Brown. Pensé en llamar a Janelle, pero al final no lo hice.

Un mes más tarde, Jeff Wagon me llamó a Nueva York. Me dijo que Simon Bellford creía que Frank Richetti debía figurar como autor del guión con Lancer y conmigo.

—¿Aún sigue Eddie Lancer en la película? —le pregunté.

—Sí —dijo Jeff Wagon.

—De acuerdo —dije—. Buena suerte.

—Gracias —dijo Wagon—. Te tendremos informado de lo que pase. Nos veremos todos en la cena de los premios de la Academia.

Y colgó.

Me eché a reír. Estaban convirtiendo la película en basura y Wagon tenía la osadía de hablar de los premios de la Academia. Aquella beldad de Oregón debía haberle sorbido el seso del todo. Tuve la sensación de que Eddie Lancer me traicionaba siguiendo en la película. Era cierto lo que Wagon había dicho una vez. Eddie Lancer era un guionista nato, pero era también un novelista nato y yo sabía que nunca volvería a escribir una novela.

Otra cosa curiosa era que, aunque yo me había peleado con todo el mundo y el guión era cada vez peor y yo había intentado largarme, aún me sentía ofendido. Y supongo que, además, en el fondo de mi pensamiento, aún tenía la esperanza de que, si volvía a California a trabajar en el guión, podría ver a Janelle. Llevábamos meses sin vernos y sin hablar. La última vez que la había llamado sólo para decirle hola y para charlar un rato, ella me dijo al final:

—Me alegro de que hayas llamado —y esperó una respuesta.

Hice una pausa, y luego dije:

—Yo también.

Entonces, ella se echó a reír y se puso a remedarme:

—Yo también, yo también —dijo. Luego añadió—: En fin, qué más da —se echó a reír alegremente, y luego dijo—: Llámame cuando vuelvas.

—Lo haré —dije yo.

Pero sabía que no iba a hacerlo.

Un mes después de haberme llamado Wagon, lo hizo Eddie Lancer. Estaba furioso.

—Merlyn —dijo—, están cambiando el guión para excluirte. Ese Frank Richetti está redactando de nuevo los diálogos, aunque se limita a parafrasear tus palabras. Están cambiando el argumento sólo lo suficiente para que parezca distinto del tuyo y les he oído hablar, a Wagon, a Bellford y a Richetti, de que te van a retirar del reparto y a quitarte el porcentaje. Esos cabrones no me hacen ni caso.

—No te preocupes —le dije—. Yo escribí la novela, escribí el guión original, lo mandé al sindicato de escritores, y no hay manera de que puedan eliminarme del todo. Eso salva mi porcentaje.

—No sé —dijo Eddie Lancer—. Yo sólo te aviso de lo que van a hacer. Espero que sepas protegerte.

—Gracias —le dije—. ¿Cómo te va a ti? ¿Cómo te va con la película?

—Ese cabrón de Frank Richetti —dijo él— es un analfabeto de mierda, y no sé quién es peor, si Wagon o Bellford. Esto puede convertirse en una de las peores películas de todos los tiempos. El pobre Malomar debe estar dando saltos en su tumba.

—Sí, pobre Malomar —dije yo—. Siempre me hablaba de lo estupendo que era Hollywood, de que allí la gente era muy sincera, que eran todos grandes artistas. Ojalá viese esto.

—Sí —dijo Eddie Lancer—. Oye, la próxima vez que vengas a California, llámame y cenaremos juntos.

—No creo que vuelva a California —dije—. Si tú vienes a Nueva York, llámame.

—De acuerdo, lo haré —dijo Lancer.

Un año después se estrenó la película. Se me incluyó como autor del libro, pero no como coautor del guión. Adjudicaron el guión a Eddie Lancer y a Simon Bellford. Pedí el arbitraje del sindicato de escritores pero perdí. Richetti y Bellford habían hecho un buen trabajo cambiando el guión, con lo que yo perdía mi porcentaje. Pero daba igual. La película fue un desastre y lo peor del asunto fue que Doran Rudd me contó que entre la gente de cine se achacaba a la novela el fracaso de la película. Yo no era ya un producto vendible en Hollywood, y eso fue lo único que me alegró de todo el asunto.

Una de las críticas más feroces de la película fue la de Clara Ford. Se la cargó del principio al fin. Incluso la actuación de Kellino. Al parecer, Kellino no había hecho demasiado bien su trabajo con Clara Ford. Pero Houlinan me lanzó una última andanada. Consiguió colocar en una de las agencias un artículo cuyo titular era: LA NOVELA DE MERLYN FRACASA COMO PELICULA. Cuando lo leí, no pude hacer más que mover la cabeza admirado.

49

Poco después de que se estrenara la película fui al Carnegie Hall, a la Conferencia de Liberación Nacional de las Mujeres, con Osano y Charlie Brown. Se anunciaba a Osano como el único orador masculino.

Habíamos cenado antes todos en *Pearl's,* donde Charlie Brown asombró a los camareros comiéndose un pato a la pequinesa, cangrejos rellenos con carne de cerdo, ostras en salsa de judías negras, un pez inmenso y luego rebañó lo que Osano y yo habíamos dejado en nuestras fuentes sin que se le corriera siquiera el carmín.

Cuando salimos del taxi frente al Carnegie Hall, intenté convencer a Osano de que fuera delante y me dejase seguirle con Charlie Brown del brazo, para que las mujeres pensasen que ella iba conmigo. Parecía demasiado la típica puta, por lo que podría enfurecer a las izquierdistas de la convención. Pero Osano, como siempre, se mantuvo en sus trece. Quería que todas supieran que Charlie Brown era su mujer. Así que cuando bajamos por el pasillo hacia el estrado, caminé tras ellos. Mientras lo hacía, fui estudiando a las mujeres que había en el local. Lo único que me parecía extraño era el que fuesen todas mujeres y comprendí que muchas veces en el ejército, en el orfanato, en partidos de béisbol, yo estaba acostumbrado a ver sólo o principalmente hombres. Que fuesen todas mujeres era un choque, como si me viese de pronto en un país extraño.

Recibió a Osano un grupo de mujeres que le condujo hasta el estrado. Charlie Brown y yo nos sentamos en la primera fila. Yo hubiese preferido sentarme atrás, para poder marcharme pronto. Tan preocupado estaba, que apenas oí los discursos de apertura; luego, de pronto, condujeron a Osano al podio y lo presentaron. Osano se quedó un momento esperando un aplauso que no llegó.

Muchas de las mujeres que había allí se habían ofendido por los ensayos machistas de Osano en las revistas masculinas, años atrás. Otras estaban furiosas porque Osano era uno de los escritores más importantes de su generación y envidiaban su triunfo. Y luego, había también algunas admiradoras suyas que aplaudieron con mucho tiento, por miedo a que la convención recibiese desfavorablemente el discurso de Osano.

Y allí en el podio, corpulento e inmenso, estaba Osano. Esperó un largo instante. Luego se apoyó con arrogancia en el podio y dijo, muy despacio, enunciando cada palabra:

—Combatiros o joderos: ésa es la consigna.

El local estalló en abucheos, silbidos y gritos. Osano intentó seguir. Yo sabía que había utilizado aquella frase sólo para captar la atención del público. Su discurso sería favorable a la liberación de las mujeres, pero no tuvo posibilidad de pronunciarlo. Los abucheos y los silbidos arreciaron, y en cuanto intentaba hablar se reproducían, hasta que Osano hizo una reverencia teatral y abandonó el podio. Le seguimos pasillo adelante y salimos del Carnegie Hall. Los abucheos y los silbidos se convirtieron en aplausos y vítores, para indicarle a Osano que estaba haciendo lo que ellas querían que hiciese: dejarlas en paz.

Osano no quiso que yo fuese a casa con él aquella noche. Quería estar solo con Charlie Brown. Pero a la mañana siguiente recibí una llamada suya. Quería que le hiciera un favor.

—Escucha —dijo—. Me voy a Carolina del Norte, a la Duke University, a una clínica, donde hacen una dieta de arroz. Al parecer, es el mejor tratamiento para adelgazar de los Estados Unidos y, según dicen, sales de allí sano, además. Tengo que adelgazar y, al parecer, el médico cree que puedo tener las arterias obstruidas y que la dieta de arroz puede curarme. Sólo hay un problema. Charlie quiere venir conmigo. ¿Te imaginas a esa pobre chica comiendo arroz durante dos meses? Así que le dije que no podía venir. Pero tengo que llevar el coche hasta allí y me gustaría que me lo llevases tú. Podríamos ir los dos juntos y andar por allí unos cuantos días, y puede que nos divirtiéramos.

Me lo pensé un minuto y luego dije:

—De acuerdo.

Nos citamos para la semana siguiente. A Valerie le dije que estaría fuera sólo tres o cuatro días. Que le llevaría el coche a Osano y que pasaría unos días con él, hasta que quedase bien instalado allí, y que luego volvería.

—¿Y por qué no lleva el coche él solo? —dijo Valerie.

—Porque no está nada bien —dije—. No creo que pudiese conducir hasta allí. Son por lo menos ocho horas.

Esto pareció satisfacer a Valerie, pero había algo que aún seguía inquietándome a mí. ¿Por qué no quería utilizar Osano a Charlie de chófer? Podría haberla facturado luego, al llegar allí, así que la excusa que me daba de que no quería tenerla sometida a dieta de arroz no tenía sentido. Pensé entonces que quizás estuviese cansado de Charlie y aquél fuese su modo de librarse de ella. No es que eso me preocupase gran cosa. Charlie tenía amigos de sobra que se preocuparían por ella.

Así que llevé a Osano a la clínica de la Duke University en su Cadillac de cuatro años de antigüedad. Y Osano estaba de excelente humor. Parecía incluso un poco mejor físicamente.

—Me encanta esta parte del país —dijo cuando llegamos a los estados sureños—. Me encanta cómo llevan el asunto Jesucristo aquí abajo, casi parece que cada pueblecito tuviese su almacén de Jesús, tienen almacenes familiares de Jesús y se ganan bien la vida y tienen muchísimos amigos. Una de las mayores mafias del mundo. Cuando pienso en mi vida, a veces creo que habría preferido ser religioso en vez de escritor. Cuánto mejor lo habría pasado.

Yo no decía nada. Me limitaba a escuchar. Los dos sabíamos que Osano no podría haber sido más que escritor y que sólo estaba entregándose a un vuelo de su fantasía personal.

—Sí —dijo Osano—. Habría organizado una gran banda de música popular y la habría llamado Los Petamierdas de Jesús. Me encanta lo humildes que son en su religión y lo feroces y orgullosos en su vida diaria. Son como monos en un laboratorio. No han correlacionado la acción y sus consecuencias, pero supongo que puede decirse eso de todas las religiones. ¿Qué podemos decir de esos judíos de Israel? Paran los autobuses y los trenes en las festividades y luego ahí los tienes luchando contra los árabes. Y esos jodidos italianos con su Papa. Me gustaría dirigir el Vaticano, desde luego. La consigna sería ésta: «Cada sacerdote un ladrón». Ese sería nuestro lema. Ese sería nuestro objetivo. Lo malo de la iglesia católica es que quedan unos cuantos sacerdotes honrados y esos lo joden todo.

Siguió hablando de religión los setenta kilómetros siguientes. Luego pasó a hablar de literatura, luego de los políticos, y, por último, casi al final del viaje, habló de la liberación de las mujeres:

—Sabes —dijo—. Lo curioso del caso es que yo en realidad estoy a favor de ellas. Siempre he pensado que las mujeres reciben la peor parte, aun cuando fuese yo el que se la adjudicase; sin embargo esas putas ni siquiera me dejaron terminar mi discurso. Ese es el problema con las mujeres. Carecen de sentido del humor. No se dieron cuenta de que estaba haciendo un chiste, de que después pondría las cosas a su favor.

—¿Por qué no publicas el discurso —le dije— para que se enteren? La revista *Esquire* lo aceptaría, ¿no crees?

—Claro —respondió Osano—. Es posible que cuando me instale en la clínica trabaje sobre él y lo revise para publicarlo.

Acabé pasando una semana entera con Osano en la clínica de la Duke University. En esa semana vi más gordos, y estoy hablando de individuos de ciento a ciento cuarenta kilos, que en toda mi vida. Desde aquella semana, no he vuelto a confiar nunca en una chica que lleve capa, porque todas las gordas que pasan de los ochenta kilos se creen que pueden ocultarlo envolviéndose en una especie de manta mexicana o en un capote de gendarme francés. Lo que realmente parecían aquellas amenazantes masas bajando por la calle era odiosos y atiborrados Supermanes o Zorros.

El centro médico de la Duke University no era, en modo

alguno, un centro de adelgazamiento de orientación cosmética. Lo que se proponía era curar en serio el daño que pudiese hacer al organismo un largo período de gordura excesiva. Se hacían a los clientes todo tipo de análisis, pruebas y radiografías. En fin, yo me quedé con Osano y me cercioré de que iba a los restaurantes donde servían la dieta de arroz.

Y me di cuenta por primera vez de la suerte que yo tenía. Por mucho que comiese, nunca engordaba un kilo. La primera semana fue algo que nunca olvidaré. Vi a tres chicas de ciento veinte kilos saltar de un trampolín. Luego, vi a un tipo que debía pesar doscientos kilos, al que tuvieron que bajar a la estación de ferrocarril para pesarle en la báscula. Había algo realmente triste en aquella inmensa masa que arrastraba los pies en el anochecer, como un elefante camino del cementerio, donde sabe seguro que va a morir.

Osano tenía una suite de varias habitaciones en el Hollyday Inn, cerca del edificio del centro médico de la universidad. Paraban allí muchos pacientes y se reunían para pasear o jugar a las cartas, o simplemente sentarse juntos a intentar iniciar una aventura amorosa. Había muchas críticas y chismorreos. Un chaval de cien kilos se había llevado a su chica de ciento cuarenta a Nueva Orleans a pasar el fin de semana. Desgraciadamente, los restaurantes de Nueva Orleans eran tan buenos que se pasaron dos días comiendo y volvieron con cinco kilos más. Lo que me pareció más curioso fue que esos cinco kilos se consideraron mayor pecado que su supuesta inmoralidad.

Luego, una noche, Osano y yo, a las cuatro de la madrugada, oímos los gritos de un hombre agonizando y despertamos sobresaltados. Tumbado en el césped, junto a las ventanas de nuestro dormitorio, estaba uno de los pacientes, un hombre que había conseguido al fin situarse en los ochenta kilos. Parecía que se estaba muriendo. Acudía gente, hasta que llegó un médico de la clínica. Se lo llevaron en una ambulancia. Al día siguiente nos enteramos de lo ocurrido. El paciente había vaciado todas las máquinas de chocolatinas del hotel. Contaron los envoltorios que había en el césped y eran ciento dieciséis. A nadie le pareció esto extraño, y el tipo se recuperó y siguió el tratamiento.

—Lo vas a pasar muy bien aquí —le dije a Osano—. Hay mucho material.

—No —dijo Osano—. Se puede escribir una tragedia sobre gente flaca, pero jamás podrás escribir una tragedia con los gordos. ¿Recuerdas lo popular que era la tuberculosis? Podías llorar pensando en Camille, pero, ¿cómo vas a poder llorar por ciento veinte kilos de grasa? Es trágico, pero no quedaría bien. El arte tiene sus limitaciones.

Al día siguiente, era el último día de los análisis y pruebas de Osano y yo pensaba regresar en avión aquella noche. Osano se había portado muy bien. Había mantenido rigurosamente la dieta de arroz y estaba muy contento de que yo me hubiese quedado a hacerle compañía. Cuando él se fue al centro médico a por los resultados de los análisis, yo hice las maletas y esperé a que volviese al hotel. Tardó cuatro horas en aparecer. Estaba muy nervioso. Sus ojos verdes chispeaban con su viejo brillo y su viejo color.

—¿Todo bien? —le dije.

—Como Dios —dijo Osano.

Por un segundo, no me inspiró confianza. Parecía demasiado bien, demasiado feliz.

—Todo perfectamente, no podría ser mejor. Puedes volver a casa esta noche y he de decirte que eres un verdadero amigo. Nadie haría lo que hiciste tú. Comer ese arroz día tras día, y, peor aún, ver a esas tías de ciento veinte kilos pasar al lado meneando el culo. Te perdono todos los pecados que hayas podido cometer contra mí.

Por un momento sus ojos se suavizaron, aunque con un tono de gran seriedad. Se pintó en su rostro una expresión amable.

—Te perdono —me dijo—. Recuérdalo, tienes tu tanto de culpa y quiero que lo sepas.

Luego hizo algo que muy pocas veces había hecho desde que nos conocíamos: darme un abrazo. Yo sabía que a él no le gustaba nada que le tocasen, salvo las mujeres, y que odiaba el sentimentalismo. Me sorprendió, pero no pregunté lo que quería decir con lo de que me perdonaba, porque Osano era muy listo. En realidad, no había conocido a nadie tan listo como él y, de algún modo, sabía la razón por la que yo no le había llamado para el trabajo del guión de los estudios TriCultura y de Jeff Wagon. El me había perdonado y eso estaba muy bien, era muy propio de

Osano. Era sin duda un gran hombre. El único problema era que yo aún no me había perdonado a mí mismo.

Dejé la Duke University aquella noche y volví a Nueva York.

Una semana después, me llamó Charlie Brown. Era la primera vez que hablaba con ella por teléfono. Tenía una voz dulce y suave, inocente, infantil.

—Merlyn, tienes que ayudarme —dijo.

—¿Qué pasa? —pregunté.

—Osano está muriéndose, está en el hospital. Ven, por favor, ven.

50

Charlie había llevado ya a Osano al St. Vincent Hospital, así que quedé en ir allí. Cuando llegué, Osano estaba en una habitación particular, y Charlie le acompañaba sentada en la cama, de modo que Osano pudiese apoyarle la mano en el regazo. Charlie apoyaba su mano en el estómago de Osano, quien no estaba cubierto ni por las sábanas ni por la chaqueta del pijama. En realidad, el pijama del hospital de Osano estaba roto en pedazos en el suelo. Esa hazaña debía haberle puesto de buen humor porque estaba sentado en la cama y parecía muy contento. Y, desde luego, a mí no me dio tan mala impresión. En realidad, parecía algo más delgado y todo.

Eché un vistazo a la habitación. No había aparatos para transfusiones, ni enfermeras especiales de servicio permanente, y había visto en el pasillo que no se trataba, ni mucho menos, de una unidad de cuidados intensivos. Me sorprendió el gran alivio que sentí, pensé que Charlie había cometido un error y que Osano no estaba, en realidad, muriéndose.

—Hola, Merlyn —dijo Osano fríamente—. Debes ser un

verdadero mago. ¿Cómo supiste que estaba aquí? Era un secreto.

No quise andar fingiendo, ni contarle cuentos, así que dije inmediatamente:

—Me lo dijo Charlie Brown.

Quizás ella hubiese quedado en no decirlo, pero yo no tenía ganas de mentir.

Charlie se limitó a sonreír al ver el ceño de Osano.

—Ya te dije que era una cosa sólo entre tú y yo. O sólo mía —le dijo Osano—. Según tú quisieses. Pero nadie más.

—Sé que querías que viniese Merlyn —dijo Charlie con aire ausente.

—De acuerdo —dijo él con un suspiro—. Has estado todo el día aquí, Charlie, ¿por qué no te vas al cine, o a echar un polvo, o a tomar un helado, o diez platos chinos? En fin, tómate la noche libre y ya nos veremos por la mañana.

—Bien, como quieras —dijo Charlie.

Se levantó de la cama. Se quedó de pie muy cerca de Osano y éste, con un movimiento que no era en realidad lascivo, como si estuviese recordándose a sí mismo cómo era aquello, le metió la mano por debajo del vestido y le acarició la parte interior de los muslos. Luego, ella inclinó la cabeza sobre la cama para besarlo.

En la cara de Osano, cuando su mano acarició aquella cálida piel bajo el vestido, asomó una expresión de paz y de satisfacción como si aquello le reafirmase en alguna creencia sagrada.

Cuando Charlie salió de la habitación, Osano suspiró y dijo:

—Merlyn, créeme. Escribí muchas chorradas en mis libros, mis artículos y mis conferencias. Te diré la única verdad auténtica: el coño es donde empieza todo y donde todo termina. El coño es lo único por lo que merece la pena vivir. Todo lo demás es una falsedad, un fraude y pura mierda.

Me senté junto a la cama.

—¿Qué me dices del poder? —le dije—. Tú siempre fuiste muy partidario del poder y el dinero.

—Olvidas el arte —dijo Osano.

—De acuerdo —le dije—. Incluyamos el arte. ¿Qué me dices del dinero, el poder y el arte?

—Me parece muy bien —dijo Osano—. No voy a rechazarlo. Puede servir. Pero, en realidad, no son necesarios. Son sólo el adorno del pastel.

Entonces me sentí transportado de pronto a la primera vez que había visto a Osano, y había creído que captaba lo que verdaderamente era y que no veía él. Ahora él estaba diciéndomelo y yo me preguntaba si sería verdad, porque Osano había amado todas aquellas cosas. Y lo que en realidad estaba diciendo era que no eran ni el arte ni el dinero ni la fama ni el poder lo que lamentaba dejar.

—Tienes mejor aspecto que la última vez que te vi —le dije—. ¿Cómo es que estás en el hospital? Según dice Charlie Brown, la cosa es grave. Pero no parece que tengas nada grave.

—¿En serio? —dijo; le complacía—. Me alegra oírlo. Pero has de saber que me dieron la mala noticia allá en la clínica de adelgazamiento, cuando me hicieron todos aquellos análisis. Te lo explicaré brevemente. La cagué tomándome todas aquellas dosis de penicilina cada vez que jodía, porque agarré la sífilis y las píldoras lo enmascararon, pero la dosis no era lo bastante fuerte para eliminarla. O puede que aquellas jodidas espiroquetas encontrasen el medio de superar los efectos del medicamento. Debió ser hace unos quince años. En ese tiempo las muy malditas se dedicaron a devorarme el cerebro, los huesos y el corazón. Ahora me dicen que en un plazo de seis meses a un año me quedaré paralítico, si no me falla antes el corazón.

Me quedé atónito. No podía creerlo. Osano parecía tan alegre. Chispeaban tanto aquellos ojos de verdor malicioso.

—¿No puedo hacer nada? —le pregunté.

—Nada —dijo Osano—. Pero no es tan terrible. Descansaré aquí un par de semanas, me pincharán todos los días y luego me quedarán por lo menos un par de meses en la ciudad. Ahí es donde intervienes tú.

No sabía lo que quería decir. En realidad, no sabía si creerle. Hacía mucho que no le veía con tan buen aspecto.

—Cuenta conmigo —dije.

—Mi idea es ésta, verás —dijo Osano—. Tú me visitarás en el hospital de vez en cuando, y luego ayudarás a llevarme a casa. No quiero correr el riesgo de quedar aquí alelado, así que cuando considere que ha llegado el momento, me largo. El día que decida hacer eso, quiero que vengas a mi apartamento y me hagas compañía. Tú y Charlie Brown. Y luego podéis cuidaros del follón que se organice después.

Osano me miraba fijamente.

—No tienes por qué hacerlo —añadió.

Entonces le creí.

—Lo haré, puedes contar conmigo —dije—. Te debo un favor. ¿Tendrás el material necesario?

—Lo conseguiré —dijo Osano—. Por eso no te preocupes.

Hablé con los médicos de Osano y me explicaron que tendría que quedarse mucho tiempo en el hospital. Quizás no pudiese volver a salir de él. Tuve una sensación de alivio.

A Valerie no le dije nada de lo ocurrido, ni siquiera le dije que Osano estaba muriéndose. Dos días después, fui a visitarle al hospital. Me había dicho si podría llevarle una cena china la próxima vez que fuese, así que llevaba bolsas de papel marrón llenas de comida. Bajaba por el pasillo cuando oí chillar y gritar en la habitación de Osano. No me sorprendió. Posé las bolsas en el suelo, junto a la puerta de la habitación particular de otro paciente, y corrí pasillo adelante.

En la habitación había un médico, dos enfermeras y una enfermera jefe. Todos le gritaban a Osano. Charlie, de pie en un rincón del cuarto, observaba. Las pecas de su hermoso rostro contrastaban vigorosamente con la palidez de su piel. Estaba llorando. Osano, sentado al borde de la cama, completamente desnudo, le gritaba por su parte al médico:

—¡Denme mi ropa! ¡Quiero largarme de aquí!

Y el médico chillaba también:

—Yo no me hago responsable si deja usted el hospital. Yo no tendré ninguna responsabilidad.

—Oye, imbécil de mierda —le dijo Osano, riéndose—, tú nunca fuiste responsable de nada. Dame mi ropa y cállate.

La enfermera jefe, una mujer de aspecto impresionante, dijo furiosa:

—¡Me importa un carajo que sea usted famoso, no va a utilizar nuestro hospital como si fuese una casa de putas!

Osano la miró fuera de sí:

—Vete a la mierda —dijo—. Lárgate de esta habitación.

Y, completamente desnudo como estaba, salió de la

cama. Entonces me di cuenta de que tenía algo muy grave. Dio un paso vacilante y su cuerpo cayó de costado. La enfermera acudió inmediatamente a ayudarle, tranquila ya, compadecida, pero Osano consiguió incorporarse. Al fin me vio en la puerta y dijo muy quedo:

—Sácame de aquí, Merlyn.

Me sorprendía la indignación de las enfermeras y del médico. Sin duda habrían cazado antes a otros pacientes jodiendo. Luego, miré a Charlie Brown. Llevaba una falda corta y ceñida y evidentemente nada más debajo. Parecía una puta infantil. Y el fofo y podrido cuerpo de Osano. La furia de aquella gente era, inconscientemente, estética, no moral.

Los otros me vieron también.

—Yo le sacaré, me hago responsable —le dije al médico.

El doctor empezó a protestar, casi suplicante, y luego se volvió a la enfermera jefe y dijo:

—Tráigale su ropa —le puso una inyección a Osano y le dijo—: Eso le hará sentirse más cómodo en el viaje.

Y fue así de simple. Pagué la factura y saqué de allí a Osano. Llamé a un servicio de coches de alquiler y lo trasladamos a casa. Charly y yo le metimos en la cama. Durmió un rato, luego me llamó al dormitorio y me explicó lo ocurrido en el hospital. Había hecho desvestirse a Charly y meterse en la cama con él porque se había sentido tan mal que pensó que iba a morir.

Después de contar esto, apartó la vista un poco y añadió:

—Sabes, lo más terrible de la vida moderna es que todos morimos solos en la cama. En el hospital, con toda la familia alrededor, nadie se ofrece a meterse en la cama con el que agoniza. Si estuvieses en casa, tu mujer no se ofrecería a meterse en la cama si estuvieses muriéndote.

Osano volvió de nuevo la vista hacia mí con aquella dulce sonrisa que a veces tenía.

—Así que ése es mi sueño. Quiero a Charlie en la cama conmigo cuando muera, en el mismo momento, y entonces tendré la sensación de haber conseguido algo, de que no fue una mala vida y, desde luego, no un mal fin. Y es algo muy simbólico, además, ¿no? Adecuado para un novelista y para sus críticos.

—¿Cómo puedes saber que ha llegado el momento? —dije.

—Creo que ya es la hora —dijo Osano—. Que ya no debo esperar más.

Entonces me sentí realmente conmovido y horrorizado.

—¿Por qué no esperas un día? —dije—. Mañana te sentirás mejor. Aún te queda tiempo. Seis meses no están mal.

—¿Tienes escrúpulos por lo que voy a hacer? ¿Tienes los prejuicios morales habituales?

Negué con un gesto.

—¿Por qué tanta prisa?

Osano me miró pensativo.

—Bueno —dijo—, aquella caída cuando intenté levantarme de la cama fue el mensaje. Escucha, te he nombrado mi albacea literario, tus decisiones serán inapelables. No queda nada de dinero, sólo derechos, y ésos se los llevan mis ex esposas, supongo, y mis hijos. Mis libros siguen vendiéndose muy bien, así que no tengo que preocuparme por ellos. Intenté hacer algo por Charlie Brown, pero ella no quiere y puede que tenga razón.

Entonces dije algo que no habría dicho en condiciones normales.

—La puta de corazón de oro —dije—. Igual que en la literatura.

Osano cerró los ojos.

—Sabes, Merlyn, una de las cosas que más me gustaban de ti es que nunca decías la palabra «puta». Quizás yo la haya dicho, pero nunca lo sentí.

—De acuerdo —dije—. ¿Quieres hacer alguna llamada telefónica o ver a alguien? ¿Quieres beber algo?

—No —dijo Osano—. Ya estoy harto de pijadas. Tengo siete mujeres y nueve hijos, dos mil amigos y millones de admiradores. Ninguno de ellos puede ayudarme y no quiero ver a nadie.

Hizo una pausa, sonrió y luego continuó:

—Y no creas, he tenido una vida bastante feliz —inclinó la cabeza—. La gente a la que más quieres es la que te mata.

Me senté junto a la cama y hablamos varias horas sobre diversos libros que habíamos leído. Me habló de todas las mujeres con las que había hecho el amor, y durante unos minutos intentó recordar a aquella chica que le había contagiado quince años atrás. Pero no lo consiguió.

—Hay que dejar sentada una cosa —dijo—: todas eran

auténticas beldades. Todas merecían la pena. Demonios, ¿qué más da? Es todo un accidente.

Extendió una mano, se la estreché y dijo:

—Dile a Charlie que venga y espera tú fuera.

Antes de que me fuese, añadió:

—Eh, oye. La vida de un artista no es una vida gratificante. Que pongan eso en mi lápida.

Esperé largo rato en el salón. A veces oía ruido y en una ocasión creí oír llantos y luego no se oía nada. Entré en la cocina, preparé café y puse dos tazas en la mesa, allí mismo. Luego volví al salón y esperé un poco más. Ni un grito. Ni una llamada pidiendo ayuda, ni una exclamación de dolor: sólo llegó a mí la voz de Charlie, muy dulce y clara, llamándome.

Entré en el dormitorio. En la mesita de noche estaba el pastillero de oro de Tiffany's que él utilizaba para las pastillas de penicilina. Abierto y vacío. Las luces estaban encendidas y Osano estaba tumbado boca arriba con los ojos fijos en el techo. Sus ojos verdes parecían chispear, a pesar de la muerte. Acurrucada bajo su brazo, apretada contra su pecho, estaba la cabeza dorada de Charlie. Había subido la ropa de la cama para tapar la desnudez de ambos.

—Tendrás que vestirte —le dije.

Se incorporó apoyada en un codo y se inclinó para besar a Osano en la boca. Luego se quedó de pie junto a la cama, mirándole largo rato.

—Tendrás que vestirte y desaparecer —dije—. Va a haber mucho barullo y creo que es una de las cosas que Osano quería que yo hiciese. Ahorrarte todo este lío.

Enseguida pasé al salón. Esperé. Oí la ducha y luego, quince minutos después, salió Charlie de la habitación.

—No te preocupes de nada —le dije—. Yo me encargaré de todo.

Se acercó y se me echó en los brazos. Era la primera vez que sentía su cuerpo y pude entender en parte por qué Osano la había amado tanto. Tenía un olor maravillosamente fresco y limpio.

—Tú fuiste el único al que quiso ver —dijo Charlie—. A ti y a mí. ¿Me llamarás después del funeral?

Dije que sí, que lo haría. Entonces se fue y me dejó solo con Osano.

Esperé hasta la mañana, en que llamé a la policía y les dije que me había encontrado a Osano muerto. Y que, evidentemente, se había suicidado. Pensé unos minutos en ocultar el suicidio, ocultar el pastillero. Pero, aunque yo hubiese podido conseguir que la prensa y las autoridades cooperasen, a Osano le hubiese dado igual. Les dije lo importante que era Osano para que enviasen una ambulancia de inmediato. Luego llamé a los abogados de Osano y les asigné la responsabilidad de informar a todas las esposas y a todos los hijos. Llamé a sus editores porque sabía que querrían hacer una declaración de prensa y publicar una esquela en el *Times* de Nueva York. Por alguna razón, yo deseaba que Osano recibiese esa clase de honores.

La policía y el fiscal del distrito me hicieron un montón de preguntas como si fuese sospechoso de asesinato. Pero todo esto se esfumó enseguida. Al parecer, Osano le había enviado una nota a su editor diciéndole que no podría terminar su novela porque pensaba suicidarse.

Hubo un gran funeral en los Hamptons. Se enterró a Osano en presencia de sus siete viudas, sus nueve hijos, los críticos literarios del *Times* de Nueva York, de *New York Review of Books,* de *Commentary,* de la revista *Harpers* y de *New Yorker.* De Elaine, Nueva York, llegó un autobús lleno de gente. Amigos de Osano que, sabiendo que él lo habría aprobado, llevaban en el autobús un bar portátil y un barril de cerveza. Llegaron borrachos al funeral. A Osano aquello le habría encantado, no hay duda.

En las semanas siguientes se escribieron cientos de miles de palabras sobre Osano como primera gran figura literaria italiana de nuestra historia cultural. Eso le habría fastidiado mucho a Osano. Nunca se consideró italonorteamericano. Pero una cosa le habría complacido. Todos los críticos dijeron que si hubiese vivido lo suficiente para publicar la novela que estaba escribiendo, habría obtenido sin duda el premio Nobel.

Días después del funeral de Osano recibí una llamada telefónica de su editor, que me pidió que comiese con él la semana siguiente. Acepté.

La editorial Arcania se consideraba una editorial de clase, una de las editoriales de mayor prestigio literario del país. En su fondo editorial figuraban media docena de premios Nobel, docenas de Pulitzers y premios nacionales de literatura. Tenían fama de apreciar más la literatura que los éxitos de ventas. Y el director jefe, Henry Stiles, podría haber pasado por un caballero de Oxford. Pero fue al grano con la misma rapidez que un hombre de negocios cualquiera.

—Señor Merlyn —dijo—, admiro muchísimo sus novelas. Espero poder incluirle algún día en nuestro catálogo.

—Quiero hablarle de las cosas de Osano —dije—. Soy su albacea.

—Bueno —dijo el señor Stiles—. No sé si sabrá usted, dado que éste es el final financiero de la vida del señor Osano, que le adelantamos cien mil dólares por la novela que estaba haciendo. Así que tenemos preferencia en lo que respecta al libro. Sólo quiero asegurarme de que sabe esto.

—Lo sé —dije—. Y sé que fue deseo de Osano que ustedes lo publicasen. Editaron muy bien sus libros.

El señor Stiles esbozó una sonrisa agradecida. Se echó atrás en su asiento.

—Entonces no hay problema —dijo—. Supongo que habrá revisado sus papeles y notas y habrá encontrado el manuscrito.

—Bueno, ése es el problema —dije—. No hay ningún manuscrito; no hay ninguna novela, sólo quinientas páginas de notas.

En la cara de Stiles se pintó una expresión de horror y de asombro y tras aquella apariencia exterior supe que pensaba: ¡Malditos escritores, cien mil dólares de adelanto, tantos años y no tiene más que notas! Pero se repuso y dijo:

—¿Quiere decir usted que no hay ni una página de manuscrito?

—Eso —dije.

Mentía, pero nunca lo sabría él. Había seis páginas.

—Bueno —dijo el señor Stiles—, no solemos hacerlo, pero otras editoriales lo han hecho. Sabemos que usted ayudó al señor Osano en algunos de sus artículos, siguiendo sus directrices. Que usted imitaba muy bien su estilo. Habría de ser secreto, pero, ¿por qué no nos escribe en seis meses el libro del señor Osano y lo publicamos con su nombre? Podríamos ganar mucho dinero. Comprenderá que no sería razonable que firmásemos un contrato, pero podríamos ofrecerle condiciones muy generosas por sus futuros libros.

Ahora me había sorprendido él a mí. La editorial más respetable de Norteamérica estaba haciendo algo que sólo haría Hollywood o un hotel de Las Vegas. ¿Pero por qué coño me sorprendía yo en realidad?

—No —le dije al señor Stiles—. Como albacea literario suyo tengo el poder y la autoridad necesarios para que no se publique un libro con su nombre sacado de esas notas. Si ustedes quieren publicar las notas, les daré permiso.

—Bueno, pensémoslo —dijo el señor Stiles—. Volveremos a hablar. Pero, en fin, ha sido un placer conocerle.

Luego movió la cabeza con tristeza.

—Osano era un genio. Qué lástima.

Nunca le dije al señor Stiles que en las seis primeras páginas del manuscrito que había dejado Osano, había esta nota dirigida a mí.

MERLYN:

Estas son las seis páginas de mi libro. Te las doy a ti. A ver lo que haces con ellas. Olvida las notas, son una mierda.

OSANO

Yo había leído las páginas y decidido guardarlas para mí. Cuando llegué a casa, las leí otra vez muy despacio, palabra por palabra.

—Escúchame. Te diré la verdad sobre la vida de un hombre. Te diré la verdad sobre su amor por las mujeres. Que nunca las odia. Crees ya que voy por mal camino. Ten fe en mí. Soy un maestro de magia, en serio.

»¿Crees que un hombre puede amar de veras a una mujer y traicionarla constantemente? No me refiero a la traición material, sino a traicionarla con el pensamiento, en la misma "poesía de su alma". En fin, no es fácil, pero los hombres lo hacen sin cesar.

»¿Quieres saber cómo pueden amarte las mujeres, prodigarte deliberadamente ese amor para envenenar tu cuerpo y tu mente con el solo objeto de destruirte? ¿Y cómo, por su amor apasionado, deciden no amarte más? ¿Y cómo, al mismo tiempo, te deslumbran con un éxtasis de idiota? ¿Imposible? Esa es la parte fácil.

»Pero no te vayas. Esto no es una historia de amor.

»Te haré sentir la dolorosa belleza de un niño, la lujuria animal del varón adolescente, la anhelante melancolía suicida de la mujer joven, y luego (ésta es la parte difícil), te mostraré cómo hace girar el tiempo al hombre y a la mujer en círculo completo, cómo los cambia en cuerpo y alma.

»Y luego está, por supuesto, el VERDADERO AMOR. ¡No te vayas! Existe o yo lo haré existir. No en vano soy un maestro de magia. ¿Vale lo que cuesta? ¿Y qué decir de la fidelidad sexual? ¿Funciona? ¿Es amor? ¿Es incluso algo humano, esa pasión perversa de estar con sólo una persona? Y, si no resulta, ¿obtienes aun así un beneficio adicional por intentarlo? ¿Puede funcionar en ambos sentidos? Claro que no, eso es evidente. Y sin embargo...

»La vida es cosa de risa, y nada hay más gracioso que el amor viajando a través del tiempo. Pero un verdadero maestro de magia es capaz de hacer que su público ría y llore al mismo tiempo. La muerte es otra historia. Jamás haré un chiste sobre la muerte. Queda más allá de mi poder.

»Siempre ando alerta con la muerte. No me engaña. La localizo de inmediato. Le gusta colarse disfrazada; es una ridícula verruga que de pronto se pone a crecer; el grano negro y peludo que envía sus raíces hasta el hueso mismo; o se oculta tras un lindo y leve rubor febril. Luego, de pronto, aparece la sonriente calavera para coger por sorpresa a su víctima. Pero no a mí. Nunca. Yo estoy esperándola. Tomo mis precauciones.

»Frente a la muerte, el amor es un asunto infantil y aburrido, aunque los hombres crean más en el amor que en la muerte. Las mujeres son otra historia. Tienen un secreto poderoso. No se toman en serio el amor. Nunca lo han hecho.

»Pero te lo repito, no te vayas. Lo repito, ésta no es una historia de amor. Olvida el amor. Te mostraré todas las dimensiones del poder. Primero la vida de un pobre y esforzado escritor. Un escritor sensible. De talento. Quizás, incluso, una especie de genio. Te mostraré cómo zurran al artista por gracia de su arte. Y porque se lo merece de sobra. Luego lo mostraré como astuto delincuente, disfrutando de la vida. Ay, qué alegría siente el verdadero artista cuando por fin se convierte en un estafador. Sale entonces a la luz su auténtico carácter. Se acabaron las bromas sobre su honor. El tipo ése es un delincuente. Un maleante. Un enemigo de la sociedad claro y abierto en vez de oculto tras el coño de puta del arte. Qué alivio. Qué placer. Qué gozo taimado. Luego, contaré cómo se convierte de nuevo en un hombre honrado. Ser un delincuente entraña una tensión tremenda.

»Pero te ayuda a aceptar a la sociedad y a perdonar a tu

prójimo. Después de haber probado, ningún individuo desea ser delincuente a menos que de veras necesite el dinero.

»Luego seguiremos con uno de los éxitos literarios más asombrosos de la historia. Las vidas íntimas de los gigantes de nuestra cultura. En especial la de un cabrón chiflado. El mundo distinguido. Así pues, tenemos el mundo del pobre y esforzado genio, el mundo de la delincuencia y el mundo literario distinguido. Todo esto aderezado con abundante sexo, algunas ideas complicadas que no te machacarán el cráneo y que quizás encuentres incluso interesantes. Y por último, un final espectacular en Hollywood con nuestro héroe amasando todos sus premios: dinero, fama, mujeres hermosas. Y... no te vayas, no te vayas... veremos cómo todo ello se convierte en cenizas.

»¿No es suficiente? ¿Has oído todo esto antes? Bien, recuerda entonces que soy un maestro de la magia. Puedo dar vida auténtica a todas esas personas. Puedo contarte lo que realmente piensan y sienten. Llorarás por ellas, por todas ellas, te lo prometo. O quizá sólo rías. De cualquier modo, nos divertiremos muchísimo. Y aprenderemos algo de la vida. Cosa que, en realidad, de nada sirve.

»Ah, ya sé lo que estás pensando. Este astuto cabrón intenta conseguir que pasemos la página. Pero espera, lo que quiero contar no es más que un cuento. ¿Qué daño puede hacer? Aunque yo me lo tomase en serio, tú no te lo tomes. Diviértete un poco y nada más.

»Sólo quiero contarte una historia, no pretendo más. No deseo éxito ni fama ni dinero. Lo cual es normal; la mayoría de los hombres y la mayoría de las mujeres en realidad no lo pretenden. Más aún, yo no deseo amor. Cuando era joven, algunas mujeres me dijeron que me amaban por mis largas pestañas. Lo acepté. Más tarde fue por mi ingenio. Luego por mi poder y mi dinero. Después por mi talento. Después, mi inteligencia... profunda. Vale, puedo aceptarlo todo. La única mujer que me asusta es la que me ama sólo por mí mismo. No tengo planes para ella. Tengo venenos y dagas y tumbas oscuras en cuevas para esconder su cabeza. No tiene derecho a la vida. Sobre todo si es fiel sexualmente, nunca miente y me pone siempre por delante de todo y de todos.

»Se hablará mucho del amor en este libro, pero no es un libro de amor. Es un libro de guerra. La vieja guerra entre hombres que son verdaderos amigos. La gran "nueva" guerra entre hombres y mujeres. Es, sin duda alguna, una historia vieja, pero está ahora en el candelero. Las combatientes del movimiento de liberación femenina creen que tiene algo nuevo, pero es sólo que sus ejércitos salen de la guerrilla. Las dulces mujeres siempre han tendido emboscadas a los hombres: en sus cunas, en la cocina, en el dormitorio. En las tumbas de sus hijos, el mejor sitio para desoír una petición de clemencia.

»En fin, crees que estoy resentido contra las mujeres. Nunca las odié, te lo aseguro. Y al final resultarán mejores que los hombres, ya verás. Lo cierto es, sin embargo, que sólo las mujeres han sido capaces de hacerme desgraciado, y lo han hecho desde la cuna. Pero eso pueden decirlo la mayoría de los hombres. Y es algo que no tiene solución.

»¡Qué objetivo he expuesto! Lo sé... lo sé muy bien... sé perfectamente lo fascinante que parece. Pero cuidado. Soy un astuto narrador, no soy simplemente uno de vuestros sensibles y vulnerables artistas. He tomado mis precauciones. Aún me he reservado unas cuantas sorpresas. Pero basta. Déjame trabajar. Déjame que empiece y que termine.

Y ésa era la gran novela de Osano, el libro que conquistaría el premio Nobel, que restauraría su grandeza. Ojalá lo hubiese escrito.

El que fuese un gran farsante, como muestran estas páginas, no tenía importancia. Quizás fuese parte de su genio. Quería compartir sus mundos interiores con el mundo exterior. Eso era todo. Y ahora, como triste final, me había dado sus últimas páginas. Era como una broma por lo distintos que éramos como escritores. El tan generoso y yo, ahora lo comprendía, tan poco.

Nunca me había entusiasmado su obra. Y no sé si realmente le quería como hombre. Pero le quería como *escritor*. Y por eso decidí, quizás para que me diera buena suerte, quizás para que me diese fuerza, quizás sólo por burla, utilizar sus páginas como mías. Debería haber cambiado una cosa. La muerte siempre me ha sorprendido.

51

Yo no tengo historia. Eso es lo que nunca entendió Janelle. Que yo empecé solo. Que no tenía ni abuelos ni padres, ni tíos ni tías, ni amigos de la familia ni primos. Que no tenía recuerdos infantiles de una casa especial o una cocina concreta. Que no tenía ni ciudad ni pueblo ni aldea. Que inicié mi historia conmigo mismo y con mi hermano, Artie. Y que cuando me amplié con Valerie, los niños y su familia, y viví con ella en una casa de la ciudad; cuando me convertí en padre y marido, ellos se convirtieron en mi realidad y mi salvación. Pero ya no tengo que preocuparme de Janelle. Llevo dos años sin verla y hace ya tres que murió Osano.

Me resulta insoportablemente doloroso pensar en Artie. Cuando, aunque sólo sea su nombre, me viene al pensamiento, me brotan las lágrimas sin darme cuenta. Pero él es la única persona por la que he llorado.

Durante los dos últimos años he instalado un estudio en mi casa, me he dedicado a leer, a escribir, y a hacer de padre y marido perfecto. A veces, salgo a cenar con amigos, pero me agrada pensar que por fin me he hecho serio y consciente. Que viviré ahora la vida de un intelectual. Que mis aventuras han terminado. En suma, rezo para que la vida no me depare más sorpresas. Seguro en esta habitación, rodeado de mis libros de magia, Austen, Dickens, Dostoievski, Joyce, Hemingway, Dreiser y, por último, Osano, siento el agotamiento del animal hostigado varias veces antes de alcanzar el paraíso.

En la casa, debajo de mí, en esa casa que es ya mi historia, sabía que mi mujer estaba ocupada en la cocina preparando la cena del domingo. Mis hijos estaban viendo la televisión y jugando a las cartas en su cuarto, y como sabía que estaban allí, la tristeza era soportable en aquella habitación.

Leí de nuevo todos los libros de Osano, y me pareció un gran escritor en sus comienzos. Intenté analizar su fracaso posterior en la vida, su incapacidad para terminar su gran novela. Empezó asombrado por la maravilla del mundo que le rodeaba y la gente que había en él. Terminó escribiendo sobre la maravilla de sí mismo. Su preocupación, te dabas cuenta pronto, era convertir su propia vida en una leyenda. Escribió para el mundo en vez de hacerlo para sí mismo. Reclamaba a voces, continuamente, atención para Osano, en vez de atención para su arte. Quería que todo el mundo supiese lo listo y lo inteligente que era. Procuró incluso que los personajes que creaba no se llevasen los honores de su inteligencia. Era como un ventrílocuo celoso de las risas que provocaba su muñeco. Y esto era una vergüenza. Sin embargo, le considero un gran hombre. Admiro su tremenda humanidad, su tremendo amor a la vida. Qué inteligente era y qué divertido resultaba estar con él.

¿Cómo podía decir yo que fue un artista fallido cuando sus triunfos, aunque fuesen imperfectos, parecían mucho mayores que los míos? Me acordé de cuando revisé sus papeles, como albacea literario suyo, y me quedé asombrado al no poder hallar ni rastro de la novela que tenía entre manos. No podía creer que fuese tan falso, que hubiese estado fingiendo escribirla todos aquellos años y no hubiese hecho más que aquellas notas. Me di cuenta entonces de que la había quemado. Y aquella especie de chiste no había sido malicia ni astucia, sino sólo una burla que a él le encantaba. Y el dinero.

Había escrito algunas de las páginas en prosa más bellas

de su generación y había formulado algunas de las ideas más vigorosas, pero le había encantado ser un truhán. Leí todas sus notas, unas quinientas páginas en largas hojas amarillas. Eran notas inteligentes y brillantes. Pero las notas no son nada.

Sabiendo esto me puse a pensar en mí mismo. En que había escrito libros tremendos. Pero, más desgraciado que Osano, había intentado vivir sin ilusiones y sin riesgo. Yo no tenía su amor por la vida ni su fe en ella. Pensé en aquello que decía Osano de que la vida siempre estaba intentando liquidarte. Por eso quizás viviese él tan alocadamente, luchase con tanta firmeza contra los golpes y las humillaciones.

Hace mucho, Jordan se voló la tapa de los sesos. Osano había vivido la vida plenamente y le había puesto fin cuando no tuvo otra elección. Y yo, yo intentaba escapar poniéndome un gorro cónico de mago. Pensé en otra cosa que me había dicho Osano: «La vida siempre está metiéndose en medio». Y me di cuenta de qué quería decir. El mundo es para un escritor como uno de esos pálidos espectros que con la edad se hacen más y más pálidos, y puede que fuese ésa la razón por la que Osano dejase de escribir.

La nieve caía espesa y yo la veía caer por las ventanas de mi estudio. La blancura cubría las ramas grises y desnudas de los árboles, el marrón y el verde mohosos del césped invernal. Si yo hubiese sido sentimental o tendiese a serlo, me habría sido fácil conjurar los rostros de Osano y de Artie cruzando sonrientes entre aquellos copos de nieve. Pero me negaba a hacerlo. No era tan sentimental ni tan blando conmigo, ni me compadecía tanto de mí mismo. Podría vivir sin ello. Su muerte no me disminuiría, como quizás ellos hubiesen esperado.

No, yo me sentía seguro allí en mi despacho. Caliente como una tostada. Seguro frente al furioso viento que lanzaba los copos de nieve contra mi ventana. No abandonaría aquella habitación, aquel invierno.

Fuera, las carreteras estaban heladas, mi coche podía patinar y la muerte podría destrozarme. Venenosos catarros víricos podían infectar mi organismo. Oh, había peligros innumerables además de la muerte. Y no perdía de vista los espías que la muerte podía infiltrar en la casa, e incluso en mi propio cerebro. Alzaba defensas contra ellos.

Tenía gráficos en las paredes de mi habitación. Gráficos para mi trabajo, mi salvación, mi defensa. Había investigado para hacer una novela sobre el imperio romano, con el propósito de retirarme al pasado. Había estudiado también la posibilidad de una novela en el siglo XXV por si quería ocultarme en el futuro. Se alzaban esperándome cientos de libros para leer, para cercar mi cerebro.

Arrimé un gran sillón al ventanal para poder ver caer la nieve cómodamente. Sonó el timbre de la cocina. La cena estaba lista. Mi familia debía estar esperándome, mi mujer y mis hijos. ¿Qué demonios les pasaba después de tanto tiempo? Contemplé la nieve, casi era una tormenta. El mundo exterior estaba completamente blanco. Volvió a sonar el timbre, con insistencia. Si yo estuviese vivo, me habría levantado y bajado al alegre comedor y disfrutado de una cena feliz. Miraba la nieve. De nuevo sonó el timbre.

Eché un vistazo al gráfico. Había escrito mi primer capítulo de la novela del imperio romano y diez páginas de notas de la del siglo XXV. En aquel momento decidí que escribiría sobre el futuro.

Volvió a sonar el timbre, larga e incesantemente. Cerré las puertas de mi estudio y bajé a la casa, al comedor. Entré, y al entrar lancé un suspiro de alivio.

Allí estaban todos. Los niños, casi adultos ya y preparados para irse. Valerie muy guapa con bata de casa y delantal. Y su encantador pelo castaño muy tirante recogido atrás. Estaba colorada, quizás por el calor de la cocina. ¿Quizás porque después de cenar saldría a reunirse con su amante? ¿Era eso posible? No tenía forma de saberlo. Aun así, ¿no merecía la pena preservar la vida?

Me senté a la cabecera de la mesa. Bromeé con los chicos. Comí. Le sonreí a Valerie y alabé la comida. Después de cenar, volvería a ir a mi habitación; trabajaría y estaría vivo.

Osano, Malomar, Artie, Jordan, os echo de menos. Pero no me liquidaréis. Todos mis seres queridos, los que estaban en torno a aquella mesa, podrían liquidarme algún día. Debería preocuparme por eso.

Durante la cena, recibí una llamada de Cully para que le fuera a esperar al aeropuerto al día siguiente. Venía a

Nueva York por negocios. Era la primera vez en un año que tenía noticias de él, y por su tono de voz me di cuenta de que tenía problemas.

Llegué temprano a esperar a Cully, así que compré unas revistas y las leí, luego tomé café y un emparedado. Cuando oí anunciar que aterrizaba su avión, bajé hasta la zona de equipajes, que era donde le esperaba siempre. Como suele pasar en Nueva York, tardaron unos veinte minutos en sacar los equipajes. Por entonces, la mayoría de los pasajeros paseaban junto a la cinta transportadora donde se colocaban las maletas, pero no vi a Cully. Seguí buscándole. La gente empezó a irse y, al cabo de un rato, sólo quedaban en la cinta unas cuantas maletas.

Llamé a casa y le pregunté a Valerie si había llamado Cully y dijo que no. Luego llamé a información de vuelos de la TWA y pregunté si Cully Cross había llegado en el avión. Me dijeron que había hecho una reserva, pero que no había aparecido. Llamé al Hotel Xanadú de Las Vegas y me contestó la secretaria de Cully. Me dijo que sí, que por lo que ella sabía, Cully se había ido en avión a Nueva York. Sabía que no estaba en Las Vegas y que no volvería en varios días. En realidad, yo no estaba preocupado. Imaginé que había surgido algo. Cully siempre andaba de un punto a otro de los Estados Unidos, y viajaba también por el resto del mundo por cuestiones del hotel. Alguna emergencia de última hora le habría obligado a cambiar de planes, y estaba seguro de que más tarde se pondría en contacto conmigo. Pero en mi pensamiento bullía la inquietante idea de que nunca me había hecho una cosa así; de que siempre me había avisado de los cambios de planes y de que, a su modo, era además muy considerado como para dejarme ir al aeropuerto y hacerme esperar horas si no fuese a venir. Y, sin embargo, dejé pasar casi una semana sin noticias suyas y sin poder descubrir dónde estaba, antes de llamar a Gronevelt.

Gronevelt se alegró de que le llamara. Su voz respiraba fuerza, salud. Le expliqué el asunto, le pregunté dónde podía estar Cully y le dije que, en cualquier caso, pensaba que debía notificárselo a él.

—No es algo de lo que pueda hablar por teléfono —dijo Gronevelt—. Pero, ¿por qué no vienes unos días como huésped mío aquí al hotel? Podré explicártelo.

52

Cully llamó a Merlyn cuando recibió recado de subir a las habitaciones de Gronevelt.

Cully sabía por qué quería verle Gronevelt y sabía que tenía que empezar a pensar en una vía de escape. Por teléfono, le dijo a Merlyn que cogería el avión de la mañana siguiente, a Nueva York, y le pidió que fuese a esperarle. Le dijo a Merlyn que era importante, que necesitaba su ayuda.

Cuando Cully entró por fin en la suite de Gronevelt, intentó «leer» a Gronevelt, pero lo único que pudo ver fue cuánto había cambiado aquel hombre en los diez años que llevaba trabajando con él. El ataque de apoplejía que había sufrido le había dejado venitas rojas en el blanco de los ojos, en las mejillas, e incluso en la frente. Los fríos ojos azules parecían congelados. No parecía tan alto, y resultaba mucho más frágil. Pese a todo esto, Cully aún le temía.

Como siempre, Gronevelt le hizo preparar bebidas para los dos, el whisky habitual. Luego le dijo:

—Johnny Santadio llega mañana en avión. Sólo quiere saber una cosa. ¿Va a aprobar la comisión de juegos su licencia como propietario de este hotel o no?

—Ya sabes la respuesta —dijo Cully.

—Creo que la sé —dijo Gronevelt—. Y sé lo que tú le dijiste a Johnny: que era cosa segura. Sé que quedó todo acordado. Eso es lo que sé.

—No va a conseguirlo —dijo Cully—. No pude arreglarlo.

Gronevelt hizo un gesto de asentimiento.

—Era un asunto muy difícil con los antecedentes de Johnny. ¿Y sus cien grandes?

—Los tengo en caja —dijo Cully—. El puede recogerlos cuando quiera.

—Bien —dijo Gronevelt—. Bien. Eso le agradará.

Ambos se acomodaron en sus asientos y bebieron. Preparándose los dos para la verdadera batalla, la verdadera cuestión. Luego, Gronevelt dijo muy despacio:

—Tanto tú como yo sabemos por qué Johnny hace este viaje especial a Las Vegas. Tú le prometiste que conseguirías que el juez Brianca dictase contra su sobrino una condena provisional por el asunto del fraude y la evasión fiscal. Ayer su sobrino fue condenado a cinco años. Espero que tengas una solución para esto.

—No tengo ninguna —dijo Cully—. Le pagué al juez Brianca los cuarenta grandes que me dio Santadio. Eso fue todo lo que pude hacer. Esta es la primera vez que el juez Brianca me falla. Quizás pueda conseguir que me devuelva el dinero. No sé. He estado intentando ponerme en contacto con él, pero supongo que me elude.

—Tú sabes que Johnny tiene mucho peso en el hotel, y que si él dice que es imprescindible que te eche, tendré que hacerlo —dijo Gronevelt—. Cully, sabes que desde mi enfermedad no tengo el poder que tenía antes. Tuve que ceder parte de las acciones del hotel. Ahora no soy más que un recadero, un testaferro. No puedo ayudarte.

Cully sonrió.

—Diablos, no me preocupa que me despidan. Sólo me preocupa que me asesinen.

—Oh —dijo Gronevelt—. No, no es tan grave —sonrió a Cully como un padre sonreiría a su hijo—. ¿De verdad creías que era tan grave?

Por primera vez, Cully se tranquilizó y tomó un buen trago de whisky. Se sentía como si le hubiesen quitado un gran peso de encima.

—Aceptaré ese acuerdo inmediatamente —dijo Cully—: sólo el despido.

Gronevelt le dio una palmada en el hombro.

—No aceptes tan de prisa —dijo—. Johnny sabe el gran trabajo que has hecho para este hotel en los dos últimos años, desde mi enfermedad. Has hecho un trabajo magnífico. Has añadido millones de dólares a los ingresos del hotel. Y eso es importante. No sólo para mí, sino para los tipos como Johnny. En fin, has cometido un par de errores. Bueno, he de admitir que están bastante cabreados, sobre todo con que el sobrino vaya a la cárcel, y especialmente porque tú le dijiste que no se preocupara. Que tenías bien enganchado al juez Brianca. No podían entender cómo eras capaz de decir una cosa así y luego no cumplirla.

Cully meneó la cabeza.

—En realidad no puedo entenderlo —dijo—. Llevo cinco años con Brianca en el bolsillo, sobre todo cuando tenía aquella rubita, Charlie, trabajándomelo.

Gronevelt se echó a reír.

—Sí, la recuerdo. Guapa chica. Y de buen corazón.

—Sí —dijo Cully—. El juez estaba loco por ella. Le gustaba llevarla en su barco hasta México, y se estaba con ella allí una semana. Decía que resultaba siempre una magnífica acompañante. Una chiquita muy encantadora.

Lo que Cully no le contó a Gronevelt fue que Charlie solía contarle cosas del juez. Que entraba en el despacho del juez y, cuando él estaba ya con toga y todo, se la chupaba antes de que saliera a presidir el juicio. Le contó también cómo en el barco de pesca había hecho que el juez, con sus sesenta años, le hiciese una mamada a ella, y cómo luego el juez había corrido al camarote, había agarrado una botella de whisky y se había puesto a hacer gárgaras para eliminar todos los gérmenes. Era la primera vez que el viejo juez le hacía aquello a una mujer. Pero, dijo Charlie Brown, después parecía un niño sorbiendo helados. Cully sonrió un poco, recordando, y luego se dio cuenta de que Gronevelt seguía.

—Creo que sé de un medio por el que puedes arreglarlo —dijo Gronevelt—. He de admitir que Santadio está furioso. Está que trina, pero yo puedo aplacarle. Lo único que tienes que hacer es sorprenderle con un gran golpe, ahora mismo, y creo que lo tengo. Hay otros tres millones esperando en Japón. La parte de Johnny en esto es de un millón de billetes. Si consigues traer eso, como hiciste la otra vez, creo que por un millón de dólares Johnny Santadio te perdonará. Pero no olvides algo: ahora es más peligroso.

Cully se quedó sorprendido y luego se puso muy alerta. Lo primero que preguntó fue:

—¿Sabrá el señor Santadio que voy?

Si Gronevelt hubiese dicho que sí, Cully habría rechazado el plan. Pero Gronevelt, mirándole directamente a los ojos, dijo:

—Es idea mía, y te sugiero que no se lo digas a nadie, absolutamente a nadie, no le digas a nadie que vas a ir. Coge el vuelo de la tarde para Los Angeles, enlaza con el vuelo al Japón, y estarás allí antes de que llegue aquí Johnny Santadio. Entonces yo le diré simplemente que estás fuera de la ciudad. Mientras estés en ruta, yo me encargaré de los preparativos necesarios para que te entreguen el dinero. No tienes que preocuparte de extraños porque nos entenderemos con nuestro viejo amigo Fummiro.

La mención del nombre de Fummiro dispersó todos los recelos de Cully.

—De acuerdo —dijo—. Lo haré. Lo único es que iba a ir a Nueva York a ver a Merlyn y estará esperándome en el aeropuerto, así que tendré que llamarle.

—No —dijo Gronevelt—. Nunca puedes saber si hay alguien controlando el teléfono, ni tampoco a quién puede contárselo él. Déjame que yo me cuide de esto. Le diré que no vaya a esperarte al aeropuerto. No canceles siquiera la reserva. Eso desviará a la gente de la pista. A Johnny le diré que fuiste a Nueva York. Tendrás una gran coartada. ¿De acuerdo?

—De acuerdo —dijo Cully.

Gronevelt meneó la cabeza y le dio otra palmada en el hombro.

—Vete y vuelve lo más de prisa que puedas —le dijo—. Si consigues volver, te prometo que no tendrás ningún problema con Johnny Santadio. No tendrás por qué preocuparte.

La noche antes de irse al Japón, Cully llamó a dos chicas que conocía. Putas finas las dos. Una era la mujer de un jefe de sección del casino de un hotel del Strip. Se llamaba Crystin Lesso.

—Crystin —dijo—. ¿Estás de humor para un combate?

—Por supuesto —dijo Crystin— ¿Cuánto rebajarás mi deuda?

Cully doblaba normalmente el precio cuando se trataba de un «combate», lo que significaba doscientos dólares. «Qué demonios —pensó—, me voy al Japón, ¿quién sabe lo que pasará?»

—Pongamos quinientos —dijo Cully.

Hubo una exclamación de asombro al otro lado del hilo.

—Dios mío —dijo Crystin—. Debe ser algo serio. ¿Con quién tengo que entrar en el cuadrilátero, con un gorila?

—No te preocupes —dijo Cully—. Tú siempre lo pasas bien, ¿no?

—¿Cuándo? —dijo Crystin.

—Ha de ser temprano —dijo Cully—. Tengo que coger el avión mañana por la mañana. ¿Te parece bien?

—Por supuesto —dijo Crystin—. Supongo que no me darás de cenar.

—No —dijo Cully—. Tengo demasiadas cosas que hacer. No tendré tiempo.

Cully colgó, abrió el cajón del escritorio y sacó un paquetito de fichas blancas. 'Eran los marcadores de la deuda de Crystin, tres mil dólares en total.

Cully caviló sobre los misterios de las mujeres. Crystin era una chica bastante guapa, de unos veintiocho. Pero jugadora empedernida. Dos años atrás había echado por la borda veinte grandes. Había llamado a Cully y le había pedido una cita en su oficina; al entrar le había propuesto que saldaría los veinte grandes como puta encubierta. Pero sólo aceptaría citas directamente, a través de Cully y con el máximo secreto, a causa de su marido.

Cully había intentado convencerla de que no lo hiciese.

—Si se entera tu marido, te matará —le dijo.

—Si descubre que debo veinte grandes me matará igualmente —dijo Crystin—. ¿Cuál es la diferencia? Y, además, ya sabes que yo no puedo dejar de jugar, y supongo que además de la cuota puedo conseguir que alguno de esos tipos me dé para jugar o, al menos, haga una apuesta por mí.

En fin, Cully aceptó. Además, le había dado trabajo

como secretaria del encargado de alimentos y bebidas del Hotel Xanadú. Al encargado le atraía ella y, por lo menos una vez a la semana, se iban a la cama por la tarde, en la suite que él tenía en el hotel. Después de un tiempo, Cully la introdujo en lo del «combate» y a ella le había encantado.

Cully sacó uno de los marcadores de quinientos dólares y lo rompió. Luego, en un súbito impulso, rompió todos los marcadores de Crystin y los tiró a la papelera. Cuando volviese del Japón, tendría que encubrirlo con papeleo, pero ya pensaría en ello más tarde. Crystin era una buena chica. Si algo le pasaba a él, quería que ella estuviese a salvo.

Dedicó el tiempo a ordenar su escritorio. Después bajó a sus habitaciones. Pidió champán frío y llamó a Charlie Brown.

Se dio una ducha y se puso el pijama. Un pijama muy elegante. Seda blanca, con bordes rojos y las iniciales en el bolsillo de la chaqueta.

Primero llegó Charlie Brown y Cully le sirvió champán. Luego llegó Crystin. Estuvieron sentados allí charlando, y él les hizo beber toda la botella antes de llevarlas al dormitorio.

Las dos chicas se mostraban un poco tímidas entre sí, aunque ya se conocían de antes. Cully les dijo que se desvistieran y se quitó el pijama.

Se metieron los tres desnudos en la cama y estuvo hablando con ellas un rato, bromeando, haciendo chistes, besándolas de vez en cuando, y jugando con sus senos. Luego echó un brazo al cuello de cada una y juntó sus caras. Ellas sabían lo que esperaba que hiciesen. Se besaron vacilantes en los labios.

Cully alzó a Charlie Brown, que era la más delgada. Y se deslizó bajo ella de modo que ambas mujeres quedasen juntas. Cully sintió la rápida oleada de la excitación sexual.

—Vamos —dijo—. Os encantará. Sabéis que os gustará.

Pasó la mano entre las piernas de Charlie Brown y la dejó descansar allí. Al mismo tiempo, se inclinó y besó a Crystin en la boca y luego empujó a una contra la otra.

Tardaron un rato en empezar. Parecían vacilar, parecían muy tímidas. Así era siempre. Poco a poco, Cully se apartó de ellas hasta sentarse a los pies de la cama.

Sentía una súbita tranquilidad mientras observaba cómo se hacían el amor las dos mujeres. Para él, con todo su cinismo respecto a las mujeres y el amor, era el espectáculo más bello que podía esperar contemplar. Las dos tenían cuerpos majestuosos y rostros encantadores, y las dos eran verdaderamente apasionadas, como jamás podrían serlo con él. Era un espectáculo que podría contemplar eternamente.

Mientras ellas seguían, Cully se levantó de la cama y se sentó en un sillón. Las dos mujeres estaban cada vez más excitadas. Cully vio sus cuerpos moverse y subir y bajar hasta que llegó el apogeo final y las dos quedaron abrazadas, tranquilas y quietas.

Cully se acercó a la cama y las besó suavemente. Luego, se echó entre ellas y dijo:

—No hagáis nada. Durmamos un poco.

Se durmió y cuando despertó las dos mujeres estaban en la sala, vestidas y charlando.

Cully sacó quinientos dólares de la cartera y se los dio a Charlie Brown.

Charlie le dio un beso de despedida y le dejó sólo con Crystin.

Cully se sentó en el sofá y rodeó con un brazo a Crystin. Le dio un beso suave.

—Rompí tus marcadores —dijo—. Ya no tienes que preocuparte de ellos, y le diré al cajero que te dé quinientos dólares en fichas para que puedas jugar un poco esta noche.

Crystin se echó a reír y dijo:

—Cully, no puedo creerlo. Al final te has convertido en un primo.

—Todos somos primos —dijo Cully—. Pero, qué demonios, tú te has portado muy bien estos dos años. Quiero sacarte de esto.

Crystin le dio un abrazo y se apoyó en su hombro; luego dijo quedamente:

—Cully, ¿por qué le llamas «combate»?, ya sabes, cuando quieres que lo haga con otra chica.

Cully se echó a reír.

—Simplemente me gusta la idea de la palabra. En cierto modo lo describe.

—¿Me desprecias por eso? —preguntó Crystin.

—No —dijo Cully—. Para mí es lo más bello que he visto en mi vida.

Cuando Crystin se fue, Cully no pudo dormir. Por fin, bajó al casino. Localizó a Crystin en la mesa de veintiuno. Tenía frente a ella una pila de fichas negras de cien dólares.

Le hizo señas de que se acercara. Sonreía encantada.

—Cully, es mi noche de suerte —le dijo—. Gano doce grandes.

Luego, cogió un montón de fichas y las colocó en la mano de Cully.

—Eso es para ti —dijo—. Quiero que las cojas.

Cully contó las fichas. Eran diez. Mil dólares.

Se echó a reír y dijo:

—De acuerdo. Te las guardaré, algún día necesitarás dinero para jugar.

La dejó, siguió a su oficina y guardó las fichas en un cajón de su escritorio. Pensó de nuevo en llamar a Merlyn, pero decidió no hacerlo.

Miró a su alrededor. No le quedaba ninguna cosa por hacer, pero tenía la sensación de olvidarse de algo. Como si hubiese contado el «zapato» y faltasen algunas cartas importantes. Pero ya era demasiado tarde. Dentro de a unas horas, estaría en Los Angeles y cogería el avión con destino a Tokio.

En Tokio, Cully tomó un taxi para ir a la oficina de Fummiro. Las calles de Tokio estaban llenas de gente, y muchos llevaban las mascarillas de gasa blanca quirúrgica para protegerse del aire cargado de gérmenes. Hasta los obreros de la construcción, con sus resplandecientes chaquetones rojos y sus cascos blancos, llevaban aquellas mascarillas. Por alguna razón, las máscaras inquietaban a Cully. Pero pensó que se debía a que estaba muy nervioso por el viaje.

Fummiro le recibió con un cordial apretón de manos y una amplia sonrisa.

—Cuánto me alegro de verle, señor Cross —dijo—. Procuraremos que su estancia sea agradable, que se divierta mucho en nuestro país. No tiene más que decirle a mi ayudante lo que necesita.

Estaba en la moderna oficina de Fummiro, de estilo norteamericano, y podían hablar sin problemas.

—Tengo mi maleta en el hotel, y sólo quiero saber cuándo debo traerla a su oficina —dijo Cully.

—El lunes —dijo Fummiro—. En el fin de semana no se

puede hacer nada. Pero hay una fiesta en mi casa mañana por la noche. Estoy seguro de que le gustará.

—Muchísimas gracias —dijo Cully—. Pero sólo quiero descansar. No me encuentro demasiado bien y ha sido un viaje largo.

—Sí, claro, comprendo —dijo Fummiro—. Tengo una buena idea. Hay una posada rural en Yogawara. Queda sólo a una hora de coche de aquí. Podrá ir en mi limusina. Es el lugar más bello de Japón. Tranquilo y pacífico. Hay chicas que dan masajes y yo procuraré que tenga usted otras chicas allí. La comida es soberbia. Comida japonesa, claro. Es donde todos los hombres importantes del Japón llevan a sus amantes a pasar unos días, y es un sitio discreto. Allí estará tranquilo, sin ninguna preocupación. Puede usted volver el lunes, completamente repuesto, y entonces le tendré preparado el dinero.

Cully se lo pensó. Mientras no tuviese el dinero no corría peligro, y la idea de descansar en el campo le atraía.

—Me parece magnífico —le dijo a Fummiro—. ¿Cuándo puede recogerme la limusina?

—El viernes por la noche el tráfico es tremendo —dijo Fummiro—. Es mejor ir mañana por la mañana. Descanse bien esta noche y el fin de semana, y ya le veré el lunes.

Como un honor especial, Fummiro le acompañó hasta el ascensor.

Había más de una hora en limusina hasta Yogawara. Pero cuando llegó allí, Cully se alegró mucho de haber hecho el viaje. Era un mesón rural maravilloso, estilo japonés.

Las habitaciones eran magníficas. Los criados flotaban por los pasillos como espectros, casi invisibles. Y no había rastro de otros huéspedes.

En una de las habitaciones había una inmensa bañera de madera de sequoia. El baño propiamente dicho estaba equipado con toda clase de útiles, lociones de afeitar y cosméticos femeninos. Cualquier cosa que uno pudiese necesitar.

Dos muchachitas, casi núbiles, le llenaron la bañera y le lavaron bien antes de que se metiese en la fragante agua caliente. La bañera era tan grande que casi podía nadar en ella. Y tan profunda que casi le cubría. Sintió esfumarse de sus huesos el cansancio y la tensión y luego, por fin, las dos jóvenes le sacaron de la bañera y le llevaron hasta un jergón de la otra habitación. Allí tumbado dejó que le masajearan, dedo a dedo, miembro a miembro, músculo a músculo; nunca le habían dado un masaje parecido.

Le entregaron luego un *futaba,* un cojincito cuadrado y duro para apoyar la cabeza. E inmediatamente se quedó dormido. Durmió hasta bien entrada la tarde, y luego dio un paseo por el campo.

La posada estaba emplazada en una ladera que dominaba un valle, y más allá del valle se veía el océano, azul, ancho, de una claridad cristalina. Bordeó un hermoso estanque salpicado de flores que parecían hacer juego con los intrincados parasoles de las esteras y hamacas del porche de la posada. Todos aquellos colores claros le encantaban, y aquel aire claro y diáfano refrescaba su mente. Ya no se sentía preocupado ni tenso. Nada pasaría. Fummiro, un viejo amigo, le entregaría el dinero. Cuando llegase a Hong Kong y depositase el dinero, sus problemas con Santadio concluirían y podría volver tranquilamente a Las Vegas. Todo saldría bien. El Hotel Xanadú sería suyo, y él cuidaría de Gronevelt como un hijo de su anciano padre.

Por un momento, deseó poder pasar el resto de su vida en aquel hermoso lugar, tan despejado y tranquilo, tan pacífico como si estuviese viviendo quinientos años atrás. El nunca había deseado ser un samurai, pero ahora pensaba lo inocentes que habían sido sus luchas.

Empezaba a oscurecer; pequeñas gotas de lluvia salpicaron la superficie del estanque. Volvió a sus habitaciones de la posada. Le encantaba el estilo de vida japonés. Sin muebles. Sólo esterillas. Aquellas puertas deslizantes de papel con marco de madera que separaban las habitaciones, convertían una sala en dormitorio. Le parecía muy razonable e inteligente.

Oyó a lo lejos un campanilleo y unos minutos después las puertas de papel se corrieron y entraron dos jóvenes con una inmensa bandeja oval de casi uno cincuenta de largo. Podía ser el tablero de una mesa. La bandeja estaba llena de pescado, todos los peces que el mar podía ofrecer.

Había calamar negro y pez de cola amarilla, ostras perlíferas, cangrejos grisnegro, trozos de pescado que mostraban debajo carne de un rosa vívido. Era un arcoiris de colores; había allí comida para más de cinco hombres. Las mujeres colocaron la bandeja sobre una mesa baja, y pusieron cojines para que él pudiera sentarse. Luego se sentaron a los lados y fueron dándole trocitos de pescado.

Entró otra chica con una bandeja de sake y vasos. Sirvió el sake y le llevó el vaso a la boca para que bebiera.

Todo estaba delicioso. Cuando terminó, Cully se quedó mirando por la ventana el valle de pinos y el mar que se extendía más allá. Tras él podía oír a las mujeres retirar la cena y oyó cerrarse las puertas correderas. Estaba solo en la habitación, mirando el mar.

Recorrió de nuevo mentalmente todos los detalles, contabilizando el «zapato» de circunstancias, posibilidades y riesgos. El lunes por la mañana Fummiro le entregaría el dinero, él cogería el avión para Hong Kong y en Hong Kong tendría que llevarlo al banco. Se puso a pensar dónde podía acechar el peligro, si es que lo había. Pensó en Gronevelt. En que Gronevelt podía traicionarle. O Santadio. O incluso Fummiro. ¿Por qué le había traicionado el juez Brianca? ¿Sería todo aquello algo preparado por Gronevelt? Y luego recordó la noche que había cenado con Fummiro y con Gronevelt. Se sentían un poco incómodos con él. ¿Había algo entre ellos? Pero Gronevelt era un viejo enfermo, el largo brazo de Santadio no llegaba hasta el lejano oriente, y Fummiro era un viejo amigo.

Sin embargo, siempre había que contar con la mala suerte. En cualquier caso, sería su último riesgo. Y por lo menos dispondría de otro día de paz y tranquilidad en Yogawara.

Oyó deslizarse las puertas tras él. Eran las dos muchachitas que le conducían de nuevo a la bañera de madera.

Volvieron a lavarle. De nuevo le sumergieron en las vastas y fragantes aguas de la bañera.

Una vez remojado, le sacaron de nuevo y le tumbaron en la esterilla, colocándole el cojín *futaba* bajo la cabeza. De nuevo le hicieron el masaje. Luego, completamente descansado, Cully sintió una oleada de deseo sexual. Intentó coger a una de las chicas, pero ésta le rechazó muy amablemente con gestos. Luego indicó, también mediante gestos, que ya mandaría a otra chica. Aquella no era su función.

Entonces Cully alzó dos dedos para indicarles que quería

dos chicas. Las dos se rieron ante esto, y él se preguntó si las chicas japonesas «combatirían» entre sí.

Las vio salir y cerrar las puertas. Hundió la cabeza en el cojincito cuadrado. Sentía el cuerpo voluptuosamente relajado. Se hundió en un sueño ligero. Oyó a lo lejos el rumor de las puertas. Ah, pensó, ahí vienen. Y sintiendo curiosidad por ver el aspecto que tenían, si eran guapas, cómo iban vestidas, alzó la cabeza y vio asombrado a dos hombres con el rostro cubierto por mascarillas de gasa quirúrgica que avanzaban hacia él.

Al principio pensó que las chicas le habían interpretado mal. Que, cómicamente inepto, había pedido un masaje más intenso. Pero las máscaras de gasa le paralizaron de terror. Comprendió de pronto que en el campo no se utilizaban aquellas mascarillas. Luego su mente captó la verdad, y gritó:

—¡No tengo el dinero, no tengo el dinero!

Intentó incorporarse, pero ya los dos hombres estaban sobre él.

No fue doloroso ni horrible. Pareció hundirse en el mar, en las fragantes aguas de la bañera de madera. Sus ojos se nublaron y luego quedó allí inmóvil en la esterilla, el *futaba* bajo la cabeza.

Los dos hombres envolvieron el cuerpo en toallas y lo sacaron silenciosamente de la habitación.

Lejos, al otro lado del océano, en su apartamento, Gronevelt accionaba los controles para bombear oxígeno puro en el casino.

LIBRO OCTAVO

53

Llegué a Las Vegas a última hora de la noche, y Gronevelt me pidió que cenase con él en sus habitaciones. Bebimos algo y los camareros subieron una mesa con la cena que habíamos pedido. Observé que el plato de Gronevelt tenía porciones muy pequeñas. Parecía más viejo y más apagado. Cully me había hablado de su ataque, pero no podía ver ninguna prueba de que lo hubiese tenido, salvo que quizá se movía más lentamente y tardaba más en contestarme cuando hablaba.

Miré el cuadro de mandos que tenía detrás de su escritorio, el que Gronevelt utilizaba para bombear oxígeno puro en el casino.

—¿Cully te habló de esto? —dijo Gronevelt—. No debía haberlo hecho.

—Algunas cosas son demasiado buenas para no contarlas —dije—. Y, además, Cully sabía que yo guardaría el secreto.

Gronevelt sonrió.

—Lo creas o no, lo utilizo como un acto de bondad. Da a todos los perdedores una pequeña esperanza y un último impulso antes de que se vayan a la cama. Me fastidia imaginar a los perdedores intentando irse a dormir. Los que ganan no me importan. La suerte puedo aceptarla, es la habilidad lo que no puedo permitirme. Mira, nunca pueden con el porcentaje y yo tengo el porcentaje. Eso es tan cierto en la vida como el juego. El porcentaje siempre acabará haciéndote polvo.

Gronevelt divagaba, pensando en su próxima muerte.

—Hay que hacerse rico en la oscuridad —dijo—. Hay que vivir de acuerdo con los porcentajes, olvidarse de la suerte, que es una magia muy traidora.

Asentí con un gesto. Cuando terminamos de cenar, mientras tomábamos coñac, Gronevelt dijo:

—No quiero que te preocupes por Cully, así que te contaré lo que le pasó. ¿Recuerdas aquel viaje que hiciste con él a Tokio y a Hong Kong para traer aquel dinero? Bueno, pues por razones personales, Cully decidió repetir la suerte. Le advertí que no lo hiciese. Le dije que el porcentaje era malo y que había tenido suerte en aquel primer viaje. Pero, por razones personales, que no puedo explicarte, y que al menos para él eran importantes y válidas, decidió ir.

—Pero tú tuviste que darle permiso —dije.

—Sí —dijo Gronevelt—. Yo me beneficiaba con el viaje.

—Bueno, ¿qué le pasó? —pregunté.

—No lo sabemos —dijo Gronevelt—. Metió el dinero en sus maletas y luego, sencillamente, desapareció. Fummiro cree que está en Brasil o en Costa Rica viviendo como un rey. Pero tanto tú como yo conocemos mejor a Cully. El no podría vivir fuera de Las Vegas.

—¿Qué crees entonces que le pasó? —pregunté de nuevo a Gronevelt.

Gronevelt me sonrió.

—¿No conoces ese poema de Yeats? Creo que empieza: «Más de un soldado y marino yacen, lejos del cielo de la patria». Eso es lo que le pasó a Cully. Creo que debe estar en el fondo de uno de esos bellos estanques que hay detrás de las casas de geishas del Japón. Supongo que eso debió fastidiarle mucho. Quería morir en Las Vegas.

—¿Y qué has hecho? —dije—. ¿Se lo has comunicado a la policía o a las autoridades japonesas?

—No —dijo Gronevelt—. No es posible tal cosa, ni creo que tú debas hacerlo.

—Yo acepto lo que tú digas —contesté—. Quizás Cully aparezca algún día. Puede que entre en el casino con tu dinero como si nada hubiera pasado.

—Puede ser —dijo Gronevelt—. Pero, por favor, no pienses eso. No quiero que albergues ninguna esperanza. Debes aceptarlo tal como te lo digo. Es otro jugador al que ha aplastado el porcentaje, nada más.

Hizo una pausa y luego dijo, suavemente:

—Cometió un error al contabilizar el «zapato».

Sonrió.

Ahora sabía cuál era mi respuesta. Lo que en realidad estaba diciéndome Gronevelt era que Cully había sido enviado a una misión que Gronevelt había planeado, y que había sido Gronevelt quien había decidido aquel final. Y mirando a aquel hombre, me di cuenta de que no lo había hecho por malévola crueldad, ni por deseo de venganza, sino por lo que para él eran buenas y sólidas razones. Para él aquello era sencillamente un aspecto de su negocio.

Así, nos dimos la mano y Gronevelt dijo:

—Quédate todo el tiempo que quieras. Eres mi invitado.

—Gracias —dije—. Pero creo que me iré mañana.

—¿Jugarás esta noche? —preguntó Gronevelt.

—Creo que sí —dije—. Pero sólo un poco.

—Bueno, ojalá tengas suerte —dijo Gronevelt.

Me acompañó hasta la puerta y me puso en la mano un paquete de fichas negras de cien dólares.

—Estaban en la mesa de Cully —dijo Gronevelt—. Estoy seguro de que le hubiese gustado que las jugases tú. Quizás este dinero te traiga suerte.

Hizo una breve pausa.

—Siento lo de Cully, le echo de menos —dijo.

—También yo —dije.

Y me fui.

54

Gronevelt me había dado una suite con el salón decorado en cálidos tonos marrones, una combinación muy acorde con el estilo habitual de Las Vegas. Yo no tenía ganas de jugar y estaba demasiado cansado para ir al cine. Conté las fichas negras, lo que heredaba de Cully. Eran diez; mil dólares. Imaginé lo feliz que se habría sentido si yo hubiese metido las fichas en mi maleta y hubiese dejado Las Vegas sin perderlas. Pensé que podría hacerlo.

No me sorprendía lo que le había pasado a Cully. Estaba casi en la esencia de su carácter el que al final jugase contra el porcentaje. En su interior, pese a ser un estafador nato, Cully era un jugador. Creía en su capacidad para contabilizar el «zapato»; por tanto, nunca podría ser rival de Gronevelt. Gronevelt podía aplastarlo todo con sus implacables porcentajes.

Intenté dormir, pero sin suerte. Era demasiado tarde para llamar a Valerie. Debía ser por lo menos la una de la madrugada en Nueva York. Cogí el periódico de Las Vegas que había comprado en el aeropuerto y, ojeándolo, vi el anuncio de una película, la última de Janelle. Interpretaba el segundo papel femenino, un papel de complemento, pero lo había hecho tan bien que había sido seleccionada para el premio de la Academia. La película se había estrenado en Nueva York hacía exactamente un mes y me había propuesto verla, así que decidí ir entonces. Aunque no había vuelto a ver a Janelle ni a hablar con ella desde aquella noche que me había dejado en la habitación del hotel.

Era una buena película. Contemplé a Janelle en la pantalla y le vi hacer todas las cosas que había hecho conmigo. En aquella pantalla inmensa, su rostro expresaba toda la ternura, todo el afecto, todo el anhelo sensual que había mostrado cuando nos acostábamos juntos. Mientras la veía, me preguntaba qué era la realidad. ¿Cómo se había sentido ella en realidad en la cama conmigo, cómo se había sentido en realidad allá arriba en la pantalla? En una parte de la película en que ella quedaba hundida por el rechazo de su amante, tenía la misma expresión desconsolada que me destrozaba el corazón cuando ella creía que la había tratado con crueldad. Me asombraba lo estrictamente que su actuación seguía nuestras pasiones más profundas y secretas. ¿Habría estado actuando conmigo, preparándose para aquel papel, o su actuación brotaba del dolor que habíamos compartido? No obstante, casi volví a enamorarme de ella sólo con verla en la pantalla, y me alegré de que, a fin de cuentas, todo le hubiese salido bien; que estuviese convirtiéndose en actriz de tanto éxito, que estuviese logrando todo lo que quería o creía querer de la vida. Y pensé: éste es el final de la historia. Aquí estoy yo, el pobre y desdichado amante, muy lejos, contemplando el éxito de su amada. Y pensé que todo el mundo sentiría lástima de mí. Yo sería el héroe por lo sensible que era, y ahora podría sufrir y vivir solo. El escritor solitario haciendo libros, mientras ella resplandecía en el mundo luminoso del cine. Y así es como me hubiese gustado dejar la historia. Le había prometido a Janelle que si escribía acerca de ella, nunca la mostraría como alguien derrotado o alguien de quien hubiese que compadecerse. Una noche que fuimos a ver *Love Story* ella se puso furiosa.

—Malditos escritores, siempre hacéis que la chica muera al final —dijo—. ¿Sabes por qué? Porque es el modo más fácil de librarse de ella. Te cansas de ella, y tú no quieres ser el malo, así que la liquidas y luego lloras y eres el héroe de mierda. Qué hipócritas asquerosos sois todos. Siempre queréis enterrar a las mujeres.

Se volvió hacia mí, con sus inmensos ojos castaño dorado oscureciéndose de cólera.

—No me mates nunca a mí, pedazo de cabrón.

—Lo prometo —dije—. Pero, ¿por qué andas tú diciéndome siempre que no quieres llegar a los cuarenta? Que procurarás quemarte antes.

A veces, me salía con este cuento. Le encantaba mostrarse lo más dramática posible.

—Eso no es asunto tuyo —dijo—. Para entonces, tú y yo ni siquiera nos hablaremos.

Salí del cine e inicié el largo paseo de vuelta al Xanadú. Era un largo paseo. Enfilé el principio del Strip y pasé hotel tras hotel, crucé ante sus fuentes de luz de neón y seguí caminando hacia las oscuras montañas del desierto que hacían guardia al final del Strip. Y pensé en Janelle. Le había prometido que si escribía sobre nosotros nunca la pintaría como a alguien derrotado, alguien a quien hubiese que compadecer. Ni siquiera alguien por quien hubiese que afligirse. Me había pedido que se lo prometiera y yo se lo había prometido, todo en broma.

Pero la verdad era distinta. Ella se negaba a quedar en las sombras de mi mente como hacían decentemente Artie y Osano y Malomar. Mi magia no funcionaba ya.

Porque cuando la vi en la pantalla, tan viva y llena de pasión, y volví a enamorarme de ella, ella ya estaba muerta.

Janelle, preparándose para la fiesta de Nochevieja, se maquillaba lenta y minuciosamente. Ladeó su espejo de aumento e inició el pintado de los ojos. La esquina superior del espejo reflejaba el apartamento que había tras ella. Era, desde luego, un desastre: ropas tiradas, zapatos por en medio, platos y tazas sucios en la mesita, la cama sin hacer. Recibiría a Joel en la puerta y no le dejaría entrar. El hombre del Rolls Royce, como le había llamado siempre Merlyn. Se acostaba con Joel de cuando en cuando, aunque no con excesiva frecuencia, y sabía que aquella noche tendría que hacerlo. Después de todo, era Nochevieja. Así que ya se había bañado, se había perfumado, había utilizado su desodorante vaginal; estaba preparada. Pensó en Merlyn y se preguntó si la llamaría. Llevaba dos años sin llamarla, pero muy bien podría llamarla aquel día o al día siguiente. Janelle sabía que no la llamaría de noche. Pensó un momento en llamarle, pero él se asustaría, el muy cobarde. Le daba tanto miedo estropear su vida familiar. Toda aquella estructura falsa que había construido a lo largo de los años y que utilizaba como soporte. Pero en realidad, no le echaba de menos. Sabía que él contemplaba su pasado con desprecio por haberse enamorado, y que ella miraba hacia atrás con una radiante alegría de que hubiese sucedido. A ella no le importaba que se hubiesen herido tanto recíprocamente. Ella le había perdonado hacía mucho. Pero sabía que él no, sabía que él había pensado tontamente que había perdido algo de sí mismo, y ella sabía que esto no era cierto, ni en su caso ni en el de él.

Dejó de maquillarse. Estaba cansada y tenía jaqueca. Se sentía también muy deprimida, pero eso le pasaba siempre en Nochevieja. Había pasado otro año, era un año más vieja, y ella temía la vejez. Pensó en llamar a Alice, que estaba pasando las fiestas con sus padres en San Francisco. Si Alice viese cómo estaba el apartamento, se horrorizaría; pero Janelle sabía que aun así se pondría a limpiarlo y no le haría ningún reproche. Sonrió pensando en lo que decía Merlyn, que ella utilizaba a sus amantes femeninas explotándolas brutalmente de un modo que sólo los maridos más machistas se atrevían a utilizar. Comprendió entonces que en parte era cierto. Sacó de un cajón los pendientes de rubíes, primer regalo que le hizo Merlyn, y se los puso. Verdaderamente le sentaban muy bien. Le encantaban.

Luego, sonó el timbre con insistencia y fue a abrir. Dejó pasar a Joel. Le importaba un pito que viese o no el desorden del apartamento. La jaqueca aumentaba por momentos, así que entró en el baño y tomó unos cuantos *Percodan* antes de salir. Joel estaba tan amable y encantador como de costumbre. Le abrió la puerta del coche para que entrase y dio la vuelta hasta el otro lado. Janelle pensó en Merlyn. A él siempre se le olvidaba tener un detalle como aquél, y cuando se acordaba se ponía nervioso. Hasta que, por fin, ella le dijo que no se molestase, que se olvidase por completo de aquello, abandonando así sus hábitos de beldad sureña.

Era la fiesta habitual de Nochevieja en una gran casa llena de gente. El aparcamiento estaba lleno de criados de chaqueta roja que se hacían cargo de los Mercedes, los Rolls Royce, los Bentley, los Porsche. Janelle conocía a muchos de los asistentes. Y hubo mucho galanteo y muchas insinuaciones, que ella cortó alegremente bromeando sobre su decisión para el nuevo año de mantenerse pura por lo menos un mes. Al aproximarse la medianoche, se sintió realmente deprimida y Joel se dio cuenta de ello. La metió en uno de los dormitorios y le dio un poco de cocaína. Janelle se sintió mejor y se animó inmediatamente. Pasó la prueba de la medianoche, el beso de todos sus amigos, los tanteos, y luego, de pronto, se dio cuenta de que su jaqueca volvía. Nunca en su vida había tenido una jaqueca tan fuerte y comprendió que debía volver a casa. Buscó a Joel y le dijo que estaba enferma. El la miró y comprendió que sí lo estaba.

—No es más que dolor de cabeza —dijo Janelle—. Se me pasará, pero llévame a casa.

Joel la acompañó en coche y quiso entrar con ella. Ella se dio cuenta de que lo que él quería era quedarse, con la esperanza de que la jaqueca se esfumase y poder pasarlo bien al menos al día siguiente, en la cama con ella. Pero Janelle se sentía realmente mal. Le besó y dijo:

—No entres, por favor. De veras siento decepcionarte, pero me encuentro muy mal, en serio. Terriblemente mal.

Le alivió ver que Joel la creía.

—¿Quieres que llame a un médico? —preguntó.

—No —dijo ella—. Tomaré unas pastillas y se me pasará.

Esperó a que él se fuera.

Luego, inmediatamente, entró en el baño a tomar más *Percodan;* mojó una toalla y se la enrolló en la cabeza a modo de turbante. Iba camino del dormitorio cuando, al cruzar la puerta, sintió un terrible dolor en la nuca. Estuvo a punto de desplomarse. Por un momento pensó que alguien oculto en la habitación la había atacado, y luego pensó que se había dado en la cabeza con algo que sobresalía de la pared. Pero luego, otro golpe aplastante la hizo caer de rodillas. Entonces se dio cuenta de que estaba sucediéndole algo terrible. Consiguió arrastrarse hasta el teléfono que había junto a la cama y apenas pudo distinguir la etiqueta roja en la que estaba escrito el número de los servicios médicos; Alice lo había pegado allí cuando había estado visitándolas el hijo de Janelle, sólo por si acaso. Marcó el número y contestó una voz de mujer.

—Me siento muy mal —dijo Janelle—. No sé lo que me pasa, pero estoy muy enferma.

Le dio su número y la dirección, y dejó caer el teléfono. Consiguió subirse a la cama y, sorprendentemente, de pronto se sintió mejor. Se avergonzaba casi de haber llamado, porque en realidad no le pasaba nada grave. Luego, sintió otro terrible golpe que pareció estremecer todo su cuerpo. Su visión disminuyó y se redujo a un foco único. De nuevo se quedó atónita sin poder creer lo que le estaba pasando. Apenas podía ver los extremos de la habitación. Recordó que Joel le había dado un poco de cocaína y que aún la tenía en el bolso y salió tambaleándose hasta la sala para deshacerse de ella, pero en mitad de la sala su cuerpo se estremeció de dolor. Se le aflojó el esfínter y, a través de la niebla de una semiinconsciencia, comprendió que se había hecho encima. Con un gran esfuerzo, se quitó las bragas, limpió el suelo, las metió bajo el sofá, y luego se dio cuenta de que llevaba los pendientes; no quería que nadie se los robase. Le llevó lo que parecía muchísimo tiempo quitárselos; luego entró tambaleándose en la cocina y los echó al fondo de la parte superior del armario, que estaba cubierta de polvo, donde nadie miraría nunca.

Aún estaba consciente cuando llegaron los del servicio médico, percibió más o menos que la examinaban y que uno de los médicos miraba en su bolso y encontraba la cocaína. Creyeron que se trataba de un caso de sobredosis. Uno de los recién llegados la interrogó.

—¿Cuántas drogas ha tomado usted esta noche?

—Ninguna —dijo ella desafiante.

—Vamos —dijo el médico—, intentamos salvarle la vida.

Y fue esa frase lo que salvó realmente a Janelle. Pasó a interpretar un papel que había interpretado ya. Utilizó una frase que utilizaba siempre para burlarse de lo que otros estimaban en mucho.

—*Oh, por favor* —dijo.

El *Oh, por favor* con un tono despectivo para demostrar que el que le salvasen la vida era la menor de sus preocupaciones y, en realidad, algo que ni siquiera debía tomarse en consideración.

No se desmayó en el viaje en ambulancia, y percibió claramente que la metían en la cama de la blanca habitación del hospital, pero por entonces todo aquello no le estaba pasando a ella. Estaba pasándole a alguien que ella había creado y que no era verdad. Podía salirse de aquello siempre que quisiese. Ahora estaba segura. En aquel momento sintió otro terrible golpe y perdió el conocimiento.

Al día siguiente de Año Nuevo recibí una llamada de Alice. Me sorprendió un poco oír su voz. En realidad, no la reconocí hasta que me dijo su nombre. Lo primero que relampagueó en mi mente fue que Janelle necesitaba ayuda en algún sentido.

—Merlyn, pensé que te importaría saberlo —dijo Alice—. Hace mucho tiempo que no nos vemos, pero pensé que debía decirte lo que ha sucedido.

Hizo una pausa, su voz era vacilante. Yo no dije nada, así que siguió:

—Tengo malas noticias sobre Janelle. Está en el hospital. Tuvo un derrame cerebral.

No capté lo que me decía, o mi mente se limitó a rechazar los hechos. Los registró sólo como una enfermedad.

—¿Cómo está? —pregunté—. ¿Fue muy grave?

De nuevo aquella pausa y luego Alice dijo:

—Vive mecánicamente. Los análisis no muestran ninguna actividad cerebral.

Yo estaba muy tranquilo, pero aun así no lo captaba realmente.

—¿Quieres decir que va a morir? —dije—. ¿Es eso lo que me dices?

—No, no es eso lo que te digo —dijo Alice—. Quizá se recupere, quizá puedan mantenerla viva. Ha venido su familia y serán ellos los que tomen las decisiones. ¿Quieres venir? Puedes estar en mi casa.

—No —dije yo—. No puedo.

No podía realmente.

—¿Me llamarás mañana y me dirás lo que sucede? —añadí—. Iré si puedo ayudar en algo, pero en otro caso no.

Hubo un largo silencio, y luego Alice dijo con voz quebrada:

—Merlyn, me senté a su lado y está tan guapa como si no le hubiese pasado nada. Le cogí una mano y estaba caliente.

Parece como si estuviese durmiendo. Pero los médicos dicen que no le funciona el cerebro. Merlyn, ¿se equivocarán? ¿Podrá mejorar?

En aquel momento, tuve la seguridad de que todo era un error, de que Janelle se recuperaría. Cully había dicho una vez que un hombre podía convencerse de cualquier cosa que desease y eso fue lo que hice.

—Alice, a veces los médicos se equivocan. Puede mejorar. No hay que perder las esperanzas.

—Está bien —dijo Alice; ahora estaba llorando—. Oh, Merlyn, es tan terrible. Está allí en la cama tendida, durmiendo, como una princesa encantada, y yo sigo pensando que puede suceder algo mágico, que se pondrá bien. No soporto la idea de vivir sin ella. Y no puedo dejarla así. Ella no soportaría vivir de ese modo. Si ellos no quisieran poner fin a esto, yo lo haré. No la dejaré vivir así.

Oh, qué oportunidad tan magnífica de convertirme en un héroe. Una princesa de cuento de hadas muerta en un encantamiento, y Merlín el Mago que sabía cómo despertarla. Pero ni siquiera me ofrecí a ayudarla en su propósito.

—Hay que esperar y ver lo que pasa —dije—. Llámame, ¿de acuerdo?

—Bien —dijo Alice—. Simplemente pensé que te importaría saberlo. Pensé que quizás quisieras venir.

—En realidad, hace mucho tiempo que no la he visto ni hablado con ella —dije; luego recordé a Janelle preguntando: «¿Me negarías?» y yo diciendo entre risas: «Con todo el corazón».

—Te quería más que a ningún otro hombre —dijo Alice.

Pero no dijo «más que a nadie», pensé. Dejaba a las mujeres.

—Quizás se ponga bien —dije—. ¿Volverás a llamarme?

—Sí —dijo Alice.

Su voz estaba más calmada ya. Había empezado a percibir mi rechazo y esto la desconcertaba.

—Te llamaré en cuanto pase algo —dijo. Luego colgó.

Y yo me eché a reír. No sé por qué me reía, sencillamente me reía. No podía creerlo. Debía ser una de las bromas de Janelle. Era demasiado ofensivamente dramático, algo sobre lo que yo sabía que ella había fantaseado; sin duda había montado ella aquella pequeña comedia. Y sabía algo: nunca miraría su rostro vacío, su belleza abandonada por el cerebro que había tras ella. Nunca jamás contemplaría aquello, porque me volvería de piedra. No sentía ningún dolor, ninguna sensación de pérdida. Era demasiado cauto para eso. Demasiado astuto. Estuve paseando el resto del día, cavilando. De cuando en cuando me reía, y luego me sorprendía con la cara contraída en una especie de mueca, como alguien que tuviera un secreto deseo culpable que se hubiese cumplido, o alguien que por fin está atrapado para siempre.

Alice me llamó al día siguiente, tarde ya.

—Ahora está perfectamente —dijo.

Por un momento, pensé que lo decía en serio, que Janelle se había recuperado, que todo había sido un error. Pero luego añadió:

—Desconectamos. Le retiramos las máquinas y ha muerto.

Los dos guardamos un largo silencio. Luego, me preguntó:

—¿Vendrás al funeral? Se hará un homenaje póstumo en el cine. Vendrán todos sus amigos. Habrá una fiesta con champán y todos sus amigos pronunciarán discursos hablando de ella. ¿Vendrás?

—No —dije—. Iré dentro de un par de semanas a verte, si no te importa, pero ahora no puedo.

Hubo otro largo silencio, como si ella intentase controlar su cólera, y luego dijo:

—Janelle me dijo una vez que confiase en ti, así que lo hago. Siempre que quieras venir, te veré.

Y luego colgó.

El Hotel Xanadú se alzaba ante mí, su marquesina de un millón de dólares de luces brillantes ahogaba las solitarias montañas que quedaban tras él. Entré, soñando con aquellos días y meses y años felices que había pasado viendo a Janelle. Desde su muerte había pensado en ella casi todos los días. Algunas mañanas me despertaba pensando en ella, imaginando su aspecto, lo afectuosa que podía ser a veces y lo irascible que podía ser al mismo tiempo.

En aquellos primeros minutos del despertar, siempre creía que aún seguía viva. Imaginaba escenas de cuando nos encontrásemos de nuevo. Tardaba cinco o diez minutos en recordar que había muerto. No me había pasado aquello con Osano ni con Artie. En realidad, pensaba en ellos muy pocas veces. ¿Me preocupaba más por ella? Pero, entonces, si sentía eso hacia Janelle, ¿por qué aquella risa nerviosa cuando Alice me comunicó la noticia por teléfono? ¿Por qué el día en que me había enterado de su muerte me había reído solo tres o cuatro veces? Y ahora comprendo que quizás fuese porque estaba furioso con ella por morirse. A su tiempo, si ella hubiese vivido, la hubiese olvidado. Pero su artimaña le permitiría acosarme toda la vida.

Cuando vi a Alice unas semanas después de la muerte de Janelle, me enteré de que el derrame cerebral se debía a un defecto congénito del que Janelle quizás no estuviese enterada.

Recordé lo furioso que me ponía cuando ella llegaba tarde, o las pocas veces que se olvidó del día en que habíamos quedado en vernos. Yo estaba absolutamente seguro de que se trataba de olvidos freudianos, de que su inconsciente deseaba rechazarme. Pero Alice me explicó que esto le sucedía muy a menudo a Janelle, y que poco antes de su muerte, la cosa había empeorado. Se relacionaba sin duda con el aneurisma progresivo, con el fatal deterioro de su cerebro. Y luego recordé aquella última noche que había pasado con ella, en la que me había preguntado si la amaba y yo le había contestado con tanta insolencia. Y pensé que si pudiese preguntármelo ahora, habría reaccionado de un modo muy distinto. Que ella podía ser y decir y hacer lo que desease, que yo aceptaría cualquier cosa que ella quisiese ser. Que sólo la idea de poder verla, de que estuviese en algún sitio al que yo pudiese ir, que pudiese oír su voz o su risa podría hacerme feliz. «Oh, vamos, entonces», pude oírle preguntar, satisfecha pero furiosa también, «dime, ¿es lo más importante para ti?» Ella quería ser lo más importante para mí, y para todas aquellas personas a las que conocía, a ser posible para el mundo entero. Tenía una inmensa sed de afecto. Pensé en acres comentarios para que ella me los hiciese tumbada en la cama, con el cerebro destrozado mientras yo la contemplaba afligido. Ella diría: «¿No es así como me querías? ¿No es así como quieren los hombres a las mujeres? Creí que esto sería lo ideal para ti». Pero luego comprendí que ella jamás habría sido tan cruel, ni tan vulgar. Y luego comprendí algo extraño: mis recuerdos de ella nunca tenían que ver con nuestras relaciones sexuales.

Sé que sueño con ella muchas veces de noche, pero nunca recuerdo tales sueños. Sólo me despierto pensando en ella como si aún siguiese viva.

Estaba al final mismo del Strip, a la sombra de las montañas de Nevada, contemplando el inmenso nido de resplandeciente neón que era el corazón de Las Vegas. Jugaría aquella noche, y por la mañana temprano cogería el avión a Nueva York. La noche siguiente dormiría con mi familia, en mi casa, y trabajaría en mis libros en mi habitación solitaria. Estaría seguro.

Crucé las puertas del casino del Xanadú. Estaba helado por el aire frío. Dos putas negras pasaron deslizándose cogidas del brazo, sus enmarañadas pelucas resplandecientes; una chocolate oscuro, la otra de un castaño claro. Luego putas blancas de botas y pantalones cortos, ofreciendo sus muslos de un blanco opalino, pero con rostros espectrales y huesudos, deslustrados por la luz de los candelabros y los años de cocaína. En las mesas de fieltro verde del veintiuno, una larga hilera de talladores alzaron las manos y las mostraron en el aire.

Crucé el casino hacia el sector de bacarrá. Cuando me aproximaba al recinto cerrado por la baranda gris, la multitud que había frente a mí se dispersó para extenderse por el sector de dados, y vi despejada la zona de bacarrá.

Me esperaban cuatro «santos» de corbata negra. El croupier que dirigía el juego alzó la mano derecha para detener al banquero que tenía el «zapato». Me miró rápidamente, y sonrió al reconocerme. Luego, sin bajar la mano, entonó:

—Una carta para jugador.

Los supervisores, dos pálidos Jehovás, se inclinaron hacia adelante.

Me alejé a echar un vistazo al casino. Sentí una oleada de aire oxigenado y me pregunté si el senil y tullido Gronevelt, desde sus solitarias habitaciones de arriba, habría pulsado sus botones mágicos para mantener despierta a toda aquella gente. ¿Y si hubiese pulsado el botón para que Cully y todos los demás murieran?

Allí de pie, absolutamente inmóvil, en el centro del casino, busqué con la mirada, para empezar a jugar, una mesa que me trajese suerte.

55

«Sufro, pero aun así no vivo. Soy una X de una ecuación indeterminada. Soy una especie de fantasma en vida que ha perdido todo principio y todo fin».

Leí esto en el orfanato cuando tenía quince o dieciséis años, y creo que Dostoievski lo escribió para mostrar la ilimitada desesperación de la humanidad y quizás para infundir terror en los corazones de todos y moverles a creer en Dios. Pero entonces, de niño, cuando lo leí, fue un rayo de luz. Me confortó. Si era un fantasma, no podía asustarme. Pensé que aquella X y su ecuación indeterminada eran un escudo mágico. Y ahora, tras permanecer tan cautamente vivo, tras superar todos los peligros y los sufrimientos, no podía utilizar ya mi viejo truco de proyectarme hacia adelante en el tiempo. Mi propia vida ya no era tan dolorosa y el futuro no podía salvarme. Estaba rodeado de innumerables mesas de azar y no me hacía ya ninguna ilusión. Ahora ya conocía el hecho elemental de que pese a los cuidadosos planes que hiciera, por muy astuto que fuese, pese a mis mentiras o a mis buenas acciones, no podía ganar en realidad.

Aceptaba por fin el hecho de que ya no era un mago. Pero, qué demonios, aún seguía vivo y no podía decir lo mismo de mi hermano Artie ni de Janelle ni de Osano. Ni de Cully ni de Malomar ni del pobre Jordan. Ahora comprendía a Jordan. Era muy simple: la vida era demasiado para él. Pero no para mí. Sólo se mueren los tontos.

¿Era yo un monstruo por no lamentarme, por desear tanto seguir vivo? ¿Hasta el punto de poder sacrificar a mi único hermano, mi único principio, y luego a Osano y a Janelle y a Cully, y nunca sufrir por ellos y sólo llorar por uno? ¿Hasta el punto de que el mundo que yo mismo había construido pudiese consolarme?

Cómo nos reímos del hombre primitivo por su inquietud y su terror ante todos esos trucos de charlatán de la naturaleza, y cómo nos aterran, sin embargo, a nosotros los miedos y los sentimientos de culpabilidad que rugen en nuestras propias cabezas. Lo que consideramos nuestra sensibilidad no es más que una etapa evolutiva superior del terror de un pobre y torpe animal. Sufrimos por nada. Nuestro propio deseo de muerte es nuestra única tragedia verdadera.

Merlín, Merlín. Sin duda han pasado ya mil años y al fin debes despertar en tu cueva, ponerte tu gorro cónico tachonado de estrellas y salir a un mundo nuevo y extraño. Y, pobre cabrón, con tu astuta magia, ¿te sirvió de algo dormir esos mil años, con tu hechicera en su tumba, y nuestros dos Arturos convertidos en polvo?

¿O tienes aún un último encantamiento que pueda funcionar? Una apuesta arriesgada; pero ¿qué es eso para un tahúr? Yo aún tengo un montón de fichas negras y un anhelo de terror.

Sufro, pero aún vivo. Es cierto que quizá sea un fantasma en vida, pero conozco mi principio y conozco mi fin. Es cierto que soy una X en una ecuación indeterminada, la X que aterrará a la humanidad en su viaje a través de un millón de galaxias. Pero no importa. Esa X es la roca en la que me apoyo.